江苏省中小学教师自学考试小学教育专业专升本教材

《文艺概论》自学辅导

高小康 主编

苏州大学出版社

图书在版编目（CIP）数据

《文艺概论》自学辅导/高小康主编.—苏州：苏州大学出版社，2001.5（2023.8重印）
江苏省中小学教师自学考试小学教育专业专升本教材
ISBN 978-7-81037-788-1

I.文… II.高… III.文艺理论-师资培训-自学参考资料 IV.I0

中国版本图书馆 CIP 数据核字(2001)第 20736 号

《文艺概论》自学辅导

高小康　主编
责任编辑　朱坤泉

苏州大学出版社出版发行
（地址：苏州市十梓街1号　邮编：215006）
常熟高专印刷有限公司印装
（地址：常熟市元和路98号　邮编：215500）

开本 850×1168　1/32　印张 18.875（共2册）　字数 471 千
2001年5月第1版　2023年8月第6次印刷
ISBN 978-7-81037-788-1　定价:55.00 元
（共两册）

苏州大学版图书若有印装错误,本社负责调换
苏州大学出版社营销部　电话：0512-65225020
苏州大学出版社网址　http://www.sudapress.com

江苏省中小学教师自学考试小学教育专业专升本教材编写委员会成员名单

主 任 委 员 周德藩
副主任委员 朱小蔓　杨九俊　笪佐领　鞠　勤
　　　　　　　刘明远
委　　　员 （以姓氏笔画为序）
　　　　　　　丁家永　王星琦　王晓柳　叶惟寅
　　　　　　　李学农　李星云　陈敬朴　周兴和
　　　　　　　林德宏　胡金平　姚崑强　高小康
　　　　　　　高荣林　唐厚元　耿曙生

前　言

　　江苏省教育委员会决定自 2000 年起举办小学教师小学教育专业专升本自学考试,以南京师范大学为主考单位。

　　本科小学教育专业自学考试,既是我国自学考试的一种全新形式,也是江苏省 21 世纪推进小学教师继续教育,提升学历,以适应江苏省教育现代化需要的重要举措。

　　南京师范大学于 1998 年率先在全国创办本科小学教育专业并招生,为我省小学教师小学教育专业专升本自学考试奠定了基础。江苏省自 1993 年起组织并实施专科小学教育专业自学考试,迄今已有数万名考生顺利通过考试,进一步提高了我省小学教师队伍的素质。1999 年,江苏省教育委员会组织专家进行了小学教师小学教育专业专升本自学考试方法与课程计划的论证,制定了《江苏省小学教师自学考试小学教育专业专升本课程考试计划》,同时组织了一批专家根据课程计划编写教材。为保证教材的质量,江苏省教育委员会两次组织教材编写会议进行研讨,明确了教材编写的指导思想和编写原则,并拟订了教材编写计划,正式下发了《关于组织编写小学教师自学考试小学教育专业专升本课程教材的通知》。

　　这套教材的基本特点为:(1)突出 21 世纪小学素质教育的要求,旨在培养小学教师现代素质和教育素养。(2)基础性与应用性相结合。基础性为自考教师可持续发展提供条件,应用性为直接指导小学教师的实践服务。(3)自考课程与课外学习相结合。以往自学考试的一个主要缺点是"应试"的倾向,不能实现学历与素质同步提高的目标,本套教材则注重小学教师能力的提高。

本科小学教育专业自学考试作为全新的事业,需要不断发展和完善,希望广大自学考试辅导教师和自学考试者在教材的使用与学习中,提出宝贵意见,为这一事业的发展作出贡献。

江苏省中小学教师自学考试办公室
2000 年 2 月 24 日

目 录

《文艺概论》大纲……………………………………（1）
自学辅导 …………………………………………（30）
模拟试题 …………………………………………（121）

《文艺概论》大纲

第一编 文艺特征论

第一章 文学艺术的认识特征

本章讨论的是文学艺术的认识特征。再现论最强调文学艺术的认识特征。

再现论是指文学艺术作为一种人类的理性意识与认识活动对客观世界特有的反映功能,它把客观的生活对象存在及其规律性真实地反映出来,从而为人类正确地认识现实、改造现实提供一种精神工具。

从历史角度讲,古希腊的摹仿说是其最典型的描述。

从哲学角度讲,它是建立在理性意识和实证科学基础上的认识论。

从文学艺术特征角度讲,它把文学艺术对客观世界所具有的再现与认识本质充分地揭示了出来。

第一节 摹仿说与再现论

摹仿活动是人类主体的一种基本的生命活动方式,它是一种人类运用原始类比思维再现、反映客观世界的主体能力的集中体现。真正把文学艺术摹仿提高到文艺理论高度的是亚里士多德的《诗学》。

人类一般的摹仿行为都具有明确的再现现实的直接功利性,而文学艺术摹仿则同时还具有审美享受与情感体验的愉悦性质。

摹仿说在充分肯定文学艺术活动中所包含的主体理性认识与反映能力的基础上,把人类所具有的伟大的审美创造本质力量提升到文艺理论的研究视野中。

第二节 文学艺术的再现本质

文学艺术本质上是一种把握客观真理的认识工具。与一般人类认识工具不同,它不是以纯粹概念与逻辑方式来把握对象世界,而是一种以文学艺术形象与审美思维为基础的认识活动。

与表现论文学艺术观相比较,文学艺术的再现说,一方面充分揭示了文学艺术作为一种精神活动对客观现实世界所具有的认识功能;另一方面它突破了浪漫主义者狭隘的个人精神小宇宙,有利于充分发挥文学艺术的主体性,把文学艺术活动从"为艺术"的狭隘境界提升到"为人生"的广阔天地中。

第三节 对再现论文学艺术观的评价

首先,由于再现论文学艺术观特别注重文学艺术的摹仿、认识功能以及创作主体的理性主义与人道主义精神,所以它为人类文学艺术中最重要的现实主义文学艺术流派奠定了理论基础。

其次,它的片面性在于混淆了理性认识与审美意识之间的区别,从而导致对文学艺术本身的情感性与审美特征有所忽视,走向了一种极端的实用主义文学艺术观。

第二章 文学艺术的情感特征

表现论最重视文学艺术的情感特征。

表现论,是指文学艺术作为一种人类主体活动所具有的对主观情感世界的构造、显现功能,它通过对于主观心理世界的形式构造与审美变形,把人类内心深处的潜意识、情感、理想、幻想等心理意象直接地表达出来。它是表达人类关于现实的情感评价以及主观理想的最重要的精神工具。

从历史渊源上讲,它根源于古希腊亚里士多德《诗学》中讲到的"音调感和节奏感"。

从哲学上讲,它是在席勒关于审美冲动的游戏特征中得到完美描述的。

从文学艺术特征角度讲,它把文学艺术活动对于主观世界所具有的表现与创造性建构的审美本质充分揭示了出来。

第一节 表现论的起源

表现论起源于亚里士多德在《诗学》中强调的不同于摹仿活动的"音调感和节奏感",它相当于今天讲的审美心理结构,它把文学艺术同审美表现、情感构造活动明确联系起来,突出了文学艺术活动中特有的审美内涵和情感特征。

关于文学艺术情感表现与审美创造功能,在中国古代文艺理论中则直接起源于"兴"这一特有的文艺观念中。它的基本内涵可以理解为主体的审美冲动通过文学艺术活动获得表达与宣泄。

在西方文艺理论历史中,真正从文艺理论上阐明这个问题的则是斯宾塞与席勒的游戏说。文学艺术只有通过祛除情感表现中的道德性和功利性之后,才能成为一种纯粹表现情感与审美活动的东西。

第二节　文学艺术的表现本质

表现论的意义,首先是反对摹仿,突出了以个体想象力为基础的审美创造活动在文学艺术生产中的决定性作用。其次则突出了文学艺术的情感特征,充分表达了文学艺术的审美理想性。它采用的是一种审美变形方式,以帮助个体反抗现实异化并获得心灵的自由与解放。

第三节　对表现论文学艺术观的评价

表现论文学艺术观积极进步的一面是走向了积极浪漫主义,它敢于正视现实,渴望斗争,崇尚自由解放;而其消极落后的一面是走向了消极浪漫主义。

第四节　文艺的象征本质

文艺的象征本质,是指文学艺术作为一种人类无意识活动对主观深层心理世界所具有的构造、折射功能,它侧重于对于人类非理性世界中潜意识、欲望情感、心理压抑、生理本能的隐喻表达,因而往往具有神秘的、象征性的和充满荒诞意味的形式特征。

文艺的象征说是表现说进一步发展的结果,它把文学艺术的表现对象从审美心理层次进一步发展到人类的无意识领域。

从历史渊源上讲,它根源于人类原始文化中的巫术系统与原始思维。

从哲学上讲,它是以现代非理性哲学,尤其是以现代精神分析学为理论基础。

从文学艺术特征角度讲,一方面可以追溯到人类远古时代的神话创作,另一方面它又是现代文学艺术的一种原始主义发展方向。由于它深刻地揭示了人的潜意识、生理本能、艺术家的童年经验与心理创伤等在文学艺术生产中的重要作用,可以帮助我们更全面深刻地理解与把握现代主义文学艺术特征。

第三章 文学艺术的抽象特征

形式论最强调文学艺术的抽象特征。

形式论是一种把文学艺术自身的形式因素看作是其本质特征的文艺理论观。形式论认为,只有属于文学艺术自身的形式因素才是文学艺术的决定性方面。

第一节 关于艺术形式

从考古学角度讲,最初的艺术形式应该出现得相当早,古代岩洞中的壁画,原始工具、生活用具上的纹样与图案,可以说都已经初步具有了艺术形式的基本特征。艺术形式是人类主体改造自然的历史实践的结果。

艺术形式的构成主要包括物性因素和意识形态因素两部分。

物性因素主要包括色彩、造型、大小、软硬、姿态、声音等。艺术形式的意识形态因素则是指在这些物性因素之上凝聚着人的感受、联想、情感、意志等意识因素和时代、民族、地域、政治、宗教、科学等内涵意蕴。

第二节 文艺的形式本质

文学理论中的形式主义。把文学作品的形式本质讲得最突出的是 20 世纪西方文论中的形式本体论,它把文学研究的全部精力集中在文学作品的形式层面上,认为是作品的形式决定了文学作品的存在方式和审美价值。

绘画艺术中的"有意味的形式"。绘画艺术显然是与形式主义关系最为密切的艺术门类。20 世纪关于艺术美的研究,在很大程度上是以探索艺术形式的审美价值为目标的。

当代美学中的艺术符号论。艺术符号论认为,一般符号的主要功能是将客观经验真实地呈现出来;而艺术符号的基本功能在于表现和构造主观经验或所谓的"内在生活"。艺术形式是一种比我们迄今所知的其他符号形式更加复杂的"表现性形式"。

艺术形式的总体规律是多样统一律,其核心范畴则有对称、比例、均衡、整齐、节奏等。

文艺形式的主要范畴有:整齐,均衡,比例,节奏,多样统一规律等。

第三节 艺术形式的审美分析

艺术形式一般具有感性可感性、理性象征性等基本特点。

艺术形式直接附丽于对象的形式之上,因而它的一个基本特征就是感性可感性,是可以直接诉诸人的感觉器官并被人所把握的。

艺术形式的这种感性可感性,并非是一种自然属性,而是在长期的社会实践中所形成的人类感觉,任何事物的形式的感性可感性的自然性状(颜色、大小、形状、姿态、质地等)及其组合规律(整一、对称、均衡、比例、和谐、节奏等),都与人类社会现象与意识形态观念等密切相关,并通过一定的理性思考和文化积淀,形成比较固定的象征性关系,这就是艺术形式所具有的理性象征性。

第四章 马克思主义文学艺术本质观

马克思主义文学艺术本质观是一种真正上升到哲学美学高度的文学艺术本质观。它吸收了以往文艺理论中存在的合理性,扬弃了它们的片面性与错误观点。

第一节 关于马克思文学艺术观的历史认识

谈到马克思主义的文学艺术观,不能不涉及反映论与主体论两种文艺理论。前者往往局限于主体理性反映机能而容易走向机械的庸俗的唯物论,忽视了文学艺术固有的能动性与审美创造性。后者则由于倾向于哲学讨论而对文学艺术生产的审美特性有所忽略,把文学艺术活动混同于人类一般实践活动。

马克思主义文学艺术观的现代发展,主要表现为对主体性与反映论、理想性与现实性这两种矛盾的解决上。

第二节 审美创造的语言符号形态

文学艺术是审美创造的语言符号形态。

文学艺术作为人的本质力量对象化之产物,它的根本特性就在于它对于现实活动的审美超越与审美创造性上。

文学艺术的本质特征可以归结为是一种语言符号的艺术,即它是一种以语言符号为物质媒介的人类特殊的生产活动方式。

文学艺术是一种审美创造的符号形态。审美创造活动是贯穿整个文学艺术生产过程的中心与灵魂。

文学艺术虽然具有反映、认识性质,但与科学符号那种客观性的、不带任何个体感情色彩的反映活动截然不同,它不仅是对于社会生活的一种反映,更是一种带有审美创造与情感投射的表现活动。

文学艺术虽然具有对人类情感的表现功能,但与那种对于主观世界的伦理表现功能仍有着明显的区别。伦理情感仍然具有某种现实的功利性,而文学艺术的情感表现可以说更加具有审美的超功利性。

文学艺术活动虽然也具有象征特征,但宗教的象征是神秘的,它建立在个体的禁欲主义与宗教信仰基础上;而文学艺术的象征特征虽然也具有一定的朦胧性,但基本上是明朗的、清晰的,它的主体基础是个体的情感世界,并且具有一种十分美好的感性享受性质。

第二编　文艺作品论

第五章　文艺作品的类型与样式

本章对文艺作品的研究是分类研究。我们将在总的类型划分的基础上对不同文艺作品样式的审美特征进行具体分析。

第一节　造型艺术

造型艺术是塑造静态视觉形象的艺术。造型艺术的特征之一是作品艺术效果的视觉性质;第二个特征是作品的静态性质。造型艺术中的经典样式是雕塑和绘画。

一、雕塑

雕塑的艺术特征:雕塑是用硬质或可塑材料制作的表现三维空间形象的艺术品。

雕塑形象的第一个突出特征是空间感;第二个特征是材料的质感。

雕塑的类型:中国传统雕塑;西方雕塑;20世纪现代派雕塑艺术的产生和发展。

二、绘画

绘画的艺术特征:绘画是使用颜料或其他有色材料在二度平面上创作写实的、想象的事物形象或抽象图案的艺术。

绘画的第一个艺术特征就是形象的静态视觉性质;第二个艺术特征是平面性。

绘画的类型：中国传统的中国画；西方传统的油画；19世纪中后期开始出现的全面反叛古典油画写实主义的现代艺术思潮。

第二节 表演艺术

表演艺术是通过艺术家的表演活动，在时间过程中以声音的流动或人体的运动等手段来展现艺术形象、产生审美效果的艺术。表演艺术的重要特征是需要表演者进行二次创作才能完成作品的艺术形象，每一次的表演都是不可重复的带有即兴性质的表演。音乐和舞蹈是两种经典的表演艺术样式。

一、音乐

音乐的艺术特征：音乐是凭借声波振动而存在，在时间中展现为有秩序的组织结构，通过人类的听觉器官而引起各种情绪反应和美感体验的艺术样式。音乐的基本审美特征是通过乐音有节奏的运动唤起听众的情绪运动，抽象的形式结构所具有的独立的审美意义比绘画、文学更为突出。

音乐的类型：中国古典民族音乐；欧洲古典音乐；20世纪音乐艺术的发展。

二、舞蹈

舞蹈的艺术特征：舞蹈是一门综合艺术，它综合了音乐、诗歌、戏剧、绘画、杂技等而逐渐成为独立的艺术。舞蹈的基本要素是舞蹈节奏、舞蹈构图和舞蹈表情。

舞蹈的类型：中国民族舞蹈艺术；西方宫廷舞蹈的发展分化。

第三节 综合艺术

综合艺术综合了文学、表演、音乐、舞蹈、美术、建筑（布景）、工艺等多种艺术媒介，并以此作为传达审美意识的方式和构成艺术形象的手段，主要有戏剧、电影和电视等。

一、戏剧

"戏剧"一词的两种含义。

中国传统戏曲的艺术特征：一是综合性；二是虚拟性；三是程式性。

话剧的艺术特征：一是对人的行动的模仿，即戏剧动作；二是戏剧冲突；三是表演艺术。

二、电影

电影的技术与艺术特征：电影是建立在光学、光化学和机械工艺技术发展基础上的艺术。电影是一门以运动幻觉为中心的艺术。电影的第一个特征是它以"镜头"作为叙事和塑造艺术形象的基本单位；第二个特征是镜头的组接；第三个特征是由镜头中的画面和镜头的组接而构成的影片叙述内容的发展过程，具体地说就是电影的运动及其节奏。

电影的不同样式与风格：一是注重电影的纪实性和社会性的方向；二是侧重表现主观心理、哲理的方向；三是注重电影作为产业的特点，向市场化发展的方向。

三、电视

电视的艺术与文化特征：一是创作的即兴性；二是内容的纪实性；三是紧凑的情绪节奏与松散的整体结构。

电视艺术的发展：电视艺术在早期主要是电视剧样式；新的电视艺术观念与样式的发展。

第四节　语言艺术

语言艺术是指以语言为塑造艺术形象的材料和传达媒介的艺术，这就是文学。文学样式的分类有："二分法"、"三分法"和"四分法"。

一、诗歌

诗歌的艺术特征：首先，从语言的直观层次来看，诗歌的语言富于韵律感;其次,从诗歌的语言内容表现来看,显著的特点是高度凝练;再次,从诗歌中所塑造的艺术形象来看,特点是充满感情、富于想象;最后,从诗歌结构上看,突出的特点是具有跳跃性。

诗歌的分类。

二、散文

散文的基本特征:第一,选材范围广阔;第二,注意表现作者的生活感受和特殊境遇;第三,结构自由灵活,形式短小精练;第四,语言自然简洁而优美。

散文的各种样式。

三、小说

小说的主要特征:第一,能够多方面、细致地刻画人物性格;第二,小说多具有较为完整生动的故事情节;第三,小说可以描绘出具体可感的环境。

四、戏剧文学

戏剧文学一般说来是指供戏剧演出的文学剧本,它既具有文学作品的特性,又是戏剧艺术的一个重要组成部分。戏剧文学的特征:第一,主要运用人物语言塑造形象,人物语言要求个性化、口语化,富有动作性、文学性和潜台词;第二,人物、时间、场景高度集中;第三,具有尖锐的戏剧冲突。

戏剧文学作品的分类方式;悲剧的特征;喜剧的特征;正剧的特征;当代戏剧发展中的探索和试验。

五、影视文学

电影文学:电影文学是指为拍摄电影而写的文学剧本。电影文学的特征:第一,鲜明地体现视觉形象;第二,人物具有强烈的动作性;第三,人物语言简练而富于表现力;第四,叙述结构要考虑电影的蒙太奇效果。

电视文学:电视文学主要指为制作电视文艺节目而编写的文学脚本,除了电视剧的剧本之外,还可包括解说词和供拍摄电视作为依据的整个文案材料。

电视文学的特征:第一,内容多贴近现实生活,具有强烈的现实感;第二,电视文学中语言具有特别重要的地位;第三,电视文学的结构布局要注意电视观众的情绪节奏和电视结构的开放性。

第六章 文艺作品的构成

第一节 文艺作品的形式和内容

一、叙事艺术的内容、语言与动作

叙事就是通过语言组织起人物的行动和事件,从而构成艺术世界的文学活动。叙事艺术的研究应包括三个层次:叙述内容、叙述话语和叙述动作。

1. 叙述内容

叙述的内容首先就是故事,构成故事的要素有人物、情节和环境。

人物:"扁平"人物;表意型人物;"圆形"人物;典型人物和"性格"人物。

情节:情节是按照因果逻辑组织起来的一系列事件,也就是把表面上看来偶然地沿着时间先后顺序出现的事件用因果关系加以解释和重组。情节的构成。

环境:环境是人物的生存空间,围绕人物的自然、社会的物质世界及人类文化氛围便是作品中特定的环境。自然环境;社会环境。

2. 叙述语言

叙述语言是使故事内容得以呈现的口头或书面陈述,包括叙述时间和叙述视角等方面。

第一,叙述时间。叙述时间指的是故事时间与文本时间相互对照所形成的时间关系。叙述时间中主要包括三个方面的关系，即时距、次序和频率。

第二，叙述视角。叙述视角是叙述语言中对故事内容进行观察和讲述的特定角度。第三人称叙述；第一人称叙述；第二人称叙述和人称或视角变换叙述。

3．叙述动作

叙述动作是指讲故事这一行为本身，包括两个基本要素：叙述者和接受者。

叙述者：叙述者是作者安排在作品中讲述故事的人。"隐在叙述者"；"显在叙述者"。

接受者：接受者是与叙述者相对的概念，接受叙述语言的对象就是接受者。潜在的接受者。

二、抒情艺术的情感内容与形式

1．抒情艺术的情感内容

抒情艺术的内容包括作为抒情主体的自我和社会生活现实这两方面。抒情与现实；抒情中的自我与社会；抒情与宣泄。

2．抒情作品的形式构成

抒情作品的形式结构可分为三个主要的结构要素，即声音、画面和情感经验；三个要素的关系又可以区分成两种：声与情的关系；景与情的关系。

3．文学抒情的方式

抒情语言的修辞方式：比喻与象征；倒装与歧义；夸张与对比；借代与用典。

抒情角色：第一人称抒情方式；代言的抒情方式。

抽象形式的意义：

(1) 对传统艺术中形式美感的认识：席勒与沃尔夫林。

(2) 抽象形式的美感："有意味的形式"；康定斯基的观点。

(3) 形式的心理学意义："秩序感"与"格式塔"心理学派。

第二节 文艺作品的层次分析

一、作品的语言层面

语言层面的特点:内指性;心理蕴含性;阻拒性。

二、作品的形象层面

形象的基本特征:主观与客观的统一;假定与真实的统一;个别与一般的统一;确定性与不确定性的统一。

艺术形象高级形态的两个范畴:"典型"与"意境"。

典型:典型概念的起源与具体涵义。

意境:意境的定义;意境的特征——情景交融,虚实相生。

三、作品的意蕴层面

作品的意蕴层面的三个层次:历史内容层面;哲理意味层面和审美意蕴层面。

第三编 文艺创作论

第七章 文艺创作的本质

第一节 文艺创作是一种精神生产

一、精神生产与物质生产

1. 精神生产、物质生产的定义

2. 精神生产的独立性及其表现

3. 20世纪精神生产的特征:在生产主体、生产方式、生产观念、产品功能和产品形态等方面的变化

二、文艺创作与其他精神生产的区别

1. 文艺创作活动与宗教活动的区别

2. 文艺创作活动与科学研究活动的区别

3．文艺创作是一种个性化的符号生产

第二节　文艺创作的主体和客体

一、文艺创作的主体

1．关于文艺创作主体的几种主要观点

文艺创作的主体是"模仿者"；德谟克利特、柏拉图、亚里士多德的观点。

文艺创作的主体是"创造者"；狄德罗、歌德、黑格尔的观点。

文艺创作的主体是"白日梦者"；弗洛伊德的观点。

文艺创作的主体是"集体人"；荣格的观点。

2．正确认识文艺创作的主体

文艺创作的主体是美的体验者、评价者和创造者；

文艺创作的主体是自由自觉地从事艺术生产活动的人；

文艺创作的主体是具体的、个别的社会人。

二、文艺创作的客体

1．关于文艺创作客体的几种主要观点

文艺创作的客体是人的情感；"诗缘情"

文艺创作的客体是单纯的事实；左拉和克拉考尔的观点

文艺创作的客体是意识流；伍尔芙的观点

2．正确认识文艺创作的客体

社会生活是文艺创作的终极客体；

文艺创作的客体是具有审美价值的社会生活。

第八章 文艺创作的过程

第一节 文艺创作的准备阶段

一、丰富、深刻而独特的生活体验
1. 创作主体的生活体验为什么应该是丰富、深刻而独特的
2. 直接的体验与间接的资料相互补充
二、正确的世界观、人生观和创作理念
1. 创作理念的定义
2. 世界观、人生观和创作理念对创作的影响
三、艺术修养和艺术技巧
1. 艺术修养包含的主要内容
2. 艺术修养对文艺创作的重要性
它是从事创作的前提,是决定创作水平高下和创作生命长短的要素之一,它能促使文艺工作者自觉地承担起应尽的社会职责
3. 如何提高艺术修养
4. 如何掌握艺术技巧

第二节 文艺创作的发生阶段

一、创作意念
1. 定义
创作意念是指人们从事文艺创作的念头。
2. 创作意念通常在两种情形下萌发
过去生活的回忆、现实生活的某种情境或事件的触动。
二、艺术发现
1. 定义
创作者对创作素材的宏观的、独特的审美感知。

2．艺术发现的特征

三、创作冲动

1．定义

创作主体迫不及待地要从事审美创造活动的激情。

2．创作冲动对文艺创作的影响

正面的——推动力；负面的——破坏力。

四、创作动机

1．创作动机的种类

2．创作动机对文艺创作的影响

高尚的动机催生优秀作品,卑下的动机往往使创作误入歧途。

第三节　文艺创作的构思阶段

一、构思的方式

1．沉思默想

2．编写创作大纲

3．绘制草图,做模型或小样

4．边创作,边构思

5．试演、试奏

6．与人讨论,集思广益

二、构思的方法

1．合成法——加法

2．简化法——减法

3．夸张法——乘法

4．变异法——求异思维

5．错位法——将人物放到不属于他的时空中去

第四节　文艺创作的符号化阶段

一、将构思符号化
1. 构思与符号表现之间的矛盾及其原因
2. 物质媒介的运用,物质媒介的特征和功能
3. 影响符号化进程的两大因素:准备工作是否充分;艺术技巧的高低
二、作品的修改和定型
1. 对作品进行修改的必要性:内在的原因,外在的原因
2. 修改作品应遵循的原则:精练、有新意、"可读"性强
三、即兴创作
1. 被动的即兴创作——无准备之战
2. 主动的即兴创作——情绪处于极端状态下的创作
3. 即兴作品的艺术特征——敷衍、应酬与真情勃发

第五节　文艺创作的心理机制

一、灵感和直觉
1. 灵感和直觉的定义
2. 灵感的特征:突发性、亢奋性、创造性
3. 区分灵感、直觉与艺术发现这三个概念
二、想象和联想
1. 再造性想象
2. 创造性想象(分为虚构和联想)
三、情感和理智
1. 情感对文艺创作的影响
2. 如何处理情感与文艺创作的关系
3. 理智在文艺创作中的作用

四、意识、潜意识和无意识
1. 集体无意识、梦幻无意识与习惯无意识
2. 意识、无意识与文艺创作的关系
五、文艺创作过程中的思维活动
1. 思维的基本特征；形象思维
2. 艺术思维的基本特征：意象性、情感性、创造性、美感化、个性化

第九章　文艺创作的原则

第一节　创作原则的界定

一、写境与造境——王国维的的观点
二、模写自然与润饰自然——钱锺书的观点
三、现实主义与浪漫主义——一种似是而非的分类

第二节　写实、写意与抽象

一、写实——丰子恺、徐悲鸿等人的主张
二、写意——中国传统文人画与西方现代派所推崇的原则
三、抽象——超越具象的束缚

第三节　内容与形式

一、"有意味的形式"
1. 贝尔的论点
2. 如何评价贝尔的论点
二、内容与形式的关系
避免两种极端(文以载道,形式高于一切),追求完美统一

第四节　生活真实与艺术真实

一、"真实"的双重标准
二、艺术真实与生活真实的辩证关系
1．艺术真实以生活真实为基础
2．艺术真实是一种主观真实、心理真实，而不是客观真实或物理真实
3．艺术真实重在神似，不在形似

第十章　文艺创作的风格和流派

第一节　风　　格

一、概念的由来
二、人格与风格不能简单地等同起来
三、创作个性与风格
四、风格的表现形态：豪放与婉约等

第二节　流　　派

一、艺术流派的形成
1．自发形成的艺术流派
2．非自发形成的艺术流派
3．艺术流派的命名方式
二、艺术流派对文艺创作的影响
三、艺术流派与文艺思潮：互动的关系

第四编 文艺接受论

第十一章 文艺接受概说

第一节 何谓"文艺接受"

一、文艺接受的前提

1. 必须具备可供接受的客体——**文艺作品**
2. 必须具有能够感受文艺作品意义价值的主体——**接受者**
3. 主客体之间必须具有一定的适应性,建立起一定的联系通道

二、文艺接受的态度

1. 文艺接受的重要性

文艺接受是整个文艺活动的最后环节,是一种再创造活动。读者与作者、作品、世界四个要素之间双向互动,共同为文艺作品意义世界的敞开起到一种合力作用。

2. 文艺接受的层次策略

任何一种文艺作品都是一个有机整体,但接受者可以分层次由表及里、由浅入深地认识和理解它。一般从四个层面上去把握:第一层——物质媒介层;第二层——形式图像层;第三层——形象理解层;第四层——哲理意蕴层。

三、文艺接受的意义

1. 文艺接受活动的开始意味着艺术活动整体环节的圆满成功

2. 文艺接受是实现文艺作品人文价值、审美教育和社会作用的中介环节

3. 文艺接受是推动文艺繁荣的巨大力量
4. 文艺接受是文艺批评的基础,推动文艺理论的进一步发展

第二节 文艺接受的基本特征

一、本体性特征

1. 问题的提出

文艺活动作为人类创造性实践活动之一,同社会化大生产一样,要经历生产——流通——消费这三大环节。文艺接受实现文艺消费,因此基本特征的二重性由此显现出来。

2. 马克思关于社会化大生产的原理

具体反映在两个方面:其一,"文艺生产规定着文艺消费";其二,"文艺消费也同时制约着文艺生产"。

3. 文艺消费的二重性

文艺消费的二重性是指文艺消费活动中出现的文化商品性和商品文化性现象。(1)文艺产品具有商品消费的特点。(2)文艺消费是一种特殊的商品消费,具有精神享受和情感愉悦的性质。

二、主体性特征

1. 意识形态性

艺术是一种审美的意识形态,其艺术接受活动从本质意义上也就具备了意识形态性。

2. 审美文化性

文艺是一种意识形态,但它不同于一般的意识形态,而是审美地掌握世界的方式,这就决定了它具有认识性、审美性和文化性。

第十二章　文艺接受主体

第一节　对接受主体心理探索的几种理论

一、达尔文的困惑

达尔文在其研究活动中发现某些飞禽走兽以至昆虫具有某种类似人类审美活动的行为,因而认为美(包括审美)是可以外在于人类而存在的,美的意识亦非人类所独有。

二、皮亚杰的发生认识论原理

皮亚杰从发生认识论原理的科学研究出发,否认天赋论、先验论,认为认识发生于主客体之间的相互作用,起中介作用的是"可塑性要大得多的活动本身"。

三、格式塔心理学美学

格式塔心理学美学认为,审美快感是由于文艺作品(或其他审美对象)的力的结构与审美主体情感结构的一致而产生的,即人的精神现象和对象的物质现象"异质同构"的关系。

第二节　接受主体的心理要素

一、感知

视、听两大感觉是人类最主要的审美感官。感知包括简单的感觉和较复杂的知觉。审美感知不同于日常感知。

二、情感

情感是最为活跃的因素,既广泛渗入整个审美过程,成为诱发其他心理因素的导引,又充当感知和想象的动力。审美情感不同于日常情感。

三、想象

想象是主体心理中一个重要因素,其特殊功能在于能够借助情感的推动,把审美的感知和理解涵融起来。想象包括初级形式和高级形式两种。在文艺接受活动中,创造性想象至关重要,它关系到接受的层次和主体审美满意度。

想象在文艺接受中的主要作用表现在两个方面:其一,提高审美感受的敏锐力,增强主体感知审美对象的完整性,并进而领悟文艺作品内在构成所表达的言外之意。其二,加深对作品意义在更广和更深层次上的把握,拓宽艺术的审美空间。

四、理解

文艺接受中的理解不同于一般认识活动中的理解,具有某种超感性的特点。这一特点与审美直觉有密切关系。

审美直觉是一种融会审美判断的弃绝理性的分析形式,这种感觉既包括五官感觉(生理性反应),又包括精神感觉和实践感觉,因此才能既直观地欣赏其外观形式,又能深入领悟其形式之后的意义,从而使直觉中饱含着丰富而深刻的社会理性内容和情感色彩。人类长期的审美实践,使主体具有了发现形式美的"形式感"。人类后天的有意识审美教育和审美训练,可以将人类审美的历史成果转化为审美能力,从而敏锐地领悟出意义。

第十三章 文艺接受过程

第一节 文艺接受的发生

一、期待视野

期待视野旨在揭示读者的文学阅读经验构成的思维定向或先在结构所形成的心理图示在具体阅读过程中所起的作用。就文学作品的接受而言,接受主体的期待视野主要呈现为文体期待、意象期待和意蕴期待三个层次。

二、接受动机

1. 求美的动机

2. 求真的动机

3. 求善的动机

4. 求乐的动机

三、接受心境

人们日常生活中较为稳定而持续的情绪状态与自设调整的独特情绪环境会随接受者主体进入文艺接受的过程而逐渐起作用,影响其接受效果。这一情境,我们称为接受心境。

从形式特征上看,主要有三种:(1) 欣悦心境。(2) 抑郁心境。(3) 虚静心境。

四、受者位移

在文艺接受活动中,接受者与作品之间是一种水乳交融的关系,一般来说,接受者的身份既明确,又不明确。在文艺接受活动中,必然要经历一个不断由组合型受者和"隐含的读者"向现实的真实型受者的转移过程,由此实现其作品意义、价值和审美教育作用等。

第二节 文艺接受的发展

一、空白与填充

文艺作品中充满诸多"空白"与"黑箱",需要接受者进行积极能动的再创造,从而对"空白"加以填充,对"黑箱"加以敞亮,使之成为审美对象的"第二文本"。

二、还原与异变

文艺作品一旦脱离作者进入文艺接受阶段之后,就具有了独立自足性。因此,文艺作品的接受活动中就出现了"走向作者"(还原)和接受异变等现象。

文艺作品的异变主要有三种形式:(1) 作品形象的异变。(2)

情感的异变。(3) 思想观念的异变。

三、正解与误解

在沿作品线索渐次进入作品世界之时,既可能发生与作品意义相顺应(符合作品)的理解,也有可能发生不同乃至相悖的阐释。我们称前者为"正解",后者为"误解"。其中,误解又分为"正误"与"反误"两种形式。

四、遇合与遇挫

所谓遇合,是指接受者对文艺作品的对话与交流所达致的顺向呼应关系。具体来说,主、客体之间发生四种遇合的情形:(1) 对话——与作者的遇合;(2) 同构——与世界(自然和社会)的遇合;(3) 去蔽——与作品的遇合;(4) 共振——与其他接受者的遇合。

所谓遇挫,是指在文艺接受活动中,既有一定的遇合(顺向),又同时设置一些必要的障碍,使无碍的遇合发生某种心理阻滞,产生某种陌生化效果,在作品的技法、人物性格命运的发展、情节的突变、主题的呈现、艺术语言的出奇等方面给人一种期待指向的挫破感,打破接受者的心理预设和俗常惯性,从而激发起好奇心,使之在起伏的心理接受节奏中得到更大的满足。

第三节 文艺接受的高潮

一、共鸣

共鸣,是指接受主体与客体之间产生感应关系,实现信息与情感的交流与呼应。一般表现为接受者与作者、接受者与作品中的人物、接受者与其他接受者(同一时空或不同时空条件下)之间的同感共想,心灵的共鸣。

二、净化

美学或文艺学上的"净化"一词,或作"陶冶"。文艺接受中的净化,是指接受者在文艺作品接受过程中,经由对文本的理解,不由自主地进入某种艺术的灵动空间,潜移默化地感受到情感的悦适和知性的满足,使自己的身心得以调适,情绪得以排遣,人格得以提升。

三、领悟

领悟是文艺接受高潮中的最高境界,主要是通过对文本的解读行为,形成审美意象,通达艺术意境,认识生活底蕴,提升人格精神。

四、延留

延留是文艺接受高潮的最后阶段,它是指文艺作品引发了接受者的共鸣、导致了情感的净化、提升了人格精神、领悟了作品的意义之后,文艺接受过程和高潮中产生的种种审美意象尚不隐退,而以表象的形式驻留于脑际,不断重新并反复回味的境况。它是文艺作品艺术魅力的体现。越是优秀的艺术作品,其延留的效果越强。

第十四章　文艺接受价值

第一节　文艺接受与传播

一、传播的历史简述

传播是人类借助符号和媒介交流信息,沟通彼此的思想感情,以期引发相应的文化活动的行为。从人类历史上看,迄今为止共产生过语言传播、书写传播、印刷传播、电讯传播、互动传播等五次传播革命,它们的每一次到来,都产生了巨大而深远的影响。

二、传播的文化功能

传播就是意义的共享,是人类生命底蕴的开拓与对话。因此,传播不仅本身是一种文化行为,更是文化的聚合体和文化意义的承载者。

传播的文化功能主要表现在:(1)继承和传播文化;(2)积淀和享用文化;(3)选择和涵化文化。

第二节 文艺接受的效应

一、审美教育

审美教育,亦称美育。它是一种情感教育,实质上是以美的对象感动审美主体,从而使其情感得到陶冶。其具体操作过程表现在两方面:(1)艺术的情感反应模式。(2)审美的情感陶冶。

二、其他作用举隅

1．化解焦虑

2．审美治疗

第三节 文艺接受与批评

文艺批评是文艺接受的最后环节,它同文艺鉴赏构成相辅相成的两极,其本质上是一种科学活动。

一、文艺批评方法

1．伦理批评

2．社会历史批评

3．审美批评

4．心理批评

5．语言批评

二、文艺批评原则

1．马克思主义文艺批评的总原则

马克思主义文艺批评的总原则即美学和历史的观点。这二者之间是辩证统一的关系,不能相互割裂,甚至对立起来。

2．文艺批评的具体原则

(1)文艺批评应建立在文艺鉴赏的基础之上;(2)文艺批评应坚持实事求是的原则;(3)文艺批评应坚持全面的、整体的观点;

(4)"二为"方向与"双百"方针。

三、文艺批评标准

在马克思主义"美学和历史的观点"这一总的指导原则之下的思想标准和艺术标准,二者是并重的关系,不可偏废。思想标准一般应把握四个基本点:(1)真实性;(2)进步倾向性;(3)民族性;(4)积极健康的情感陶染力量。

艺术标准一般应把握四个要点:(1)文体构成的完美性;(2)艺术形象的典型性;(3)艺术意蕴的深刻性;(4)艺术手法的创新性和民族性。

自 学 辅 导

第一章 文学艺术的认识特征

一、基本概念

1. 再现论

再现论是指文学艺术作为一种人类的理性意识与认识活动对客观世界特有的反映功能,它能够把客观存在的生活对象及其规律性真实地反映出来,从而为人类正确地认识现实、改造现实提供一种精神工具。它的基本内涵可以从三个方面来了解:从历史角度讲,古希腊的摹仿说是其最典型的描述;从哲学角度讲,它是建立在理性意识和实证科学基础上的认识论;从文学艺术特征角度讲,它把文学艺术对客观世界所具有的再现与认识本质充分揭示出来,因此它是我们正确理解与把握文学艺术特征的一个重要的不可或缺的方面。

2. 摹仿说

摹仿活动是人类主体的一种基本的生命活动方式,它是人类运用原始类比思维再现、反映客观世界的主体能力的集中体现。真正把文学艺术摹仿提高到文艺理论高度的是亚里士多德。他在作为西方文艺理论奠基之作的《诗学》中明确指出:诗起源的两个原因都出于人的天性,原因之一就是人类的摹仿本能,人从孩提的时候起就有摹仿的本能(人和禽兽的分别之一,就在于人最善于摹仿,他们最初的知识就是从摹仿中得来的),人对于摹仿的作品总是感到快感。这段话中特别值得重视的有两个方面:首先,是亚里士多德认为人类最初的知识都是从摹仿得来,这就彻底驱除了柏拉图哲学中的神秘主义性质,也为恢复感性认识活动的重要意义奠定了哲学基础。在批驳了文学艺术与真理无关的观点的基础上,亚里士多德也就赋予了人类的摹仿活动本身以一种新的内涵。这时,文学艺术摹仿也就不再只是对客观世界的机械反映,而同时也是一种更高的具有创造性的实践活动。其次,更为重要的是,他还把摹仿同快感即人的审美活动联系起来,这就把赫拉克利特所讨论的作为生存技术而存在的摹仿论与作为审美活动的文学艺术摹仿说明确区别了开来。人类一般的摹仿行为都具有明确的再现现实的直接功利性,而文学艺术摹仿则同时还具有审美享受与情感体验的愉悦性质。

摹仿说作为人类早期关于文学艺术与审美活动的一种朴素的文艺观念,在充分肯定文学艺术活动中所包含的主体理性认识与反映能力的基础上,把人类所具有的伟大的审美创造本质力量提升到文艺理论的研究视野中。

二、综述题

1. 谈谈对于文艺再现本质的历史认识。

关于再现论文学艺术观理论内涵的阐释问题,关键就在于论证摹仿、再现是否反映事物本质。这个问题也曲折地反映在文艺理论自身观念的历史演进中。从逻辑角度讲,从柏拉图否定文学艺术可以反映真理,到亚里士多德提出诗人可以表达出普遍性,就已经从哲学角度完成了关于文学艺术的再现本质的理论证明。从历史角度讲,这种文学艺术观念是在人类历史的中古时代建构起来的,它是以西方文艺复兴中提出的"镜子"说与中国唐代诗人白居易和元稹的新乐府运动为标志的。从这两方面入手,就可以对文学艺术的再现本质进行更加具体深入的认识和把握。

在西方文艺理论史上,是著名艺术家达·芬奇首先提出了"镜子"说。他指出:画家的心应该像一面镜子,永远把它所反映的事物的色彩摄进来,前面摆着多少事物,就摄取多少形象。这里把文学艺术的再现功能比作镜子,实际上也并不是指那种对自然对象的机械描摹。达·芬奇在进一步阐述他的"镜子"说的时候谈到:画家应该研究普遍的自然,就眼睛所看到的东西多加思索,要运用组成每一事物的类型的那些优美的部分,用这种方法,他的心就会像一面镜子真实地反映面前的一切,就会变成好像是第二自然。正是在这种忠实于自然的再现文学艺术观指导下,达·芬奇创作了永恒不朽的《蒙娜丽莎》。这种"镜子"说是亚里士多德摹仿说在文艺复兴时代的继续和发展,它要求文学艺术家必须面向现实,学习自然,以对现实生活的真实感受和直接经验为根据塑造艺术形象。

继达·芬奇之后,关于文学艺术的再现本质实际上始终成为西方众多优秀文学艺术家所追求的最高文学艺术理想。文艺复兴时代著名作家卜伽丘在《十日谈》的一则故事中曾这样表达其创作观念:"这些故事我都是用不登大雅之堂的佛罗伦萨方言写成的,而且写的还是散文,又不曾署名,只是平铺直叙,不敢有丝毫卖弄。"莎士比亚则在《哈姆雷特》中指出:"演戏的目的,从前也好,现在也好,都是仿佛要给自然照一面镜子,给德行看一看自己的面貌,给荒唐看一看自己的姿态,给时代和社会看一看自己的形象和印记。"塞万提斯在长篇小说《堂吉诃德》的"作者原序"中,也曾这样表达自己的创作原则:"描写的时候摹仿真实:摹仿得愈真切,作品就愈好";"所有的事只是摹仿自然,自然便是它唯一的范本;摹仿得愈加妙肖,你这部书也必愈见完美。"这种"镜子"说理论中关于摹仿自然的主张,其根本目的在于要求文艺创作应以现实人生和世俗人情为对象,它对于摆脱中世纪宗教艺术的虚幻、神秘、冷僻和阴沉,反对中世纪骑士文学艺术虚假做作的浪漫情调,创造鲜活生动的具有个性生命的文学艺术形象,发挥了巨大的推动作用。有人说按照世界的本来面貌表现世界,这就是塞万提斯、拉伯雷、莎士比亚现实主义的座右铭。另一方面,这些作家强调摹仿自然的时候,并未把创作等同于现实世界的机械复制,而是广泛地使用了传说、神话,以至荒诞、象征、夸张、幻想等手段,这可以说开辟了现实主义的创作原则的先河。实际上,不仅是文艺复兴时代这些文学艺术巨人,其后许多伟大作家如司汤达、果戈理、陀思妥耶夫斯基等人,都十分喜欢使用"镜子"这个比喻来说明其作品对自然与现实世界所具有的反映功能。

从中国文艺理论角度讲,虽然从春秋时代就出现了"以观民风"这种再现论的萌芽,但它本质上只是为统治阶级服务的一种政治要求,它对于生活的再现与反映就不可能不带有极大的片面性。而实际上这种反映生活的文学艺术自觉意识,在中国文艺理论史上是到了中唐元白诗派所提倡的新乐府理论时,才把这个问题从理论上明确表述出来。新乐府一词始自元稹,他强调做诗要"即事名篇,无复依傍",而新乐府的实质则是"不虚为文"。白居易《新乐府》序指出:"凡九千二百五十二言,断为五十篇。篇无定句,句无定字,系于意,不系于文。首句标其目,卒章显其志,《诗》三百之义也。其辞质而径,欲见之者易谕也。其言直而切,欲闻之者深诫也。其事核而实,使采之者传信也。其体顺而肆,可以播于乐章歌曲也。总而言之,为君、为臣、为民、为物、为事而作,不为文而作也。"这种关怀现实、反映民间疾苦的文学艺术精神,把文学艺术与现实世界的密切关系极大地突现出来,在元白看来,文学艺术是一种表达民间疾苦与作家对于生活世界的精神态度的理性工具。元白这种新乐府文学艺术精神,可以说继承和发扬光大了伟大诗人杜甫所开创的现实主义诗歌传统,它要求文学艺术必须能够真实地反映现实世界的矛盾冲突,并且成为人们进行现实斗争的一种文化工具。这也正是元白诗派的文学艺术观在中国文学艺术史上具有重大影响的根源。

2. 怎样从与表现论的比较中认识文学艺术的再现本质?

由于再现论与表现论是两种基本的认识文艺本质的理论方法,所以关于文艺再现论的本质特征,还可以通过它与表现说理论的比较加以认识。

首先,与表现论文学艺术观注重文学艺术对于创作主体内心世界的传达与揭示不同,再现说充分揭示了文学艺术作为一种精神活动对客观现实世界所具有的认识功能。从西方文学艺术角度讲,文艺复兴时代的文学艺术家大都与当时的科学研究有着密切关系。这种实证的科学精神还可以从左拉的自然主义文艺理论中加以了解。自然主义的哲学基础就是孔德的实证主义。这种实证哲学反对一切玄学思辨,强调人的感觉和经验是一切知识的源泉。以实证主义为哲学基础的自然主义,主张用自然科学的实验的态度来对待生活,认为文艺研究与自然科学在方法上是类似的。正是由于借助于自然科学概念与方法,在左拉的文学艺术创作中常常可以把人性本身挖掘到一种惊人的深度。这种再现和反映现实世界的文学艺术追求,实际上也是中国文学艺术一贯强调的优秀传统,它在本质上是一种关于文学艺术的历史主义精神追求,即把以形象方法揭示现实的文学艺术活动看作是一种真实地反映、记载着现实过程的历史文献。它注重的是文学艺术作品的"记事"功能,而非"抒情"功能,它的核心精神是一种反对风花雪月与无病呻吟的现实主义创作方针,要求"文章合为时而著,歌诗合为事而作"。如中国文学艺术史上号称诗史的杜甫,他著名的"三吏"、"三别"就构成了对唐代"安史之乱"的一幅生动写照。元白诗派的《新乐府》与《秦中吟》也把中唐社会各个方面的腐败与黑暗透彻地揭示了出来。

其次,它突破了浪漫主义者狭隘的个人精神小宇宙,充分展示了作家崇高的人道主义精神。注重文学艺术的表现本质,往往容易沉溺于文学艺术家个人灰色的心理世界,从而放弃他们对于社会现实应当承担的道德责任与历史使命。而再现说以广阔的社会现实世界为文学艺术对象,注重作家个体的精神感受与现实世界的直接关系,则有利于作家超越其狭隘的创作心态与审美感受,把文学艺术活动从"为艺术"的狭隘境界提升到"为人生"的广阔天地中。在这个意义上,以再现论为观念的文学艺术家,一般都与人类的理性精神密切相关。如19世纪西方的批判现实主义作家,都不同程度地接受了德国古典哲学的理性主义精神和人本主义哲学的影响。正是在康德"人是目的"与费尔巴哈宣扬的人权就是追求幸福的伟大思想指引下,他们对资本主义的血腥、肮脏与罪恶展开了激烈的批判斗争,这正是他们被称为人类的良心的根本原因。这种关心现实的人道主义精神,在中国文学艺术史上表现得也十分典型。作家们运用儒家的伦理思想与文学艺术武器,批判封建政治的黑暗,抗议沉重的经济剥削,再现了民间真实的疾苦声,充分表现了他们的理性本质力量与人道主义精神。

3. 对再现论文学艺术观应如何评价?

再现论文学艺术观起源早,影响大,至今仍是我们认识和把握文学艺术特征的一个基本语境。这种本质观的逻辑合理性在于把握住文学艺术的理性认识属性,其历史合理性也被众多具有现实主义特征的文学艺术创作所证明。

首先,由于再现论特别注重文学艺术的摹仿、认识功能以及创作主体的理性主义与人道主义精神,所以它最重要的意义就是为人类文学艺术中最重要的现实主义文学艺术流派奠定了理论基础,提供了文学艺术实践的范例。

其次,其片面性首先表现在由于倾向自然科学而走向了自然主义,即一种照相机式的机械现实主义。受科学主义思潮影响,自然主义强调尊重客观事实,直接反映现实生活,在这一点上它无疑是正确的,并与现实主义一脉相承。但是,由于混淆了自然科学与人文科学的基本区别,自然主义在反映生活时就特别着重描写生活中的非本质的个别现象和琐碎细节,追求事物的外在真实,而忽视了对生活本质的表现和揭示。

再次,理性认识与审美意识是有区别的,再现说理论过于重视理性认识,往往对文学艺术本身的情感性与审美特征有所忽视,甚至走向一种极端粗糙的狭隘的机械主义或实用主义文学艺术观。

第二章 文学艺术的情感特征

一、基本概念

1. 表现论

表现论是指文学艺术作为一种人类主体活动所具有的对主观情感世界的构造、显现功能,它通过对于主观心理世界的形式构造与审美变形,把人类内心深处的潜意识、情感、理想、幻想等心理意象直接地表达出来。它是表达人类关于现实的情感评价以及主观理想的最重要的精神工具。表现论的基本内涵可以从三个方面来了解:从历史渊源上讲,可以说它仍然根源于古希腊亚里士多德《诗学》中讲到的可以引发快感的"音调感与节奏感";从哲学上讲,它是在席勒关于审美冲动的游戏特征中得到完美描述的;从文学艺术特征角度讲,它把文学艺术活动对于主观世界所具有的表现与创造性建构的审美本质充分揭示出来。

2. "音调感与节奏感"

表现活动是人类主体的一种基本的生命活动方式,是一种人类主体构造、表现主观世界的主体想象力的集中体现。在文艺理论上第一次把文学艺术同审美表现、情感构造活动明确地联系起来的,无疑就是古希腊哲学家亚里士多德。他在《诗学》一书中提出了"音调感与节奏感",其中有两个方面特别值得重视:一是它虽然不同于文学艺术的摹仿特征,但却同样具有审美享受与情感体验的愉悦性质,它把文学艺术的审美奥秘从外部世界转移到人类的内在精神世界中,从逻辑上建构了文艺表现与文艺再现活动的根本区别;二是它充分肯定了主体的审美创造性在文学艺术生产中的决定性意义,这就为创作主体的潜意识、情感、想象力与主观能动性的发挥提供了理论依据。它突出了文学艺术活动中所特有的审美内涵和情感特征。

3. 文艺的象征本质

文艺的象征本质是指文学艺术作为一种人类无意识活动对主观深层心理世界所具有的构造、折射功能,它侧重于对于人类非理性世界中潜意识、欲望情感、心理压抑、生理本能的隐喻表达,因而往往具有神秘的、象征性的和充满荒诞意味的形式特征。从文艺理论发展的角度看,文艺的象征说是表现说进一步发展的结果,它把文学艺术的表现对象从审美心理层次进一步发展到人类的无意识领域。因此,正确地分析和认识文学艺术的象征本质,将十分有助于我们深入了解包括象征主义文学艺术在内的建立在非理性精神基础上的现代主义文学艺术发生的总体背景。

4. 白日梦理论

按照弗洛伊德的理论,可以把梦的结构划分为"显在内容"与"潜在内容"两部分。前者是指做梦人意识到的,它往往是一组形象、一组画面、一串情节或者一段言语等,这组形象的体系往往和白日发生的具体事件联系着;而后者则是指做梦人自己意识不到的一组愿望体系,它作为某种情绪、冲动、憧憬幽闭在做梦人的潜意识中。二者关系可以表述为:"形象体系"是梦的表现和形式,"愿望体系"则是梦的动因和动力;由潜在的"愿望体系"到显在的

"形象体系",便是梦的工作过程。人潜在的"愿望体系"在白天由于受"自我"和"超我"的严格控制而不能表达,到了夜间,由于睡眠的缘故,"自我"与"超我"对于"本我"的监察与控制放松,这组欲望才有了表现的可能。但是,即使在睡眠中,"自我"与"超我"的警戒仍没有全部撤去。为了逃脱和蒙蔽这种监察和控制,潜在的"愿望体系"便加以改头换面、乔装粉饰、幻化变形,然后放到梦的意识中去,于是就出现了种种梦的幻境。在弗洛伊德看来,这种梦幻产生的精神机制同样适合于解释文学艺术的心理发生过程。文学艺术作品和文学艺术的创造就是一种像做梦一样的精神活动,作家在现实世界中所受到的压抑与控制,只能通过文学艺术活动给自身提供一种表达"愿望"的机会。因此,弗洛伊德把文学艺术家看作是一些做白日梦的梦幻者。

5. 原始意象

荣格认为,在个体潜意识下边还存在着人类集体潜意识。"集体潜意识"根植于人类或种族的历史经验之中,甚至还更为悠远地根植于前人类、人类的远祖的活动之中,它是人类几百万年发展演化过程中的精神积淀物。集体潜意识具体表现为积淀在个体深层心理结构中的原始意象。原始意象来源于人类祖先重复了无数次的同一类型的经验,它们是在这些经验的基础上形成的人类心理结构的产物。

二、综述题

1. 说说中西文艺理论关于文学艺术表现特征的认识。

在文艺理论史中,把文学艺术的表现特征讲得最清楚、最直接的应该说是在中国古代的诗学理论中。孔子在《论语》中把诗的基本功能阐释为兴、观、群、怨四种,而其中的"兴"所强调的就是诗所具有的对主观情感世界的表达与构造功能。《毛诗序》中讲"诗者,志之所之也,在心为志,发言为诗。情动于中而形于言,言之不足故嗟叹之,嗟叹之不足故永歌之,永歌之不足,不知手之舞之,足之蹈之也"。这就把主体情感冲动在"兴"这一审美活动中获得宣泄与表达的过程描述得极为生动。与现代美学中讲的纯粹审美宣泄不同的是,受中国伦理文化的制约,这种精神愉悦常常被理解为一种道德快感。

最早从理论上对文学艺术的审美特征作出明确界定的是德国哲学家康德,他从"功利性"与"非功利性"角度严格区分了"艺术"与"技艺",认为艺术是自由的游戏,手工艺则是追求利润与报酬的行业。真正从文艺理论上阐明这个问题的则是斯宾塞与席勒的游戏说。他们认为:文艺与游戏的生理基础是"剩余精力",这种剩余精力通过想象力的游戏获得了自由的运动与发泄,也就是人类产生自由与解放感的根源。游戏说是通过对亚里士多德提出的"音调感与节奏感"的进一步阐释来解释人类的审美快感的。

关于表现说的本质,还可以从文学艺术形态的历史演进中加以了解。从中西文学艺术史角度看,它们都不同程度地面临着从实用中脱离出来,走向更加纯粹的文学艺术自身的过程。对于中国文学艺术来说,文学艺术情感特征获得之主要渠道在于祛除情感表现中的道德特性。对于西方文学艺术史来说,它的基本内涵是文学艺术同一切具有实用性质的"技艺"相脱离,成为一种纯粹表现情感与审美活动的东西。

2. 怎样理解文学艺术的表现本质?

从文学艺术活动特有的理论创造角度,可以通过这样三个方面来认识表现论的独特意义。

首先,表现论最基本的特征就是反对摹仿,突出了以个体想象力为基础的审美创造活动在文学艺术生产中的决定性作用。与再现论强调主体认识机能在文学艺术反映活动中的重要地位不同,它突出的是人类想象力在表现情感与精神理想方面的首要意义。表现论对于想象力的提倡,可以溯源至康德美学理论中的天才说。

关于这个问题,康德有两点论述十分重要:一是认为"天才是替艺术定规律的一种才能",它本质上是一种"表达审美意象的功能"。这就突出了想象力是一种天性而非摹仿、学习的结果。二是康德还高度弘扬了这种想象力,认为想象力是一种强大的能力,能根据现实自然所提供的材料,创造出仿佛是一种第二自然来。这就为个体审美创造力与文学艺术世界的独立奠定了理论基础。这种想象力不受任何客观现实的限制,既不受时间空间的局限,也不受生活真实的约束,它们完全是发挥主观情感、依照内心情感的创造性结果。表现说扩大了艺术体裁,极大地调动了作家艺术家的审美创造性。

其次,突出了文学艺术的情感特征,这对于突出文学艺术与人类其他精神活动方式的不同具有重要的意义。从某种角度讲,文学艺术与一切实用符号的区别就在于是否具有这种纯粹的情感表现性质。实际上,正是经过表现说对于文学艺术活动中情感特征的强调,才使得文学艺术成为文学艺术本身。

再次,在表现论语境中充分表达了文学艺术的审美理想性,它的基本特征就是强调个体精神对于现实世界的超越性。与人类在现实世界中采取的政治经济斗争方式不同,它采用的是一种审美变形方式,以帮助个体反抗现实异化,并获得心灵自由与解放。

3. 如何评价表现论文学艺术观?

表现论文学艺术观的成熟形态虽然出现较晚,但由于它对于文学艺术的情感特征与审美创造性的揭示,所以至今仍是我们认识和把握文学艺术特征的一个基本语境。这种本质观的逻辑合理性在于它深刻地揭示了创作主体的审美创造性以及作品本身的情感特征,其历史合理性也被众多具有浪漫主义特征的文学艺术创作所证明。

表现论文学艺术观积极进步的一面是走向了积极浪漫主义。它敢于正视现实,渴望斗争,崇尚自由解放,既否定封建社会的黑暗统治,也批判资本主义社会的罪恶;既表达对未来、对美好事物、对理想和愿望的强烈追求,也敢于表现对旧事物、对丑恶社会现象的强烈反抗。表现论文学艺术观消极落后的一面是走向了消极浪漫主义。面对当时丑恶的社会现实,消极浪漫主义者虽然也有不满和愤怒,但他们不是积极地抗争和批判,而是面向过去,鼓吹逃避现实,放弃斗争,宣扬神秘主义,歌颂忍耐和驯服,美化中世纪的封建宗法社会,妄图把历史拉向倒退。由于它已丧失了文学艺术的理想性以及作家正视现实、追求自由的品质,所以所造成的负面影响是不容忽视的。

4. 如何理解文艺的象征本质?

象征论的基本内涵可以从三个方面来了解。从历史渊源上讲,它根源于人类原始文化中的巫术系统与原始思维。从哲学上讲,它是以现代非理性哲学,尤其是以现代精神分析学为理论基础。从文学艺术特征角度讲,一方面可以追溯到人类远古时代的神话创作,另一方面它又是现代文学艺术的一种原始主义发展方向。由于它深刻地揭示了文学艺术活动中存在的无意识机制,所以它正好构成对于再现论与表现论文学艺术观的重要补充。它揭示了人的潜意识、生理本能、艺术家的童年经验与心理创伤等在文学艺术生产中的重要作用,这对于我们全面、深刻地理解与把握文学艺术特征,尤其是现代主义文学艺术特征有着重要意义,因而也就成为一个重要的不可或缺的理论课题。

在象征论看来,文学艺术本质上是一种"苦闷的象征"。特别值得注意的是,这种苦闷产生的原因,既不是现实性的悲剧痛苦,也不是心灵的悲剧。因为对于象征主义者来说,这种苦闷的根源不是可以意识到的现实缺陷或者理想冲突,它完全是无意识的或本能的、偶然的或不可把握的,是一种完全超出主体能力限度之外的,因而根本上是一种反对主体、支配主体的命运。而所谓文学艺术的象征本质,就是对这样一种潜意识的恐惧、本能冲动与个体焦虑感的抒发工具,它把文学艺术的主体与对象引向一个深深的属于意识范围之外的幽暗王国。这种理论认为,文学艺术的本质既不再是摹仿自然与现实世界,也不再是对内在情感的表现与发泄,而是对于个体生理本能以及各种心理创伤与集体无意识的折射与表征。如果说再现论充分揭示了文学艺术所具有的反映功能,表现论充分展示了文学艺术所具有的情感特征,那么也可以说象征论深刻地揭示了文学艺术所特有的无意识性与生理性。从再现论到象征论,也就是从理性王国经过感性王国最终沉潜在人类非理性与无意识的深层世界中。由于这个深层的世界依然属于人性结构的一部分,正确而深刻地揭示它的存在秘密,也就成为认识文学艺术的现代性的重要基础。

从象征论发生的历史背景看,要了解它的秘密必须首先认识无意识活动在现代社会中的重要性。在漫长的文明历程中,人类主要依靠理性精神与审美创造来实现其生命活动,这就把意识活动的重要性提高到人类精神的首席法官地位,人和动物的根本区别也被理解为是否具有理性尺度。但是,理性活动本身却并没有给人类带来它渴望的天堂,例如科学被用来制造杀人武器,工业技术对自然环境的恶性破坏等,这就使得对理性主义的怀疑、否定成为20世纪西方哲学的一个更为重要的话题。人生的荒诞性与世界本身的不可理解性,促使人们深入到心灵深处去寻找问题的答案或者安慰,这不仅是现代主义文学艺术发生的根本原因,同时也是各种现代非理性哲学诞生的秘密。而与现代主义文学艺术潮流逻辑联系最为密切的无疑就是现代精神分析学的美学与文艺理论。其主要原因在于:一方面,它把意识与潜意识的关系从根本上颠倒过来,正如弗洛伊德所说,"心理过程主要是潜意识的";另一方面,这种理论也成为解释、指导、影响现代主义文学艺术理论和实践的新工具。对于文学艺术生产来说,它使得在传统文学艺术中被忽视的非理性与无意识得到充分表现与描述,使人性的丰富性在文学艺术中得到更充分的表达;对于文学艺术批评来说,它则提供了一种阐释现代主义文学艺术的新工具,因为这些东西都是传统的文艺理论无法回答的。例如,英国文学艺术家 D·H·劳伦斯的《马贩子的女儿》,它生动地描述了一个枯萎绝望的生命,当其健康的性的活力被激发后,终于奇迹般地恢复了生存的希望和热情。这可以说是根据弗洛伊德精神分析学说创作的典型一例。但这种理论刻意于探寻文学艺术创作的非理性特征,而往往走向另一个极端,并影响我们对于文学艺术作为一种人类精神活动所具有的理性特征的正确认识。这一点我们必须加以注意。

5. 如何理解象征论对于文学艺术现代性特征的揭示?

象征论对于文学艺术现代性特征的揭示,可以从三个方面来认识。

首先,与现代精神分析学认为精神活动主要是潜意识、无意识活动过程相一致,象征论强调了非理性思维在文学艺术活动中的重要性,突出了个体非理性本能在审美创造活动和文学艺术生产中的作用,从而走向了文学艺术再现论的反面。

其次,不同于表现论文学艺术观所强调的审美表现,它在排斥个体审美情感的基础上突出了文学艺术的生理特征。表现论认为"人心是艺术的基础,就好像大地是自然的基础一样",它突出的是人类想象力在表现情感与精神理想方面的首要意义。而象征论文学艺术观则主要是围绕着性本能的压抑与释放展开的,在这里,文学艺术活动成为一种性压抑的变形释放的过程。

再次,它充分肯定了人类集体无意识对文学艺术创造所具有的巨大影响。荣格提出了在个体潜意识下边还存在着人类集体潜意识的理论。"集体潜意识"根植于人类或种族的历史经验之中,集体潜意识具体表现为积淀在个体深层心理结构中的原始意象。原始意象来源于人类祖先重复了无数次的同一类型的经验,它们是在这些经验的基础上形成的人类心理结构的产物。一方面,原始意象不是对外部世界的反映,因而不同于再现论中的审美认识。另一方面,原始意象也绝不同于表现论文学艺术观中的审美意象,它是一种与个体创造力、天才想象力完全无关的东西。而作家的创作不过是对这种神秘莫测的原始意象的复制与叙述。

由于象征论文学艺术观直接显示出人类文学艺术活动的深层心理特征,所以它是我们认识和把握文学艺术活动的一个重要方面,尤其是解读现代主义文学艺术本质特征的一个基本语境。

6. 试比较再现论、表现论与象征论三种文学艺术观。

从文艺理论史的角度看,象征论文学艺术观虽然可以说是出现最早,但其步入成熟形态却是相当晚近的事情。它虽然理论意识成熟较晚,但由于它一方面展示了工业文明对于现代人精神世界的异化现实;另一方面又直接显示出人类文学艺术活动的深层心理特征,所以仍然是我们认识和把握文学艺术活动的一个重要的方面,尤其是理解现代主义文学艺术本质特征的一个基本语境。这种本质观的逻辑合理性在于它深刻地揭示了创作主体的破碎性以及作品本身的非理性特征,其历史合理性也被众多具有现代主义精神特征的文学艺术创作所证明。作为对人类文学艺术活动深层心理结构的一种批判性阐释,象征论文学艺术观可以说既有它积极的有益的一面,也存在着一些片面性与极端化的问题。象征论文学艺术观积极进步的一面是对现代人的生存困境的深度的真实的再现与表现,它消极的一面则在于它在理论逻辑上否定了文学艺术的认识特征与情感特征存在的合理性,因而走向了极端,并导致了对文学艺术活动的一些错误的甚至是十分有害的理解。

首先,与再现论把文学艺术理解为是对于客观世界逼真的理性反映不同,它深刻揭示了人类的个体潜意识与集体无意识在文学艺术再现活动中的作用,从而为再现型文学艺术的发展、深化提供了理论观念与现实实践的双重支持。这个问题可以具体地从以下两方面加以认识:从哲学角度讲,它重新阐释了人类意识的基本结构,突破了机械反映论关于人类意识活动的简单化与形而上学的观念,对于充分发挥人类精神活动的主观能动性,展开对于人性深层结构的科学探索,以及对于人类重新认识自身、表达自身无疑是十分重要的。这也是20世纪西方现代哲学与心理学新的重要的研究成果之一。从文学艺术创作角度讲,它革新了现实主义文学艺术观念与技法,丰富了再现型文学艺术的审美表现与审美创造性。现代文学艺术史上著名的意识流文学艺术,实际上就是哲学观念变革在文学艺术领域中的直接表现。

美国著名心理学家威廉·詹姆斯提出的"思维流、意识流或主观生活之流"、法国哲学家柏格森关于"直觉"和"心理时间"的理论,以及弗洛伊德关于"无意识"和精神分析的一系列观点,正是意识流文学艺术的三大理论支柱。这种文学艺术观念的变革深刻地影响着现代主义的文学艺术创作与审美批评。意识流文学艺术创作在思维方式上力求运用自由联想来表现人物意识的流动状态,出现了大量由相互之间有着某种关联的一个个联想中心及其展开的各种思绪组成的跳跃式的内心独白。在审美对象上则以弗洛伊德"无意识是精神的真正实际"为指针,引导着作家和读者努力去深入发掘人的无意识世界,大量运用内心独白、梦幻和白日梦象征手段来描摹人物的内心感情,宣泄被压抑的本能冲动,满足无意识的愿望。例如,美国作家福克纳的《喧嚣与骚动》,就采用这种叙述时间和结构方法。意识流作品的这种叙述时间的倒置与传统文学艺术的回忆、倒叙是不同的。传统文学艺术的回忆、倒叙段落与顺叙段落表现出明显的联系,而且在它自身的时序内是正常的。意识流作品的倒置片断则是主观随意的,并且在倒置部分又可以在过去、现在、未来的事象中跳跃,显示出种种互相渗透、互相碰撞的心理状态,表现了意识活动的突兀多变。

其次,与表现说注重对于个体内心情感与理想的审美表现不同,象征论文学艺术观充分肯定了集体无意识在文学艺术生产过程中的决定性作用。如果说,浪漫主义的表现论本质上是把决定文学艺术特征的权力从摹仿现实活动中夺取过来,还给了文学艺术家的想象力与审美创造能力,而完全放弃了现实主义文学艺术中的历史观念、社会责任感,成为一种笑靥塔中的"为艺术而艺术"的纯粹精神活动;那么也可以说,象征主义则把文学艺术的情感特征生理化,他们反对浪漫主义的矫情与自我表现,而是认为文学艺术表现的完全是超越于个体潜意识之上的集体无意识,是超越于审美意象之上的原始意象。

与表现论文学艺术观所揭示的文学艺术的情感特征相比,象征论所揭示的文学艺术的深层心理特征可以说主要表现为这样三个方面。第一,两者都讲想象力或者审美幻想在文学艺术创作中的重要性,但由于集体无意识或原始意象是不能通过任何精神分析技术被带进现实世界中的,所以两种幻想实际上差别很大。荣格曾区分了两种文学艺术类型:一种是从人类意识领域寻找素材的"心理学"式;另一种则是从潜藏的无意识领域寻找创作素材的"幻觉型"。特别值得指出的是,这种"幻觉型"艺术"依赖的是无意识的幻想活动",也就是说象征论中的"幻觉"与表现论中的"幻想"的根本不同之处,正在于它们来自"意识"或者"无意识"领域。第二,从某种意义上讲,两者也都一样地重视"表现",但所表现的对象却极为不同。表现论所表现的是人类的情感特征,是文学艺术家种种经过幻想加工而产生的审美意象,例如对于大自然的爱,对于爱情和历史故事的真挚向往。而象征论所揭示的人类的深层心理特征则来自史前时代集体无意识的深渊,如荣格所揭示的大量的文学艺术原型等。第三,两者关于文学艺术生产主体的内涵有着完全不同的解释。在浪漫主义文学艺术观念中,文学艺术主体不仅是文学艺术作品的主人,甚至还通过文学艺术创造而把握了整个世界的存在。而在荣格这里,情况则发生了根本性的变化:创作是人类古老幽灵在作家身上的还魂;作家是传谕这种"神示"

的巫师。如果说巫师是天神的工具,那么文学艺术家则是集体无意识的工具。荣格在分析《尤利西斯》时指出,作家乔伊斯仅仅是一个被动的知觉意识,仅仅是一只眼睛、一只耳朵、一个鼻子、一张嘴巴而已;他只是一根感觉神经,不加任何选择取舍地暴露于心理和肉体活动的瀑流里,并且以照相似的精确记录着这一瀑流的全部精神错乱似的喧嚣与躁动。

再次,象征论文学艺术观具有明显的精神分裂的二重性格。一方面,它是帮助人们反抗理性异化的一种有效工具,它可以充分表达个体的生理冲动与无意识对于理性世界的背叛与自由超越。例如,第二次世界大战之后发展起来的存在主义文学艺术,认为人生即是虚无,"世界是荒谬的,人生是痛苦的"。但只要你认识到这种存在的荒诞,你就可以通过自己的"选择"和创造性的"行动"使存在获得意义。这就是存在主义文学艺术所表达的那种依靠个体选择和创造性活动来赋予生活的意义的积极精神。但另一方面,它建立在对于人生存在价值否定基础上的个人性反抗,既脱离了广阔的社会现实背景,也不是以寻找理想的乌托邦为审美目标,所以它不仅不能帮助个体反抗现实异化并获得心灵自由与解放,而且常常由于它所采用的消极的本能宣泄方式,走向了从精神到肉体的全面堕落。因此,如何从这种病态的反抗行为中超越出来,批判象征论对于文学艺术的社会性与审美性的严重忽视,合理地吸收其对于文学艺术深层心理特征的有关研究,增加文学艺术再现与表现生活内容的心理深度,把文学艺术的本质特征更为丰富、更为全面地揭示出来,这也就是面向21世纪文艺理论探索的历史任务。

第三章 文学艺术的抽象特征

一、基本概念

1. 形式论

形式论是一种把文学艺术自身的形式因素看作是其本质特征的文艺理论观。如果说再现论一般重视的是文学艺术所具有的客观社会性内容,表现论注重的多是具有主观性质的精神情感内容,那么也可以说,与这两种传统文艺理论特别重视文学艺术构成中的内容因素截然不同,形式论认为只有属于文学艺术自身的形式因素才是文学艺术的决定性方面。形式主义的意义在于它确立了文学艺术具有的抽象审美本质的本体意义,它的问题则是有时因过于偏重形式而无法处理好形式与内容的有机联系,妨碍人们更全面地把握文学艺术的本质特征。

2. 艺术形式

艺术形式不是自然的产物,而是人类劳动创造的结果。它主要包括形式的物性因素(主要指对象的性质和状态)和形式的意识形态因素两部分。艺术形式的首要构成要素就是对象的性质和状态,即对象的物性因素。这些物性因素主要是色彩、造型、大小、软硬、姿态、声音等,其中最主要的是色彩、造型与声音(色、形与声)。另一方面,艺术形式还必定包涵着社会的意识形态因素,凝聚着人的感受、联想、情感、意志等意识因素,积淀着时代、民族、地域、政治、宗教、科学等意识形态的内涵意蕴。

3. 整齐

又称为整一律或整齐一律。它指审美对象的色、形、声等形式因素在构成审美对象时一般应该相同、相近、一致,才能构成形式的美。但整齐一律毕竟是一种比较简单的艺术形式规律,而且它容易造成审美对象的单调、枯燥,形成审美趣味的千篇一律、公式化、概念化和僵化。因此,还必须强调整齐划一中的变化和差异。

4．均衡

又称平衡、匀称,指事物的色、形、声等形式因素在构成审美对象时一般应该具有在一定差异基础之上的一致、对等、照应等关系。均衡一般可以分为:对称均衡,重力均衡,运动均衡,照应均衡。对称均衡,又称"天平式均衡",是将两个以上相同、相似的事物加以对偶性的排列的艺术形式规律,它可以使人产生整齐、端正、庄重的感觉,其主要形式为左右的对称性。重力均衡,也称"杠杆式均衡"、"对比均衡",是较轻物体同平衡点(支点)相距较远,较重物体同平衡点(支点)相距较近而达到的平衡,其原理类似力学中的力距平衡。运动均衡,指事物在运动中实现的均衡,它往往经历由均衡到不均衡再到均衡的过程,从而给人以协调感、运动感。照应均衡,是指事物形式各部分之间前后、左右、上下、高低、浓淡、隐显、虚实等相互呼应、协调一致所达到的均衡。

5．比例

是事物的形式在数量上合乎一定规律的组合关系。

6．节奏

它指审美对象的构成中色、形、声等物性因素有规律的重复而形成的美的运动形式规律。节奏在艺术中是经常运用的艺术形式规律。

7．多样统一

指事物的色、形、声等形式因素按照一定的组合关系(比例、均衡、对称、节奏等)组织成为一个有机的整体的规律,它是形成艺术形式和审美对象的一个总的规律。有时也可以称之为和谐规律,这个和谐规律是合规律性与合目的性的统一。这个"多样性统一"的和谐规律,可以说是文艺形式生成的基本规律。

二、综述题

1. 谈谈现代文艺理论中的形式主义。

现代文艺理论中的形式主义,主要包括文学理论中的俄国形式主义和英美新批评,艺术批评中的"有意味的形式"理论,以及现代美学中的艺术符号学说。

俄国形式主义的特点是认为诗既不是现实生活的反映,也不是作者主观感情的抒发,而是在语言的陌生化中构成的审美形式。所谓陌生化,在俄国形式主义看来,是一种使文学对象奇特化的艺术手法,它主要是通过艺术变形和增加感觉困难,使人们熟悉的对象形式和日常感觉变得陌生,从而可以从文学对象上产生出一种新的艺术感觉与审美价值来。

英美新批评同样重视对文学语言的研究,他们认为由语言构成的艺术世界是个完全独立的小宇宙,文学作品的存在与历史、个体以及社会变迁无关,因而新批评也被称为作品本体论。新批评也明确区分了科学语言和文学语言,对于突出文学作品的审美价值是有一定积极意义的。新批评反对作者决定作品这种浪漫主义文学观,T·S·艾略特在《传统与个人才能》中大力提倡诗歌的非个性化,反对把艺术作品看作是特定个体的内在经验和完全是个人心灵产物的观点,认为诗应该被定义为一种公共文本(public text),它的意义则完全取决于语言的公共标准所允许的范围,一个文本的成功与失败也必须由这些公共的条件来判定。

英国艺术批评家克莱夫·贝尔提出"有意味的形式"理论。克莱夫·贝尔是从视觉艺术研究中提出"有意味的形式"说的。他认为,视觉艺术必然具有某种共同性质,这是艺术之所以成为艺术的本质规定。这种"共同的性质"就是"有意味的形式"。真正的艺术就在于创造"有意味的形式"。这种形式创造一方面表现为"简化",即把有意味的东西从大量无意味的东西中提取出来;另一方面就是"构图",即线、色的关系和组合。这种"有意味的形式"就是艺术独立自足性的证明,所以他反对将艺术作为达到某种政治的或道德的目的之手段,艺术的目的就是艺术本身。"有意味的形式"对于现代绘画艺术产生了十分深远的影响。

从审美理论角度看,把艺术的形式本质讲得最深刻的,无疑是苏珊·朗格的艺术符号论。苏珊·朗格进一步对"艺术符号"与"艺术中的符号"进行了剖析和区分,认为"艺术符号"不同于"用来再现另外一种事物"的"记号",它还具有一种更为原始的即把经验构造成某种形象性的东西的功用。这是一种把情感、主观经验的表象或所谓的"内在生活"种种特征赋予形式,将经验形式化并通过这种形式将经验客观地呈现出来以供人们观照的符号功能。因此,艺术品本质上是一种特殊符号,它提供给我们一般语词符号无法传达的情感的形式,它是对被逻辑符号所忽视和遗忘了的人的生命感受和感性生活的一种"拯救",也是对语义学和分析哲学中所使用的那种符号的意义的狭窄性所作的一个革命性突破。这就极大地突出了艺术符号与人的审美创造与表现的关系。

2. 说说艺术形式的审美分析。

从美学角度看,艺术形式一般具有感性可感性、理性象征性和内涵多义性等基本特点。艺术形式是形式所具有的美,它直接附丽于对象的形式之上,因而艺术形式的一个基本特征就是它的感性可感性,即它是可以直接诉诸人的感觉器官并被人所把握的,因此艺术形式的感性可感性也是不言而喻的。艺术形式的这种感性可感性,并非是一种自然属性,而是在长期的社会实践中所形成的人类感觉,或者是人类感觉在自然对象上投射、构造出来的审美外观。

由于艺术形式的感性可感性是人类通过感觉在对象世界中肯定自己的结果,是人类长期社会实践的历史产物,所以,形式外观的美不仅仅是单纯的自然属性,还是一种社会的属性和价值。任何事物的形式的感性可感性的自然性状(颜色、大小、形状、姿态、质地等)及其组合规律(整一、对称、均衡、比例、和谐、节奏等),必然与人类社会现象及其规律、人们的感情及其组合、人们的意识形态观念等产生千丝万缕的形形色色的关联,并通过一定的理性思考和文化积淀,形成比较固定的象征性关系。这就是艺术形式的理性象征性。

第四章 马克思主义文学艺术本质观

一、基本概念

1. 反映论文学艺术观

是指那种建立在认识论基础上的文学艺术特征论。它有两个基本原则:一是把现实世界看作文学艺术产生和发展的惟一源泉;二是把文学艺术创作看成是主体对社会生活和现实世界的理性反映。它的理论意义在于为我们正确、全面地认识文学艺术的再现特征提供了一种哲学方法论,为我们解开文学艺术活动的认识论之谜建立了一种理论基础。但它的失误之处则在于忽略了文学艺术固有的审美创造性与情感特征,从而使文学艺术活动走向了观念化、概念化、抽象化,并且最终导致了文学艺术审美特征的取消。从认识价值角度讲,它表现为一种机械的直线式的形而上学反映论;从认识主体角度讲,它表现为一种取消主体能动性的动物式的机械决定论。

2. 主体论文学艺术观

它的哲学根源在于马克思主义的实践论,马克思主义不仅强调了存在对于意识的决定作用,同时更强调的是人的感性生命力量、人类社会性的客观实践对于自然界与社会本身的创造性功能。

具体到文学艺术生产领域来说,也就是把文学艺术家的主体能动性,尤其是作为主体能动性重要表现价值的感觉、想象力等在文学艺术创作中的重要性空前地突现出来。主体性,是人之所以成为人的那种特性,它既包括人的主观需求,也包括人通过实践活动对客观世界的理解和把握。而文学艺术主体性,则主要是指在文学艺术生产活动中如何表现出这种人的主体性。主体论文学艺术观突破了长期以来约束人们的机械决定论,正确地阐明了人类主体性对于客观世界的现实实践关系。张扬主体性意识可以唤醒个体对于社会和历史的超越性理想,对于恢复人类生命的创造性活力具有重大意义。

3. 审美创造的符号形态

文学艺术本质上是一种审美创造的语言符号形态。这是马克思主义文艺理论的第一原理。对于文学艺术活动来说,其最为根本的性质在于它是一种审美创造活动,这是贯穿整个文学艺术生产过程的中心与灵魂。文学艺术虽然具有反映、认识性质,但与科学符号那种客观性的、不带任何个体感情色彩的反映活动截然不同,它不仅是对于社会生活的一种反映,更是一种带有审美创造与情感投射的表现活动。文学艺术虽然具有对人类情感的表现功能,但与那种对于主观世界的伦理表现功能仍有着明显的区别。伦理情感仍然具有某种现实的功利性,而文学艺术的情感表现可以说更加具有审美的超功利性。文学艺术活动虽然也具有象征特征,但是它与宗教象征的区别还是显而易见的。宗教的象征是神秘的,它建立在个体的禁欲主义与宗教信仰的基础之上;而文学艺术的象征特征虽然也具有一定的朦胧性,但基本上是明朗的、清晰的,它的主体基础是个体的情感世界,并且具有一种十分美好的感性享受性质。

二、综述题

1. 如何理解文学艺术活动是人类本质力量的对象化?

从人类生产主体角度看,文学艺术活动从属于人的本质力量对象化这种客观实践活动。首先,人类生命活动本质上是一种自由自觉的活动方式,这是人与自然、与其他生物最基本的区别。人类的实践活动不仅是"自由的",而且还是"自觉的",即人类可以充分有意识地、自由地对待他的生命活动。自然界以及动植物的生存活动本质上都是一种单向的、非对象化的活动方式,它一方面从来没有超出它的自然规定性,即不具备任何人类活动的"自由"特征;另一方面,它也从来没有对其活动本身产生过"自觉"意识。而人类实践活动本质上是一种双向的、对象化的活动方式,即一方面它是一种"人化自然"的主体力量实现过程,另一方面又由于它同时也是"自然的人化"而使人类生命本身具有了越来越高的自由性的过程。其次,还必须正确解释审美活动的特殊性。马克思的人的本质力量对象化理论,实际上阐释了人类主体性的总体发生之谜。而在人类改造自然的历史实践中所产生的类本质结构,实际上主要表现在真、善、美三个方面,或者说自由直观(认识)、自由意志(伦理)与自由感受(审美)三方面。它们都是人的本质力量对象化的结果,而各自的性质与功能又有所不同。审美活动与认识活动、伦理活动的根本区别在于,只有审美活动彻底放弃了人类活动直接的功利性。文学艺术作为人的本质力量对象化之产物,它的根本特性就在于它对于现实活动的审美超越与审美创造性上,在文学艺术中,人类同对象世界建立的是一种具有超功利性质的自由关系。

2. 如何理解文学艺术是一种符号的艺术?

从艺术生产对象角度看,文学艺术的本质特征可以归结为是一种语言符号的艺术,即它是一种以语言符号为物质媒介的人类特殊的生产活动方式。文学艺术对象本身同样也直接决定着文学艺术活动的生产性质以及精神劳动的本质特征。首先,文学艺术活动作为人类本质力量对象化的实践活动,它一方面与人类物质实践活动有着共同性;另一方面由于生产对象的不同因而又具有某种特殊性。其共同之处是都属于人类共同的生活活动本身,都是对于人类生命需要的一种满足方式。另一方面,由于生产的对象与性质不同,所以它们还"是生产的一些特殊方式",这就体现出精神生产与物质生产的差异性:文学艺术生产是一种以文化符号为生产对象的人类精神生产方式。这与物质生产活动直接以客观自然为生产对象根本不同,这种文化符号的创造活动最终成果是人类的精神主体性结构。其次,由于几乎所有的人类文化创造活动都以文化符号为生产对象,并且其最终的结果都是一种符号形态的存在,所以仅仅把文学艺术活动作为一种文化符号创造活动来理解还是非常不够的。文化符号可以区分为三个层面,即科学符号、伦理符号与艺术符号,其中科学符号指向客观世界,是对于客观世界存在规律的反映与再现;而伦理符号则指向人类主观世界。文学艺术本质上是以审美创造为核心的一种人类文化符号创造活动,而语言符号则是文学艺术与其他艺术门类的基本区别所在。

3. 如何理解文学艺术是一种审美创造的符号形态?

文学艺术是审美创造的语言符号形态。首先,它正确体现了文学艺术的认识特征,这是由它作为一种符号形态所具有的客观性决定的。其次,它充分体现了文学艺术的情感特征,也就是它十分重视文学艺术活动所具有的审美创造性。再次,把文学艺术本质特征规定为一种语言符号,这就可以同其他艺术价值,诸如音乐、绘画、雕塑等相区别。

文学艺术本质上是一种审美创造的语言符号形态。这是马克思主义文艺理论的第一原理。对于文学艺术活动来说,其最为根本的性质在于它是一种审美创造活动,这是贯穿整个文学艺术生产过程的中心与灵魂。

从文学艺术生产角度讲,文学艺术主体的审美创造性可以从这样三方面来阐释。从再现论角度讲,由于文学艺术的认识特征,它虽然具有反映、认识性质,但与科学符号那种客观性的、不带任何个体感情色彩的反映活动截然不同,它不仅是对于社会生活的一种反映,更是一种带有审美创造与情感投射的表现活动。从表现论角度讲,由于文学艺术的情感表现特征,它虽然具有对人类情感的表现功能,但与那种对于主观世界的伦理表现功能仍有着明显的区别。伦理情感仍然具有某种现实的功利性,而文学艺术的情感表现可以说更加具有审美的超功利性。从象征论角度讲,可以说在诸种人类活动中,最具象征性质的是宗教。文学艺术活动虽然也具有象征特征,但是它与宗教象征的区别还是显而易见的。宗教的象征是神秘的,它建立在个体的禁欲主义与宗教信仰基础上;而文学艺术的象征特征虽然也具有一定的朦胧性,但基本上是明朗的、清晰的,它的主体基础是个体的情感世界,并且具有一种十分美好的感性享受性质。

从文学艺术消费角度来加以阐释。文学艺术本身作为一种审美创造的语言符号形态,它与一般的生活消费品有着很大的不同。审美活动本质上既是消费,同时也是创造。一般生活品都是一次性的,不管它多么经久耐用,它总是不断地丧失其固有的使用价值,直到被彻底耗尽。而文学艺术作品则不同,它是那种有生命的、具有永恒魅力的东西。

第五章 文艺作品的类型与样式

一、基本概念

1. 造型艺术

造型艺术是塑造静态视觉形象的艺术。造型艺术的特征之一是作品艺术效果的视觉性质。造型艺术的视觉性质所具有的一个重要意义就是,为接受者提供关于客观事物外观形象的信息,使人们通过视觉形象获得一种知识。造型艺术的第二个特征是作品的静态性质。传统的造型艺术品都是用固体材料制作并固定展示的平面图像或三维形体,因此呈现在观众面前的是静态的形象。造型艺术的静态性质使得它在艺术表现的对象方面有了自己的特点,适宜于表现并列的动作或静止的物体,而不大适宜于表现持续的动作;造型艺术中的动作只能通过姿态去暗示。同时,静态还意味着会在观赏者心目中留下持久的印象,因而必须注意持久的审美效果。

2. 中国传统雕塑艺术

中国传统雕塑中较早发展起来的主要有金属、砖石等器物上的浮雕图纹、用于殉葬的陶俑和陵墓石刻等类型。上古的浮雕图纹中常常有一些稀奇古怪的象征性形象,如龙凤、饕餮等神话传说中的动物,在鼎上雕刻这些形象是为了使人们认识神祇和鬼魅,起到避邪的作用。随着时代的变迁,这些形象原有的象征意义逐渐暗淡下去,造型趋向装饰化,变成了积淀着中国文化传统和民族心理的装饰性图纹。陶俑原是为了代替活人和实物殉葬的,因而造型通常是写实的,并通过着色而产生更加生动逼真的效果。从上古的陶俑到后来的彩塑艺术,小件作品如唐三彩和后代陶瓷工艺品,大件作品如大型泥塑,通常都比较倾向于写实和世俗化情调。陵墓石刻主要是皇室贵胄之类死后厚葬的产物,风格都要求庄重宏伟。中国传统雕塑艺术的另外一类是佛教造像,主要有在山崖上凿石而成的浮雕、圆雕石像以及彩塑佛像两大类。佛教造像不仅推动了石刻和泥塑技艺的发展,更重要的是提供了一种特殊的具有宗教意味的审美经验。这是中国文化传统中所缺少的宗教性的崇高感,对于处在痛苦中而又找不到出路的世人来说是一种心灵的慰藉。佛教造像在中国文化环境中逐渐地适应着社会和民俗的需要,而演变成中国化的艺术。

3. 绘画的艺术特征

绘画是使用颜料或其他有色材料在二度平面上创作写实的、想象的事物形象或抽象图案的艺术。绘画的第一个艺术特征就是形象的静态视觉性质。绘画中的形象静态地展现在空间,直接诉诸接受者的视感觉。绘画的第二个艺术特征是平面性。绘画不同于雕塑的三维立体造型,它只有二度平面。绘画表现客观事物,不是对事物的原有空间形状进行仿制,而是把三度空间中的形体转换为二度平面上的投影。这种转换的完美实现有赖于视知觉对透视关系的把握能力、几何投影表达技巧等绘画科学知识的发展。就大多数绘画而言,转换成二度平面的图像与实际事物一般都不怎么像。我们之所以能够从平面的绘画中认出所表现的原物,通常不是因为画得以假乱真,而是借助于一些约定俗成的视觉语言符号,"读懂"了画中所表现的形象。不同文化语境中人们所使用的视觉语言符号可能会有差异,这种差异造成了不同文化中绘画的基本风格特征方面的不同。

4. 音乐的艺术特征

音乐是凭借声波振动而存在,在时间中展现为有秩序的组织结构,通过人类的听觉器官而引起各种情绪反应和美感体验的艺术样式。音乐的基本审美特征是通过乐音有节奏的运动,唤起听众的情绪运动,而不是像造型艺术那样通过塑造的客观事物的形象表达意义。音乐能够表现情感,乐曲的抑扬起伏、强弱急缓的节奏变化可以唤起听众情绪中相似节奏的运动,而这种情绪运动的节奏形式与我们日常生活中的某种情感经验吻合时,便会唤醒相关的情感经验。音乐的艺术特征与绘画、文学等都不同的是,抽象的形式结构所具有的独立的审美意义比绘画、文学中的更为突出。

5. 舞蹈的艺术特征

舞蹈是一门综合艺术,它综合了音乐、诗歌、戏剧、绘画、杂技等而逐渐成为独立的艺术。舞蹈按其本质是人体动作的艺术。从广义上说,凡借着人体有组织有规律的运动来抒发感情的,都可称之为舞蹈。但传统意义上舞台表演的舞蹈艺术,则主要是指通过创作者对自然和人生的观察、体验和分析,提炼出精练的典型动作,构成鲜明生动、富于美感的舞蹈艺术形象来反映生活、传达思想感情的艺术。舞蹈的基本要素是舞蹈节奏、舞蹈构图和舞蹈表情。节奏是舞蹈动作的时间因素。构图是舞蹈的空间因素。造型性舞蹈表情是通过舞蹈家创造的人物形象表达人的情感和思想,它不同于一般自然状态下的情绪,亦不只限于面部表情,主要是通过"力度"、"速度"和"幅度"来体现的。舞蹈的节奏结合着表情构成了舞蹈动态的构图,通过动态构图表达人物形象特定的思想感情,创造出各种美的舞蹈想象空间。舞蹈不仅是动态的艺术,也是造型的艺术,舞蹈表演者的身体就是活的雕塑,身体上的衣饰是加强人物个性的陪衬。在审美感受方面,舞蹈不仅能给人以美感,还能创造出一种特殊气氛,从动作姿态的构成中使人辨出生活中的事物,联想到特定的时间、地点,令观众在视觉、听觉乃至整个精神上得到满足。因此,舞蹈这三个要素缺一不可,但在不同的舞蹈形象中有不同的侧重。一般自娱性舞蹈多侧重于节奏,而舞台表演的舞蹈是三者结合、密不可分的。

6. 话剧的艺术特征

话剧综合了文学、表演、导演、美术、音乐、舞蹈等多种艺术成分,而以说话(对白、独白、旁白)为主要表现手段;演员的表演则是以说话和动作来塑造各种各样的人物形象,直观地展现社会生活中的各种矛盾和斗争。话剧的第一个艺术特征就是对人的行动的模仿,即戏剧动作。戏剧动作的意义首先在于直观性,即把人物性格、事件的发展直观地展现在观众面前;同时又具有揭示性,人物的心理活动等非直观的内容正是通过动作揭示出来的。话剧的第二个艺术特征是戏剧冲突。这是话剧表现人与人之间矛盾关系和人的内心矛盾的特殊艺术形式。冲突是人物动作的原因和后果,因此是推动话剧中所表现的生活事件前进的动力,也是话剧抓住观众情绪的重要手段。冲突在话剧中的表现方式是多种多样的:可能表现为某一人物与其他人物之间的冲突,有人把这种方式称为外部冲突;也可能表现为人物自身的内心冲突,有人把它称为内部冲突;还可能表现为人同自然环境或社会环境之间的冲突。戏剧冲突的前两种方式(外部冲突与内部冲突)有时各自单独展开,有时则交错在一起,相互作用,互为因果。话剧的第三个艺术特征是表演艺术,即演员扮演角色通过舞台行动过程创造人物形象的艺术。表演艺术的具体特点,一是演员必须亲自登场,依靠自己的身体、心理素质和其他准备条件进行表演,而且每一次都要重新创造。二是演员扮演的角色形象在舞台时空中逐步展现,演员的创造过程与观众的欣赏过程是同步进行的,观众的任何反应都会影响演员的表演。因此,演员必须具有与观众进行直接或间接交流的能力,必须具有在各种剧场条件下适应各种观众的能力,必须具有根据观众反应随时正确地即兴调整自己表演分寸的能力。三是演员本人既是创作者,又是创作的材料与工具,他表演角色的过程又是艺术作品展现本身的过程。

7. 蒙太奇

蒙太奇是法语"montage"一词的音译,意思是镜头的组接,即把两个以上的镜头根据一定的意图组接在一起。组接镜头的意义之一是加快电影叙述的节奏;另一方面的作用是通过组接产生原来单个镜头所没有的意义。观众习惯上以为任何两个相连的镜头之间都有时间或空间上的某种联系,这样,当实际上在时空方面并非相联系的两个镜头组接在一起时,就会产生新的联想意义。

8. 诗歌

诗歌是最早出现的一种文学样式,一方面与音乐、舞蹈有密切关系,因而产生了诗歌形式的音乐性和节奏感;另一方面诗歌是人们感情激动的产物,内容具有情感表现性。诗歌的艺术特征主要有四个方面:首先从语言的直观层次来看,诗歌的语言富于韵律感。其次从诗歌的内容表现来看,显著的特点是高度凝练。再次从诗歌中所塑造的艺术形象来看,特点是充满感情,富于想象。最后从诗歌结构上看,突出的特点是具有跳跃性,就是说不按照生活经验和语言叙述的逻辑进行组织,语句之间、意象之间常常没有自然的联系,突兀而来,倏忽而去,给人以跳跃不定的感觉。

9. 散文

散文这一概念在习惯上是与韵文和骈文相对的文章样式,在形式上没有像韵文和骈文那样的音韵或对偶格式,所以才称为散文。但在文学体裁分类的概念中,散文指的是与诗歌、小说、戏剧文学等体裁并列的一类文学样式。散文的基本特征大致有以下四方面:第一,选材范围广阔。第二,注意表现作者的生活感受和特殊境遇。第三,结构自由灵活,形式短小精练。散文由于不受诗歌、小说、戏剧等体裁所要求的种种格式的限制,故它的结构最为灵活多样。第四,散文的语言要求自然简洁而优美。

10. 小说

小说是一类散文体的叙事文学样式,它要求有人物、人物的行为(情节)和人物活动的环境。小说的主要特征是:第一,能够多方面、细致地刻画人物性格。第二,小说多具有较为完整生动的故事情节。第三,小说可以描绘出具体可感的环境。

11. 戏剧文学

戏剧文学一般说来是指供戏剧演出的文学剧本,它既具有文学作品的特性,又是戏剧艺术的一个重要组成部分。戏剧文学的特征与戏剧演出的要求相关,主要有以下几个方面:第一,主要运用人物语言塑造形象,人物语言要求个性化、口语化,富有动作性、文学性和潜台词。第二,人物、时间、场景高度集中。第三,具有尖锐的戏剧冲突。

12. 悲剧

悲剧概念的涵义在不同语境中是不同的。就戏剧而言,广义的悲剧可指一切表现人生痛苦和不幸的戏剧;但与从美学的角度所讲的悲剧美相关的悲剧则特指一类传统意义上的悲剧,即内容严肃、格调崇高,表现正面主人公的失败或毁灭的戏剧。这种经典类型的悲剧的特征可以从两个方面理解:首先是戏剧冲突的性质。悲剧冲突的特殊性质在于,表现的是正面主人公在出于自己意志的行动中,遭遇不可避免的不幸或犯了无可挽回的错误。其次是对观众产生的情感效果方面。总的说来,悲剧产生的是严肃、沉郁的情感,具有从压抑升华到超越境界而产生的崇高感。这种悲剧美感可以使人超越日常的生活态度和道德水平,激发起正义感或对人生、历史和社会产生更深刻的感受与理解,从而使心灵或多或少地得到净化或提升。

13. 电影文学

电影文学是指为拍摄电影而写的文学剧本。电影文学是整个电影艺术的一个组成成分。从电影艺术的要求来看,电影文学的特征主要有以下几点:第一,鲜明地体现视觉形象。第二,人物具有强烈的动作性。第三,人物语言简练而富于表现力。第四,叙述结构要考虑电影的蒙太奇效果。

14．电视文学

电视文学主要指为制作电视文艺节目而编写的文学脚本,除了电视剧的剧本之外,还可包括解说词和整个供拍摄电视作为依据的文案材料。电视文学是随电视艺术的产生和发展而产生、发展起来的一种新的文学样式,其特点与电视艺术的特点密切相关,主要有这样几个方面:第一,内容较贴近现实生活,具有强烈的现实感。第二,电视文学中语言具有特别重要的地位。第三,电视文学的结构布局要注意电视观众的情绪节奏和电视结构的开放性。

二、综述题

1．与话剧相比,中国传统戏曲的艺术特征有哪些特殊性?

戏曲是中国特有的以唱为主并综合多种艺术因素的戏剧种类。戏曲的艺术特征之一是综合性。各种不同的艺术在戏曲中是与表演艺术紧密结合的。例如戏曲中的服装和化妆,除用以刻画人物外,还成了帮助和加强表演的有力手段。水袖、帽翅、翎子以及水发、髯口等,都不仅仅是人物的装饰,而且是戏曲演员美化动作、表现人物微妙心理活动、刻画人物性格的重要工具。戏曲把曲词、音乐、美术、表演的美熔铸为一,用节奏统驭在一个戏里,达到和谐的统一。这样就充分调动了各种艺术手段的感染力,形成中国独有的节奏鲜明的表演艺术。话剧也是综合艺术,但话剧以说话(对白、独白、旁白)为主要表现手段;演员的表演则是以说话和动作来塑造各种各样的人物形象,直观地展现社会生活中的各种矛盾和斗争。相比较而言,戏曲比话剧的综合性更强。

戏曲的第二个特征是虚拟性。虚拟性首先表现为对舞台时间和空间处理的灵活性。戏剧反映的生活是无限的,而舞台的空间是有限的;戏剧情节的时间跨度往往很大,而一台戏实际演出的时间只能持续两三小时。为了解决空间和时间上的这些矛盾,戏曲演出依靠一种假定性,即和观众达成一个默契,把舞台当作不固定的、自由流动的空间和时间。舞台的空间和时间的涵义完全由作者和演员予以假定,观众也能够赞同和接受。另一方面,虚拟性还体现在对现实生活各个领域、各个方面的具体表现上,例如对山岳河流等地理环境的虚拟、刮风下雨等自然现象的虚拟,以及人物动作的虚拟等等。虚拟的手法解放了舞台,给戏曲作家和舞台艺术家带来了艺术表现的自由。在有限的舞台上,表演通过虚拟把观众带到各种各样的生活情景中去,借观众的联想来完成艺术创造,因而也给了观众以再创造的自由。话剧同样要处理舞台演出条件与生活中时空关系的矛盾,但它的解决方式与戏曲不同。话剧的做法是把舞台当作相对固定的空间,采取以景分场的办法,截取生活的横断面,把戏剧矛盾放到这个特定的场景中表现,时间的跨越则在各场之间的间歇中渡过。相形之下,戏曲中的时空比话剧虚拟性更突出、更空灵。

戏曲的第三个特征是程式性。表演程式是生活动作的规范化,是赋予表演以固定的或基本固定的格式,例如关门、推窗、上马、登舟等,都有一套固定的程式。表演程式的另外一层意义就是生活动作的舞蹈化,即把生活动作美化和节奏化。表演程式具有规范化的涵义,并不意味着戏曲表演就是一种没有生气的公式化的东西。程式是从创造角色中逐渐提炼加工出来的,体现出艺术家对生活现实、人物性格的体验、把握和审美理想。戏曲的程式范围很广,大凡剧本形式、角色行当、音乐唱腔、化妆服装等各个方面带有规范性的表现形式,都可以泛称之为程式。程式的广泛和普遍运用,形成了戏曲既反映生活,又同生活保持一定距离;既取材于生活,又比生活更夸张、更美的独特色彩。话剧的表演强调的是对生活的模仿。话剧中戏剧动作的意义首先在于直观性,即把人物性格、事件的发展直观地展现在观众面前;同时又具有揭示性,人物的心理活动等非直观的内容正是通过动作揭示出来的。与戏曲相比,话剧的表演更注重真实感而较少程式性。

2. 试析电影的节奏。

电影本质上是运动的幻觉,由此决定了运动的重要性。电影必须有运动,但这当然不是说电影可以任意运动或者说运动越强烈就越好。要使电影的运动真正产生审美的效果,就需要有适当的节奏。就是说,运动要有适当的、合乎观众欣赏心理的有规律的快慢变化。电影的节奏实际上是由电影的叙事内容中情节发展的快慢变化、摄影机的运动方式和镜头组接的效果等多方面因素整合而成的。从大的方面来说,情节的进展过程、人物命运的变化历程构成了电影叙事的宏观节奏。这种节奏不仅体现于视觉效果,更主要的表现为观众对故事发展的期待和悬念这样的心理状态。当情节跌宕起伏,人物行动扑朔迷离,观众不时地被意外的转折和新出现的情境所吸引时,就会感到电影的节奏较快;反之,一个悬念久拖不解决,一种早已被观众所了解的事态迟迟不发展变化,观众就会觉得节奏慢甚至拖沓。从小的方面来说,画面中人物的动作或场景的速度变化、摄影机的运动方式和速度,以及镜头的切换频率等因素所造成的运动节奏则基本上是作用于观众视觉的节奏。有时故事情节本身没有大的发展,而仅靠人物动作也能造成刺激观众情绪的快节奏,比如打斗、追逐场面就是典型的例子。当然,无休无止而又新鲜效果不多的打斗追逐场面也同样会破坏电影叙事的节奏而令人厌烦。

节奏是有规律的运动速度变化形态。也就是说,节奏是有张有弛的运动方式。但从一部电影的总体上看,这种张弛变化的频率、效果也是各有不同的,这就形成了一部影片的总体节奏特点。不同风格的电影对总体节奏快慢要求不同。比如说,情节紧张、场面火爆的类型片,从早期的美国西部片到后来风行世界的警匪打斗片、科幻故事片、灾难片、悬念片以及中国特色的武侠片等,故事的内容往往奇幻不经,人物形象比较类型化,情节的发展过程也常常会有破绽,如果当作精致的艺术品来细细欣赏效果可能不佳,这类影片要求有较快的节奏以使故事的进展保持较强的张力,这样才能抓住观众的注意力和情绪。而抒情的浪漫故事或表现日常生活场景的影片就不一定需要很快的节奏。但无论节奏快慢,都必须服从艺术形式创造的规律,就是要使一部电影自身在节奏上统一起来,而不能给人以支离破碎的感觉。

3. 电视和电影的差别有哪些?

电视与电影的差别主要是:(1)工艺差别。电影是化学和机械工艺产品,而电视是电子产品。电影需经过拍摄——底片加工——洗印——放映这样一些工艺过程才能完成作品的制作和接受,而电视则可以直接播放在摄像机前摄取的画面。(2)接受方式的差别。电影经过了复杂的制作工艺后在电影院里放映,观众需购票后按时进入电影院集体观赏,具有仪式性特点。这种较为隆重的仪式性使得观众对电影的艺术质量期待较高——如果不是觉得有相当的把握值得一看,人们很少会随便走进电影院看一部自己对其质量一无所知的电影;反过来说,人们一旦进了电影院,那么除非影片质量实在差得令人无法忍受,观众一般是不会随便退场的。而电视则完全不同:电视可以在家中或其他形形色色的场合随便观看,时间限制也很小,加之电视的频道、栏目很多,可以随意挑选,人们对一个节目的质量期待也不是很强烈,反正可以随意切换频道挑选节目,所以观众的质量期待基本上是在不同频道的比较中产生的。从根本的文化性质上看,电影属于传统意义上的审美艺术,而电视首先是实用的大众传播媒介。

4. 小说在刻画人物形象方面有哪些特点?

小说能够多方面、细致地刻画人物性格。实际生活中的人物从音容笑貌到内心生活都是千差万别、丰富多彩的,文学作品中很难把这一切完全表现出来。戏剧主要通过行动和对白来刻画人物性格,诗歌只能抓取少数特征,纪实性的叙事散文则要受真人真事的限制。相形之下,小说不受时间、空间条件和真人真事的限制,要自由得多。

　　小说刻画人物性格的最基本、也是最传统的方式是从人物的外部形态(言语、外貌、行动等)表现性格。明代文艺批评家叶昼在评论《水浒传》刻画人物性格的成就时说:"且《水浒传》文字妙绝千古,全在同而不同处有辨。如鲁智深、李逵、武松、阮小七、石秀、呼延灼、刘唐等众人,都是急性的,渠形容刻画来各有派头、各有光景、各有家数、各有身份,一毫不差,半些不混,读去自有分辨,不必见其姓名,一睹事实,就知某人某人也。"这段话说明,《水浒传》刻画人物性格是从派头、光景、家数、身份等外部特征入手的。戏剧当然也可以这样刻画性格,但小说比戏剧在这些方面具有更多的可能性。如奥地利作家茨威格在《一个女人一生中的二十四小时》中有一段对赌徒手部动作的描写,通过细致的观察与描写表现出赌徒们各各不同的性格与心理,像这样细致入微妙的表现手法就是戏剧所不及的。

　　小说不仅可以从外部特征描写人物,还可以直接描写人物的性格与心理活动,这些都是近现代作品刻画人物的重要方式。这不仅要依靠作家对生活的观察,更要有深刻细微的内心体验才能写好;比之传统方式来,带有更多的主观表现色彩。意识流小说就是这方面的典型代表。

　　有的小说特别侧重于塑造人物(往往是一个主人公),塞万提斯的《堂吉诃德》、歌德的《少年维特之烦恼》等作品就属于这种类型。在这样的小说中,环境、情节的重要性要小得多。现代有些小说有情节淡化的倾向,也就是不注重情节;小说中的人物也不同于传统的小说人物,不是传统意义上的具有客观明确性的人物形象,小说家只描写人物的心理状态。有的作品干脆完全将环境、事件融进主观心理活动与感受之中,打破了主客观之间的界限,梦境、幻想同现实交叉、融合起来。这是意识流小说常用的手法。

5. 试分析说明戏剧文学所表现的外在冲突与内在冲突。

所谓外在冲突,是指戏剧中的人物与他人或与某种外在力量(如神魔、自然等)之间的冲突,这是戏剧中人物行为的直接原因和结果。如曹禺的《雷雨》表现的是周朴园同繁漪、侍萍等人的矛盾冲突,而19世纪挪威戏剧家易卜生的《人民公敌》则表现的是个人与某种社会势力的冲突。这些冲突直观地反映了客观世界中的矛盾。内在冲突是蕴藏在外在冲突下面的个人心灵深处的冲突,是自我的冲突。

人与人或人与其他势力之间的冲突往往只是矛盾的显现,而许多矛盾冲突的真正原因却在心灵深处。伟大的戏剧作品常常能在表现这些外在冲突的同时,揭示出人物心灵深处的内在冲突,从而使得戏剧具有了触及心灵的震撼力。如莎士比亚的《哈姆雷特》一剧中,哈姆雷特与母亲、与克劳狄斯之间的冲突固然首先吸引了观众的注意力,然而这些外在冲突内化于人物心灵而形成的哈姆雷特的内心矛盾冲突才是这部作品的精髓。而在莎士比亚的另一部悲剧《麦克白》中,麦克白因弑君篡位而形成的与他人的矛盾冲突看起来紧张激烈,但随着剧情的发展,观众就会发现,这些外在冲突的重要性逐渐退居次要地位,而麦克白在篡位后产生的犯罪感、恐惧感和空虚感越来越强烈,他最后灭亡的真正原因是心灵的彻底崩溃。如果说外在冲突使戏剧直接感染观众的话,那么内在冲突则使戏剧获得了心理的和哲理的普遍性和深度,使戏剧更经得起不同文化背景中人们的反复欣赏和品味。所以,一位英国当代戏剧理论家说,一个剧本"只有当它把外在冲突与内在冲突结合在一起时,它才会在舞台上与文学领域中获得成功"。

6. 电视文学的结构有哪些特点?

电视文学的结构布局要注意电视观众的情绪节奏和电视结构的开放性。电影有较多的时间发展人物性格,观众的兴趣可沿着一条斜线逐渐上升到全片的最高潮。电视则要求一开始就把观众的兴趣提起来,在每一幕不长的时间内都要把观众的兴趣提到最高限度,形成滚雪球般的积累效果。不同作品的节奏不会完全一样,结构因而也不应该千篇一律。但电视文学不能不考虑节目的收视效果,因为遥控器掌握在观众手里,观众经常会在很短的时间内转换频道。作者应当注意电视观众欣赏节目的这种特殊条件和心理,根据内容特点形成适应收视条件的情绪节奏。

电视结构的开放性表现在许多方面:由于荧屏面积相对于观看距离较小,造成观众视角的相对狭小,因而画面结构往往不是如传统绘画和电影(尤其是宽银幕电影)那样,把主要的视觉对象及其关系都同时呈现在荧屏画面上,形成以画面边框为界的封闭结构;而是把一些重要部分甚至中心放在画面之外,通过摄像机镜头运动和镜头组接来加强各画面之间的联系,从而突破狭小荧屏的技术性限制而形成开放结构。电视文学的语言则不仅在于表现内容,往往还面向观众进行交流,从而使荧屏内外产生联系,观众的反应也成为结构的一部分。电视连续剧和系列剧由多集构成,这样的作品每一集往往自成格局而又有开放性,从而在各集之间构成间断而又联系着的开放式结构关系。电视毕竟首先是大众传播媒介,每天甚至每个时间段的节目中都包含着政治、经济、商业、社会生活和艺术等各个方面的不同信息,这些信息的传播形式一方面各自有相对独立的节目板块,另一方面相互之间又交错穿插和相互影响着,因此也造成了每一个节目相对于其他节目的开放性。这种种开放性的表现都不能不影响到对电视文学的要求,使电视文学作品不再像经典艺术品那样成为自身完整、独立的结构,而必须在多种意义上形成开放结构。

第六章 文艺作品的构成

一、基本概念

1. 人物

叙事作品中构成故事的要素有人物、情节和环境,而人物是故事中情节发生和发展的动因,是主导因素。从艺术效果来分析,可以将故事中的人物分为"扁平"人物、表意型人物、"圆形"人物、典型人物和"性格"人物几种类型。"扁平"人物是指具有单一或简单性格特征的人物。这种人物的特征比较鲜明,因而易于给读者留下强烈的印象。表意型人物是不具有性格内涵而仅仅表示某种抽象观念的人物。这样的人物形象自身往往很少有鲜明的特征,因而留给人的通常只是所蕴涵的抽象观念。"圆形"人物是指具有多种复杂性格特征的人物。这类人物在其言行中表现出比"扁平"人物直接显露的性格特征更复杂、更深层的性格特点,也就是说具有了性格的厚度或丰富性。典型人物的性格特征是在历史、社会和自然的大环境以及个人生活的具体环境中产生的,与上面所讲的"圆形"人物相比,典型人物更关注人物特征的历史文化根据和社会背景的真实性。"性格"人物是特指中国古代叙事理论中所说的"性格",这是一个来自中国传统叙事艺术理论的观念。在中国传统的叙事艺术观念中,人物的魅力在于表现出真实生动的性情气质,给人以感觉上的亲切逼真。

2. 情节

情节是按照因果逻辑组织起来的一系列事件,也就是把表面上看来偶然地沿着时间先后顺序出现的事件用因果关系加以解释和重组,在事件的发展中表现出人物行为的矛盾冲突,由此而揭示人物命运的变化过程。情节由事件构成,而事件则是由故事中所叙述的人物行为及其后果构成。一个事件就是一个叙述单位。事件有大有小,可以由若干层次构成。整个事件就由这不同层次的大小事件构筑而成。每个事件在作品中的作用并不完全相同,大体上可以划分出两大类型:第一类事件的作用是推动故事情节的发展;第二类事件的作用是塑造生动的形象。

3. 环境

环境是人物的生存空间,环绕人物的自然、社会的物质世界及人类文化氛围便是作品中特定的环境。自然环境一般说来是不由人选择的,长期生活于一定的自然环境中,对人的性格形成和发展会产生一定的影响。社会环境是指人与人之间的各种社会关系以及历史与现实相结合形成的文化氛围,既要有时代、社会的基本特征和历史发展的总趋向,更要包括具体人物特定的生活环境。

4. 时距、次序和频率

时距,也可称为叙述的步速,是故事时间长度与文本时间长度相互对照所形成的时间关系。文本时间与故事时间这两种时间长度相互一致的时间关系可以算作一种匀速叙述的关系。以这种"匀速"叙述为基准,就可以区分出不同叙述速度的各种时距。速度的两个极端形态是省略和停顿,介乎二者之间的有概略、场景和减缓。

次序是故事时间中事件接续的前后顺序与文本时间中叙述语言的排列顺序相互对照所形成的关系。故事时间中的顺序与文本时间中的顺序相一致的叙述次序称作"顺时序"。与顺时序不同的其他叙述次序统称为"逆时序",即文本中叙述的前后顺序与故事中事件发生的前后顺序不一致。有时是将事情的结局提前到故事的开头讲述,这种叙述次序称作"倒叙";有时是在顺时序的叙述过程中不时地插入对过去事件的追述,这种叙述次序就是"插叙"。

频率是文本中的叙述语言和故事内容之间的重复关系。重复有两种类型,即事件的重复和叙述的重复。事件的重复指的是故事内容的重复,即同一类型的事件反复出现。叙述的重复指的是同一个事件在故事中被反复叙述。

5. 叙述视角

叙述视角是叙述语言中对故事内容进行观察和讲述的特定角度。叙述视角的特征通常是由叙述人称决定的,主要是四种:第三人称叙述、第一人称叙述、第二人称叙述和人称或视角变换叙述。第三人称叙述是从与故事无关的旁观者立场进行的叙述。这类叙述的传统特点是无视角限制。第一人称叙述的作品中叙述人同时又是故事中的一个角色,叙述视角因此而移入作品内部,就是所谓内在式焦点叙述。这种叙述角度受到角色身份的限制。第二人称叙述是指故事中的主人公或某个角色是以"你"的称谓出现的。因为叙述人把叙述的接受者作为故事中的一个角色来对待,这里似乎强制性地把读者拉进了故事中,形成一种叙述者参与到故事内容中的反常阅读经验。这种使接受者产生强烈参与感的叙述方式比较适应戏剧叙事的要求。人称或视角变换叙述是同一个故事中在上述几种叙述方式中进行变换。通过叙述视角与人称的交替变换,故事叙述把握远近粗细时有了更多的自由,因而也就可以叙述得更生动。

6. 显在叙述者与隐在叙述者

显在叙述者是指读者在文本中明确地倾听到叙述者声音的情形。显在叙述者的极端表现是通过干扰甚至打乱故事叙述而使叙述者自己显现出来。隐在叙述者是与显在叙述者相反的另一个类型,指读者在叙事文本中难以发现叙述者声音的情形。"隐在"的叙述者实际上是隐藏在了人物背后,默默地支配着人物,使他们说出叙述者需要叙述的东西。隐在叙述者的另一种情况是处于显在叙述者与完全隐藏的叙述者之间的状态。这种隐在叙述者存在于文本叙述之中,但并不直接显现,读者只能间接地感受到叙述者声音的存在。

7. 抒情角色

抒情角色是指抒情作家在抒情作品中表现情感时所处的地位。常见的抒情角色有三种类型：一种是作者作为第一人称出现，作品中的"我"即作者自我；另一种是作者以代言的第一人称出现，或代人抒情，或托人抒情；还有一种是作者作为叙事者，在讲述事件的过程中抒情。第一人称的抒情是作者直接表现自己内心生活的一种抒情方式。在这类抒情作品中，"我"就是作者自我。代言的抒情方式是作者作为代言人，以他人的口吻来抒情。

8. "有意味的形式"

这是英国美学家克莱夫·贝尔在《艺术》一书中提出的概念。他说：在讨论审美问题时，人们只需承认，按照某种不为人知的神秘规律排列和组合的形式，会以某种特殊的方式感动我们，而艺术家的工作就是按这种规律去排列、组合出能够感动我们的形式，我称这些动人的组合、排列为"有意味的形式"。

9. 语言的阻拒性

"阻拒性"理论是20世纪初俄国形式主义文学理论学派提出的。他们认为，作家们总是设法把普通语言进行改造加工，使之变成陌生、扭曲的语言，这种语言会对接受者产生阻拒作用，即由于不合语法、打破了语言常规，或者使用了不为人所熟悉的修辞方式等，使读者不可能一下子就理解其中的含义，也就是产生了意义理解上的阻拒性，从而迫使读者注意到语言本身的表现力，这种"阻拒性"效果才是文学的特征。

10. 典型

典型是西方文艺理论对叙事艺术中人物形象创作的认识成果。从形象的审美特征角度来考虑，典型是叙事艺术中人物形象的一种高级形态，是具有特征性而又富于艺术魅力的人物性格。这里主要强调了典型概念的两个美学特征：首先是具有特征性。

这里所说的"特征性"具有两种属性,一是形象的具体、生动、独特;二是形象体现出深刻丰富的社会生活本质。其次是具有艺术魅力,就是说要能够以生动、新颖和感情的真挚性吸引和打动读者。

11. 意境

意境是中国古典文论中发展出来的一个概念,是对抒情艺术形象的要求,实际上是中国传统诗学、画论、书论的一个中心范畴。关于意境的定义,可以概括为:意境是指抒情艺术作品中创造的情景交融、虚实相生的形象系统及其所诱发的审美想象的空间。意境的特征之一是情景交融,就是要求所抒发的感情与描写的客观事物形象自然地融为一体。二是虚实相生,就是要求具体的景物描写要能够诱发读者联想和想象,能够通过有限的实境感受到无穷的"象外之象",领悟到言有尽而意无穷的含蓄蕴藉的神韵。

12. 作品的意蕴层面

作品的意蕴层面是指隐藏在作品中形象背后的思想、感情等内容。这是作品整体结构中的纵深层次,至少可以分出三个不同的层面:第一,历史内容层面,指隐藏在叙述话语和形象背后的作者的历史感、对历史的认识和态度倾向等。第二,哲理意味层面。哲学是人对宇宙人生的普遍本质与规律所进行的最高层次的思考与概括,"意味"则是一种不可言传只可意会的感悟,二者通过形象引发的联想在深层意蕴中的有机结合便构成哲理意味。第三,审美意蕴层面。读者感到在作品的形象背后有回味无穷的韵味,这种意味就是审美意蕴。作品的历史内容、哲理内涵都要与审美意蕴整合在一起,才能成为艺术的内蕴。

二、综述题

1. 举例说明故事时间与文本时间的区别。

所谓故事时间,是故事中事件接续的前后顺序;文本时间是叙述文本中叙述语言排列的前后顺序,或者说是读者阅读文本所依照的顺序。假如我们说"国王死了,王后也死了"这句话时,就出现了两种时间顺序:第一个时间顺序是故事时间顺序。这句话所提示的故事时间从先后顺序来说可以认为第一件发生的事是国王死了,随后发生的第二件事是王后也死了。当然,这句叙述中两个人的死亡先后顺序并没有特别说明,我们只是按照一般叙述的习惯来认定故事中两件事发生的顺序的。就是说,在没有特别提示的情况下,我们通常相信先说的事就是先发生的。但这只是我们从这个孤立的叙述句中得出的推论,并不能排除另外一种可能。比如说,在"国王死了,王后也死了"这句话后面又说"两人是同时死的",或者干脆来个突转:"但后来人们才发现,王后是先于国王而死的",这样一来,尽管这句叙述本身没变,故事的时间顺序却完全倒转了过来。第二个时间顺序是文本时间顺序。在上面那句叙述中,文本时间顺序是"国王死了"这个事件的叙述在前,而"王后死了"这个事件的叙述在后。这就是说,不管故事中到底是哪一件事在前,这个叙述句本身的顺序是确定的。读者阅读故事所需要的时间就由这个时间顺序所决定,无论故事内容本身是哪一件事在前,文本时间的前后顺序总归是由叙述的前后顺序决定的。

　　时间的概念不仅是有关前后顺序的概念,同时也是一个持续过程长短的概念。在故事时间中,时间的长度是通过故事内容的发展决定和显示出来的。有时这种时间长度有明确的标记,比如说故事中可能会用"多年以前"、"又过了几年"之类的叙述来标志故事中时间持续的长度。有时故事时间的长短是通过故事中事件的发展过程暗示出时间的推移,比如在《三国演义》中关羽温酒斩华雄的过程,就通过对整个战斗过程中袁绍营帐中听到的一阵击鼓呐喊声和关羽回到营帐中时酒尚未冷的细节表明了这一事件的过程只有短短的不到一杯酒变凉的时间。而刘备败走江夏的故事则是一段段具体的事件过程,使人通过故事的进展感觉到时间过程至少持续了几天。在有的叙述中故事时间可能不明确,如上面所说的"国王死了,王后也死了"这句叙述就看不出时间长短,如果有其他情节的参照,我们才可能间接地推知国王死了与王后也死了这两件事是在多长时间中发生的。

而文本时间的长度则是与故事时间长度无关的另一个概念,是由叙述语言的长短决定的。也就是说,叙述的语言越多,文本时间就越长;叙述得越少,文本时间就越短。虽然我们不可能硬性确定文本时间的量值,比方说一千字相当于多少分钟,但可以通过不同叙述方式之间的比较形成相对意义上的时间长度概念,比如一句话的叙述就短于两三句话叙述所用的时间,因而粗略的交代所用的时间就短于详细描述所用的时间等等。

从以上的区分可以看出,故事时间与文本时间是两个完全不同的时间概念,前者是虚构的、只存在于作品世界内的时间关系;而后者是与叙述行为直接相关的、存在于现实世界、现实的文本写作与阅读活动中的时间关系。

2. 试说明真实的读者与隐含的接受者之间的关系。

叙述者讲述故事是一种语言交流行为,也就是说讲述活动必然要有接受叙述语言的对象,就是接受者。即使是作为书面文学独自进行的叙述语言创作,作者作为叙述者在叙述时心目中也存在着潜在的即"隐含的"接受者。

不同的叙述者对接受者有不同的要求,但总的说来这些接受者都是由叙述者所设定的,是隐含在叙述动作中的接受者,因而都是叙述者心目中理想的接受者。在叙述行为中,叙述者期待着自己的语言被理解,而真正的、完全的理解只能发生在叙述者自己设定的这种隐含的理想接受者的接受中。真实的读者不可能完全达到这种理想接受者的理解,尤其是不同时代、不同民族的读者由于语境的差异,与隐含的理想接受者之间存在更大距离。真实读者与隐含的接受者之间的差异导致了误读的可能,因此真实读者必须尽可能地向隐含的理想接受者靠拢,才有可能比较正确地理解作品。当然,实际上不同语境中的读者几乎不可能真正达到作者所要求的理想接受者的水平,因此而形成了对作品文本理解的多样性,这就是人们所说的"有一千个读者就有一千个哈姆雷特"的意思。

3. 分析、说明抒情与宣泄的关系。

认为抒情就是情感的宣泄这种见解抓住了抒情的一个重要特征,即内心情感的释放。但是,艺术的抒情并不只是非理性的情感宣泄。抒情是一种审美表现,需要意识的控制与思维的参与,需要创造有序的话语组织形式,这正是艺术的抒情区别于日常情感宣泄的主要特征。

首先,抒情主体是把自己的内心体验作为一个对象来表现的。他不完全是即兴式地有感而发,而是从初始的情感状态中超脱出来,把它作为一个对象来重新认识、体验、评价和组织。抒情诗人所表现的情感是对情感经验的再体验,而且这种再体验伴随着一种反省似的"沉思"。诗人的沉思是一种诗意的思,返回内心的思,不同于理论的思考。通过这种沉思,抒情诗人对情感经验进行重新的理解和组织,赋予它一定的组织形式,使之成为一种丰富而有序的情感经验。因此,抒情既是情感的释放,又是情感的构造;抒情主体既沉浸在情绪状态之中,又出乎情绪状态之外,意识到表现的内容和表现过程本身。宣泄的情绪是杂乱无序的,只有释放,没有构造;宣泄者完全被淹没在混杂的情绪海洋之中,没有自我意识;抒情主体虽然也有受情绪左右的被动性,但他首先是主动的沉思者和创造者,他是自由的。

其次,艺术抒情是创造具有审美价值的艺术品的活动。与内心情感经验的重解和重组相适应,抒情作者还要创造适合于表现这种情感的感性形式。抒情诗人要运用特殊的语言形式,把各种感觉材料组织起来,巧妙而自然地构造有序的形象组织,创造出直接表现内在情感运动形式的审美形式。因此,抒情不仅意味着传达内心活动,而且意味着创造性地选择和组织抒情话语来表现,意味着创造审美价值,这也是宣泄所不具备的。

4. 举例说明文学语言的特点。

文学语言是作者选择一定的语言材料,根据创作意图组织起来的一套话语系统。进入了作品系统中的语言层面的语言,已不同于作品之外的日常生活语言,它具有了自己的特点:

第一,内指性。艺术世界是一个虚构的世界,组织起这个世界的材料就是文学作品中的语言。这种语言与日常生活中的语言是不同的。日常生活中的语言是外指性的语言。所谓"外指性",是说语言所指称的意义存在于语言之外的现实世界中,语言叙述是否真实、正确,就要看它是否与客观事实相吻合,或者是否符合现实生活的逻辑。而文学作品的语言是内指性的。所谓"内指性",是说这种语言所指称的意义存在于这个语言系统自己所构筑的艺术世界中。对作品语言"内指性"的理解,可以使我们在理解和解释作品意义时,能够把握住作品中艺术世界的独立自足性,避免把作品中的艺术世界与作品外的现实世界相混淆,去断章取义地曲解和引申作品语言的意义,破坏作品的审美效果。

第二,心理蕴含性。人类的语言,一般说来主要有两种功能,即指称功能和表现功能。指称功能是指语言符号用来指称客观事物的功能,表现功能是指语言符号表现说话者心理状态、情绪倾向的功能。文学语言把语言的表现功能提高到更加重要的位置。文学作品中的语言蕴含了作者丰富的知觉、情感、想象等心理体验,也就是说比普通语言更富有心理蕴含。

第三,阻拒性。"阻拒性"理论是20世纪初俄国形式主义文学理论学派提出的。他们认为,日常生活中使用的普通语言是"自动化"的语言。所谓"自动化"语言,是指那些人们对其意义很熟悉,因而不会注意语言本身的特点,注意力会"自动"地离开语言符号而转向所要表达的客观意义方面。这种"自动化"的语言有的虽然看上去具有形象性,实际上却因人们过于熟悉而已失去了感染人的形象魅力。文学的语言就要力避这种"自动化"现象。作家们总是设法把普通语言进行改造加工,使之变成陌生、扭曲的语言,这种语言会对接受者产生阻拒作用,即由于不合语法、打破了语言常规,或者使用了不为人所熟悉的修辞方式等,使读者不可能一下子就理解其中的含义,也就是产生了意义理解上的阻拒性,从而迫使读者注意到语言本身的表现力,而不是语言所指称的外部意义。在形式主义者们看来,这种"阻拒性"(也可称作"陌生化")效果才是文学的特征。由于"阻拒性"的作用,文学语言不容易一下子就被理解,而需要特别注意,因而可以使读者反复体味其中的涵义,从而增强了它的审美效果。

5. 文学形象与一般艺术形象有何异同?

文学形象,是读者在阅读文学作品的过程中,经过想象和联想而在头脑中唤起的具体可感的、动人的生活图景。文学形象有这样几个基本特征:

第一,文学形象是主观与客观的统一。这就是说,形象既是主观的产物,又有客观的根据。不仅像文学形象这样需要主观想象而间接生成的形象中包含着主观因素,而且其他类型的艺术形象同样是主客观的统一。比如绘画中的形象或电影、电视中的形象,它们与文学形象不同,是直观地对接受者呈现为可感形象而不需要借助于理解和想象。尽管如此,这些直观的艺术形象在接受中仍然需要接受者主观因素的参与,因为呈现在画布上或荧屏上的视觉图像只为接受者提供了形象的物质外观,而艺术形象所具有的动人的艺术魅力需要接受者的生活经验、想象力和艺术理解能力的合作而产生。主客观的统一是各种艺术形象都具有的特征之一。

第二,文学形象又是假定与真实的统一。文学形象一方面是假定的,就是说它是艺术家创造的世界而不是生活本身,有的(比如浪漫主义风格的作品)甚至与生活本身的逻辑也不一致。可另一方面,它又来自生活,它无论怎样虚构,只要是成功的形象都会使人联想起生活,甚至感到比真实的生活经验还生动。从某种意义上说,艺术创作是作者与读者达成的一种默契,读者可以允许作者的虚构和假定。因此,虚拟性和假定性就成了文学形象的前提条件。同时,文学形象的假定性还必须与真实性结合起来,就是说要做到"合情合理"。在这一点上,其他艺术形象同样如此,同样需要将假定性与真实性统一起来。

第三,文学形象是个别和一般的统一。艺术与科学都具有认识客观世界的作用,认识对象的基本方式也都是概括,但二者的概括方式是不同的。科学概括虽然也从对个别事物的调查研究入手,但在概括过程中要不断地摈弃个别,使科学概括最后在抽象的、一般的领域中进行。而文学形象作为艺术概括的方式,则始终不摈弃个别,而且还要强化它、突出它、丰富它,使个别成为独特的"这一个";与此同时,这个"个别"又与"一般"相联系、相结合,把个别与一般化同步进行,最终达到个别与一般相统一的境地。这一点,文学与其他艺术形象的要求也是一致的。

第四,文学形象是确定性与不确定性的统一。文学形象与其他艺术门类的形象相比,既有共同之处,也有相异之处。如具体可感的、概括的、能唤起美感的艺术世界,这是所有艺术形象的共性。但是,由于文学是一种语言艺术,它的形象是在阅读理解了文字符号的基础上借助于想象而间接产生的,因此与其他艺术的形象相比,就有了自己的独特性,这就是确定性与不确定性相统一的特征。一方面,文学形象必须具有确定的因素;另一方面,文学形象中又有许多只可想象、只可意会却难以言传的非确定因素,尽可以让读者调动自己的生活经验和审美想象力去想象、补充、创造。这种效果可以造成文学形象特有的朦胧和神韵。

文学形象的这种不确定性,既是它的特点,也是它的优点。由文学形象的不确定性所留给读者的想象余地,更能使读者在阅读接受中获得一种创造的愉悦,从而使文学形象更富于魅力。在这一点上,其他艺术的形象往往是难以与之相比的。

6. 作品中讲述的历史故事是否就是作品的历史意蕴？为什么？

在作品中所叙述的事件、描写的人物和景物背后,都存在着与之相关的特定的历史文化背景。在有的作品中,历史内容直接进入了叙述的视野,成为作品中形象的有机成分,比如《三国演义》中的故事、人物与历史的关系就十分清楚地展现在叙述和形象描绘中。这种直接表现的历史故事不是这里所说的作为深层意蕴的历史内容层面;作为深层意蕴的历史内容,是指隐藏在叙述话语和形象背后的作者的历史感、对历史的认识和态度倾向等。历史故事本身只是作品形象层的意义,而作者的历史感才是深层的历史意蕴。同时还应指出,有的作品并不直接涉及历史事件,但这并不等于没有历史蕴涵。就拿王维的一首小诗《鹿柴》来说,这是一首著名的山水小诗,全诗不过20个字:"空山不见人,但闻人语响。返景入深林,复照青苔上。"诗中无一字提及人事,更不必说历史背景了。然而这首诗的整体情调所透出的空寂、淡泊到无烟火的极处那种感觉,那种言有尽而意无穷的神韵,却是中国自唐代以后的中古时代士大夫的精神状态和审美趣味的典型表现。再如李商隐的《乐游原》:"向晚意不适,驱车登古原。夕阳无限好,只是近黄昏。"诗中描写的是乐游原上黄昏时节的夕阳景色,但它却暗示出值得留恋的大唐帝国已日薄西山的历史感。

第七章　文艺创作的本质

一、基本概念

1. 精神生产

精神生产是人类为了获取精神生活所必需的资料（如科学知识、文学艺术作品等）而进行的对于自然和社会的观念性活动，是人类通过意识活动对外部世界进行观念性的思考或体验，并在此基础上用符号创造观念世界的一种生产活动。

2. 物质生产

物质生产是人类最原始、最基本的生产活动方式，是人类为了获取生存所必需的资料（如食品、衣服等）而进行的对于自然界的物质改造活动，是人类使用劳动工具对物质世界进行实际改造并创造出新的物质世界的一种生产活动。

3. 文艺创作的主体

文艺创作的主体又被称为艺术生产者，是指处于文艺创作活动中的作家、诗人、画家、音乐家、舞蹈家、雕塑家、电影及电视导演和演员等。

4. 文艺创作的客体

文艺创作的客体是指文艺作品所反映或表现的对象。

二、综述题

1. 精神生产从物质生产中分离出来之后，具有了相对的独立性，这主要表现在哪些方面？

（1）精神生产的发展与物质生产的发展并不绝对同步。以中国哲学的发展为例。先秦时期的物质生产水平大大落后于唐、宋、元、明、清各代，但以孔子、孟子为代表的儒家学说，以老子、庄子为代表的道家学说，均产生于先秦时期，它们在思想上所达到的高度和深度，绝不逊色于后世的哲学。

再以外国文学的发展为例。19世纪下半叶的俄罗斯，刚刚从农奴制度的桎梏下挣脱出来，物质生产的发展水平还十分低下，但在文学创作领域却空前繁荣，屠格涅夫、列夫·托尔斯泰、契诃夫等文学大师都在这一时期创作出了大量的优秀作品。

（2）精神生产的发展能够促进物质生产的发展。例如，文艺创作的繁荣往往能够带动纸张、油墨等行业的发展。《晋书·文苑传》所载左思写了《三都赋》之后，人人争相传抄，终于导致"洛阳纸贵"，就是一个生动而典型的例子。

（3）精神生产能够影响物质生产的发展方向。在现代社会，物质生产的功利性越来越强。在西方国家，资本家奉行"利润第一"的原则，在物质生产领域唯利是图。比如，为了赚钱，军火商不惜大量生产杀人武器。而精神生产以真、善、美为最高原则，不以功利为最高原则。精神生产可以讴歌纯真、善良而高尚的理想，鞭挞现实生活中的丑恶，从而校正物质生产的发展方向。

2. 20世纪的精神生产具有哪些主要特征？

（1）生产主体的变化。20世纪，尤其是第二次世界大战以后，随着全球范围内教育（特别是高等教育）的迅速普及，有能力从事精神文化生产的人数大幅度增加；同时，在世界范围内，政治民主化的进程大大加快，大众传媒日益普及。这一切，使得更多的人不仅有能力，而且也有机会参与精神生产的活动，从而使精神生产的主体在人数和构成成分上都发生了显著的变化，精神生产不再是由少数人所控制和垄断的专利，社会各阶层的人士几乎都在不同程度上拥有了精神生产领域的发言权。

（2）生产方式的变化。在20世纪之前，欧美等国虽然在物质生产领域内完成了工业革命，实行了机器化的大生产，但在精神生产的各个领域内,占主导地位的仍然是个体的、手工作坊式的生产方式。进入20世纪之后,机器化的工业生产方式逐渐扩张到了精神生产领域,其突出的标志就是"文化工业"的出现,精神生产成了一项新兴的、有利可图的工业,精神生产的产品(如唱片、录音带、录像带、电影胶片、CD、VCD、电脑软件、书籍、报刊等)不仅可以借助于机器被快速地生产出来,而且可以在工业流水线上被低成本地大批量复制。

(3)生产观念的变化。在发达的资本主义国家,机器化的工业生产方式扩张到精神生产领域的同时,精神生产的观念也发生了质的变化,精神生产失去了昔日那神圣的光环,成为一种能够为生产者创造利润的商品,成为众多商品中的一员。商品化进入文化领域,意味着艺术作品正在成为商品;商品化的逻辑已经影响到人们的思维。精神生产的原则和生产目的同样发生了本质的变化,生产者最先或者说最主要考虑的已经不再是"文以载道",不再是宣扬某种教义、某种思想或某种观念等,而是能否创造出经济效益。换言之,精神生产的主体首先关心的往往并不是"我究竟要表达什么",而是"市场究竟需要什么",或者是"我究竟要提供什么样的精神文化产品才能赢得财富"。

(4)产品功能的变化。在资本主义社会,既然精神生产也要按照商品生产的"游戏规则"来操作,那么,产品的功能理所当然地就要进行相应的调整。作为一种消费品,精神产品的娱乐功能被强化到了首要的地位,而其认识功能、审美功能和教育功能则退居到了次要的地位。

(5)产品形态的变化。精神文化产品在形态上的第一个重大变化是:昔日占主导地位的是"精英文化",而今日占主导地位的则是"大众文化";或者说,到了后现代主义阶段,文化已经完全大众化了,高雅文化与通俗文化、纯文学与通俗文学的距离正在消失。从积极的方面来说,这体现了精神生产的民主化进程大大加快了;

从另一个方面来说,不可否认的是,精神文化的神圣性和崇高性也正在被商品化的逻辑所消解着。精神文化产品在形态上的第二个重大变化是从一元化走向多元化,具体表现为亚文化和反文化的蓬勃发展。

3.如何正确认识文艺创作的客体?

(1)社会生活是文艺创作的终极客体。社会生活是指人类在大自然和社会现实中所经历的精神生活和物质生活的总和。不论文艺作品所直接表现的是古代的人物和事件,还是当代的人物和事件,抑或是未来的人物或事件,也不论它所反映的是人物的内心世界,还是其外部行为,但归根结底,都是文艺工作者对社会生活的体验、认识和理想的一种折射,尽管这种折射可能采取了变形、隐喻、象征或夸张等艺术手法来加以表现。

(2)文艺创作的客体是具有审美价值的社会生活。社会生活总是良莠并存、美丑混杂的,既有真、善、美的一面,又有假、恶、丑的一面。具有真、善、美属性的社会生活,比如,大自然的良辰美景,人与人之间纯真的亲情、爱情和友情,对祖国、对民族、对人类的深厚感情等,本身就具有较高的审美价值,因此往往可以直接成为文艺作品的素材,成为文艺创作的客体。但是,既然文艺作品是社会生活的反映,而社会生活又具有假、恶、丑的一面,因此,文艺创作就不能回避生活中的假、恶、丑。关键在于,文艺工作者不能仅仅满足于"忠实地记载"或罗列生活中的假、恶、丑现象,更不能以欣赏的态度去展示假、恶、丑,而应该旗帜鲜明地鞭挞它们。只有这样,才能使假、恶、丑现象转化成为具有审美价值的客体。

第八章 文艺创作的过程

一、基本概念

1. 创作理念

创作理念是指文艺工作者对于为什么要从事创作,文艺作品应该表现什么、如何表现,文艺创作应该承担怎样的社会责任和历史使命等一系列有关创作的根本问题所持的观念。

2. 艺术修养

艺术修养是指人们经过长期的学习和实践,在文化知识、艺术理论和从事审美活动的能力等方面所达到的综合水平。

3. 艺术发现

艺术发现是指文艺工作者对于创作素材的一种宏观的、独具慧眼的审美感知,它是进入文艺创作实践的突破口。当文艺工作者从人们司空见惯的事物或现象中洞悉了某种新特征、新内涵、新寓意、新意蕴,或者从人们习以为常的形式中寻觅到某种新颖别致、独具韵味的排列组合方式的时候,就表明他们已经获得了宝贵的艺术发现。

4. 创作冲动

创作冲动是指一种迫不及待地要从事审美创造活动的激情,它使创作主体处于一种高度亢奋的情绪状态之中。

5. 灵感

灵感是创造性思维中认识突然发生飞跃的一种心理现象,有点类似于佛教禅宗所谓的顿悟。

6. 直觉

直觉是省略了逻辑推理过程而对事物某一方面或某些方面的

本质特征直接作出洞察、判断的心理活动。这种洞察、判断未必是全面的,但却有可能是比较深刻的。在文艺创作中,创作主体在直觉的帮助下,可以对创作素材的审美价值迅速地作出一种直观的判断。

7. 想象

想象是人们在已经积累的知觉材料的基础上创造出事物的新形态或新形象的心理过程。想象可以细分为再造性想象和创造性想象。再造性想象是根据语言文字的描述或图形、声音等符号的示意,在大脑中创造出一些相应的形象或意境的心理过程。文艺欣赏活动离不开再造性想象。创造性想象则是根据一定的目的或任务,在大脑中创造出事物的新形态或新形象的心理过程。文艺创作活动离不开创造性想象。

8. 形象思维

形象思维是以事物的表象(形象)作为直接的和主要的素材,并对表象加以分析、判断、分解、组合(综合)、简化、夸张、变形、概括等处理的一种思维活动。它在文艺创作中使用得最为广泛,在科学研究和日常思维中也有不同程度的运用。

二、综述题

1. 从事文艺创作活动主要需要哪些方面的准备工作?

(1)丰富、独特而深刻的生活体验;
(2)正确的世界观、人生观和创作理念;
(3)深厚的艺术修养和娴熟的艺术技巧。

2. 文艺创作主体的生活体验为什么应该是丰富、独特而深刻的?

首先,社会生活是文艺创作的唯一源泉,而社会生活本身又是丰富多彩的。因此,文艺工作者要真实地表现生活的全貌,成功地塑造出各具特色的人物形象,就必须具备丰富的生活体验。

其次,文艺创作十分注重作品内容和风格的独创性,最忌讳雷同和人云亦云,所以,文艺工作者的生活体验又必须是独特的。只有这样,才有可能在创作素材和艺术风格上与众不同,独树一帜。

再次,文艺作品不仅应该具有审美价值,而且应该具有认识价值,能够帮助受众(读者、观众或听众等)领略生活的真谛。所以,文艺工作者的生活体验还必须是深刻的。如果他们对生活一知半解,在认识深度上尚不及平民百姓,那么,他们就没有资格去充当"人类灵魂的工程师"。

3. 艺术修养对于文艺创作的重要性主要体现在哪几个方面?

(1)具备一定的艺术修养是从事文艺创作的前提条件。

(2)艺术修养的高低,是决定创作水平高低的重要因素之一。艺术修养高,创作就可以少走弯路,可以事半功倍;艺术修养差,创作就有可能误入歧途,事倍功半,而作品的审美价值也较低。

(3)艺术修养的高低,也是决定创作生命长短的重要因素之一。艺术修养较高的人,通常能够保持比较长久的艺术青春;而艺术修养较低的人,尽管有可能凭借一时的灵感创作出一些文艺作品来,但往往后劲不足,此后便再也创作不出什么像样的作品来了,其创作生命很快就宣告终结了。

(4)良好的艺术修养,能够确保文艺工作者在创作中自觉地担当起应尽的社会职责。

4. 如何提高艺术修养?

(1)系统地学习书本知识,主要是美学、文艺理论和古今中外文学史及艺术史的知识,提高理论修养水平。

(2)广泛地参与文艺活动,不断地积累实践经验,逐步提高审美感受和审美鉴赏能力。

(3)多涉猎不同的文艺门类,融会贯通,使自己的艺术修养更全面、更广博。

5．常见的创作动机主要有哪几种？

创作动机是指促使创作主体投入文艺创作活动的内在动力。最常见的创作动机主要有以下这几种：

(1) 改良社会，改良人生；

(2) 对文学艺术的热爱；

(3) 与他人沟通和交流，寻求理解、共鸣和友爱；

(4) 抒发内心的痛苦和愤怒，宣泄自己的爱与恨；

(5) 游于艺，自娱自乐；

(6) 表现自我；

(7) 谋生或追名逐利。

6．艺术构思的主要任务是什么？

艺术构思大致可以分为两种：一种是仅仅能够使创作得以开始的构思，称之为初期构思；另一种是可以以之为基础把整个作品加以完成的构思，称之为定型构思。艺术构思的主要任务是：

(1) 孕育艺术形象（人物形象、物象、意象等）；

(2) 明确创作意图，提炼并深化作品的主题；

(3) 确定作品的体裁、形式、结构、节奏和风格等；

(4) 对于叙事性作品而言，还要设计情节及人物命运等。

7．艺术构思有哪些比较常用的方式？

(1) 沉思默想。这种构思方式又被形象地称为"打腹稿"。

(2) 编写创作大纲。为篇幅较大的叙事性文艺作品而编写的创作大纲通常至少要包括人物表和情节梗概。

(3) 绘制草图，做模型或小样。

(4) 边创作，边构思。

(5) 试演、试奏。

(6) 与人讨论，集思广益。

8．艺术构思与符号表现之间为什么会存在着矛盾？

(1) 每一位文学家、艺术家都不可能自己制定并颁布一套符号系统,而是不得不在很大程度上借用全社会约定俗成的符号系统。约定俗成的符号系统作为一种大众化的信息交流工具,它与个性化的艺术思维之间必然存在着差异。而有差异就会有矛盾,有冲突,有痛苦。

(2) 社会是不断变化、不断发展着的,同时,宇宙万物和人类的想象是无限的、无穷无尽的,而再庞大的符号系统毕竟都是有限的。所以,任何符号系统本身都可能存在着缺陷,都不可能天衣无缝、尽善尽美。即使让最杰出的文学家、艺术家来创造一套符号系统,也不可能完美无瑕。既然任何符号(包括语言在内)都存在着局限性,文学家、艺术家们想要运用符号来百分之百地把自己的构思表达出来,自然就难以得心应手了。

(3) 不同符号系统之间的转换也会产生矛盾。在文艺创作中,把日常生活中的口头语言转化为文艺作品中的书面语言,就是一种最常见的不同符号系统之间的转换。而只要是转换,就有可能导致信息的损耗和变形,原来的信息就很难保持"原汁原味"了。

(4) 创作主体的构思发生变化,也会加剧符号表现与构思之间的矛盾。(可以举例说明)

9. 结合实例,论述文艺创作过程中的灵感具有哪些特征?

(1) 突发性。灵感的发生非常突然,它不期而至,事先难以预测,事后也难以控制,不受人的主观意志的操纵。郭沫若的长篇抒情诗《凤凰涅槃》的创作就是因为"突然有诗意袭来"。

(2) 亢奋性。灵感迸发时,创作主体处于一种精神高度亢奋的状态之中,激动不已,甚至像着了魔似的有点紧张,有点迷狂,各种心理能量一时间都活跃起来,才思如泉涌一般喷薄而出,大脑中各种形象和意念纷至沓来。

(3) 创造性。处于灵感状态下的创作主体会感到自己若有神助,长期苦思不得其解的难题此刻恍然大悟,豁然开朗。这是文艺创作过程中最富有创造性、效率最高的时刻。

(4) 实践业已证明,创作主体的生活体验越丰富,艺术修养越深厚广博,对创作越痴迷,获得灵感的机率就越大;反之,如果生活体验贫乏而苍白,艺术修养肤浅,对创作又缺乏敬业的态度和执着的精神,那么,获得灵感的机率就很小。如果美国作家海明威从来都没有体验过海上生活,也从来没有接触过渔民,他是不可能仅仅依靠灵感就创作出《老人与海》这样的小说的。同样,倘若一个人从来也没有接触过电脑和互联网,那么,他也不可能单单凭灵感就创作出反映网络生活的文艺作品来。

10. 情感对于文艺创作会产生哪些影响?

(1) 创作主体的情感左右着他对创作素材的选择和取舍。

(2) 在创作过程中,创作主体的情感会自觉或不自觉地投射到审美客体上去,发生"移情作用",从而使审美客体由于浸染了创作主体的情感色彩而产生不同程度的变形。

(3) 创作主体的情感决定着他对作品中的人物和事件的褒贬。当作者过分热爱或过分厌恶作品中的某个人物或某些事件时,创作就有可能步入情感的误区。

(4) 文艺工作者不可能生活在真空世界里,在整个创作过程中,他们会受到日常生活中各种各样的杂事的干扰,从而有可能产生一些消极的、负面的情感,阻碍创作的正常进行。

11. 应该如何处理文艺创作与情感的关系?

(1) 要表现真情实感,要"为情而造文",不要"为文而造情"。因为文艺殿堂拒绝一切虚情假意,拒绝一切无病呻吟和强颜欢笑,假冒伪劣的情感在此难以立足,只有真实的情感才能具有长久的生命力,才能具有较高的审美价值。

(2) 要讲究情感的品味。文艺作品中的情感不仅应该是真实的,而且应该是高尚的、美好的。这并不是说文艺作品应刻意回避现实生活中客观存在的那些卑劣、丑陋的情感,而是说作品应该弘扬纯洁、美好和高尚的情感,抨击卑下、低俗和虚伪的情感。

（3）要把握好情感的分寸。文艺作品既然要对受众"动之以情"，那么，创作者当然不能缺乏强烈的情感。但是，情感并非多多益善。如果把创作比喻为一叶小舟的话，那么，情感之水既能载舟，也能覆舟。创作者必须把握好情感的分寸，不仅要能充分调动起自己的情感，更要能驾驭住自己的情感；对于情感这座"围城"，创作者不仅要能进得去，而且要能出得来。

（4）要认识到，文艺创作中的情感表现不同于日常生活中的情绪发作和宣泄，二者的区别首先在于文艺创作中的情感抒发是一种被延宕了的情绪活动，即华兹华斯所谓"在平静中回忆起来的情感"，这种情感不是对即时情感的无意识摹写，而是被记忆滤清了的情感的自觉回忆与表现，是过去时态的心理状态。其次，艺术情感不像日常生活中的情感那样由"刺激——反应"的心理模式产生，它不是外界刺激的被动反应，而是有意识地构造成的形式，是一种虚构。再者，从表现方式来看，日常情绪是通过反射活动宣泄出来的，而文艺创作则是将情感转换成了符号。

（5）要训练出良好的情感自控能力，当与创作无关的情感或情绪发生时，要能够控制它们。

总之，文艺创作的主体要善于调控情感的方向和强度，把握情感的品味和分寸，努力成为情感的主宰而不是情感的奴隶。

12．理智在文艺创作中有什么作用？

理智是指人类所具有的有意识的理性的认知能力和思维能力。它在创作中的作用主要体现在以下两个方面：

（1）使创作主体对创作素材的感性认识上升为理性认识，从"知其然"上升到"知其所以然"；

（2）帮助创作主体对作品的题材、结构、节奏、风格等方面加以控制，尤其是对创作过程中的激烈情感加以适当的控制。

13．简述意识、无意识与文艺创作的关系。

（1）在文艺创作过程中，意识引导着无意识活动的方向。不少文学家、艺术家在创作中都遇到过才思泉涌、如有神助的阶段，也获得过所谓"天赐"的灵感或直觉，他们有时会把这一切都归功于潜意识或无意识的帮助。其实，这绝大多数是由于他们在长期的艺术实践中所形成的习惯无意识在暗中相助。而习惯无意识是意识的直接延伸和熟练化，是意识的熟能生巧和自动化。在意识层面上，文学家、艺术家对自己创作行为的目的和发展方向是明确的，由此我们便不难明白：无意识的活动方向正是从意识那里得到的。

（2）无意识所使用的素材主要靠意识来提供。巧媳妇难为无米之炊，无意识也难为无米之炊，它要"生产"出产品来，总得先有原材料才行。习惯无意识感知和习惯无意识表象识记虽然可以提供一些原材料，但其数量实在是太有限了。因此，无意识所使用的素材绝大多数都只有从意识层面获得，此外别无选择。

（3）在文艺创作中，意识的作用是主要的、明显的、决定性的，无意识的作用则是次要的、隐蔽的、辅助性的。否定意识的主导作用，就会把文艺创作引向非理性主义；否定无意识的存在及其作用，则会在对文艺创作的认识和理解上走向简单化。

14．与科研思维相比，艺术思维具有哪些特征？

艺术思维是指文艺创作过程中所使用的思维，它以形象思维为主、抽象思维为辅。与科研思维相比，艺术思维具有意象性、情感性、创造性和美感化、个性化等特征。

（1）意象性。艺术思维的过程伴随着活生生的意象。文学家、艺术家在创作的过程中，他们大脑里活跃着的主要不是抽象的概念，而是生动、具体的自然景象（如太阳）或人物形象（如阿Q）本身；相比之下，科学研究的思维（简称为科研思维）过程则必须借助于抽象的概念，否则就无法完成。

（2）情感性。艺术思维与科研思维的第二个不同之处就在于：前者是伴随着强烈的情感而展开的，后者则应该甚至必须在理智的状态下进行。在科研思维中,思维的主体(人)也难免会带有个人的感情色彩,但他要尽可能把它控制在最低的水平上,以免影响科研成果的客观性和公正性。

(3)创造性。科研思维和艺术思维都应该具有创造性,两者的不同之处在于:科研思维着重于思维内容、思维对象及思维方法的创新,如果重复别人已经研究过的、并且已经有结果的课题,那将是没有意义、没有价值的;艺术思维则既可以着重于思维内容、思维对象及思维方法的创新,也可以着重于思维表达(表述)方式(形式)的创新。例如,对于文艺创作而言,爱情早已不是什么新"课题"了;然而,一部爱情题材的文艺作品即使在内容上缺乏新意,但只要它在表现方式、表现手法上有所创新,它就仍然是有意义的,有审美价值的。

(4)美感化。科研思维的终极目的是求真,所以,它所重视的主要是真假或曰真伪的问题。而文艺创作以"美"为最高原则,美感化是艺术思维的重要特征,艺术思维必须遵循美的原则和美的规律;否则,艺术作品的审美功能就无法实现。

(5)个性化。文艺创作是一种极富个性化的符号生产活动,艺术思维是否具有个性化的特征,是衡量一位文艺工作者成熟与否的重要标志之一。个性化艺术思维的前提是创作主体独特的生活体验、独特的文化—心理结构、独特的创作理念、独特的艺术修养和独特的艺术发现;个性化艺术思维的外在表现形态则是文艺作品的个人风格。此外,个性化的艺术思维还是艺术思维富有创造性的重要基础和重要保障。

第九章 文艺创作的原则

一、基本概念

1. 创作原则

创作原则是指文艺工作者在创作过程中所奉行的处理文艺创作与客观现实之间相互关系的基本原则。它所涉及的最基本的问题主要有三个方面:(1)写实、写意或抽象;(2)内容与形式的关系;(3)生活真实与艺术真实的关系。

2. 写实

写实的本意是指文艺创作的主体尽最大的努力去如实地描绘现实生活,在作品中尽量保持中立和客观,淡化创作者个人的主观色彩,隐藏个人的情感和倾向性。写实作为一种创作原则,其哲学思想的根源在于理性主义和科学实证主义。

3. 写意

写意一词最初多用于中国画中,是指与"工笔"不同的一种绘画创作原则,它注重表现物象的神韵,注重传达创作主体的情感和精神世界。在形似与神似之间,它更着重的是后者而不是前者。实际上,作为一种创作原则,写意被中外不少文学家、艺术家所奉行,广泛运用于众多的文艺创作领域。

二、综述题

1. 谈谈你对克莱夫·贝尔所谓"有意味的形式"的理解与评价。

克莱夫·贝尔"有意味的形式"这一理论主要包含以下论点:在各个不同的作品中,线条、色彩以某种特殊方式组成某种形式或形式间的关系,激起我们的审美感情。这种线、色的关系和组合,被称为"有意味的形式"。"有意味的形式"是一切视觉艺术的共同性质。"有意味的形式"是对某种特殊的现实感情的表现,这种现实感情会使人们更看重宇宙的精神意义而不是它的物质意义,它让人们把事物当作目的去感受,而不仅仅把它们当作手段。

"有意味的形式"作为一种审美趣味与美学理想,与希腊—文艺复兴传统(或体系)距去较远,与我国的传统艺术则距离更近。以"有意味的形式"形容或说明非再现的艺术(抽象艺术)比较应节合拍,以之形容或说明再现的艺术(具象艺术)则未必恰当;以之形容或说明那些"半抽象的"艺术("介于似与不似之间"的艺术,例如那些"原始艺术")比较适情顺理,而以之形容或说明那些极度写实逼真的绘画则往往说不通。

文学艺术之所以能够创造出"有意味的形式",正是因为文艺作品本身包含着社会生活和创作主体个人的情感生活等丰富的"内容";如果离开了这些"内容",那么,即使形式能够独立存在,它也不可能成为"有意味的形式",而只能是苍白的形式、无意味的形式。

2. 在文艺创作中,应该怎样正确处理作品的内容与形式之间的相互关系?

要正确处理文艺作品内容与形式的相互关系,就应该避免走入两种极端。第一种极端是:受儒家思想中"文以载道"这一传统观念的影响,将文艺作品仅仅视为宣扬道德教条、哲学理念、政治思想、人文主张或人生观、世界观等"内容"的工具,因而一味强调"内容"的主导性地位和决定性作用,忽略甚至否定艺术形式在审美创造和审美欣赏活动中的价值。第二种极端是:只看到或只强调文艺作品与现实生活存在着差异性这一点,因而主张把现实生活对文艺作品内容的影响排斥在艺术大门之外,认为形式就是一切,形式高于一切,从而走向形式主义的道路。

文艺作品是一个有机的整体,其内容与形式是相互依存、相互支撑、相互包容、相互渗透和相互转化的,彼此都无法脱离对方而单独存在——既不存在着徒有内容而无形式的文艺作品,也不存在着仅有形式而无内容的文艺作品;至于所谓内容很好而形式较差或内容较差而形式很好的作品,都不能算是优秀的文艺作品。正确的做法应该是并且只能是:在文艺创作中自觉地追求内容与形式的完美统一。

3. 如何正确理解生活真实与艺术真实之间的辩证关系?

(1)艺术真实以生活真实为基础。在文艺创作中,虚构、夸张、变形等手法是允许的,也是必须的、必要的,但这一切应该有一个前提:必须以生活真实为基础,不能脱离现实生活的内在规律去胡编乱造。

(2)艺术真实不能照搬生活真实的标准。文艺创作离不开虚构,文艺作品本身具有假定性。即便是严格奉行写实原则的文艺作品,也是"源于生活而又高于生活"的,也要使用综合、简化、夸张、变形及典型化等艺术手法,而不太可能完全按照现实生活的本来面貌去再现生活。因此,艺术真实并不能等同于生活真实。换言之,艺术真实与生活真实所遵循的是不同的标准。

(3)艺术真实重在神似,而不在形似。艺术贵在"似与不似之间"。艺术作品不能完全脱离现实生活,不能一点儿都不像现实生活,但也不必太像。艺术真实重在神似,不在形似;重在神似,才能使艺术真实高于生活真实,比表面的生活真实更能展示生活的深刻本质。

(4)艺术真实是一种主观真实,而不是客观真实。科学研究追求的是客观真实(或者称为物理真实),而文艺创作追求的是一种主观真实(或者称为心理真实),即创作主体把他主观世界中所感受到的真实通过作品传达给受众,让受众在主观上感到真实可信。

第十章 文艺创作的风格和流派

一、基本概念

1. 风格
风格是指文学家、艺术家艺术思维的独特性及其外在表现形式,也就是指通过文艺作品所反映出来的文艺创作主体与众不同的精神风貌及其外部特征。

2. 创作个性
创作个性是指文学家、艺术家在创作活动和其作品中所表现出来的审美心理定势、独特的创作习惯以及他(她)使用艺术语言(符号)的特殊方式等。

3. 艺术流派
艺术流派是指在特定的历史时期,由一些在人生观、美学观、创作理念、创作原则及艺术风格等方面相同或相似的文学家、艺术家们所组成的群体;也可以用来指那些虽然并无一定的组织形式,但却被别人视为一类的文艺家们。

4. 文艺思潮
文艺思潮是指在一定的哲学、心理学、文化学思想或学说等的影响下,在文艺领域内蔚然成风的新的文艺观念和创作理念。

二、综述题

1. 简述创作个性与风格的关系。
首先,创作个性与风格密切相关——创作个性是指创作主体的内在的精神特质,风格则是它的外在表现形态;创作个性是内因,风格则是其外化的果实。

其次,创作个性只是形成艺术风格的内因之一,而不是风格形成的全部原因,也不是风格形成的唯一的逻辑源头。风格的形成还受到创作主体所处的时代(时间)、地域(空间)及其所属的民族等客观因素的影响。

再次,虽然每一位文艺工作者必然都具有创作个性,但并非每一位文艺工作者及其每一部作品都能具有独特的艺术风格。风格是创作主体在艺术上走向成熟的主要标志之一。只有真正成熟了的文学家、艺术家,才有可能形成自己特有的艺术风格。

2. 举例说明艺术流派的命名通常有哪些方式?

艺术流派的名称有些是自己确定的,有些则是别人加在艺术家们头上的。具体说来,艺术流派的命名通常有以下这几种方式:

(1) 以创作理念、创作原则、美学观、艺术风格等因素来命名,如我国古代诗词中的豪放派、婉约派,现代文学中的鸳鸯蝴蝶派,外国文艺史上的古典派、荒诞派(戏剧)等。

(2) 以该流派的主要活动地点,或者该地点内有特色的事物、景色,或者该流派的作品中所使用的地方方言,或者所表现的地方文化等来命名,如我国书画界中清朝的扬州八怪、当代的岭南画派,现当代文学史上的山药蛋派、京派文学、津派文学与海派文学;意大利的佛罗伦萨画派等。

(3) 以该流派的创始人、领袖人物或代表人物的籍贯、姓氏、姓名、字、号等来命名。例如,民国时期的五大书法流派吴派、康派、郑派、李派和于派就分别是以其创始人吴昌硕、康有为、郑孝胥、李瑞清和于右任的姓氏来命名的。再如,我国京剧表演艺术中的梅派也是以其创始人梅兰芳的姓氏来命名的。

(4) 以该流派所成立的社团来命名。比如,宋朝文学家黄庭坚创办了"江西诗社",其流派就被世人称为"江西诗派"。

3. 艺术流派对文艺创作会产生哪些影响?

(1) 使某一群体的文艺工作者把对某种艺术风格的探索和追

求转变成创作中的一种自觉的行为,从而使该艺术风格得到最大限度的发展。

(2) 个人的能量毕竟是有限的,而艺术流派一旦形成,就可以汇集众人之力,为繁荣文艺创作而从事一些靠个人的绵薄之力所难以完成的事。

(3) 在全国或地区性的文艺创作陷入低潮的时候,艺术流派的存在可以鼓舞众人的士气,维持并激发彼此的创作热情。

(4) 在相同的历史时期内,艺术流派越多,艺术风格就越能得到多元化的发展;同时,文艺创作领域内的竞争也就越激烈,而激烈的竞争往往能够激发文学家、艺术家们的创作热情,促进文艺事业整体的繁荣。艺术流派的多少,通常也标志着文艺事业繁荣的程度。

(5) 艺术流派通常只是某一文艺门类中的派别,因此,其影响力往往只局限于该文艺门类之内。但某些艺术流派却可以对文艺思潮的产生和发展起到推波助澜的作用,从而影响整个文艺界乃至全社会思想观念的更新。

4. 简述文艺思潮与文艺创作的关系。

文艺思潮不仅会影响文艺创作的内容,而且会对文艺作品的形式产生革命性的影响,甚至会催生出崭新的文艺体裁和文艺样式。

艺术流派与文艺思潮也有着密切的关系:一方面,文艺思潮的形成和发展,往往要借助于一个或多个艺术流派的大力参与;另一方面,文艺思潮一旦形成,常常会在文艺界催生出众多的艺术流派,真可谓"风助火势,火借风威",两者共同影响着文艺创作的发展方向、文艺作品的精神风貌及表现形态。

第十一章 文艺接受概说

一、基本概念

1. 美的规律

该词源于马克思《1844年经济学哲学手稿》,实质是指对象获得美的特质所应遵循的规律,也就是指人类在创造性实践活动中,既能按照任何物种的尺度来进行生产,又能把人的主体性内在尺度运用到对象上去,这就是融真、善、美于一体的美的规律。

2. 内在尺度

语出马克思《1844年经济学哲学手稿》,是指人类经过创造性的活动掌握了"物种的尺度"(自然界的规律),从而体现出高度的智慧和自由本质,表现了人类自身的理想和目的,将"善"的要求结合进"真"的理解之中,运用到对象上去,创造出"美"的物体出来。因此,可以说人也是按照"美的规律"来建造的。

3. 艺术家的任务

艺术家不同于科学家和哲学家,其任务不在总结客观规律,以真理的代言人角色传达给受众,而是在为生活所感动的基础上创造出一个个意象系列,虽然其中不乏令人思考的道理,但始终是以饱含思想性的情感意象系列去感动生活中的他者。

4. 艺术的四要素

美国当代文论家艾布拉姆斯在《镜与灯——浪漫主义文论及批评传统》中认为,每一个艺术品都包括作品、世界、作者和读者四个要素。这一观点的提出确立了受众(读者)的价值和地位,产生了较大影响。

5. 接受美学

亦称接受理论,是当代西方一个以审美主体欣赏、接受审美客体的具体进程为研究中心的美学流派。源于20世纪60年代的德国康斯坦茨大学,创始人和代表人物是汉斯·罗伯特·尧斯和沃尔夫冈·伊泽尔。在批判"本体论文学理论"的氛围中,接受美学从全新的角度论述了文学艺术与现实的关系。该学派提出的主要概念有:范式、期待视野、文本、游移视点、文本—读者相互作用、策略等。

6. 完形心理学

又称格式塔心理学,是西方现代心理学的主要流派之一。1912年诞生于德国,后在美国得到进一步发展。主张在观察现象的经验时,要保持该现象的本来面目,不将其分析为感觉元素,认为现象的经验是整体或格式塔。

7. 异质同构

在不同事物(或媒质)中具有相似或相同的内在结构称作异质同构。在心理学中常指客观事物所表现的力的样式同观察者心理状态的对应关系。

8. 文艺接受的二重性

亦即"文艺消费的二重性"。它是指文艺消费活动过程中所出现的文化商品性和商品文化性现象。所谓文化商品性,是指具有精神性文化消费特点的产品在文化市场流通中的商品等价物因素,而商品的文化性是指商品消费中具有的精神性文化消费因素。它典型地表现为两个方面:其一,文艺产品具有商品消费的特点;其二,文艺消费是一种特殊的商品消费,具有精神享受和情感愉悦的性质。这种现象是当代大众审美文化甚嚣尘上的一种普遍性症候,其历史由来已久,从本体意义上点明了文艺是一个大的活性系统。

9. 文化工业

语出法兰克福学派的宗师阿多诺。西方工业化时代的到来,带来了较多的新问题,其中一个便是文学艺术等传统精英文化成为一种"产业",经典的意义已不复存在,尤其是复制和影视业的兴起,更导致了传统文化意义的消解。针对这种情况,阿多诺提出了"文化工业"这一术语加以描述。

11. 审美文化性

所谓审美文化性,即指文艺接受活动中为人所感知和把握的认识性、审美性和文化性。它们不仅建构了我们(接受者)认识世界的文化心理结构,也促使我们突破俗常,打破惯性,从一种生活实践的适应、偏见和困境中超脱出来。

二、综述题

1. 如何理解文艺作为审美地掌握世界的方式与科学掌握世界方式的不同?

科学运用概念、判断、推理、分析和综合等手段,以抽象的理论的形式来掌握世界;而文艺则通过形象、画面、情感、意象和意境等审美的方式来掌握世界。具体来说:

其一,就文艺的性质而言,它不在说理,而是人类对现实的审美关系的反映,是一种具有审美特质的社会意识形态。

其二,文艺以审美的眼光审视世界,现实生活中美或不美的东西都须经过艺术家审美理想之光加以烛照,化腐朽为神奇,创造出具有审美价值的作品出来。这样,不仅作品的内容是美的,而且文艺作品的形式也凝结着艺术家高超的艺术技巧和智慧的结晶,从而体现出美来。

其三,文艺以唤起多种感受和体验、达到情感愉悦为目的,其结果是以艺术的真实熏陶和感染人,不以单一的结论为归宿;而科学则以客观现实的具体指向为标准,不以多义性而以客观存在的真实为依据。

2. 为什么说文艺是以审美的方式掌握世界的？

文学艺术以审美的方式掌握世界，不仅表现在其性质是审美的，所表现的对象具有审美价值，而且它所持的方式也是审美的。这样，不论对象如何，一经艺术地反映，就形成可供审美享受的艺术作品，从而在内容上和形式上都表现出美来。

首先，艺术家在审美反映中用审美理想去烛照和评判生活，凡是符合这一审美理想的，就予以肯定性的反映和评价；反之，则予以否定性的反映和评价。这种评价具有丰富的社会性内容，是社会理想的有机组成部分，体现了一定时代条件下人们对于生活本质的理解和理想观念，从而具有了审美意义。

其次，用审美的方式掌握世界，也使文学艺术具有形式美的价值。整体而言，形式美指构成艺术品的外在的形式美（如色彩美、形体美、线条美和语言美等）和内在的形式美（如对称、比例、节奏、和谐等）。前者是艺术家在审美反映中对艺术所使用的物质材料进行创造性的运用，在外形式上所体现出来的，直接诉诸于我们的感官（主要是视、听觉），引起审美的愉悦；后者是艺术家在审美反映中对艺术品的各个部分进行有机组合而在内形式上体现出来的，它固然依赖于感官，但却是更为内在的、需要用心灵去把握的美。二者都服务于内容，又具有相对的独立性。

3. 文艺能否以丑为表现对象？为什么？

能。文艺以审美的方式掌握世界，人和人类社会成为它观照和掌握的对象，其表现对象既可能是美的，也可能是不美的，甚至可能是丑的。问题的关键不在于其对象是什么，而在于如何去表现，以什么样的审美原则去表现。

一方面，艺术家用善于发现美的眼睛去观察和体验生活，用审美理想去烛照和评判生活，凡是符合审美理想的，就予以肯定性反映和评价；反之则予以否定性反映或评价，可以使美更美，也可以化腐朽为神奇。

另一方面,艺术家不仅使丑的对象有了审美的价值,同时也使得文艺作品的形式具有了可供欣赏的审美意义。

4. 为什么说文艺接受是读者与作者共同合作的再创造活动?

文艺接受决不是读者单纯的揭示作品意义的活动,读者的多重性决定了它具有读者与作者共同合作的再创造性特征。这种再创造主要表现为两个方面:

第一,读者对于作者创造出的作品加以补充、丰富、扩大和改造。此间,通过多种遇合,读者必然要依据自己的生活经验、思想感情和想象等多种心理功能,对作品中所描绘的形象作出加工,于是出现了"一百个读者就有一百部《红楼梦》"的现象。

第二,文本符号不是直接传达某种意蕴,而是含蓄的和极富机趣的,愈是优秀的作品,愈具有多重暗示。因此,读者与作者共同索解艺术之谜(因为艺术品不仅内化了作者情绪,作者此时也抽身而出,以读者的身份出现),尽可能理解作品形象的象征意义、隐喻意义、填补空白等。对于作品"意义"的探求,是读者发挥其主观能动性的极富建设性的工作。接受者不仅在面对象征主义、超现实主义等西方现代派文学作品时需要发挥创造性,即使面对现实主义文艺作品,同样也必须调动自己的能动性,以探求其艺术的奥秘。例如,一部《红楼梦》,从"评点派"到"索隐派"再到"题咏派",从王国维的借《红楼梦》以谈人生之苦到胡适强调"自叙传"、俞平伯强调"色即是空"等,都可以证明文艺接受是读者与作者共同合作的再创造活动。

5. 文艺接受活动的意义何在?

(1)文艺接受活动的开始意味着艺术活动的整体环节的圆满完成。文艺创作与接受之间是紧密联系、互为依存的,文艺创作开始之时其实也即预示着接受活动存在之时。只有接受活动的存在,文艺作品的内容及其创作目的也才具有了意义。

（2）文艺接受是实现文艺作品人文价值、审美教育作用和认识作用的中介环节。文艺作品集真、善、美于一身，其审美、教育作用无法靠自身起作用，其价值意义尚处于一种"潜能"状态，只有依靠接受者去激活，才能通过对接受者的影响和传播去实现其丰富人生、美化生活、创造新世界这一"无用之大用"。

（3）文艺接受是推动文艺繁荣的巨大力量。接受者的需求和不断反馈的信息在深度和广度上给创作者提供了目的、方向和要求，作者因应接受者的水平，创作出更多、质量更高的作品出来，以期更进一步满足众多读者的不同需求。如此相互推动、相互砥砺和相互交流，共同推动整个文学艺术事业的繁荣。

（4）文艺接受是文艺批评这一科学活动的前提和基础。批评活动是建立在鉴赏活动之上的，只有在认真分析和鉴赏作品文本的基础上才能作出科学的评判。因此，接受水平的高低将直接关系到文艺批评质量高低，而文艺批评则同文艺理论的发展和整个文艺事业的发展关系直接而重大。

6．如何理解文艺生产与文艺消费之间的辩证关系？

马克思说过，生产不仅为主体生产对象，而且也为对象生产主体。这句话点明了文艺生产与文艺消费之间的辩证关系。

首先，文艺生产规定着文艺消费。其一，文艺生产为文艺消费者提供可消费的文艺对象（作品）。其二，文艺生产规定着文艺消费的方式。其三，文艺生产规定着文艺消费的需要，不断"生产"着继起而有新要求的消费者。

其次，文艺消费也同时制约着文艺生产。其一，文艺产品只有在文艺消费中才能得到最后实现。其二，文艺消费制约着文艺生产的方式和规模。其三，文艺消费制约着文艺生产的目的和动力。

第十二章 文艺接受主体

一、基本概念

1. 审美

文艺以审美的方式掌握世界,即是指人以情感去体验、评价具有美学意义的对象,特别是指通过艺术来把握现实的心理活动和实践活动,是人的社会实践活动、意识活动、情感活动的一个重要方面。

2. 同化

语出皮亚杰的"发生认识论原理",是指主体吸收外界的信息,加以理解、消化、吸收,融入主体既有的认识结构之中。在"同化"中,外来信息会被整合,起一定变化,整合的过程也使既有的认识结构产生异变。

3. 顺化

语出皮亚杰的"发生认识论原理",是指主体在吸收、消化外界因素而同化之时,为适应外界新的条件变化不得不改组既有的认识结构,重新进行"优化组合",其实质是主体认识结构产生某种质的飞跃。这说明人类认识是在同化与顺化两者自动调节的基础上不断整合而建构起来的。

4. 感知

感知包括简单的感觉和较复杂的知觉。从心理学角度看,审美的门户是感知;从生理学角度看,审美的门户便是主体的各个感觉分析器。一般来说,视觉和听觉是人类两大主要审美感官,由于人的感觉的丰富性,因此人类的审美经验就有了基础和出发点。审美的感知不同于日常感知,因为它带有蕴情性、选择性和整体性特点。

5. 情感

是主体审美心理最为活跃的因素,它既广泛地渗入其他心理因素之中,使得整个审美过程浸润着情感色彩;又是触发其他心理因素的诱因,成为感知和想象的动力。审美情感不同于日常情感,因为它指向一种理性评价,具有丰富的社会历史内容和寓热于冷的情感再体验特点。

6. 想象

是人类的高级属性之一,从心理学角度说,它是在人的头脑中对记忆的意象进行改造、重组的过程,是一种"特殊形式的思维活动"。想象包括初级形式(联想)和高级形式(再造性想象和创造性想象)。想象结合感知与情感,提高审美感受的敏锐力,并在情感的推动下,加深对作品意义的理解,拓展艺术空间。

7. 理解

文艺接受活动中的理解是存在的,其特点不同于一般的认知,而是"理之在诗,如水中盐、蜜中花,体匿性存,无痕有味,现有无相,立说无说",总之,具有"只可意会不可言传"的特点。它主要与审美的直觉有关,一般源于三种原因:第一,人类的感觉具有丰富而深刻的社会理性内容和情感色彩;第二,人类长期的审美实践形成了"形式",能敏锐地把握"形式美"背后潜在的意义;第三,人类后天的教育和审美训练,将人类审美的历史成果转化为审美能力,即能把握对象的意义和"美"。

8. 形式感

一种人类所特有的审美感觉能力,是指人类在生产劳动,特别是创造生产工具过程中形成的,把形式从内容中区别开来,相对独立地去把握和驾驭形式的能力,从中发现较为抽象的独特的情感意义。

9. 形象思维

艺术创作和艺术欣赏中常用的一种思维方式,指在第二信号系统(语言符号)的渗透和指引下,第一信号系统(表象)相对突出的、以想象为中心环节而包含感知、情感、理解和想象(包含通感)等多种心理功能协同活动的有机综合的、具有创造性和审美性的思维方式。

10. 直觉

艺术创作和艺术欣赏中常用的一种感觉能力,指审美主体用感官感知艺术对象感性形态的同时,能够超越理性思考,从对象的感知形式,直接体悟到对象所蕴含的本质意义。

二、综述题

1. 动物世界是否存在审美现象?为什么?

不存在。因为动物只是自然界的一部分,其活动是消极的、被动的和盲目的,它们的行为往往是在本能的支配下进行的,不具备人类自由自觉的创造性力量所驱动的审美属性。审美活动是属人的,只有对人类来说才有意义,所谓"审美现象"和"美"、"丑"等观念亦是人类社会所特有的文化创造,是人类赋予其种种社会观念的,没有人类社会就谈不上人类的"审美"观念。客观的自然物仅仅是自然本然的一种存在,若没有人类以审美之心去感知、际会与碰触,它将自始至终不过是一自然物而已。只有通过人心去发现和领略与人生的关系和情感意态,才成其为"审美现象",打上人类本质力量的烙印。可见,人类不仅有意识并化为具体的实践活动,而且能够超越个体的现实需要,创造出美仑美奂的艺术境界。

2. 审美感知与日常感知的区别何在?

第一,审美感知带有浓厚的情感色彩,而日常感知则局限于对象自身而受逻辑概念的支配。审美感知的直接产物是产生审美意象,触发人的想象和理解活动,使人们的审美心理进一步展开。

第二,审美感知伴随着敏锐的选择力。

第三,审美感知还具有整体性的特点,这一点突出地表现出"统觉"的作用。所谓统觉,指的是知觉内容和倾向包孕着人们已有的经验、兴趣和知识,因而不再局限于对事物的个别属性的感知,主体才能将已有的知识、经验、情感、兴趣、意志的目的的指向性融入对象的知觉之中,使知觉的内容具有特定的观念和情绪意义。

3. 审美情感与日常情感的区别何在?

首先,审美情感是一种包含有主体对审美对象理性的、社会性的评价,是一种精神愉悦,不同于日常情感那种单纯的心理快感。

其次,由于审美情感具有丰富而深刻的社会历史内容,所以不像日常情感那样由于狭隘的个人功利而执著于现实。

再次,审美情感不同于日常情感中的真实事件那样反应迅即,而有着寓热于冷的情感再体验特点,不锋芒毕露,既忌无情,又忌煽情。

4. 想象在文艺接受中的作用何在?

想象在文艺接受中的作用主要表现在两个方面:

首先,想象使接受主体结合其感知与情感,提高审美感受的敏锐力,增强主体感知审美对象的完整性,并进而把握、领悟文艺作品内在构成所表达的言外之意。

其次,想象能够在情感的推动下,加深对作品意义深广度的把握,拓宽艺术的审美空间。一般而言,艺术家寓丰富的情景于简洁的文字、画面之中,有的借形象、构图、情景关系加以暗示,造成某种间接性、多义性、模糊性、不明确性。在此,文艺接受正是利用想象去完成意义的遮蔽与敞开的。

5. 文艺接受活动是否存在理解?为什么?

存在。文艺接受(乃至一切审美活动)中都存在理解的问题,只不过这种理解不同于一般认识活动中的理解,它的存在形式比较特殊,用钱钟书先生的话说就是"理之在诗,如水中盐、蜜中花,体匿性存,无痕有味,现相无相,立说无说"。我们认为,这种理解与直觉紧密相关,它主要有三个方面的原因:

其一,人类的感知不同于动物,社会的人"具有丰富的、全面而深刻的感觉"。这种感觉既包括人的五官感觉,又包括精神感觉和实践感觉,而且这种感觉的丰富性具有理性把握的深度,它在直观形式中就已经包含着理解。

其二,这种理解还得益于人类长期的审美实践,使得历代文明成果汇聚、积淀在一定的形式之中,人类形成的"形式感"可以敏锐地感受其形式背后的审美情感,而无需启动思维的机器。

其三,人类后天的教育和审美训练,可以将人类审美的历史成果转化为审美能力,其间包括普遍的社会经验、审美趣味、审美观念、审美理想和个人独特的经验,一旦遇上与其审美期待中的心理图示相仿佛的审美对象,就会立即领悟其意义。

第十三章 文艺接受过程

一、基本概念

1. 期待视野

该术语是接受美学主将之一尧斯提出来的,他用这一概念来说明读者的文学阅读经验构成的思维定向或先在结构所形成的心理图示在具体阅读过程中所起的作用。就文学的接受而言,一般分为文体期待、意象期待和意蕴期待三个层次。

2. 隐含的读者

该词源于接受美学理论。依据该理论,一部作品完成以后,现实的读者接受之前,作品中已经有"读者"因素的介入,是为"隐含的读者"。这种"隐含的读者"相对于"真实型受者"而言,他能够按照创作者的动机和意图,以文本为中心,挖掘其中的内容,将其加以复现,借以走近和理解作者,领会作品的意义。

3. 召唤结构

接受美学认为文学作品具有意义空白,"含义"不确定,文本召唤接受者去"填充"和确定,是为"召唤结构"。"召唤结构""召唤"接受主体参与创造,从而使作品潜藏的意义得以实现。

4. 前理解

当代西方文论的一个概念,它包含三层意义,即先有、先见和先把握。正是这三种阅读具体文学作品之前已存在的知识结构参与对作品的理解和加工,直至敞开作品的意义。

5. 惯例论

美国分析美学家乔治·迪基提出的一个欣赏艺术品的原则。他认为,各门艺术均有自身的惯例,因此在艺术家、艺术品和接受者共同参与的活动中,一切都是"惯例化"的。人们对艺术品的接受总是以其惯例来期待一种可预测的心理反应,并由此而获得满足。

6. 共鸣

源于物理学,指甲物振动发声而引起乙物亦振动发声的现象。文艺接受中的"共鸣"主要指接受主体与客体之间产生感应关系,由此实现感情的交流。这是一种普遍的心理现象。没有"共鸣",文艺接受无法成立,文艺作品的审美教育等作用亦无从实现。

7. 净化

也译作"陶冶",即亚里士多德在《诗学》中提到的 catharsis("卡塔西斯")。该词从历史上看有多重意义,本书中专指心灵在受到崇高情感的强烈激发后产生的人格高尚化的感觉。

8. 领悟

指文艺接受进入更深层次的表现,其表现形式为接受者经由文本解码行为,形成审美意象,通达艺术之境,从而得到对生活本质的认识,并提升人格精神境界。领悟以"悟"为目的,它与共鸣和净化不同。

9. 延留

是文艺接受高潮的最后阶段,同时也是整个文艺接受的最后阶段。所谓延留,是指文艺作品引发了共鸣,导致了情感的净化,提升了精神,领悟了意义之后,文艺接受中唤起的种种情境尚未隐退,而以表象的形式驻留于脑际,并不断重现和反复回味的情况。这一现象构成了接受者主体心理—文化结构的基础。

10. 文艺接受心境

人们日常生活中较为稳定而持续的情绪状态与自设调整的独特情绪环境,会随着接受者主体进入文艺接受的过程而逐渐起作用,影响其接受效果。这一情境,我们称之为接受心境。从形式特征上看,一般有欣悦、抑郁和虚静三种情况。相对而言,"虚静"最适于文艺接受。

二、综述题

1. 期待视野的形成主要有哪几方面的因素?

一般来说,期待视野的形成主要有以下几方面的因素:

其一,一定的社会生活基础和文化素养以及在此基础上形成的情感倾向、价值导向、审美趣味和政治观念等。

其二,一定的文化艺术素养等。

其三,与接受者相关联的特定生理机制,如性别、气质类型和年龄等。

2. 对文艺作品的阅读能否完全还原到作者心中的预想状态?为什么?

不能。因为文艺接受活动是一种能动的再创造。虽然文艺作品中的"含义"具有一定的客观性因素,并构成人们理解作品的前提和基础，但主体因素的介入导致对文艺作品意义的理解出现的异质则起决定性的作用。很明显，经由读者接受而产生的"第二文本"不复是原初"第一文本"的面貌了，其间既有复现后的"第一文本"的还原内容，又有更多的再创造结晶，它必定是包含多种变异之后的具有某种新质的产物。

具体来说，文艺作品的变异主要有以下几个方面：其一，作品形象的异变；其二，情感的异变；其三，思想观念的异变。

3. 文艺作品的异变主要表现为哪几个方面？

主要表现为三个方面：

首先，作品形象的异变。在对作品的接受中，人们并非机械地依据文本还原作品中所描述的人物形象，这种还原无论从理论上还是实际上都是不可能的。一方面，作为艺术符号出现的艺术手段本身不可能达到如此准确的表达和穿透力；另一方面，接受主体的"期待视野"会自觉不自觉地引领人们将自己心理图示中预存的形象与作品中的形象加以呼应和改造，其结果必然导致形象的变异。

其次，情感的异变。由于"期待视野"的不同，作品中的情感在接受者那里会呈现出多种面貌和不同程度乃至不同性质的情感体验；即使同一个接受主体在不同的时空条件下面对同一部作品，也会唤起不同的情感效应。

最后，思想观念的异变。文艺作品的思想性不是直接表现出来的，而是渗透到作品形象和文本的字里行间，加之作品与作者之间的疏离和作品与读者之间的张力作用，必然导致思想观念的变异。

4. 如何理解文艺接受中出现的"正解"与"误解"现象？

这种现象的出现是文艺接受活动中的正常现象。由于艺术是以审美的方式掌握世界的，对它的理解不同于科学的认知，而完全受制于人们对艺术作品的独特理解，而这又与历史因素和情感相关。所以,我们既可能发生与作品意义相顺应的"正解",又有可能发生相悖的阐释,即"误解"。正解固然必须,误解也属必要。误解又分为"正误"和"反误"两种情形。正误是指接受者的理解虽与创作者的本义不尽相同,但毕竟可循其客观性轨迹作出某种大于或小于但不离其主导思路的"理解"。反误则是接受者自觉不自觉地对文艺作品作出穿凿附会的认知与评价,以及对文艺作品作非艺术的歪曲等。反误是我们所力求避免的。

5. "惯例化"经验一般具有哪些作用?

主要有两方面的作用:

一方面,它可以使接受主体在与其相适应的艺术客体的选择和体验中加强感受效应。

另一方面,接受者主体的惯例经验背后也可能潜藏着导向非"具体化"或非审美化的因素,出现文艺接受的"误解",甚至因某种意外的偶发事件而可能形成"反误"。

这两方面的作用是有一定矛盾的,但又是一种客观的事实。我们应该尽可能避免第二种情况。

6. 你认为文艺接受过程的高潮阶段哪一项最为重要?为什么?

领悟是文艺接受过程高潮阶段的最高境界。因为文艺接受是以读懂作品、体悟人生、丰富自己内心的精神世界为目的的,而领悟以"悟"为目的,即达到了意义的理解,又于读解之时投注进直觉性的因素。与共鸣和净化不同,它以多种心理机能的综合运作为基础,以"悟"为手段,以领会其要旨为鹄的,能更有效地拓展和丰富接受者的精神空间和"期待视野",并在领略人生万相,领会人生真谛的基础上生发一种向上的人生态度,由此达到一种形而上的境界。

7. "净化"作用表现在哪些方面?

"净化"作用主要表现在以下两方面:

首先,接受者可以进入艺术之"象牙塔",暂时斩断与现实的是非功利欲念,"小我"的一己之私可以冰释,个体的郁闷情绪可以化解,心中的不适可以消融,内心的情绪可以平衡。

其次,接受者由于某种真情的流露和正义的感召,其压抑的心态得以缓释,畸变的心态得以矫正,扭曲的人格得以纠正,甚至由此而走上崇高和圣洁之路。

第十四章　文艺接受价值

一、基本概念

1. 传播

传播是人类借助符号和媒介交流信息,沟通彼此的思想感情,以期引发相应的文化活动的行为。

2. 审美教育

亦称"美育"。文学艺术和审美对象的本质是给人以审美的愉悦,使人获得美的享受和精神上的愉悦,从而陶冶性情,提高精神境界。对审美对象的观照,能给人以情绪上的激动和感觉上的快适,给人以精神上的满足,进而净化情感,提高人的精神境界。

3. 情感反应模式

审美教育中的心理机制。它是指由情感表现形式(七情)和评价内容(有益或有害)两部分组成的一个系统,艺术作品和审美对象正是作用于这一机制才达成审美的情感陶冶这一目的,并最终完成人格塑造的。

4. 文艺鉴赏

是指人们在欣赏艺术作品、把握艺术形象的过程中,通过感知、情感、理解和想象(或通感)等一系列心理机能的活跃而形成的认识、体味、玩赏的审美活动,是一种艺术的接受活动。其基本特性是获得审美享受和进行再创造。

5. 文艺接受的再创造

欣赏者在文艺接受活动中总要投入自己的情感,以其独有的生活阅历、思想观点和情感体验为依据,通过对作品文本的领悟并丰富和补充形象,对其进行审美判断和再认识与再评价。

6. 文艺鉴赏的差异性

是指由于鉴赏主体所处的时代、民族、阶级等不同,生活经历、文化教养、思想性格、兴趣爱好以及鉴赏心境各异,形成了不同的审美倾向、鉴赏能力和价值观念,从而导致了不同鉴赏主体在鉴赏的对象、内容和格调以及鉴赏的深度与广度上产生不同。

7. 文艺鉴赏的一致性

这是相对于文艺鉴赏的差异性而言的一个概念,即指由于同一时代、同一民族、同一阶级的鉴赏者所处的政治、经济、文化生活的大体相同或相似,因此在审美倾向、艺术趣味和鉴赏习惯上有某些相似,进而导致他们在鉴赏的对象、内容和方面的大体一致。

8. 伦理批评

兴起最早、影响最深远的一种文艺批评形态,又称"道德批评"。它是以一定的道德意识和规范来评价作品的得与失,从而以善与恶为基本范畴来作为批评对象的判断标准。这种批评方法着眼于作品的伦理价值和教化作用的实现与传播。

9. 社会历史批评

一种产生较早的文艺批评形态。它强调文艺与社会生活的关系,认为文艺源于生活,并为一定的社会历史环境所决定,因而文艺作品的价值在于认识社会历史的意义。这种批评方法强调联系文艺作品生成的时代背景、历史条件和作家的生平遭际等因素,作总体思考。

10. 审美批评

一种较接近文本批评的文艺批评形态。它主要着眼于文艺作品的美的构成及其审美价值,强调艺术的"畅神"、"移情"效果和娱乐、愉悦作用,视美的超功利性为艺术的本质。

11. 心理批评

主要以现代心理学的研究成果来研究作家、作品,从而探索作者的真实意图而获其真实价值。它不同于古代心理分析,一般主要指精神分析学、实验心理学和格式塔心理学三大类型。

12. 语言批评

这是最晚兴起的一种批评形态,它是对于诸多批评流派,如象征主义、形式主义、新批评以及结构主义等文艺批评中涉及语言分析的大致归纳和概括。语言批评与语言学的研究和发展是分不开的。

13. 文艺批评的思想标准

是衡量文艺作品思想性程度的尺度,具体来说是指文艺作品的主题、题材及其意义显现出来的社会、政治、道德、哲学、宗教等意识形态观念及其所产生的思想力量。

14. 文艺批评的艺术标准

是衡量文艺作品艺术性水准的尺度,具体来说是指艺术家的气质、才性、修养和艺术创造能力等多种要素在作品中显现出来的艺术魅力及其所达到的艺术水准。主要有四个基本点:(1) 文体构成的完美性;(2) 艺术形象的典型性;(3) 艺术意蕴的深刻性;(4) 艺术手法的创新性和民族性。

二、综述题

1. 传播的文化功能何在?

主要表现在以下三个方面:(1) 承继和传播文化。(2) 积淀和享用文化。文化的传播使文化在历史长河中得以沉积并形成文化传统,它不仅使人们形成了文化观念并享用文化,而且适时修正着文化传统。(3)选择和涵化文化。不同的文化传播与积累形成了不同的文化传统,它形成了一定的自主性和选择性,依据一定的标准加以取舍,并结合本土文化予以创造性发展。

2．如何理解"美学和历史的观点"?

从根本上说,"美学和历史的观点"反映了文艺作为特殊的意识形态的总规律,因而我们首先应当从美学的观点来研究它,看它是否符合美的规律,是否具有美的形态,能否充分显示美的本质、特征和魅力。其次,一切文艺作品都是一定历史条件下的产物,是社会历史文化的结晶,是建立在一定的经济基础之上的意识形态。因此,我们要看它是否有较大的思想深度和意识到的历史内容,以此来衡量其作品的历史作用和价值,就必须有历史的观点。我们还应该注意的是,这一观点不能割裂,应该结合起来理解和运用,二者是相互联系的。任何一种美学观点都具有历史性,是一定历史过程中和特定历史条件下的产物;而所谓历史的观点也不能脱离具体的批评对象——文艺作品,毕竟是对审美对象予以历史的审视和评价。因此,美学的和历史的观点是辩证统一的,不能相互割裂甚至对立起来。

3．文艺批评的原则有哪些?

文艺批评的原则除了马克思主义文艺批评的总原则——"美学和历史的观点"以外,其具体原则是:(1)文艺批评应坚持实事求是的原则;(2)文艺批评应该建立在文艺鉴赏的基础之上;(3)文艺批评应坚持全面的、整体的观点;(4)文艺批评在坚持"二为"方向的同时,应该切实贯彻"双百"方针。

4．如何理解文艺批评的标准?

我们的文艺批评标准是在马克思主义"美学和历史的观点"总的指导原则之下形成的思想标准和艺术标准,二者是并重的关系。具体来说,思想标准应该把握四个要点:(1)从文艺作品与社会生活的关系出发考察其是否有真实性,即作品是否寓含了历史发展的必然性;(2)从作品与艺术家之间的关系出发考察其是否具有先进的世界观;(3)从作品与民族文化传统的关系出发考察其是否有民族精神和人道主义情怀;(4)从作品和受众的关系出发考察其是否具有健康的情感感染力量。

艺术标准也要把握四个要点:(1)文体构成的完美性;(2)艺术形象的典型性;(3)艺术意蕴的深刻性;(4)艺术手法的创新性和民族性。

模 拟 试 题

一、填空(10%)

1. 文学艺术本质上是一种审美创造的_____。
2. 摹仿说是亚里士多德在_____中提出的。
3. 集体潜意识具体表现为积淀在个体深层心理结构中的_____。
4. 绘画是使用颜料或其他有色材料在_____上创作写实的、想象的事物形象或抽象图案的艺术。
5. "蒙太奇"的意思是镜头的组接,组接镜头的意义之一是加快电影叙述的_____。
6. _____是创造性思维中认识突然发生飞跃的一种心理现象,有点类似于佛教禅宗所谓的顿悟。
7. _____提出了"有意味的形式"理论。
8. 文艺思潮是指在一定的哲学、心理学、文化学思想或学说等的影响下,在文艺领域内蔚然成风的新的文艺观念和_____。
9. 所谓审美文化性,即指文艺接受活动中为人所感知和把握的_____、审美性和文化性。
10. 想象的高级形式包括再造性想象和_____。

二、选择题(30%)

1. 在西方文艺理论史上,是____首先提出了镜子说。
   A. 达·芬奇 B. 莱辛 C. 康德 D. 黑格尔

2. "文章合为时而著,歌诗合为事而作"是____提出的一个现实主义文学口号。
   A. 元稹　　　　B. 白居易　C. 王维　　　D. 苏轼
3. 再现论文学艺术观的逻辑合理性在于把握住文学艺术的理性认识属性,其历史合理性也被众多具有____特征的文学艺术创作所证明。
   A. 浪漫主义　　B. 现代主义　C. 古典主义　D. 现实主义
4. 受科学主义思潮影响,____强调尊重客观事实,直接反映现实生活,在这一点上它无疑是正确的,并与现实主义一脉相承。
   A. 后现代主义　　　　　　B. 魔幻现实主义
   C. 自然主义　　　　　　　D. 革命浪漫主义
5. 白日梦理论是____所提出的一个用来解释文学创作的理论。
   A. 弗洛伊德　B. 柏格森　C. 尼采　　D. 柏拉图
6. 从审美理论角度看,把艺术的形式本质讲得最深刻的,无疑是____的艺术符号论。
   A. 苏珊·朗格　　　　　　B. 克莱夫·贝尔
   C. 王国维　　　　　　　　D. 荣格
7. ____的艺术特征与绘画、文学等都不同的是,抽象的形式结构所具有的独立的审美意义比绘画、文学中更为突出。
   A. 建筑　　　　B. 音乐　　C. 雕塑　　　D. 戏剧
8. ____是一门综合艺术,它综合了音乐、诗歌、戏剧、绘画、杂技等而逐渐成为独立的艺术。
   A. 舞蹈　　　　B. 长篇小说　C. 歌剧　　　D. 电影
9. 从诗歌结构上看,突出的特点是具有____。
   A. 情感表现性　　　　　　B. 韵律感
   C. 跳跃性　　　　　　　　D. 高度凝练
10. ____的第三个特征是程式性。
    A. 诗歌　　　　B. 戏曲　　C. 小说　　　D. 电视

11. 叙事作品中构成故事的要素有____、情节和环境,它是故事中情节发生和发展的动因,是主导因素。
    A. 人物　　　B. 性格　　C. 原型　　D. 虚构
12. ____人物是指具有多种复杂性格特征的人物。
    A. "扁形"　　B. "圆形"　C. 喜剧型　D. 悲剧型
13. 情节是按照____组织起来的一系列事件。
    A. 因果逻辑　　　　B. 时间先后顺序
    C. 人物命运的变化过程　　D. 叙述单位
14. ____的作品中叙述人同时又是故事中的一个角色。
    A. 第三人称叙述　　　B. 第一人称叙述
    C. 第二人称叙述　　　D. 人称或视角变换叙述
15. 意境是____中发展出来的一个概念。
    A. 中国古典文论　　　B. 现代文论
    C. 西方现代文论　　　D. 西方古典文论
16. 文学形象是假定与____的统一。
    A. 虚构　　　B. 真实　　C. 个别　　D. 不确定性
17. 到了后现代主义阶段,文化已经完全____了。
    A. 精英化　　B. 高雅化　　C. 大众化　　D. 通俗化
18. 艺术发现是指文艺工作者对创作素材的一种宏观的、独具慧眼的____。
    A. 理性思考　　　　B. 伦理评价
    C. 认识　　　　　　D. 审美感知
19. 在写实中文艺创作的主体尽最大的努力____创作者个人的主观色彩。
    A. 淡化　　　B. 强化　　C. 不偏不倚　D. 压抑
20. 梅派京剧应该被称作一种____。
    A. 风格　　　B. 创作个性　C. 艺术流派　D. 文艺思潮
21. 下例文学流派中,____不是以地域命名的。

A. 山药蛋派 B. 京派文学
C. 佛罗伦萨画派 D. 朦胧诗

22. "艺术的四要素"理论是____在《镜与灯》中提出的。
A. 高尔基 B. 艾布拉姆斯
C. 丹纳 D. 萨特

23. 汉斯·罗伯特·尧斯和沃尔夫冈·伊泽尔在批判____的氛围中,接受美学从全新的角度论述了文学艺术与现实的关系。
A. 本体论文学理论 B. 文学主体性
C. 反映论文学观 D. 唯美主义

24. 文艺接受的二重性,亦即____。
A. 文艺消费的二重性 B. 文艺生产的二重性
C. 文艺创造的二重性 D. 文艺批评的二重性

25. "文化工业"一语出自法兰克福学派的____。
A. 本杰明 B. 伊格尔顿 C. 马尔库塞 D. 阿多诺

26. 文艺能否以丑为表现对象_____。
A. 能 B. 不能
C. 有时能,有时不能 D. 在西方可以,在中国不可以

27. 强调《红楼梦》"自叙传"的中国学者是____。
A. 王国维 B. 胡适 C. 俞平伯 D. 陈寅恪

28. 人类长期的____形成了"形式"。
A. 审美实践 B. 劳动 C. 文化交流 D. 绘画实践

29. 动物世界是否存在审美现象_____。
A. 存在 B. 不存在
C. 有时存在 D. 在高级动物身上存在

30. 文艺接受活动是否存在理解_____。
A. 存在 B. 不存在
C. 有时存在 D. 在当代存在

三、名词术语解释(20%)

1. 再现论
2. 情节
3. 整齐
4. 悲剧
5. 电影文学

四、简答题(18%)

1. 简要分析、说明抒情与宣泄的关系。
2. 简述文学艺术的表现本质。
3. 简述电视和电影的差别。

五、思考题(22%)

1. 举例说明故事时间与文本时间的区别。
2. 试比较再现论、表现论与象征论三种文学艺术观。

江苏省中小学教师自学考试小学教育专业专升本教材

文艺概论

主　编　高小康
副主编　刘士林
撰　稿　高小康　刘士林
　　　　易存国　孙慰川

苏州大学出版社

图书在版编目（CIP）数据

文艺概论高小康主编. —苏州：苏州大学出版社，
2001.5（2023.8重印）
江苏省中小学教师自学考试小学教育专业专升本教材
ISBN 978-7-81037-788-1

Ⅰ.文… Ⅱ.高… Ⅲ.文艺理论- Ⅳ.I0

中国版本图书馆 CIP 数据核字(2000)第 16547 号

文艺概论

高小康　主编
责任编辑　朱坤泉

苏州大学出版社出版发行
（地址：苏州市十梓街 1 号　邮编：215006）
常熟高专印刷有限公司印装
（地址：常熟市元和路 98 号　邮编：215500）

开本 850×1168　1/32　印张 18.875（共 2 册）　字数 471 千
2001 年 5 月第 1 版　2023 年 8 月第 6 次印刷
ISBN 978-7-81037-788-1　定价:55.00 元
（共两册）

苏州大学版图书若有印装错误,本社负责调换
苏州大学出版社营销部　电话：0512-65225020
苏州大学出版社网址　　http://www.sudapress.com

江苏省中小学教师自学考试小学教育专业专升本教材编写委员会成员名单

主 任 委 员 周德藩
副主任委员 朱小蔓　杨九俊　笪佐领　鞠　勤
　　　　　　　刘明远
委　　　员 （以姓氏笔画为序）
　　　　　　　丁家永　王星琦　王晓柳　叶维寅
　　　　　　　李学农　李星云　陈敬朴　周兴和
　　　　　　　林德宏　胡金平　姚崑强　高小康
　　　　　　　高荣林　唐厚元　耿曙生

前　　言

江苏省教育委员会决定自2000年起举办小学教师小学教育专业专升本自学考试,以南京师范大学为主考单位。

本科小学教育专业自学考试,既是我国自学考试的一种全新形式,也是江苏省21世纪推进小学教师继续教育,提升学历,以适应江苏省教育现代化需要的重要举措。

南京师范大学于1998年率先在全国创办本科小学教育专业并招生,为我省小学教师小学教育专业专升本自学考试奠定了基础。江苏省自1993年起组织并实施专科小学教育专业自学考试,迄今已有数万名考生顺利通过考试,进一步提高了我省小学教师队伍的素质。1999年,江苏省教育委员会组织专家进行了小学教师小学教育专业专升本自学考试方法与课程计划的论证,制定了《江苏省小学教师自学考试小学教育专业专升本课程考试计划》,同时组织了一批专家根据课程计划编写教材。为保证教材的质量,江苏省教育委员会两次组织教材编写会议进行研讨,明确了教材编写的指导思想和编写原则,并拟订了教材编写计划,正式下发了《关于组织编写小学教师自学考试小学教育专业专升本课程教材的通知》。

这套教材的基本特点为:(1)突出21世纪小学素质教育的要求,旨在培养小学教师的现代素质和教育素养。(2)基础性与应用性相结合。基础性为自考教师可持续发展提供条件,应用性为直接指导小学教师的实践服务。(3)自考课程与课外学习相结合。以往自学考试的一个主要缺点是"应试"的倾向,不能实现学历与素质同步提高的目标,本套教材则注重小学教师能力的提高。

本科小学教育专业自学考试作为全新的事业,需要不断发展和完善,希望广大自学考试辅导教师和自学考试者在教材的使用与学习中,提出宝贵意见,为这一事业的发展作出贡献。

江苏省中小学教师自学考试办公室
2000年2月24日

目 录

前言 ·· (1)
第一编 文艺特征论 ································· (1)
第一章 文学艺术的认识特征 ······················· (3)
 第一节 摹仿说与再现论 ·························· (3)
 第二节 文学艺术的再现本质 ···················· (7)
 第三节 对再现论文学艺术观的评价 ········· (12)
第二章 文学艺术的情感特征 ······················ (17)
 第一节 表现论的起源 ···························· (17)
 第二节 文学艺术的表现本质 ··················· (21)
 第三节 对表现论文学艺术观的评价 ········· (27)
 第四节 文艺的象征本质 ·························· (30)
第三章 文学艺术的抽象特征 ······················ (45)
 第一节 关于艺术形式 ···························· (45)
 第二节 文艺的形式本质 ·························· (65)
 第三节 艺术形式的审美分析 ··················· (77)
第四章 马克思主义文学艺术本质观 ············ (84)
 第一节 关于马克思主义文学艺术观的历史认识 ········ (84)
 第二节 审美创造的语言符号形态 ············ (100)

第二编 文艺作品论 ································ (111)
第五章 文艺作品的类型与样式 ··················· (111)

第一节　造型艺术 ·············· (112)
　　第二节　表演艺术 ·············· (124)
　　第三节　综合艺术 ·············· (134)
　　第四节　语言艺术 ·············· (151)
第六章　文艺作品的构成 ·············· (179)
　　第一节　文艺作品的形式和内容 ·············· (180)
　　第二节　文艺作品的层次分析 ·············· (215)

第三编　文艺创作论 ·············· (229)
第七章　文艺创作的本质 ·············· (229)
　　第一节　文艺创作是一种精神生产 ·············· (230)
　　第二节　文艺创作的主体和客体 ·············· (237)
第八章　文艺创作的过程 ·············· (247)
　　第一节　文艺创作的准备阶段 ·············· (248)
　　第二节　文艺创作的发生阶段 ·············· (262)
　　第三节　文艺创作的构思阶段 ·············· (276)
　　第四节　文艺创作的符号化阶段 ·············· (288)
　　第五节　文艺创作的心理机制 ·············· (301)
第九章　文艺创作的原则 ·············· (327)
　　第一节　创作原则的界定 ·············· (327)
　　第二节　写实、写意与抽象 ·············· (331)
　　第三节　内容与形式 ·············· (335)
　　第四节　生活真实与艺术真实 ·············· (338)
第十章　文艺创作的风格和流派 ·············· (342)
　　第一节　风格 ·············· (342)
　　第二节　流派 ·············· (346)

第四编　文艺接受论 ·············· (352)
第十一章　文艺接受概说 ·············· (352)

| 第一节 | 何谓"文艺接受"……………………………（353）|
| 第二节 | 文艺接受的基本特征……………………………（372）|

第十二章 文艺接受主体……………………………（383）
| 第一节 | 对接受主体心理探索的几种理论……………（383）|
| 第二节 | 接受主体的心理要素……………………………（389）|

第十三章 文艺接受过程……………………………（403）
第一节	文艺接受的发生…………………………………（403）
第二节	文艺接受的发展…………………………………（415）
第三节	文艺接受的高潮…………………………………（432）

第十四章 文艺接受价值……………………………（439）
第一节	文艺接受与传播…………………………………（439）
第二节	文艺接受的效应…………………………………（445）
第三节	文艺接受与批评…………………………………（451）

第一编　文艺特征论

文学艺术是什么？这是一个谜一样的问题。对于这个基本问题的认识与理解，不仅决定着文艺理论作为一门人文科学所可能达到的科学程度，而且直接关系到我们对于文学艺术本身审美奥秘所可能达到的认识深度。从文艺理论的历史演进角度看，它又是一个在描述与解释上都十分困难的问题。不仅文学艺术本身，甚至其中许多文学艺术流派与文学艺术现象，也都不同程度地存在着这种理论阐释上的尴尬。以浪漫主义（romanticism）文学艺术为例，它首先遭遇的就是这个概念本身界定上的困难。一位西方学者曾说："谁试图为浪漫主义下定义，谁就在做一件冒险的事，它已使许多人碰了壁。"[①] 而以往有关浪漫主义的研究，也无不遭致其他人的不满和抱怨。例如，司汤达对浪漫主义所下的界定："浪漫主义是为人民提供文学艺术作品的艺术。这种文学艺术作品符合当前人民的习惯和信仰，所以它们可能给人民以最大的愉快。"[②] 这实际上已经把浪漫主义同现实主义混淆了。而著名文艺理论家勃兰兑斯在《十九世纪文学艺术主流·法国的浪漫派》中，甚至把巴尔扎克这样公认的优秀的批判现实主义作家也划入了浪漫主义作家的阵营中。这种关于浪漫主义的概念限定与实际运用中存在的混乱现象，实际上正是由于缺乏一个用来考察文学艺术

[①] 利里安·弗斯特：《浪漫主义》，昆仑出版社1989年版，第1页。
[②] 司汤达：《拉辛与莎士比亚》，上海译文出版社1979年版，第26页。

本质的理论语境造成的。也就是说,要想正确地认识文学艺术的本质特征,首先必须建构的是一种可以讨论这个问题的理论语境。

文学艺术本身的发生与发展几乎与人类的精神历史一样源远流长。自从人类有了最初的文学艺术活动,几乎同时也就开始了对文学艺术本质特征的探索、分析、归纳、认识加工与理论总结。另一方面,在文艺理论从其他人类精神活动中脱离出来、发展为一门独立的人文科学之前,关于文学艺术的理论认识可以说一直处于一种零散、片面的形态中。正如马克思在《〈政治经济学批判〉导言》中所指出的:"人体解剖对于猴体解剖是一把钥匙。低等动物身上表露的高等动物的征兆,反而只有在高等动物本身已被认识之后才能理解。"① 这是一种逻辑地研究事物发展系列中最高环节和最成熟状态之后得出结论的方法,对于我们研究文学艺术特征,它同样具有重要的方法论意义。通过解剖文学艺术史各个阶段中的最高发展环节,有助于正确阐明文学艺术的特征。也就是说,通过对中西文论史上有关文学艺术特征的理论语境的逻辑分析与批判,也就可以从中获得关于文学艺术本质特征的真理性认识。如果说,早期的各种文学艺术现象的文学艺术特征尚不够清晰,如荷马史诗与中国的《诗经》既是文艺作品,也可以说是一种文化史著作,在20世纪文学艺术发展中又重新出现了各种文学艺术体裁相融和的大趋势;那么,漫长的文学艺术实践,也就为我们认识文学艺术特征提供了不同的理论认识阶段。根据我们的看法,关于文学艺术的本质特征,可以用再现论、表现论与形式论这三种基本的理论框架来概括和总结。

---

① 《马克思恩格斯选集》第2卷,人民出版社1972年版,第108页。

第一章 文学艺术的认识特征

在文艺理论的历史上,再现论最强调文学艺术的认识特征。

所谓再现论,是指文学艺术作为一种人类的理性意识与认识活动对客观世界特有的反映功能,它能够把客观存在的生活对象存在及其规律性真实地反映出来,从而为人类正确地认识现实、改造现实提供一种精神工具。它的基本内涵可以从三个方面来了解:从历史角度讲,古希腊的摹仿说是其最典型的描述;从哲学角度讲,它是建立在理性意识和实证科学基础上的认识论;从文学艺术特征角度讲,它把文学艺术对客观世界所具有的再现与认识本质充分揭示出来,因此它是我们正确理解与把握文学艺术特征的一个重要的不可或缺的方面。另一方面,它当然也是在人类漫长的文学艺术实践中,尤其是伴随着文艺理论自我认识不断深化而产生的直接结果。关于文学艺术的认识特征,可以从再现论的起源、发展过程中的最高环节,以及它作为一种重要文学艺术观念在文学艺术史上的巨大影响等角度,进行具体的分析与阐释。

第一节 摹仿说与再现论

摹仿活动是人类主体的一种基本的生命活动方式,它是一种人类运用原始类比思维再现、反映客观世界的主体能力的集中体现。实际上包含着文学艺术原始形态在内的人类原始生存技术,从一开始也被看作是摹仿自然的结果。古希腊的赫拉克利特指出:"从蜘蛛我们学会了织布和缝补;从燕子学会了造房子;从天鹅和黄莺等歌唱的鸟学会了唱歌。"① 在西方,关于文学艺术对于客观世界所具有的摹仿与再现性质,则是要到柏拉图与亚里士多德的哲学中才得到了比较全面的阐释。柏拉图曾以"床"为个案来说明宇宙存在的性质。他认为世界上存在着三种"床":首先是"自然中本有的",它是"'床之所以为床'的那个理式",它"是神制造的",因而与人类的感性及经验无关;其次是"木匠制造的"有实用价值的"床",它之所以高于画家所制造的"外形",则完全是因为它具有实用性;最后才是"画家制造的"、"和自然隔着三层"、"和真实体隔得很远"的"床"。② 在这种解释中固然有贬低艺术与感性认识的情况发生,但它毕竟第一次把文学艺术同摹仿、再现活动明确地联系起来了。

而真正把文学艺术摹仿提高到文艺理论高度的则是亚里士多德。他在作为西方文艺理论奠基之作的《诗学》中明确指出:诗的起源就在于人类的摹仿本能,"人从孩提的时候起就有摹仿的本能(人和禽兽的分别之一,就在于人最善于摹仿,他们最初的知识就是从摹仿得来的),人对于摹仿的作品总是感到快感"③。这段话中特别值得重视的有两个方面:首先,亚里士多德认为人类最初的知识都是从摹仿得来,这就彻底驱除了柏拉图哲学中的神秘主义性质,也为恢复感性认识活动的重要意义奠定了哲学基础。在批驳了文学艺术与真理无关的观点的基础上,亚里士多德也就赋予了人类的摹仿活动本身以一种新的内涵。这时文学艺术摹仿也就不再只是对客观世界的机械反映,而同时也是一种更高的具有创

---

① 伍蠡甫等编:《西方文论选》上卷,上海译文出版社 1979 年版,第 5 页。
② 伍蠡甫等编:《西方文论选》上卷,上海译文出版社 1979 年版,第 32~35 页。
③ 伍蠡甫等编:《西方文论选》上卷,上海译文出版社 1979 年版,第 53 页。

造性的实践活动。其次,更为重要的则是他还把摹仿同快感即人的审美活动联系起来,这就把赫拉克利特所讨论的作为生存技术而存在的摹仿论,与作为审美活动的文学艺术摹仿说明确区别开来。也可以说,文学艺术摹仿同其他摹仿实践的根本区别就在于:人类一般的摹仿行为都具有明确的再现现实的直接功利性,而文学艺术摹仿则同时还具有审美享受与情感体验的愉悦性质。这不仅是文学艺术再现与人类其他再现活动的根本区别所在,而且它也为西方文艺理论史上的内摹仿说、游戏说等开辟了逻辑先河。

在中国古代文论中,摹仿说尽管不像在古希腊哲学、诗学中被讨论得那样全面、突出,但作为对人类实践活动所具有的摹仿、再现性质的经验认识,也有十分明确的记载和反映。例如,《易经》"观象制器"与"象天法地"等思想,就阐明了"人文"源于"天文",以及两者之间不可分离的本源性关系。从《易经·系辞下》讲的"古者包牺氏之王天下也,仰则观象于天,俯则观法于地,观鸟兽之文与地之宜,近取诸身,远取诸物,于是始作八卦,以通神明之德,以类万物之情",到刘勰《文心雕龙》中特别强调的"人文之始,肇自太极",讲的都是这个意思。而在中国文艺理论中把这种关系讲得最清楚的则是章学诚,他在《文史通义·易教下》中说,"有天地自然之象,有人心营构之象。……是则人心营构之象,亦出天地自然之象也"。

从中国文艺理论观念的角度看,关于文学艺术摹仿与再现功能,集中体现在中国古代文艺理论中"观"这一特有的文学艺术观念上。孔子在《论语》中把诗的基本功能归结为"兴、观、群、怨"四种,而其中的"观"所强调的就是"诗"所具有的对现实世界的摹仿与再现功能。这与亚里士多德的文学艺术摹仿理论也有相似性。就知识源于再现的角度看,这就是《礼记》中讲到的"以观民风"的基本内涵。《礼记·王制》云:"天子五年一巡守。岁二月,东巡守。……命大师陈诗以观民风。"《汉书·艺文志》云:"古有采诗之官,王者所以观风俗,知得失,自考正也。"不过与古希腊哲学家强调的科学知识不同,对于中国民族来说,这种再现活动所追求的主要是一种伦理政治意义。就摹仿可以带来快感的角度看,可以从先秦时代人们特别看重的"观水之术"、"观山水"中的情感愉悦来了解。"孔子观于东流之水。子贡问于孔子曰:'君子之所以见大水必观焉者,是何?'孔子曰:'夫水,大遍与诸生而无为也,似德。其流也埤下,裾拘必循其理,似义。其洸洸乎不淈尽,似道。若有决行之,其应佚若声响,其赴百仞之谷不惧,似勇。主量必平,似法。盈不求概,似正。淖约微达,似察。以出以入,以就鲜洁,似善化。其万折也必东,似志。是故君子见大水必观焉。'"[①] 这就把主体在"观"这一活动中对客观世界的摹仿以及从摹仿中获得的情感愉悦表达得淋漓尽致。不过,与古希腊不同的是,受中国伦理文化的制约,这种精神愉悦也主要是一种道德快感。

关于摹仿说的本质,还可以从文学艺术形态的原始发生方面加以了解。人类最初的文学艺术形式,具体表现为原始时代丰富多彩的原始歌舞,如战争歌舞、狩猎歌舞、农耕歌舞、生殖崇拜歌舞等等。而根据人类学家的看法,这些作为文学艺术原始形态的原始歌舞,本质上都是对原始生活与生产活动进行摹仿的结果。因此,可以从这样两个层面对摹仿说予以评价:首先,正是由于人类所具有的摹仿天性才产生了人类最初的文学艺术活动以及文学艺术作品;其次,正是在对这种早期的文学艺术实践中的理论总结中,也才产生出文艺理论史上最早、也是最基本的文艺理论范式。摹仿说作为人类早期关于文学艺术与审美活动的一种朴素的文艺观念,它在充分肯定文学艺术活动中所包含的主体理性认识与反映能力的基础上,把人类所具有的审美创造本质力量提升到文艺理论的研究视野中。

[①] 《荀子·宥坐》。

第二节 文学艺术的再现本质

在再现论看来,文学艺术本质上是一种把握客观真理的认识工具。与一般人类认识工具所不同的是,它不是以纯粹概念与逻辑的方式来把握对象世界,而是一种以文学艺术形象与审美思维为基础的认识活动。

关于再现论文学艺术观内涵的阐释问题,关键就在于论证摹仿、再现是否反映事物的本质。这个问题也反映在文艺理论自身观念的历史演进中。从逻辑角度讲,从柏拉图否定文学艺术可以反映真理,到亚里士多德提出诗人可以表达出普遍性,就已经从哲学角度完成了关于文学艺术的再现本质的理论证明。从历史角度讲,这种文学艺术观念是在中古时代建构起来的,它是以西方文艺复兴中提出的"镜子"说与中国唐代诗人白居易、元稹倡导的"新乐府"运动为标志的。从这两方面入手,就可以对文学艺术的再现本质进行更加具体、深入的认识和把握。

在西方文艺理论史上,著名艺术家达·芬奇首先提出了"镜子"说。他指出:"画家的心应该像一面镜子,永远把它所反映事物的色彩摄进来,前面摆着多少事物,就摄取多少形象。"这里把文学艺术的再现功能比作镜子,实际上也并不是指那种对自然对象的机械描摹。达·芬奇在进一步阐述他的"镜子"说的时候谈到:"画家应该研究普遍的自然,就眼睛所看到的东西多加思索,要运用组成每一事物的类型的那些优美的部分。用这种方法,他的心就会像一面镜子真实地反映面前的一切,就会变成好像是第二自然。"[①]正是在这种忠实于自然的再现文学艺术观的指导下,达·芬奇创作

---

① 伍蠡甫等编:《西方文论选》上卷,上海译文出版社 1979 年版,第 183 页。

了永恒不朽的《蒙娜丽莎》。这种"镜子"说是亚里士多德摹仿说在文艺复兴时代的继续和发展,它要求文学艺术家必须面向现实,学习自然,以对现实生活的真实感受和直接经验为根据塑造艺术形象。

继达·芬奇之后,西方众多优秀文学艺术家都把再现事物本质作为艺术追求的最高理想。文艺复兴时代著名作家卜伽丘在《十日谈》的一则故事中曾这样表达其创作观念:"这些故事我都是用不登大雅之堂的佛罗伦萨方言写成的,而且写的还是散文,又不曾署名,只是平铺直叙,不敢有丝毫卖弄。"莎士比亚则在《哈姆雷特》中指出:"演戏的目的,从前也好,现在也好,都是仿佛要给自然照一面镜子,给德行看一看自己的面貌,给荒唐看一看自己的姿态,给时代和社会看一看自己的形象和印记。"塞万提斯在长篇小说《堂吉诃德》的"作者原序"中,也曾这样表达自己的创作原则:"描写的时候摹仿真实:摹仿得愈真切,作品就愈好";"所有的事只是摹仿自然,自然便是它唯一的范本;摹仿得愈加妙肖,你这部书也必愈见完美"①。这种"镜子"说理论中关于摹仿自然的主张,其根本目的在于要求文艺创作应以现实人生和世俗人情为对象,它对于摒弃中世纪宗教艺术的虚幻、神秘、冷僻和阴沉,反对中世纪骑士文学艺术虚假做作的浪漫情调,创造鲜活生动的具有个性生命的文学艺术形象,有着巨大的推动作用。有人说按照世界的本来面貌表现世界,这就是塞万提斯、拉伯雷、莎士比亚现实主义的座右铭。另一方面,这些作家在强调摹仿自然的时候,并未把创作等同于对现实世界的机械复制,而是广泛使用了传说、神话,以至荒诞、象征、夸张、幻想等手段,这可以说开辟了现实主义创作原则的先河。实际上不仅是文艺复兴时代这些文学艺术巨人,而且其后许多伟大作家如司汤达、果戈理、陀思妥耶夫斯基等,都十分喜欢

---

① 伍蠡甫等编:《西方文论选》上卷,上海译文出版社 1979 年版,第 208 页。

使用"镜子"这个比喻来说明其作品与自然和现实世界的关系。

在我国,虽然在春秋时代就出现了"以观民风"这种再现论的萌芽,但它本质上只是为统治阶级服务的一种政治工具,它对于生活的再现与反映就不可能不带有极大的片面性。而实际上这种反映生活的文学艺术自觉意识,在中国文艺理论史上是到了中唐元白诗派所提倡的新乐府理论时,才把这个问题从理论上明确表述出来。"新乐府"一词始自元稹,他强调做诗要"即事名篇,无复依傍",而新乐府的实质则是"不虚为文"。白居易《新乐府》序指出:"凡九千二百五十二言,断为五十篇。篇无定句,句无定字,系于意,不系于文。首句标其目,卒章显其志,《诗》三百之义也。其辞质而径,欲见之者易谕也。其言直而切,欲闻之者深诫也。其事核而实,使采之者传信也。其体顺而肆,可以播于乐章歌曲也。总而言之,为君、为臣、为民、为物、为事而作,不为文而作也。"这种关怀现实、反映民间疾苦的文学艺术精神正如白居易在诗歌《寄唐生》中所阐释的:

> 我亦君之徒,郁之何所为?
> 不能发声哭,转作乐府诗。
> 篇篇无空文,句句必尽规。
> 功高虞人箴,痛甚骚人辞。
> 非求宫律高,不务文字奇。
> 惟歌生民病,愿得天子知。

这就把文学艺术与现实世界的密切关系清晰地突现出来。在元白看来,文学艺术的本质不过是一种表达民间疾苦与作家对于生活世界的精神态度的理性工具。元白这种新乐府文学艺术精神,可以说继承和发扬光大了伟大诗人杜甫所开创的现实主义诗歌传统,它要求文学艺术必须能够真实地反映现实世界的矛盾冲突,并且成为人们进行现实斗争的一种文化工具。这也正是元白诗派的文学艺术观在中国文学艺术史上具有重大影响的根源。

关于文学艺术的再现本质,还可以从它与表现说理论的比较中加以深入理解和把握。

首先,与表现说文学艺术观注重文学艺术对于创作主体内心世界的传达与揭示不同,再现说充分揭示了文学艺术作为一种精神活动对客观现实世界所具有的认识功能。从西方文学艺术角度讲,文学艺术的再现本质充分证明了亚里士多德关于诗歌表达真理的天才设想,它使西方文学艺术本身往往具有一种十分朴素的科学实证精神。例如,文艺复兴时代的文学艺术家大都与当时的科学研究有着密切关系,这些人文主义者一般都亲自从事科学研究工作,并且在民法、医学、修辞学、逻辑学、哲学、化学等领域作出过巨大贡献。这种实证的科学精神还可以从左拉的自然主义文艺理论中加以了解。自然主义的哲学基础就是孔德的实证主义,这种实证哲学反对一切玄学思辨,强调人的感觉和经验是一切知识的源泉。以实证主义为哲学基础的自然主义,主张用自然科学的实验的态度来对待生活,认为文艺研究与自然科学研究在方法上是类似的。对左拉影响最大的无疑是达尔文的进化论与遗传学研究。在1868至1869年期间,左拉曾阅读克洛德·贝纳尔的《实验医学研究导论》及鲁加的遗传学理论,这些书深深打动了左拉,并且对他的自然主义文学艺术观产生了直接而重要的影响。左拉把他的巨著《卢贡·马加尔家族》标以"一个家族的自然史和社会史"的副标题,就可以明显见出进化论思想与遗传学理论的影子。例如,克洛德·贝纳尔的《实验医学研究导论》中讲到:"观察者仅仅纯粹是看到眼前的现象……他应该成为现象的摄影师;他的观察应该准确地反映自然……他倾听自然的话音,一字不差地记下来。"左拉在他的《实验小说论》中则把它进一步发挥为:"在实验小说中,我们如果希望将研究建立在坚实的基础上,最好坚持这种严格的科学观点,切勿超越'怎么样'的范围,决不要去钻研'所以然。'"①正是由于借助于自然科学概念与方法,所以左拉在文学艺术创作中常常可以把人性本身挖掘到一种惊人的深度。

这种再现和反映现实世界的文学艺术追求,实际上也是中国文学艺术一贯强调的优秀传统,它在本质上是一种关于文学艺术的历史主义精神追求,即把以形象方法揭示现实的文学艺术活动看作是一种真实地反映、记载着现实过程的历史文献。它注重的是文学艺术作品的"记事"功能,而非"抒情"功能,它的核心精神是一种反对风花雪月与无病呻吟的现实主义创作方针,要求"文章合为时而著,歌诗合为事而作"。如中国文学艺术史上号称诗圣的杜甫,他著名的"三吏"、"三别"就构成了唐代"安史之乱"的一幅生动写照;元白诗派的《新乐府》与《秦中吟》也把中唐社会各个方面的腐败与黑暗透彻地揭示出来。

其次,它突破了浪漫主义者狭隘的个人精神小宇宙,充分展示了作家崇高的人道主义精神。注重文学艺术的表现本质,文学艺术家往往容易沉溺于个人灰色的心理世界,从而放弃他们对于社会现实应当承担的道德责任与历史使命。而再现说以广阔的社会现实世界为文学艺术对象,注重作家个体的精神感受与现实世界的直接关系,则有利于作家超越其狭隘的创作心态与审美感受,充分发挥作家的文学艺术主体性,把文学艺术活动从"为艺术"的狭隘境界提升到"为人生"的广阔天地中。在这个意义上,以再现论为观念的文学艺术家,一般都与人类的理性精神密切相关。例如,文艺复兴时代的人文主义者,他们反对中世纪神学家的禁欲主义,从古希腊文化中找回那种健康的人生观,为近代社会的人道主义奠定了精神基础。又如,19世纪西方的批判现实主义作家,则不

---

① 左拉:《实验小说论》,柳鸣九编:《自然主义》,中国社会科学出版社1988年版,第469页,第493页。

同程度地接受了德国古典哲学的理性主义精神和人本主义哲学的影响。正是在康德"人是目的"与费尔巴哈宣扬的人权就是追求幸福的伟大思想指引下,他们对资本主义的血腥、肮脏与罪恶展开了激烈的批判和斗争,这正是他们被称为人类的良心的根本原因。

这种关心现实的人道主义精神,在中国文学艺术史上表现得也十分典型。它具体表现在中国儒家士大夫对于现实政治的极度关怀、实用主义的文学艺术观以及反对文学艺术脱离现实的主张。中国古代的现实主义作家们运用儒家的伦理思想与文学艺术这一武器,批判封建政治的黑暗,抗议沉重的经济剥削,再现了民间真实的呼声,充分肯定了作家的理性本质力量与人道主义精神。其中最典型的是"新乐府"中的批判现实主义思想,如元稹在《田家词》中写道:"牛吒吒,田确确,旱块敲牛蹄趵趵。种得官仓珠颗谷,六十年来兵簇簇,月月食粮车辘辘。一日官军收海服,驱牛驾车食牛肉,归来收得牛两角。"又如白居易《秦中吟十首》中的这些片断:"是岁江南旱,衢州人食人"(《轻肥》);"岂知阌乡狱,中有冻死囚"(《歌舞》);"一丛深色花,十户中人赋"(《买花》)……正是这些诗句真实地反映了当时生活的黑暗。

第三节　对再现论文学艺术观的评价

再现论文学艺术观起源早,影响大,至今仍是我们认识和把握文学艺术特征的一个基本语境。这种本质观的逻辑合理性在于把握住了文学艺术的理性认识属性,其历史合理性也被众多具有现实主义特征的文学艺术创作所证明。关于再现论文学艺术观本身的意义,作为对人类文学艺术活动的一种历史性阐释,可以说它既有积极的有益的一面,也存在着一些片面性与极端化的问题。这些问题可以从三方面加以分析。

首先,由于再现论特别注重文学艺术的摹仿、认识功能以及创作主体的理性主义与人道主义精神,所以它最重要的意义就是为人类文学艺术中最重要的现实主义文学艺术流派奠定了理论基础,提供了文学艺术实践的范例。

从文艺理论史的角度看,现实主义文艺理论可以说与摹仿说密切相关。1826年,一位法国作家在《法国信使》上宣称:"有一种信条每天都在增涨,它主张不应忠实地摹仿艺术杰作而应摹仿自然提供的范本。这种信条可以恰当地称之为现实主义。"这是比较早的关于现实主义的理论论述,从中就可以看出现实主义文艺理论与再现说的渊源关系。1857年,法国小说家尚弗勒里出版了《现实主义》论文集。与此同时,迪朗蒂还编辑了一份名为《现实主义》的杂志。在这场讨论中,现实主义的涵义逐渐得以明确。"艺术应当是现实世界的真实再现,因此作家应当通过细致的观察和小心的分析研究当代的生活与风习,作家在这样做的时候应当是冷静的、客观的、不偏不倚的,这样,过去被广泛地用来说明一切忠实地再现自然的文学艺术的术语现在变成了与特定的作家相联系的一个团体或一个运动口号。"而这种看法实际上与"镜子"说也直接相关,这也是一些优秀的现实主义作家喜欢把自己的作品称作"镜子"的原因。司汤达说自己的作品是大路上的一面镜子,它可以把人类精神道路上的坑坑洼洼映照出来。俄国著名批判现实主义作家果戈理也说过类似的话。陀思妥耶夫斯基还批评过把"镜子"理解为机械照搬的观点,他说:"照片与镜子中的映象远非艺术作品,如果它们也算是艺术作品的话,那我们只要照相和好镜子就可以了。……不,这不是对艺术家的要求,不是照相式的真实,不是机械的精确,而是另一种更多、更广、更深的东西。"这与达·芬奇讲的艺术创造"第二自然"的观点也极其相似。

其次,这种片面性首先表现在由于向自然科学倾斜而走向了自然主义,即一种照相机式的机械现实主义。受科学主义思潮影响,自然主义强调尊重客观事实,直接反映现实生活,在这一点上它无疑是正确的,并与现实主义一脉相承。但是,由于混淆了自然科学与人文科学的基本区别,自然主义在反映生活时就特别着重描写生活中的非本质的个别现象和琐碎细节,追求事物的外在真实,而忽视了对生活本质的表现和揭示。

关于这一点,可以从自然主义文艺理论与实践来认识。自然主义产生于19世纪后期的法国,其代表作家有法国的左拉、龚古尔兄弟,德国的康拉德、霍普特曼等。"自然主义"一词早先主要用于哲学和绘画领域。1857年,法国著名的文艺理论家泰纳在一篇论述巴尔扎克的文章中,最先把"自然主义"这个概念引入文学艺术领域,提出了"自然主义文学艺术"的主张。1867年,左拉在他的《黛莱丝·拉甘》第二版前言中也使用了"自然主义"这个概念。自然主义创作方法要求作家做一个"单纯的事实记录者","一个纯粹的自然主义者"。这就导致自然主义作家往往缺乏远大的目光和积极的理想,在观察生活时,只注意收集一些表面的、琐碎的生活细节,而忽视主流的、本质的东西;在反映生活时,则常常局限于现象的、局部的真实,而缺乏对生活进行深入的总结和概括。另外,自然主义在强调对生活作纯客观的、忠实的记录的同时,还鼓吹文学艺术的"无思想性",主张文学艺术脱离政治和道德评价。左拉就反对人们从其作品中归纳出什么结论。这就把文学艺术家变成社会现象的照相机,从而否定了文学艺术家的主体性存在,以及他们对于现实世界的主观能动性。可以说自然主义是一种片面化、扭曲化了的现实主义理论,自然主义强调纯客观地反映现实,排斥作家对生活的主观评价;只追求细节的真实,反对典型化;特别是自然主义对人的探索往往归结到生理学、遗传学方面,使得自然主义作品对人的认识和理解流于片面和肤浅。

再次,对于理性认识过于重视,造成对文学艺术本身的情感性与审美特征有所忽视,甚至形成一种极端粗糙的、狭隘的机械主义

或实用主义文学艺术观。中国古代的元白诗派就有这样的艺术主张,如白居易《与元九书》说:

> 至于梁、陈间,率不过嘲风雪、弄花草而已。噫!风雪花草之物,三百篇中岂舍之乎?顾所用何如耳。设如"北风其凉",假风以刺威虐也;"雨雪霏霏",因雪以愍征役也;"棠棣之华",感华以讽兄弟也;"采采芣苢",美草以乐有子也。皆兴发于此,而义归于彼。反是者,可乎哉?然则"余霞散成绮,澄江净如练","离花先委露,别叶乍辞风"之什,丽则丽矣,吾不知其所讽焉。故仆所谓嘲风雪、弄花草而已。

这里对于"余霞散成绮,澄江净如练"这种优美诗境的贬低,显然是对文学艺术作品的审美特征的一种歪曲,它以极端的实用主义排斥了人们审美活动的必要性。

自然主义讲究不动声色地纯粹客观地再现生活。左拉认为作家应当像化学家和物理学家研究非生物及生理学家研究生物那样,去研究性格、感情、人类和社会现象,提出文学艺术创作就是"把人这架机器的部件一一拆卸下来"的科学实验,反对把创作主体的思想与感情投入到文学艺术对象上;认为文学艺术创作就是研究人的兽性,"甚至仅仅研究他们的兽性",像一个外科医生在死尸身上所做的分析工作那样。这就把文学艺术对生活世界的本质再现,看作是关于人的生理性、甚至是遗传性的再现。例如,在左拉的《卢贡·马加尔家族》中,就把这个家族的所有成员的病态与命运,完全解释为这个家族在生理上遗传的神经变态与血型变态。自然主义可以说是实用主义文学艺术观的变种,有人说,如果多读几本自然主义小说,就可以从中获得大量的关于采矿、洗衣、务农、股票交易、赛马、印刷、制陶、当奶妈、摘棉花等知识和技能,这话并不过分。这些小说在以科学方法研究人类生活时,实际上既否定了文学艺术再现的特殊性,同时也必然以牺牲、丧失文学艺术的审美价值为代价,它的影响也是十分久远的。如20世纪法国的新小说派,就可以说是左拉自然主义的变种,它一反巴尔扎克式的现实主义,重视对事物的忠实描写,反对任何虚构与审美表现,其结果当然是导致文学艺术的审美属性与现实意义的双重丧失。

第二章 文学艺术的情感特征

在文艺理论的历史上,表现论最重视文学艺术的情感特征。

所谓表现论,是指文学艺术作为一种人类主体活动所具有的对主观情感世界的构造、显现功能,它通过对于主观心理世界的形式构造与审美变形,把人类内心深处的潜意识、情感、理想、幻想等心理意象直接地表达出来。它是表达人类关于现实的情感评价以及主观理想的最重要的精神工具。表现论的基本内涵可以从三个方面来了解:从历史渊源上讲,可以说它仍然根源于古希腊亚里士多德的《诗学》,其中讲到文学艺术可以引发快感的"音调感和节奏感";从哲学上讲,它是在席勒关于审美冲动的游戏特征中得到完美描述的;从文学艺术特征的角度讲,它把文学艺术活动对于主观世界所具有的表现与创造性建构的审美本质充分揭示出来。关于文学艺术的情感特征,可以从表现论的起源、发展过程中的最高环节,以及它作为一种重要的文学艺术观念在文学艺术史上的巨大影响等角度,对之进行具体的分析与阐释。

第一节 表现论的起源

表现活动是人类主体的一种基本的生命活动方式,它是一种人类主体构造、表现主观世界的主体想象力的集中体现。在文艺理论上第一次把文学艺术同审美表现、情感构造活动明确联系起来的,无疑就是古希腊哲学家亚里士多德。他在著名的《诗学》一书中指出:诗的起源有两个出于人类天性的原因,首先就是前文讲到的"摹仿的本能";其次还有一种情况是,"假如我们从来没有见过所摹仿的对象,那么我们的快感就不是由于摹仿的作品",而是同样"出于我们的天性"的"音调感和节奏感"①。这里所谓的"音调感和节奏感"也就是我们今天讲的审美心理结构。这里关于"音调感和节奏感"的论述有两个方面特别值得重视:一是它虽然不同于文学艺术的摹仿特征,但同样具有审美享受与情感体验的愉悦性质,它把对文学艺术的审美奥秘从外部世界转移到人类的内在精神世界中,从而找到了文艺表现与文艺再现活动的根本区别。二是它充分肯定了主体的审美创造性在文学艺术生产中的意义,这就为创作主体的潜意识、情感、想象力与主观能动性的发挥提供了理论证明,它突出了文学艺术活动中所特有的审美内涵和情感特征。

在文艺理论史上,把文学艺术的表现特征讲得最清楚、最直接的应该说是在中国古代诗学理论中。中国古代文艺理论中"兴"这一特有的文学艺术观念,充分肯定情感表现与审美创造的功能。《论语》中把诗的基本功能阐释为"兴、观、群、怨"四种,而其中的"兴"所强调的就是"诗"所具有的一种对主观情感世界的表达与构造功能。孔子说"诗可以兴",又说"兴于诗",它的基本内涵可以理解为主体的审美冲动通过文学艺术活动获得表达与宣泄。《毛诗序》中说:"诗者,志之所之也,在心为志,发言为诗。情动于中而形于言,言之不足故嗟叹之,嗟叹之不足故永歌之,永歌之不足,不知手之舞之,足之蹈之也。"这就把主体情感冲动在"兴"这一审美活动中获得宣泄与表达的过程描述得极为生动。与现代美学中讲的纯粹审美宣泄不同的是,受中国伦理文化的制约,这种精神愉悦常

---

① 伍蠡甫等编:《西方文论选》上卷,上海译文出版社1979年版,第53页。

常被理解为一种道德快感。

在西方文艺理论史上,尽管可以说早在亚里士多德的《诗学》中就已经提出了表现论的天才设想,但是,一方面由于摹仿说的强大影响,另一方面由于文学艺术与技艺的长期不分,所以从某种意义上说,它是伴随着人类对于文学艺术的情感特征的深入认识而逐渐获得清晰的理论内涵的。最早从理论上对文学艺术的审美特征作出明确界定的是德国哲学家康德,他从"功利性"与"非功利性"角度严格区分了"艺术"与"技艺",认为艺术是自由的游戏,手工艺则是追求利润与报酬的行业。真正从文艺理论上阐明这个问题的则是斯宾塞与席勒的游戏说。他们认为,文艺与游戏的生理基础是"剩余精力",这种剩余精力通过想象力的游戏获得了自由的运动与发泄,也就是人类产生自由与解放感的根源。游戏说是通过对亚里士多德提出的"音调感和节奏感"的进一步阐释来解释人类的审美快感的。

关于表现说的本质,除了中西文艺理论观念这个认识角度外,由于文学艺术本身在历史进程中不断地扬弃各种非情感与非审美特征,所以还可以从文学艺术形态的历史演进中加以了解。中西文学艺术都经历了从实用中脱离出来,走向更加纯粹的过程。最初作为情感表现说的"诗言志"实际上并不纯粹,它隶属于先秦时代的礼乐教化系统,完全是为伦理道德服务的。如屈原那些充满了激烈的情感运动的作品,由于目的不是审美活动,而在于表达某种道德理想与激愤,所以它所表达的"志"与审美语境中的"情感表现"实际上还有很大的差别。直到被称为"人的觉醒"的魏晋时代,在中国可以说才产生了比较纯粹的审美表现活动。其中的标志,是从"诗言志"向陆机"诗缘情"与钟嵘"滋味说"的理论过渡,从此,文学艺术表现的中心才开始转向对于文学艺术审美信息的关注。后来,刘勰在《文心雕龙》中又提出"情者文之经"的主张。沈约则提出声律理论,刻意追求诗歌节奏感,他把文学艺术的表现特征高架于道德理想内容之上,说:"夫五色相宣,八音协畅,由乎玄黄律吕,各适物宜,欲使宫羽相变,低昂互节,若前有浮声,则后须切响。一简之内,音韵尽殊;两句之中,轻重悉异。妙达此旨,始可言文。"这与亚里士多德讲的"音调感"殊途同归。

对于西方文学艺术史来说,同样存在着这样一个进程,即文学艺术同一切具有实用性质的"技艺"相脱离。众所周知,在古希腊,并没有可以表征文学艺术情感特征的文学艺术观念,而只有具体的诸如史诗、颂诗、演讲术、悲剧等作品体系。甚至文学艺术(literature)概念也是 14 世纪从拉丁文中引入的。古希腊这些具体的文学艺术系统的一个根本特征,可以说是"实用大于审美",其中诗只是一种修辞练习或演讲术,而艺术则等于技术、技艺。直到 1747 年,一位叫查里斯·巴托的学者才从中区分出"美的艺术",它主要包括诗、绘画、雕塑、音乐、艺术和修辞术,并把一直混杂在这一领域中的手工艺、科学、哲学等驱逐出去。从此以后,诗才不再被看作是一种"技艺"。伴随着 18、19 世纪的启蒙运动与浪漫主义文学艺术的出现,在充分高扬了美的存在的超功利性之后,以文学艺术的情感特征为基本内涵的"美的艺术"才彻底与"理智的艺术"分裂,成为一种纯粹表现情感与审美活动的东西。

因此,可以从这样两个层面对表现说予以评价。首先,虽然它与再现说一样根源于人类所具有的审美创造天性,但是只有在表现说一方面挣脱了东方的伦理功利性,另一方面挣脱了西方的现实功利性之后,它才逐渐获得了比较纯粹的文学艺术特征。其次,正是在对这种纯粹文学艺术实践的理论总结中,产生出文艺理论史上十分重要、同时也是最基本的文艺理论范式之一。表现说在充分肯定文学艺术活动中所包含的主体审美创造与情感表达的基础上,把人类所具有的审美创造本质力量提升到文艺理论的研究视野中。

第二节 文学艺术的表现本质

在表现论看来,文学艺术本质上是一种通过审美创造活动来抒发主观情感、创造理想现实的精神工具。文学艺术的本质不再是摹仿自然与现实世界,而更是一种内摹仿,源于对内心情感的直接表现,是对于个体"小宇宙"的审美表现。与再现论充分揭示了文学艺术所具有的反映功能不同,它充分展示了文学艺术特有的情感特征。表现论文学艺术观的理论内涵,可以从两个方面加以讨论:首先,可以从表现论对于文学艺术活动所特有的理论阐释角度来认识它的特殊内涵;其次,这种特殊的理论内涵还可以从它与再现论的相互比较中加以深入理解。从这样两方面入手,就基本上可以把文学艺术的表现本质阐释清楚。

从对于文学艺术活动特有的理论创造角度,可以分三个方面来认识表现论的独特意义。

首先,表现论最基本的特征就是反对摹仿,突出了以个体想象力为基础的审美创造活动。与摹仿论者主张客观世界是文学艺术的根源不同,浪漫主义者认为"人心是艺术的基础,就好像大地是自然的基础一样"。与再现论强调主体认识机能在文学艺术反映活动中的重要地位不同,它突出的是人类想象力在表现情感与精神理想方面的首要意义。关于这个问题,康德有两点论述十分重要:一是认为"天才是替艺术定规律的一种才能",它本质上是一种"表达审美意象的功能"。这就突出了想象力是一种天性而非摹仿、学习的结果,它与亚里士多德关于"音调感和节奏感"的论述密切相关,并以此从主体能力角度同摹仿说区分开来。二是康德还高度弘扬了这种想象力,他说,"想象力是一种强大的能力,能根据现实自然所提供的材料,创造出仿佛是一种第二自然来"。这就为个体审美创造力与文学艺术世界的独立奠定了理论基础。这也正是康德被看作是浪漫主义祖师爷的原因。康德这两个基本原则实际上也就是英国浪漫派诗人所刻意追求的文学艺术理想。如雪莱《为诗辩护》中就强调文学艺术应该"在我们的人生中替我们创造另一种人生";而另一位浪漫主义诗人柯勒立治则把诗人的"第二性想象"看作是上帝"第一性想象"的回声。这种想象力不受任何客观现实的限制,既不受时间空间的局限,也不受生活真实的约束,它们完全是发挥主观情感、依照内心情感的创造的结果。表现说反对摹仿与注重审美创造的另一重意义在于它扩大了艺术体裁,极大地调动了作家艺术家的审美创造性。

其次,突出了文学艺术的情感特征,这对于突出文学艺术与人类其他精神活动方式的不同具有重要的意义。从某种角度讲,文学艺术与一切实用符号的区别就在于是否具有这种纯粹的情感表现性质。一位美学家曾经说过,古代的壁画尽管栩栩如生,但由于它们本质上都属于实用性的巫术,里面没有审美情感,所以它们根本就不是艺术品。对于文学艺术来说也是如此。实际上,正是经过表现说对于文学艺术活动中情感特征的突出,才使得文学艺术成为文学艺术本身。从现代文艺美学的研究看,这一点已经成为一种共识。如克罗齐认为,美就是成功的直觉表现;柯林武德认为,"美不是物理的事实,美不属于物,而是属于人的能动性,属于人的精神活力";苏珊·朗格认为,艺术中的意义就是"表现形式所表现的一种情感"。

这种强调纯粹的情感特征,在文学艺术史上主要有两种独特的理论形态。在中国,它可以以司空图《诗品》中讲到的"冲淡"为典型:"素处以默,妙机其微,饮之太和,独鹤与飞。犹之惠风,荏苒在衣,阅音修篁,美曰载归。遇之匪深,即之愈希,脱有形似,握手已违。"这种纯粹而细腻的审美情感在张若虚的《春江花月夜》中表现为那种"轻烟似梦,细雨如愁"的人生情怀,具有极高的审美价值：

> 江畔何人初见月？江月何年初照人？
> 人生代代无穷已，江月年年只相似。
> 不知江月待何人，但见长江送流水。
> 白云一片去悠悠，青枫浦上不胜愁。
> 谁家今夜扁舟子？何处相思明月楼？
> 可怜楼上月徘徊，应照离人妆镜台。
> 玉户帘中卷不去，捣衣砧上拂还来。
> 此时相望不相闻，愿逐月华流照君。

在西方，它可以以浪漫主义文学艺术中特有的"感伤性"内涵为代表。这种感伤性不同于单纯的多愁善感，而是体现了主体内省的能力与思想的深度。它产生于个体对人与社会现实之间某种不可解决的矛盾的认识与体验，是主体在其生活细节中所洞察到的某种内在的意味深长的东西。席勒在《论素朴的诗和感伤的诗》中曾探讨过诗的感伤性问题，认为它产生于精神与自然的分离。而另一方面这种矛盾关系又恰恰体现了人类社会发展的必然性，因而是一种无法解决的问题。这时诗人宁愿回到对内心世界的冥想与表现中，以此寻找建立在想象力基础上的理想生活。而由于这种理想生活的虚幻性与冥想性，它就必然形成了那种不同于古典时代素朴追求的感伤风格，常常借助对逝去的美好时光的追忆，来抒发对理想生活的怀恋和对现实的无可奈何之感。如德国作家施托姆的著名小说《茵梦湖》，就讲述了这样一个优美而感伤的故事：一对青梅竹马的少年初恋，却因为女儿服从了母亲而毁灭。但与现实主义小说不同的是，我们从中看不到斗争、抗议和社会批判，小说中充满的是一种宁静的回忆的淡淡哀伤，一种恬静优美的诗意。

再次，在表现论语境中充分表达了文学艺术的审美理想性，它的基本特征就是强调个体精神对于现实世界的超越性。与人类在现实世界中采取的政治经济斗争方式不同,它采用的是一种审美变形方式,以帮助个体反抗现实异化,并获得心灵的自由与解放。这种个体的审美理想性可以借宗白华的一段话来表述:

> 诸君!我们这个世界,本是一个物质的世界,本是一个冷酷的世界。你看,大宇长宙的中间何等黑暗呀!何等森寒呀!但是,它能进化、能活动、能创造,这是什么缘故呢?因为它有"光",因为他(它)有"热"!
>
> 诸君!我们这个人生,本是一个机械的人生,本是一个自利的人生。你看,社会民族中间何等黑暗呀!何等森寒呀!但是,它也能进化、能活动、能创造,这是什么缘故呢?因为它有"情",因为它有"同情"!①

在审美理想主义者看来,文学艺术就是宇宙中的"光"和"热",而文学艺术的灵魂就是"情"和"同情"。因此,不是改造外部的客观世界,而是如何从内心世界中挖掘、表现审美情感,才是真正改造现实的出路。这正如歌德在《浮士德》中表达的那种艺术人生观:只有当个体的"情感小我"变成艺术宇宙中的"大我"之时,这个世界也就彻底获得了拯救。

关于这种审美创造的具体情况,可以以安徒生《卖火柴的小女孩》中所表现的艺术光明为例来说明。当然并非所有的艺术都可以显现这种作为艺术存在本身的"光明"。把这种艺术光明描绘得最美丽的就是安徒生的那一根根火柴,它以它在黑暗与寒冷中微弱的热量与短暂的光辉,使那个可怜的在黑暗人世间走投无路的小女孩终于看到了亲人与生活的希望:

> 她抽出一根火柴。哧!燃起来了,冒出火焰来了!

---

① 宗白华:《美学与意境》,人民出版社1987年版,第15页。

多么温暖明亮的火焰啊,简直像一支小蜡烛,她就把手笼上去。——是的,这是一道奇异的火光!于是在这道火光中,依次出现了温暖的大火炉、填满了苹果与葡萄干的烤鹅、一棵可爱的上面点着几千支蜡烛的圣诞树,以及在光亮中到来的最亲爱的奶奶,她们俩在光明和快乐里飞走了,飞得很高很高,飞到那没有寒冷、没有饥饿、没有痛苦的地方去了……

这难道不是一种虚幻的空想么?想这么好有什么用呢?这也是围绕着这根火柴经常听到的议论。是的,这道微弱的艺术光明,虽然不像刀耕火种那样直接改变了自然,也不像熊熊战火可以把旧世界烧个落花流水,但是对于那个卖火柴的小女孩来说,却从艺术家的虚构中获得了幸福与满足。这也可以说是表现论认为艺术能够带给人生的唯一东西。因此,表现论体现为对想象力的高扬和对创造力的推崇,他们对于艺术想象具有极端的理想与热情。它的审美本质在于,从创作主体的内在世界及情感生活的角度折射和展现出来的理想化的虚幻境界,适应和一定程度地满足了人们对个性自由、对人类解放等崇高理想的热情追求;同时也充分肯定了人的想象性和创造力,显示了人的情感与灵性所能达到的新的历史高度。

从表现论与再现论的相互比较中,还可以引申出这样两方面的特殊内涵。

其一,它不同于再现论对社会现实的理性冲动,而是体现为一种对自然的崇拜和爱的感性冲动。卢梭的"回归自然"思想,青年谢林提出的带有神秘色彩的自然哲学观念,都是很好的实例。他们认为人与自然本质上是无法分离的,自然是燃烧和温暖诗人灵魂的唯一火焰,唯有从自然中,诗人才得到它的全部力量。把自然当作生命有机体,把人本身看作是艺术品,是这种自然崇拜的哲学根源,它也直接导致了浪漫主义把自然当作艺术家情人的审美观念。这当然也是对于现实世界的一种深刻批判,但与现实主义的批判方式不同,它更是一种对于审美理想的执着追求。由于在现实世界中必然发生精神与社会的矛盾对立,因此到艺术化的自然中去寻找人生的超越意义,也就成为艺术表现的一个基本前提。然而,一旦人的精神从自然分离出来之后,再想回复到纯粹自然中已不可能,而只有在理想状态即艺术创造中才能重新接近自然。这也就是西方哲学家与艺术家一直强调"艺术是第二自然"的原因。这里,自然成为一种理想现实的化身,席勒认为诗人的任务就是要把现实提高到理想即自然的高度上。

关于这一问题,可以从罗曼蒂克(romantic)这一西方文学艺术观念加以认识。罗曼蒂克最初指一种用诗歌等文学艺术形式表达出来的情感体验类型。它通过对乡村田园风光的感性观察,通过对其中的纯朴和自然的观照,达到对某种崇高乃至神秘情感的体验。作为审美对象的罗曼蒂克不是对一种文艺思潮或创作方法的概括,而是指由创作主体对象化于文艺作品中的一种主体精神。罗曼蒂克的主要内容是对于理想与热情的热烈追求,但与现实主义的现实追求不同的是,它的方向是指向一个心理学的、想象的世界。罗曼蒂克的审美追求一般有两个指向:一是把本民族以往的历史理想化,并在把当代社会道德的堕落与远古时代英雄人物的道德的纯正和伟大的比较中,将个体关于民族独立、人民自由、平等友爱等思想寄托其上。二是通过瞻望未来,把个体的理想寄托于乌托邦式的社会环境中,在主观世界中建立与其崇高追求相对应的虚构世界,从而把一种崇高的理想主义精神表达出来。尽管有时罗曼蒂克也借助现实物质基础来表现,比如恬静优雅的自然风光,纯洁炽热的友谊爱情等,但与现实主义截然不同的是,这些创作素材往往在他们奔放的语言、瑰丽的想象和奇崛的夸张手法中成为一种理想化的形象世界。这是一个与现实世界无关的理想境界,是个体的天才想象力、灵感与审美创造力可以在其中得到完美实现的理想境界。

其二,与再现论注重对于历史、群体、社会规律的揭示,充当时代的前进号角与"书记官"不同,表现说充分肯定了个体的感性本质力量,也可以说这是一种自我崇拜的精神气质,它揭示了文学艺术作为一种审美活动对社会现实的创造功能。浪漫主义者崇尚人的欲望、感性,要求感情的解放和心灵的自由,尤其是极端强调主观精神以及它在文学艺术中的创造作用。文学艺术史上有一个"自我表现"观念,实际上就是专门指称浪漫主义文学艺术家与文学艺术创作的。雨果曾说,诗"好像是诗人的心灵让它们从那被生活的震撼造成的内心裂缝里源源而出"的。华兹华斯说,诗人"比一般人具有更敏锐的感受性,具有更多的热忱和温情,他更了解人的本性,而且有着更开阔的灵魂……他高兴观察宇宙现象中的相似的热情和意志,并且习惯于在没有找到它们的地方自己去创造"①。这种审美个体性,还可以从中国魏晋时代名士的自我欣赏中来了解。如嵇康《赠秀才入军》之十四"目送归鸿,手挥五弦。俯仰自得,游心太玄";如左思《咏史八首》之五"被褐出阊阖,高步追许由。振衣千仞岗,濯足万里流";如《世说新语·品藻》"桓公少与殷侯齐名,常有竞心。桓问殷:'卿何如我?'殷曰:'我与我周旋久,宁作我。'"等等。

第三节　对表现论文学艺术观的评价

表现论文学艺术观的成熟形态虽然出现得比较晚,但由于它对于文学艺术的情感特征与审美创造性的揭示,所以至今仍是我们认识和把握文学艺术特征的一个基本语境。这种本质观的逻辑

---

① 伍蠡甫等编:《西方文论选》下卷,上海译文出版社 1979 年版,第 11~12 页。

合理性在于它深刻地揭示了创作主体的审美创造性以及作品本身的情感特征,其合理性也被众多具有浪漫主义特征的文学艺术创作所证明。关于表现论文学艺术观本身的意义,可以说它既有积极的有益的一面,也存在着一些片面性与极端化的问题。这些问题可以从这样两方面加以分析:

表现论文学艺术观促使部分作家接受了积极浪漫主义,这种创作方法敢于正视现实,渴望斗争,崇尚自由解放,既否定封建社会的黑暗统治,也批判资本主义社会的罪恶;既表达对未来、对美好事物、对理想和愿望的强烈追求,也敢于表现对旧事物、对丑恶社会现象的强烈反抗。如雪莱的《西风颂》就把西风作为革命力量的象征,热情讴歌它席卷残云、横扫落叶的磅礴气势。浪漫主义文学艺术为我们塑造了一大批"理想人物",他们大多是反叛旧世界的英雄,敢于斗争,勇于追求,表现出积极的进取精神和不屈的性格。即使斗争遭到挫折或失败,但他们给人留下的印象仍然是乐观的、积极向上的。雪莱笔下的普罗米修斯就是这样的英雄形象,他在反抗朱庇特的斗争中既坚强又乐观,表现了毫不妥协的革命斗争精神。拜伦笔下的"理想人物"虽然往往带有某种个人主义的色彩,但他们都特别坚定勇敢、宁死不屈,这就是所谓"拜伦式的英雄"。再如中国古代吴承恩笔下的孙悟空、汤显祖笔下的杜丽娘也都是人类精神理想的艺术典型。这些理想人物的精神基础可以说是一种对于自由的渴望,这种对于自由的追求是所有浪漫主义作家的共同认识。他们强烈反对人对人的压迫,反对封建主义的桎梏,他们相信人的力量是无限的,其中有些作家还积极投身于人类进步事业的现实斗争。

表现论文学艺术观消极落后的一面是导致了消极浪漫主义,这也是表现论本身固有的片面性所在。表面看来,两种浪漫主义有着很多共同特征,如重视抒发主观情感,努力表现生活理想,呼唤个性自由,以及在表现手法上注重想象、夸张,作品中充满离奇多变的情节,追求强烈的艺术效果等。而它们之间的主要区别则表现在价值理想的不同取向上。西方的消极浪漫主义代表了没落贵族阶级的政治愿望和思想情绪,这些作家面对当时丑恶的社会现实,虽然也有不满和愤怒,但他们不是积极地抗争和主动地追求,而是转向过去,鼓吹逃避现实,放弃斗争,宣扬神秘主义,歌颂忍耐和驯服,美化中世纪的封建宗法社会,妄图把历史拉向倒退。例如,以夏多布里昂、施莱格尔及以湖畔诗人为代表的消极浪漫主义作家,他们对法国大革命表示恐惧和怀疑,怀恋已经衰亡、崩溃的封建制度,幻想重新过中世纪宗教统治下的古老生活。在他们的作品中,或赞颂死亡,或宣扬复古倒退,或鼓吹皈依宗教,其社会意义都是消极的。夏多布里昂的《阿达拉》就写女主人公在爱情与自己信奉的宗教发生矛盾时,放弃了自己应该得到的幸福和爱情,以自杀的方式保证自己对宗教的忠诚。对此,马克思曾批评他"无论在形式上或内容上,都是前所未有的谎言的大杂烩"。而德国消极浪漫主义作家诺瓦利斯的《夜的颂歌》,则是否定人生、赞美死亡的代表作。

高尔基指出:"消极的浪漫主义,——它或者粉饰现实,企图使人和现实妥协;或者使人逃避现实,徒然堕入自己内心世界的深渊,堕入'不祥的人生之谜'、爱与死等思想中去……"① 正是沿着消极浪漫主义这条线索,有些作家走向了注重隐秘梦幻的直觉经验的主观表现和散布悲观主义气息的现代主义。关于这一点,可以从现代主义文学艺术中的表现主义加以了解。表现主义兴起于20世纪初,并在二三十年代达到高潮。表现主义强调主观感受性,主张表现外部世界在人们内心世界的折光,用主观感受的真实去代替客观存在的真实。它把文学艺术的情感特征等同于个体的潜意识和生死本能,把文学艺术的表现功能阐释为一种对于"幽灵

---

① 高尔基:《论文学》,人民文学出版社1978版,第163页。

似的、变形的真实"的再现。出于一种极端的悲观主义厌世心理与焦虑心态,他们对暴力与性、精神与物的矛盾,人在现实中的异化等有着狂热嗜好。表现主义作品中的人物往往只有共性(精神品质和思想观念)的抽象和象征,它们的情节变化突兀,手法上大量采用内心独白、梦境和潜台词,人物没有自己生动的个性,只是表现某种意蕴的符号。如斯特林堡的《鬼魂奏鸣曲》,描写一个有"大学生"、"老人"、"挤奶姑娘"、"死人"、"木乃伊"、"上校"、"贵族"、"厨娘"、"乞丐"等人物出现的世界。剧中的"老人"表面上和蔼可亲,乐于助人,实际上是个坑害主人、用高利贷置人死地的吸血鬼。"上校"的高贵出身和军衔都是伪造的,他勾引了"老人"的心上人;他与"木乃伊"的女儿,实际上是"老人"同"木乃伊"生的女儿。此外,剧中的"贵族"、"死人"、"厨娘"、"仆人"等都有不光彩的历史。虽然这部作品通过这些人物的内在实质的揭露,显现了资本主义"这个世界是疯人院,是妓院,是屠场","生活是个狡猾的圈套,你躲开这个坑,就会掉进下一个坑去"等哲理性思考,对资本主义社会尔虞我诈的非人关系也有着深刻的揭露,但是由于它已丧失了文学艺术的理想性以及作家正视现实和对于自由的追求,所以它所造成的负面影响也仍然是不容忽视的。这一点是我们学习、理解现代主义文学艺术时特别需要注意的。

第四节　文艺的象征本质

所谓文艺的象征本质,是指文学艺术作为一种人类无意识活动对主观深层心理世界所具有的构造、折射功能,它侧重于对于人类非理性世界中潜意识、欲望情感、心理压抑、生理本能的隐喻表达,因而往往具有神秘的、象征性的和充满荒诞意味的形式特征。从文艺理论发展的角度看,文艺的象征说是表现说进一步发展的结果,它把文学艺术的表现对象从审美心理层次进一步发展到人类的无意识领域。因此,正确地分析和认识文学艺术的象征本质,将十分有助于我们深入了解包括象征主义文学艺术在内的建立在非理性精神基础上的现代主义文学艺术发生的总体背景。

象征论的基本内涵可以从三个方面来了解。从历史渊源上讲,它根源于人类原始文化中的巫术系统与原始思维;从哲学上讲,它是以现代非理性哲学,尤其是以现代精神分析学为理论基础的;从文学艺术特征的角度讲,一方面可以追溯到人类远古时代的神话创作,另一方面它又是现代文学艺术的一种原始主义发展方向。由于它深刻地揭示了文学艺术活动中存在的无意识机制,所以它正好构成对于再现论与表现论文学艺术观的重要补充。它揭示了人的潜意识、生理本能、艺术家的童年经验与心理创伤等在文学艺术生产中的重要作用,这对于我们全面、深刻地理解与把握文学艺术特征,尤其是现代主义文学艺术特征,有着重要的意义,因而也就成为一个重要的不可或缺的理论课题。但由于它刻意探寻文学艺术创作的非理性特征,因而难免走向另一个极端,并影响我们对于文学艺术的理性特征的正确认识,这一点是必须加以注意的。

一、巫术仪式说

从起源意义上讲,关于文学艺术的象征论可以追溯到古老的巫术仪式与上古神话文学艺术,它们不仅是象征主义文学艺术的精神源头,也是各种现代非理性哲学的母体。以象征主义为发端的现代主义文学艺术,是人类文学艺术史上的一种原始主义思潮,它的非理性、无意识性、荒诞性与神秘性等,实际上与人类的原始思维以及作为这种思维形式的巫术仪式具有惊人的类似性。根据人类学家的一般看法,原始思维具有极为特殊的结构与功能,它与原始人逻辑推理能力弱、想象力旺盛这一思维的历史水平直接相关,是一种没有主体与客体区别、情感化的或本能的、非逻辑的或前逻辑的、神话的或想象的思维方式。正如我们在今天看来古希腊神话与中国《山海经》中那些荒诞不经、光怪陆离、神秘莫测的种种描写,实际上正是根据人类原始思维所作出的真实的叙述。

关于巫术与文学艺术发生的关系,实际上也已经被现代文艺理论充分意识到了。巫术理论表明了在人与世界之间存在着对于文明人说来不可理喻的荒诞关系,而这种关系不仅体现在古代神话传说中,更表现在现代主义的文学艺术创作中。人类学家根据对于巫术仪式的研究,认为巫术的基本原理有两方面:一是所谓的"相似律",它是指同类相生或者同因必同果的关系;二是所谓的"接触律",指甲乙二物接触后,作用于甲便可影响到乙,或者相反,作用于乙便可影响到甲。也可以说前者类似于一种类比思维,后者也就是《红楼梦》第二十五回讲的"魇魔法"。这两种巫术原理都带有浓郁的原始思维痕迹,而与科学的逻辑思维截然不同。它们在人与对象之间建立的不是一种真实的现实关系,而是一种类似的、神秘的象征性联系。另一方面,在现代主义文学艺术与现代非理性哲学不断地扬弃各种理性与意识内容之后,也就出现了一个回归原始主义与走向深层心理特征的历史进程,它的基本内涵是同一切具有理性意识的文学艺术相脱离。这可以以弗洛伊德与荣格的精神分析学为代表来阐释。

在巫术说、精神分析学与文学艺术之间一直有着密切的联系,这种联系可以从三方面看:首先,精神分析作为一门人文学科的兴起,本来就同中世纪以来的欧洲的宗教压抑相关,正因为严重的宗教压抑才产生了大量的精神病人与精神疾病。19世纪以来,随着科学的发展,人们才确认精神病也是一种疾病,是可以得到治疗的,其中一派主张从病人的情绪方面、心理障碍方面确定治疗方法。弗洛伊德就是后一种理论主张的坚决赞同者与实践者。其次,一些重要的精神分析学概念,实际上最初都是由神学家提出,或者与原始文化有着密切关系。例如无意识这个概念,最初就是由一位名叫拉尔夫·柯德俄斯的英国神学家提出来的,他认为生命中可能存在着某种我们不能清晰意识到的能量。弗洛伊德认为,在现代文明世界中,只有诗人和艺术家还与原始思维保持着密切关系。而荣格的"原始意象"概念则与文化人类学家列维·布留尔的"集体表象"十分接近。再次,关于文学艺术创作与神秘主义的联系,实际上也一直未曾割断。歌德就曾谈到过一种叫做"文学艺术精灵"的东西,还认为这种文学艺术精灵"是知解力和理性都无法解释的",因而它也就只能通过原始思维与精神分析学来解释。

这种既不同于理性反映、又不同于感情表现的充满神秘主义气息的东西,正是浪漫主义文学艺术走向象征主义的思想基础。象征主义是在欧美现代派文学艺术中出现最早、影响最大的文学艺术派别。在艺术与现实的关系上,象征主义强调艺术对现实的"折射"而不是"反映",象征主义者接受了神秘主义哲学家安曼努尔·史威登堡的"对应论"思想,认为自然界万物之间、在可见的事物与不可见的精神之间存在着深层的对应关系,而这种关系是不可能由理性意识来发现的。他们把山水草木看作向人们发出信息的"象征的森林",主张用有声、色、味的物象来暗示、启喻微妙的内心世界。例如,兰波在题为《母音》的小诗中,用字母 A、E、I、O、U 分别象征黑、白、蓝、红、黄等颜色。这种象征完全不同于现实主义、浪漫主义比喻意义上的象征手法,它不需要顾及事物在现实或幻想中的某种必然联系,全凭诗人主观随意的、偶然的感觉联想来建立。从某种意义上讲,象征主义文学艺术具有一种重返巫术思维的倾向。一方面,它把作为表现论文学艺术观的核心——想象力神秘化,认为文学艺术不是诗人主体自我表现的结果,相反却是人类倾听、领悟自然奥秘的结果。另一方面,它还把再现论中的认识能力神秘化。象征主义认为,人类理性精神与理性活动实际上不足以把握现实,尤其不能再现内心的"最高真实",所以艺术不应描写只具有表面真实的现实世界,而应该努力表现其背后所隐藏着的那种最高的真实。马拉美曾批判自然主义者对于现实世界的机械摹仿,他说尽管左拉把娜娜的皮肤描写得使我们好像都曾经亲抚过它上面的痣,但是由于这些本来就是客观存在的事物,我们不必去创造它们它们依然存在,所以这种对于现实关系的逼真反映,实际上根本与艺术表现无关。后来好多作家、理论家都重复过马拉美这句话:客观事物本来就已存在,还用得着再去创造它们吗?这里特别要强调的一点是,象征主义所谓的创造绝不是再造客体,他们完全是对于某种具有神秘主义倾向的心理感受与精神状态的虚构和捕捉。从这个意义上讲,象征主义正是古代巫术精神在现代社会中的艺术再现。

二、文学艺术的象征本质

在象征论看来,文学艺术本质上是一种"苦闷的象征"。特别值得注意的是,这种苦闷产生的原因,一方面不是现实性的悲剧痛苦,另一方面也不是心灵的悲剧,因为对于象征主义者来说,这种苦闷的根源不是可以意识到的现实缺陷或者理想冲突,它完全是无意识的或本能的,偶然的或不可把握的,是一种完全超出主体能力限度之外因而根本上是一种反对主体、支配主体的命运。而所谓文学艺术的象征本质,就是对这样一种潜意识的恐惧、本能冲动与个体焦虑感的抒发工具,它把文学艺术的主体与对象引向一个幽深的属于意识范围之外的幽暗王国。这使文学艺术的本质既不再是摹仿自然与现实世界,也不再是对内在情感的表现与发泄,而是对于个体生理本能以及各种心理创伤与集体无意识的折射与表征。如果说再现论充分揭示了文学艺术所具有的反映功能,表现论充分展示了文学艺术所具有的情感特征,那么也可以说,文学艺术的象征特征则深深揭示了文学艺术所特有的无意识性与生理性。从再现论到象征论,也就是从理性王国经过感性王国最终沉潜在人类非理性与无意识的深层世界中。由于这个深层的世界依然属于人性结构的一部分,正确而深刻地揭示它的存在秘密,也就成为认识文学艺术的现代性的重要基础。

从象征论发生的历史背景看,要了解它的秘密,必须首先认识无意识活动在现代社会中的重要性。在漫长的文明历程中,人类主要依靠的是理性精神与审美创造来实现其生命活动,这就把意识活动的重要性提高到人类精神的首要地位。人和动物的根本区别也被理解为是否具有理性尺度。但是,理性活动本身却并没有给人类带来它渴望的天堂,例如科学被用来制造杀人武器,工业技术对自然环境产生恶性破坏等,这就使得对理性主义的怀疑、否定成为20世纪西方哲学的一个更为重要的话题。人生的荒诞性与世界本身的不可理解性,促使人们深入到心灵深处去寻找问题的答案或者安慰,这不仅是现代主义文学艺术发生的根本原因,同时也是各种现代非理性哲学诞生的秘密。而与现代主义文学艺术潮流逻辑联系最为密切的无疑就是现代精神分析学的美学与文艺理论。其主要原因在于:一方面,它把意识与潜意识的关系从根本上颠倒过来,正如弗洛伊德所说:心理过程主要是潜意识的,精神分析以为心灵包含有感情、思想、欲望等等作用,而思想和欲望都可以是潜意识的。[①] 另一方面,这种意识理论也成为文艺理论解释、指导、影响现代主义文学艺术实践的新工具。对于文学艺术生产来说,它使得在传统文学艺术中被忽视的非理性与无意识得到充分表现与描述,使人性的丰富性在文学艺术中得到更充分的表达;对于文学艺术批评来说,它则提供了一种阐释现代主义文学艺术的新工具,因为这些东西都是传统的文艺理论无法回答的。例如,英国文学艺术家D.H.劳伦斯的《马贩子的女儿》,它生动地描述了一个枯萎绝望的生命,当其健康的性的活力被激发后,终于奇迹般

---

① 弗洛伊德著,高觉敷译:《精神分析引论》,商务印书馆1984年版,第254页。

地恢复了生存的希望和热情。这可以说就是弗洛伊德精神分析学说的文学艺术版。

象征论对于文学艺术现代性特征的揭示,可以从三个方面来认识。

首先,与现代精神分析学认为精神活动主要是潜意识、无意识过程相一致,象征论强调了非理性思维在文学艺术活动中的重要性,突出了个体非理性本能在审美创造活动和文学艺术生产中的作用,从而走向了文学艺术再现论的反面。它的理论基础就是弗洛伊德的白日梦理论。按照弗洛伊德的理论,可以把梦的结构划分为"显在内容"与"潜在内容"两部分,前者是指做梦人意识到的,它往往是一组形象、一组画面、一串情节或者一段言语等,这组形象的体系往往和白日发生的具体事件联系着;而后者则是指做梦人自己意识不到的一组愿望体系,它作为某种情绪、冲动、憧憬幽闭在做梦人的潜意识中。两者关系可以表述为:"形象体系"是梦的表现和形式,"愿望体系"则是梦的动因和动力,由潜在的愿望体系到显在的形象体系,便是梦的工作过程。人潜在的"愿望体系"在白天由于受"自我"和"超我"的严格控制而不能表达,到了夜间,由于睡眠的缘故,"自我"与"超我"对于"本我"的监察与控制放松,这组欲望才有了表现的可能。但即使在睡眠中,"自我"与"超我"的警戒仍没有全部撤去。为了逃脱和蒙蔽这种监察与控制,潜在的"愿望体系"便加以改头换面、乔装粉饰、幻化变形,然后放到梦的意识中去,于是就出现了种种梦的幻境。在弗洛伊德看来,这种梦幻产生的精神机制同样适合于解释文学艺术的心理发生过程。文学艺术作品和文学艺术的创造就是一种像做梦一样的精神活动,作家们在现实世界中所受到的压抑与控制,只能通过文学艺术活动给自身提供一种表达"愿望"的机会。因此,他把文学艺术家看作是一些做白日梦的梦幻者。

如果说这种白日梦原理对于解释现实主义文学艺术作品存在

着巨大的困难,那么对于解释以象征主义为开端的现代主义文学艺术,则无疑是一种极为重要甚至是不可或缺的思想工具。如象征主义者苦苦追求的"神秘的象征",正是作家内心世界即"愿望体系"寻求表达的结果。与"愿望体系"只能在摆脱理性意识监控时才能实现相一致,象征主义者所追求的最高的美,也是这样一种源于彼岸、面目模糊的东西,它只能借助静观即摒弃理性意识之后才能表达出来。爱伦·坡说:"那个最纯洁、最升华而又最强烈的快乐,导源于对象的静观、冥想。在对美的观照中,我们各自发现,有可能达到予人快乐的升华或灵魂的激动;我们把这种升华或激动看作诗的感情,并且很容易把它区别于真理,因为真理是理智的满足;或者区别于热情,因为热情是心的激动。"这种来自人的本性,作为人不可抑制的"诗的感情",一方面它不同于理性认识活动("理智的满足"),另一方面它也不同于审美表现活动("心的激动"),爱伦·坡也把它说成是一种"死后的或者说彼岸的辉煌灿烂",是属于"永恒的世界"的一部分,它只能通过所谓的"内省"与"暗示"来达到,其结果则是一种神秘的、具有宗教色彩的"神圣之美",这就与文学艺术的认识特征和表现特征不再发生任何关系。象征主义诗人追求隐喻、暗示,过分迷恋音乐性,过分崇拜多义性、神秘性,结果使语言单纯地为音响服务,以音害义;使隐喻变为纯粹的猜测,读诗有如猜谜;使暗示变得无法沟通,失去感应的效力;把自己纯粹化以致丧失了存在,脱离真实存在而进入"虚幻之城"。这样一来,也就不再有诗情与真实的东西,一切都如同一场大梦。

其次,不同于表现论文学艺术观所强调的审美表现,象征论在排斥个体审美情感的基础上突出了文学艺术的生理特征。表现论认为,"人心是艺术的基础,就好像大地是自然的基础一样",它突出的是人类想象力在表现情感与精神理想上的首要意义。而象征论文学艺术观则主要是围绕着性本能的压抑与释放展开的。弗洛伊德把人的心理结构看作是"本我"、"自我"、"超我"三个方面的组合体。其中作为生理本能的层面被他命名为"本我",它是一种人的生物性本能,盲目、不识逻辑、无论善恶,只服从建立在冲动得以满足之上的快乐原则。而人性中那些更高层次的东西则被称为"自我"与"超我"。如果说"本我"代表的是冲动和激情,"自我"代表的则是理智和审慎,它服从的是现实的原则;如果说"本我"是一匹野性未驯的奔马,"自我"则是一位手握缰绳的骑手。至于"超我",则是属于个体意识之上的一种约束力量,它是在一定的文化环境和历史背景中人与人之间形成的一些伦理观念和道德规范。从弗洛伊德关于"本我"的命名中,就可以看出这种人性中的生物本能占据了最为重要的位置。在文艺理论史中,也是弗洛伊德把生理本能与深层意识对于文学艺术活动的影响提升到一个前所未有的理论高度。在这里,文学艺术活动成为一种性压抑的变形释放机制。

关于性与文学艺术的关系,弗洛伊德强调性力是人们从事文学艺术创造的原动力,他把文学艺术看作是性欲的升华和性苦闷的象征。弗洛伊德对于文学艺术的生理特征的强调,可以从这样两方面来加以了解。第一,弗洛伊德认为性不仅是生命活动的原动力,同时也是文学艺术创造的根本动力。他以人的生物本能取代了传统文艺理论中的社会生活或者审美理想。弗洛伊德断言:性欲是人身上一种与生俱来的强劲的心理能量,它是生命的活力,是心理活动的动力,是人的一切行为的最终的驱策力。第二,对这种顽固不化的性冲动,既不能放任自流,也不能采取完全压抑的方式。弗洛伊德认为,最理想的对于性力的控制,不是把性欲蛮横地堵死、消灭——那只会给个体的心灵造成变态和扭曲,而是使这种原始的潜能加以转化,"升华"为于人类有益的一些创造性的活动。而最好的升华方式就是从事文学艺术活动,因为在文学艺术活动中可以获得一种替代性的满足。因此,弗洛伊德认为,"凡是艺术家,都是被过分的性欲需要所驱使的人"。这就把文学艺术发生的心理原因完全归结为人的生理性本能。弗洛伊德对文学艺术创造活动中生理本能的揭示,可以用来阐释现代主义文学艺术中的"性苦闷"主题。其中最著名的莫过于他对达·芬奇《蒙娜丽莎》那"神秘的微笑"的分析。弗洛伊德认为:达·芬奇在童年时代就失去了自己的亲生母亲,但始终保存着对于母亲的溺爱的回忆,母亲的爱抚、亲吻尤其使他沉迷。对于母亲的这种爱,由于突然失去母亲而变得更为强烈,以致压抑了他成人后对于其他女性的爱。按照弗洛伊德的看法,蒙娜丽莎的神秘的微笑,是一种既"害臊"而又富于"诱惑"的神情,一种既要为情人献身,又要把情人一口吞下的心境,既温柔而又娇媚,既慈悲而又残忍。这就是达·芬奇的恋母情结。

再次,它充分肯定了人类集体无意识对文学艺术创造所具有的巨大影响。在弗洛伊德看来,潜意识的内容只是一种生物性的本能。荣格把弗洛伊德的"潜意识"称作"个体潜意识",认为它仍不过是个体经验的产物。荣格更渴望知道在个体潜意识下边还有什么东西在支配着人的行为,于是他提出了在个体潜意识下边还存在着人类集体潜意识的理论。"集体潜意识"根植于人类或种族的历史经验之中,甚至还更为悠远地根植于前人类、人类的远祖的活动之中,它是人类几百万年发展演化过程中的精神积淀物;它既是人的灵魂,也是人类绵绵不绝的创造力的源泉。

集体潜意识具体表现为积淀在个体深层心理结构中的原始意象。原始意象来源于人类祖先重复了无数次的同一类型的经验,它们是在这些经验的基础上形成的人类心理结构的产物。原始意象对于文学艺术的影响,可以从两个方面来了解。一方面,原始意象不是对外部世界的反映,因而不同于再现论中的审美认识。另一方面,原始意象也绝不同于表现论文学艺术观中的审美意象,它是一种与个体创造力、天才想象力完全无关的东西。但这些原始意象不仅不是理论家的凭空捏造,而且它在现代主义文学艺术创作中也得到充分的说明。例如,马尔克斯的《百年孤独》,其中有一个中心情节就是奥雷连诺家族的后代会长出"猪尾巴",这种预感既不是理性认识的产物,当然也不是审美表现的结果,所以它只能来自人的集体无意识领域。又如法国荒诞派作家贝克特的《等待戈多》,两个衣衫褴褛的流浪汉是主要人物,他们在一条路上等待戈多,总是等不来,在第一幕和第二幕终了都有个男孩来说戈多今天不来了,可能明天来,他们就只好耐心等下去。他们究竟在等什么,戈多又是什么,谁也不清楚,它却相当真实地表现出现代人因与社会环境的分裂而产生的苦恼。这都可以说是源于对神秘莫测的原始意象的复制与叙述。

三、对象征论文学艺术观的评价

从文艺理论史的角度看,象征论文学艺术观虽然可以说是出现最早,但其步入成熟形态却是相当晚近的事情。它虽然理论意识成熟较晚,但由于它一方面展示了工业文明对于现代人精神世界的异化现实,另一方面又直接显示出人类文学艺术活动的深层心理特征,所以仍然是我们认识和把握文学艺术活动的一个重要的方面,尤其是现代主义文学艺术本质特征的一个基本语境。这种本质观的逻辑合理性在于它深刻地揭示了创作主体的破碎性以及作品本身的非理性特征,其历史合理性也被众多具有现代主义精神特征的文学艺术创作所证明。作为对人类文学艺术活动深层心理结构的一种批判性阐释,象征论文学艺术观可以说既有它积极的有益的一面,也存在着一些片面性与极端化的问题。象征论文学艺术观积极进步的一面是对现代人的生存困境的深度的真实的再现与表现,它消极与落后的一面则在于它在理论逻辑上否定了文学艺术的认识特征与情感特征存在的合理性,因而走向了极端,并导致了对文学艺术活动的一些错误的甚至是十分有害的理解。

首先,与再现论把文学艺术理解为是对于客观世界逼真的理性反映不同,它深刻揭示了人类的个体潜意识与集体无意识在文学艺术再现活动中的作用,从而为再现型文学艺术的发展、深化提供了理论观念与现实实践的双重支持。这个问题可以具体地从以下几方面加以认识:从哲学角度讲,它重新阐释了人类意识的基本结构,突破了机械反映论关于人类意识活动的简单化与形而上学的观念,对于充分发挥人类精神活动的主观能动性,展开对于人性深层结构的科学探索,以及对于人类重新认识自身、表达自身无疑是十分重要的。这也是20世纪西方现代哲学与心理学新的重要的研究成果之一。从文学艺术创作角度讲,它革新了现实主义文学艺术观念与技法,丰富了再现型文学艺术的审美表现与审美创造性。现代文学艺术史上著名的意识流文学艺术,实际上就是哲学观念变革在文学艺术领域中的直接表现。

美国著名心理学家威廉·詹姆斯提出的"思维流、意识流或主观生活之流",法国哲学家柏格森关于"直觉"和"心理时间"的理论,以及弗洛伊德关于"无意识"和精神分析的一系列观点,便是"意识流"文学艺术的三大理论支柱。这种文学艺术观念的变革深刻地影响到现代主义的文学艺术创作与审美批评。意识流文学艺术创作在思维方式上力求运用自由联想来表现人物意识的流动状态,出现了大量由相互之间有着某种关联的一个个联想中心及其展开的各种思绪组成的、跳跃式的内心独白;在审美对象上则以弗洛伊德"无意识是精神的真正实际"为指针,引导着作家和读者努力去深入发掘人的无意识世界,大量运用内心独白、梦幻和白日梦象征手段来描摹人物的内心感情,宣泄被压抑的本能冲动,满足无意识的愿望。例如,美国作家福克纳的《喧嚣与骚动》,就采用这种叙述时间和结构的方法。全书围绕着这个家庭的女儿凯蒂堕落的故事展开,分四个部分,由四个人叙述,叙述的时序是颠倒的、交叉的。第一部分叫"班吉的部分",叙述时间是1928年4月7日;第二部分叫"昆丁的部分",时间倒退到1910年6月2日;第三部分是"杰生的部分",故事则发生在1928年4月6日;第四部分叫"迪尔西的部分",时间是1928年4月8日。意识流作品的这种叙述时间的倒置与传统文学艺术的回忆、倒叙是不同的。传统文学艺术的回忆、倒叙段落与顺叙段落表现出明显的联系,而且在它自身的时序内是正常的;意识流作品的倒置片断则是主观随意的,并且在倒置部分又可以在过去、现在、未来的事象中跳跃,显示出种种互相渗透、互相碰撞的心理状态,表现了意识活动的突兀多变。

其次,与表现说注重对于个体内心情感与理想的审美表现不同,象征论文学艺术观充分肯定了集体无意识在文学艺术生产过程中的决定性作用。如果说,浪漫主义的表现论强调了文学艺术的情感特征,还给了文学艺术家想象力与审美创造权力,而完全放弃了现实主义文学艺术中的历史观念、社会责任感,成为一种象牙塔中的"为艺术而艺术"的纯粹精神活动;那么,也可以说象征主义则把文学艺术的情感特征生理化,他们反对浪漫主义的矫情与自我表现,而是认为文学艺术表现的完全是超越于个体潜意识之上的集体无意识,是超越于审美意象之上的原始意象。

与表现论文学艺术观所揭示的文学艺术的情感特征相比,象征论所揭示的文学艺术的深层心理特征可以说主要表现为这样三个方面。第一,两者都讲想象力或者审美幻想在文学艺术创作中的重要性,但由于集体无意识或原始意象是不能通过任何精神分析技术被带进现实世界中的,所以两种幻想实际上差别很大。荣格曾区分了两种文学艺术类型,一种是从人类意识领域寻找素材的"心理学"式,另一种则是从潜藏的无意识领域寻找创作素材的"幻觉型"。特别值得指出的是,这种"幻觉型"艺术"依赖的是无意识的幻想活动",也就是说象征论中的"幻觉"与表现论中的"幻想"的根本不同之处,在于它们来自"意识"或者"无意识"领域。第二,从某种意义上讲,两者也都一样地重视"表现",但所表现的对象却极为不同。表现论所表现的是人类的情感特征,是文学艺术家经过幻想加工而产生的种种审美意象,如对于大自然的爱,对于爱情和历史故事的真挚向往;而象征论所揭示的人类的深层心理特征则来自史前时代集体无意识的深渊,如荣格所揭示的大量的文学艺术原型。第三,二者关于文学艺术生产主体的内涵有着完全不同的解释。在浪漫主义文学艺术观念中,文学艺术主体不仅是文学艺术作品的主人,甚至还通过文学艺术创造而把握了整个世界的存在。而在荣格这里情况则发生了根本性的变化:创作是人类古老幽灵在作家身上的还魂;作家是传谕这种"神示"的巫师。如果说巫师是天神的工具,那么文学艺术家则是集体无意识的工具。荣格在分析《尤利西斯》时指出,作家乔伊斯"仅仅是一个被动的知觉意识,仅仅是一只眼睛、一只耳朵、一个鼻子、一张嘴巴而已;他只是一根感觉神经,不加任何选择取舍地暴露于心理和肉体活动的瀑流里,并且以照相似的精确记录着这一瀑流的全部精神错乱似的喧嚣与躁动"。

再次,象征论文学艺术观具有明显的精神分裂的二重性格。一方面它是帮助人们反抗理性异化的一种有效工具,它可以充分表达个体的生理冲动与无意识对于理性世界的背叛和自由超越。例如,存在主义文学艺术认为人生即是虚无,"世界是荒谬的,人生是痛苦的";但只要你认识到这种存在的荒诞,你就可以通过自己的"选择"和创造性的"行动"使存在获得意义。这就是存在主义文学艺术所表达的那种依靠个体选择和创造性活动来赋予生活以意义的积极精神。但另一方面,它那建立在对于人生存在价值否定基础上的个人性反抗,既脱离了广阔的社会现实背景,也不是以寻找理想的乌托邦为审美目标,所以它不仅不能帮助个体反抗现实异化并获得心灵自由与解放,而且常常由于它所采用的消极的本能宣泄方式,走向了从精神到肉体的全面堕落。因此,如何从这种病态的反抗行为中超越出来,批判象征论对于文学艺术的社会性与审美性的严重忽视,合理地吸收其对于文学艺术深层心理特征的有关研究,增加文学艺术再现与表现生活内容的心理深度,把文学艺术的本质特征更为丰富、更为全面地揭示出来,这也就是面向21世纪文艺理论探索的历史任务。

第三章 文学艺术的抽象特征

在文艺理论的历史上,形式论最强调文学艺术的抽象特征即文艺形式。

形式论是一种把文学艺术自身的形式因素看作是其本质特征的文艺理论观。如果说再现论一般重视的是文学艺术所具有的客观社会性内容,表现论注重的多是具有主观性质的精神情感内容,那么也可以说,与这两种传统文艺理论特别重视文学艺术构成中的内容因素截然不同,形式论认为只有属于文学艺术自身的形式因素才是文学艺术的决定性方面。形式主义的意义在于它确立了文学艺术具有的抽象审美本质的本体意义,它的缺点则是有时因过于偏重形式而无法处理好形式与内容的有机联系,妨碍人们更全面地把握文学艺术的本质特征。

第一节 关于艺术形式

从考古学角度讲,最初的艺术形式应该出现得相当早,古代岩洞中的壁画,原始工具、生活用具上的纹样与图案,可以说都已经初步具有了艺术形式的基本特征。但另一方面,由于形式本身所具有的高度抽象性与丰富性,它就构成人类探讨文学艺术本质特征时一个既十分重要又十分模糊的美学范畴。

在西方美学史上,形式术语主要有这样五种含义:

第一,形式是各部分的排列。在这种情形下,形式的对立面或相关物就是形式使之联结或溶为一体的成分、元素或各部分。柱廊的形式就是圆柱的排列,曲调的形式便是声音的秩序。

第二,形式表示那种被直接给予感觉的东西。其对立面或相关物便是内容。在此意义上,诗中的语调便是形式,而语调的含义便是内容。

第三,形式可以表示对象的范围或轮廓,其对立面或相关物便是质料与材料。

第四,是亚里士多德创造的,形式在这里表示对象的概念本质,其对立面与相关物是对象的质料。

第五,这是康德所采用的,是指心灵对感性对象的作用。其对立面与相关物是这样一些东西:这些东西不是由心灵产生并得到说明的,而是从外部由经验而给予心灵的。①

这五种关于形式的主要含义,对理解艺术形式有着十分重要的价值。把它们简单分类,前三种含义可以看作是对艺术形式的静态构成分析,在这种意义上,艺术形式主要是指与审美对象的内容、质料而言的排列组合、感性显现、形状、轮廓等;后两种含义则在艺术形式的动态构成上具有重要价值,这时艺术形式是指相对于物质质料和经验材料而言的赋形或构形本身。如果说前者还比较具体因而在理论上不够纯粹,那么也可以说,真正赋予艺术形式以独立意义的理论家正是德国哲学家康德。康德有一个著名的定义:美在形式。这就是说,艺术的审美价值与功利性的内容无关,它仅仅存在于艺术作品所具有的特殊结构中。这就为艺术形式摆脱艺术内容的束缚,走向独立发展奠定了理论基础。但另一方面,这就有彻底割断艺术形式与艺术内容的有机联系之弊端,并且使

---

① 符·塔达基维奇著,褚朔维译,《西方美学概念史》,学苑出版社1990年版,第297~298页。

形式成为不可知的先验形式。要解决这种唯心主义遗留下来的理论难题,就必须把形式本身纳入人类社会的历史实践中去,这样才能完整、全面地理解和把握艺术形式的秘密。

一、艺术形式的发生

形式虽然属于文学艺术更高级的本质属性,但它本身却并不是什么神秘的不可知的东西。艺术形式和其他许多人类创造的伟大成果一样,同样也发生在以生产劳动为中心的人类社会历史实践中,是人类改造客观自然与主观世界最伟大的成果之一。

艺术形式不是自然的产物,是人类劳动创造的结果。马克思主义认为,人和动物的本质区别是生产劳动,"一当人们自己开始生产他们所必需的生活资料的时候(这一步是由他们的肉体组织所决定的),他们就开始把自己和动物区别开来"[①]。之所以会从生产劳动中生成出艺术形式,是由人的生产劳动的本质所决定的。正如马克思指出的那样:

> 劳动首先是人和自然之间的过程,是人以自身的活动来引起、调整和控制人和自然之间的物质变换的过程。人自身作为一种自然力与自然物质相对立。为了在对自身生活有用的形式上占有自然物质,人就使他身上的自然力——臂和腿、头和手运动起来。当他通过这种运动作用于他身外的自然并改变自然时,也就同时改变他自身的自然。他使自身的自然中沉睡着的潜力发挥出来,并且使这种力的活动受他自己控制。在这里,我们不谈最初的动物式的本能的劳动形式。现在,工人是作为他自己的劳动力的卖者出现在商品市场上。对于这种状态

---

① 《马克思恩格斯选集》第1卷,人民出版社1972年版,第24~25页。

来说,人类劳动尚未摆脱最初的本能形式的状态已经是太古时代的事了。我们要考察的是专属于人的劳动。蜘蛛的活动与织工的活动相似,蜜蜂建筑蜂房的本领使人间的许多建筑师感到惭愧。但是,最蹩脚的建筑师从一开始就比最灵巧的蜜蜂高明的地方,是他在用蜂蜡建筑蜂房以前,已经在自己的头脑中把它建成了。劳动过程结束时得到的结果,在这个过程开始时就已经在劳动者的表象中存在着,即已经观念地存在着。他不仅使自然物发生形式变化,同时他还在自然物中实现自己的目的,这个目的是他所知道的,是作为规律决定着他的活动的方式和方法的,他必须使他的意念服从这个目的。①

这段经典论述中特别值得注意的是"劳动者的表象",它不仅是人类与动物的生命活动方式根本不同之处,而且也是人类能够创造艺术形式的根源。尽管和动物类似,人类为了生存也不得不从事各种物质生产劳动,以获得生活资料,完成自身的再生产,但人类的实践活动是从"劳动者的表象"出发,而不是像动物那样仅仅是出于本能的驱使,这就使人类与自然界的关系发生了根本性的逆转。人的劳动,既是感性物质的活动,又是人和自然之间的物质变换过程;既是改变自然的活动,又是改变生命自然的活动;既是一种合乎自然规律的活动,又是一种合乎人的目的的活动;既是一种改变自然的形式的活动,又是一种包含人的观念和目的的活动;既是一种体力活动,又是一种智力意志的活动。而在更为深刻的意义上,人类劳动之所以具有超自然的性能,根本原因正在于人类劳动的直接结果就是主体形式能力的产生和突飞猛进的发展。因此也可以说,艺术形式本身也是人类主体能力得以发生的主体根源。

---

① 《马克思恩格斯全集》第23卷,人民出版社1972年版,第201~202页。

关于主体形式发生的历史阐释,可以这样来说明:"人类在漫长的几十万年的制造工具和使用工具的物质实践中,劳动生产作为运用规律的主体活动,日渐成为普遍具有合规律的性能和形式,对各种自然秩序形式规律,人类逐渐熟悉了、掌握了、运用了,才使这些东西具有了审美性质。自然事物的性能(生长、运动、发展等)和形式(对称、和谐、秩序等)是由于同人类这种物质生产中主体活动的合规律的性能、形式产生同构同形,而不只是生物生理上产生的同形同构,才进入美的领域的。因此,外在自然事物的性能和形式,既不是在人类产生之前就已经是美的存在,就具有审美性质;也不是由于主体感知到它,或把情感外射给它,才成为美;也不只是它们与人的生物生理存在有同构对应关系而成为美;而是由于它们跟人类的客观物质性的社会实践合规律的性能、形式同构对应才成为美。"① 对此可以略加引申的就是,在人类改造自然的历史实践中,一方面,大自然固有的对称、均衡、比例、和谐、节奏、韵律等形式规律及现象,通过人类的生产实践被人类所认识和把握,从而从它们原始的自然状态中抽离出来,成为属人的文化结构和主体力量;另一方面,在人类的生产劳动中,自然对象逐步从仅仅满足人的物质需要的层次,即从仅仅与人发生实用关系的对象,转化为能使人产生审美快感的、与人发生了审美关系的对象。就在这种人与自然的新的审美关系之中,自然对象的性质、状态、形状等形式因素,也就逐渐作为艺术形式而成为人类的审美对象。但无论从哪一方面看,艺术形式本质上都是人类历史实践的产物。

二、文艺形式的构成分析

任何存在都可以划分为形式与内容两部分,因而纯粹的形式是不存在的。而这里所谓的文艺形式,主要是偏重于与艺术内容

---

① 李泽厚著:《美学四讲》,三联书店1989年版,第67页。

相对立的艺术形式而言。按照一般的理解,所有文艺作品都由内容和形式两部分组成。内容指表现在文艺作品中的社会生活以及作家对这一社会生活的主观评价,包括客观的社会生活、自然景物和与之相关联的作家的主观思想感情等。在强调文学艺术是对现实生活反映的现实主义文学理论那里,内容往往指作品所反映的社会生活;在强调文学艺术是作家主观感情抒发的表现主义那里,内容则主要指作品所表现的创作主体的内心感情。而形式指的则是文艺作品内容的内部组织构造及其外部物质显现,诸如艺术作品的结构、语言、技巧等。这种内容和形式二分法的最大优点是看到了文学作品和社会生活、作家思想感情的密切联系,强调文学作品必须有丰富的社会生活内容和深刻的思想感情。但是,由于这种划分往往把艺术作品强行割裂成只关实用的内容和只关审美的形式两部分,所以也有其不可避免的缺陷。而如何正确处理好形式与内容的关系,也就成为文艺理论中一个十分重要的问题。

事实上,不仅内容必须要由形式来组织、构造和表现,而且形式本身从来也不可能完全脱离一个时代的社会生活和文学艺术家的主观情感。例如,西方圣母画像这种宗教艺术形式,从形式角度讲,圣母作为一个在宗教教义上具有严格规定的精神偶像,本应该是十分刻板和一成不变的,但在不同艺术家手中她却被赋予了完全不同的社会内容与思想情感,从而显现出艺术自身超越宗教的丰富多彩的光辉。如在鲁本斯笔下,圣母是华美、丰满、高贵、庄严的,像一个人间的女皇;在米亚尼尔笔下,圣母是既漂亮而又俏皮的,她会使你微笑着想起自己青年时代的恋人;而拉斐尔的圣母则更像是一位"健康美丽的女园丁";马克思说伦伯朗把圣母玛利亚"描绘成他更亲近更了解的"尼德兰的农妇模样;巴尔扎克说"高雷琪奥远在他创作他的圣母像之前,早就从欣赏这个姿色非凡的形象的幸福中受到陶醉。他像高傲的伊斯兰教国王一样,是在自己充分享受了之后才把她交出来的";据说梅茵兹的大主教柯尔伯图斯也曾让人按照自己情人的模样画圣母像,并把它悬挂在教堂里……正是由于不同时代的艺术家把内容与形式有机地结合起来,从而实现了艺术实践对宗教观念的超越,把圣母从狭隘的宗教禁锢中解放出来,成为一种闪动着不同艺术气质与人性光辉的审美形象。这个例子告诉我们,在分析艺术形式的基本内涵时,必须对形式本身以及其中积淀的内容因素都给予充分的注意,才能真正全面地认识形式本身的存在方式。在本书中,把较为纯粹的形式称为形式的物性因素(主要指对象的性质和状态),而把较多地积淀着内容因素的方面称之为形式的意识形态因素。

(一) 艺术形式的物性因素

艺术形式当然首先离不开对象的形式方面——它的性质和状态(大小、形状、颜色、姿态、声音等),所以,艺术形式的首要构成要素就是对象的性质和状态,即对象的物性因素。这些物性因素主要是色彩、造型、大小、软硬、姿态、声音等,其中最主要的是色彩、造型与声音,即色、形与声。

1. 色彩美的物性因素

马克思说:"色彩的感觉是一般美感中最大众化的形式。"[①] 色彩对于人的审美活动来说是非常重要的。客观世界中对象的色彩是这些事物对于各种波长不同的光的反射和吸收的结果。如果物体几乎能反射阳光中所有的色光,那么这个物体看上去就是白色的;如果物体几乎能吸收阳光中所有的色光,那么这个物体就呈黑色;如果它能反射红色光波而吸收其他各种波长的光,那这个物体看上去就是红色的。所有的色可以分为色彩和非色彩两大类。非色彩是白(不同程度的灰)和黑,它只有明暗差别。色彩类是由红、橙、黄、绿、青、蓝、紫及由它们以各种比例混合而成的无数种颜色。

[①] 《马克思恩格斯全集》第13卷,人民出版社1962年版,第145页。

色彩有三个要素：色相、纯度和明度。

色相：是每一种颜色所独有的，区别于其他颜色的相貌。如红与绿的色相不同，红色中又有许多不同的色相。

纯度：也称彩度、饱和度，是颜色色素的凝聚程度和鲜艳程度。纯度高的色彩鲜艳、强烈、刺激；纯度低的色彩则显得稳重、含蓄、柔和。

明度：又称亮度，是指色彩的明暗程度。白、黄的明度最高，黑、紫的明度最低。倾向于白、黄的是明调；倾向于黑、紫的是暗调。明度改变时，纯度和色相也随之改变。

色又分为原色和间色。

原色：是可以混合出其他颜色的基本色，其他颜色不能混合出原色。色光的原色是红、绿、蓝；颜料的原色是红、黄、蓝。

间色：由两种原色调配而成。如，红+蓝=橙；黄+蓝=绿；红+紫=蓝灰。

补色：由两原色调出的间色是第三种原色的补色。如，蓝+黄=绿，绿是三原色中另一原色红色的补色。补色之间构成鲜明的对比，使各自更加明显。红与绿、蓝与橙、黄与紫互为补色，黑与白也互为补色。

对比色：两种明显不同的色彩视觉效果相反而加强各自表现力的色组为对比色。对比色有色相对比、明暗对比、冷暖对比和补色对比等。

调和色：调和色与对比色相反，是邻近色彩组合在一起形成的色组，色相差异小，明暗对比弱，体现色的秩序、节奏和韵律，最适应视觉生理平衡，有和谐感。恰当地运用这些色彩的基本规律和组合规律，是产生色彩美的物性因素基础。

正确认识和使用色彩的审美效果，是欣赏和创造形式美的重要基础。

2. 造型美的物性因素

任何事物都有结构和造型,二者构成了事物存在形式的物性基础。结构与造型是互相渗透的,结构是内形式,造型是外形式。外形式依据和表现内形式,确定结构实际上也就确定了对象的造型框架。点、线、面、体是构成事物外观造型最基本的几何要素。点是最基本的组成部分。点的延伸就是线,线的扩大是面,而面的组合成为最常见的各种形体。

点是形体构成中最基本的、最小的单位,点的形状和大小是不能由点本身单独的形态决定的,它必须依附于具体的形象,即只能结合点的周围的场合、比例关系来评价它的综合特征。点在形体造型中的突出作用就是装饰,"万绿丛中一点红",在大面积绿色中的一点红色,给绿加以点缀和装饰,就给人非常突出的感觉。

线是点的组合和轨迹,在形体美的造型表现中有更多的装饰作用。各种分割线的采用,各种花边的应用,就是线对整个形体的装饰。"一行白鹭上青天。"在多点的组合和运动轨迹之中形成了线的装饰效果,形成一种独特的线形美和动态美。线有直线、折线和曲线的分类,这些线的特点各异,表现效果和美的意义也有不同。"风乍起,吹皱一池春水。"其中的曲线效果和起伏不平的流动感,令人有一种特殊的感受。

面是线的组合,在形体构成中,也是比线要大的组成部分。面的形状依其边缘的情况而被确定。水平线和垂直线可以组合成长方形或正方形,直线与斜线可以组合成三角形,弧线可以组合成圆形,而直线与曲线的结合可以灵活多变地组成各种形态。

立体是由点、线、面建立起来的三维空间,诸如立方体、球体、圆锥体、圆柱体等规则的立体。立体的表现特征主要是根据各种面的形态感受来确定的。除此而外,色彩、质材、空间的光影也能改变立体的感觉,给立体带来深度并富于变化。

形式造型是外形式的美的重要物性因素。当然,并非所有的

"形"都引人入胜和给人以美的享受,胡乱堆起的垃圾只能给人一种乱七八糟之感。由此可见,"形"本身是否具有审美意味,关键问题在于它们的组合是否有秩序和有规律。无论是自然中无生命的"形",还是生物的"形",抑或人工制作的"形",都离不开自然的法则和与形态相结合相适应的合目的性。因此,造型的美恰好是合规律性与合目的性相统一的形(造型)所具有的属性和价值。

正确认识和运用造型的审美效果,也是欣赏和创造形式美的重要基础。

3. 声音(音乐)美的物性因素

声音美和音乐美的物性因素是各种声音和乐音(按一定规则组织起来的声音)。

声音,是一种物质的运动形态,它是由发声体振动空气、产生声波而引起的。在人类社会中大体有三种类型的声音,即自然声音、语言声音和音乐的声音。自然声音总是与客观现实存在某种对应性的关系,甚至可以说,自然声音本身就是客观现实本身。音乐的声音虽然是非自然性的,但从它的发生来看,却与这些对应性的自然声音有着十分密切的关系。我国古代所谓八音,即金、石、土、革、丝、木、匏、竹,基本上都是指制造乐器的八种物质材料。人们之所以会根据这些物质材料制造出不同音质和音色的乐器,是千百年实践的结果。人们对音乐声音的一些基本属性,诸如音色、音高等的认识,也是在对自然音响原始形态的认识的基础上逐步形成的。

声音美和音乐美的物性因素的基本要素有音高、音强、音色及时间,其基本的组织形式就是旋律、节奏、和声、复调、曲式等。这些物性因素,由于其现实的基础及其审美潜质,而在长期的社会实践中与人们发生审美关系,从而生成声音和音乐的美。比如,潺潺的流水声、沙沙的风吹树叶声、啁啾的鸟叫声等,本身就是和谐、悦耳的,而狂风暴雨声、战马嘶叫声、飞流直下的瀑布轰鸣声等,本身是震撼人心、尖锐刺耳的。由于它们与特定的生活情景有联系,从而能引起人们的相应联想和感受,从而也成为作曲家摹仿或暗示的对象,进入了音乐美的创造之中。

音高是由物体振动频率的不同而产生的声音的属性,振动频率越高,也就是说每秒钟振动次数越多,声音听上去就越高;反之,振动频率越低,声音听上去就越低。我们往往用"高音"、"中音"、"低音"来称谓不同频率的声音。不同音高的音组织在一起就构成了音调,与节奏结合就构成了旋律。而不同音高具有不同的表现力,低音深厚、沉重,中音宽广、温和,高音明亮、欢快等。

音强也被称为力度、音量、音势等,它是由振动体的振动幅度决定的一种听觉属性,我们通常称之为声音的"大"或"小"。音强的变化是音乐美的重要因素,一个没有强弱变化的音调听上去是干巴巴的、平淡的,因而很难谈得上表现力。因此,任何一个具有很强表现力的旋律往往都具有丰富而细腻的力度变化。

音色是由不同物体振动状态而产生的声音属性,那些具有规律振动状态的声音被人们称为"乐音";反之,那些被称为"噪音"的声音则是由没有规律的振动状态的物体发出的。不同物体发出的声音有不同音色,比如,长笛的音色很清纯,小提琴的音色很丰满。人的声音也有不同音色,比如,在中国京剧中,生、旦、净、末、丑,不同角色的声音的约定性是十分严格的,青衣与老旦,老生、须生与小生和花脸的不同角色单凭唱腔的音色就可以分辨出来,这也说明了音色与人物角色和性格之间的关系,音色具有意识形态的意蕴。

时间是声音和音乐的存在方式。一个声音在时间中的延续,被称为"音长",长音与短音具有极为不同的表现力和意识形态意味;声音在一个单位时间中出现的频率,被称为"速度",速度在音乐中的重要性自不待言,同样的一段旋律,以不同的速度演奏或演唱,会产生截然不同的艺术表现力。一定音高的音在时间中的组织方式被称为"节奏",被称为音乐的"骨骼"的节奏,实质上就是按一定时间间隔,有组织、有规律地出现的声音的组合。

一种以上的音乐基本要素结合在一起,就构成了音乐的基本组织形式,这就是旋律、节奏、和声、复调、曲式等。

节奏的本质是事物在时间中的有序的组织形式与活动,对音乐来说,它就是声音在时间中的出现与消失的有序组织形式,是声音在时间中先后出现的间隔而构成的秩序。人们早就发现了节奏的力量,原始山民就已经知道用有规则的节奏来协调人的行动,劳动号子就是这样一种以节奏的律动来协调人们行动的音乐艺术形式;从另一方面来说,劳动号子以音乐的节奏形式使人产生协作的力量。人类也很早就发现了节奏的表现力,舒缓的节奏使人沉静,激越的节奏使人振奋,战场上的催人奋勇前进的战鼓与节日欢庆的锣鼓都向我们表明了不同节奏所具有的审美与社会功能,即审美意识形态的属性和价值。

节拍是声音的强弱有序地循环、往复而形成的节奏,节拍体现了强弱的基本律动规律。比如,我们现在常用的4/4拍就是由每四拍一个大的强弱变化而构成的律动。以欧洲古典音乐为代表的大多数音乐文化都追求节奏与节拍的均匀和规则律动,但是,到了现代音乐中,人们往往追求那些越离正规所带来的审美效果。例如,在斯特拉文斯基的《春之祭》的"大地之舞"一段中,作曲家频繁地更替节拍,使音乐的节奏产生一种超乎想象之外的粗野感和动力性。现代爵士乐也是非规则性的节拍,在这种音乐中强拍音因与前面的弱拍相连,而使强拍音提前,而真正的强拍上却没有音,从而产生一种特殊的感受。在中国的戏曲与器乐作品中经常有"散板"的形式,这种"非律动"的节拍形式是依人的心理的自然流动随意发展而发展的特殊形式。比如著名琵琶古曲《春江花月夜》的开始部分就使用了散板的形式,因而产生了一种气韵连贯、一气呵成的艺术表现力。

旋律是由不同的音高在时间中有机结合而构成的,因此它既包含着音调的因素,也包含着节奏和节拍的律动因素。一些良好的旋律必须具有严谨的结构、丰富的表现和良好的动力这三种基本特征,它们或优美、或高亢、或粗野怪异,各有各的表现力。

和声是两个或多个相同高度中不同高度的音同时发响而产生的效果。不同的音高组合产生出不同的和声效果,它们不是简单的混杂,因为不同音高乐音的结合能使人们产生不同的谐和感觉,这其中有的纯净,有的丰满,有的混乱,有的嘈杂,我们常常将这种和声丰富的变化效果称为"和声色彩"。在欧洲最早发展起来的多声部圣咏几乎只使用八度、四度、五度的和声,这三种音度之间的融合度最高,是最和谐的和声,因而使人产生纯净的感觉,在宗教活动中使用它们还可以使人们感觉到它是宗教的纯净、崇高、神圣的象征。但这三种高度融合的和声,同时也使人产生空旷、不够丰富的感觉,因此人们开始使用三度、六度的和声,从而寻求和谐且丰满的和声效果。和谐、丰满使人产生平静、谐和的心理体验,但它较少动力性,因此,为了更高、更丰富的审美需要,人们开始使用七度、二度的音程。

复调是同时在不同的音度上演唱或演奏两条或多条不同旋律的音乐形式。按照一定的和声规则及复调音乐所特有的旋律规则进行作曲的技术被称为"对位法"。

调式是音阶各音之间及主音之间的关系。不同的音与音之间的关系,就构成了我们音乐中所使用的不同调式。最常见的调式是大调和小调,它们因主音与三音之间分别为大三度与小三度而命名。大调常常给人以明朗、欢快的感觉,而小调则往往只有哀伤、忧郁的情绪。把旋律的整个高度降低或提高时,其结果也就是降低或提高了整个调式的音高,这就是我们常说的调性。

曲式是指音乐各段之间的结构与设计所显现出来的音乐整体的样式,也可称之为曲体。从广义来说,人类所创作的音乐作品多不胜数,其曲式也是多种多样的;从狭义来说,曲式特指欧洲专业音乐发展中所体现出来的基本音乐结构样式,包括二部曲式、三部曲式、奏鸣曲式、变奏曲式、回旋曲式等等。

对声音的各种物性因素的正确认识与审美理解,是一个优秀的音乐家进行艺术创作不可或缺的基本前提。

艺术形式除了上述的色、形与声等主要方面外,还有大小、软硬(质地)、姿态等物性因素,大小、软硬(质地)、光滑与粗糙、动态与静态、竖式与横式等都会直接影响对象的艺术形式。比如,优美的对象,一般都是比较细小、光滑的;而崇高的对象,一般都是比较巨大、粗犷的;优美是一种静态的、和谐的美,崇高是一种动态的、冲突的美;崇高对象以竖式出现为多,优美对象以横式出现为多,如挺拔的松、睡美人等。

(二)艺术形式的意识形态因素

形式的物性因素,作为一种形式创造的合规律方面的客观要求,对于形式美的产生固然有十分重要的基础意义,但作为艺术形式而存在的却并不仅是对象的色、形等物性因素,甚至可以说它们更是在社会实践中长期与人发生关系、已经人化的审美化的色和形,是这些物性因素中生成和发展起来的意识形态属性和价值。因此,艺术形式就必定会包含着社会的意识形态因素,凝聚着人的感受、联想、情感、意志等意识因素,积淀着时代、民族、地域、政治、宗教、科学等意识形态的内涵意蕴。

1. 色彩美的意识形态因素

如同音乐必须借助于懂音乐的耳朵,绘画必须借助于懂得形式美的眼睛才有意义一样,大自然中的色彩本身,也只有通过人的感受、联想、情感等中介才具有审美价值,所以它们必然包含一定的意识形态内容。自然界的颜色是有限的,而经过不同意识形态中介之后的色彩美,却是无比丰富与难以穷尽的。这里可以例举一些:

冷暖感：色彩本身没有冷暖之分，但能通过人的视觉引起人对色彩的冷暖感觉。暖色系有红、橙、橙黄、黄、黄橙、红紫等，朱红和红橙最暖。冷色系有蓝、蓝绿、黄绿、蓝紫等，蓝色和白色最冷。另外，绿、紫、灰是中性色，黑色倾向于暖色。

轻重感：白色、浅色是轻感色，黑色、深色是重感色。红、绿的轻重感不明显，喜欢的可能觉得轻些，不喜欢的人会觉得重些。粗糙的着色面比光滑的颜色显得重。

胀缩感：有些色彩给人以胀大感，如暖色、亮色；冷色、暗色具有收缩感。法国国旗由红、蓝、白三色条状组成，由于等宽时白色显得宽许多，因而把它调窄以取得视觉均匀的效果，以象征自由、平等、博爱的同等重要。

进退感：对比中强烈一方表现前进，弱的一方显得后退。相同明度的色调，暖色向前，冷色后退；深色前进，浅色后退。

软硬感：黑色、含绿成分的深蓝色、暗色是硬感色，中彩度的色、含白成分明快的色是软感色。

明快阴郁感：明度、纯度越高的色越明快，如红、紫红等显得很明快。明度、纯度越低的色显得越阴郁，如黄绿、绿、青紫给人以阴郁感。但阴郁色彩度鲜明也可形成明快感。英国泰晤士河上有一座桥，以自杀场所而闻名于世。原来该桥是黑色，给人以阴郁感，似乎有诱人自杀的恐怖气氛。后来改涂了淡绿色，给人以明快安全感，据说自杀者减少了三分之一。

兴奋和沉静感：色彩的彩度越高兴奋感越强；反之，彩度越低沉静感越强。色相中红、紫红、暖色系中明快而鲜明的色带来兴奋感；冷色系中暗淡色产生沉静感；橙、紫有中性感；浑浊的暗色和重色给人以质朴、粗糙、坚实感。彩度和华丽感关系最大，从色相上看，华丽感的顺序是：红—紫—绿；质朴感的顺序是：黄绿—黄—橙—青紫；其他为中性色。

色彩还具有一些政治、宗教、科学等意识形态方面的含义。色彩作为时代的审美标志,代代世风的流行与延续,往往有着复杂的社会因素及文化背景。色彩的时尚一经形成,即被人类社会中的审美意识与文化框架的特定氛围所影响、所制约,即包含着社会的政治、宗教、文化、艺术、哲学等意识形态活动在内的整个时代精神的凝聚与积淀,从而通过传播感染着人们的思想、观念、精神与意绪。随着社会经济与科学文化的高度发展,古今相比,现代社会时尚色彩的出现与流行,不仅更加丰富多样,而且瞬息万变,转眼即逝。斯汤达的小说《红与黑》,标题中的"红"代表充满了英雄业绩的资产阶级革命时期,特别是拿破仑帝国;"黑"代表教会恶势力猖獗的复辟时期。"红"总是象征前进的向上的力量,这与"红"的色彩表情有关;"黑"总是代表反动的黑暗势力,也与它的色彩表情有关。前面我们所列举的各种色彩的象征性和情感性,都表明了色彩美的意识形态因素。

2. 造型美的意识形态因素

造型(形)在构成艺术形式时,同样也有意识形态因素的参与,因而各种形(造型),点、线、面、体,都具有了一些特殊的社会意义、文化意味和情感色调,从而使得形的审美价值变得丰富多彩,富有人性色彩,也具有了深刻而广泛的意味和价值。

以点为例。点的表现是多方面的。在一个点的情况下,点是向心的,给人以集中的感觉。一个点在面或空间里,能成为整个注意力集中的焦点,如夜空中的明月,就是以天空为背景给人以点的感染。而在有两点或更多的点的情况下,两点中就具有了一种眼睛看不见的暗示线,有着相互吸引的特征,使注意力保持平衡。随着点的数目增多,这种直线感觉也越强。当点有大小时,注意力也由大到小,起着过渡和联系的作用。比如,我国国旗上的五颗黄五角星在整块红布中显得醒目而有神,点的排列也显示出众星拱月的含义,象征着中国共产党领导下的各个阶级和阶层的团结。

再比如线。直线使人感到刚直、挺拔、坚固、力量、严谨和秩序,并有方向感和力量感。各种直线能引起人不同的心理感应。水平线是线的基础,使人感到平静、稳定、统一和水平流动感。铅垂线给人以挺拔向上、庄严肃穆、坚定有力和发展的感觉,即所谓的"直线上升",引导眼睛作向上的运动。松树的挺拔伟岸,英雄人物就义时的庄严肃穆、坚定有力,都可以以这种铅垂线来体现。斜线给人以跳动的感觉,奔放向上,散射突破。在水平线和垂直线的结构中辅以斜线,能产生动静结合、静中有动的意境。列宾的《伏尔加河上的纤夫》的构图,总体是一个水平线与垂直线相结合的构成,而每个人物拉纤的姿势的斜线穿插就构成了艰难劳作的意味。折线使人感到连续波动和重复,在变化中有较强的跳跃感。曲线有流动变化的特点,使人感到轻松柔和、优雅流畅、丰满圆润,因而被公认为是最美的线。人体的曲线、弯弯曲曲的小路、随风摇曳的翠柳、婉蜒曲折的小溪等,均给人以曲线美的感受,显示出曲线飞动活泼之美。

还有面。方形稳定而严肃,正方形给人以稳定持重的感觉,因而纪念碑、纪念像的底座多用正方形以显得稳定、庄严;三角形使人感到稳定而有生气,哥特式建筑的尖顶就采用了三角形,尖尖的锐角直刺苍天,给人高耸入云之感,也有一种归依上帝和天堂的神秘之感;倒三角形虽然有较强的活泼感,但显得不够稳定;而圆形则给人以活泼、飞动的感觉。

3. 声音美的意识形态因素

声音美的意识形态因素问题,是个古今中外都有争议的问题。早在我国魏晋南北朝时代,著名诗人、思想家嵇康就写过一篇《声无哀乐论》,认为声音或者说纯音乐无所谓哀乐,只有和谐与不和谐的区别。19世纪奥地利音乐美学家汉斯立克也专门写过一篇《论音乐的美》(1854),尖锐地批评以瓦格纳为代表的情感美学或内容美学,认为音乐的美不在于表情和思想,"音乐美是一种独特的只为音乐所特有的美。这是一种不依附、不需要外来内容的美,它存在于乐音以及乐音的艺术组合中"①。

我们认为,这种把声音美和音乐美视为纯形式、无内容的美学观点,虽然对于反对音乐为教化服务、突出音乐美的独立价值不无意义,但是,这种观点却忽略了艺术形式的社会生成和艺术形式的意识形态因素。声音美和音乐美是自然的或人为的声音在长期的社会实践中与人逐步发生审美关系而生成的意识形态属性和价值。事实上,正是因为这些声音美和音乐美的物性因素具有了与人发生审美关系的意识形态属性和价值,才具有了声音和音乐的艺术形式特质。

声音美和音乐美的意识形态因素,可以从这样几方面来认识和把握。

(1) 喜悦与悲哀

作为人生的光明面的喜悦,在音乐中使用大调,富于旋律性的音型,轻快的和声,流畅地、合规则地进行,管弦乐队中使用明亮的音色等加以表现;而作为阴暗面的悲哀,则用小调、沉重的和声、步履蹒跚的进行、暗淡的音色来表现。还有,喜悦使用音阶的中高音区、轻快的速度、协和音等;悲哀则使用低音区、缓慢的速度以及不协和音等。比较单纯的升记号的大调具有喜悦的倾向;复杂的降记号的小调具有悲哀的倾向。G 大调和 D 大调可看作是前者的代表,降 b 小调等则可看作是后者的代表。

(2) 崇高与平凡

表现前者用徐缓的速度、低的音区、固定的调性、丰满的和弦等;表现后者采用较快的速度、高的音区、易变的调性、单纯的和弦等。也可以说前者的典型调性是降 D 大调,后者是 G 大调。

(3) 深刻的与游戏性的

---

① 汉斯立克:《论音乐的美》,见蒋孔阳主编:《十九世纪西方美学名著选·德国卷》,复旦大学出版社 1990 年版,第 494 页。

前者用低的音区来表现,但并不需要固定的调性或徐缓的速度;后者虽然使用较高的音区,但有时竟达到和声的极限,甚至使用越过极限的调性或用和弦的变化来加以表现。

(4) 约束的与开放的

对称或同向的进行,反复、问与答,以重复的饱满的三和弦的形式回到最初的调性,动机、主题、旋律等诸要素的相互制约,达到多样的统一等是前者的特征。与此相对,后者是用 C – G – C 这样空虚的和弦,第一转位和第二转位,或以 C – E – G – A 之类的和弦作结束(如马勒的《大地之歌》的结束)等手法来表现,陈述没有获得统一,只是并列性的。

(5) 逻辑的与直观的

前者如同在赋格与奏鸣曲中所看到的那样,发展脉络井井有条;而后者,新的东西并不是前面的东西的发展的必然结果,有时还会根据自由的想象出现一些人们意料之外的东西。

(6) 阿波罗式的与浮士德式的

流畅的旋律,明快的和声,明亮的音色,表现阿波罗式的东西;沉重的旋律,复杂的对位法,晦暗的音色,使人感到是浮士德式的东西。

(7) 乐观的与悲观的

亨德尔与莫扎特的个人风格所显示的一般特征,可以说是乐观的;瓦格纳和勃拉姆斯所显示的一般特征则是悲观的。

(8) 主动性的与被动性的

例如,主题在节奏上、音程上性格鲜明,表明主张、命令和呐喊之类的东西,是主动性的、男性的;与之相对的则是被动性的、女性的。在贝多芬的作品中,占支配地位的要素是前者;在舒伯特的作品中,占支配地位的则是后者。

此外,声音还是最具有表情性的,音乐也是一种最长于表现感情的艺术。声音和音乐之所以能够表现情感,一方面是由于人们感情和情绪的变化引起了人们机体内部的各种小型变化,这些变化呈现出一定的运动形态;另一方面又由于人的感情具有一种宣泄释放的要求,这种要求的外部表现正是人的表情动作(面部表情、身段表情、语言表情),其中语言表情与音乐的关系最密切,它通过表情动作向音乐音调移置和翻译,构成了音乐具有表情性的基本根据。此外,格式塔心理学也为音乐之所以能表现感情提供了理论依据。音乐运动与感情活动之间存在着"运动"这个共同因素,它们同时在时间中伸展变化,都表现为一种时间的运动过程。它们在运动形态上都存在着高低的起伏、节奏的张弛、力量的强弱、色彩的浓淡等,格式塔心理学把这种共同性叫做"同构关系",或者叫"同形"或"同态"关系。还是这种"同构关系",为音乐以类比或比拟的方式摹拟或刻画人的感情活动提供了各种可能性。

比如"乐",是人的高兴、快乐的感情表现。一般来说,这种感情运动呈现出一种跳跃、向上的运动形态,其色调比较明朗,运动速度与频率比较快。表现"乐"的感情的音乐,一般也采取类似的动态结构。比如,钢琴曲《牧童短笛》的中段,表现的是牧童在田野里无忧无虑、尽情玩耍的喜悦情绪,音乐采用了跳跃向上的音调,快速活泼的节奏和明亮的音色。《金蛇狂舞》《喜洋洋》之类乐曲也是如此。"怒"的情感,一般是一种突然迸发、向上和向四周扩展的运动,这种情感运动的特点在于它爆发的突然性和较强的作用力。表现"怒"的情感的音乐一般也采用这种突发性的方式和较强的力度,往往用不协和的和声和富有棱角的大跳进行。如柴可夫斯基的交响幻想曲《罗密欧与朱丽叶》中表现家族之间格斗的愤怒情绪,小提琴协奏曲《梁祝》中表现"抗婚"的愤怒情绪等就是这样。

又比如"哀"是一种悲痛、低沉的情感状态,它的运动趋势基本上是下沉的,而且伴随着比较缓慢的速度。表现悲的情感的音乐也大体上具有这些特点。比如,我国的民间乐曲《江河水》是一首悲和愤交织在一起的乐曲,开始部分起承转合的四个乐句非常生动地表现出这首乐曲的情绪特点。第一句速度缓慢,旋律波状起伏,可以说是悲凉凄切情绪的呈示;第二句以十度向上的跳进,表现出悲愤情绪中所具有的极强的冲击力;第三句节奏顿挫,音调从高音区逐渐向下移动,表现出泣不成声的悲痛情绪;第四句是起句的变化重复。

第二节 文艺的形式本质

一、现代文艺理论中的形式主义

对文学艺术的本质特征的研究与探讨,在经过了侧重于反映现实的再现论与侧重于表现主观情感的表现论阶段之后,文学艺术的形式特征受到了极大的重视,在许多现代文艺理论中,文艺形式甚至被抬高到文学本体论的地步。这种现代文艺理论中的形式主义思潮,使文学艺术的形式因素与审美内涵得到了充分的研究与揭示。因此,正确认识和把握现代文艺理论中的形式主义,对于我们全面而深刻地解读和欣赏现代主义文学艺术,可以说是一种最为重要的理论方法与工具。

(一)文学理论中的形式主义

把文学作品的形式本质讲得最突出的是20世纪西方文论中的形式本体论。它彻底切断了作品(文本)与作者、读者的关系,而把文学研究的全部精力集中在文学作品的形式层面上,认为是作品的形式决定了文学作品的存在方式和审美价值。文学理论中的形式主义流派复杂,这里主要介绍一下俄国形式主义和英美新批评两个流派的基本观点。

俄国形式主义是莫斯科语言小组和彼得堡诗歌语言协会的总称。以雅各布森为首的莫斯科语言小组成立于1915年,以什克洛夫斯基为首的彼得堡诗歌语言协会成立于1916年,他们一反传统的内容和形式二分的简单化方法,认为文学作品是由各种手法和因素构成的"形式",因而被统称为俄国形式主义。他们的共同特点是认为诗既不是现实生活的反映,也不是作者主观感情的抒发,而是在语言的陌生化中构成的审美形式。所谓陌生化,在俄国形式主义看来,是一种使文学对象奇特化的艺术手法,它主要是通过艺术变形和增加感觉困难,使人们熟悉的对象形式和日常感觉变得陌生,从而可以从文学对象上生产出一种新的艺术感觉与审美价值来。诗之所以是一种语言的陌生化构成,乃是因为诗的语言是对普通语言的有组织的违反。诗歌语言是自指的,它指向自身,构成诗的世界,而不是外部社会生活和作者思想感情的物质载体。因此,诗的语音和语法都具有经过特殊组织而突出的一种语言的审美特性,它们不同于日常发音的交际功能,同时也违反普通语言语法。正是由于诗的语法不同于普通语言的语法,诗的语境不同于普通语言的语境,诗的语义亦不同于字词的字典意义,所以语言在诗歌中才能产生那种具有特殊审美价值的诗的"意味"。此外,不仅是诗歌文学,叙事文学中的情节也是如此。具体说来,与诗语对普通语的违反相类似,情节乃是对生活材料的违反。生活材料在作品中被重新安排,就构成了具有审美内涵的陌生化的情节。由陌生化入手,早期俄国形式主义者更强调诗语和普通语言的对立。他们的立论似乎给人们这样一种感觉,即存在一种独立的不同于普通语言的诗的(或文学的)语言系统。

英美新批评也是20世纪形式主义批评的一个重要理论流派。关于新批评派,在《简明不列颠百科全书》中有这样的解释:它是"第一次世界大战后评论界的一种流派。强调艺术品的内在价值,并把注意力仅集中在单独作品作为有其独立意义的单位……这类评论家利用仔细研读这种技巧,对作品中语词的含蓄意义和联想价值,以及形象语言的多种功能,如象征、借喻、象喻,均予以特别强调,以便对诗的构思和语言立下明确的界说并作出定论"。由此可以看出,与俄国形式主义一样,新批评派也同样重视对文学语言的研究,他们认为由语言构成的艺术世界是个完全独立的小宇宙,文学作品的存在与历史、个体以及社会变迁无关,因而新批评也被称为作品本体论。英美新批评尽管内部有各种流派,但瑞恰兹和艾略特却始终被看作是新批评的理论来源和奠基人。新批评有两个基本观点:一是与俄国形式主义相同,新批评也明确区分了科学语言和文学语言,如瑞恰兹就把语言本身区分为"陈述"的科学用法与联想的情感用法,这对于突出文学作品的审美价值是有一定积极意义的。二是新批评反对作者决定作品这种浪漫主义文学观,艾略特在《传统与个人才能》中大力提倡诗歌的非个性化,反对把艺术作品看作是特定个体的内在经验和完全是个人心灵产物的观点,认为诗应该被定义为一种公共文本(public text),它的意义则完全取决于语言的公共标准所允许的范围,一个文本的成功与失败也必须由这些公共的条件来判定。艾略特甚至还指出不存在所谓的诗人的个性,诗人不过是一种媒介物而已。尽管新批评流派内部对这些说法也存在着不同看法甚至是严厉批评,但它致力于文本的阐释,不考虑作者意图,切断作品与读者和作者之间的因果关系,力图把文本研究推向一个更加纯粹和更加科学的境界,这一点是毋庸置疑的。

(二)绘画艺术中的"有意味的形式"

在人类所有的艺术形式中,绘画艺术显然是与形式主义关系最为密切的艺术门类。由于所有的文学艺术都不同程度地存在着意识形态因素,所以和其他艺术门类一样,绘画艺术本身也存在着如何处理"形式"与"内容"的关系的问题。与西方古代的宗教艺术侧重于以绘画形式表现宗教教义和宗教信仰,与中国古代伦理艺术侧重于表现伦理道德观念不同,20世纪关于艺术美的研究,在很大程度上都是以探索艺术形式的审美价值为目标。其中影响最大的就是英国艺术批评家克莱夫·贝尔提出的"有意味的形式"理论。

克莱夫·贝尔是从视觉艺术研究中提出"有意味的形式"说的。他认为视觉艺术必然具有某种共同性质,这是艺术之所以成其为艺术的本质规定。这种"共同的性质"就是"有意味的形式",真正的艺术就在于创造"有意味的形式"。这种形式创造也就是一种审美变形活动,它一方面表现为"简化",即把有意味的东西从大量无意味的东西中提取出来;另一方面就是"构图",即线、色的关系和组合。如果说"简化"的目的在于剔除艺术活动中的非艺术杂质,那么"构图"则是把艺术家经过"简化"过程获得的"情感意象""翻译"出来,把艺术家心中那种"深刻而普遍的感情"表现出来。他还认为这种"有意味的形式"就是艺术独立自足性的证明,所以他反对将艺术作为达到某种政治的或道德的目的之手段,艺术的目的就是艺术本身。而"无意味的东西"则是审美对象中非艺术的存在,它们是达到艺术之外某种目的的手段。

这种"有意味的形式"的意义在于,它一方面突破了把艺术形式当作"内容"载体的传统写实主义绘画理论,使绘画形式的自足性和独立性获得了充分的发展;另一方面它也对唯美主义的纯粹形式观有所纠正,体现出艺术形式是形式与内容有机统一的审美观。因此,"有意味的形式"对于现代绘画艺术产生了十分深远的影响。

(三)当代美学中的艺术符号论

从审美理论角度看,把艺术的形式本质讲得最深刻的,无疑是苏珊·朗格的艺术符号论。在符号学家卡西尔那里,就已经完成了对艺术是一种纯粹的自律的形式的证明,这就为艺术符号从其他文化符号中独立出来提供了哲学基础。苏珊·朗格则进一步对"艺术符号"与"艺术中的符号"进行了剖析和区分,这一点与形式主义语言学区分科学语言与文学语言是一致的,从而可以将眼光更多地投向艺术自身。"艺术符号"不同于语义学家所谓的"用来再现另外一种事物"的"记号",它还具有一种更为原始的即把经验构造成某种形象性的东西的功用。这是一种把情感、主观经验的表象或所谓的"内在生活"种种特征赋予形式,将经验形式化并通过这种形式将经验客观地呈现出来以供人们观照的符号功能。一般符号的主要功能,即是将客观经验真实地呈现出来。而艺术符号的主要功能与此并不完全相同,它除了可以用来再现、陈述客观经验外,其更基本也是更重要的功能在于表现和构造主观经验或所谓的"内在生活",而对于这样一些内在的东西,一般的论述——对词语的一般性运用——无论如何是呈现不出来的。她还进一步指出,一个真正的符号,比如一个词,它仅仅是一个记号,在领会它的意思时,我们的兴趣就会超出这个词本身而指向它的概念及概念所代表的具体事物;但艺术却不同,它并不把我们带往超出它自身之外的语义中去,我们在艺术品中看到的或直接从中把握的是浸透着情感的表象,而不是标示情感的记号。由于这种特性,凡是生命活动具有的一切形式,都可以在艺术品中去表现,所以说"艺术品作为一个整体来说,就是情感的意象",它总是给人一种奇特的印象,觉得情感似乎直接存在于它那美的或完整的形式之中。因此,艺术品本质上是一种特殊符号,它提供给我们一般语词符号无法传达的情感的形式,它是对被逻辑符号所忽视和遗忘了的人的生命感受和感性生活的一种"拯救",也是对语义学和分析哲学中所使用的那种符号的意义的狭窄性所作的一个革命性突破。总之,艺术形式是一种比我们迄今所知的其他符号形式更加复杂的"表现性形式"。这就极大地突出了艺术符号与人的审美创造和表现的关系。

从某种意义上讲,朗格的"表现性形式"也是对克莱夫·贝尔"有意味的形式"的一个改造。苏珊·朗格不止一次地提到将艺术品称为"有意味的形式"可能造成的混乱和错误。她说,克莱夫·贝尔将"有意味的形式"称为"美学特质"是纠缠不清的。在她看来，艺术符号的情绪内容不是标示出来的，而是组合或呈现出来的。她认为，一件优秀的艺术品所表现出来的富有活力的感觉和情绪是直接融合在形式之中的，在这样的艺术品中，形式与情感在结构上是如此一致，以至于在人们看来符号与符号表现的意义似乎就是同一种东西。所谓艺术品是"表现性形式"，正是指这个意思。在这种情形下，艺术形式与我们的感觉、理智和情感生活所具有的动态形式是同样的，艺术品在这里不是一种征兆性的东西（如嚎啕大哭的儿童），也不是一种诉诸推理能力的东西（如黑格尔的逻辑哲学），而是一种运用符号的方式把情感转变成诉诸人的知觉的东西，人们甚至可以从中感受到生命力的张弛，它是一种生命形式。尽管艺术品并不真正地等同于那些具有生物机能的有机体，如绘画本身并不能呼吸，也没有脉搏的跳动，奏鸣曲本身也不能当饭吃；然而，由于具有了以下这些生命的特征，所以这种艺术符号就完全可以被看作是一种生命的有机结构体。第一，它们必须都是一种动力形式，它们持续稳定的样式是一种变化的样式；第二，它们的结构都必须是有机的结构，它们的构成成分并不是不相干，而是通过一个中心相互联系和相互依存；第三，整个结构都是由有节奏的活动结合在一起的；第四，它们都遵循着生长活动和消亡活动辩证发展的规律；等等。这就把艺术的独立自足性提高到一个生命本体论的高度。

与克莱夫·贝尔的"有意味的形式"说一样，苏珊·朗格的"表现性形式"说也是我们理解艺术本质的一种最重要的理论视角之一。

二、文艺形式的基本规律和主要范畴

无论是色彩，还是造型（形状、大小、姿态），抑或声音，所有事物的外观形式，要想在与人的审美关系中生成为形式美，或者成为某种艺术形式，都必须按照合规律性与合目的性的原则来组织、构造。尽管可以说,合乎一定规律组织起来的形式并不一定都是艺术形式,但美的形式则必定是符合合规律性与合目的性这个基本原则的。具体说来,艺术形式的总体规律是多样统一律,而其核心范畴则有对称、比例、均衡、整齐、节奏等。只有正确理解了文艺形式的基本规律和主要范畴,才能真正把握住文学艺术的抽象本质。

(一)文艺形式的主要范畴

1. 整齐

整齐,又称为整一律或整齐一律。它指审美对象的色、形、声诸形式因素在构成审美对象时一般应该相同、相近、一致,才能构成形式的美。黑格尔说:"整齐一律一般是外表的一致性,说得更明确一点,是同一形状的一致的重复,这种重复对于对象的形式就成为起赋与定性作用的统一。"他还举例说,在线条中,直线是最整齐一律的,因为它始终只朝一个方向走。立方体也是一个空间整齐一律的形体,无论在哪一面,它都有同样大的面积,同样长的线和同样大的角度,由于它是直角形,这角度不能像钝角那样可以随意改变大小。① 英国画家威廉·荷加斯也说过:"整齐、统一或对称,只有能形成合乎目的性的观念时,才能使人喜欢。"② 一般说来,整齐一律的确可能使形式的物性因素生成一种外在的艺术形式来。比如,色、形、声的相同、相近、一致容易构成一个完形,令人感到愉快,像桂林山水中的几座拔地而起、突兀而立的山岭;西湖之上的"三潭印月"中的三个形状大小一样的铁坛;法国凡尔赛宫中的方方正正的园林空间和树木、草地的形状大小的一致;仪仗队中队员们的形体、动作的规范一致、整齐划一;图案中相同纹饰的重复而形成的秩序序列;格律诗的平仄、对偶、音节的一致、反复;音乐中的乐句、乐段、和声、调式的不断重复出现;等等。甚至在

---

① 黑格尔著,朱光潜译:《美学》第1卷,商务印书馆1982年版,第173~174页。
② 威廉·荷加斯著,杨成寅译:《美的分析》,人民美术出版社1984年版,第30页。

17~18世纪的欧洲的古典主义艺术和中国封建社会的宫廷艺术中,整齐一律成为一个金科玉律,必须遵守,违反规范的作品就会被扼杀。

但是,整齐一律毕竟是一种比较简单的艺术形式规律,而且它容易造成审美对象的单调、枯燥,形成审美趣味的千篇一律、公式化、概念化和僵化。因此,还必须强调整齐划一中的变化和差异。这正是18世纪末的浪漫主义文艺思潮和20世纪以来的现代派艺术,以及后现代的审美趣味与艺术观念在艺术形式上反对古典审美趣味与艺术观念的一个突破口。

2. 均衡

均衡,又称平衡、匀称,指事物的色、形、声等形式因素在构成审美对象时一般应该具有在一定差异基础之上的一致、对等、照应等关系。均衡一般可以分为:对称均衡、重力均衡、运动均衡、照应均衡。黑格尔说:"一致性与不一致性相结合,差异闯进这种单纯的同一里来破坏它,于是就产生平衡对称。……要有平衡对称,就须有大小、地位、形状、颜色、音调之类定性方面的差异,这些差异还要以一致的方式结合起来。只有这种把彼此不一致的定性结合为一致的形式,才能产生平衡对称。""例如在一座房子的一边并排横列着大小相同、距离相同的三个窗子,然后下面又并排横列着三个或四个比第一排较高而距离较大或较小的窗子,最后又是一排大小和距离都和第一排一致的窗子,这样看起来就是一种平衡对称的安排。"[①]

(1) 对称均衡

对称均衡,又称"天平式均衡",是将两个以上相同、相似的事物加以对偶性的排列的艺术形式规律,它可以使人产生整齐、端正、庄重的感觉,其主要形式为左右的对称性。什么是对称性呢?

[①] 黑格尔著,朱光潜译:《美学》第1卷,商务印书馆1979年版,第174页。

德国科学家魏尔指出:"一个物体,一个空间构形,假如能通过平面E的反射与它自己重合,就是关于这个给定的平面E对称的。"他举例说,平面上的圆,空间中的球,由于它们的完全的转动对称性,因而被毕达哥拉斯学派认为是最完美的几何图形。特别需要指出的是,这位自然科学家还指出:美和对称性紧密相关;对称性,不管你是按广义还是按狭义来定义其含意,总是一种多少世代以来人们试图用以领悟和创造秩序、美和完善性的观念。[①]

大自然中的无机物、微生物、植物、动物在总体上具有对称的形式,特别是左右对称(镜面对称)的形式。科学家指出,左右不对称的形体对运动的控制不利,所以就不能很好地适应环境,这就是大部分动物保持左右对称的理由。

如同整齐一律容易造成单调、枯燥、公式化、概念化,因而需要变化和差异一样,不对称性对于对称性也具有同样的意义。例如,当人摆脱自然神的支配得到自主性时,即出现不对称,这一情况和佛的不对称是一致的。与此相关的是祈祷,不论古今中外,当人依赖于权威时,无不采取对称的姿势。而不对称则常与运动、自由、游乐、休息等相关,学生在院校集合时,一喊"立正",身体即处在对称形态,"稍息"即处在不对称状态。绘画和雕刻中也多具不对称性,比如米罗的维纳斯取不对称姿势,即是将和谐与动态融为一体而同时表现出来。日本的园林和西洋园林有很大差异,西洋是把左右对称视为美的标准,所以西洋园林强烈地反映出这样的意识。而日本园林相反,视不对称为美。这都是因为艺术形式生成之根本依据还在于社会实践中形式物性因素与人发生的审美关系,也就是说其中有不同的意识形态性质和价值在发挥作用。

(2)重力均衡

重力均衡,也称"杠杆式均衡"、"对比均衡",是较轻物体同平

[①] H.魏尔著,钟金魁译:《对称》,商务印书馆1986年版,第3~5页。

衡点(支点)相距较远,较重物体同平衡点(支点)相距较近而达到的平衡,其原理类似力学中的力矩平衡。这在哥特式建筑上经常运用,有时画面上的色彩安排也是如此,重感色的比例要小于轻感色,以形成重力均衡。自然界和盆景中有些枝叶奇异的构形,一般也是轻的一边所占空间大,而重的一面所占空间小。

(3)运动均衡

运动均衡,指事物在运动中实现的均衡,它往往经历由均衡到不均衡再到均衡的过程,从而给人以协调感、运动感。在舞蹈中,几个动作之间的过渡,或者一个造型到另一个造型之间的过程就是如此,比如芭蕾舞中双人舞的男演员托举女演员动作。雕塑、绘画等造型艺术中也经常运用这种均衡,像古希腊雕塑群像《拉奥孔》,米凯朗基罗的西斯庭壁画《创世纪》中上帝的手指与亚当的手指的造型。电影中镜头画面就更多地运用了这种运动均衡。

(4)照应均衡

照应均衡,指事物形式各部分之间前后、左右、上下、高低、浓淡、隐显、虚实等相互呼应、协调一致所达到的均衡,例如中国水墨画中的黑白照应,虚实相生;各种色彩画面中的冷暖色调、明暗色调、原色和间色、互补色相互之间的呼应,这在康定斯基,尤其是在蒙德里安的抽象画中表现得非常明显,造成了艺术形式的变化中的一致。

3. 比例

比例,是事物的形式在数量上合乎一定规律的组合关系。早在公元前6世纪,古希腊的毕达哥拉斯学派就已经提出,美是数的和谐,即比例,并指出了音乐的美的比例关系,也大致计算出了所谓"黄金分割"的最美的比例:$a:b = (a+b):a(a>b)$,大约比值为1.618:1,或约为8:5。英国画家荷加斯在18世纪写的《美的分析》中说过:"谁的形体比例最美,谁也就最适宜于作出优美的动作,如从容优雅的风度或者舞蹈动作。"因此,古希腊的画家波吕克利托斯(《执矛者》雕像的作者)就认为,美是对称和适当的比例,并大体规定了人体身长与头长的比例为1:8。直到文艺复兴时代,画家们都在寻求这种美的人体比例,达·芬奇在《笔记》中还给过一个人体比例图。在欧洲,美的人体比例大约为:以头长为单位,全身长为8个头长,男性的肩宽为头长的2倍,腰部略小于一个头长;女性肩宽略小于2个头长,腰部是1个头长,臀部是一个半头长,胸部是两个头长。手腕长度与耻骨平齐,从颈到躯干,约占3个头长,下肢占4个头长。合乎这种比例的人体就是美的人体。直到今天,世界各地的选美活动仍然有一项有关人体比例的规定指标。到19世纪末,欧洲兴起了实验美学和形式主义美学,大力提倡美的物体和人体的比例,德国美学家蔡沁还专门研究了黄金分割比例,发觉世界上的造物,小到花木,中到人体,大到建筑物和宇宙都是符合黄金分割的比例的,世界真奇妙,似乎上帝和人都在按照美的规律在塑造物体。建筑和音乐是最讲究比例的艺术,这似乎是无须多说的了。尤其是到了今天的高科技时代,建筑上的比例,音乐上的比例,都已经被电子技术化了,建筑设计按一定美的比例来操作,音乐也按计算机的比例程序编构,成为了真正高度理性化的建筑和音乐。

4. 节奏

节奏,在这里已经从音乐的艺术形式物性因素借用为一般的艺术形式规律。它指审美对象的构成中色、形、声等物性因素有规律地重复而形成的美的运动形式规律。在世界上,各种事物的节奏是种类繁多的,四季更替,潮汐涨落,月圆月缺,人的呼吸,脉搏跳动,抑扬顿挫,平仄轻重,都是有规律的运动形式,也都蕴含着某种艺术形式。美国美学家苏珊·朗格却把节奏主要与生命形态联系起来,她认为生命的形式应该具有节奏性。她说:整个结构都是由有节奏的活动结合在一起的,这就是生命所特有的那种统一性,如果它的主要节奏受到了强烈的干扰,或者这种节奏哪怕是停上几分钟,整个有机体就要解体,生命也就随之完结。① 这是很有道理的,也许我们可以说,节奏可以使对象具有生命或具有生命的形式。

节奏在艺术中是经常运用的艺术形式规律。在建筑物中,各种形状,如窗、门、柱、墙面的重复、尺寸的重复(如柱间或跨度的尺寸的重复),可以形成建筑物的节奏美。在诗歌中,轻音与重音、长音与短音、相同的韵脚等有规律的重复,都形成诗的音乐美(韵律美)。绘画和雕塑中的构图,往往也形成一种节奏美,例如达·芬奇的《最后的晚餐》,以耶稣为中心,把十二位门徒分为三人一组,分别排列在耶稣两侧,既形成了对称均衡,又形成了韵律节奏感。音乐是只有节奏感的艺术,这一点已无须赘言。

5. 多样的统一

多样统一,指事物的色、形、声等形式因素按照一定的组合关系(比例、均衡、对称、节奏等)组织成为一个有机的整体的规律,它是形成艺术形式和审美对象的一个综合的、总的规律。有时也可以称之为和谐规律,这个和谐规律是合规律性与合目的性的统一。黑格尔说:"各因素之中的这种协调一致就是和谐。和谐一方面见出本质上的差异面的整体,另一方面也消除了这些差异面的纯然对立,因此它们的互相依存和内在联系就显现为它们的统一。"② 可见,多样统一也就是和谐的整体。马克思也说过:"具体之所以具体,因为它是许多规定的综合,因而是多样性的统一。"③ 可见事物及事物的形式要成为具体的、感性可感的,就必须是多样性的统一,即和谐、有机的整体,它一方面要符合自然的规律性,另一方

---

① 苏珊·朗格著,滕守尧译:《艺术问题》,中国社会科学出版社 1983 年版,第 49 页。

② 黑格尔著,朱光潜译:《美学》第 1 卷,商务印书馆 1982 年版,第 180~181 页。

③ 《马克思恩格斯选集》第 2 卷,人民出版社 1972 年版,第 103 页。

面还要符合人类的目的性。

从亚里士多德起,美学就强调审美对象的有机整体性,强调整体大于部分之和。直到现代科学中的系统论,仍然在阐述这种多样统一的整体观、和谐观,可见它确实是一种可以统领其他一切艺术形式规律的总的最高的规律,无论是对称、均衡、比例、节奏、整齐中的哪一种规律,都必须在这种多样性的统一之中充分发挥作用,形成了和谐的整体,才能够实现艺术形式的结构功能。

这个"多样性统一"的和谐规律,可以说是文艺形式生成的基本规律。

第三节 艺术形式的审美分析

艺术形式作为文学艺术的审美本质,根本原因在于它是形式的物性因素与意识形态因素的有机融合,是艺术对象的形式在社会实践中充分显现了人类主体自由而产生和发展着的一种肯定性价值,无论它作为一种诗歌语言,作为一种"有意味的形式",还是作为一种生命的"表现性形式",本质上都是与人的实践自由及其情感表现密切相关的。因此,从美学角度看,艺术形式一般具有感性可感性、理性象征性和内涵多义性等基本特点。

一、艺术形式的感性可感性

艺术形式是形式所具有的美,它直接附丽于对象的形式之上,因而艺术形式的一个基本特征就是它的感性可感性,即它是可以直接诉诸人的感觉器官并被人所把握的,因此艺术形式的感性可感性也是不言而喻的。杭州的湖光山色,泰山日出的霞红云涌,十七孔桥桥拱的变幻节奏,寒山寺的夜半钟声,凡·高《向日葵》的奔放和亮黄,达·芬奇《蒙娜丽莎》的金字塔构图和神秘微笑的唇形,贝多芬的《命运交响曲》的命运和英雄的主题及其变奏,聂耳《金蛇狂舞》的欢快节奏和热烈旋律,苏轼"大江东去,浪淘尽,千古风流人物"的铿锵韵律,柳永的"杨柳岸,晓风残月"的婉约意象,《天鹅湖》中四只小天鹅的优美舞姿,杨丽萍《雨丝》中柔美的肢体和幽远的指语,京剧《杨门女将》中的唱、念、做、打,亚当斯粗犷荒原的黑白造型,吴冠中精致创意的线条与色彩,罗丹《思想者》的俯身撑肘的姿势,康定斯基的色彩交响构成,喇叭裤的变幻的流畅线条,模特儿身上服饰的色彩斑斓和珠光宝气,青铜器的狰狞饕餮纹,明代青瓷玲珑剔透的胎质和图饰……这些文学艺术中的审美形式,都必须凭借着人的五官感觉才能得到真切的把握和领悟,这是毫无疑义的。

必须指出的是,艺术形式的这种感性可感性,并非是一种自然属性,而是在长期的社会实践中所形成的人类感觉,或者是人类感觉在自然对象上投射、构造出来的审美外观。也就是说,这种艺术形式的感性可感性包含着人对自身的肯定,是人的本质力量对象化的结果。正如马克思所指出的:"人不仅通过思维,而且以全部感觉在对象世界中肯定自己。""只是由于人的本质的客观地展开的丰富性,主体的、人的感性的丰富性,如有音乐感的耳朵、能感受艺术形式的眼睛,总之那些能成为人的享受的感觉,即确证自己是人的本质力量的感觉,才一部分发展起来,一部分产生出来。"[1] 恩格斯也说:"鹰比人看得远得多,但是人的眼睛识别东西却远胜于鹰。狗比人具有更锐敏得多的嗅觉,但是它不能辨别在人看来是各种东西的特定标志的气味的百分之一。至于触觉(猿类刚刚有一点儿最粗糙的萌芽),只是由于劳动才随着人手本身的形成而形成。"[2] 因此,人的感觉与动物的感觉有着本质的区别,"社会的

---

[1] 《马克思恩格斯全集》第42卷,人民出版社1979年版,第125~126页。
[2] 《马克思恩格斯选集》第3卷,人民出版社1972年版,第512页。

人的感觉不同于非社会的人的感觉"①。形式作为人的美感对象,是在从动物感觉到非社会的人的感觉再上升到社会的人的感觉的过程中逐步实现的,因而充分显示了人的本质和本质力量的结果。芬克斯坦说得好:"艺术形式本是对于生活进行思考的产物。"自然事物的形式及其美的可感性,也是人通过感觉在对象世界中肯定自己的产物,因而具有人类性,而不是天生自在的形式的消极受动性。因此,艺术形式是人类的专有审美对象,艺术形式感也是人类所特有的社会感觉。正因为如此,艺术形式的感性可感性才能成为艺术形式社会内涵的载体,例如,红色与革命的关联,等腰三角形的构图与安稳、宁静的对应,圆形与圆滑世故的类比等等。

二、艺术形式的理性象征性

由于艺术形式的感性可感性是人类通过感觉在对象世界中肯定自己的结果,是人类长期社会实践的历史产物,所以,形式外观的美不仅仅是单纯的自然属性,还是一种社会的属性和价值;任何事物的形式的感性可感性的自然性状(颜色、大小、形状、姿态、质地等)及其组合规律(整一、对称、均衡、比例、和谐、节奏等等),必然会与人类社会现象及其规律、人们的感情及其组合、人们的意识形态观念等产生千丝万缕的形形色色的联系,并通过一定的理性思考和文化积淀,形成比较固定的象征性关系,这就是艺术形式的理性象征性。也可以简单地说,艺术形式的理性象征性就是对象的形式象征着人类社会的现象和规律,人们的感情及其组合,人们的意识形态观念等等。在艺术形式中比较突出的是色彩和形状所具有的精神性含义或象征性。

鲁迅在《脸谱臆测》中曾说过:"承认了中国戏有时用象征的手法,比如白表'奸诈',红表'忠勇',黑表'威猛',蓝表'妖异',金表

---

① 《马克思恩格斯全集》第42卷,人民出版社1979年版,第126页。

'神灵'之类,实与西洋的白表'纯洁清净',黑表'悲哀',红表'热烈',金黄色表'光荣'和'努力'并无不同,这就是'色的象征',居然比较的单纯、低级。"这里讲的就是中国戏剧脸谱所具有的理性象征性。

闻一多有一首题名为《色彩》的诗,这样写道:

  啊,
  生命是一张单薄的不值钱的本色纸。
  自从绿给了我发展,
  红给了我情热,
  黄教我以忠义,
  蓝教我以高洁,
  粉红赐了我希望,
  灰白赠了我悲哀,
  金加我以荣华之冕,
  银罩我以美行之梦,
  哦,
  从此以后,
  我便溺爱于我的生命,
  因为我爱它的色彩!

陈望道先生对色彩的象征含义曾作过这样的归纳:
红——赤诚,焦躁,勇敢,活动,热烈,危险;
橙——嫉妒,嫌猜,疑惑,信任;
黄——爽朗,轻快,跃进,华贵;
绿——和平,亲爱,公平,着实,新鲜,希望;
蓝——沉着,冷静,神秘,阴郁;
紫——高贵,神圣,优雅,温厚。
根据心理学家的研究,感情之所以能够介入色与形的知觉表象,就是因为人的联想所致。红色能使人兴奋、激动,让人感到温暖,固有"暖色"之称,它给人以热情、华美、高尚、愉快、力量、勇气、锐利、危险等联想;红色还具有夺人心目、动人肺腑的作用。橙色较红色更暖,被称为"成熟色",它使人产生甘美、华丽、温情、热烈、柔软、扩张、焦躁等联想,它与红色一样,容易造成视觉疲劳。黄色,明度最高,光感最强,它给人以暖和、光明、华丽、扩张、锐利、干燥、愉快、活泼等联想。在不同国度与民族中,黄色具有不同的象征意义。绿色,这是大自然的最基本的色调,人的视觉最适宜绿色光的刺激,绿色能使人产生平静感,象征着春天和生命,并给人以永恒、理想、和平、希望等联想。蓝色,可谓是世界的本源色,天空、海洋、湖泊、远山等,都呈蓝色,蓝色也是希望色、生命色,它能给人以无限、深远、理想、冷静、悠久、永恒的联想。紫色能使人产生高贵、庄重、古朴、优雅、神秘、美妙等联想,有人说"紫是冷却了的红",因此,它还具有某种消极、悲哀和恐怖的意味。

不仅是色彩,一些实验心理学家通过实验还得出了一些有关形状的象征性意义。例如:

圆——非常愉快,温暖,柔软,潮湿,扩大,品格高尚;

半圆——温暖,潮湿,钝;

扇形——锐利,凉爽,轻的,华美;

正三角形——凉爽,锐利,坚硬,干燥,强的,收缩,轻的,华美的;

菱形——凉爽,干燥,锐利,坚硬,强的,轻的,华美的,品格高尚;

等腰梯形——重的,坚硬的,质朴的;

正方形——坚硬的,强的,质朴的,重的,欢快的,品格高尚;

长方形——凉爽的,干燥的,坚硬的,强的;

正六角形——无特殊感觉;

椭圆形——温暖的,钝的,柔和的,愉快的,潮湿的,扩大的。

由此可见,人们对于直线、锐角、圆形的知觉,多倾向于凉爽、干燥、锐利、坚固、强烈、收缩、轻的、华美等情感,而对于曲线、钝角、圆形的知觉,则多倾向于温暖、湿润、迟钝、扩大等感受。

这些有关色与形的象征含义的描述,也许并不那么精确,然而它们却相当准确地表明了艺术形式的理性象征性。

三、艺术形式的内涵多义性

除了上述关于色、形的感性可感性与理性象征性的含义外,由于艺术形式本身还受到历史、文化、传统、意识形态等因素的制约,所以艺术形式还有一个重要的审美特征,就是它的内涵的多义性与不确定性。之所以会产生艺术形式内涵的多义性,是因为艺术形式的内涵是在人类长期的社会实践中,某种形与色在不同的时代、不同的民族、不同的阶级、不同的地域等条件下,与人发生的特定的审美关系,因而必然产生出诸多不同内涵的艺术形式来。

例如黄色,在不同国度与民族中,它具有不同的象征意义。在古代中国,黄色作为皇帝的专用色,象征皇权;在印度,它作为壮丽、光辉的象征;在罗马,也曾被作为帝王之色受到尊崇。然而,在西方基督教国家里,黄色被视为最低级的色彩,把恶徒称为"黄狗",把庸俗下流的新闻报道称为"黄色"。在日本,黄色被认为是安全色,为了交通安全,儿童的帽子、书包等也广为流行黄色。再比如,白色,是反动、反革命的象征,也可象征纯洁。黑色,是无政府主义的象征;是天主教团体的象征;在汉语里还象征反动。桃色,早期用以比喻青春、快乐、舒展的心理状态,如桃色的梦;旧时形容与不正当的男女关系有关的事情,如桃色纠纷,等等。

又如线条,直线形,具有明确性、简洁性、锐利性,能给人以紧张感、速度感和力度感,粗的直线还富有阳刚之气的情感特征。垂直线形,具有挺拔、回顾、崇敬、高尚、权威、庄重等感情,如广场上的雕塑,建筑物的立柱,旗帜的杆柱,都蕴含着这种审美的情感意味。曲线形,这是一种受外界支配的线形,外界压力的大小,可以使线形发生变异,产生出情感知觉中的不同倾向性。曲线形与直线形相对比,会产生丰满、优雅、柔软、欢快、跳跃等情感特征。

正是艺术形式内涵的这种多义性与丰富性,使得人们在对于各种艺术形式的审美活动中产生形形色色的富于个性色彩,具有民族特色、时代气息和地方风采的不同理解,构筑出了丰富多彩、千变万化、林林总总的审美世界。一部不同民族、不同时代的各门类艺术的历史,就是这种艺术形式内涵的多义性审美特征的集中体现。

充分注意这种艺术形式内涵的多义性,是人们在艺术创作和欣赏时必须遵循的基本的艺术规律之一。

第四章 马克思主义文学艺术本质观

与前述几种文学艺术观根本不同的是,马克思主义文学艺术观是一种真正上升到艺术哲学高度的文学艺术本质观。它吸收了以往文艺理论中存在的合理性,扬弃了片面性与错误观点;正确评价了以往文学艺术实践的成就与失误。由于马克思本人并未专门写过关于文艺理论问题的系统论著,这就往往给各种机会主义的歪曲理解与片面阐释留下可乘之机。另一方面,由于马克思把他关于文学艺术本质的看法融入了其哲学、政治经济学、美学等思想中,因此,从马克思主义思想体系出发,可以从中整理与建构一种逻辑严密、体系完整的马克思主义文学艺术观。它不仅可以帮助我们清理以往的文艺理论遗产,正确地评价历史上各种文学艺术现象,而且对于全面正确地认识文学艺术本质,促进文学艺术生产的良性发展,都具有十分重要的意义。

第一节 关于马克思主义文学艺术观的历史认识

谈到马克思主义文学艺术观不能不涉及反映论与主体论两种文艺理论。前者往往局限于主体理性反映机能而导致机械的庸俗的唯物论,即走向那种镜子式的反映论,而忽视了文学艺术固有的能动性与审美创造性;后者则由于倾向于哲学讨论而对文学艺术生产的审美特性有所忽略,把文学艺术活动混同于人类一般实践活动。只有批判地吸收这两种文艺理论的合理性,同时将其忽略掉的有关内容补充进来,才能建构真正的马克思主义文艺理论体系,从而使文学艺术的本质特征这一理论问题得到科学的、完整的解决。

一、反映论文学艺术观

反映论文学艺术观,是指那种建立在唯物主义认识论基础上的文学艺术特征论。它有两项基本原则:一是把现实世界看作文学艺术产生和发展的唯一源泉;二是把文学艺术创作看成是主体对社会生活和现实世界的理性反映。它的理论意义在于为我们全面正确地认识文学艺术的再现特征提供了一种哲学方法论,为我们解开文学艺术活动的认识论之谜建立了一种理论基础;但它的失误之处则在于忽略了文学艺术固有的审美创造性与情感特征,从而使文学艺术活动走向了观念化、概念化、抽象化,并且最终导致了文学艺术审美特征的取消。从认识价值角度讲,它表现为一种机械的直线式的形而上学反映论;从认识主体角度讲,它表现为一种取消主体能动性的机械的动物式的机械决定论。

关于反映论文学艺术观的实质,可以从其发生的背景和认识主体结构这样两方面加以认识。

首先,从反映论文学艺术观的产生背景看,可以说是唯物主义与唯心主义之间长期斗争的结果。在这个意义上,它吸收了再现论文学艺术观的基本观点。另一方面,它在否定唯心主义的虚幻性与精神性的同时,也把包含在其中的主体能动性与表现论文学艺术观的合理内核一起抛弃掉,并最终极端化为以机械唯物论为哲学基础的文学艺术反映观。这种反映论的文学艺术观也就倒退到镜子说的层次,并且必然丧失人类作为文学艺术创造主体基础的主观能动性。

值得注意的是,这种机械论反映观,对中国当代文艺理论与文学艺术实践曾产生过十分有害的影响。20世纪中国文学艺术在接受历史唯物主义世界观的指导之后,在很多方面都表现出前所未有的巨大进步,我们的作家深刻认识到人的本质,深切地了解人与动物的区别,了解了人不仅是自然的人,而且是社会的人。但是,由于受到苏联庸俗唯物论的影响,我们把社会实践本身的丰富性狭隘地理解为社会的阶级性,把人的社会本质也片面地理解为人的阶级本质。这种庸俗唯物论观念影响到文学艺术,就造成了人的精神主体性的丧失,人成为只是被社会所支配的没有力量的消极被动的附属品,其直接结果就是导致"见物不见人"的形而上学观念与人丧失了现实本质力量的异化现实。其中特别值得注意的是,把社会现实仅仅规定为阶级斗争的现实,直接导致了以阶级关系和阶级斗争为纲来规定文学艺术活动的"文学艺术为政治服务"理论,它要求文学艺术只能反映阶级矛盾和阶级斗争的现实,认为文学艺术的价值就在反映和认识这个现实。按照这种理论,所有的文学艺术对象都被规定为阶级观念的符号代码,人的所有活动也就成为某种政治观念的感性显现,从而把人自身固有的丰富个性消融于人的阶级性之中。这就发生了一种奇特的现象:人完全丧失了主体性,丧失了人之所以为人的东西。于是,人不再是人,而是物,是阶级观念的抽象符号,文学艺术也就不再是人学。对于具体的文学艺术创作来说,它一方面导致了人物性格的简单化和概念化,另一方面也把丰富多彩的现实生活粗俗化与抽象化。这种文学艺术的"阶级镜子",对于文学艺术创造主体的危害很大,它把文学艺术家变成一种阶级斗争的工具。"文革"结束时,我国文学艺术领域几乎已成为一片废墟,到处是思想观念的枷锁与艺术题材的禁区,对中国社会主义文学艺术事业造成了巨大的损失,这种历史教训必须认真总结与彻底清理。

从思维方式角度讲,关于反映论文学艺术观可以从如下两个方面加以评价。

第一,其长处在于把握了文学艺术的再现功能,承认世界是文学艺术的源泉,并且成功地解释了现实主义文学艺术中所包含的认识论意义。把文学艺术看作是对于社会生活的简单、机械的照相式反映,而混淆了艺术真实与客观真实,这是对于马克思主义关于文学艺术认识功能有关论述的歪曲阐释。马克思在《〈政治经济学批判〉导言》中,曾谈到"希腊艺术的前提是希腊神话,也就是已经通过人民的幻想用一种不自觉的艺术方式加工过的自然和社会形式本身"。毛泽东在《矛盾论》中也指出,中国文学艺术中具有神话性质的文学艺术作品,诸如《山海经》、《西游记》、《聊斋志异》等"不是现实之科学的反映"。艺术真实与生活真实的根本区别就在于是否经过了"艺术方式加工",两者的区别也就如同"神话"与"现实"之别一样。

这种混淆两种真实、两种价值的问题实际上一直存在。以中国古代诗学为例。杜牧《江南春》曾云:"千里莺啼绿映红,山村水廓酒旗风。南朝四百八十寺,多少楼台烟雨中。"明朝的杨慎在《升庵诗话》中批道:"'十里莺啼绿映红',今本误作'千里',若依俗本,'千里莺啼',谁人听得?'千里绿映红',谁人见得?若作十里,则莺啼绿红之景,村郭楼台,僧寺酒旗,皆在其中矣。"这里即客观取消了主观,从人的生理功能来探究人的艺术心理。实际上,如果从客观角度来斤斤计较,即使改作"十里"也还是不能说通。清人何文焕《历代诗话考索》中即云:"余谓即作十里,亦未必尽听得着,看得见。……此诗之意既广,不得专指一处。"再如唐孟郊《登科后》一诗:"昔日龌龊不足夸,今朝放荡思无涯。春风得意马蹄疾,一日看尽长安花。"后两句更是神来之笔,历来为人称道。而明代瞿佑在《归田诗话》中却这样质疑:"然长安花,一日岂能看尽。"又如清人毛奇龄论苏东坡"春江水暖鸭先知"云:"春江水暖,定该鸭知,鹅不知耶?"另一方面,有些古人也早就意识到艺术真实不同于客观真实。方密之《龙性堂诗话·续集》云:"诗不可以析理,析理之诗非诗之胜地。"他们排斥以理论诗,认为这是"诗道之厄",提倡诗"愈无理愈佳",否则则是"死在句下",是死钻牛角尖,也就不可能理解艺术创造的世界,得不到真正的艺术享受。

第二,其不足之处在于忽视了文学艺术不仅是一个对于客观世界的反映过程,而且还是一个对于作家主观心理世界的表现过程。陀思妥耶夫斯基就曾批判过把文学艺术反映看作是照相机的观点,他说照片与镜子中的映像都不是艺术作品,因为真正的文学艺术不是照相式的真实,不是机械的精确。而且文学艺术家也绝不是照相师和镜子,他们反映的是一种更多、更广、更深的生活内容。作为心理表现过程的文学艺术反映的是一个包含着作家的童年经验、心理情感、艺术感觉、审美创造力、价值观念甚至无意识等精神因素在内的系统活动。从这个意义上讲,反映论文学艺术观忽视了文学艺术创作主体的审美心理结构在文学艺术生产中的重要性,这也是它必然把文学艺术反映等同于机械认识论的照相式反映的原因。这种机械反映论实际上也一直是马克思主义理论所批判的。正如列宁所指出的:人类智慧对个别事物的摹写,不是简单的、直接的、照镜子那样死板的动作,而是复杂的、二重化的、曲折的、有可能使幻想脱离生活的活动。文学艺术的能动反映论与机械反映论两者的根本区别在于,机械认识论是一种简单、静止的二项图式的反映论,即一方是外界的刺激,另一方则是主体的反映,并且把两者的关系看成是一种直接的联系,这在实际上是走向了一种生物学意义上的环境决定论,把人的意识活动所具有的对于客观对象的构造、加工能力取消了。马克思主义的反映论是一种三项图式的反映论,它认为人的能动的感性活动是从客观到主观意识的唯一中介,而这个中介也可以说就是主体的心理结构。人的心理结构对认识活动有着十分重要的意义,这一点已经多次被现代认知科学所揭示。审美心理结构对于文学艺术反映过程的介入,使得文学艺术反映与科学反映相比,明显具有如下几方面的特点：一是文学艺术反映的形象性，即与哲学反映的结果是纯粹概念和逻辑不同，文学艺术反映的结果是文学艺术史上众多的栩栩如生的文学艺术形象。二是文学艺术反映的情绪性。科学反映是一种完全排斥情感活动的纯粹客观活动，只有这样才能达到科学活动所要求的客观真实性；而文学艺术反映则主要是一种情感的表达活动，它必然打上文学艺术家的感情烙印。三是文学艺术反映具有直觉性，它往往是一种灵感爆发的产物，许多文学艺术家对此都有深刻的体会；而科学反映是通过反思与逻辑推理得出的概念公式系列，它们是可以无限重复与检验的。

从认识主体结构的角度讲，反映论文学艺术观是对于马克思主义哲学与文艺理论的片面阐释的结果。这种片面性主要表现在：它割裂了马克思主义关于"存在决定意识"与"人的主观能动性"两者之间的辩证统一关系，只看到客观世界对于人类主体认识活动具有的决定性一面，而没有看到人类主体认识活动对于客观世界的反作用与实践改造功能。具体到文学艺术领域中，它表现为否定文学艺术生产中文学艺术家的主观能动性与审美创造作用。实际上这也是同马克思主义的基本原理相对立的。

从哲学角度讲，人本质上是一种具有主观能动性的生物，它的活动方式完全不同于动物的条件反射。马克思主义的反映论认为，文学艺术是一种社会意识形态，是人类的一种有目的、有意识的创造活动，而不是生物的本能活动。马克思曾这样比较人类与动物活动方式的不同："蜘蛛的活动与织工的活动相似，蜜蜂建筑蜂房的本领使人间的许多建筑师感到惭愧，但是，最蹩脚的建筑师从一开始就比最灵巧的蜜蜂高明的地方，是他在用蜂蜡建筑蜂房以前，已经在自己头脑中把它建成了。"① 列宁也指出，人的意识不仅反映客观世界，并且创造客观世界。人类作为一个有思想、有

---

① 《马克思恩格斯全集》第23卷，人民出版社1972年版，第202页。

感情的实践的主体,在进行历史实践时当然不同于动物界简单的生理复制过程,不仅必然要对自然界进行有意识的加工改造,而且同时也在这种历史实践中把自身再生产为更加丰富、更加具有人性的人自身。

马克思主义也特别强调文学艺术家作为劳动主体对于艺术对象的加工改造实践。所谓加工改造不仅是通常所说的选择、抽取、集中、概括等,它在本质上更是一种真正的建立在文学艺术实践基础上的创造性活动。马克思在谈到英国诗人密尔顿的《失乐园》时说过:密尔顿出于同春蚕吐丝一样的必要而创作《失乐园》,那是他的天性的能动表现。这里所谓的"能动天性",就是指文学艺术生产中不容忽视的文学艺术主体性,而文学艺术生产过程就是春蚕吐丝的过程。可以这样来理解马克思这个经典比喻:作家是有生命的春蚕,作品是春蚕劳动结果即所吐之丝,社会生活是源于客观世界的桑叶。由此可见文学艺术生产的能动性与创造性,即春蚕吃桑叶吐出来的是丝,是一种经过生产过程而发生了质变的劳动产品。这就说明文学艺术生产不是简单的、机械的动物性的复制活动,而是一种把劳动主体的生命活动融入其中的创造性劳动。文学艺术生产中的创造性,一方面表现在作家对原有生活形态的加工改造,另一方面更是对作家关于生活本身的认识和价值观念的表现,是一种不同于照相机的匠心独运的审美创造活动的结果。关于这一点,诗人歌德和哲学家黑格尔都有过精辟的论述。歌德说:"艺术家对于自然有着双重关系:他既是自然的主宰,又是自然的奴隶。他是自然的奴隶,因为他必须用人世间的材料来进行工作,才能使人理解;同时他又是自然的主宰,因为他使这种人世间的材料服从他的较高的意旨,并且为这较高的意旨服务。艺术要通过一种完整体向世界说话。但这种完整体不是他在自然中所能找到的,而是他自己的心智的果实,或者说,是一种丰产的神圣的精神灌注生气的结果。"黑格尔也说:"有人可能设想:画家应在现实中的最好的价值中东挑一点,西挑一点,来把它们拼凑在一起……但是艺术的要务并不止于这种搜集和挑选,艺术家必须是创造者,他必须在他的想象里把感发他的那些意蕴,对适当价值的知识,以及他的深刻的感觉和基本的情感都熔于一炉,从这里塑造他所要塑造的形象。"这说明艺术家对现实的反映,是一种灌注了自己生命汁液的、能动的、创造性的实践活动。

二、主体论文学艺术观

主体论文学艺术观的哲学基础是马克思主义的实践论。马克思不仅强调存在对于意识的决定作用,同时更强调人的感性生命力量、人类社会性的客观实践对于自然界与社会本身的创造性功能。在文学艺术生产领域里,也就是把文学艺术家的主体能动性,尤其是作为主体能动性重要表现价值的感觉、想象力等在文学艺术创作中的重要性突出出来。在中国文艺理论发展史上,它是伴随着对于机械决定论与消极反映论的理论的清算,在20世纪80年代逐渐形成的一种文学艺术观。关于主体论文学艺术观,可以从这样三个方面加以认识。

首先,从哲学角度讲,它突破了长期以来约束人们的机械决定论,正确地阐明了人类主体性对于客观世界的现实实践关系。张扬主体性意识可以唤醒个体对于社会和历史的超越性理想,对于恢复人类生命的创造性活力是一种现实的解放。其中所体现的,正是文艺复兴的人文主义、德国古典哲学的人本主义以及马克思主义哲学中的人道主义哲学思想的光辉。

主体性,是人之所以成为人的特性,它既包括人的主观需求,也包括人通过实践活动对客观世界的理解和把握。而文学艺术主体性,则主要是指在文学艺术生产活动中如何表现出这种人的主体性,它可以从三个方面来加以认识:第一,对于作家来说,它意味着一种真正的英雄式的观念,是不屈服于自己心灵之外的各种压力,敢于面对人生和真实的复杂的世界,把人按照人的存在特性表现出来,这是一种充满主观能动性与审美创造力的文学艺术活动。席勒在给歌德的一封信中曾这样称赞歌德:"因为你好像是照着自然的创造再创造着'人',所以你切望窥入它奥妙的机构。这是一个伟大的真正英雄式的观念,足以证明你的精神是如何地将它全部丰富的思想组成一个美丽的整体。"对于作品中的人物来说,它表现为人物性格与命运具有脱离作家观念束缚,甚至是一种可以超越时代、属于未来的理想创造产物,席勒把作家具备"人"的观念和"创造人"的观念看成英雄式的观念并不过分。第二,对于作家笔下的人物来说,只有当他获得主体性的地位时,他才是活生生的充满着血肉的形象。文学艺术史上许多著名的人物形象都具备这种超越性与理想性。第三,它还意味着文学艺术阅读与消费过程中读者的主体性,这种主体性表现于阅读活动不仅是一种被动的消极的接受活动,而且是一种积极的具有创造性的审美活动。这一点,在当代西方的接受美学中有精彩的描述。它认为文学艺术作品只是一种抽象的尚未获得审美价值的"乐谱",而读者的阅读活动才是对乐谱本身的演奏和欣赏。正是由于读者的阅读与欣赏,才真正把文学艺术的审美价值创造出来。

　　由于一个时期以来,机械唯物论彻底否定了文学艺术活动中的主体性结构,所以80年代以来中国的新时期文学艺术,处处张扬、表现的正是这样一种"有我之境"。例如,被看作是新时期文学艺术第一只报春燕的朦胧诗,当舒婷说"我站起来了",当北岛疾呼"我不相信",当顾城梦呓"我是一个爱幻想的孩子"时,他们共同表达了一种人的主体性的精神觉醒。个体情感上的悲伤,思想上的怀疑;对往事的感叹与回想,对未来的苦闷与彷徨;对前途的期待和没有把握,缺乏信心仍然憧憬,尽管渺茫却在希望,对青春年华的悼念痛惜,对人生、真理的探索追求,在蹒跚中的前进与徘徊……所有这种种难以言喻的复杂混乱的思想情感,都在朦胧诗中表现了出来，其目的就是为了争得一种做人的权利。这就是80年代中国文学艺术主体性在文学艺术中的突出表现。

其次，从文学艺术实践的角度讲，文学艺术主体性的作用主要表现在它对于文学艺术反映的特殊作用中。第一，创作主体对于所反映的生活内容具有主体的自由选择性。思想文化倾向不同的作家，往往因为所关注的社会生活现象的不同，而选择不同的社会生活材料进行审美创造，直至最终写出不同生活内容的作品。例如唐代诗人李白和王维，同是生活在盛唐时代，可是由于两人的生活道路与人生观不同，从而表现出风格迥异的文学艺术审美风格。主要受到儒、道两家思想影响的李白，一方面在诗歌中表现出个人建功立业的豪情壮志，宣泄自己对社会黑暗现实的强烈不满；另一方面还写了大量豪迈山水诗，在奇伟的画面里激荡着一股高昂慷慨的英雄情怀。而王维早年信儒，有进步的思想倾向，也写过一些揭露政治腐败、期望建功立业的篇章；但晚年崇尚佛理，便使他多着笔于山野溪涧之中，意境幽寂，情怀恬淡。作家主体性结构的差异，最终形成了两种完全不同的文学艺术风格，这很能说明作家主体性对于反映生活所具有的自由选择性。第二，文学艺术主体性还表现在作家加工、生产文学艺术对象时的差异性。由于文学艺术反映必须经过作家个体头脑和审美心理结构的过滤，所以文学艺术主体性必然要在审美对象上打上不同的精神烙印。社会生活好比原料，作家的头脑与审美心理结构便是一个加工厂，来自生活的种种印象、表象、经验都要经过其加工、创造，融进一定的思想和感情，才能成为一种精神产品。面对同一社会生活现象，不同作家由于思维方式与审美心理结构的不同，往往会得出截然相反的认识和评价。例如同是一个王昭君出塞的历史故事，在不同时代、不同的作家笔下的差异是十分巨大的。第三，文学艺术主体性尤其体现在作家反映生活的审美创造性上。文学艺术贵在创造。鲁迅说："依傍和摹仿，决不能产生真艺术。"作家反映生活时总是力求把自己对生活的独特感受和发现诉诸文字和作品中,成为一种新颖别致的关于生活本身的创造性反映和表现。

再次,需要强调的是,这种文学艺术主体性不能脱离具体的社会历史实践活动,因为一旦这样,就很容易使文学艺术主体走向"小写的我",就会走向个体的唯意志论,从而与唯心主义的天才说,与极端个人主义的"表现自我"合流;从而产生创造与摹仿、表现与再现、自我与社会的根本对立。这时的文学艺术主体性就会丧失其积极的现实主义精神,从而走向精神上的堕落与艺术上的苍白。例如,在90年代中国某些探索文学艺术中,由于受到西方现代主义文学艺术的影响,一些文学艺术家彻底放弃了文学艺术的反映论,其结果则是取消了真实与幻觉、理想与现实的差异。他们希望用纯粹个体的回忆等来瓦解现实世界的存在结构,从而对幻觉、潜意识、各种生理本能产生了一种病态的迷恋,希望在幻觉所展开的"空地"上自由栖居。这实际上正是由于错误地理解了文学艺术反映与文学艺术主体性的关系所导致的。

三、马克思主义文学艺术观的现代发展

从人类关于文艺理论的历史思考,尤其是从马克思主义文学艺术观的历史回顾角度看,马克思主义文学艺术观的现代建设必须充分注意这样两个问题:一方面必须在充分吸收西方现代哲学、美学、心理学等成果的基础上完成关于对于它们片面性的批判;另一方面必须以马克思主义哲学为基本原则,正确、全面地理解和阐释文学艺术的本质特征,并且以此为理论武器,指导当代文学艺术创作的健康发展。这是马克思主义文学艺术观走向现代形态的必由之路。

马克思主义文学艺术观的现代发展,主要表现在对以下两种文学艺术活动中主要矛盾的解决上。只有正确解决了主体性与反映论、理想性与现实性的矛盾关系,也才可能把马克思主义文艺理

论推向一种现代性的高度。

首先,从文学艺术反映论角度说,马克思主义文学艺术观必然是对于主体性与反映论的矛盾的解决与统一。

从文艺理论历史角度看,主体性与反映论的矛盾可以说一直是一个没有得到很好解决的疑难问题。其中,再现说在充分发挥主体的反映功能时,却将文学艺术的主体性,尤其是文学艺术主体的想象力与表现特征忽视了,其最终结果则是走向了古典主义的刻板模式、自然主义的科学反映以及机械认识论对主体能动性的彻底否定。它们都不是莱辛所向往的古希腊文学艺术中人物的自由个性,那种人的感情与理性精神同时达到高峰的自由表现。莱辛曾说这种自由个性就像钢铁般的战神,当提阿墨得斯的矛头刺中他时,他却因疼痛而叫喊起来,使得双方的作战军队为之惊惶失色。但是到了古典主义文学艺术时代,在那种理性主义的极端化、观念化的描写中,这种自由的个性结构却受到艺术程式的规范而被扭曲,这时人物本身就成为善或恶、幸福或责任的传声筒。马克思讲的"席勒化"实际上就是由于受到这种理性观念影响的结果,它严重地损害了人物关系与人性描写的深度与广度。另一方面,以表现说为文学艺术观念的浪漫主义虽然反对这种观念化文学艺术,把人的天性、感情与想象力提到文学艺术的本质高度,但是由于他们认为只有那些天才人物才有真正的个性,而往往把他们与具体的环境隔离开来,于是就在文学艺术中出现了傲视一切的"孤独的人",为个人的幸福而奋斗但不知他人幸福为何物的人,内心丰富但又与世隔离的人。别林斯基曾嘲笑漫画化了的日本英雄美人的艳情故事:在这类小说里,主人公一定是个仪表非凡的美男子,弹得一手好吉他,歌唱得也不错,能使各种武器,又富于膂力;如果是个坏蛋,那他就是接近不得的,吃也要把你生吞活剥地吃下肚里去,他是这样一个找不出第二的凶徒。这是一种"矫揉造作的、浮夸的……像涂脂抹粉的演员一样的理想主义"。这种结果当然也是由于未能正确处理好文学艺术的主体性与反映特征的关系所导致的。

从文学艺术史上看,这种矛盾正是在批判现实主义文学艺术中才得到解决的。它一方面克服了古典主义人物模式描写的先验性,另一方面也限定了浪漫主义人物个性的非社会化倾向。批判现实主义的审美思维的基础是历史主义观念,它是一种通过观察、理解社会关系与重大历史事件来阐释生活演变的历史方法论。19世纪的批判现实主义文学艺术家,大都自觉不自觉地感染到这种历史意识,他们从社会历史背景出发去观察人与人的关系,把人与周围的环境联系在一起进行思考。这样,他们对人性的认识和理解与马克思主义的历史唯物论就有了某种相近关系,这也是马克思对批判现实主义高度评价的原因。巴尔扎克说:要从整体上描写生活,像它本身那样,描写它的一切德行,一切可尊敬的、高尚的和鲜廉寡耻的方面。托尔斯泰文学艺术观念中同样存在着这种宏大的整体联系思想。他说:最重要的是生活,但是我们的生活,现在、过去和将来与另一些人的生活相互联系着,生活,它愈显得是生活,则与其他人的公共生活的联系就愈紧密。他在这里所说的联系,实际上就是人与人的关系。正是基于这种宏大的历史视野与忠实于时代的精神信念,托尔斯泰才能写出气势磅礴的《战争与和平》。巴尔扎克则雄心勃勃地把自己作品的总体构思命名为"人间喜剧",称之为"十九世纪的风俗研究"。"风俗研究"要反映一切社会实况:"我要描写每一种生活的情景,每一种姿仪,每一种男性或女性的性格,每一种生活的方式,每一种职业,每一种社会的地位……人类心灵的故事一点一点地揭破了之后,社会的历史一页一页地展开了之后,我的基础就算奠定下来了。"可以说,巴尔扎克所涉及的题材面之广,所揭示的人性深度之深,真正是前无古人后无来者的,巴尔扎克进行的是"壁画"式、全景式的人性研究。

正是这种对于生活的历史主义观察方法,给现实主义带来两方面的显著进步:一是使文学艺术创作题材走向自由选择,从而实现了对于古典主义文学艺术的僵化模式的突破,把更为广阔的生活世界变成文学艺术表现、反映、审美的对象。另一方面,它又属于从浪漫主义的创作题材,诸如传说、故事、历史斗争、奇遇等引渡进来,从而成为一种真正全面地、充分地面向现实的文学艺术反映活动。它以全新的观点审视与描写古典主义文学艺术所表现的上流社会、王公贵族,揭示他们生活世界中的腐败真相,使这类题材的崇高性荡然无存,从而超越了古典主义狭隘的思想观念。它还接受了浪漫主义文学艺术中的群众斗争、爱情故事题材和历史题材,同时改造了浪漫主义的罗曼蒂克情调与虚幻性,成为全面地深入历史、现实社会和人的心理的各个层面的雕塑式的、历史长卷式的鸿篇巨制,呈现了文学艺术史上前所未有的波澜壮阔的局面。二是表现在对于人性的深刻理解上。由于是从人与人的相互联系中来理解人性的,这就克服了历史上所有理解人性的单一化倾向与观点。它超越了道德主义关于善与恶、好与坏的局限,同时也超越了机械唯物主义把人看作动物或机器的粗陋观点,这就使得批判现实主义文学艺术在人性观上成为最接近马克思主义的理论。巴尔扎克通过自我分析发现了人性的综合性与复杂性,这与马克思把人性看作是一切社会关系总和的理论相一致。由于充分意识到人作为主体存在结构的复杂性与多元性,批判现实主义作家特别重视人性变化中的突发性与非逻辑性因素,这使得他们可以超越传统的平面化与肤浅化的观察方式,从而可以在变化流动、在历史过程与心理过程中认识人、描写人。

其次,从文学艺术主体性角度讲,马克思主义文学艺术观必然要解决理想与现实的矛盾关系,以实现文学艺术家批判现实和弘扬理想的精神的统一。

关于这一点,也可以说是如何处理马克思主义文学艺术观同表现论文学艺术特征的关系问题。表现论所面临的根本问题就是无法解决理想与现实的关系问题,所以浪漫主义的文学艺术总是与现实世界之间充满巨大的心灵冲突。

正确理解理想与现实的矛盾关系问题,可以从这样三方面考察。

第一,这种矛盾是如何产生的。从某种意义上讲,理想与现实发生矛盾具有必然性,人在现实生活中往往强烈地感到自己的生活不应该这样,而应该那样,这种现实环境不令人满意,而那种环境会令人满意。在此基础上,通过主观的想象等思维活动编织自己感到满意和认为应该那样的生活图景,于是就产生了理想。理想产生于人所特有的对于他的所有的和所能的不满,产生于对更优的东西的追求,以及在自己的想象中设想这种更优的、所愿望的东西的能力。人的全部社会活动,从一定意义上说,就是不断地认识现实、产生理想并实现理想的过程。人的审美理想就产生在这个过程中,并且以表象的价值具体地存在于人的意识中。文学艺术是人的审美理想的集中体现和反映,文艺创作活动因而也具有了"理想化"的特性。一般说来,理想化是指在艺术创作过程中,艺术家受其审美理想的指引而对艺术形象进行塑造与处理。

第二,人们在历史上又是如何处理的。从美学角度讲,康德的天才说更是把理想与现实的尖锐矛盾和对立问题空前突出出来。黑格尔美学尽管没有全然割裂现实与理想的关系,认为艺术理想的本质在于使外在的事物还原到具有心灵性的事物,使外在的现象符合心灵,成为心灵的表现;它是通过"清洗",把现实对象中不符合心灵的东西抛开,"因此理想就是从一大堆个别偶然的东西中所拣回来的现实"。但由于黑格尔的理想化原则强调"心灵"按照客观唯心主义的理念对现实进行选择与清理,所以他并没有把理想与现实的对立关系真正解决好。这个问题还可以从古典主义与浪漫主义的文艺理论中来了解。在古典主义看来,理想被认为是从现实中选择和抽象出来的东西,理想不仅能改善自然,而且能改造现实,艺术家能塑造出自然界中没有其原型的形象。夏多布里安认为:"如果你歌颂现代,你将不得不在作品中避免真情实况,而选择理想的精神的美与理想的物体的美。"这样,理想和现实依然被看作二元对立之物。这种理想与现实的对立,最典型的描述是在浪漫主义者那里。在浪漫主义文学艺术创作中,理想化被赋予了特殊的意义,浪漫主义艺术家往往通过对理想人物的理想境界的描绘来否定和批判现实,他们认为现实中已丧失了美与和谐,并借助强烈的主观情感,运用夸张、幻想、象征等手法虚构一个非现实的幻想世界。浪漫主义追求理想的途径有两条:一是面向过去了的时代,追求异国原始状态的理想、宗教道德的理想或者个人童年时期心灵中的理想;一是面向未来,按照生活发展的必然逻辑去构筑合理的理想世界。而这两条道路实际上都不可能真正解决理想与现实的矛盾关系。

真正科学地解决理想与现实的矛盾关系的是马克思主义文艺理论。在马克思主义经典作家看来,理想不是一种道德的基准或无上的命令,而是现实内在的发展趋势。人并非生来就有关于生活应该怎样的理想,这种理想在其意识中的形成取决于他们的现实生活怎样,他们在这种现实生活中产生怎样的要求、愿望和追求。理想是人的需要和满足这些需要的方式之间的主要中介,同时它也是评价现实世界的标准,存在于人的主观愿望中的理想成为对现实存在的评价标准,这就是现实与理想的辩证关系。文艺创作中,一方面理想绝不能够脱离现实;另一方面,也不能满足于对现实本身的再现与反映,而应是在对现实的矛盾和发展趋势的综合中塑造出一个符合生活发展逻辑、一种代表人类未来理想的形象世界。

现实化与理想化的统一表现在:审美主体在面对一个幻想性的、具有强烈主观抒情色彩的世界时,能够从中形象地看到现实发展的趋势,并据此对现实世界作出正确的审美评价,从而在主体心灵的自由超越与客观现实的必然发展的对立统一中,体验到对自我、对未来的信心,感受到强烈的审美愉悦。文学艺术家在表现千姿百态的自然现实和人类精神现实的时候,并没有把现实与理想看成是相互对立的不相容之物,而是在对现实世界的描绘中融进了对未来的憧憬和信心。

第二节 审美创造的语言符号形态

根据对各种文学艺术观的逻辑分析与历史分析,可以在马克思主义哲学美学理论基础上得出这样一个关于文学艺术的本质规定:文学艺术是审美创造的语言符号形态。

文学艺术作为一种审美创造的语言符号形态,可以从文学艺术生产主体、文学艺术生产对象以及文学艺术消费活动这三个方面加以阐述。

一、文学艺术活动是人类本质力量的对象化

从人类生产主体角度看,文学艺术活动从属于人的本质力量对象化这种客观实践活动。它的意思是说,只有通过人类改造自然的客观实践活动,人类生命中固有的本质力量才能表现出来,或者说人类的现实需要只有通过这种人化自然的实践活动才能获得充分满足。但是另一方面,文学艺术活动作为一种人类特有的精神活动,它与人类一般的改造现实的客观实践活动又有所不同。两者的关系可以这样看:文学艺术的本质根源于人类审美意识的产生,人类审美意识则根源于人类特殊的生命活动方式本身。因此,必须首先从哲学角度搞清楚人类生命活动方式的特殊结构,才能为揭示文学艺术活动的奥秘建立一种客观基础。在这个宇宙中,可以说只有人类才能从事审美活动,这是人基本的类特征之

一。猫头鹰的眼睛可以在晚上视物,在这一点上它优于人眼,但它却永远不可以对着星空遐想、对着月光赞美。自然界的动植物可以唱出动人的歌、开出美丽的花,但对于它们本身来说,这不过是出于一种性吸引的自然本能,而永远不可能用歌声与花朵来表达爱情。人类为什么可以进行审美活动呢?要了解这一点,就必须首先知道人的主体性是从何而来的,以及它的活动方式的独特性怎样。从马克思主义哲学关于这个问题的研究中,可以从这样两个方面加以认识。

首先,必须正确认识人类生命活动的实践特征,它本质上是一种自由自觉的活动方式,这种自由自觉的活动特性也就是人的类本质,也就是人与自然、与其他生物最基本的区别。所谓人的活动的自由特性主要是指人类活动方式具有超越于自然界的特殊性质。动植物只能在时间长河中一次次地复制自身,而不可能超越它固有的生物属性,即它们的活动不具有自由自觉的实践特征。动物生生死死只构成一部自然史,其中动物与它的世界都没有发生任何改变;而人类的实践活动却改变了整个世界。在理解这个马克思主义人学的基本问题时,特别需要注意的是要同一切旧唯物主义的形而上学观念划清界限,例如人是机器的观念,或者彻底取消人的能动的超自然的特性的观点,这些观点否定了人类生命活动的实践本质,取消了人类具有的创造性与自由本性。另一方面,还必须注意要从客观实践角度来理解这种独特的自由自觉性,即人所具有的这种独特的类本质,必须建立在人类客观的制造和使用工具、改造自然的现实世界的基础上。在这一点上,一切唯心主义者特别容易犯错误。例如,浪漫主义者标举的"天才说",它固然把人与自然、与其他生物的本质区别表现得十分突出,但由于不知道人类所具有的种种具有天才性质的创造活动实际上都是在改造自然的客观实践活动中发展而来的,所以他们从来也不能正确解答人类的自由自觉特性到底从何而来,往往只能把它归结为某种具有先验性质的东西。而这实际上也是把属于人类自身的能动性歪曲了,这种歪曲同样否定了人的类本质所具有的自觉性。这也是人与自然的一个本质区别,因为人类的所有实践活动实际上不仅是"自由的",而且还必然是"自觉的",即人类可以充分意识并自由地对待他的生命活动。

正是在这个意义上,可以说自然界以及动植物的生存活动本质上都是一种单向的、非对象化的活动方式,它一方面从来没有超出它的自然规定性,即不具备任何人类活动的"自由"特征;另一方面,它也从来没有对其活动本身产生过"自觉"意识。正如马克思所指出的:诚然,动物也生产。它也为自己营造巢穴或住所,如蜜蜂、海狸、蚂蚁等。但是动物只生产它的幼仔所直接需要的东西;动物的生产是片面的,而人的生产是全面的;动物只是在直接的肉体需要的支配下生产,而人甚至不受肉体需要的支配也生产,并且只有不受这种需要支配时才进行真正的生产;动物只生产自身,而人再生产整个自然界;动物的产品直接同它的肉体相联系,而人则自由地对待自己的产品。动物只是按照它所属的那个种的尺度和需要来建造,而人却懂得按照任何一个种的尺度来进行生产,并且懂得怎样处处都把内在的尺度运用到对象上去;因此,人也按照美的规律来建造。① 而人类实践活动本质上是一种双向的、对象化的活动方式,它一方面把自然的存在转化为社会的存在,另一方面也把社会的东西重新复归于自然界。即一方面它是一种"人化自然"的主体力量实现过程;另一方面又由于它同时也是"自然的人化",而使人类生命本身具有了越来越高的自由性的过程。通过前者的实践活动,自然打上了人化的烙印,成为属人的对象性世界;通过后者,它使人类在其本身的实践活动中超出了他作为自然存在物的动物性与生存方式的机械重复性,从而成为一

---

① 马克思:《1844 年经济学哲学手稿》,人民出版社 1985 年版,第 53~54 页。

种不断丰富、不断增加的过程。通过实践，人不仅改变了自然界，而且还把人生产为具有人性的人本身。正是在这种人与自然的实践过程中，人不再是旧唯物主义视野中的完全服从于外部世界的机械装置；另一方面，由于它把人的类本质的生成置于人类改造自然的客观实践活动中，所以也超越了唯心主义把人的主观能动性视为神秘先验的东西，从而把人的现实的全面本质意义揭示出来，把人所具有的自由自觉特性以及他是如何获得这种特性的原因与过程科学地解释出来。这是马克思主义人学一个最基本的出发点，也是我们理解一切文学艺术活动的哲学基础。

其次，还必须正确解释审美活动的特殊性。马克思主义的人的本质力量对象化理论，实际上阐明了人类主体性的总体发生之谜。而在人类改造自然的历史实践中所产生的类本质结构，实际上主要表现在真、善、美三个方面，或者说自由直观（认识）、自由意志（伦理）与自由感受（审美）三方面。它们都是人的本质力量对象化的结果，而各自的性质与功能又有所不同。正是有了这种主体性结构，人类才与动物界彻底相区别，所以一个动物既不会产生道德问题，也不会想到生还是死的哲学问题，当然更不会产生情感问题。以生产劳动为实践中介的人类改造自然与发展自身的活动，当然是人类审美本质力量的发生根源。但是，仅仅知道这一点还不够，它不足以区别美与真、善之间的根本差异。审美活动与认识活动、伦理活动的根本区别在于只有审美活动彻底放弃了人类活动直接的功利性。正如李泽厚指出的那样："人类在漫长的几十万年的制造工具和使用工具的物质实践中，劳动生产作为运用规律的主体活动，日渐成为普遍具有合规律的性能和形式，对各种自然秩序形式规律，人类逐渐熟悉了、掌握了、运用了，才使这些东西具有了审美性质。自然事物的性能（生长、运动、发展等）和形式（对称、和谐、秩序等）是由于同人类这种物质生产中主体活动的合规律的性能、形式产生同构同形，而不只是生物生理上产生的同形同构,才进入美的领域的。"① 人类主体性结构,包括智力结构、意志结构与审美结构,实际上都是人类漫长的制造和使用工具的历史实践的产物,人类在使用工具改造客观世界的同时,也改变了主观世界,产生出一系列超自然和超生物的精神素质,它内化、凝聚、积淀为智力、意志和审美的价值结构。文学艺术作为人的本质力量对象化之产物,它的根本特性就在于它对于现实活动的审美超越与审美创造性上。在文学艺术中,人类同对象世界建立的是一种具有超功利性质的自由关系。

马克思在《德意志意识形态》中提出"艺术劳动",在《〈政治经济学批判〉导言》中提出"艺术生产"的理论,都充分突出了文学艺术生产活动所具有的特殊性。文学艺术作为精神生产的特殊性,一方面不仅不同于人类社会中直接创造物质财富的物质生产活动,而且也不同于人类社会中其他实用性精神生产创造。这里可以举一个具体的例子来说明审美活动的特殊性。作为主体性存在的生命个体,可以说它在面对任何现实对象之时,同时可以具有三种价值态度。例如面对一个苹果,从认识活动角度讲,可知道苹果本身可以充饥,有营养构成以及其他客观实用价值;从伦理活动角度讲,人所面对的则是一个道德困境中的苹果,此时人们必须首先思考的是它是否"应该"的问题,如应该吃掉,还是置之不理,这主要取决于主体的主观伦理价值;从审美活动的角度讲,这是主体的注意力主要集中在人类审美活动所创造的苹果"价值"或者外观本身,这时的苹果也就超越了它自身的感性特征,而成为一种属于人类的艺术品。在这三种主体的自我肯定方式中,只有一方面摆脱了主体的认识角度的客观价值冲动,另一方面摆脱了主体内在的主观价值,才能进入审美创造的独特境界中。这也是很多文学艺术家特别喜欢强调审美活动和道德活动与科学活动界限的根源。

---

① 李泽厚著:《美学四讲》,三联书店1989年版,第67页。

如波德莱尔说:"纯粹的智力对准的是真实,趣味向我们指出美,道德教我们知道责任。"他甚至还认为诗人如果追求道德目的,就减弱了诗的力量,"诗不能等于科学和道德,否则诗就会衰退和死亡;它不以真实为对象,它只以自身为目的"。但是,这种对于文学艺术审美特征的强调不能走向极端,如果把诗与真实、道德完全脱离开来,甚至强调"诗除了自身外并无其他目的",这显然也就割裂了人类认识活动、伦理活动与审美活动的内在联系。所以,审美活动的秘密在于:它是一种人类本质力量的对象化价值,但它更是在实践的基础上发生的一种审美创造活动,因而它不可能脱离人类社会的认识活动与伦理活动,而是三者在人类实践活动中的统一。这一点还可以从文学艺术史加以认识。例如,古典主义文学艺术强调"善"的第一性,而自然主义文学艺术则看重"真"的第一性,浪漫主义文学艺术则强调"美"的第一性,它们虽然对于文学艺术本质的某一层面有所发展,但是由于割裂了三者之间的内在统一关系,所以都没有达到现实主义文学艺术所达到的历史高度。而最伟大与最优秀的现实主义文学艺术,实际上既表达了对于社会现实的真理性认识,又展示了文学艺术家本身崇高的道德理想主义,同时,它们当然还是比较完美的伟大艺术创造。

二、文学艺术是一种符号的艺术

从艺术生产对象的角度看,文学艺术的本质特征可以归结为是一种语言符号的艺术,即它是一种以语言符号为物质媒介的人类特殊的生产活动方式。正如马克思在《〈政治经济学批判〉导言》中所指出的:"艺术对象创造出懂得艺术和能够欣赏美的大众……生产不仅为主体生产对象,而且也为对象生产主体。"[1] 这就是说,文学艺术对象本身同样也直接决定着文学艺术活动的生产性

---

[1] 《马克思恩格斯选集》第2卷,人民出版社1972年版,第95页。

质以及精神劳动的本质特征。从文学艺术生产对象的角度看,文学艺术特征主要可以从这样三个方面来加以阐释。

首先,文学艺术活动作为人类本质力量对象化的实践活动,它一方面与人类物质实践活动有着共同性,另一方面由于生产对象的不同因而又具有某种特殊性。其共同之处是它们都属于人类共同的生活活动本身,都是对于人类生命需要的一种满足方式。这也是马克思把文学、艺术、科学、哲学、宗教、政治法律等都列入人类生产范畴之内,并认为它们都从属于人类实践活动本身的根源。又由于生产的对象与性质不同,所以马克思又认为它们"是生产的一些特殊方式",这就体现出精神生产与物质生产的差异性。也可以说它与一般物质生产的基本区别就在于:文学艺术生产是一种以文化符号为生产对象的人类精神生产方式,这与物质生产活动直接以客观自然为生产对象根本不同,这种文化符号的创造活动最终成果是人类的精神主体性结构,它们也就是马克思在《德意志意识形态》中提出"艺术劳动",在《〈政治经济学批判〉导言》中提出"艺术生产"的现实展开。只有首先突出精神生产中生产对象的这种特殊性,才能把它与人类其他的生产实践活动相区别。

其次,由于几乎所有的人类文化创造活动都以文化符号为生产对象,并且其最终的结果都是一种符号形态的存在,所以仅仅把文学艺术活动作为一种文化符号创造活动来理解是非常不够的。文化符号可以区分为三个层面,即科学符号、伦理符号与艺术符号。其中,文学艺术活动作为一种语言艺术,它的特殊性一方面可以从外部关系,即审美符号与科学符号、伦理符号的区别的角度来理解,另一方面也可以从审美符号内部来认识。从前一个角度讲,科学符号指向客观世界,是对于客观世界存在规律的反映与再现;而伦理符号则指向人类主观世界,它是对于人类主观性的理想与意愿的表达,它们都与人类的审美符号和艺术活动无关。从后一个角度讲,即同时作为一种艺术化的审美符号,由于艺术生产方式的不同,实际上相互之间也存在着极大的差异性。也可以说文学艺术本质上是以审美创造为核心的一种人类文化符号创造活动,正如苏珊·朗格说"艺术是人类情感的符号价值的创造"一样。这里可从文学与绘画、音乐的关系来讨论,它们的主要区别在于艺术生产时所借助的物质媒介有很大不同。具体说来,文学活动的物质媒介是语言文字符号,它既不如绘画符号那样直接,也不如音乐语言那样抽象。关于前者,正如古人讨论的"诗"与"画"的区别一样,有些直观的审美经验是文字无法表达的。关于后者,则正如叔本华所言:音乐是跟有形世界完全独立的,完全无视有形世界的,即使没有世界也能够在某一形式上存在的;这是别种艺术所不及的地方。① 也就是说,绘画等视觉艺术借助的是比语言更具直观性的线条、色彩等,而音乐艺术则借助比语言符号更为抽象的音响、节奏、调式等。虽然文字本身也具有抽象的线条、色彩、语音、文字节奏等,但是与绘画相比它们显得抽象,而与音乐相比则显得具体。只有把文学艺术生产对象的这种符号本身的特殊性揭示出来,才能把文学艺术与其他艺术活动相区别。在这个意义上,语言符号恰是文学艺术与其他艺术门类的基本区别所在。——这都是由文学艺术的物质媒介决定的。

三、文学艺术是一种审美创造的符号形态

从马克思主义美学的基本原理出发,文学艺术本质上是一种审美创造的语言符号形态。这可以说是马克思主义文艺理论的第一原理。这个定义可以这样看:其中作为生产对象的符号工具把精神生产同物质生产区别出来,作为生产结果的审美符号把艺术活动同其他的文化符号创造活动(如政治、法律等)区别开来,而对

---

① 转自格罗塞著,蔡慕晖译:《艺术的起源》,商务印书馆1984年第1版,第215页。

于文学艺术活动语言性质的强调则把文学艺术同其他门类的艺术活动区别开来。对于文学艺术活动来说,其最为根本的性质在于它是一种审美创造活动,这是贯穿整个文学艺术生产过程的中心与灵魂。在从生产对象角度区别了精神生产与物质生产以及精神生产内部各种活动方式的差异性之后,还有必要把文学艺术生产的审美创造性予以进一步阐明。这一点可以从两个方面来了解。

首先,从文学艺术生产角度讲,文学艺术主体的审美创造性可以从这样三方面来阐释。

从再现论角度讲,由于文学艺术的认识特征,它虽然具有反映、认识性质,但与科学符号那种客观性的、不带任何个体感情色彩的反映活动截然不同,它不仅是对于社会生活的一种反映,更是一种带有审美创造与情感投射的表现活动。如果说科学反映的是一种客观真实,那么审美创造显现的则是一种艺术真实。正如柯林武德把艺术定义为"一个人情感的吐露"那样,它是这种具有高度个体性的情感活动的实现。例如,面对一块石头,科学家按照自然科学的分类原则可以认识石头所具有的各种物理化学性质;而在文学艺术的审美观照中,像罗丹的大理石雕像却可以使人隐约感到肌肤的温暖。

从表现论角度讲,由于文学艺术的情感表现特征,它虽然具有对人类情感的表现功能,但与那种对于主观世界的伦理表现功能仍有着明显的区别。伦理情感仍然具有某种现实的功利性,而文学艺术的情感表现可以说更加具有审美的超功利性。例如,同是面临着自然山水,伦理表现正如中国古代人的这种观赏活动:"孔子观于东流之水。子贡问于孔子曰:'君子之所以见大水必观焉者,是何?'孔子曰:'夫水,大遍与诸生而无为也,似德。其流也埤下,裾拘必循其理,似义。其洸洸乎不淈尽,似道。若有决行之,其应佚若声响,其赴百仞之谷不惧,似勇。主量必平,似法。盈不求概,似正。淖约微达,似察。以出以入,以就鲜洁,似善化。其万折也必东,似志。是故君子见大水必观焉。'"① 它表明伦理活动从自然山水中所感受的不是自然的价值美,而是主体的人格之善,是这种人格之善借彼山川,抒我胸怀,其目的不是人在自然中的陶醉与和谐,而是借此来突出人性的伦理崇高。而审美情感则更类似于庄子讲的那种"天地与我为一"的物我交融的境界。

从象征论角度讲,可以说在诸种人类活动中,最具象征性质的是宗教。文学艺术活动虽然也具有象征特征,但是它与宗教象征的区别还是显而易见的。这种区别同样表现在文学艺术活动的审美创造性上。宗教的象征是神秘的,它建立在个体的禁欲主义与宗教信仰的基础上;而文学艺术的象征特征虽然也具有一定的朦胧性,但基本上是明朗的、清晰的,它的主体基础是个体的情感世界,并且具有一种十分美好的感性享受性质。从这个意义上讲,文学艺术活动绝不同于一般的精神病人的胡思乱想,这也是"艺术表现"与"自我表现"的根本不同之处。正如苏珊·朗格所说:"艺术家所要表现的不是他个人的实际情感,而是他所了解的人类的情感。"

把这里的思想与历史上的三种文学艺术观比较看,可以说它们都没有能够适合文学艺术是审美创造的符号这个文学艺术的第一原理。其中,反映论文学艺术观充分利用了"真"/人的理性本质,遮蔽了人的心理结构的复杂性;表现论文学艺术观充分利用了"善"/个体的意志能力,割裂了个体与社会的有机联系;象征论文学艺术观充分利用了"本能"/个体的生理感性本质力量,颠倒了意识与无意识的本质关系。如果说前者表现为在审美创造上的不足,那么后两者则分别否定了语言符号的社会性与意识形态性。它们的片面性使其都不能成为对文学艺术本质之谜的真正回答。

其次,文学艺术本身的审美创造性,还可以从文学艺术消费角

---

① 《荀子·宥坐》。

度来加以阐释。文学艺术本身作为一种审美创造的语言符号形态,它与一般的生活消费品有着很大的不同。对于它来说,"消费也是生产",即审美活动本质上既是消费,同时也是创造。一般生活品的消费都是一次性的,不管它多么经久耐用,它总是不断地丧失其固有的使用价值,直到它彻底被耗尽。而文学艺术作品与此不同,它是那种有生命的、具有永恒魅力的东西,许多伟大作品直到后世其审美价值才被人们发现,表明的也是这一点。特别值得注意的是,马克思关于"消费也是生产"的政治经济学思想,在20世纪又被许多西方文艺理论所吸取。例如,西方的读者反应批评理论把文学艺术作品划分为艺术成品(art-effect)与审美对象(aesthetic object)两个部分,其中的区别就在于是否具有审美价值。其中有一个著名的比喻,就是把前者看作是乐谱,即一种尚未演奏、尚未实现其审美价值的东西;另一方面则把读者的阅读与欣赏活动看作是音乐会,正是通过后者,作品才从一种"物品"上升为一种"艺术"。读者反映批评理论对于读者"二度"创造的高度认识正表明文学艺术活动的本质属性在于它所具有的审美创造性。文学艺术消费活动在当代世界中的地位与意义越来越特殊与重要,这些都表明文学艺术活动的审美创造性是当代文学艺术观念中一个最核心的东西。

第二编　文艺作品论

本编学习的是对文艺作品本身进行分析、研究的方法。对文艺作品进行分析、研究可以从两个基本的方向进行：一是从宏观的视角，认识不同类型文艺作品各自的特征；二是从微观的视角，对具体作品内部构造的规律进行研究。本编第一章是对不同文艺作品的类型特征进行研究，而第二章则是对作品构成规律展开分析。

第五章　文艺作品的类型与样式

本章对文艺作品的研究是分类研究。首先对形形色色的文艺作品进行基本的分类。按照一般通行的做法，依据艺术形象的创作和传达所使用的媒介特点进行分类，可将传统的主要艺术创作分为四个类型：一是造型艺术，即运用一定的物质材料在空间塑造静态的平面或立体视觉形象的艺术，主要是雕塑和绘画；二是表演艺术，即通过表演者的活动来塑造和展现动态的听觉或视觉形象的艺术，主要是音乐和舞蹈；三是综合艺术，即综合运用各种材料和手段塑造动态与静态结合、听觉与视觉结合的形象的艺术，主要是戏剧、电影和电视艺术；四是语言艺术，即以语言为塑造和传达形象的艺术,就是文学。

以上的分类是以经典意义上的艺术作品为分类的依据。自20世纪初现代主义风行以来,对艺术的创新和探索活动层出不穷,其中一个重要的趋势就是努力打破传统艺术类型的分界和类型特征,如行为艺术、先锋戏剧、反小说等等。但从整个社会文艺活动的基本形态和趋势来看,种种创新和探索虽然不断更新着人们对艺术分类特征的认识,却并没有真正取消各种艺术自身的规定性。因此,传统的文艺作品分类原则和类型特征仍然是我们认识文艺作品的宏观尺度。

在上述分类基础上再进一步细分,便产生了不同文艺类型内部的样式分类。在本章中,我们将在总的类型划分的基础上对不同文艺作品样式的审美特征进行具体分析。

第一节　造型艺术

造型艺术是塑造静态视觉形象的艺术。造型艺术的特征之一是作品艺术效果的视觉性质。视觉经验是人的感知觉经验中最容易形成清晰明确的认知结果的经验,因而也是最容易与他人交流共享的经验。人们常说"眼见为实",就表明人们对视觉经验的可靠性是非常信赖的。事实上人类文化知识的积累方式中,通过视觉造型的形象(如雕塑、绘画)对客观事物进行摹仿和传播可以说是最重要的积累方式之一。因此,造型艺术的视觉性质所具有的一个重要意义就是为接受者提供关于客观事物外观形象的信息,使人们通过视觉形象获得一种知识。在观赏一件传统意义上的造型艺术作品时,观众的第一反应通常就是辨认"这是什么"。按照古希腊学者亚里士多德在《诗学》一书中提出的看法,人们在欣赏绘画之类的艺术品时所获得的快乐就来自认知需要的满足。这种认知需要带来了传统造型艺术对事物视觉特征的写实要求和技巧的发展,使造型技巧越来越科学,造型效果越来越逼真。这种写实传统在西方古典美术的发展中表现得尤为突出,一个典型的例证就是文艺复兴时代发展成熟的用焦点透视几何投影方法作图的油画艺术。中国传统绘画虽然比起西方传统绘画来更倾向于写意的韵味,但既然是绘画,同样需要对视觉效果的关注。所谓"搜尽奇峰打草稿",就说明即使是中国画,对写生造型同样是关注的。

造型艺术的第二个特征是作品的静态性质。传统的造型艺术品都是用固体材料制作并固定展示的平面图像或三维形体,因此呈现在观众面前的是静态的形象。造型艺术形象的静态性质不仅是这类艺术品的物理性质,更重要的是这种静态性质还意味着一种独特的审美特征。德国美学家莱辛在《拉奥孔》一书中提出,造型艺术"只能满足于在空间中并列的动作或是单纯的物体,这些物体可以用姿态去暗示某一种动作"[1]。就是说,造型艺术的静态性质使得它在艺术表现的对象方面有了自己的特点,适宜于表现并列的动作或静止的物体,而不大适宜于表现持续的动作;造型艺术中的动作只能通过姿态去暗示。同时,静态还意味着会在观赏者心目中留下持久的印象,因而莱辛认为造型艺术的最高要求是美,过分丑陋的形象不适宜于用造型艺术来表现,"凡是为造形艺术所能追求的其它东西,如果和美不相容,就须让路给美;如果和美相容,也至少须服从美"[2]。这就是说,静态的艺术形象必须注意持久的审美效果。

造型艺术中的经典样式是雕塑和绘画,下面我们主要了解一下这两种造型艺术样式的特点。

---

[1] 莱辛著,朱光潜译:《拉奥孔》,人民文学出版社1979年版,第82页。
[2] 莱辛著,朱光潜译:《拉奥孔》,人民文学出版社1979年版,第14页。

一、雕塑

(一) 雕塑的艺术特征

雕塑是用硬质或可塑材料制作的表现三维空间形象的艺术品。与绘画等造型艺术相比,雕塑形象的第一个突出特征是空间感。雕塑根据空间形象中三个维度关系的不同可分为浮雕和圆雕。浮雕的形象基本上是在材料的二度平面上展开的,但与绘画不同的是在深度方向上有一定的凹凸感。凹凸感较小的称为浅浮雕,反之称为高浮雕。圆雕是完整的三维形体,可以围绕着作品从不同角度观赏。圆雕是最典型的雕塑类型,因为它不像绘画和浮雕,完全没有经过压缩或用投影来表现的深度关系,所以在空间形体方面可以最逼真地摹仿和再现客观事物的外观形象,甚至可制造出以假乱真的错觉效果,比如蜡人像和"超级现实主义"雕塑艺术所产生的就是这种错觉效果。当然,制造视错觉并非艺术追求的目的,但高度的逼真性的确是圆雕的重要特征,因此圆雕在历史上常常用于塑造人物的纪念像,这种纪念像的真实感使观赏者很容易将作品中的艺术形象与作品所再现的历史人物本身联系在一起。另一方面,圆雕通常主要是用于创作独立的人物形象而较少表现环境,因而制作出的人物形象常常给人以超越特定时空的永恒意味,作为纪念像可以强化追忆和怀念之情。

雕塑的第二个特征是材料的质感。雕塑艺术品不仅可以观看,而且通常也都可以触摸。雕塑艺术形象作用于欣赏者感知觉的不仅是视觉刺激,而且包括了材料质感的触觉效果。雕塑作品可以用各种各样的材料制作,如大理石、花岗石、粘土、水泥、金属、木材、塑料等等。材料不同,制作的方法也不同。传统上雕塑作品的制作主要有"雕"和"塑"两种方法:"雕"是在硬质材料上进行切凿刻削造型,比如石刻和木雕;"塑"是用软质材料堆积粘合造型,比如泥塑和蜡像。不同的材料和不同的加工制作方法所制作成的作品,审美效果也不同:粗犷的石刻往往倾向于刚健或凝重的情调,而精细的彩塑则更容易制造出精巧优美的效果。随着雕塑艺术的发展,雕塑作品的制作方法也在不断发展,如浇铸、焊接、拼装等许多加工固体材料的方法都可用于雕塑制作。

(二)雕塑的类型

雕塑可以根据所用材料和制作方法的不同而区分出泥塑、石刻等不同类型,而在不同文化传统和审美趣味的背景下又会形成不同的艺术风格类型。中国传统雕塑中较早发展起来的主要有金属、砖石等器物上的浮雕图纹、用于殉葬的陶俑和陵墓石刻等类型。这些不同的类型除了功用上的差异外,同时体现出不同的审美趣味。上古的浮雕图纹中常常有一些稀奇古怪的象征性形象,如龙凤、饕餮等神话传说中的动物。按照《左传》中的说法,"铸鼎象物,百物而为之备,使民知神奸",就是说在鼎上雕刻这些形象是为了使人们认识神祇和鬼魅,起到辟邪的作用。随着时代的变迁,这些形象原有的象征意义逐渐暗淡下去,造型趋向装饰化,变成了积淀着中国文化传统和民族心理的装饰性图纹。陶俑一般不像鼎镬、碑石上的浮雕那样程式化和装饰化,作俑原是为了代替活人和实物殉葬的,因而造型通常是写实的,并通过着色而产生更加生动逼真的效果。秦代兵马俑就是个典型的例证。从上古的陶俑到后来的彩塑艺术,小件作品如唐三彩和后代陶瓷工艺品,大件作品如大型泥塑,通常都比较倾向于写实和世俗化情调。陵墓石刻则与陶塑作品完全不同,这类作品主要是皇室贵胄之类厚葬的产物,风格都要求庄重宏伟。从汉代霍去病墓前的石马、南朝的石刻辟邪,一直到明代朱元璋墓的神道两旁排列的石像,尽管风格各有不同,但体量规模的宏大、轮廓造型的浑融完整、神态气象的庄重威严却是普遍的特征。

除了上述几种类型之外,中国传统雕塑艺术的另外一类,甚至可以说更重要的一类是佛教造像。佛教造像是自汉代佛教传入中国后逐渐发展起来的雕塑艺术,主要的是在山崖上凿石而成的浮雕和圆雕石像以及彩塑佛像两大类。前者如大同云冈石窟、洛阳龙门石窟等,后一类作品中最重要的就是世界闻名的敦煌彩塑。佛教造像对中国古代雕塑艺术的发展具有极重要的意义。佛像的制作不仅推动了石刻和泥塑技艺的发展,更重要的是提供了一种特殊的具有宗教意味的审美经验。山崖上的石刻佛像常常以巨大的体量令朝拜者和游人意识到自己的渺小,从而产生震栗和敬畏之感;佛像高度程式化、非写实化了的造型和神秘莫测的微笑则制造出一种超脱尘世的恒定、安详与慈悲氛围,这是中国文化传统中所缺少的宗教性的崇高感,对于处在痛苦中而又找不到出路的世人来说是一种心灵的慰藉。佛教造像在中国文化环境中逐渐地适应着社会和民俗的需要而演变成中国化的艺术。庄严的佛像从唐代以后越来越带上了世俗味:佛陀变得丰腴而可亲,菩萨变成了楚楚动人的女性,千奇百怪的罗汉实际上成为五光十色的市井社会的形象。

与中国雕塑艺术具有不同特征,并对后代文明产生了重要影响的另一类雕塑是从古希腊发展起来的西方雕塑。古希腊雕塑源自古埃及的石刻,到公元前5世纪前后发展成熟,形成了古希腊雕塑的古典风格。古希腊雕塑的题材主要是神像和杰出人物的形象。但因希腊人心目中的神祇与人同形同性,所以无论神像还是人像,其实都是人体雕像。希腊古典雕像的主要特征是建立在写实基础上的健美理想的人体构造、生动而不过分夸张的精神气韵与比例和谐的形式有机的统一,这种雕塑艺术充分地表达了希腊古典时期的美学理想:感性与理性、肉体与精神、写实与理想的完美统一,希腊古典雕塑因此而成为西方古典审美理想的典范。西方的雕塑艺术在后来的发展中经历了许多演变:古罗马的写实主义、中世纪的基督教象征主义、巴罗克艺术的卷曲与骚动风格等等。在这个漫长的发展过程中,希腊古典雕塑艺术的影响始终没有磨灭。直到今天,许多庄重严肃的纪念性人像雕塑中仍然可以看到希腊古典雕塑所体现的审美理想。

19世纪中后期,西方艺术史上的一个重大历史转折开始了,这就是以象征主义为先导的现代主义艺术潮流的兴起。雕塑艺术同样经历了这样一场艺术革命。对古典艺术观念的反叛、不同文化之间的交流、科学技术的发展带来的影响等等,种种因素推动了20世纪现代派雕塑艺术的产生和发展。现代主义在艺术上的反叛和创新表现在各个方面:有的背离了古典雕塑以写实为基础的形象塑造,代之以抽象化和几何化了的变形形象;有的抛弃了人像或其他客观事物题材,用主观创造的空间形体组合来表达某种观念或朦胧的意趣;有的则在材料和制作方法上进行创新,用焊接、粘接、堆积等方式创作;有的艺术家反叛传统雕塑的基本形式要求如完整的轮廓、体量、质感和静态特性等等,在空心的骨架上安装一些零散晃动的叶片之类,甚至制作成能够发出声音、光线或运动的作品;还有一些艺术家干脆把现成的物品如一段朽木、废弃的自行车零件或洁具等当作艺术品展出……对于这形形色色的新潮艺术的价值当然不能一概而论,但总的说来都反映了雕塑艺术从古希腊传统中分化、蜕变出来,使艺术走向多样化的努力。同时,这些创新的乃至反叛传统的艺术并没有、也不可能排斥和取代古典传统,只是通过不同风格的竞争,使得20世纪以来的雕塑艺术发展得更加丰富多彩。

二、绘画

(一) 绘画的艺术特征

绘画是使用颜料或其他有色材料在二度平面上创作写实的、想象的事物形象或抽象图案的艺术。传统的绘画主要是以客观存在的事物为依据创造形象,如人物肖像、静物写生、花鸟虫鱼、山水风景等等。即使创造的形象是现实中不存在的幻想中的事物如神祇鬼怪之类,也仍然要以客观存在的事物为依据进行变形加工。只是到了20世纪的现代绘画中,才出现了只表现抽象的点、线、面和色彩组合的形式而不表现任何客观事物形象的抽象派绘画。

绘画的第一个艺术特征就是形象的静态视觉性质。绘画与雕塑相似的是,都是表现存在于空间的视觉形象。但雕塑所创造的形象不仅是视觉可见的,而且是具有三维立体感的可触摸的实体形象;而绘画中的形象则完全是视觉性的。莱辛曾将诗与画进行比较,深入研究了绘画作为空间艺术的特征。他发现有的形象可以在诗中表现,却不可以在绘画中表现,比如过分丑恶恐怖的形象或人物的表情正处于激情的顶点时,这些形象在文学语言叙述中读者是可以接受的,因为语言形象不会直接刺激感官,同时随着叙述的时间的推移很快就过去了,所以不会造成强烈的厌恶感。而绘画就不同了,绘画中的形象静态地展现在空间,直接诉诸接受者的视感觉,丑恶恐怖或扭曲变形的形象直接显现在观众的眼前并且持续不变,就会令人厌恶。莱辛因此得出一条关于绘画的法则:"凡是为造形艺术所能追求的其它东西,如果和美不相容,就须让路给美;如果和美相容,也至少须服从美。"① 从现代艺术的发展来看,莱辛关于视觉艺术不能表现丑恶形象的观点可能是保守了一点,但绘画的视觉特性与接受者审美心理的关系毕竟是值得注意的问题。忽略了绘画的视觉特性,即使不产生莱辛所说的令人厌恶的效果,也可能由于只关注绘画题材的文学性、思想性而使得作品失去应有的艺术魅力。

绘画的第二个艺术特征是平面性。绘画不同于雕塑的三维立体造型,它只有二度平面。绘画表现客观事物,不是对事物的原有空间形状进行仿制,而是把三度空间中的形体转换为二度平面上的投影。这种转换的完美实现有赖于视知觉对透视关系的把握能

---

① 莱辛著、朱光潜译:《拉奥孔》,人民文学出版社1979年版,第14页。

力、几何投影表达技巧等绘画科学知识的发展。这与雕塑很不相同。雕塑可以通过石膏拓形这样简单的方法制作出精确的仿真形象,所以许多民族很早就能够制作出高度写实的雕塑作品;而绘画中真正写实风格的出现则晚至文艺复兴时期,是这个时期绘画科学发展的结果。在中国和西方历史上都流传有许多关于画家的轶事,其中一种就是讲到画家画艺高超时,说他画出的形象如何逼肖实物以至于能够以假乱真云云。当然,以假乱真并非艺术的最高境界,但这类轶事的流传毕竟表明,绘画中的写实是一种困难的技巧。换句话说,就大多数绘画而言,转换成二度平面的图像与实际事物一般都不怎么像。我们之所以能够从平面的绘画中认出所表现的原物,通常不是因为画得以假乱真,而是借助于一些约定俗成的视觉语言符号"读懂"了画中所表现的形象。比如在一个圆圈里画三道倒三角排列的短横线,人们就会辨认出一张人脸来,虽然这几条线与真正的人脸形状相去甚远。不同文化语境中人们所使用的视觉语言符号可能会有差异,这种差异造成了不同文化中绘画在基本风格特征方面的不同。

(二) 绘画的类型

绘画可以根据所使用的工具、材料的不同而区分为油画、水粉画、铅笔画、水墨画乃至粉笔画、丙烯画等等,也可以根据所安置的场合、功用或尺寸而区分为壁画、瓶画、屏风画、挂毯、插图、中堂、扇面等等,但最基本的类型是由不同文化、不同视觉符号系统形成的绘画风格差异。中国传统的国画和西方传统的油画就是两类具有典型差异的绘画类型。

中国画的一个重要特点在于绘画所使用的工具——毛笔、墨汁和宣纸——与传统的文字书写工具基本相同。这种工具不宜于制作精确细致的图像,却易于表现书法式的笔墨情趣。人们常说"书画同源",往往不是从严格的艺术考古学或发生学意义上讲起源,更多地是注意到了这两种艺术在情趣和操作技巧上的相似性。

从南齐的谢赫讲"气韵生动"、宋代的苏轼讲"论画以形似,见与儿童邻",到元代的倪瓒"逸笔草草,不求形似",中国画的创作和观念逐渐脱离了透视、投影和比例关系等写实造型的要求,而转向与书法相似的笔墨意趣。这种"书画同源"的关系形成了中国画在表达意义方面特有的视觉符号体系,这就是以线条为中心的视觉语言符号。美学家宗白华在谈论中国画的美学特征时说:

> 用心灵的俯仰的眼睛来看空间万象,我们的诗和画中所表现的空间意识,不是像那代表希腊空间感觉的有轮廓的立体雕像,不是像那表现埃及空间感的墓中的直线甬道,也不是那代表近代欧洲精神的伦勃朗的油画中渺茫无际追寻无着的深空,而是"俯仰自得"的节奏化的音乐化了的中国人的宇宙感。
> ……
> 节奏化了的自然,可以由中国书法艺术表达出来,就同音乐舞蹈一样。而中国画家所画的自然也就是这音乐境界。他的空间意识和空间表现就是"无往不复的天地之际"。不是由几何、三角所构成的西洋的透视学的空间,而是阴阳明暗高下起伏所构成的节奏化了的空间。①

这就是说,中国画所表现的不是事物在空间所占有的体积,而是人与自然接触、交流的运动过程及其节奏。比如要画一座山,按照固定视角的透视关系来表现,山就是一个静静地矗立着的巨大团块。但在中国山水画中,山不是一团实体,而是由一道道沟、谷、脊、梁,一层层岩石纹理,一簇簇树林灌木,一片片草皮苔点等各种点和线构建起来的空灵环境。这个环境中有雨雾烟云隔断,又有溪涧山道串连,形成若隐若现、时断时续的氛围,还有点睛般的一两处亭

---

① 宗白华:《美学与意境》,人民出版社 1987 年版,第 248~249 页。

阁茅舍、一两位踽踽行人使整个画面增添生气。中国山水画从来不用适宜于定点观察的黄金分割比例的画幅,总是用似乎过分狭长的竖轴或横幅长卷,因为画中没有确定的焦点,观者的视线会自然地随着起伏的山峦、蜿蜒的溪水和曲折的小道乃至一条条山石的纹理游动,从而形成了宗白华所说的节奏化了的流动的空间。

为了达到这种化静为动、化实体为线条的效果,中国画的创作形成了一整套自己的绘画技法——勾、描、皴、点、染等等,主要突出的就是用毛笔画线条、点色斑的有规律的运动。唐人有所谓"曹衣出水、吴带当风"的说法,指的是不同画家处理衣褶的不同风格。这实际上取决于不同粗细、刚柔、疏密的线描方法造成的不同动感。山石虽然是坚实的实体,但在中国画中却常常是用一种特殊的画法——皴法来表现的。皴法是用一簇簇长短粗细不等的墨迹线簇表现山石表面纹理和质地的画法。比如用所谓"钉头鼠尾"、刚劲扭折的"斧劈皴"可以表现出北方山石筋骨裸露、嶙峋峭拔的质地,而柔和松秀的"披麻皴"则易于表现出江南山水的渥润膏腴的感觉。石头本身是坚硬密实的实体,而在中国画中却用有疏密规律的线簇来表现,变成了观者与石头纹理的交流沟通过程,观赏便不再是静止的行为,成了有节奏的感觉和情绪的律动。与描画线簇的"笔法"相呼应的是用墨团点染小块平面的"墨法",墨不是用来均匀地为平面涂色,而是通过大大小小、疏密错落的墨点和墨色的深浅层次关系,将静态的平面点染成黑白韵律的舞蹈。

总而言之,中国画的形象所寻求的不是精确的平面投影,而是一种特定的观察、认知和把握事物的方式。评价一幅中国画的好坏,不是说它"像不像"真实的事物,而是说它是否"气韵生动",就是说是否能够使观赏者在观赏的过程中随着线簇、墨点的运动体会到生命节奏的律动,从而感受到画中世界的生气。正如宗白华所说:从世外鸟瞰的立场观照全整的律动的大自然,它的空间立场是在时间中徘徊移动,游目周览,集合数层与多方的视点谱成一幅超象虚灵的诗情画境。①

与中国画具有不同文化背景的西方绘画,在几千年的发展历史中形成了与中国画不同的视觉语言系统。早期的西方绘画以壁画和器皿表面的彩绘图画即瓶画为主。与古典时期的雕塑艺术相比,古希腊绘画的写实技巧要差一些,无论是壁画还是瓶画,基本上还是无透视感的古老平面画法。古罗马的绘画,从庞贝城出土的壁画来看,有的画已在试图表现深度幻觉,但透视关系往往是错误的。这样的画在艺术史上被称作"幻象"风格,虽然在透视表现的技巧上还不成熟,但表明西方绘画技艺的一个发展方向,即走向更加准确地再现焦点透视经验的科学化绘画。经过许多代画家的探索,到了文艺复兴时期,绘画科学的发展终于使得逼真地再现焦点透视效果成为现实,对人体构造的解剖研究也促使绘画体现人体形象更加科学逼真。西方绘画在这个时期达到了全盛的阶段,最典型的绘画样式就是油画。

与中国画相比,文艺复兴开创的西方古典油画艺术传统的最突出特点就是形象的写实性,即建立在焦点透视几何投影观念上的逼真的视觉效果。清朝初年,一位意大利画家郎世宁来到中国朝廷供奉,他用油画的技法作的画所产生的逼真效果引起了当时中国画家的惊叹,说他"画宫室于墙壁,令人几欲走进";但同时又批评他"笔法全无,虽工亦匠,故不入画品"②。这说明中国画与西方油画在艺术语言和评价标准方面存在差异,也说明西方古典油画在形式方面最重要的特点就是写实性。西方古典油画艺术的第二个特点是题材以人物和人体为主。这显然是继承了古希腊艺术关注现实人生和健康生命的传统,也是文艺复兴所高扬的人本精神的体现。

---

① 宗白华:《美学与意境》,人民出版社 1987 年版,第 160 页。
② 转引自宗白华:《美学与意境》,人民出版社 1987 年版,第 163 页。

西方古典油画在发展过程中也形成了多种多样的风格。按照瑞士艺术史学家沃尔夫林的观点,典型的风格类型可以区分为两种:"线描"的和"图绘"的。所谓"线描"风格,是指注重线条轮廓和造型的清晰,属于比较理性的、古典的、偏于静态的风格。"图绘"风格则更注重绘画的笔触和色块,倾向于感性的、浪漫的、偏于激情和动感的(他归之为"巴罗克"式的)风格。沃尔夫林所说的巴罗克风格不是仅指18世纪前后的一个艺术流派,而是泛指从米开朗基罗、伦勃朗开始的不同于古典主义的各种近代风格。

从沃尔夫林所说的巴罗克风格以后,西方油画艺术自19世纪中后期开始出现了全面反叛古典油画写实主义的现代艺术思潮。首先是印象派画家用光影和色点打破了文艺复兴以来的画家们对于忠实地再现客观事物的信念,而后便是现代派的艺术创新,先锋人物就是20世纪初崛起的艺术家毕加索、康定斯基等人。毕加索在原始艺术和儿童艺术中看到了不同于西方传统写实观念的独特的视觉语言,从而逐步摆脱透视、写实的束缚,开创了熔原始、儿童与现代人的自由想象于一炉的立体主义画派,因此开始了20世纪的现代派革命。而康定斯基、蒙德里安等人则走得更远,他们相信绘画完全不必依靠对客观事物的再现来表达画家的意图。康定斯基认为绘画应当用点、线、面和色彩的构图来感染人:

> 形式越抽象,它的感染力就越清晰和越直接……艺术家越是采用这些抽象形式,他就越是可以深入地和充满信心地进入抽象王国。紧接在他之后的是看画的人,他也会逐渐熟悉这一王国的语言。①

这些艺术家们开创的"抽象派"绘画艺术成为20世纪绘画发展史上的重要事件。抽象派绘画中只有色彩、线条的构图,而没有

---

① 康定斯基:《论艺术里的精神》,四川美术出版社1986年版,第70页。

传统绘画中所表现的客观事物的形象,因而曾使习惯于观赏传统绘画的人们感到很大的困惑,有人甚至讥笑说抽象派不过是画了些好看的窗帘布而已。然而,随着时间的推移,人们逐渐接受了这种新的视觉挑战,变形、分解的形象和纯粹的抽象构图所具有的审美价值日渐被人们了解和接受。20世纪初从德国开始的工艺革命主张将美术从脱离日常生活的贵族趣味中解放出来,与建筑、工艺设计结合为一体,为现实生活服务。这种艺术精神使得抽象化的艺术在服饰、装潢与工艺设计等方面获得了长足的发展,深刻地影响了20世纪人们的生活和审美趣味。

　　20世纪的现代派绘画革命是精彩纷呈的。除了立体主义、抽象主义、超现实主义等已成为现代艺术中的经典流派之外,还存在着大量激进的实验性的先锋流派,如用垃圾废物作拼贴画的达达主义、把颜料往画布上随意滴甩的滴画派、人体蘸了墨汁在画布上打滚的行动绘画、用飞机给一面山坡喷洒颜料的环境艺术,甚至什么也不画只是说说的概念艺术……对这些千奇百怪的艺术实验如何评价是个复杂的问题。首先应当肯定的是,大部分先锋艺术与普通人的审美习惯有很大距离甚至截然相反,可以说现代派的出现就是为了反抗甚至瓦解传统的审美意识。从积极的意义上看,这类颠覆性的艺术活动有助于使人类的审美活动从僵化的习惯中解脱出来,开拓审美的视野和心胸。但这些激进的实验并不总是成功的,有些实验实际上反映出某种颓废的反文化、反艺术情绪。

第二节　表演艺术

　　表演艺术是通过艺术家的表演活动,在时间过程中以声音的流动或人体的运动等手段来展现艺术形象、产生审美效果的艺术。表演艺术的一个重要特征是,在作品的物质文本(乐谱、舞蹈脚本等)完成后,还需要表演者进行二次创作才能完成作品艺术形象的创造。在不考虑音像录制技术的情况下,表演者的创作活动是一次性的。也就是说,每一次的表演都是不可重复的带有即兴性质的表演,因而表演艺术作品的效果处在不断的变化之中。这种即兴性特征使得表演艺术作品很难形成完美无缺的效果,但同时也使得这种艺术具有不断更新的活力,每一次演出、每一次欣赏都可能产生新的理解和感受,因而永远可能具有新鲜感。现代音像录制和复制技术的发展,使得许多珍贵的演出得以保存,但表演艺术特有的现场感受,尤其是艺术家与观众、听众之间的默契和交流却是无法保存,更是无法复制,因而表演艺术迄今为止仍然能够以其不可重复的魅力征服欣赏者。这就是为什么在录音录像和影视技术如此发达的今天,真正高水平的演出仍然会吸引众多艺术爱好者的原因。

表演艺术类型很多,这里主要介绍音乐和舞蹈这两种经典的表演艺术样式。

一、音乐

(一) 音乐的艺术特征①

音乐是凭借声波振动而存在的,在时间中展现为有秩序的组织结构,通过人类的听觉器官而引起各种情绪反应和美感体验的艺术样式。音乐的基本审美特征是通过乐音有节奏的运动唤起听众的情绪运动,而不是像造型艺术那样通过塑造的客观事物的形象表达意义。尽管有许多乐曲试图通过标题等方式启发听众对客观事物的联想,比如中国乐曲《十面埋伏》、贝多芬的《田园交响乐》和圣-桑的《动物狂欢节》等等,但这样的联想因为缺少与客观事物的必然关联而带有很大的主观情绪性,因此这样的联想主要是情

---

① 本小节内容参看《中国大百科全书·音乐舞蹈》,第1页。

绪的联想,而不是对事物本身的联想。

音乐能够表现情感,这一点是早就被人们所认识的。但音乐表现的情感也不同于日常生活中的情感。日常生活中的喜怒哀乐情感是与具体的生活事件相联系的。换句话说,一个人一般不会在不涉及任何客观事物和生活事件的情况下无缘无故地高兴或发怒。音乐由于不叙述事件和描绘形象,当然也就不会产生与客观事物相关的喜、怒、哀、乐;但音乐的抑扬起伏、强弱急缓的节奏变化可以唤起听众情绪中相似节奏的运动,而当这种情绪运动的节奏形式与我们日常生活中的某种情感经验吻合时,便会唤醒相关的情感经验。因此,当我们说音乐可以表现情感时,并不是说它会像悲剧故事或抒情诗那样表现某种实际生活中存在的具体情感,而只是激发起情绪的高亢、低落、紧张、舒缓等运动,通过这种情绪运动再间接地唤醒相关的情感经验。因为这个原因,一支乐曲可能在不同的听众那里产生很不相同的情感效果。如同是贝多芬的第十四钢琴奏鸣曲,有人觉得像湖上的月光,而有人却觉得是悲剧性的。德国音乐美学家汉斯立克说:

> 音乐美是一种独特的只为音乐所特有的美。这是一种不依附、不需要外来内容的美,它存在于乐音以及乐音的艺术组合中。优美悦耳的音响之间的巧妙关系,它们之间的协调和对抗、追逐和遇合、飞跃和消逝,——这些东西以自由的形式呈现在我们直观的心灵面前,并且使我们感到美的愉快。[①]

他进一步指出,音乐的原始要素是和谐的声音,它的本质是节奏。节奏将旋律和和声结合起来,再通过音色给乐曲增添色彩的魅力,这一切形式要素组织起来表达一个完整的乐思,就是具有独立的

[①] 汉斯立克:《论音乐的美》,人民音乐出版社1980年版,第49页。

美的音乐作品,它本身就是目的,而不是什么表现音乐之外的情感和思想的手段。汉斯立克认为音乐完全不依附外来内容的观点可能有些偏激,但他对音乐美感的特殊性认识是精辟的。有人把音乐称作流动的建筑,而把建筑称作凝固的音乐,这种说法注意到了二者的共同特点,就是形式要素的抽象性和结构规范的严谨性。由此可见,音乐的艺术特征与绘画、文学等都不同的是,抽象的形式结构所具有的独立的审美意义比绘画、文学中更为突出。

汉斯立克之所以说音乐的本质是节奏,是因为节奏体现的是音乐作为在时间过程中运动的艺术特点,即运动的秩序和规律。音乐能够打动人,不是因为它叙述什么动人的故事,而是因为它的节奏与听众的情绪节奏、也是内在的生命节奏产生了共振。正如苏珊·朗格在研究生命与情感节奏的关系时所说的:

> 生命组织是全部情感的构架,因为情感只存在于活的生物体中,各种能够表现情感的符号的逻辑,也必是生命过程的逻辑。生命活动最独特的原则是节奏性,所有的生命都是有节奏的……生命体的这个节奏特点也渗入到音乐中,因为音乐本来就是最高级生命的反应,即人类情感生活的符号性表现。①

按照苏珊·朗格的观点,情绪节奏说到底是生命的节奏。因此,当音乐的节奏打动听众的情绪的时候,不同于用一件虚构的故事来催人泪下,而是使听众心灵深处的生命感觉被激发了起来。这正是音乐的魅力所在。

(二) 音乐的类型

音乐作品是多种多样的,音乐的类型可以从不同的角度进行区分。一般从以下几个角度进行分类:一是从音乐与社会生活的

---

① 苏珊·朗格:《情感与形式》,中国社会科学出版社1986年版,第146页。

关系来分,比如渔歌、牧歌、情歌、军乐、宗教音乐等等。二是按照音乐与其他艺术门类结合的关系来分,如歌曲、戏曲、舞剧音乐、电影音乐等等。三是按照音乐表演所采用的不同物质手段来分,如声乐、器乐等等。四是按照作品的曲式或其他形式特点来分,如变奏曲、回旋曲、赋格曲等等。五是按照音乐的民族、地域文化背景和特点来分,如民族音乐、欧洲音乐、江南丝竹、青海花儿等等。从中国音乐艺术的发展历史和现状来看,中国古典民族音乐和欧洲古典音乐这两个大的音乐类型的差异和相互关系应当说是最突出的问题。

在西方音乐进入中国之前,中国的古典民族音乐是与西方古典音乐并行不悖、相互独立地发展起来的。中国的传统音乐样式包括各地的民歌、宫廷乐府制作和演出的音乐、演唱诗词散曲的音乐、戏曲音乐、宗教活动和其他民间仪式所用的音乐,还有专门作为高雅艺术欣赏的器乐演奏等等。这些音乐样式中,多数是伴有唱词的歌曲形式,有的还伴以舞蹈或仪式动作,单纯的器乐演奏较少。中国传统音乐在发展中一直没有形成精确的记谱方法,所以实际上没有什么准确完整的原创乐曲文本流传下来,而作为二度创作的表演和摹仿学习便成为音乐传统得以继承和延续的基本途径,这使得中国古典音乐艺术中,表演的即兴性和经验性更强。这种特点一方面使得音乐活动总是具有新鲜生动的活力,但另一方面也影响了音乐艺术形式向更复杂完美的方向发展。同时,由于多数音乐演出都是与文学、舞蹈等其他艺术形式相伴的,因此音乐艺术的发展也在很大程度上表现为包含音乐成分的综合艺术样式的发展。尤其是自明清以来,中国社会的音乐艺术活动的主流实际上是戏曲和说唱艺术。[①] 音乐艺术在发生的早期,就是诗、乐、舞结合为一体的。中国古典民族音乐在漫长的发展过程中,其主

---

① 参考吴钊、刘东升:《中国音乐史略》第五章,人民音乐出版社1983年版。

流仍然保持着与文学、舞蹈等其他艺术样式的联系,这使得音乐艺术的发展始终在多种艺术样式的影响下,显得多姿多彩。但这样长期的缺少分化的发展也使得对音乐自身特点、规律注意不够,因而在音乐理论和技术方面的发展相对比较薄弱。

到了20世纪,欧洲古典音乐与西方文化的其他方面一起涌入了中国,对中国音乐艺术和音乐生活的发展产生了深远的影响。西洋乐器丰富的音色、宽广的音域使得音乐的表现力大大增强,在此基础上发展起来的欧洲古典音乐作品给中国的听众带来了新的审美体验,尤其像军乐和进行曲这类高亢激越、振奋人心的作品对争取救亡图存的仁人志士更具有强烈的感染力。因此,欣赏欧洲古典音乐作品,学习、借鉴西洋音乐的形式和表现手法便成为20世纪初中国音乐艺术发展中的一个大趋势。另一方面,欧洲古典音乐在近两个世纪的发展中,理论和技法的研究也有了丰富的成果。学习、借鉴欧洲古典音乐的创作、表演与教育理论,对于中国民族音乐研究和音乐教育的科学化、系统化产生了重大的促进作用。比如严谨的记谱方式和音乐形式理论、精密的乐器制作工艺、科学的演奏和发声训练等等,都被引入了民族音乐研究和教育当中。可以说,20世纪中国民族音乐的创作、研究和教育观念,都是在欧洲古典音乐观念的影响下发展起来的。

西方音乐艺术的高峰是从18世纪初的巴赫、亨德尔等巨匠开始到19世纪末的印象派为止这两百年,其间出现过巴罗克、古典主义、浪漫主义、东欧和北欧的民族乐派等形形色色的音乐流派,总体上都可归入广义的古典音乐,因而这两百年可说是欧洲古典音乐最繁荣的时期。这两百年中,从复调音乐到主调音乐,建立在七声音阶体系基础上的调性音乐观念走向成熟;赋格曲、奏鸣曲、交响乐等各种复杂严谨的大型曲式臻于完美;对位、和声、配器、旋律、曲式等音乐形式理论的建立推动了音乐研究的深化;主要的传统乐器在制作工艺和乐器质量方面的革新与改良取得了重大的进展,从而大大改善了乐器的音色或拓展了音域与力度……更重要的是,在这一历史时期,先后出现了巴赫、海顿、莫扎特、贝多芬、舒伯特、布拉姆斯、柴科夫斯基、瓦格纳等一大批天才的音乐家和大量不朽的音乐作品。简而言之,从文艺复兴以来发展起来的古典音乐体系在这两百年间走向了成熟和完善,成为西方音乐艺术——从某种意义上来说也是世界音乐艺术——的辉煌顶峰。

欧洲古典音乐的一个重要特点是它发展完成了系统的音乐创作理论与技法。精确的记谱方法和严格的作曲理论使音乐作品的原创构思可以通过乐谱尽可能正确完整地记录和传达出来,因而逐渐限制了表演的即兴性;同时,优秀的作品也可以通过乐谱这种物质文本的形式保存下来,使得作曲理论和技法研究的深入成为可能。这样一来,一次创作的重要性突出起来,优秀作品因此而经典化,成为后来的作曲家学习创作的典范。欧洲古典音乐之所以在短短两百年中在音乐形式的完善方面取得了这样大的进步,产生了如此之多的优秀作曲家和杰出作品,经典作品的完整保存和传达是一个十分重要的技术原因。

欧洲古典音乐的另一个重要特点是音乐活动的高尚性和神圣性。这个特点存在于音乐活动与其他社会文化生活之间的关系中。从社会功用来讲,西方音乐有在民间娱乐或仪式活动中用的,有在宗教仪式中用的,有在宫廷里供统治者娱乐享受用的,这些与其他文化中的音乐活动、包括中国传统音乐活动都差不多。但从19世纪前期起,欧洲的音乐活动出现了一种新的形式,就是由音乐爱好者组织起来的音乐会演出活动。在这样的音乐会上,音乐爱好者们把他们所喜爱的音乐家当作崇拜的对象,把优秀作品作为保留节目反复演出。在这样的文化氛围中,音乐欣赏活动不再是消遣娱乐活动,而成为一种高尚的、具有提升精神境界作用的神圣活动。对音乐作品的评价也日益成为专业化的内行批评家的权力。从此,音乐在西方文化中具有了比以前更加崇高的地位,音乐家尤其是优秀的作曲家如贝多芬等人,在人们的心目中逐渐成为伟大的精神巨人。

在现代主义思潮的影响下,20世纪音乐艺术的发展出现了反叛传统、标新立异的倾向。首先是印象派音乐对古典音乐的和声观念和旋律观念发起了挑战,而后是无调性音乐对抗古典的七声音阶体系的调性音乐。有的先锋音乐家在音乐会上要求听众随便聊天和走来走去,以破坏音乐会的仪式性气氛;有的音乐家把一大堆乐谱乱撒一地,然后随意拿起来演奏;还有的音乐家的作品干脆就是坐在钢琴前静默几分钟……这些现代派音乐家的音乐活动,努力的方向都是企图瓦解两百年来发展到了顶峰的古典音乐艺术理想。从一定意义上说,从巴赫、贝多芬到柴科夫斯基和瓦格纳,古典音乐艺术几乎已经发展到尽善尽美的地步,使后来者不得不在破坏中开辟新的发展道路。事实上,印象派音乐和一些无调性音乐作品,的确给人以耳目一新的感觉。这些努力开拓了音乐发展的道路,但并没有、也不可能因此而取代古典音乐的地位。20世纪的音乐演出曲目中,古典作品仍然具有不可动摇的地位,很多过于激进的音乐实验也很快就归于失败。

应当注意的是,与这些现代派音乐实验的同时,另一类型的音乐在20世纪却获得了更实际的发展,这就是从美国的黑人音乐中发展起来的爵士乐所开创的20世纪流行音乐艺术。流行音乐从审美观念上说是与欧洲古典音乐对立的,它反对古典音乐超越世俗趣味的高雅态度和过分专业化、贵族化的艺术标准。但流行音乐艺术并不一定就是简单低级的艺术。早期的所谓"冷爵士"以独特的萨克管和小号吹奏技术、复杂的切分音和交错节拍为特色,后来的"猫王"普雷斯利和"披头士"乐队所开创的摇滚乐则是与电声乐器和电子扩音技术的发展分不开的。20世纪中期以来的流行音乐,更是与电子乐器、音像制作技术和大众传播媒介的发展密切相关。事实上,越是到后来,流行音乐越是成为高科技、高成本投人的产物。但流行音乐所体现的音乐趣味却是一般大众普遍能够接受的,通常的特点是强烈的音响、音色和节奏刺激,或煽情的歌词意义和表达方式,以及精彩的视觉形象效果的结合。这类音乐自产生以来产生了越来越大的社会影响,而且具有强烈的跨越文化差异的世界性倾向;但也因浓厚的商业色彩而成为时尚化的消费品,难以满足人们对提升自身精神境界的需要。

二、舞蹈

(一)舞蹈的艺术特征[①]

舞蹈是一门综合艺术,它综合了音乐、诗歌、戏剧、绘画、杂技等艺术元素而逐渐成为独立的艺术。对于舞蹈本质的解释,古今中外的学者各有不同。古希腊的柏拉图说它是"以手势讲话的艺术",亚里士多德说它是"借姿态的节奏来摹仿人的各种性格、感受和行动";近代学者中,日本舞蹈家石井谟说"决定舞蹈本质的是动律",苏珊·朗格说"舞蹈是动态形象"等等。概括地说,舞蹈按其本质是人体动作的艺术。从广义上说,凡借着人体有组织有规律的运动来抒发感情的,都可称之为舞蹈。但传统意义上舞台表演的舞蹈艺术,则主要是指通过创作者对自然和人生的观察、体验和分析,提炼出精练的典型动作,构成鲜明生动和富于美感的舞蹈艺术形象来反映生活、传达思想感情的艺术。

舞蹈的基本要素是舞蹈节奏、舞蹈构图和舞蹈表情。节奏是舞蹈动作的时间因素;构图是舞蹈的空间因素;造型性舞蹈表情是通过舞蹈家创造的人物形象表达人的情感和思想,它不同于一般自然状态下的情绪,亦不只限于面部表情,主要是通过"力度"、"速度"和"幅度"来体现的。舞蹈的节奏结合着表情构成了舞蹈动态的构图。通过动态构图表达人物形象特定的思想感情,创造出各

[①] 本小节内容参看《中国大百科全书·音乐舞蹈》,第13页。

种美的舞蹈想象空间。舞蹈不仅是动态的艺术,也是造型的艺术,舞蹈表演者的身体就是活的雕塑,身体上的衣饰是加强人物个性的陪衬。在审美感受方面,舞蹈不仅能给人以美感,还能创造出一种特殊气氛,从动作姿态的构成中使人辨出生活中的事物,联想到特定的时间、地点,令观众在视觉、听觉乃至整个精神上得到满足。因此,舞蹈这三个要素缺一不可,但在不同的舞蹈形象中有不同的侧重。一般自娱性舞蹈多侧重于节奏,而舞台表演的舞蹈是三者结合、密不可分的。

(二) 舞蹈的类型

舞蹈是人类最古老的艺术形式之一,上古时期它就成了人们交流思想感情的工具。早期的舞蹈主要是祭祀仪式中集体跳的图腾舞蹈,而后演化为由巫师个人跳的巫舞。进入文明社会后,出现了宫廷舞蹈,其中包括祭祀性质的乐舞和娱乐性质的舞蹈。与此同时,民间舞蹈也一直存在和发展着。中古以后,中国的舞蹈发展中一部分与戏剧艺术合流,成为诗、歌、舞、剧情的综合样式,即戏曲。戏曲舞蹈实际上成为后来中国舞蹈流传至今的主要形式。戏曲舞蹈与单纯的舞蹈不同,它是与剧情紧密配合,为表现戏剧中的人物、事件和场景服务的;但它在发展中又形成了超出具体剧本内容的共同的艺术特点:一是舞姿的高度程式化,生、旦、净、末、丑各有成套的舞姿。二是大量运用叙事与表意的舞蹈动作,举凡衣食住行等一切日常活动都被韵律化、节奏化,与唱念结合,成为塑造人物形象的手段。三是善于运用衣帽服饰和道具。四是辅以姿态万千的兵器物和毯子功。这些特点使得戏曲舞蹈不仅成为戏曲艺术的重要因素,而且成为中国民族舞蹈艺术的荟萃。[①]

西方自文艺复兴以后,宫廷舞蹈在发展中分化出了两种类型:一种是以社交性质为主的娱乐舞蹈,因此发展出了现代西方的社

---

① 参考《中国大百科全书·音乐舞蹈》,第718页"戏曲舞蹈"条。

交舞;另一种是逐渐专业化、规范化的表演舞蹈,称为芭蕾。古典芭蕾是表演性舞蹈中技巧要求最高、最讲究形式规范的舞蹈,传播面很广。芭蕾的特点是女演员要穿特制的舞鞋跳足尖舞,舞蹈动作舒展大方,空间造型清晰、准确而优雅,规范性、技巧性和视觉美感都很强,尤以高难度的各种旋转和跳跃为特色。柴科夫斯基作曲的《天鹅湖》以优美的音乐、浪漫的剧情和优雅美丽的形象造型与舞蹈结合,更使芭蕾成为高贵、优雅和专业化艺术的典范。20世纪初,反对芭蕾的过分规范与贵族化,强调个性、活力与创新精神的现代舞在西方兴起,形成了多样化的舞蹈艺术发展的新局面。

第三节 综合艺术

综合艺术有广义和狭义之分。广义的综合艺术通常是指由几种艺术成分综合而成的艺术,例如声乐综合了诗歌和音乐,建筑综合了绘画和雕塑,舞蹈综合了音乐、舞蹈、美术等。从这个角度来看,许多门类的艺术样式都可以吸收其他艺术样式的因素而成为综合艺术。但人们通常是在狭义上使用综合艺术的概念,即是指构成艺术形象的基本要素就同时兼有视觉和听觉两方面的艺术样式,如戏剧、电影和电视。这类艺术综合了文学、表演、音乐、舞蹈、美术、建筑(布景)、工艺等多种艺术媒介,并以此作为传达审美意识的方式和构成艺术形象的手段。[①] 下面就介绍戏剧、电影和电视这三种艺术样式的特点。

一、戏剧

在现代中国,"戏剧"一词有两种含义:狭义专指以希腊悲剧和

[①] 参考刘叔成等:《美学基本原理》,上海人民出版社1987年版,第179页。

喜剧为开端,在欧洲各国发展起来继而在世界广泛流行的舞台演出形式,中国又称之为"话剧";广义还包括东方一些国家、民族的传统舞台演出形式,诸如中国的戏曲、日本的歌舞伎、印度的古典戏剧、朝鲜的唱剧等等。① 我们在这里主要介绍中国传统戏曲的艺术特征和话剧的艺术特征。

(一)中国传统戏曲的艺术特征②

戏曲是中国特有的以唱为主并综合多种艺术因素的戏剧种类。在中国文艺史上,"戏曲"有过多种定义。在现代,它是中国各民族各地方各时代的传统戏剧样式的通称或总称。

戏曲的艺术特征之一是综合性。综合性是世界各国戏剧艺术所共有的,而中国戏曲的综合性却特别强。各种不同的艺术在戏曲中是与表演艺术紧密结合的。例如,戏曲中的服装和化妆,除用以刻画人物外,还成了帮助和加强表演的有力手段。水袖、帽翅、翎子以及水发、髯口等,都不仅仅是人物的装饰,而且是戏曲演员美化动作、表现人物微妙心理活动、刻画人物性格的重要工具。从艺术因素的构成来看,戏曲的发展来源主要有三个:歌舞、滑稽戏和说唱。由于中国历史上从来就有把各种不同的表演艺术集中在一个场所进行演出的传统习惯,这就促进了各种艺术的交流和结合。戏曲把曲词、音乐、美术、表演的美熔铸为一,用节奏统驭在一个戏里,达到和谐的统一。这样就充分调动了各种艺术手段的感染力,形成中国独有的节奏鲜明的表演艺术。

戏曲的第二个特征是虚拟性。虚拟性首先表现为对舞台时间和空间处理的灵活性。戏剧反映的生活是无限的,而舞台的空间是有限的;戏剧情节的时间跨度往往很大,而一台戏实际演出的时

---

① 《中国大百科全书·戏剧》,第1页"戏剧"条。
② 本小节参考《中国大百科全书·戏剧》第441页"戏曲"条和《中国大百科全书·戏曲曲艺》第1页"中国戏曲"条。

间只能持续两三个小时。为了解决空间和时间上的这些矛盾,一种做法是把舞台当作相对固定的空间,采取以景分场的办法,截取生活的横断面,把戏剧矛盾放到这个特定的场景中表现,时间的跨越则在各场之间的间歇中渡过。这是西方戏剧的传统办法。另一种就是中国戏曲的解决办法,它有一种假定性,即和观众达成一个默契,把舞台当作不固定的、自由流动的空间和时间。舞台是死的,但是在戏曲演出中,说它是这里它就是这里,说它是那里它就是那里;一千里路虽然很长,说走完了就走完了;从门口到屋里虽然很短,说没有走完就没有走完;一个圆场,千里万里;几声更鼓,夜尽天明……舞台的空间和时间的涵义完全由作者和演员予以假定,观众也能够赞同和接受。另一方面,虚拟性还体现在对现实生活各个领域、各个方面的具体表现上,例如对山岳河流等地理环境的虚拟、刮风下雨等自然现象的虚拟以及人物动作的虚拟等等。虚拟的手法解放了舞台,给戏曲作家和舞台艺术家带来了艺术表现的自由。在有限的舞台上,表演通过虚拟把观众带到各种各样的生活情景中去,借观众的联想来完成艺术创造,因而也给了观众以再创造的自由。

戏曲的第三个特征是程式性。表演程式是生活动作的规范化,是赋予表演以固定的或基本固定的格式,例如关门、推窗、上马、登舟等,都有一套固定的程式。许多程式动作各有一些特殊的名称,如"卧鱼"、"吊毛"、"抢背"等。表演程式的另外一层意义就是生活动作的舞蹈化,即使生活动作美化和节奏化。表演程式具有规范化的涵义,并不意味着戏曲表演就是一种没有生气的公式化的东西。程式是从创造角色中逐渐提炼加工出来的,体现出艺术家对生活现实、人物性格的体验、把握和审美理想。虽然经过许多演员、许多戏曲的运用后形成了规范,但每个演员仍然可以在自己对程式的理解和运用中体现出自己的个性和创造性来。

戏曲的程式不限于表演身段,大凡剧本形式、角色行当、音乐唱腔、化妆服装等各个方面带有规范性的表现形式,都可以泛称之为程式。程式的广泛、普遍运用,形成了戏曲既反映生活,又同生活保持一定距离,既取材于生活,又比生活更夸张、更美的独特色彩。离开了程式,戏曲的鲜明节奏性和歌舞特色就会减弱,艺术个性就会模糊。

(二) 话剧的艺术特征①

话剧是戏剧种类之一,是中国的一种特殊称谓。在欧洲,一般将发端于古希腊悲剧和喜剧的舞台演出形式称为"drama",通常译为"戏剧",并将它与歌剧、舞剧、哑剧等相区别。这个剧种从20世纪初传到中国,最初称之为新剧、文明戏、爱美剧等。1928年,中国戏剧家洪深提议定名为话剧,将之与传统戏曲、歌舞、舞剧、哑剧等相区别。它综合文学、表演、导演、美术、音乐、舞蹈等多种艺术成分,而以说话(对白、独白、旁白)为主要表现手段;演员的表演则是以说话和动作来塑造各种各样的人物形象,直观地展现社会生活中的各种矛盾和斗争。亚里士多德在《诗学》中谈到戏剧时提出,戏剧是对人的行动的摹仿。可以说,话剧的第一个艺术特征就是对人的行动的摹仿,即戏剧动作。② 话剧中的戏剧动作来源于生活,但不等同于生活中的动作。话剧动作包括外部形体动作、言语动作、静止动作等。外部形体动作指的是观众可以直接看到的动作方式;言语动作指的是对话、独白、旁白等等;静止动作指的是剧中人物既没有明显的形体动作,又没有台词,从表面看处于静止状态,又称停顿、沉默等。之所以把它看作动作的一种方式,是因为人物在静止不动的瞬间都有丰富的内心活动,通过演员的姿态、表情传达给观众。戏剧动作的意义首先在于直观性,即把人物性格、事件的发展直观地展现在观众面前;同时又具有揭示性,人物

---

① 本小节参考《中国大百科全书·戏剧》第174页"话剧"条。
② 参看《中国大百科全书·戏剧》第436页"戏剧动作"条。

的心理活动等非直观的内容正是通过动作揭示出来的。

话剧的第二个艺术特征是戏剧冲突。① 这是话剧表现人与人之间矛盾关系和人的内心矛盾的特殊艺术形式。冲突是人物动作的原因和后果,因此是推动话剧中所表现的生活事件前进的动力,也是话剧抓住观众情绪的重要手段。冲突在话剧中的表现方式是多种多样的:可能表现为某一人物与其他人物之间的冲突,有人把这种方式称为外部冲突;也可能表现为人物自身的内心冲突,有人把它称为内部冲突;还可能表现为人同自然环境或社会环境之间的冲突。前两种方式有时各自单独展开,有时则交错在一起,相互作用,互为因果。

话剧的第三个艺术特征是表演艺术,即演员通过舞台行动过程创造人物形象的艺术。② 表演艺术的具体特点是:其一,演员必须亲自登场,依靠自己的身体、心理素质和其他准备条件进行表演,而且每一次都要重新创造。这一点与一次完成艺术创造的电影表演有很显著的区别,故所谓"保持演出的青春"就成为话剧演员的重要课题。其二,演员扮演的角色形象在舞台时空中逐步展现,演员的创造过程与观众的欣赏过程是同步进行的,观众的任何反应都会影响演员的表演。因此,演员必须具有与观众进行直接或间接交流的能力,必须具有在各种剧场条件下适应各种观众的能力,必须具有根据观众反应随时正确地即兴调整自己表演分寸的能力。其三,演员本人既是创作者,又是创作的材料与工具,他表演角色的过程又是艺术作品本身,这就造成演员与角色这个表演艺术的基本矛盾。要克服这个矛盾,就要做到体验与表现结合、敏感与控制结合、创作与生活结合,做到演员与角色在矛盾中的统一。

---

① 参看《中国大百科全书·戏剧》第 431 页"戏剧冲突"条。
② 参看《中国大百科全书·戏剧》第 428 页"戏剧表演艺术"条。

二、电影

(一) 电影的技术与艺术特征

电影是19世纪末开始出现的一种新的技术发明与艺术样式。电影是一门综合艺术,但它与戏剧这样的综合艺术的不同之处在于:它综合的各种要素中,首要的是科技要素。电影是建立在光学、光化学和机械工艺技术发展基础上的艺术。摄影机以每秒24帧的速度间歇地摄下一串静止的画幅,然后再用放映机以同样的速度回放这些画幅,由于视觉的滞留作用,一连串间歇放映的静止画面就变成了连续的过程。从这个角度来看,电影所展现给观众的连续的形象及其运动实际上不过是光学幻觉。与戏剧的场景相比,电影画面给人的感觉要逼真得多。因此,在很长一段时间里,许多人认为电影是一门最具有真实性的艺术。然而,电影的这种逼真的感觉其实是幻觉,而且电影艺术越是发展,这种幻觉化的倾向就越是强烈,最突出的例子就是好莱坞电影技术与艺术的发展。好莱坞历来长于制作场面豪华、耗资巨大而感觉逼真的所谓"巨片",这一类影片发展的基本趋势是制作成本和技术含量越来越高,场面效果则越来越逼真。这种逼真并非是由写实造成,而是靠高科技手段和大量资金投入制作成的仿真视听效果。像巨轮沉没、高楼爆炸、天崩地裂等场景要想拍摄真实情景是极其困难的,至于活的恐龙或太空大战之类的情景当然更是子虚乌有的幻想。但在观看这类电影时,观众的感觉并不是在观赏幻想中的景象,而是觉得的的确确看到了真实的情景。这就是幻觉,好莱坞电影的魅力就在于成功地制造出了这种幻觉。因此可以说,电影艺术的根本性质就是幻觉,电影是一门以运动幻觉为中心的艺术。

电影是现代光学、光化学和机械工艺等科学技术的产物,它的艺术特征也与这些科学技术有密切的关系。电影的第一个特征是以"镜头"作为叙事和塑造艺术形象的基本单位。所谓"镜头",是指电影摄影机不间断地连续拍摄下来的画幅系列。一个镜头是一组连续拍成的画幅,其中没有切换的痕迹。一个镜头所包含的画幅系列可长可短,但长和短的艺术效果是不同的:长镜头给人的感觉就像一个人在持续地观察事物,似乎摄影机没有对所拍摄的对象产生任何影响,以至于会使人忘了摄影机的存在,因此往往有一种纪实的效果。有些追求纪实风格的作品就常常喜欢用长镜头,但如果所拍摄的对象没有强烈的运动变化,长镜头就很容易令人感到拖沓冗长。短镜头在放映时从一个场景画面切换跳跃到另一个画面的频率较高,观众的视知觉因为频繁的画面变换变得刺激而紧张。这样,即使在所拍摄的对象处于静止状态的情况下,也会形成较强的动感和较快的节奏感。镜头除了有时间长短之分外,还有活动与静止的区分。这里所说的活动与静止是指摄影机的活动与静止,因为摄影机除了固定在一个地点从一个视点拍摄之外,还可以进行推、拉、摇、移等种种运动,从而产生视角的移动。这些运动有的是摄影机的移位运动,如追随着运动中的对象跟拍或对着一个很大的对象进行浏览式的拍摄;有的是摄影机机身不动,摄影镜头进行俯仰或水平方向的摇动;还有的只是通过镜头焦距的调节使画面产生推近或拉远的效果。固定镜头的单一视角效果比较客观冷静,活动的镜头则会因为视角的移动变化而使观察对象的效果带上主观意愿的色彩和动感。尤其是当对象在较长的时间内一直处于静止状态时,镜头的运动就可避免画面的呆滞而造成主观的动感。

  电影的第二个特征是镜头的组接,人们常用法语音译的"蒙太奇"(montage)一词来表示。在电影产生的初期,人们在还不懂得镜头组接的效果时,常常会一部片子或至少一个拍摄场地用一个镜头一直拍到尾。但后来的电影就不再这样使用镜头,即使在一个场地甚至可能在拍摄一个连续的动作时,也要把它拍成若干个镜头,然后再组接在一起。这样组接镜头的意义之一是加快电影叙述的节奏。最典型的加快节奏的例子就是好莱坞电影惯用的平行蒙太奇和所谓"最后一分钟的搭救"。例如,一个人正处在危险的境地中,比如强盗即将闯入家门;与此同时,拯救者也正在快马加鞭地赶来。用平行蒙太奇的手法处理成的情境是这样的:镜头一会儿表现强盗攻门的场面,一会儿又切入英雄赶来的情形,两面交错出现,而且每一个镜头的长度也越来越短,于是造成越来越紧张的气氛和期待——英雄究竟能不能及时赶到呢?而同样的情节如果用长镜头分别叙述情况,势必会使得原本紧张的情形松弛下来。有时电影中的场景是静止的,如没有人物活动的"空镜头"或在表现人物大段独白和对话的时候,如果用一个镜头一直拍摄,就会令人感到沉闷拖沓。在这种情况下,切换镜头就成为造成画面运动节奏的重要手段。比如两个人在谈话,常见的镜头组接方式就是将画面不停地在两个人之间切换,使观众的视觉注意力不断变换,从而避免了静止拖沓之感。

　　镜头组接的另一方面作用是通过组接产生原来单个镜头所没有的意义。观众习惯上以为任何两个相连的镜头之间都有时间或空间上的某种联系,这样,当实际上在时空方面并非相联系的两个镜头组接在一起时,就会产生新的联想意义。俄罗斯著名导演普多夫金曾谈到他所做过的一次实验:我们从某一部影片中选了俄国著名演员莫兹尤辛的几个特写镜头,我们选的都是静止的没有任何表情的特写——亦即静止不动的特写。我们把这些完全相同的特写与其他影片的小片断连接成三个组合。在第一种组合中,莫兹尤辛的特写后面紧接着桌子上摆了一盘汤的镜头。这个镜头显然表明:莫兹尤辛是在看着这盘汤。第二个组合是,使莫兹尤辛面部的镜头与一个棺材里面躺着一个女尸的镜头紧紧相连。第三个组合是这个特写后面紧接着一个小女孩在玩着一个滑稽的玩具狗熊。当我们把这三种不同的组合放映给一些不知道此中秘密的观众看的时候,效果是非常惊人的,观众对艺术家的表演大为赞赏。观众从那盘忘在桌上没喝的汤,看出了莫兹尤辛的沉思心情;观众看到他看着女尸时那副沉重悲伤的面孔,也跟着异常感动;而看到他在观察女孩玩耍时的那种轻松愉快的微笑,观众也跟着高兴起来。但我们知道,在所有这三个组合中,特写镜头中的脸都是完全一样的。①

像这个实验那样把两个原本无联系的镜头组接在一起而产生新的意义、表达某种观念,这是镜头组接的一个重要功能。从技术的角度讲,这是制造电影幻觉的一种重要方式。比如在第一个镜头里某人开了一枪,而在紧接着的第二个镜头里另外一个人倒下了,观众就会理所当然地理解为第二个镜头里的人是被第一个镜头里的开枪者打死的。电影中的打斗场面经常靠这种镜头组接的方式把分别拍摄的场面联系起来,以此来制造紧张激烈的打斗场面。从艺术的角度来看,通过镜头组接产生意义是电影语言的一种重要表达方式。比如当影片中的主人公——通常是一位英雄——牺牲时,在他倒下或瞑目的镜头之后紧接一个诸如蓝天白云、疾风劲松或惊涛拍岸之类的空镜头,这就是一个已被用滥了的蒙太奇隐喻,空镜头成为英雄崇高精神的象征,虽然这个象征因为被使用得过多过滥已经很难给人带来情感上的触动了。而在张艺谋导演的电影《红高粱》中,当伏击鬼子军车的农民和军车同归于尽后,紧接着的镜头却是一个小孩子(即旁白中所说的"我爸爸")声嘶力竭地唱一支招魂意味的儿歌。这同样构成了一个隐喻,表达的是一种悲凉激越的情绪。当然,这后一个蒙太奇隐喻由于新奇陌生而具有更强烈的冲击力。

电影的第三个特征是由镜头中的画面和镜头的组接而构成的影片叙述内容的发展过程,具体地说就是电影的运动及其节奏。电影本质上是运动的幻觉,由此决定了运动的重要性。电影的运

---

① 参见梭罗门:《电影的观念》,中国电影出版社 1983 年版,第 39 页。

动特性不仅是电影技术自身的特点,更是观众的需要。试想一下,在一个黑暗的房间里一动不动地坐至少90分钟的时间,如果画面是静止的或很少有运动变化,观众怎么可能保持注意力和兴趣?电影的运动首先是影片内容所表现的运动,即影片中人物和其他物体的动作。当然,像暴力、灾难、体育、歌舞等题材都是典型的运动突出的影片,其中尤以战争、打斗、武侠、侦缉之类的动作影片效果强烈,所以这类影片的影院上座率历来很高。但并非只有动作强烈的影片才具有电影的运动特点。有的电影虽然没有紧张激烈、惊心动魄的运动场景,但在叙述平平常常的日常生活情境时同样可以创造出吸引观众的运动效果。这方面的经典例证之一就是卓别林的小人物故事影片。像《城市之光》、《摩登时代》一类影片,所叙述的故事都是流浪汉查理在日常生活中的遭遇。总的说来,查理没有遇到过什么惊人的事件,因而也没有什么真正紧张的事件和行动;但电影靠着卓别林的非凡想象力和表演天才,使这个小人物在银幕上充满了动感,成为妙趣横生的形象。

　　电影运动不仅是内容中所表现的事件中的运动,也包括摄影机自身的运动。摄影机的推、拉、摇、移使视角产生种种变化,可以让相对静止的对象在观众的视觉中产生运动。摄影机运动还有一种相反的功用,就是使运动中的事物在镜头前显得相对静止下来。这是追随拍摄方法所产生的效果:摄影机追随着运动中的被拍摄的对象,当二者的速度、角度大体吻合时,运动着的对象在镜头中就好像停止了一样。然而这种停止并不是真正的静止,而是一种特殊的运动方式:它使观众产生与摄影机一起运动的幻觉。

　　电影必须有运动,但这并不是说电影可以任意运动或者说运动越强烈就越好。要使电影的运动真正产生审美的效果,就需要有适当的节奏。就是说,运动要有适当的、合乎观众欣赏心理要求的、有规律的快慢变化。电影的节奏实际上是由电影的叙事内容中情节发展的快慢变化、摄影机的运动方式和镜头组接的效果等多方面因素整合而成的。从大的方面来说,情节的进展过程、人物命运的变化历程构成了电影叙事的宏观节奏。这种节奏不仅仅在于视觉效果,更主要的表现为观众对故事发展的期待和悬念这样的心理状态。当情节跌宕起伏、人物行动扑朔迷离,观众不时地被意外的转折和新出现的情境所吸引时,就会感到电影的节奏较快;反之,一个悬念久拖不决,一种早已被观众所了解的事态迟迟不发展变化,观众就会觉得节奏慢甚至拖沓。从小的方面来说,画面中人物的动作或场景的速度变化、摄影机的运动方式和速度,以及镜头的切换频率等因素所造成的运动节奏则基本上是作用于观众视觉的节奏。有时故事情节本身没有大的发展,而仅靠人物动作也能造成刺激观众情绪的快节奏,比如打斗、追逐场面就是典型的例子。当然,无休无止而又新鲜效果不多的打斗追逐场面也同样会破坏电影叙事的节奏而令人厌烦。至于镜头组接所造成的运动节奏,前面已论及,这里就不赘述了。

节奏是有规律的运动速度的变化形态。也就是说,节奏是有张有弛的运动方式。但从一部电影的总体上看,这种张弛变化的频率、效果也是各有不同的,这就形成了一部影片的总体节奏特点。不同风格的电影对总体节奏快慢要求不同。比如说,情节紧张、场面火爆的影片,从早期的美国西部片到后来风行世界的警匪打斗片、科幻故事片、灾难片、悬念片以及中国特色的武侠片等,故事的内容往往奇幻不经,人物形象比较类型化,情节的发展过程也常常会有破绽,如果当作精致的艺术品来细细欣赏效果可能不佳,这类影片要求有较快的节奏以使故事的进展保持较强的张力,这样才能抓住观众的注意力和情绪。而抒情的浪漫故事或表现日常生活场景的影片就不一定需要很快的节奏。但无论节奏快慢,都必须服从艺术形式创造的规律,就是要使一部电影自身在节奏上统一起来,而不能给人以支离破碎的感觉。

电影的第四个特征是它的声音效果。电影是以视觉效果为中心的艺术形式,但它作为综合艺术,听觉效果也具有重要的地位和作用。在电影发展早期的无声电影即所谓"默片"时代,观众是听不到声音的。但这并不意味着在电影叙事艺术中没有声音这个因素的存在,只是由于技术的限制,默片中的声音成分是通过画面、字幕等视觉方式间接暗示出来的。技术的这种限制使得默片发展起了独特的画面表现和演员表演艺术,以至于当有声电影发明之后,有许多默片艺术大师还迟迟不愿放弃默片那种独特的表现手法。在有声电影发明之初,人们只是简单地把声音的出现当作一种叙事和接受的便利,而不是一个一个具有自身艺术特性的因素,以至于在有声电影初期的银幕上充斥着冗长拖沓的对白和独白,反而破坏了电影的整体艺术效果。随着电影的发展,人们才逐步意识到声音在电影中具有的重要作用和使用声音效果的艺术规律。电影中人物的对话是最主要的声音成分,精彩的对话可以加强人物性格的刻画,推动情节的运动发展,还可以因语言本身的魅力而增加电影的观赏性;反之,干巴无味、拖沓冗长和不合运动节奏的对话则会破坏电影的效果。影片中声音和画面理论上应当是同步的,但恰当地使用声画对立、声画平行等特殊的处理声画关系的手法也可产生特殊的艺术效果。电影技术的发展在声音方面的重要成果是高保真音响效果的出现,逼真的现场声音效果使得电影的临场幻觉感大大加强,对于制造"巨片"所需要的惊心动魄的真实感起到了非常突出的作用。

(二)电影的不同样式与风格[①]

电影艺术从诞生到现在不过一个世纪,但由于它具有艺术与现代科学技术、现代产业相结合的特殊性,使它从一开始就处于不断探索中。最初的电影抓住记录活动影像的功能,拍的都是日常

---

① 本小节参看罗慧生《世界电影美学思潮史纲》有关章节,山西人民出版社 1985 年版;袁玉琴《电影艺术论》有关章节,漓江出版社 1995 年版。

生活情景。后来意识到电影作为综合艺术形式的可能性后,产生了戏剧化的电影,即把戏剧的一套搬进电影中,让电影成为用胶片记录下来的舞台演出。随着电影事业的发展,人们对电影的技术、艺术和文化特性的认识也不断深化。

电影在一百年的发展中,形成过多种多样的艺术风格。大体上说,可以将电影样式与风格的探索区分为这样几个主要方向:一是注重电影的纪实性和社会性的方向,向关注日常生活和现实主义的方向发展,从早期的"通俗化"电影学派到二次大战后兴起的"新现实主义"电影就是其代表。这个方向上的各种电影流派共同的特点是强调电影真实地记录和还原客观事物影像的技术功能,美学上追求平民的、写实的趣味和关注日常生活的现实主义精神。这个方向的许多流派都强调艺术的社会责任,因而常常把电影艺术作为反映社会现实中的问题、干预社会的工具,最典型的代表就是意大利"新现实主义"流派。

二是侧重表现主观心理、哲理的方向,从早期的先锋派、表现主义,到二次大战后的"新浪潮"等流派都属于这个方向。这个方向的各种流派在思想观念上和美学上大都属于反叛传统的现代主义。这些流派的电影往往具有很强的探索实验色彩,为电影在艺术上和技术上的发展提供了有益的经验,但有很多作品本身却缺乏观赏性而难以获得观众的认同。

三是注重电影作为产业的特点,向市场化发展的方向,最典型的代表就是美国商业电影即好莱坞电影。这类电影主要是以产业化制作、市场化经营为特色,注意研究普通观众的娱乐需要。好莱坞以"梦幻工厂"著称,就是因为这里的电影风格多以远离日常生活的豪华场景、异域色彩、浪漫情调、惊险刺激等情景和故事为普通人织造着赏心悦目的白日梦。自20世纪70年代以后,好莱坞的典型特色转向依靠高科技、大投资制作具有惊人视听效果的"巨片"。这类商业影片从社会意义方面来看未必有很高价值,但良好的商业运作带来的经济效益却可能使电影少受成本束缚,在技术上发展得更加完美。这类电影由于特别注重观众的反应而形成了"样式片"倾向,即当一种影片走红之后,便进行大量的摹仿,结果便形成了类型化的电影样式,如西部片样式、侦探片样式等等。样式片发展的后果是使得电影成为公式化、标准化的产品,如千篇一律的故事套子、固定的主人公模式等。样式片由于投观众所好,往往有较好的上座率,但也对电影艺术的创新发展产生消极影响,并且在败坏着观众的趣味。

三、电视

(一)电视的艺术与文化特征①

电视作为新型的大众传播媒介和艺术,还只有半个多世纪的历史。在电视出现的初期,人们多认为它与电影差不多。这样想当然不是没有道理的,电影和电视在表现手段方面至少有这样几个相似之处:一是银幕或荧屏上出现的都是平面的照相似的画面;二是可以采取各种不同的拍摄角度;三是可以采用各种不同的景次(全景、远景、中景、近景、特写镜头等);四是存在着各个镜头、段落的组接即蒙太奇。电影与电视表现手段的这种相似性,以及电视制作与电影制作的工作班子(编、导、演、美、录等)的近似性,都使得人们觉得电影和电视是同一种艺术,电视不过是从电影中派生出来并从属于电影的艺术,是一种"小电影"。然而,这种观点实际上忽视了电视与电影的重要技术差别。这些差别主要是:首先,工艺差别。电影是化学和机械工艺产品,而电视是电子产品。电影需经过拍摄——底片加工——洗印——放映这样一些工艺过程才能完成作品的制作和接受,而电视则可以直接播放在摄像机前

---

① 本小节参看李邦媛、李醒选编:《论电视剧》有关章节,北京广播学院出版社1987年版。

摄取的画面。其次,接受方式的差别。电影经过了复杂的制作工艺后在电影院里放映,观众需购票后按时进入电影院集体观赏,具有仪式性特点。这种较为隆重的仪式性使得观众对电影的艺术质量期待较高——如果不是觉得有相当的把握值得一看,人们很少会随便走进电影院看一部自己对其质量一无所知的电影;反过来说,当人们一旦进了电影院,那么除非影片质量实在差得令人无法忍受,观众一般是不会随便退场的。而电视则完全不同:电视可以在家中或其他形形色色的场合随便观看,时间限制也很小,加之电视的频道、栏目很多,可以随意挑选,因而人们对某个节目的质量期待也不是很强烈,反正可以随意切换频道挑选节目,所以观众的质量期待基本上是在不同频道中比较产生的。从根本的文化性质上看,电影属于传统意义上的审美艺术,而电视首先是实用的大众传播媒介。

以上这些差别,便形成了电视自己的艺术特征。概括起来较重要的有这样几点:

其一,创作的即兴性。由于工艺简单,成本相对低廉,制作效率要求高,再加上观众态度的随意性,这些因素影响于创作就形成了即兴制作的方式,即不依赖完整的拍摄计划和脚本,而更多地注重表演和拍摄的即兴性。这样不但提高了制作效率,而且也形成了电视特有的轻松随意的风格。

其二,内容的纪实性。电视在制作方面的优势和作为大众传播媒介的文化特征,使得它比起电影来,在空间和时间方面都更容易贴近观众、贴近现实的社会生活,因而发展起了与新闻性和现场效果相联系的纪实风格。这种纪实风格不仅表现于贴近生活的叙事电视(即电视剧)题材,而且表现为发展起了形形色色的以现场气氛和交流互动为特点的综艺节目。

其三,紧凑的情绪节奏与松散的整体结构。这首先是由于电视同观众之间的关系是一种既亲近又松散的特殊关系。所谓亲近,是说电视直接介入了人们的日常家庭生活,往往在一定程度上排挤了家庭成员之间的交流和其他家庭活动而成为家庭生活中的一项重要内容。所谓松散,一是说人们观看电视往往不像欣赏电影、戏剧那样进入一种专注的精神和行为状态,而可以和某些日常活动如吃饭、聊天、做家务等并行不悖;二是说收看电视时往往会有多种节目可供选择,遥控器掌握在观众手中,如不感兴趣便可能随时转换频道甚至关机。因此,电视要求一开始就把观众的兴趣提起来,形成快而紧凑的情绪高潮节奏。其次,观众轻松散漫的观赏态度使得电视叙事可以像说评书那样将一部作品分成几十集"慢慢道来",还可以在一个节目播出的过程中插入广告或其他画面,因而整体结构变得松散自由。

(二) 电视艺术的发展

电视作为一种艺术形式,在其发展早期曾被简单地当作舞台纪录片的一种类型,或者就当作电影的小型替代品。随着电视摄像技术的发展,实地拍摄电视片变得越来越容易,质量也越来越高。在这种情况下,作为新闻采访手段的现场拍摄方式对电视艺术产生了重要影响,这就是纪实风格作品的产生和发展。到20世纪70年代以后,家用电视机的技术性能有了突飞猛进的提高,图像清晰度、色彩饱和度、伴音质量、屏幕尺寸以及其他为了方便家用而增加的种种附加功能等等,这些改进使得电视的观赏效果大大改善。与此同时,电视机的生产成本和价格却在不断下降,使得拥有电视机的家庭数量飞速增长。这种技术进步的后果一方面是使电视的娱乐性增强,看电视日益成为家庭日常生活中的一种重要的娱乐消遣方式;另一方面,电视作为信息传播媒介的传播效率和覆盖面大大增加,从而带来了巨大的广告效益。在这样的技术和文化背景下,电视艺术便越来越向大众化、娱乐化和商业化的方向发展。

电视艺术在早期主要是电视剧这种样式,这实际上是在向电影和戏剧的学习、靠拢中形成的。但电视剧在发展中逐渐从摹仿电影和戏剧中解脱出来,演变出形形色色的形式。后来的电视剧中一种常见的样式是连续剧,这种叙事方式是将故事内容像长篇评书一样分成几十集乃至上百集"慢慢道来",因此可以充分地展开故事细节而成为一种特殊的叙事风格。有的连续剧是将长篇小说改编而成的,这种舒缓而细腻的叙述方式可以充分地保留原作的叙述内容,因而成为人们最易于接受的阐释和传播经典文学作品的方式。连续剧由于常常要在电视的固定栏目上连续播放一段相当长的时间,如果内容比较吸引人,就会在观众和电视节目之间形成一种习惯化的交流:观众可能在每天同一时刻习惯地等待着某一部电视剧的开场,而当每一次开始播出时,观众会以一种熟悉故事中情境人物的态度去期待故事的发展。这比一次性的节目更能加强电视与观众之间的亲近感和交流沟通水平。与连续剧一样会在荧屏上日复一日地反复出现的另一种电视剧是系列剧。系列剧与连续剧的不同之处在于缺少一个贯穿始终的故事结构,只是主要角色和场景反复出现,通过这种定时出现的熟悉情境,为观众制造出惯性的期待。这样的电视剧往往叙事内容本身松散疏简,只是以日常生活情景和轻松诙谐的笑料为主,但观众由于惯性期待而形成对整个场景的熟悉感,就像在观看自己熟悉的人和事一样,从而拉近了电视与观众的距离。多次播放的连续剧和系列剧由于具有上述特点而逐渐成为电视剧中更有影响的样式,在电视剧的发展中占有了越来越重要的地位。

电视一方面可以像电影和戏剧那样制作成经典的艺术样式,一方面又是新型、高效率的大众传播媒介,这种二重性使得电视艺术的发展不再局限于传统艺术观念,也就是说不再局限于制作像电影、戏剧那样自身独立、完整的叙事作品。传统的艺术品首先是作者艺术观念和趣味的表现,然后才是读者的接受。但电视艺术往往是将艺术表现与观众的交流放在同样重要的位置上,有时甚至对传播交流的重视甚于作品内容意义的表现。这种需要带来了新的电视艺术观念与发展样式,产生了种种以观众的参与乃至互动为特色的艺术样式,包括将知识信息、实用信息或娱乐性与艺术结合起来的各种类型的专题片、广告片以及大型综艺节目。从经典艺术的角度来看,这些样式大都只能算作"杂"艺术或边缘艺术,但这种"杂"性或"边缘"性恰恰体现了电视的技术与文化特征对艺术的影响。总的来看,电视艺术的发展走的是外延越来越扩大、内涵越来越丰富、层次和形态都在不断发展变化的道路,这种发展趋势使得电视艺术成为越来越有争议、同时也越来越有活力的艺术。

第四节 语言艺术

语言艺术是指以语言为塑造艺术形象的材料和传达媒介的艺术,这就是文学。文学在发展过程中,形成了不同的样式,并因此而产生了对文学进行类型分析的观念和方法。文学样式的分类,最早是"二分法",即将文学分为两类。中国古代文艺理论家刘勰在《文心雕龙·总术》中说:"今之常言,有文有笔。以为无韵者笔也,有韵者文也。"他是根据有韵与无韵把文学分为"文"和"笔"两大类的,其中的"文"就是后代所谓的"纯"文学,而"笔"则包括了许多应用文体和"杂"文学。古希腊的亚里士多德在《诗学》中把史诗、戏剧等一切有韵文体统称为诗,而以之与"史"等杂文学样式相对,可以说也是属于"二分法"的分类方法。后世沿用的分类方法主要是两大类型,即"三分法"和"四分法"。所谓"三分法",是把各种文学体裁依据塑造形象的方式不同而分为三大类:叙事类、抒情类和戏剧类。这种方法在西方是很典型的分类方法,从亚里士多德起一直被人使用。这种方法使用一个标准进行分类,是一种逻辑方法。"四分法"是把文学作品分为诗歌、散文、小说和戏剧文学四个类型。这种划分方法依据的不是统一的标准。在中国古代文学发展中,诗歌和散文最早发展起来;而在宋元以后,小说和戏剧获得了很大发展。"四分法"实际上是根据文学发展的实际情况进行划分的一种历史方法。这种方法的优点是比较灵活,可以根据文学发展状况而继续增加新的类型,不存在逻辑上是否统一的问题。下面我们就在"四分法"的基础上增加影视文学而划分为五个题材样式进行研究。

一、诗歌

诗歌是最早出现的一种文学样式。诗歌在产生初期是同音乐、舞蹈结合在一起的。《毛诗序》中说:"诗者,志之所之也,在心为志,发言为诗。情动于中而形于言,言之不足故嗟叹之,嗟叹之不足故永歌之,永歌之不足,不知手之舞之,足之蹈之也。"大意是说诗是由思想感情产生的,心中的思想感情表达出来成为诗;情感激动便表达于语言,语言不足以表达便发出感叹,感叹仍不能尽意便引声长歌,长歌犹嫌不足便不由自主地跳起舞来。这段话一方面说明早期诗歌与音乐、舞蹈有密切关系,实际上指出了诗歌形式的音乐性和节奏感的来源;另一方面说明诗歌是人们感情激动的产物,从而提出了诗歌内容的情感表现性问题。这些观点表明,早期诗歌在其发展中已奠定了这一体裁的基本特征。中国是诗歌创作(尤其是抒情诗创作)十分发达的国家,自从先秦时期产生第一部诗歌总集《诗经》以来的两千多年中,诗歌从内容到形式都获得了极大的发展,诗歌的艺术特征也有了很多不同。当代人们对诗歌特点的认识和论述因而也不是完全一致的,这说明诗歌艺术一直在丰富和发展着。但从整个发展历史来看,有些基本特征大体上还是存在的。我们可以从以下几个方面来认识诗歌的一般艺术特征:

首先,从语言的直观层次来看,诗歌的语言富于韵律感。人们常说文学语言的一个重要特点是具有音乐性,而这个特点首先就是指诗歌的语言。这同诗歌最初产生时的文化特征有关。早期的诗歌是和音乐、舞蹈结合在一起的。诗歌为了合乐歌唱和伴舞,必须注意声音和节奏。后来诗歌脱离音乐舞蹈而成为独立的文学样式,语言自身声韵和节奏的特点便凸现出来并不断得到发展和完善,成熟的形态便是格律诗。唐代产生的近体诗就是典型的格律诗,是唐以前人们对诗歌的声韵与节奏特点探索的成果。在近体诗中,通过字数相等的分行和句式中有规律的停顿而产生节奏感,由平仄起伏的声调变化和交替出现的韵脚而造成既流动又严整的旋律感,从而形成了近体诗特有的严谨典雅的韵律美。比如宋代诗人陆游的一首七律《夜泊水村》:

> 腰间羽箭久凋零,太息燕然未勒铭。
> 老子犹堪绝大漠,诸君何至泣新亭?
> 一身报国有万死,双鬓向人无再青。
> 记取江湖泊船处,卧闻新雁落寒汀。

诗中表达了诗人报国无门的激愤和苦闷。从感喟无路请缨杀敌,到重申报国壮志,再到哀叹年华已逝,最后竟流露出飘零江湖的颓唐念头。感情如此大起大落,却被提炼成声调严整对称的四联五十六个字。第三联的上句"一身报国有万死",七个字中有五个字全是低沉的仄声字,读起来掷地有声;下句"双鬓向人无再青",以平声收尾,悠然扬起的声调加强了人生几何的惆怅心绪。上下句声调情感的强烈对比造成了凝重有力的韵律感。印欧语系等使用拼音文字的语言中也存在原理相似的诗歌格律,常常是通过有规律的轻重音交替变化来划分出音步,通过押韵脚(或头韵)分行,还用变化句式或韵脚等方式划分诗节,由此构成古典格律诗特有的韵律。现代诗歌一般不像古典诗歌那样严守现成的格律,因而往往表现为更自由的韵律美。如中国现代诗人徐志摩的一首小诗

《沪杭车中》：

> 匆匆匆！催催催！
> 一卷烟，一片山，几点云影，
> 一道水，一条桥，一支橹声，
> 一林松，一丛竹，红叶纷纷：
> 艳色的田野，艳色的秋景，
> 梦境似的分明，模糊，消隐，——
> 催催催！是车轮还是光阴？
> 催老了秋容，催老了人生！

这首诗以摹仿车轮行进节奏开始，轻快流畅而错落有致的韵律同飘忽流逝的意象和情绪融为一体，显示出一种现代的趣味。

其次，从诗歌的语言内容表现来看，显著的特点是高度凝练。诗歌的内容如同其他文学作品一样要反映现实生活和表现作者的思想感情。不同的是，诗歌（尤其是抒情诗歌）一般都篇幅短小，并且受韵脚和节奏的限制。因此，诗歌的语言必须高度凝练，所表现的内容必须高度集中。反过来，这种高度凝练、以少总多的语言又成了诗歌的一个重要的审美特征。人们在阅读诗歌时常常感到用词精确含蓄，令人回味无穷，就是由于语言高度凝练的缘故。我们试读杜甫的《八阵图》：

> 功盖三分国，名成八阵图。
> 江流石不转，遗恨失吞吴。

短短二十个字概括了诸葛亮一生的业绩、地位和遗憾。作者选取了诸葛亮一生事业的顶峰和转折时期的一件关键性史实——刘备进攻东吴及其失败，借传说中与其有关的八阵图遗址而抒发感慨，可说抓住了最能引发联想的关键之点。"江流石不转"仅五个字，便借实景象征性地描画出了这位"伯仲之间见伊吕，指挥若定失萧曹"的一代名相无力回天的困境，而以"遗恨失吞吴"五个字表达了作者对历史事件和历史人物行为的批评,细细咀嚼其中的涵义,可以引起人们多少感慨和遐想! 这就是高度浓缩、凝练的诗歌语言的魅力。

再次,从诗歌中所塑造的艺术形象来看,它的特点是充满感情,富于想象。诗歌是情感激动的产物,长于抒情是其重要特色。钟嵘在《诗品》中指出:

> 若乃春风春鸟,秋月秋蝉,夏云暑雨,冬月祁寒,斯四候之感诸诗者也。嘉会寄诗以亲,离群托诗以怨。至于楚臣去境,汉妾辞宫;或骨横朔野,魂逐飞蓬;或负戈外戍,杀气雄边,塞客衣单,孀闺泪尽;或士有解佩出朝,一去忘反;女有扬蛾入宠,再盼倾国。凡斯种种,感荡心灵,非陈诗何以展其义?非长歌何以骋其情?

这段话表明,四时自然景色的变化,个人的遭遇和社会事件触动了诗人的情感,诗人通过诗歌来表现郁积于自己胸中的情愫。因此,诗歌中充满着感情,诗中的意象组合、节奏发展都循着情感发展的逻辑。如李白《将进酒》:

> 君不见黄河之水天上来,奔流到海不复回。
> 君不见高堂明镜悲白发,朝如青丝暮成雪。
> 人生得意须尽欢,莫使金樽空对月。
> 天生我材必有用,千金散尽还复来……

这首诗发端突兀,起落无迹;句式长短错落,意象跳跃多变、大开大合。从日常的语言表达习惯和合理的思维逻辑来看,都毫无道理可讲;而这恰恰是李白忧愤郁悒而又不甘沉默的动荡心绪的贴切表现。读者在阅读这首诗时,也会由其节奏、意象的跳跃变化而受到这种情绪的冲击和感染。

人的情感是复杂微妙、不可捉摸的东西,诗歌要捉住这种东西并表现出来,就必须将情感化为使人可以捉摸到的具体生动的形象。这是想象力的功能。也就是说,诗歌在表达感情的时候必须借助于想象、通过想象来表现。丰富的想象可以表现为具体生动的感受,如形容月光是"玉户帘中卷不去,捣衣砧上拂还来";也可以是极度的夸张,如"白发三千丈","燕山雪花大如席";还可以是怪异的形象,如"羲和敲日玻璃声","鬼灯如漆点松花",等等。下面我们来看看英国现代派诗人T.S.艾略特的《荒原》第五章中的一个片断:

> ……汗水已干,足在沙中
> 倘若岩石中有水
> 那个能吐沫的,长着一副坏牙的死去的山口
> 这里人不能站,不能躺,不能坐
> 山中甚至没有宁静
> 只是没雨的,干枯的雷霆
> 山中甚至没有孤寂,只是阴沉通红的脸庞在嘲笑与
> 嚎叫
> 从泥缝干裂的房门中传出声来
> 如果有水
> 没有岩石……

这个由怪异的想象虚构出来的"荒原"是 20 世纪初西方社会的一个象征。可以感觉到这一系列想象所蕴涵的情感:一种极度的枯竭与绝望,甚至到了连空虚的宁静和孤寂都不可得的地步,只有无穷的厌倦、无聊和精疲力竭之感。强烈而丰富的感情同独特怪异的想象紧密结合,使得这首诗具有了巨大的情绪感染力量。清代学者王夫之说:"情景名为二,而实不可离。神于诗者,妙合无垠。"① 他所要求的情景交融,就是要把情感与想象天衣无缝地结

---

① 《中国历代文论选》第 3 册,上海古籍出版社 1980 年版,第 301 页。

合在一起,在这种结合中情感通过想象而转化为艺术形象,想象则由于具有了情感内蕴而产生了感染力和审美价值。

最后,从诗歌结构上看,突出的特点是具有跳跃性,就是说不按照生活经验和语言叙述的逻辑进行组织,语句之间、意象之间常常没有自然的联系,突兀而来,倏忽而去,给人以跳跃不定的感觉。诗歌由于其语言的高度凝练与丰富大胆的想象、跌宕起伏的情感活动相结合,使得其内容难以按照日常经验的逻辑按部就班地展开。诗歌的结构并不是完全散漫杂乱,实际上所遵循的是情感与想象的逻辑,常常省略掉语言中的过渡、转折和联系交代的词语,甚至打破语法规则,以求满足情感和想象飞跃变化的需要。为了使情绪反复酝酿强化,诗歌的结构往往采用重复、回环的手法,使相同或稍有变化的词语、诗行或诗节反复出现,造成回环反复的节奏感,这种结构方式也是造成诗歌韵律美的一个重要因素。而大幅度的跳跃变化则在结构中留下了许多空缺,为读者的想象提供了广阔的空间。唐代崔颢有一首《长干曲》是这样写的:

> 君家何处住?妾住在横塘。
> 停舟暂借问,或恐是同乡。

这首诗无头无尾,结构中留下了很大的空缺。我们凭内容和语气可以想象得出,这是个天真直率的女子在船上同一位家乡口音的男子相遇的一幕情景。王夫之在《姜斋诗话》中评论这首诗是"墨气所射,四表无穷,无字处皆其意也",正是指出了诗歌结构的空缺造成了广阔的想象余地,令人遐想,所以才会"无字处皆其意"。

诗歌在不同民族以及不同时代的发展中产生了多种不同的形态。从格式来分,可分为格律诗和自由体诗两大类。格律诗是指诗的节、行、字(或音步)的数目、声调和用韵有严格规定的诗体,中国古代的律诗、词、曲,欧洲的十四行诗等都属于格律诗。格律诗是人们在诗歌创作中对这一体裁的形式特点的认识日益丰富的基础上,通过许多代的探索而成熟、定型的,因而中外的格律诗一般都具有和谐统一、寓变化于严整的特点,代表了古典诗歌的最高成就。但由于严格的规律限制了创作,不仅使很多东西难以表现,而且有限的格律也易于导致风格的雷同,因而在近代发展起了不按照传统写作的自由体诗。实际上格律诗之前就有的古体诗也可以说是自由体,但在我国通常是指区别于传统格律诗的五四以来的新诗。自由体诗歌包括狭义的自由诗,即五四运动以来文人创作的白话诗、民歌体诗、散文诗等等。自由体诗歌的共同特点是没有严格的格律。自由诗受外国近代诗的影响较大,重视在内容、形式和表现方法各方面的自由和创新。民歌体是指人民创作的新民歌和诗人创作的具有民歌风味的诗,一般特点是形式短小精练,语言自然和谐,风格朴素清新。散文诗是将诗的内容特点与散文无韵无行、节划分的自由形式熔于一炉的新诗体,优秀的散文诗将诗的意境同散文的自由统一起来而兼有二者之长,如鲁迅的《野草》就是这样的例子。

诗歌从描述的内容划分,可分为抒情诗和叙事诗两大类。抒情诗是中国诗歌传统的主流,也是西方近代以来诗歌的典型类别,可以说它最充分地体现了诗歌的特性。抒情诗是通过描写诗人的主观思想感情来反映社会生活的,所以它以主观表现为主,对客观事物的再现服从于主观内心世界的表现,即所谓"一切景语皆情语"。叙事诗是用诗的形式来刻画人物、叙述生活事件的文学样式,古代的英雄歌谣和史诗都是典型的叙事诗,后来的作家所创作的各类叙事诗一般说来较少史诗那种宏大的规模和丰富完整的故事情节。就后代发展起来的叙事诗来说,它的一般特点是通过写人叙事来抒发情感,它以故事情节为基础,但通常情节较小说、戏剧简单,只侧重于人物和事件的情感色彩方面,叙述多带抒情意味。

二、散文

散文这一概念在习惯上是指与韵文和骈文相对的文章样式，称之为"散"文主要是因为它在形式上没有像韵文和骈文那样的音韵或对偶格式。这种意义上的散文在中国古代自唐代以后主要称作"古文"，如唐代的古文运动、明人所说的唐宋古文等都是这个意思。但在文学体裁分类的概念中，将文学样式按"四分法"分类时，散文的含义与上述含义略有不同，指的是与诗歌、小说、戏剧文学等体裁并列的一类文学样式。传统上凡不属于上述三类的体裁都可以归入散文之列，因而比人们习惯上所说的散文范围要宽，而长篇的报告文学、传记文学一般被人们看作是书籍而不是文章，当然也就不在散文之列；但在"四分法"的体裁分类概念中，仍然只能将这些也归入散文。这样一来，散文所涵盖的内容多了，但要归纳特征就困难了。当我们在研究散文的特征时，实际上只能以习惯意义上的散文为主。

大体说来，散文是一类灵活自由、不受形式拘束的体裁样式。它可以叙事，但不必有完整的故事情节，也不必以塑造人物形象为目的；它可以抒情，但不必受诗歌格律的束缚；它可以有实用的目的（如发表政论、记录史实、传播新闻、介绍风物等等），同时又具有艺术价值。归纳起来，散文的基本特征大致有以下几个方面：

第一，选材范围广阔。散文的选材几乎没有时空条件的限制，各种历史和当代的人物、事件，从自然景物到日常生活中的小事物，都可以成为描写的对象。

第二，注意表现作者的生活感受和特殊境遇。除了传记文学等少数种类外，散文一般没有完整的人物或情节；即使是叙事散文，通常也不以叙述故事和塑造人物为目的，而是通过对所见所闻的人物和事件的描写与评价来表现作者所获得的感受和启发。

第三，结构自由灵活，形式短小精练。散文由于不受诗歌、小说、戏剧等体裁所要求的种种格式的限制,故它的结构最为灵活多样。它可以时而叙事写人,时而抒情写景,时而议论生发,纵横捭阖,随意穿插。但这并不意味着散文的结构可以是散漫无际的。成功的艺术性散文必须符合审美规律,它的结构应当是有机整一的。这就要求散文的结构应是形"散"而神不散,要有主题或基本意图维系和驾驭整个结构,万变不离其宗,既能撒得开又能收得拢。与这样的结构相应,散文形式的另一特点是短小精练。除了少数散文种类(如大型历史散文与传记文学、长篇报告文学等)之外,多数散文的篇幅都比较短小,这同它的表层结构的松散自由有关。如果不对内容作系统的组织安排,过多的枝蔓和变化会显得杂乱无序。故成功的散文往往言简意赅,戛然而止,给人以灵活多变而又干净利落的感觉。

第四,散文的语言要求自然简洁而优美。散文不以情节冲突和人物刻画取胜,又不像诗歌那样可以充分利用音韵节奏,因而对语言的艺术表现力提出了更高的要求。可以设想,一篇以论说事理为目的的杂文如果缺乏语言表现力而单凭逻辑的力量,就会失去艺术特质而不再成为文学作品。由于散文的内容多切近日常生活和实用,故散文的语言必须简洁,否则会显得矫揉造作而同内容不协调。但自然简洁不等于平板枯燥,相反,散文的语言必须优美而富于形象性。新鲜巧妙的修辞、机智的隽语、生动独特的形象等等,只要运用得当,都会为散文增添艺术魅力。

散文因为内容和应用领域很广,所以包括了很多的具体样式,小品文、杂文、随笔、札记、游记、书信、传记、报告文学、回忆录等等都可以成为艺术性散文。这种种散文大致可以划分为抒情、议论、叙述三类。下面就这三类中较具代表性的小品文、杂文、报告文学和传记文学作一介绍:

小品文——这是一种短小而又富有抒情意味的散文。小品文的内容涉及很广,一人一事、一景一物,都可以成为描写的内容,形式也多种多样。古代许多具有文学价值的序、跋、记传乃至祭文、书信等,都可算作小品文。优秀的小品文虽然篇幅短小,却往往蕴涵着深厚的意味。有的从不引人注意的小事物中发掘出引人深思的东西,有的以浓郁的诗意表现自然之美与作者的情趣,有的则以朴素真挚的感情打动读者。柳宗元的《永州八记》、韩愈的《祭十二郎文》、袁宏道的《满井游记》等都是著名的例子。这些小品文虽然不一定具有重大的社会历史意义,但往往在不同程度上可以陶冶人们的情操,培养高尚的生活情趣,因此仍然有其社会价值和艺术价值。

杂文——这是文艺性的短篇政论文章,特点是既有政论的性质,又有艺术性,能够发挥强烈的战斗作用。鲁迅的杂文便是这类文学样式中的典型。杂文的战斗性在于它直接面对社会生活现实,针砭时弊,鲜明地揭露出现实生活中假、恶、丑的事物和人物的真面目。杂文一般篇制短小,它的力量不仅在于逻辑和真理,而且更要求运用语言艺术,要靠形象的生动、语言的机智来影响读者。幽默和讽刺是杂文语言的重要风格,它不但能够引起读者的兴趣,而且使作者显得在精神上优越于对手,从而增加了文章的情绪力量。当然,这类特色如果表现不当,也可能流于油滑或恶谑。

报告文学——这是随着大众传播事业的发展而在20世纪产生和发展起来的新兴的文学样式。报告文学的功用是运用文学手法形象地报道社会生活中发生的重大事件,针对人们普遍关注的社会问题进行有深度的采访、分析,提出作者对这些社会问题的看法以影响读者。报告文学的主要特点是及时性、真实性和文学性。所谓及时性,是说报告文学一般都有一定的时效性,因此要求它能迅速地对现实生活中的重要的新事物、新问题作出反应,体现出强烈的时代精神。真实性是要求所报道的人物和基本事实必须是真人真事,不能歪曲或改动。及时性和真实性是报告文学具有新闻价值,从而使这种文体具有独立存在意义的基本条件。所谓文学性,是说报告文学不同于一般新闻文体,它不是简单的实录,而是要通过选择提炼,在保证真实性的前提下突出对象的典型意义,形象化地、生动地加以表现,并体现出作者的思想和感情倾向,从而使之具有较高的可读性和说服力。报告文学的表现手法类似小说,但结构通常不是由人物性格或故事情节统一起来,而是由明确的主题思想——作者对所报道的对象的认识与评价——把描写的片断贯串起来。同时,在表现手法中也允许使用非文学的手段和直接发表意见、引用统计数据等等。

传记文学——这是一种以艺术的手法描述真实人物的历史与性格的叙事散文。这种体裁样式在中国有悠久的历史传统。《史记》中许多优秀的人物传记树立了早期的典范,后代史书中许多人物传记都具有传记文学的特点,并对中国古典小说的发展也产生了深刻影响。传记文学要求真实性与文学性结合,即在不违背基本历史面貌的前提下进行必要的艺术加工,剪裁掉一些非本质的东西,并对某些细节进行合理的补充,从而塑造出真实而又完整的人物形象。

三、小说

小说是一类散文体的叙事文学样式,它要求有人物、人物的行为(情节)和人物活动的环境,这就是传统上人们所说的叙事文学的三要素——人物、情节、环境。小说与传记文学、报告文学等其他叙事散文的主要区别在于它所叙述的人物和事件是虚构的,即使是根据真人真事创作的小说,也不同于传记文学、报告文学之类的纪实性作品,区别就在于小说必须通过虚构来组织整个叙事,而不是像纪实性叙事文学那样以纪实为中心。在艺术形式方面,小说的主要特征就是对上述三要素的特殊要求:

第一,能够多方面、细致地刻画人物性格。实际生活中的人物从音容笑貌到内心生活都是千差万别、丰富多彩的,文学作品中很难把这一切完全表现出来。戏剧主要通过行动和对白来刻画人物性格,诗歌只能抓取少数特征,纪实性的叙事散文则要受真人真事的限制。相形之下,小说不受时间、空间条件和真人真事的限制,要自由得多。

小说刻画人物性格的最基本、也是最传统的方式是从人物的外部形态(言语、外貌、行动等)表现性格。明代文艺批评家叶昼在评论《水浒传》刻画人物性格的成就时说:

> 且水浒传文字妙绝千古,全在同而不同处有辨。如鲁智深、李逵、武松、阮小七、石秀、呼延灼、刘唐等,众人都是急性的。渠形容刻画来,各有派头,各有光景,各有家数,各有身分,一毫不差,半些不混,读去自有分辨,不必见其姓名,一睹事实就知某人某人也。①

这段话说明,《水浒传》刻画人物性格是从派头、光景、家数、身份等外部特征入手的。戏剧当然也可以这样刻画性格,但小说比戏剧在这方面具有更多的可能性,如奥地利作家茨威格在《一个女人一生中的二十四小时》中有一段对赌徒手部动作的描写,通过细致的观察与描写表现出赌徒们各各不同的性格与心理,像这样细致微妙的表现手法就是戏剧所不及的。

小说不仅可以从外部特征描写人物,还可以直接描写人物的性格与心理活动,这些都是近现代作品刻画人物的重要方式。这不仅要依靠作家对生活的观察,更要有深刻细微的内心体验才能写好;比之传统方式来,带有更多的主观表现色彩。意识流小说就是这方面的典型代表。

有的小说特别侧重于塑造人物(往往是一个主人公),塞万提斯的《堂吉诃德》、歌德的《少年维特之烦恼》等作品就属于这种类

---

① 《水浒传会评本》上册,北京大学出版社1981年版,第97页。

型。在这样的小说中,环境、情节的重要性要小得多。现代有些小说有情节淡化的倾向,也就是不注重情节;它们不同于传统的人物小说,所注重描写的不是传统意义上的具有客观明确性的人物形象,而是人物的心理状态。有的作品干脆完全将环境、事件融进主观心理活动与感受之中,打破了主客观之间的界限,梦境、幻想同现实交叉、融合起来。这是意识流小说常用的手法。

第二,小说多具有较为完整生动的故事情节。生活中本身就存在着复杂多样的矛盾冲突,但只有将它们按照一定的逻辑关系组织起来才能成为叙事作品中的情节。好的情节往往出人意料而又合乎情理,错综复杂而又连贯统一,体现出作者的艺术匠心。

叙事诗与散文往往也有一些情节,但都比较简略或零散,因为完整复杂的故事情节同诗歌和抒情散文那种凝练抒情的风格很难统一;而纪实性的叙事散文又由于受真人真事的限制,不能任意虚构复杂而出人意料的情节;戏剧要有情节冲突,但由于演出时间、场地和观众的直观理解能力等因素的限制,也难于表现过于复杂的情节。相比而言,只有小说的篇幅容量最为自由,表现手法限制最少,所以情节可以在很大的时间与空间范围内展开,可以多线索错综复杂地进行,读者可以通过仔细阅读和反复品味而获得更多的审美愉快。

小说的情节还可以体现为细致微妙的变化和发展过程,如美国作家杰克·伦敦的短篇小说《一块牛排》,其中的主要情节就是一老一少两名拳击手的一场拳击比赛过程,整个比赛过程从宏观方面来看很单调,而且在人们的预料之中,就是经过一个个回合的较量,老拳击手逐渐体力不支而终于失败。但小说叙述中真正引人入胜的情节是在这个比赛中两名拳击手细微的体力与心理较量过程:年轻的拳击手一上来便气势汹汹,老拳击手则凭着丰富的经验与之周旋,靠着后发制人的策略渐渐地占了上风;就在眼看要转败为胜的精彩一瞬将要到来时,老拳击手却终因饥饿、体力不济而功亏一篑,整个跌宕起伏、扣人心弦的过程都是在非常细微的动作、表情和心理变化中展开的。这样细致微妙的情节发展过程,无论戏剧、电影还是电视都是难于表现的。

特别侧重于情节发展的小说称为情节小说。情节小说主要通过制造悬念和纠葛来引起读者的紧张和期待,然后在解决中使读者于紧张中积聚起的心理能量突然释放,从而获得一种特殊的生理—心理快感。这类小说一方面因娱乐性强而具有较好的市场前景,另一方面从艺术上来说主要在于整体情节结构的组织,较易于摹仿。因此,当一种情节小说产生较大的反响后,很容易出现大量相似情节模式的仿作,因而形成了类型化的样式。情节小说的典型代表是惊险样式小说——侦探、恐怖、武侠、科幻等等,这类样式的作品最富于刺激性,简单者往往丢掉了环境和人物的塑造,变成空洞的智力或惊险游戏。其他样式有爱情纠纷、日常生活琐事以及另外某些喜剧题材等,这些样式的共同特点是多巧合误会,最后一般是皆大欢喜。明清时代的才子佳人小说即属此类,当代的言情小说和其他某些描写当代生活的通俗小说亦多类此。这类样式的小说中质量较高者在于将情节与人物、环境有机结合,往往能产生更动人的效果。如美国作家欧·亨利的短篇小说《麦琪的礼物》,就是通过一对贫贱夫妻互赠礼物时阴错阳差的误会而表现出小人物的善良性格与辛酸的生活,因而读来很动人,不同于简单的误会和巧合。

第三,小说可以描绘出具体可感的环境。环境是人物活动的空间,叙事文学要刻画人物及其行为,必须要有环境。人物的真实性、生动性,情节的可能性、合理性,都必须放在一定的环境中才能确定。因此,小说中环境的具体描绘是很重要的。散文、叙事诗往往也有环境描写,但一般并不十分具体、详尽,尤其不像小说那样显得客观逼真,而是寓含着更多的主观感情色彩。戏剧剧本的环境描写往往更简单,因演出时有布景道具,故通常只是简单地提示一下就够了。只有在小说中,客观具体的环境描写才有特别重要的意义。

小说中的环境描写可以非常细致逼真,使人"如临其境"。如《红楼梦》中的生活环境描写真切到使人可以据此仿造"大观园"、仿制"红楼菜肴"的地步。小说也可以描绘出宏观的时空和氛围,如《战争与和平》中波澜壮阔的战争场面、奢华做作的宫廷情调以及从战前到战后沧桑巨变的历史感等等。小说还可以把现实中本来不存在的环境描写得具体、真切,就像现实中存在的一样,如《西游记》、《格列佛游记》等,故事本身都是从虚构的前提出发,而环境描写依据的却是人们的常识经验和逻辑,结果是造成真假迷离的特殊效果。

有的小说,尤其是长篇小说,对生动、具体乃至从深度上展现特定时代、特定社会的环境状况比塑造人物、讲述故事情节更加关注,或者说从读者的角度来看,这类小说的突出特色在于描绘出了生动具体的时代、社会环境氛围。这样的小说可以算作环境小说,或者用某些研究者的术语,叫做"空间的长篇小说"①。这类小说的典型代表是19世纪现实主义小说大师的某些作品,如托尔斯泰的《战争与和平》,以及巴尔扎克、司汤达、福楼拜等人的作品。这意味着创作从对令人惊奇的故事情节或个人命运转向了对整个社会状况的关注,是19世纪现实主义艺术精神发展的一个特点。

四、戏剧文学

戏剧文学一般说来是指供戏剧演出的文学剧本,它既具有文学作品的特性,又是戏剧艺术的重要成分。但在戏剧和戏剧文学的发展历史中,戏剧文学与戏剧演出的关系并不都是一样的。除了在一般情况下戏剧文学同时具有作为戏剧艺术的一个组成部分

---

① 凯塞尔:《语言的艺术作品》,上海译文出版社1984年版,第480页。

和作为文学作品的一定独立性外,我们还可以发现两种极端倾向:一种倾向是剧本的非文学化,这是由有些戏剧演出的即兴表演性质带来的倾向,即只关注现场演出的效果而不太重视文学性。明代戏曲流派中重音律的"吴江派"就带有这种倾向。这种倾向较多地出现在其他艺术因素具有较强技巧性的戏剧形式,如戏曲、歌剧、芭蕾舞剧中。在极端的情形中,这类戏剧中叙事文学的成分仅仅成了串连表演的线索。另一种倾向是剧本的创作走向"案头化",就是说变得离开了舞台演出的要求而成为仅供阅读的文学作品。明代戏曲流派中重词章的"临川派"领袖汤显祖的艺术主张就有这种倾向。明清之际的文学批评家金圣叹批改过的《西厢记》因难以演出而被称为"文人案头之《西厢》",而且金圣叹本人也明确地反对将《西厢记》搬上舞台。西方戏剧文学史上有一些著名的剧本是"案头剧本",如歌德的《浮士德》就因规模过于庞大而很难在舞台上演出。不过就一般情形而言,尤其是作为戏剧典型样式的话剧,文学剧本与演出的关系通常都是比较密切的。

戏剧艺术是结合了文学、美术、音乐、舞蹈等多种艺术因素的综合艺术,它是通过向观众演出而最终完成其创作过程的。戏剧的演出受到时间、空间和其他物质条件以及观众条件、观众心理等多重限制,作为戏剧艺术基础的剧本,必须考虑到这些限制及其演出所要求产生的特定效果。戏剧文学的特征就由这些要求而产生,主要有以下几个方面:

第一,主要运用人物语言塑造形象,人物语言要求个性化、口语化,富有动作性、文学性和潜台词。戏剧文学中一般没有叙述人语言,除了对环境、动作的少量提示文字外,主要内容是人物语言。在实际演出中人物的行动和语言是相互配合的,但由于舞台条件对行动的种种限制以及传统的影响,实际上戏剧中推动情节发展、揭示人物性格、表达作者思想倾向和意图的主要手段是人物语言。剧本中的人物语言(即台词)包括对话、旁白、独白等形式,其中对话是人物之间进行交流、推动剧情发展的基本形式。戏曲、歌剧中的唱词也是台词的一种形式。

所谓个性化和口语化,是说人物语言要符合人物的年龄、经历、教养等条件和说话时的环境,揭示出人物的社会本质、独特的内心世界以及说话时的心理。因为戏剧中的人物性格主要靠人物语言来揭示,人物语言的个性化、口语化比起其他文学样式来就更显得重要。老舍剧作在人物语言这方面有突出的成就。例如,在《茶馆》中,众多的人物不仅个个有其独特的语言特色,即使同一个人如茶馆老板王利发,从年轻时的勤谨巴结,中年时的世故圆滑,直到老年时的看破浊世,这整个性格发展过程都通过人物语言而清楚地揭示出来。再如,刘麻子和小刘麻子,这是性格相似的老少两代人,但通过人物语言的微妙差别(如小刘麻子拾人牙慧学来的不通的洋腔)而揭示了时代打在人物性格上的烙印。

人物语言必须有动作性,就是要能同演出时人物的行动配合。语言应该能够暗示和引起动作反应而不是静止的朗诵。人物还应该有文学性和潜台词。所谓文学性是说语言经过提炼,经得起欣赏咀嚼,不能太芜杂鄙陋。潜台词是所说语言除了字面意义之外还有更深的意义没有说出来,但观众可以从当时的环境中体会出来,具有较高的审美价值。

第二,人物、时间、场景高度集中。舞台演出受物质条件限制,不可能过多地变换场景和出场人物,同时由于在不可逆的演出过程中观众理解力和注意力的限制,情节线索不能太多太复杂,时间也不能过长,因此戏剧文学中的人物、事件、时间、场景都必须高度集中。文艺复兴以来,有些文艺理论家提出,戏剧的内容应当遵守"三一律"。所谓"三一律",就是戏剧动作的一致(剧本表现一个单一线索的故事)、时间的一致(故事发生在一天之内)、地点的一致(故事发生在一个地点)。这种过于僵硬的规则显然会对戏剧的创作产生消极的影响,因而一直受到许多作家和理论家的反对。但从戏剧的审美效果考虑,虽然不必强求三个一致,然而为了造成紧凑连贯、有机统一的整体印象,还是应当注意使人物、事件、时间和场景尽可能集中,避免不必要的枝蔓。

第三,具有尖锐的戏剧冲突。戏剧如同一个构筑在舞台上的世界,由于人物、事件、时间和场景的高度集中,这个世界所反映的现实生活中的种种矛盾都被强化和突出了,从而形成了戏剧冲突。冲突是使戏剧内容具有活力并得以发展完成的根据和动力。可以说,没有冲突便没有戏剧。

戏剧冲突有种种不同的类型。有的理论家认为,重要的是应当将冲突区分为外在冲突和内在冲突两个层次。所谓外在冲突,是指戏剧中的人物与他人或与某种外在力量(如神魔、自然等等)之间的冲突,这是戏剧中人物行为的直接原因和结果。如曹禺的《雷雨》表现的是周朴园同繁漪等人的矛盾冲突,而19世纪挪威戏剧家易卜生的《人民公敌》则表现了个人与某种社会势力的冲突。这些冲突直观地反映了客观世界中的矛盾。内在冲突是蕴藏在外在冲突下面的个人心灵深处的冲突,是自我的冲突。人与人或人与其他势力之间的冲突往往只是矛盾的显现,而许多矛盾冲突的真正原因却在心灵深处。伟大的戏剧作品常常能在表现这些外在冲突的同时,揭示出人物心灵深处的内在冲突,从而使得戏剧具有了触及心灵的震撼力。如莎士比亚的《哈姆雷特》一剧中,哈姆雷特与母亲、与克劳狄斯之间的冲突固然首先吸引着观众的注意力,然而这些外在冲突内化于人物心灵而形成的哈姆雷特的内心矛盾冲突才是这部作品的精髓。而在莎士比亚的另一部悲剧《麦克白》中,麦克白因弑君篡位而形成的与他人的矛盾冲突看起来紧张激烈,但随着剧情的发展观众就会发现,这些外在冲突的重要性逐渐退居次要地位,而麦克白在篡位后感到的罪恶感、恐惧和空虚感越来越强烈,他最后的灭亡的真正意义是心灵的彻底崩溃。如果说外在冲突使戏剧直接感染观众的话,那么内在冲突则使戏剧获得了心理和哲理的普遍性和深度,使戏剧更经得起不同文化背景中的人们的反复欣赏和品味。所以,英国当代一位戏剧理论家说,一个剧本"只有当它把外在冲突与内在冲突结合在一起时,它才会在舞台上与文学领域中获得成功"[①]。

戏剧文学作品的分类方式有多种,比较典型的分类方式是根据叙事内容中所表现的戏剧冲突的性质和对读者感染作用的审美特征,将戏剧文学分为悲剧、喜剧和正剧(悲喜剧)。下面对这三类戏剧文学作品的特征作一简单介绍。

悲剧概念的涵义在不同语境中是不同的。就戏剧而言,广义的悲剧可指一切表现人生痛苦和不幸的戏剧。但与从美学的角度所讲的悲剧美相关的悲剧则特指一类传统意义上的悲剧,即内容严肃、格调崇高,表现正面主人公的失败或毁灭的戏剧。这种经典类型悲剧的特征可以从两个方面理解:

首先是戏剧冲突的性质。悲剧之所以"悲",当然是因为表现了人物的逆境和不幸。但并非所有的逆境和不幸都能构成悲剧冲突。悲剧冲突的特殊性质在于,表现的是正面主人公在出于自己意志的行动中,遭遇不可避免的不幸或犯了无可挽回的错误。所谓"正面主人公"的意思,一是说悲剧主人公必须是道德高尚的人物。如果是一个恶人,那么他的不幸只会使人觉得他罪有应得,而成为道德劝戒剧甚或喜剧;如果是一个平庸的小人物,他的不幸只能让人心生怜悯而成为苦难剧或感伤剧,而不会产生传统美学意义上的悲剧美感。二是说主人公的行为应当具有价值。换句话说,他所做的事应当对社会有益,因而他的失败对社会也是一种损失。所谓"出于自己意志的行动"是说人物行为应当体现出意志的自由。主人公的不幸如果不是同自主的行动联系而是因意外事故所致或是被迫承受的灾难,也不会构成悲剧冲突。假如元代杂剧

---

① 尼柯尔:《西欧戏剧理论》,中国戏剧出版社1985年版,第117页。

《窦娥冤》中窦娥的不幸不是她挺身反抗的后果而是消极承受的灾难,那么这便成了一出苦难剧而不是严格意义上的悲剧。所谓"遭遇不可避免的不幸或犯了无可挽回的错误",是说悲剧的结局本质上是不可逆转的,因而才使得人物对行为的选择具有了重大意义。由此可知,悲剧冲突本质上是对历史与人性的内在矛盾的揭示,表现出对现存事物合理性的怀疑。

其次表现在对观众产生的情感效果方面。亚里士多德把悲剧的情感效果简单地归纳为怜悯与恐惧,他相信悲剧对观众的意义在于通过怜悯与恐惧情感的陶冶而使观众的心灵得到净化。但悲剧有多种类型,产生的情感效果不尽相同。总的说来,悲剧产生的是严肃、沉郁的情感,具有从压抑升华到超越境界而产生的崇高感。这种悲剧美感可以使人超越日常的生活态度和道德水平,激发起正义感,或对人生、历史和社会产生更深刻的感受与理解,从而使心灵或多或少地受到净化或提升。

喜剧也有许多类型,如讽刺喜剧、幽默喜剧、抒情喜剧等。喜剧的特征首先在于它的冲突的喜剧性质:有的是通过夸张和类型化对社会弊端或人格缺陷进行揭露和讽刺,有的是正面歌颂美好的事物,有的是通过滑稽或幽默手法产生一些轻松的笑料。总之,喜剧冲突的格调一般是轻快、乐观的,人与人的冲突不表现为激烈、残酷的斗争,而是智慧与人格的对比,正面力量终占优势。如莎士比亚的喜剧《威尼斯商人》中安东尼奥和鲍西娅就是以机智战胜了犹太商人夏洛克,而后又以宽恕使他折服。可见,喜剧冲突也要具有哲理或道德的深度,体现出对真、善、美的肯定。如果缺少这种深度,单纯制造笑料的戏剧称为闹剧。喜剧特征之二是它产生的情感效果。笼统地说,喜剧都应引起笑,但笑的意义有不同,有讽刺、有幽默、有滑稽、有赞美等等。不同的笑是由不同的心理反应产生的,但也有共通之处:它使观众的精神得到某种放松,对情绪产生鼓舞作用。社会意义较强的喜剧更使人在笑声中意识到智慧、道德和美的力量,激发人们改造社会、追求理想的精神力量。

正剧是文艺复兴以来适应市民阶级道德需要而兴起的新剧种,其中也包括许多不同类型:有的带感伤色彩,又称作流泪喜剧或悲喜剧;有的注重揭露社会问题而被称作问题剧。总的说来,正剧可兼有悲喜剧因素但又不同于二者。正剧的冲突通常与严肃的社会问题或伦理道德问题有关,这一点同许多轻喜剧不同;但结局一般是正义获得胜利的完满结局,这一点又不同于悲剧。问题剧(如19世纪挪威戏剧家易卜生的《玩偶之家》、《人民公敌》等)常常没有完满的结局,这一点使它接近于悲剧,但这种不完满是揭示社会某种弊病而不是人物的必然命运。有的则重点在批判现实而不是写正面人物的毁灭,因而又不同于典型的悲剧。正剧的风格一般是平易、自然的,所产生的情感效果可以兼有悲剧的严肃或喜剧的乐观,但通常更强调扬善惩恶等道德教育意义或吸引人们对现实社会问题的关注,从而产生影响社会的作用。

应当指出,上述戏剧文学的特征和分类都是就传统的、成熟形态的戏剧而言的。当代许多戏剧家往往打破上述原则进行探索,寻求新的戏剧表现力与审美效果。有的取消了连续的情节而代之以片断场景的组合。有的作品中人物、环境和情节都抽象变形而化为某种哲理或情绪的象征,如法国荒诞派戏剧家尤内斯库的《犀牛》,出场人物有的只是某种观念的标志,而整个情节都是人逐渐变成犀牛的过程,以此来表现人的异化。德国当代戏剧家魏斯则认为传统的戏剧应被记录或即兴演出取代,他的《调查》一剧就是对纳粹集中营大屠杀的官方调查记录。还有的作品干脆打破了传统舞台结构和剧本的限制,同观众进行直接交流乃至邀请观众参加演出。

对当代戏剧发展中这些五花八门的探索和试验的价值、意义如何看待,是个复杂的问题。从总的趋势来看,种种探索都力图从传统的形式和审美规范中挣脱出来,寻求更能体现当代精神与审美要求的表现形式,这应当说是戏剧发展的必然要求。我们不应当固守古典的规范而对这些新的探索求全责备,但就具体成就而言,还是应当具体分析。许多形式的探索在不同程度上有益于戏剧的发展,值得学习、参考和借鉴。有的探索是同特定的文化环境相联系的,如荒诞派戏剧所表现的荒诞感就是同作家对当代西方文明的深刻感受分不开的。我们既要看到这种探索所体现的时代精神,也要注意它同中国文化环境的差异,不要全盘否定或盲目照搬。

五、影视文学

(一)电影文学

电影文学是指为拍摄电影而写的文学剧本。在电影业有所谓"剧本剧本,一剧之本"的说法,就是说在电影这种综合艺术样式中,文学是基础要素。电影有许多种不同形态和功能的类型,如纪录片、科教片、动画片、戏曲片等等,而作为电影艺术主流的样式是叙事电影,即故事片。人们在谈到电影或电影艺术时,一般情况下所指的主要就是叙事电影。叙事电影是综合艺术,同时也是叙事艺术。作为叙事艺术,它所要表现的内容同其他叙事艺术类似,同样要描写人物性格、叙述故事情节乃至表现某种观念,这正是电影的文学性所在。然而电影文学虽然也是文学样式的一种,但它毕竟是作为整个电影艺术的一个成分而存在,必须服从于电影的基本艺术特征,为电影艺术的需要服务,因此又与其他独立存在的文学样式有不同。从电影的艺术要求来看,电影文学的特征主要有以下几点:

第一,鲜明地体现视觉形象。一般而言,文学形象因为是借助于想象将语言符号的意义转换而构成的,所以具有间接性。这种间接性也成为文学形象的一个特征,即为读者提供了想象力进行再创造的自由空间。但电影文学却不同。电影的本质是以视觉为中心的幻觉艺术,第一个要素就是视觉画面。电影对视觉画面的要求影响和限制了电影文学中形象的创造。简言之,文学剧本要为拍摄真实具体的视觉画面服务。这样,剧本就应当描写出鲜明具体、符合拍摄要求的视觉形象。它同其他文学形象不同,不能留太多的自由发挥想象的余地,要避免抽象的叙述,许多文学样式中常用的修辞如夸张、比喻等也大都失去了意义。总之,电影文学的形象只能从拍摄的可能性出发,鲜明具体地表现出来。

第二,人物具有强烈的动作性。运动是电影的要素之一,而作为叙事内容的运动,最重要的就是人物的行动。戏剧同样要求有动作性,但戏剧舞台对表演的限制使得人物的动作受到很大限制,许多动作是被推到幕后进行的。因此,在戏剧中,对动作的要求主要不是视觉意义上的动作,而是假定的动作,观众通过语言或少量行动的暗示来了解整个故事中行动的展开情况。电影就不同了,电影中的动作主要就是由演员表演出来、被观众的视觉所感知到的具体的动作。电影中的人物如果过于静止,就会在视觉上造成拖沓沉闷的感觉。因此,电影画面的静态构图不宜过多,应使人物在视觉上活跃起来。早期的默片因为没有声音的帮助,叙事内容主要依靠人物动作来表现,因而使人物动作的表现力获得了很大发展,涌现出像卓别林这样的电影表演和导演大师。在有声电影产生之初,人们一度过于依赖声音在故事叙述中的作用而忽视了动作的视觉表现,电影变成了照片加旁白,削弱了电影的艺术感染力。事实证明,动作在电影中的作用是不可忽略的。因而对于电影文学来说,对人物性格的塑造、故事情节的展开、环境场景的描写都应当注意到是否为人物动作的展开提供了可能。

第三,人物语言简练而富于表现力。深刻简练是语言的优秀品质,对电影中的人物语言来说就更是如此。电影重在视觉运动,冗长的台词往往会破坏电影的运动节奏。所以人物语言一般要求简练,要尽可能服从和加强视觉形象的效果。由于电影技术和表演艺术的发展造成了电影很强的视觉表现力,所以一般情况下并不需要很多话语来解释内容,这一点与经常要用对话来代替画面和动作的戏剧艺术很不相同。电影中人物语言的作用主要是用来加强性格的表现,故应当体现高度个性化并运用得恰到好处。当然,简练的意思是避免与动作的展开、性格的塑造无关的繁冗多余的话语,而不是简单地规定话语的长短。事实上,不同电影的风格乃至同一部电影中不同个性的人物对话语的要求都有不同,不可能强求一律。比如要表现一个饶舌的人物性格,当然就不能用过于"简练"的话语。

第四,叙述结构要考虑电影的蒙太奇效果。蒙太奇(即镜头的组接)是组织电影结构的基本手段,电影的文学剧本也应当注意到电影这种结构形式的特点,在叙述中注意场景的变换及其关系。蒙太奇是电影运动节奏的一个重要调节手段,也是电影意义产生的一种方式,同时还是电影的一种修辞手段。电影文学的创作必须注意到这些特点,比如通过场景变换的速度来调节叙述节奏,通过相邻画面之间的关系来组织起隐喻、象征等修辞关系。

(二)电视文学

电视文学主要指为制作电视文艺节目而编写的文学脚本,除了电视剧的剧本之外,还可包括解说词和作为电视拍摄依据的整个文案材料。电视文学是随电视艺术的产生和发展而产生、发展起来的一种新的文学样式,其特点与电影艺术的特点密切相关。[①]大体说来,电视文学的特征主要有这样几个方面:

第一,内容较贴近现实生活,具有强烈的现实感。电视首先是一种大众传播媒介,理所当然要对现实生活现象更关注。同时,在现场采访、实况转播、与观众的交流互动等方面,电视技术的发展也为电视贴近现实生活提供了更加方便的条件,从而促进了电视

---

① 关于电视艺术的特征参看上一节"综合艺术"中"电视"部分。

艺术向靠拢现实的方向发展。在这种情况下,与其他艺术样式相比,贴近现实生活已成为电视的一个突出的优势。电视艺术对现实生活的关注表现在电视文学方面,首先就是题材的现实感。电视剧的题材范围应当说与电影和其他文学样式一样,是非常广阔的;但电视在表现当前的现实生活和现实问题方面,在时效、真实感、与观众的交流方面所具有的独到优势,使得现实题材比在其他艺术样式中更有特色和影响,因而也更受观众的关心。而其他电视艺术类型如专题节目、综艺节目等特别要求观众的参与态度,现实感就显得更为重要。内容的现实感既包括题材的纪实性,也包括处理题材方式的生活化。总而言之,内容贴近现实、具有现实感就是要求电视与观众的关系更密切。

　　第二,电视文学中语言具有特别重要的地位。电视和有声电影一样,都是靠视觉和听觉的结合来塑造形象的。但电视与电影不同,由于荧屏尺寸小、清晰度低、伴音效果的现场感差等弱点,画面的表现力比电影差很多,实际上不可能产生电影特有的那种幻觉效果。因此,电视要加强形象的空间感和逼真性,就必须依靠语言和其他现场音响效果的帮助。电视中人物的语言除了如电影中人物语言的一般要求外,还特别要求自然、平易、清楚、生动而富有感染力。同时为了说明内容,叙述人的语言(旁白和解说词等)比电影中的运用更多也更重要,在有些电视片中甚至占据了中心位置而形成所谓"电视小说"、"电视散文"等特殊的电视样式。在这种情形中,要求叙述人语言有很强的艺术表现力,并且也要平易、自然。在有的电视艺术节目中,处于节目中心或关键位置的是主持人;而主持人语言的精彩与否,就会直接影响到作品的成败。主持人的语言不仅要求生动自然,而且尤其要求与观众的交流和亲切感。

　　第三,电视文学的结构布局要注意电视观众的情绪节奏和电视结构的开放性。一位美国电视专家在比较电影和电视在观众接受、期待方面的差别时指出,电影有较多的时间发展人物性格,观众的兴趣可沿着一条斜线逐渐上升到全片的最高潮;电视则要求一开始就把观众的兴趣提起来,在每一幕不长的时间内都要把观众的兴趣提到最高限度,形成滚雪球般的积累效果。[①] 有的人甚至硬性规定在若干秒钟的时间内必须出现一次情绪高潮。这样的"规定"当然有胶柱鼓瑟之嫌,不同作品的节奏不会完全一样,结构因而也不应该千篇一律;但电视文学不能不考虑节目的收视效果,因为遥控器掌握在观众手里,观众经常会在很短的时间内转换频道,作者应当注意电视观众欣赏节目的这种特殊条件和心理,根据内容特点形成适应收视条件的情绪节奏。

电视结构的开放性表现在许多方面:由于荧屏面积相对于观看距离较小而造成观众视角的相对狭小,因而画面结构往往不是如传统绘画和电影(尤其是宽银幕电影)那样,把主要的视觉对象及其关系都同时呈现在荧屏画面上而形成以画面边框为界的封闭结构,而是把一些重要部分甚至中心放在画面之外,通过摄像机镜头运动和镜头组接来加强各画面之间的联系,从而突破狭小荧屏的技术性限制而形成开放结构。电视文学的语言则不限于表现内容,往往还面向观众进行交流,从而使荧屏内外产生联系,观众的反应也成为结构的一部分。电视连续剧和系列剧由多集构成,这样的作品每一集往往自成格局而又有开放性,从而在各集之间构成间断而又联系着的开放式结构关系。电视毕竟首先是大众传播媒介,每天甚至每个时间段的节目中都包含着政治、经济、商业、社会生活和艺术等各个方面的不同信息,这些信息的传播形式一方面各自有相对独立的节目板块,另一方面相互之间又交错穿插和相互影响着,因此也造成了每一个节目相对于其他节目的开放性。这种种开放性的表现都不能不影响到对电视文学的要求,使电视

[①] 《电视写作艺术·为电视写喜剧》,文化艺术出版社1987年版,第63~64页。

文学作品不再像经典艺术品那样成为自身完整、独立的结构,而必须在多种意义上形成开放结构。

第六章 文艺作品的构成

　　文艺作品是文艺创作活动所产生的客观成果。典型的文艺作品是物质化的产品,如一件雕塑、一幅油画、拍摄完成的一部影片等等,都是以客观存在的物质材料制品为最终产品实体的。文学作品不是物质产品,而是语言符号产品。语言符号具有客观性,但用语言符号组织而成的文学作品既有客观性,也有需要读者发挥创造性的主观成分。音乐、舞蹈、戏剧等需要表演来完成的作品就更特殊了,这些创作尽管有客观化的产品,如乐谱、剧本,但这些并不是作品,只是作品的构架,完整的最终成果是在演奏或表演中完成的。可以说,不同的艺术形式有不同的作品存在方式,对文艺作品的分析就应当注意到不同文艺样式各自的特殊性。但另一方面,作为文艺创作的客观成果要作为审美欣赏的对象实体,必须有其客观规定性,这种客观规定性使审美欣赏有了实在的对象,也使得对作品的分析有了基础。

　　对文艺作品的构成进行分析可以有多种方法和角度。比较常用的分析方法,一种是将作品理解为所要传达的内在意义和传达意义的形式这样一组关系,即内容与形式的关系,而后从这两方面进行分析——这是比较传统的分析方法;另一种是将作品视为一个自身独立而完整的存在现象,对这个现象进行由表及里的层次分析——这是现象学的分析方法。两种分析方法各有所长,我们将在下面分别加以介绍。

第一节　文艺作品的形式和内容

　　文学、美术、舞蹈、音乐等种种文艺活动,在人类文明的早期都是具有实用意义的社会活动——或者用来协调劳动节奏,或者用于祭祀,或者进行道德教育,或者为了社会交往,或者只是记录历史……这些实用目的构成了形形色色的文艺活动所要表达或实现的实质性社会意义,表现在创作的成果中就是文艺作品的内容。文艺作品的形式在早期只是为了表达内容而使用的工具。韩非讲过一个"买椟还珠"的故事,就是讽刺有些人过于注重形式而忽略了内容。在他看来,形式只是工具和手段,不应当有独立的价值;真正应当关注的应该是内容。

　　但文艺活动在随着整个社会文明的发展而发展的过程中,逐渐从实用性的活动中分化出来。分化的主要趋势就是实用意义的逐渐减弱和审美意义日渐突出,文艺活动成为独立的、主要为了满足人们审美需要的活动。这种分化的结果对于文艺创作而言,就是对传达内容的审美形式越来越关注。因此,文艺发展到经典艺术成熟的时期,在文艺作品的构成中,审美的形式所具有的重要性日益增加,形成了内容与形式的二元关系。

　　在不同的艺术样式中,内容和形式的关系是有差别的。一般说来,叙事艺术如小说、戏剧、电影、电视等,所叙述的社会生活内容——人物、情节、环境等——构成了接受者欣赏对象的主要成分,因而内容的重要性相对突出。抒情性艺术如诗歌、音乐或舞蹈、戏剧等,情感虽然属于作为内容而表达的对象,但情感本身不能以直接宣泄的方式传达,而必须通过融入社会生活内容的描写和适合特定情感运动节奏的形式来使之客观化。当情感通过叙事内容来表现时,可以比较明确地将之归入内容的成分;但在另一些艺术作品中,情感的表现主要不是通过叙事内容,而是通过体现情感运动节奏的形式来表现的。在这种情况下,情感内容与表达情感的形式常常融为一体而难以清楚地区分开来。而有一些艺术样式,如抽象艺术或装饰性艺术,所要传达的主要就是形式本身的审美意义。对这类艺术而言,生硬地分形式与内容显然就不合适了。下面我们就这三种情况分别研究。

一、叙事艺术的内容、语言与动作

叙事艺术是指以叙事为中心的艺术作品,包括叙事文学和戏剧、电影、电视剧等包含有故事情节的其他艺术样式中的文学成分。那么,什么是叙事呢?叙事的本义是讲故事,是故事的讲述者组织成完整有序的一系列事件和行动。叙事行为将实际生活中本来分散存在的东西组织在一起,结果使得故事具有了自己的整体性和独立性,从而构成了独立完整的艺术世界。因此,应当说叙事就是通过语言组织起人物的行动和事件,从而构成艺术世界的文学活动。

叙事艺术中所涉及的事件和行动都与人在客观世界中获得的经验有关,按照亚里士多德的说法就是对客观世界的摹仿。叙事与客观世界的这种摹仿关系中包含了两个方面:一是以客观事物的发展规律为依据;二是体现着故事作者对世界的认识和需要。叙事的意义就建立在这两方面的关系之上,它既是对外部世界的关注,又是作者自己的认识体验。讲故事和听故事的行为都意味着对外部世界的关心,是对外部世界的体验、理解和解释;同时这种体验、理解和解释在叙事行为中通过叙事语言构造成一个艺术整体。从这个意义上讲,叙事是由人对外部世界的体验所推动的构造艺术世界的言语行为,叙事艺术作品就是通过这种构造活动形成的物化形态。

传统上人们在谈起叙事作品时,首先想到的就是所讲述的故事内容。产生这种看法的原因是人们对于故事内容所具有的意义的重视。然而,叙事文学的发展使得把故事内容看作叙事中最重要的甚至是唯一重要的成分的观念越来越显得不够全面了。事实上,很多文学作品从讲述的事件或历史事实本身来说往往是早已有之的老故事,如莎士比亚的《哈姆雷特》、拜伦的《唐·璜》、王实甫的《西厢记》等等,至于《三国演义》、《水浒传》之类的历史故事,更不知是经过多少人、多少种不同的讲述方式而逐渐发展成熟的。明代学者胡应麟在《庄岳委谈》中谈到《水浒传》的艺术魅力时指出:"其排比一百八人,分量重轻,纤毫不爽,而中间抑扬映带,回护咏叹之工,真有超出语言之外者。"显然,在他看来,《水浒传》的吸引人之处就是它讲述故事的方式。他还在书中谈到当时出版的一些拙劣的删节本的问题:

> 余二十年前所见《水浒传》本,尚极足寻味。十数载来,为闽中坊贾刊落,止录事实,中间游词余韵,神情寄寓处,一概删之,遂几不堪覆瓿。复数十年,无原本印证,此书将永废。

在这段话中,胡应麟很明确地指出,《水浒传》的艺术价值就在那些"游词余韵,神情寄寓处",也就是叙述语言所表现出的艺术性;如果抛弃掉这些东西而"止录事实",就完全失去了这部作品的价值。由此可见,在叙事文学的发展过程中,常常突出地表现为叙述语言的发展;而在很多情况下,正是叙述语言的发展成为叙事艺术发展的主要方面。

从胡应麟的批评来看,古人并非不知道叙述语言的作用,只不过普通人更重视故事内容罢了。但在叙事中还有第三个因素就是叙述行为本身,这方面的研究在传统上却似乎一直未受到应有的注意。叙述的动作在有些故事中似乎显露得不太明显,而在另外一些作品中就不同了。比如明代拟话本小说《拍案惊奇》中有一个

故事"姚滴珠避羞惹羞,郑月娥将错就错",讲到姚滴珠因受不了公婆的气,负气出走的情节时说:

> (清晨)未及梳洗,将一个罗帕兜头扎了,一口气跑到渡口来。说话的若是同时生,并年长,晓得他这去不尴尬,拦腰抱住,擗胸扯回……

这段叙述很明显地凸现出一个与故事内容毫无关系的叙述人的存在。由于这个从旁插入的叙述人声音的出现,使得故事的叙述发生了变化:除了故事的内容和讲述故事的语言之外,"是谁在讲述"这个问题也影响了叙事的效果。叙述人是显现在台前还是隐藏在幕后,显然对叙事而言并非无关宏旨。不同的叙述行为会造成不同的叙事效果:有"说话的"在场的叙事显然使得故事与接受者之间拉开了距离,而叙述人隐藏幕后的故事则可能造成使读者与故事中情境认同的幻觉效果。

从创作的角度来看,有意识地把叙述人的叙述动作突出出来的做法在传统的叙事中已经存在。除了上面提到的《拍案惊奇》的例子外,其他的例子还有不少,像阿拉伯民间故事《一千零一夜》中就把叙述人在故事的讲述过程中区分成不同层次,形成叙述中套叙述的风格。但对这方面问题的研究总的说来过去较少,只是在现代叙事学中才较多地受到注意。在今天的叙事学研究中,叙述动作的研究与故事、叙述语言的研究同样具有了重要的意义。因此,我们对叙事艺术的研究应包括三个层次:叙述内容、叙述语言和叙述动作。

(一) 叙述内容

叙事是讲故事,叙述的内容首先就是故事。而构成故事的要素则有人物、情节和环境。

人物是故事中情节发生和发展的动因。从艺术效果来分析,可以将故事中的人物分为"扁平"人物、表意型人物、"圆形"人物、典型人物和"性格"人物几种类型。

"扁平"人物是指具有单一或简单性格特征的人物。这种人物的性格特征比较鲜明,因而容易给读者留下强烈的印象;同时在人物众多的叙事作品中,这样的人物也更容易与其他人物区别开来,尤其是在讽刺性的或其他喜剧性的作品中,这样的人物形象更容易产生喜剧效果,因而在叙事作品中往往少不了这一类人物。在古典叙事作品中,这样单一的性格比较普遍,如昏聩的官僚、卤莽的勇士、贪婪而好色的乡绅、贫穷而机智的少女,诸如此类的人物在许多民族的传统叙事作品中都可以找到。但这种人物因其性格特征比较单一,往往令人觉得缺少深度或不够丰满。反复出现的单一性格特征人物就可能成为类型人物。

表意型人物是不具有性格内涵而仅仅表示某种抽象观念的人物。这样的人物形象自身往往很少有鲜明的性格特征,因而留给人的通常只是所蕴涵的抽象观念。最原始的表意型人物出现在古代的寓言和一些童话以及民间故事中,如"狼和小羊"、"守株待兔"、"白雪公主"之类的故事,其中的人物主要是代表着善与恶、美与丑、智与愚等抽象观念,而不是活生生的人物。后来的叙事作品中有的也是重在表达某种哲理或道德教训,因而故事中的人物主要不是作为具有现实感的人,而是作为一种观念的表现手段而行动。这样的人物通常也会塑造成表意型人物,现代的某些政治寓言小说就是如此。

"圆形"人物是指具有多种复杂性格特征的人物。这类人物在其言行中表现出比"扁平"人物直接显露的性格特征更复杂、更深层的性格特点,也就是说具有了性格的厚度或丰富性。古典小说中的人物以"扁平"的居多,随着叙事艺术的发展,人物形象的塑造也越来越朝着"圆形"方向发展。像《水浒传》中的西门庆就是一个标准的"扁平"人物——荒淫、无赖、霸道便是他性格的全部内容。而到了《金瓶梅》中,这个人物性格起了变化。当故事讲述他偷鸡摸狗、夺人妻女、包揽诉讼、巧取豪夺的时候,他还是《水浒传》里的那个恶霸淫棍西门庆。然而在另外一些情境中就不同了:有时他会在士人面前显得彬彬有礼,一副君子风度;有时会表现得豪爽义气,慷慨周济清客朋友;在自家闺闱之内,他又会陷入妻妾之间的争风吃醋、勾心斗角而一筹莫展,像个昏聩无能的主子;而当李瓶儿死后他竟变得多愁善感起来……总之,这个人物比起《水浒传》中的西门庆来丰富得多也复杂得多了,他的行为不可能像在《水浒传》中那样,简单地以荒淫、无赖、霸道来概括,在许多情境中超出了读者的预料,也就是说他变成了"圆形"人物。

典型人物通常就称作"典型"。这是西方叙事艺术在人物理论的发展中形成的一个概念。对于这一概念,下一章第二节"文艺作品的层次分析"中有具体的阐述。简单地说,恩格斯批评小说《城市姑娘》时所说的"真实地再现典型环境中的典型人物"那段话对于理解"典型"的特征具有重要意义。按照恩格斯的意思,典型人物是与典型环境联系在一起的概念。也就是说,典型人物的性格特征是在历史、社会和自然的大环境以及个人生活的具体环境中产生的。与上面所讲的"圆形"人物相比,典型人物更关注人物特征的历史文化根据和社会背景的真实性。

"性格"人物是与上述几种人物类型观念来源不同的另一类人物。这里所说的"性格"是特指中国古代叙事理论中所说的"性格",这是一个来自中国传统叙事艺术理论的观念。在中国传统的叙事艺术观念中,人物的魅力在于表现出真实生动的性情气质,给人以感觉上的亲切逼真。明末批评家金圣叹在《水浒传》评点中具体分析人物性格时写道:

> 《水浒传》只是写人粗卤处,便有许多写法。如鲁达粗卤是性急,史进粗卤是少年任气,李逵粗卤是蛮,武松粗卤是豪杰不受羁靮,阮小七粗卤是悲愤无说处,焦挺粗卤是气质不好。

他对人物细致入微的分析主要着眼于人物在秉性、气质方面的差别。这种人物性格分析与西方传统的人物性格理论不同之处在于更注重人物形象的感性特征，注重人物给读者造成的生动印象。这种属于日常生活经验意义上的"性格"理论的形成显然与中国传统白话小说的"说话"表演传统有关：说话艺人为了吸引听众，就要注重叙述的生动性，因此在描述人物时特别注意制造出栩栩如生的感觉。传统的"性格"理论就是对这种创作经验的认识和总结。比较而言，建立在西方叙事传统基础上的典型人物观念较侧重于人物历史社会方面的特征，而中国传统的"性格"观念则更重视人物自身的心理与人格特征。

情节是按照因果逻辑组织起来的一系列事件，也就是把表面上看来偶然地沿着时间先后顺序出现的事件用因果关系加以解释和重组。这种因果关系是作者对生活的认识成果，因而体现着作者的主观能动性，但往往也带着作者认识上的局限和观念中的偏见，从而形成程式化的情节。除了因果关系之外，情节还必须有行为之间的冲突，人物的幸与不幸就系于人的行为同外界的矛盾冲突及其后果上。也就是说，情节不仅是按照因果逻辑组织起来的一系列事件，而且在事件的发展中表现出人物行为的矛盾冲突，由此而揭示人物命运的变化过程。

情节由事件构成，而事件则是由故事中所叙述的人物行为及其后果构成的。一个事件就是一个叙述单位。事件有大有小，可以由若干层次构成。一个大的事件中包含着一系列小的事件，小的事件还可再分为更细小的事件，直到最小的细节，也就是最小叙述单位。整个事件就由这不同层次的大小事件构筑而成。每个事件在作品中的作用并不完全相同，大体上可以划分出两大类型：第一类事件的作用是推动故事情节的发展；第二类事件的作用是塑造生动的形象。但在具体分析事件时应注意到，有时一个事件可以同时兼具推动情节和塑造形象两种作用。第一类事件还可再作进一步区分:有的事件是故事进展线索中的必要环节,直接影响到故事发展的可能与方向;有的则是在两个必要环节之间的过渡,并不能改变故事进程,只是使故事线索得以延续和伸展。从故事发展的角度讲,前者是核心单位,而后者是辅助单位。

环境是人物的生存空间,因而也是人物行动的条件和根据。人物不能脱离时空关系而孤立地存在,环绕人物的自然、社会的物质世界及人类文化氛围便是作品中特定的环境。自然环境一般说来是不由人选择的,长期生活于一定的自然环境中,对人的性格形成和发展会产生一定的影响。江南的杏花春雨与江南人物的灵秀气质、塞北的骏马秋风与河朔人物的刚健性格,应当说是有一定联系的,所谓"一方水土养一方人"就是这个意思。社会环境是指人与人之间的各种社会关系以及历史与现实相结合形成的文化氛围。相对于自然环境来说,社会环境对于人物性格的形成、发展和展现的作用要大得多。在社会实践活动中,各种复杂的社会关系制约着人的发展。因此,只有真实具体地写好这种关系,才能塑造出真实可信的人物形象来。这里所说的社会环境,既包括时代和社会的基本特征及历史发展的总趋向,又包括具体人物的特定生活环境,尤其是文化氛围,对于人物性格的形成关系更加密切。一定时代和社会,一定的民族,都有历史积淀与现实发展相统一的共同文化心理结构,并由此构成特定的文化氛围。每个人置身其中,不能不受其有形无形的深刻影响。这是深层次的社会环境。

(二) 叙述语言

叙述语言是使故事内容得以呈现的口头或书面陈述。从对叙事的接受角度来看叙事活动,首先接触到的就是叙述语言。因此,我们在分析叙事时就将叙述语言作为第一层次来进行分析。叙述语言中对叙事有重要影响的性质包括叙述时间和叙述视角等方面。

1. 叙述时间

叙述时间指的是故事时间与文本时间相互对照所形成的时间关系。所谓故事时间,是故事中事件接续的前后顺序;文本时间是叙述文本中叙述语言排列的前后顺序,或者说是读者阅读文本所依照的顺序。假如我们说"国王死了,王后也死了"这句话时,就出现了两种时间顺序:第一个时间顺序是故事时间顺序。这句话所提示的故事时间从先后顺序来说可以认为第一件发生的事是国王死了,随后发生的第二件事是王后也死了。当然,这句叙述中两个人的死亡先后顺序并没有特别说明,我们只是按照一般叙述的习惯来认定故事中两件事发生的顺序的。就是说,在没有特别提示的情况下,我们通常相信先说的事就是先发生的。但这只是我们从这个孤立的叙述句中得出的推论,并不能排除另外一种可能。比如说在"国王死了,王后也死了"这句话后面又说"两人是同时死的",或者干脆来个"但后来人们才发现,王后是先于国王而死的"的转向,这样一来,尽管这句叙述本身没变,故事的时间顺序却完全倒转了过来。第二个时间顺序是文本时间顺序。在上面那句叙述中,文本时间顺序是"国王死了"这个事件的叙述在前,而"王后死了"这个事件的叙述在后。这就是说,不管故事中到底是哪一件事在前,这个叙述句本身的顺序是确定的。读者阅读故事所需要的时间就由这个时间顺序所决定,无论故事内容本身是哪一件事在前,文本时间的前后顺序总归是由叙述的前后顺序决定的。

时间的概念不仅是有关前后顺序的概念,同时也是一个持续过程长短的概念。在故事时间中,时间的长度是通过故事内容的发展决定和显示出来的。有时这种时间长度有明确的标记,比如说故事中可能会用"多年以前"、"又过了几年"之类的叙述来标志故事中时间持续的长度。有时故事时间的长短是通过故事中事件的发展过程暗示出时间的推移,比如在《三国演义》中关羽温酒斩华雄的过程,就通过对整个战斗过程中袁绍营帐中听到的一阵金鼓呐喊声和关羽回到营帐中时酒尚未冷的细节表明了这一事件的过程只有短短的不到一杯酒变凉的时间。而刘备败走江夏的故事则是一段段具体的事件过程如携民出走、长坂坡大战等,使人通过故事的进展感觉到时间过程至少持续了几天。在有的叙述中,故事时间可能不明确,如上面所说的"国王死了,王后也死了"这句叙述就看不出时间长短;如果有其他情节的参照,我们才可能间接地推知国王死了与王后也死了这两件事是在多长时间中发生的。

而文本时间的长度则是与故事时间长度无关的另一个概念,是由叙述语言的长短决定的。也就是说,叙述的语言越多,文本时间就越长;叙述得越少,文本时间就越短。虽然我们不可能硬性确定文本时间的量值,比方说一千字相当于多少分钟,但可以通过不同叙述方式之间的比较形成相对意义上的时间长度概念,比如一句话的叙述就短于两三句话叙述所用的时间,因而粗略的交代所用的时间就短于详细描述的时间等等。

从以上的区分可以看出,故事时间与文本时间是两个完全不同的时间概念,前者是虚构的、只存在于作品世界中的时间关系;而后者是与叙述行为直接相关的、存在于现实世界及现实的文本写作与阅读活动中的时间关系。但在叙述语言中,这两个时间却形成了互相对照的关系,由这两种互相对照的时间关系构成了叙述时间。

叙述时间中主要包括三个方面的关系,即时距、次序和频率。

(1) 时距

也可称为叙述的步速,是故事时间长度与文本时间长度相互对照所形成的时间关系。我们可以设想这样一种叙述状况:故事情节中的人物语言被完整地叙述出来,或者把人物的动作大体按照动作进行的时间过程进行描述。在这种情形中,可以认为叙述所用的时间即文本时间,与故事发生的时间过程即故事时间,二者的长度大体上是一致的。两种时间长度相互一致的时间关系可以算作一种匀速叙述的关系。当然,由于文本时间事实上是无法精确计量的,所以所谓"匀速"只不过是一种概念意义上而非测量意义上的匀速。以这种"匀速"叙述为基准,就可以区分出不同叙述速度的各种时距。速度的两个极端形态是省略和停顿,介乎二者之间的有概略、场景和减缓。下面对这几种时距分别作简要说明:

省略——省略是对故事时间线索中整段时间不加叙述就跳过去。在跳过的这段故事时间长度中,文本时间长度为零,因而可以说叙述的步速是无穷大。在具体的故事叙述中有不同的省略方式。一种是明确省略,即在叙述中说明省略过去的时间,如"过了几日"、"转眼又是一年"之类。另一种是暗含省略,即不加说明而读者自己可以领会到故事中有一段不加叙述跳过去的时间。比如在俄国作家陀思妥耶夫斯基的小说《罪与罚》中,有一段叙述大学生拉思科里涅珂夫送醉鬼回家的经过,然后下面第三章开头就说:"他一夜没睡好,次日醒得很迟……"显然在这两段不相衔接的情节之间暗含着一段省略掉的时间。

概略——概略是文本时间长度小于故事时间长度的粗略叙述。由于在较短的叙述语言中要讲述较长的时间中发生的事,因而叙述速度比匀速叙述要快,也就是说是叙述步速的一种加速状态。这种叙述方式通常是用于交代一些不很重要的事件过程。比如明代拟话本小说集《喻世明言》中"陈御史巧勘金钗钿"的正文开头是这样的:

> 却说江西赣州府石城县,有个鲁廉宪,一生为官清介,并不要钱,人都称为"鲁白水"。那鲁廉宪与同县顾金事累世通家,鲁家一子,双名学曾,顾家一女,小名阿秀,两下面约为婚,来往间亲家相呼,非止一日。因鲁奶奶病故,廉宪携着孩儿在于任所,一向迁延,不曾行得大礼。谁知廉宪在任,一病身亡……

这里短短几句就交代了几十年间的事。概略的叙述使故事在过渡性的情节段落上加快叙述速度,使这一部分内容起到串联故事的前后情节、构成整个故事背景的作用。

场景——场景就是前面所说的匀速叙述。比较典型的匀速叙述是在话剧剧本中人物对话场景,因为在话剧中大多数故事的时间过程都是在对话或独白中持续的,所以剧本所叙述的内容几乎就是舞台表演中实际需要的时间过程。有时叙述的内容虽然不是对话而是动作,但也可以形成与动作的持续过程在时间长度上相对吻合的叙述过程。比如《水浒传》中"鲁智深火烧瓦官寺"中的这段叙述:

> 智深见了,"人急智生",便把禅杖倚了,就灶边拾把草,把春台揩抹了灰尘,双手把锅掇起来,把粥望春台只一倾。那几个老和尚都来抢粥吃,被智深一推一交,倒的倒了,走的走了……

这段话中除了"人急智生"这四个字与动作无关外,其他语言都随着动作的进行而讲述,每个动作都讲到了,然而又不过分细致拖沓,因而给人的感觉是叙述的时间过程基本上与动作过程是同时的。这就是场景叙述。

减缓——减缓是文本时间长度大于故事时间长度的叙述,也就是叙述步速的减速状态。减缓的叙述通常比场景叙述增添许多细节方面的内容,因而使得叙述语言加长,故事发展的速度被叙述拖延下来。减缓的意义就在于:它使得关键细节得以充分展示,形成细腻而深入的效果。

停顿——停顿是故事时间长度为零而叙述文本的时间大于零的一种时距。也就是说有一些叙述的内容与故事发展中的时间进程无关,无论叙述进行了多长时间,故事时间都没有变化。我们来看巴尔扎克《幻灭》中的一段叙述:

> 第二天,尼古拉·赛夏备了一顿丰盛的饭,竭力劝酒,想灌醉儿子……他说他挑了五十年的担子,一小时都不能再等了。明天就得由儿子来当傻瓜。
>
> 讲到这儿,或许应当说一说厂房的情形。屋子从路易十四末期起就开印刷所,坐落在菩里欧街和桑树广场交叉的地方。内部一向按照行业的需要分配。楼下一间极大的工场,临街一排旧玻璃窗,后面靠院子装着一大片玻璃槅子。侧面一条过弄直达老板的办公室……

上面所引的叙述文字中,前一段与故事的发展有关,包括吃饭和席间谈话等过程;但后面一段就与故事的进展无关了,无论这里的叙述有多长,故事本身都毫无进展,也就是说停顿了下来。这种停顿造成了整个故事进展速度的放慢,可以使读者从关心故事的发展和结局转向关心故事中的具体情境。当然,停顿过多或过久则会使故事显得拖沓冗长。

(2) 次序

叙述时间中的次序是故事时间中事件接续的前后顺序与文本时间中叙述语言的排列顺序相互对照所形成的关系。一般说来,最古老、最自然的次序是故事时间中的顺序与文本时间中的顺序相一致,即先讲前面发生的事、后讲后来发生的事这样一种叙述次序。这种叙述次序称作"顺时序"。中国古典叙事从历史叙事到后来的小说、戏剧叙事,普遍采用这样的叙述次序。与顺时序不同的其他叙述次序统称为"逆时序",即文本中叙述的前后顺序与故事中事件发生的前后顺序不一致。有时是将事情的结局提前到故事的开头讲述,这种叙述次序称作"倒叙";有时是在顺时序的叙述过程中不时地插入对过去事件的追述,这种叙述次序就是"插叙"。

不同的叙述次序会产生不同的叙述效果。顺时序叙述的效果是如同事件本身发生的过程一样自然合理,较易为人所理解,因而是一种最古老也最常见的叙述方式。而逆时序的叙述由于违反了人们理解的事物发展顺序,因而容易产生吸引人注意力的效果。但逆时序的叙述方式也在很古老的叙事作品中就已出现了。如古希腊的悲剧《俄底浦斯王》就是一部以倒叙的方式讲述的叙事作品:故事一开始就是忒拜城遭到了天疫,神谕告诉人们是有人犯了乱伦的罪孽。然后是俄底浦斯开始调查,随着调查的展开,过去的事才一件件揭示了出来。这种倒叙的方式由于打乱了事件发展的顺序,使人猝不及防地进入到故事发展的紧要关头,从而便可能给读者造成强烈的悬念,使故事更加惊心动魄、扣人心弦。这种倒叙的方式在近代以情节的惊险刺激为特色的故事中很常见。也有一些采用倒叙方式的叙事作品并不追求悬念,比如《追忆似水年华》这部小说开始时叙述的是自己最近的情况:"在很长一段时期里,我都是早早就躺下了……"然后,叙述的进展逐渐如梦如烟地从现在返回到过去:

> ……半夜梦回,在片刻的朦胧中我虽不能说已纤毫不爽地看到了昔日住过的房间,但至少当时认为眼前所见可能就是这一间或那一间。如今我固然总算弄清我并没有处身其间,我的回忆却经受了一场震动。通常我并不急于入睡;一夜之中大部分时间我都用来追忆往昔生活,追忆我们在贡布雷的外祖父母家、在巴尔贝克、在巴黎、在董西埃尔、在威尼斯以及在其他地方度过的岁月,追忆我所到过的地方,我所认识的人,以及我所见所闻的有关他们的一些往事。①

这种倒叙的方式造成了一种与叙述者所处的语境相疏离的忆旧情调,与《俄底浦斯王》式的悬念故事完全不同。

---

① 普鲁斯特著,李恒基、徐继曾译:《追忆似水年华》第一卷,译林出版社 1989 年版,第 9 页。

另一种逆时序叙述次序是插叙。这是在顺时序叙述的过程中插入一段或几段与上下文的时间、因果关系不连属的故事内容,使主要的故事进程造成暂时的中断和延宕。《水浒传》中宋江两次攻打祝家庄之后插入了解珍解宝的一段故事就是一种插叙。在有的故事中,插叙的内容反宾为主,成了故事的基本内容,而顺时序的叙述则降到次要的地位,成为插叙内容的框架和向导。如美国当代小说家海明威的小说《乞力马扎罗的雪》中,顺叙的内容是一个人在非洲打猎时得了坏疽病后垂死时的情境。在主人公濒死的数小时生活的叙述中反复插入了大段的回忆与联想,正是这些回忆和联想展示出了主人公一生的追求、颓唐又不甘沦落的精神生活历程。而顺叙的内容则把这些叙述引向一个悲剧性的归宿:在最后一段插叙中主人公飞越了被称为"上帝的庙堂"的乞力马扎罗雪峰,然后回归到顺叙的现实生活中来,他死了。

《水浒传》和《乞力马扎罗的雪》等例子都表明,实际上在故事中叙述次序是可以变换的,既可以从顺叙变换为倒叙或插叙,也可以在倒叙或插叙中又转入顺叙。叙述次序的变换会造成故事情调、节奏等方面的改变。

(3) 频率

频率是叙述时间的另一个方面,是文本中的叙述语言和故事内容之间的重复关系。重复有两种类型,即事件的重复和叙述的重复。所谓事件的重复指的是故事内容的重复,即同一类型的事件反复出现。比较典型的例子是海明威的小说《老人与海》,其中叙述的事件主要是老人圣地亚哥出海追寻一条大马林鱼的经过,具体的过程包括追寻大鱼、与大鱼搏斗、返航时与鲨鱼搏斗这三部分内容。但这三部分内容中,每一部分都不是一次性的事件,而是反反复复多次出现的事件。如在与大鱼搏斗时一次次放线、收线的动作,与鲨鱼搏斗时一次次打退鲨鱼的进攻等情节就是重复出现的事件。这些事件的反复出现,使故事具有了一种强烈的节奏感,并使得这些事件的意义凸现了出来。有的故事看上去不像《老人与海》的重复那样明显,但其实还是存在着事件的重复。如《水浒传》中许多英雄上梁山的经历都有相似之处:有好几个人是因被贪官污吏陷害而逼上梁山的,又有一些是在攻打梁山义军时兵败后走投无路被宋江招降纳叛请上梁山的,还有不少下层民众是因生活所迫而自愿投奔梁山的,这样便在逼上梁山的故事中形成了几个系列比较相似的反复事件。《西游记》中唐僧四人遇妖的情形往往都有些相似之处,所以整个故事中虽说有所谓九九八十一难,但其中降妖伏魔的故事带有明显的反复性。有的只是重复一些细节,如鲁迅的《祝福》中祥林嫂一再说的"我真傻"那句话。无论哪一种重复,只要处理得当,都有助于强调故事的某种节奏感。

叙述的重复指的是同一个事件在故事中被反复叙述。一个事件在故事中被反复提及会突出其重要性,比如《西游记》中孙悟空大闹天宫的事件,在后来取经的过程中还一再地通过孙悟空自己或其他人之口被讲述出来,使得孙悟空的神通广大和桀骜不驯的性格始终得到强调。还有一些重复是虽然反复讲同一件事,但每次讲述的角度、层次等都有不同,从而使一个事件的意义得到多方面的展示。这方面比较极端的例子有日本电影艺术家黑泽明摄制的影片《罗生门》和美国作家福克纳的小说《喧哗与骚动》。这两部作品中,同一事件通过不同人物的视角观察而变成了不同的样子,几乎无法从中找到共同的东西。《罗生门》这样叙述的意图是要表现人性的弱点,而《喧哗与骚动》则是表现了某种反常的精神状态。总的说来,叙述的重复同样使故事的叙述节奏得到强化或产生变化,从而使故事的发展过程更吸引人。

2. 叙述视角

叙述视角是叙述语言中对故事内容进行观察和讲述的特定角度。叙述视角的特征通常是由叙述人称决定的,主要是四种:第三人称叙述、第一人称叙述、第二人称叙述和人称或视角变换叙述。

第三人称叙述是从与故事无关的旁观者立场进行的叙述。这类叙述的传统特点是无视角限制，叙述人可以在同一时间内出现在各个不同的地点，可以了解过去、预知未来，还可随意进入任何一个人物的心灵深处挖掘隐私。因此，这种叙述也可称作无焦点叙述。总之，这种叙述方式由于没有视角限制而使作者获得了充分的自由。

第一人称叙述的作品中叙述人同时又是故事中的一个角色，叙述视角因此而移入作品内部，就是所谓内在式焦点叙述。这种叙述角度受到角色身份的限制，不能叙述本角色所不知的内容。这种限制造成了叙述的主观性，但正因为如此才会使人产生身临其境般的逼真感觉。近现代侧重于主观心理描写的叙事作品往往采用这种方法。

第二人称叙述是指故事中的主人公或某个角色是以"你"的称谓出现的。这是一种很少见的叙述视角，因为叙述人把叙述的接受者作为故事中的一个角色来对待，这里似乎强制性地把读者拉进了故事中，形成一种叙述者参与到故事内容中的反常阅读经验。这种使接受者产生强烈参与感的叙述方式比较适应戏剧叙事的要求。

人称或视角变换叙述是同一个故事中在上述的几种叙述方式中进行变换。通过叙述视角与人称的交替变换，故事叙述把握远近粗细时有了更多的自由，因而也就可以叙述得更生动。

（三）叙述动作

叙述动作是指讲故事这一行为本身。在叙事中，如何讲述具有突出的重要性，因为叙述动作在叙述的过程中会以各种方式影响读者的态度和评价。叙述动作包括两个基本要素：叙述者和接受者。

1. 叙述者

叙述者是作者安排在作品中讲述故事的人，根据叙述声音特点的不同,可分为隐藏在叙述语言背后不露面的"隐在叙述者"和在作品中露面的"显在叙述者"两种类型。

显在叙述者是指读者在文本中明确地倾听到叙述者声音的情形。在比较传统的叙事风格中,叙述者的声音往往或多或少地可以被接受者听到。显在叙述者的极端表现是通过干扰甚至打乱故事叙述而使叙述者自己显现出来。比如20世纪法国作家纪德的小说《伪币制造者》就常常在故事的叙述过程中突然插入与故事本身无关的叙述者声音,如书中"普氏家族"一章的末尾:

> 父子间已无话可说。我们不如离开他们吧。时间已快十一点。让我们把普罗费当第太太留下在她的卧室内……我很好奇地想知道安东尼又会对他的朋友女厨子谈些什么,但人不能事事都听到,如今已是裴奈尔去找俄理维的时候了。我不很知道他今晚是在哪儿吃的饭,也许根本他就没有吃饭……

在这里,叙述者的声音通过破坏故事叙述的连贯和整体性而凸现出来,使叙述者"讲"的动作得到强调,从而瓦解了19世纪以来的现实主义叙事所努力制造的客观、逼真幻觉。这正是现代作者所追求的一种特殊风格。

隐在叙述者是与显在叙述者相反的另一个类型,指读者在叙事文本中难以发现叙述者声音的情形。隐在叙述者进行叙述的极端例子是剧本。剧本中除了少数提示外,故事的叙述绝大部分是通过剧中人的语言进行的,由于几乎没有叙述者的语言,因而找不到叙述者存在的证据。有的小说也采用这样的叙述方式,即主要通过人物语言来叙述故事,叙述者的讲述行为被减少到最低限度,所以给读者的印象也是似乎不存在叙述者。但应当注意的是,"隐在叙述者"并不是说不存在叙述者,而是说叙述者处于一种"隐在"即不在场的状态。"隐在"的叙述者实际上是隐藏在了人物背后,

默默地支配着人物,使他们说出叙述者需要叙述的东西。我们来看看莎士比亚的《威尼斯商人》中的一段对话:

> ……啊,朋友,我看见巴萨尼奥开船,葛莱西安诺也跟他同船去;我相信罗兰佐一定不在他们船里。
> ……那个恶犹太人大呼小叫地吵到公爵那儿去,公爵已经跟着他去搜巴萨尼奥的船了。
> ……他去迟了一步,船已经开出。可是有人告诉公爵,说他们曾经看见罗兰佐跟他的多情的杰西卡在一艘平底船里;而且安东尼奥也向公爵证明他们并不在巴萨尼奥的船上。①

这段完全是两个剧中人的对话,没有任何叙述者出现的痕迹。但仔细分析就可以看出,这段对话的意义在于交代故事发展的过程,这正是叙述的意图所在。不过叙述者自己没有说话,却通过两个剧中人把故事情节叙述了出来。

隐在叙述者的另一种情况是处于显在叙述者与完全隐藏的叙述者之间的状态。这样的隐在叙述者不像显在叙述者那样直接在文本中露面,但也不像上面提到的那种隐在叙述者那样完全隐藏在文本背后。这种隐在叙述者存在于文本叙述之中,但并不直接显现,读者只能间接地感受到叙述者声音的存在。在有些叙述中,叙述者可能故意制造一种与叙述者态度相悖的声音假象以掩盖叙述者的存在。有一篇美国微型小说名叫《爸爸最值钱》,讲的是一个儿子为了赚取稿酬而编造父亲的种种劣迹。故事的叙述者是第一人称,即那个父亲,但在故事中几乎看不出叙述者对这件荒唐事的看法:

"看来你是想把你的父亲以一万元出卖了?"

---

① 《莎士比亚全集》第3卷,人民文学出版社1978年版,第41页。

> "不仅是为了钱。编辑说如果我把一切都捅出去,那就连巴巴拉·瓦尔德斯都会在他主持的电视节目里采访我,那时我就再也不用依靠你来生活了。"
>
> "好吧,如果这本书真会带给你那么多的好处,你就干下去吧。要我帮忙吗?"
>
> "太好了,就一件事。你能不能给我买一台文字加工机?如果我能提高打字的速度,这本书就能在圣诞节前脱稿。一旦我的代理人把这本书的版权卖给电影制片商,我就立即把钱还给你。"①

叙述者故意用无动于衷的口气叙述这件违情悖理的事,隐藏起了自己的真实态度。但读者实际上可以感受到隐藏在无动于衷口气背后的叙述者对寡廉鲜耻的儿子的绝望。这里我们直接听到的叙述声音实际上就是叙述者制造的一种假象。

2. 接受者

接受者是与叙述者相对的概念,叙述者讲述故事是一种语言交流行为,也就是说讲述活动必然要有接受叙述语言的对象,就是接受者。即使是作为书面文学独自进行的叙述语言创作,作者作为叙述者在叙述时心目中也存在着潜在的即"隐含的"接受者。在中国古代小说中,接受者常常是在叙述中被明确地指示出来的:

> ……假如你有娇妻爱妾,别人调戏上了,你心下如何?古人有四句道得好:人心或可昧,天道不差移。我不淫人妇,人不淫我妻。看官,则今日我说《珍珠衫》这套词话,可见果报不爽,好教少年弟子做个榜样。

这是明代拟话本小说《蒋兴哥重会珍珠衫》中开篇的几句话。这里

---

① 布赫瓦尔德著,李健生译:《爸爸最值钱》,引自《中外微型小说精品鉴赏辞典》,江苏文艺出版社 1991 年版,第 223 页。

明确地指出了叙述行为的接受者——"看官"。故事的语境和道德意义对于后代的或外国的某些真实读者来说也许是无法理解或无法接受的,但在文本中可以体会到,在叙述者和"看官"之间显然存在着一种理解的默契。德国诗人歌德的《少年维特之烦恼》同样明确地设定了接受者:

> 凡我所能寻得的可怜的维特之故事,我努力搜集了来,呈现于诸君之前,我知道诸君是会感谢我的。诸君对于他的精神和性格当不惜诸君之赞叹和爱慕,对于他的命运当不惜诸君之眼泪。
> 并且你,善良的灵魂哟,你正在感受着同样的窘迫,和他一样,请从他的哀苦中汲取些慰安来,把这本小书当做你的朋友罢,你如从运命或自身的错犯中寻不出更可亲近者的时候![1]

叙述者在这里对接受者提出了明确的要求:他应当是钦佩和爱慕维特品格的,有着为他的遭遇而伤感的"善良的灵魂";说到底,应当是一个具有"狂飚突进"式热情、敏感乃至脆弱的孤芳自赏的人。

不同的叙述者对接受者有不同的要求,但总的说来这些接受者都是由叙述者所设定的,是隐含在叙述动作中的接受者,因而都是叙述者心目中理想的接受者。在叙述行为中,叙述者期待着自己的语言被理解,而真正的、完全的理解只能发生在叙述者自己设定的这种隐含的理想接受者的接受中。真实的读者不可能完全达到这种理想接受者的理解,尤其是不同时代、不同民族的读者由于语境的差异,与隐含的理想接受者之间存在更大距离。真实读者与隐含的接受者之间的差异导致了误读的可能,因此真实读者必须尽可能地向隐含的理想接受者靠拢,才有可能相对比较正确地

---

[1] 歌德著,郭沫若译:《少年维特之烦恼》,人民文学出版社 1955 年版,第 6 页。

理解作品。当然,实际上不同语境中的读者几乎不可能真正达到作者所要求的理想接受者的水平,因此而形成了对作品文本理解的多样性,这就是人们所说的"有一千个读者就有一千个哈姆雷特"的意思。

二、抒情艺术的情感内容与形式

抒情艺术是与叙事艺术相对的艺术作品类型和艺术创作方法。一般说来,抒情偏于表现作者自己的主观世界,叙事偏于再现客观世界。但抒情对主观世界的表现不可能完全脱离与客观世界的联系,要通过对外部世界的反映来使自我的感情外化和表现出来。同时,抒情虽然是抒发主观感情,却不同于本能的情感宣泄,要通过形式构造将情感组织成艺术。本节首先从抒情艺术的情感内容和形式构造这两个方面探讨抒情艺术的特点,然后再专门谈谈文学抒情的方式。[①]

(一)抒情艺术的情感内容

抒情艺术的内容实际上包括作为抒情主体的自我和社会生活现实这两方面。下面将就抒情与现实、抒情中的自我与社会以及抒情与宣泄这三个问题进行研究。

1. 抒情与现实

抒情作为一种主观表现,并不脱离现实,而是对现实生活的反映与评价。情感源于对现实的感受,没有真实的生活感受,便没有真正有价值的抒情。对现实感受的深浅,又往往取决于对现实认识的深浅程度。所以,抒情总包含着对现实的反映。但抒情是一种特殊的反映方式。首先,抒情反映的对象主要是社会生活的精神方面。抒情艺术主要从某些侧面反映了特定的社会心理、精神

[①] 本节参考童庆炳主编:《文学理论教程》(修订版)第 12 章,高等教育出版社 1998 年版。

状态与时代精神。其次,情感反映了主体与对象之间的特定关系,所以抒情对客观世界的反映具有主观性。"情人眼里出西施"如果作为一种客观的科学反映是不真实的,但如果作为特定的主客体关系的反映却是真实的。抒情诗人虽然未必都是热恋中的情人,却必定是情感丰富而强烈的有情人,所以抒情反映必定带有主观色彩。再次,抒情反映具有评价性。情感又是一种主观态度,对事物产生喜怒哀乐的情感体验包含着对事物的主观评价。抒情中所表现出来的赞美、歌颂、向往、同情、憎恶、厌烦等情感倾向都不同程度地含有对现实的价值判断。

抒情是一种反映,也是对现实的一种意识中的改造。通过创造性想象,抒情主体把现实之物转化为灌注了主观情思的形象,使外在世界成为与内心世界协调融洽的审美世界。用中国美学的术语来说,是"化实为虚"。"实"就是实境,是外在的客观世界,它是艺术创造的基础。但实境是死的,抒情主体把主观想象和情思灌注于对象,"化景物为情思",才能产生生机勃勃、情意盎然的抒情艺术作品来。因此,抒情一方面受到特定现实生活和社会观念的制约,另一方面却又具有较高的心灵自由度。抒情心灵凭着情感的驱使和想象的驰骋,忽而上天入地、天南海北,忽而追怀古人、遥想未来。这种超越时空的自由是抒情最突出的特征。

2. 抒情中的自我与社会

充分地表现自己的独特体验和思想是抒情主体自觉的创作原则,具有鲜明个性的情感表现是评价抒情性作品的尺度之一。然而,人又是社会性的存在,个性自我的形成是以特定的社会关系和文化传统为基础的。各种社会关系都会对个性自我发生影响,自我不是与社会截然对立的,与社会既有密切联系又有自己的特殊性,二者是一种辩证关系。抒情自我作为一个独一无二的个性,是由丰富的生活经验和精神素养以独特方式构成的,它充分地吸收人类共同的精神财富,并使之与个性气质融为一体,从而形成了独特的感受世界、认识世界和表现内心情感的艺术方式。所以,文学抒情作为一种自我表现,同时也包含着普遍的社会内涵,可以引起普遍的社会共鸣。

自我表现的社会属性还反映在抒情艺术作品的创造过程中。抒情是一种社会交流,作者在表现自我感受的同时,实际上意味着同隐含的读者进行心灵的交谈,于是读者的各种经验、趣味、素养和理想等等就会对抒情产生制约性影响。因此,抒情不是一种完全自我孤立的事件,而要与某些社会成员发生内在联系。一方面,抒情主体的自我表现会对其他社会成员发生独特的影响;另一方面,社会成员的某些观念意识、接受习惯、理解能力等也会或多或少、或明或暗地影响、渗透到抒情作品的创作中。抒情自我与社会的联系最突出地体现在与一定的意识形态的联系上。在审美的情感表现中,抒情自我也在或维护和加强、或反对和削弱特定的意识形态观念体系和价值规范。在历史上,伟大的抒情诗人总是对社会、对人民、对历史的发展怀有深深的关切,对人类面临的某些共同问题有深入的体察和领悟,总是把自我与进步的、健康的社会意识形态统一起来,使个人的命运和追求同人民群众的命运和追求融为一体。他们的抒情既是十分独特的自我表现,又是代表时代和人民发出的呼声;既是个性情感的自然流露,又同时表现了人类共同的情感需要。正因为如此,古今大量的抒情作品尽管许多已时代久远或属于不同的民族,却仍然可以打动我们的心,引起普遍的共鸣。

3. 抒情与宣泄

在古汉语中,"抒"字的本义是"泄",抒情也就是情感的宣泄。有些艺术家认为抒情就是情感由内而外的自然流露或迸发,是内心情感的宣泄。应当指出,这种"宣泄"说抓住了抒情的一个重要特征,即内心情感的释放。但是,艺术的抒情并不只是非理性的情感宣泄。抒情是一种审美表现,需要意识的控制与思维的参与,需要创造有序的话语组织形式,这正是艺术的抒情区别于日常情感宣泄的主要特征。

首先,抒情主体是把自己的内心体验作为一个对象来表现的。他不完全是即兴式的有感而发,而是从初始的情感状态中超脱出来,把它作为一个对象来重新认识、体验、评价和组织的。抒情诗人所表现的情感是对情感经验的再体验,而且这种再体验伴随着一种反省似的"沉思"。诗人的沉思是一种诗意的"思",返回内心的"思",不同于理论的思考。通过这种沉思,抒情诗人对情感经验重新进行理解和组织,赋予它一定的组织形式,使之成为一种丰富而有序的情感经验。因此,抒情既是情感的释放,又是情感的构造;抒情主体既沉浸在情绪状态之中,又出乎情绪状态之外,意识到表现的内容和表现过程本身。宣泄的情绪是杂乱无序的,只有释放,没有构造;宣泄者完全被淹没在混杂的情绪海洋之中,没有自我意识;抒情主体虽然也有受情绪左右的被动性,但他首先是主动的沉思者和创造者,他是自由的。

其次,艺术抒情是创造具有审美价值的艺术品的活动。与内心情感经验的重解和重组相适应,抒情作者还要创造适合于表现这种情感的感性形式。苏珊·朗格指出:艺术品是将情感呈现出来供人观赏的,是由情感转化成的可见的形式。艺术形式与我们的感觉、理智和情感生活所具有的动态形式是同构的形式。[1] 抒情诗人要运用特殊的语言形式,把各种感觉材料组织起来,巧妙而自然地构造有序的形象组织,创造出直接表现内在情感运动形式的审美形式。因此,抒情不仅意味着传达内心活动,而且意味着创造性地选择和组织抒情话语来表现,意味着创造审美价值,这也是宣泄所不具备的。

---

[1] 苏珊·朗格:《艺术问题》,中国社会科学出版社 1983 年版,第 24 页。

(二)抒情作品的形式构成

抒情作品的形式结构可分为三个主要的结构要素,即声音、画面和情感经验。在不同的艺术样式中,这三个要素以不同的方式相互融合而形成抒情作品的意义。由于不同艺术媒介作用于人的感知方式不同,三个要素的关系又可以区分为两种,即声与情的关系和景与情的关系。

1. 声与情

声与情的关系就是说抒情艺术的音乐性。从艺术起源的角度说,诗、乐、舞三者原是一体的。这三种艺术样式表现情感的方式并不完全相同:音乐完全是依赖于听觉的,音乐的抒情方式在于音响对听觉的刺激和乐音的运动二者结合在一起产生的音乐节奏与人的情绪运动节奏的共鸣;舞蹈的抒情性在于演员用形体、表情所作的视觉形象造型、叙事与音乐运动节奏二者的结合产生的情感摹仿效果;而诗歌则一方面具有音乐的节奏感,另一方面也可通过描写而塑造出视觉性的形象和叙述故事来传达情感。这三种艺术样式在抒情方式上的共同点是都要通过音乐性的节奏运动来摹仿和表现情感的运动节奏,从而使接受者产生心灵的共鸣。可以说音乐性是诗歌、音乐和舞蹈抒情方式的中心特征。在艺术发展的过程中,音乐一方面具有自己独立发展的趋势,另一方面也始终与舞蹈艺术结合在一起。而诗歌艺术的发展趋势则是逐渐脱离音乐和舞蹈,成为独立的文学样式,因而诗歌的音乐性便具有了自己的特点,这就是将声调、平仄与语义结合形成的节奏感。有关诗歌的音乐性与节奏特点问题已在上一章有具体论述。

2. 景与情

景与情的关系是说抒情艺术作品中通过视觉形象画面来寄寓和传达情感的方式。借描绘景物来抒情,这是绘画诗歌、抒情散文等艺术中都很常用的做法,所以中外文论中在谈论抒情方式时均有诗画相通的说法。讲诗画相通,是说这两种艺术类型都借助于对外在景物的描绘来抒情写意,创造意境。但细分起来,诗、画又是有区别的。诗是语言艺术,以时间性的表现为主;画是造型艺术,以空间性的再现为主。18世纪德国启蒙思想家莱辛曾指出,画用形与色来描绘在空间中并列的事物,诗用语言来表现在时间中承续的事物,即动作。画描绘动作,必须化动为静,描绘最富于动感的瞬间;而诗要描绘事物,就应该化静为动,在时间的延续中一步步地表现出事物的整体,或者用暗示的方法来描写。

莱辛的区分是有意义的,但就中国传统的诗画关系而言,则情况更为复杂。中国画讲求的不是严格的焦点透视形成的视觉造型,而是气韵生动,是流动的节奏感。在这些方面,中国诗与中国画是相通的。诗与画相通对于抒情艺术而言,就是使得情景关系成为情感表现的重要方面。情与景是中国传统艺术理论中的一对重要概念。抒情作品中的景,不是原本的自然景物,而是被赋予了情感内涵的画面。清人王夫之说:"烟云泉石,花鸟苔林,金铺锦帐,寓意则灵。"所谓寓意就是融情入景,使景物有灵有性,情趣盎然。而抒情诗中之情,也不是空洞的喟叹或概念,而是由景象征性地表现出来的具体情感过程。诗人的内心活动既千变万化,又细微幽渺,无法用一般的词语直接表现,只能通过具体的景物描写,写出独特而微妙的感受过程,达到情感的表现。情景相生、情景交融而构成意境,这就是中国古典抒情艺术的最高境界。

(三)文学抒情的方式

在各种抒情艺术中,抒情诗和散文等抒情文学样式具有重要的地位。只有通过文学的描述,艺术所表现的情感意蕴才会变得更加清晰和易于交流。由于这个原因,人们常常会把其他艺术的抒情性称为"文学性"。文学所使用的种种抒情方式也会对其他艺术样式的作品产生影响,所以本小节专门谈论文学抒情的方式问题。这里主要讲抒情语言的修辞方式和抒情角色两个方面。

1. 抒情语言的修辞方式

抒情语言的修辞方式有很多,这里只讨论常见的几种:

一是比喻与象征。比喻是借他物(喻体)来表现某物(喻本)的修辞方法。根据喻本与喻体的不同组合方式,比喻又可分为明喻、隐喻和借喻三种。明喻表明喻体与喻本的相类关系,一般用"若"、"如"、"似"、"像"等喻词来联系喻体与喻本,例如"问君能有几多愁?恰似一江春水向东流"(李煜)。隐喻表明喻体与喻本的相合关系,不用喻词,如"试问闲愁都几许?一川烟草,满城风絮,梅子黄时雨"(贺铸)。借喻则既无喻本又无喻词,只有喻体,如"缲成白雪桑重绿,割尽黄云稻正青"(王安石),这里的"白雪"喻丝,"黄云"喻麦。

象征是以具体的事物(形象)间接表现思想感情,如"空山不见人,但闻人语响。返景入深林,复照青苔上"(王维)。这里只写宁静的景,以此来象征地表现诗人空寂淡泊的心境,景语成为象征性语言。象征形象由于反复使用,便渐渐带上了相对稳定的意义。如中国诗词中的"月亮"就是一个含有哀思、别情、思乡等情感意义的象征形象,西方抒情艺术中玫瑰则常常象征爱情。这种象征形象的运用,可以使抒情语言更加简洁,内涵更加丰富。

二是倒装与歧义。倒装是语句在语法上的错置,体现为惯常词序的颠倒。由于词序的打乱,自然流动的句子突然被切割开来,从而使某些词语获得了相对的独立性。这些独立的词语往往呈现的是感觉化的形象,所以倒装可以大大强化诗句的感觉效果,如"葡萄美酒夜光杯,欲饮琵琶马上催"(王翰)。这两句中,"葡萄美酒"实为"饮"的宾语,但将这个宾语提前,就加强了这一形象的感觉呈现力量。

一句诗中包含着多重意义的情况就是歧义。由于汉语的句法关系本来就比较宽松,而且抒情诗人常常为了创造表现性话语而有意超越语法规范,所以歧义成为中国古诗的一个普遍现象。歧义造成语义的含混、复杂,丰富了抒情语言的情感内涵,是诗歌产生"余味"的重要源泉。

三是夸张与对比。夸张是运用想象与变形,夸大事物的某些特征,写出不寻常之语。如李白"蜀道之难难于上青天"这样的诗句,明显不符合客观事实,蜀道再艰难,总不比上天难;但这种不合事理的写法却突出了对象的特征,强烈地表现了诗人非同寻常的感受。

对比是把在感觉特征上或寓意上相反的词句组合在一起,形成对照,强化抒情的表现力。如杜甫"朱门酒肉臭,路有冻死骨",就是以两幅截然不同的画面来反映现实矛盾,有力地表达了诗人的不平之气。

四是借代与用典。借代是有关系的事物之间的相互替换,或者是用一物代替另一物。如写女性,用"红楼"、"闺阁"、"玉阶"、"芳尘"等与女性有关的东西来代替,如"玉阶空伫立,宿鸟归飞急"(李白);或者用一部分来代替全体,如用"蛾眉"、"红裙"等写女性,如"宛转蛾眉马前死"(白居易)。抒情诗中借代的运用,往往是约定俗成的。巧妙地运用借代手法,可以写出新颖别致的佳句来。

用典又叫"用事",就是在诗词中借用典故来造句表义。典故可分神话典故、历史典故和文学典故等不同类型。如李白"白兔捣药秋复春,嫦娥孤栖与谁邻"就是运用古代神话来表达孤寂之情。西方诗人也喜欢借用古希腊神话和《圣经》故事来作诗。历史典故涉及历史故事,苏轼的《念奴娇·赤壁怀古》中就借用了三国的历史故事。文学典故是借用前人诗文中的内容,如李白"名花倾国两相欢"中的"倾国"一词出自汉代李延年的诗"北方有佳人,绝世而独立。一顾倾人城,再顾倾人国"。典故的容量比较大,所以,用典会使抒情话语简洁经济,又可以使诗词的文化涵义更深广含蓄。

2. 抒情角色

抒情角色是指抒情作家在抒情作品中表现情感时所处的地

位。常见的抒情角色有三种类型：一种是作者作为第一人称出现，作品中的"我"即作者自我；另一种是作者以代言的第一人称出现，或代人抒情，或托人抒情；还有一种是作者作为叙事者，在讲述事件的过程中抒情。第三种抒情角色主要是叙事作品中的情况，这里主要讲前两种。

  第一人称的抒情是作者直接表现自己内心活动的一种抒情方式。在这类抒情作品中，"我"就是作者自我，如"安能摧眉折腰事权贵，使我不得开心颜"（李白）。还有许多抒情作品虽然采用第一人称的抒情方式，却不直接倾诉自我的感受，而是借景抒情，如"千山鸟飞绝，万径人踪灭。孤舟蓑笠翁，独钓寒江雪"（柳宗元）。抒情自我在字面上不露一点痕迹，只是用精心构造的画面来象征。这两种第一人称的抒情也造成了不同的艺术效果：直抒胸臆造成直率的风格，具有震撼人心的力量；借景抒情造成含蓄的风格，情感意味悠长深远。

  代言的抒情方式是作者作为代言人，以他人的口吻来抒情。代言抒情是戏曲歌词的基本抒情方式，但在诗词中也不少见。如李白"当君怀归日，是妾断肠时"，就是作者把自己化为思妇，设身处地地写她的内心生活。代言的抒情方式造成了抒情内涵的双重性：作品中主人公的抒情是外抒情层，作者的情感表现是内抒情层。当作者的身份和作品中主人公身份的差异较大时，这两个层面的意义是不同的，比如李白在《春思》中代思妇抒情时，外层的情感是相思，而内层情感则是同情。而在作者与抒情主人公的身份或思想感情的距离不大时，这两个方面就可能重合起来，主人公的情感也可以被认为就是作者的情感。其实在很多情况下，这两个层面难以简单地区分开来。比如曹植的《美女篇》中描写美女"盛年处房室，中夜起长叹"之句与李白的《春思》中写的"当君怀归日，是妾断肠时"显然不同：《春思》可以认为是代思妇抒情，而《美女篇》其实是作者在以"美女"自况，"美女"的不遇其实就是作者的不遇。总之,代言抒情的意义较为复杂丰厚。也正因为如此,这种抒情方式往往给接受者以更多的咀嚼回味的余地。

三、抽象形式的意义

按照传统的美学眼光来看,艺术品的构成中,内容是第一位的,而形式只是内容的附庸和装饰。但事实上有的艺术品本身很少表达什么社会的或个人情感的意义,而只是以形式引起人们的兴趣,如装饰艺术就是这样。传统上人们似乎并不认为装饰性艺术有什么美学价值。除了先秦时代的韩非批评过装饰是"买椟还珠"外,到20世纪初,还有设计家提出"装饰就是犯罪"的口号。[①]尽管如此,装饰艺术仍然在人们的审美经验中具有越来越重要的地位。尤其重要的是,装饰艺术所体现的不具有再现社会生活内容和表现个人情感意味的纯形式的美感在现代艺术和现代美学中也越来越具有重要性。从美学上说,20世纪抽象艺术的发展就与人们对纯形式美感越来越重视有关。随着对形式美感认识的深化,人们不仅对装饰艺术之类纯形式的美有了新的看法,而且对传统艺术中形式的独立美学意义的认识也有了新发展。同时,美学研究中对形式美感的认识也在向心理学方向发展,并取得了许多积极的成果。下面主要介绍三个方面的问题:对传统艺术中形式美感的认识、抽象形式的美感以及形式美感的心理学意义。

(一)对传统艺术中形式美的认识

虽然在传统上人们多认为艺术美的主要方面在于内容,但随着美学的发展,对形式的认识也有了变化。18世纪德国美学家席勒在谈论美学问题的一系列书简中认为,艺术作品中所使用的素材(即一般人所说的社会生活和个人情感生活内容)是客观世界本来就有的,因而是自然的作品;而将这些生活素材改造成艺术作品

---

① 参见贡布里希:《秩序感》,浙江摄影出版社1987年版,第108页。

的关键是形式创造,这才是艺术家的作品。他因此而提出了一个著名的观点:艺术就是要用形式征服素材。席勒提示了研究艺术作品的一个特殊思路,即将艺术品理解为形式对客观事物和情感的重新构造,也就是说把艺术作品研究的重点转向形式研究。

把传统艺术品的整体构成归结为形式特征,有关这方面的研究的一个有代表性的成果是20世纪瑞士艺术研究专家沃尔夫林的艺术风格研究。他把西方传统的绘画艺术区分为一对风格范畴,即所谓"古典"风格和"巴罗克"风格。又把对这两种风格的分析总结为五个方面:一是"线描"方法和"图绘"方法的区别。前者是根据对象在轮廓和外表上的明确特征来感知对象,后者是完全根据视感觉所获得的外貌印象。二是平面和纵深的区别。"古典"艺术把整个形式的各个部分归纳为连续的平面,而"巴罗克"艺术强调的是纵深感。三是封闭形式和开放形式的区别。"古典"艺术作品的形式是严谨的和封闭的,而"巴罗克"作品的形式是开放、松弛的。四是多样性和同一性的区别。"古典"艺术是多样性的统一,而"巴罗克"艺术是单一主题的整体感知。五是主题的绝对清晰和相对清晰的区别。前者把所表现的事物孤立化,造成清晰的塑形效果;而后者则把所表现的对象看成是一个大的整体,不再突出个别的独立性质。沃尔夫林对艺术风格的区分和研究着眼于艺术作品的构成形式,这种研究方法对于后来的艺术作品研究有很重要的影响。简言之,就是不把形式当作内容的附庸,而是相反,形式成了驾驭内容并决定艺术风格的基本因素。

(二) 抽象形式的美感

20世纪艺术发展的一个重要趋势就是抽象艺术的兴起和发展。对于这些新的艺术形式和风格应当如何理解和评价,成了传统美学的一个难题。1914年,英国美学家克莱夫·贝尔出版了一本研究现代艺术形式美感问题的重要著作《艺术》。他在这本小册子中说:

> 在讨论审美问题时，人们只需承认，按照某种不为人知的神秘规律排列和组合的形式，会以某种特殊的方式感动我们，而艺术家的工作就是按这种规律去排列、组合出能够感动我们的形式……我称这些动人的组合、排列为"有意味的形式"。①

这里的"有意味的形式"成了20世纪美学理论中的一句名言。克莱夫·贝尔试图把他的这种形式美的理论普适化，用来解决任何一种艺术样式或风格的审美特性问题。但他的观点其实不过是20世纪抽象艺术思潮的产物，他的形式理论所针对的正是传统的重内容的美学理论。他批评传统美学理论把作品内容作为中心的观点时说："那个所谓的中心问题（在绘画中常常是一幅画的主题），本身其实是一点也不重要的，它只不过是艺术家表达感情或者创造形式的手段之一……那么，整个事情的结论应该是什么呢？我看不外乎是这样的：对纯形式的观赏使我们产生了一种如痴如狂的快感，并感到自己完全超脱了与生活有关的一切观念。"② 这种形式至上的观念只能是在取消了内容表现的抽象艺术发展背景下形成的。

关于纯形式美感的具体内涵，贝尔并没有谈得很清楚。与他同时代的抽象派艺术大师康定斯基则对这个问题有更进一步的解释：

> ……各艺术之间，尤其是音乐与绘画之间存在着一种深刻的关系。歌德说，绘画必须将这种关系视为它的根本，从这一评述可以看出，他似乎预示了绘画在今天所处的位置。事实上，绘画站在前进队伍的前列，根据它各

---

① 克莱夫·贝尔：《艺术》，中国文艺联合出版公司1984年版，第6页。
② 克莱夫·贝尔：《艺术》，中国文艺联合出版公司1984年版，第46页。

方面的条件,它将使艺术成为一种思想的抽象体现,最终达到纯艺术构图。

　……形式无论是完全抽象的或是几何形的,它都具有内在联想的力量……一个黄色的三角形、一个蓝色的圆、一个绿色的方形,或一个绿色的三角形、一个黄色的圆、一个蓝色的方形,所有这些都是不同的,都具有各自的精神价值。①

在康定斯基看来,色彩和形状本身就可以激发起人的情感和想象力,因而无标题音乐、无摹仿对象的构图等纯粹的形式本身就具有审美价值。

抽象派提出的这种与传统不同的美学原则,并不可能代替传统,而是扩大了美学和艺术理论所关注的对象。事实上,抽象的、装饰性的形式所具有的美感并不是因为抽象派的出现才出现的。但抽象派的艺术实践和理论观点却把对形式美的欣赏提升到了以前所未有过的高度,这的确是20世纪艺术审美发展的一个重要方面。正是抽象派的艺术实践和理论对20世纪艺术活动中将传统艺术与装饰、工艺设计结合起来的发展趋势起到了重要的推动作用。

(三) 形式美感的心理学意义

对形式美感的关注带动了对形式美感产生的心理机制的研究,这也是20世纪艺术形式研究的一个方面。英国美学家贡布里希提出一种观点,认为即使在低级动物中,就已存在着一种叫做"秩序感"(the sense of order)的生理遗传能力。而在人的心理发展中,这种能力发展到了高级阶段,成为对简化、统一、对称和节奏等秩序的需要,这就是装饰性艺术的心理根源。而从心理学的角度

---

① 康定斯基:《论艺术里的精神》,四川人民出版社1986年版,第64页。

对这种形式美感的深入研究则应归功于"格式塔"心理学派。这一学派在研究人的知觉心理时注意到,人的知觉有一种对对象进行组织的能力,即把原本杂乱无章的对象按照某种秩序组织成简化、统一的图形。这个学派在研究人的美感时指出,人们在欣赏审美对象时感受到的情感共鸣是来自对象的结构图式与人的心理结构具有的同构性:

> 一棵垂柳之所以看上去是悲哀的,并不是因为它看上去像是一个悲哀的人,而是因为垂柳枝条的形状、方向和柔软性本身就传递了一种被动下垂的表现性;那种将垂柳的结构与一个悲哀的人或悲哀的心理结构所进行的比较,却是在知觉到垂柳的表现性之后才进行的事情……造成表现性的基础是一种力的结构,这种结构之所以会引起我们的兴趣,不仅在于它对那个拥有这种结构的客观事物本身具有意义,而且在于它对于一般的物理世界和精神世界均有意义……那推动我们自己的情感活动起来的力,与那些作用于整个宇宙的普遍性的力,实际上是同一种力。①

根据这种心理学观点,形式美感实际上是植根于人的心理机能的情感倾向。这种观点把人的审美感知整个归为结构形式感,否定了美感与人的社会生活体验、情感经验的关系,因而是一种比较片面的观点。但"格式塔"学派对传统所忽视的形式美感问题进行了深入的研究,试图给以科学的解释,其积极意义是不应抹杀的。

---

① 阿恩海姆:《艺术与视知觉》,中国社会科学出版社1984年版。第624页。

第二节 文艺作品的层次分析

当把一件作品——无论是一首诗、一部电影还是一幅油画——当作一个完整的、自足的统一体来对待时,我们对作品的分析就要有一种从作品内部的组合关系进行分析的观念和方法。波兰文艺理论家英加登的现象学方法就是这样一种分析方法。根据他的现象学理论,可以把一件文学作品看成是由表及里多层次组织成的一个完整的结构,而文学的接受也是这样由表及里地逐步深入的过程。[①] 对文学作品层次的具体划分,不同的学者有不同的划分方法。比较简洁明确的划分方法是将作品划分为语言、意象、意蕴,即"言"、"象"、"意"这样三个层次。[②]

英加登的分析理论是针对文学作品而言的。相对于其他艺术作品,文学作品的意义更为复杂,因此多层次的分析比较切合文学样式的特征。同时,这种分析方法对于其他艺术作品的整体分析也有参考作用。下面我们主要以文学作品为对象介绍文艺作品的层次分析方法。

一、作品的语言层面

语言层面是文学作品的最外层,也就是读者最直观地接触到的一个层面。这是作者选择一定的语言材料,根据创作意图组织起来的一套话语系统。进入了作品系统中的语言层面的语言,已不同于作品之外的日常生活语言,它具有了自己的特点:

[①] 关于英加登的层次分析观点可参看韦勒克、沃伦:《文学理论》,三联书店1984年版,第158页。

[②] 参考童庆炳主编:《文学理论教程》(修订版)第10章。

第一,内指性。在文艺创作中,人们面对着两个世界:一个是现实世界,一个是艺术世界。艺术世界是一个虚构的世界,组织起这个世界的材料就是文学作品中的语言。这种语言与日常生活中的语言是不同的。日常生活中的语言是外指性的语言。所谓"外指性",是说语言所指称的意义存在于语言之外的现实世界中,语言叙述是否真实、正确,就是要看它是否与客观事实相吻合,或者是否符合现实生活的逻辑。而文学作品的语言是内指性的。所谓"内指性",是说这种语言所指称的意义存在于这个语言系统自己所构筑的艺术世界中。比如说这样一句话:"今天天气很冷。"这句话可能是在陈述一个事实,也可能只是在表达说话人的主观感觉。我们如何判断这句话的真正含义呢?如果是在日常生活中说的这句话,我们就应当从说话者当时所处的气候条件来判断这句话是否是在陈述一件事实;但如果是在文学作品中,这句话是否合乎事实就不能根据外部世界的情况,而要根据作品的上下文中所描绘的环境来判断了。对作品语言"内指性"的理解,可以使我们在理解和解释作品意义时,能够把握住作品中艺术世界的独立自足性,避免把作品中的世界与作品外的现实世界相混淆,去断章取义地曲解和引申作品语言的意义,破坏作品的审美效果。

第二,心理蕴含性。一般说来,人类的语言主要有两种功能,即指称功能和表现功能。指称功能是指语言符号用来指称客观事物的功能,表现功能是指语言符号表现说话者心理状态、情绪倾向的功能。指称功能是由语言符号的字面意义所确定和传达的。比如说:"这是一棵树。"这句话的指称意义就很明确,因为"树"的概念和"这是……"的陈述句式在现代汉语中的含义是确定的,不会因为说话者的原因而产生其他意思。而表现功能就不同了。比如说:"你……真坏!"这句话显然具有一些情绪色彩,但究竟表达的是一种什么样的情绪,仅从字面意义上是无法确定的——可能是斥责,也可能是溺爱的表示,还可能是故作娇嗔,这就要看说话者的身份、与听话者的关系以及当时说话的语境等而定了。

日常生活用的普通语言,侧重于使用语言的指称功能。随着人类语言的发展,普通语言的概括性和表达的准确性越来越强,字面意义越来越走向抽象,也就意味着指称功能大大增强;而表现功能则因渐渐脱离实际语境、与个人的情感生活分离而受到削弱。而文学语言则相反,把语言的表现功能提高到更加重要的位置。文学作品中的语言蕴含了作者丰富的知觉、情感、想象等心理体验,也就是说比普通语言富于心理蕴含。作品语言中的词语,如"花"、"鸟"、"春天"、"冬天"等等,虽然从字面意义来看和普通语言一样,但实际上已被赋予了不同寻常的心理内蕴。如杜甫"感时花溅泪,恨别鸟惊心"中的"花"和"鸟",已被伤感的、悲戚的心情所浸染,人们在阅读时仿佛可以从语词中拧出情感的汁液来。雪莱在《西风颂》中写道:"让预言的号角奏鸣!哦,风啊,/如果冬天来了,春天还会远吗?"这里出现的"冬天"、"春天"、"风",都已被诗人那种希望、神往、憧憬的情绪浸泡过,与普通语言中的"冬天"、"春天"和"风"大不相同,更加富于心理蕴涵了。

第三,阻拒性。"阻拒性"理论是20世纪初俄国形式主义文学理论学派提出的。他们认为,日常生活中使用的普通语言是"自动化"的语言。所谓"自动化"语言,是指那些人们对其意义很熟悉,因而不会注意语言本身的特点,注意力会"自动"地离开语言符号而转向所要表达的客观意义方面。比如用"龙头"来指称自来水的止水阀是一种人们很熟悉的用法,所以当说到"龙头"或"水龙头"时,人们就会立即自动地想到水阀,而决不会想到"龙的头"这样的形象。这种"自动化"的语言有的虽然看上去具有形象性,实际上却因人们过于熟悉而已失去了感染人的形象魅力。文学的语言就要力避这种"自动化"现象。作家们总是设法把普通语言进行改造加工,使之变成陌生、扭曲的语言,这种语言会对接受者产生阻拒作用,即由于不合语法、打破了语言常规,或者使用了不为人所熟悉的修辞方式等等,使读者不可能一下子就理解其中的含义,也就是产生了意义理解上的阻拒性,从而迫使读者注意到语言本身的表现力,而不是语言所指称的外部意义。

在形式主义者们看来,这种"阻拒性"(也可称作"陌生化")效果才是文学的特征。比如像这样的诗句:"我们新鲜,我们净朗,/我们华美,我们芬芳,/一切的一切,芬芳。/一切的一切,芬芳。/芬芳便是你,芬芳便是我,/芬芳便是他,芬芳便是火。/火便是你。/火便是我。/火便是他。/火便是火。/翱翔!翱翔!欢唱!欢唱!"(郭沫若)这些句子重来复去,颠三倒四,似乎不通。但是,诗人正是通过这些具有"阻拒性"的话语,让我们更强烈地感受到诗中凤凰再生之后的新鲜感、自由感、喜悦感和那种狂欢的氛围。不仅诗歌要用"阻拒性"的语言,小说也同样可以使用这种语言。如在苏联作家萧洛霍夫的小说《静静的顿河》中,当主人公葛利高里埋葬了爱人阿克西尼亚之后,抬头看那刚刚升起的太阳时,作者描写说他"看见自己头顶上的黑色的天空和太阳的、耀眼的黑色圆盘"。这段话里有许多难解之处:既然已经出了太阳,天空为什么会是"黑色的"?太阳明明是光芒四射的,为什么会成为"黑色圆盘"?既然太阳变成了"黑色圆盘",为什么又会"耀眼"?其实,这段文字完全是在写葛利高里的感觉,当他埋葬完自己突然被打死的爱人之后,心碎了,犹如刚从一个苦闷的梦中醒来,所以眼中一切都变了色,虽然仍是白昼,他却犹如处于一片黑暗之中。这段文字增加了读者感知的难度,延长了感知时间,是一种有意不让你轻易理解的"阻拒性"、"陌生化"话语。由于"阻拒性"的作用,它可以使你反复体味,从而增强了它的审美效果。

二、作品的形象层面

由文学语言构成的层面是读者直接感知到的层面,处于整个作品的表层。读者在理解了作品语言字面意义的基础上,经过想象和联想,便可在头脑中唤起一系列相应的具体可感的形象,这些形象组织成一个完整的、动人的艺术世界,这就是文学作品的第二个层面——文学形象层面。文学形象,是读者在阅读文学作品的过程中,经过想象和联想而在头脑中唤起的具体可感的、动人的生活图景。文学形象有这样几个基本特征:

第一,文学形象是主观与客观的统一。中国古典文论对形象这一特征早已有所把握。清代文史学家章学诚就明确地把形象分为两种,一种是"天地自然之象",即物象,是自然存在的,不是人类构造出来的,是客观的;一种是"人心营构之象",即作品中的形象,这是人创造出来的,或者说是主观创造的产物。这种形象虽然是人们有意为之,不是天生自然之物,但最终还是客观物象曲折的反映。所以,章学诚认为"人心营构之象,亦出于天地自然之象也"[①]。这就是说,形象既是主观的产物,又有客观的根据,是一种主观与客观的统一。

我们还应当进一步认识的是,这里所说的主客观统一特征形成的原因,不仅是因为文学形象需要在理解语言符号的基础上才能依靠主观想象而唤起,实际上也是作为艺术形象的社会价值和审美价值所在。换句话说,不仅像文学形象这样需要主观想象而间接生成的形象中包含着主观因素,而且其他类型的艺术形象同样是主客观的统一。比如绘画中的形象或电影、电视中的形象,它们与文学形象不同,是直观地对接受者呈现为可感形象而不需要通过理解和想象。尽管如此,接受这些直观的艺术形象仍然需要接受者主观因素的参与,因为呈现在画布上或荧屏上的视觉图像只为接受者提供了形象的物质外观,而艺术形象所具有的动人的艺术魅力需要接受者的生活经验、想象力和艺术理解能力的合作才能体会得到。如果没有理解中国画的素养,一幅米芾的水墨山

---

① 章学诚:《文史通义》内篇一,《易教》下。

水写意画可能就会被看成乱七八糟、似是而非的墨渍;没有对油画笔触、色彩的理解力和感受力,凡高的《向日葵》也不过是对真正的向日葵所作的歪歪扭扭的不成功的摹仿。即使是制造着逼真幻觉的电影,欣赏者没有起码的欣赏经验和想象力,也会对电影的画面表现意图和叙事手法产生误解。由此可见,主客观的统一是各种艺术形象都具有的特征之一。

第二,文学形象又是假定与真实的统一。文学形象一方面是假定的,就是说它是艺术家创造的世界而不是生活本身,有的(比如浪漫主义风格的作品)甚至与生活本身的逻辑也不一致;可另一方面,它又来自生活,它无论怎样虚构,只要是成功的形象,都会使人联想起生活,甚至感到比真实的生活经验还生动。从某种意义上说,艺术创作是作者与读者达成的一种默契。读者可以允许作者的虚构和假定,因此,虚拟性和假定性就成了文学形象的前提条件。所以,作品中日月山川、草木虫鱼可以通人性,屈原可以上叩天庭之门,但丁可以下睹地狱之苦,孙悟空可以大闹三界。读者非但不指责其无稽虚妄,反而为这满纸"荒唐言"而感到忧喜悲欢。假如哪位作家为生活如实地记流水帐,人们反而会责怪他不懂艺术规律。然而从另一个角度说,艺术形象的虚拟性和假定性也是有一定限度的;超过了这个限度,人们就会抱怨它不真实。因而艺术形象的假定性还必须与真实性结合起来,就是说要做到"合情合理"。

所谓"合理",首先是对文学形象真实性的客观规定性要求。这个"理"就是指生活的本质和规律,指人类社会的现实关系。文学形象所使用的一切虚拟性、假定性手段,都要为表现或揭示这种现实关系及其本质规律服务。因此,不管读者面对着多么荒诞虚妄的文学形象,仍然可以用自己在生活中领悟到的"理"加以衡量,如果是合"理"的,就认为是真实的,否则便认为不真实。所谓"合理"还意味着合乎理想。任何积极健康的理想都不同程度地反映了社会生活的本质和发展规律,表达了人民群众的真诚美好的愿望。所以,如果文学形象的虚拟性和假定性用来表达某种积极美好的理想时,形象也就获得了艺术的真实性,具有了艺术生命。

所谓"合情",是指文学形象必须反映人们的真切的感受、真挚的情感、真诚的意向。这几种因素在艺术表现中更具魅力,它们可以把看起来不真实的描写升华为艺术真实。如李白"高堂明镜悲白发,朝如青丝暮成雪",这种描写不应说是真实的,但李白写的是人生短暂的真切感受,所以读者也就把看似不真实的描写理解为艺术真实了。卡夫卡的长篇小说《城堡》叙述了土地测量员用尽了毕生精力也没能走进城堡的故事,可以说是荒诞离奇。但它却通过这个形象,揭示了生活中常有的境况:目的虽有,无路可循。这种从生活中体验到的真诚意向,把故事的荒诞转化为真实。在形象创造中,客观真理与主观感情的要求应当是统一的,但有时也会产生矛盾。在情与理不一致的情况下,艺术真实的要求是牵理就情,也就是说要以情感的真实、真挚为中心,客观事实的真理应服从情感现实的规律。总之,文学形象就是在这"合情合理"的尺度内实现假定与真实的统一的。

第三,文学形象是个别和一般的统一。艺术与科学都具有认识客观世界的作用,认识对象的基本方式也都是概括,但二者的概括方式是不同的。科学概括虽然也从对个别事物的调查研究入手,但在概括过程中要不断地摈弃个别,使这种概括最后在抽象的、一般的领域中进行。而文学形象作为艺术概括的方式,则始终不摈弃个别,而且还要强化它、突出它、丰富它,使个别成为独特的"这一个";与此同时,这个"个别"又与"一般"相联系、相结合,使个别与一般化同步进行,最终达到个别与一般相统一的境地。卢卡契在《艺术与客观真实》一文中指出:"每一种伟大艺术,它的目标都是要提供一幅现实的画像,在这里,现象与本质,个别与规律,直接性与概念等的对立消除了,以致两者在艺术作品的直接印象中融合成一个自发的统一体,对接受者来说是一个不可分割的整体。"这里所说的"现实的画像",在文学艺术中就是艺术形象。这里提出的三对范畴是从不同的侧面强调了艺术形象的个别与一般相统一的特征。比如马致远的《天净沙》中所描绘的"枯藤老树昏鸦,小桥流水人家"等诗句提供给我们的艺术形象就是"一幅现实的画像",它首先表现为一种现象的、个别的、具体的(卢卡契称为"直接的")形象画面,然而它却又是那个时代落魄天涯、羁旅异乡的文人痛苦心情的真实写照。画面呈现的是个别失意文人的凄苦心境,但它却概括了整个时代千千万万文人前途渺茫、归宿不定的境遇,有以少总多的艺术效果,充分显示了艺术形象的概括性。

第四,文学形象是确定性与不确定性的统一。文学形象与其他艺术门类的形象相比,既有共同之处,也有相异之处。如具体可感的、概括的、能唤起美感的艺术世界,这是所有艺术形象的共性。但是,由于文学是一种语言艺术,它的形象是在阅读理解了文字符号的基础上借助于想象而间接产生的,因此与其他艺术的形象相比,就有了自己的独特性。这就是确定性与不确定性相统一的特征。

一方面,文学形象必须具有确定的因素。比如《红楼梦》中的林黛玉,作者通过对她的描写告诉了我们许多仅属于林黛玉的确定的特征:她是林姑妈的女儿,宝玉的表妹;她不是一个丑陋、健壮、愚笨的姑娘,而是一个美丽、聪慧、纤弱而又多愁善感的少女。这些都是确定的。但是林黛玉具体怎样美丽,具有怎样的相貌、怎样的气质风韵,作者的描写又是很不确定的,只给读者提供几个比较的对象,让你去想象补充。请看贾宝玉眼中的林黛玉:

> 宝玉早已看见多了一个姊妹,便料定是林姑妈之女,忙来作揖。厮见毕归坐,细看形容,与众各别:两弯似蹙非蹙罥烟眉,一双似喜非喜含情目。态生两靥之愁,娇袭一身之病。泪光点点,娇喘微微。闲静时如姣花照水,行

动处似弱柳扶风。心较比干多一窍,病如西子胜三分。

这中间就有太多的不确定因素,比如,什么是"似蹙非蹙胃烟眉",什么是"似喜非喜含情目","态生两靥之愁"是何种"愁","娇袭一身之病"的娇态是什么样的,"姣花照水"是怎样的风情,"弱柳扶风"又是怎样的神韵,"心较比干多一窍"要聪明到什么程度,"病如西子胜三分"又美丽到什么地步等等,这些都是只可想象、意会却难以言传的非确定因素,尽可以让读者调动自己的生活经验和审美想象力去想象、补充、创造。这种效果可以造成文学形象特有的朦胧和神韵。

　　文学形象的这种不确定性,不但是它的特点,也是它的优点。由文学形象的不确定性所留给读者的想象余地,更能使读者在阅读接受中获得一种创造的愉悦,从而使文学形象更富于魅力。在这一点上,其他艺术的形象往往是难以与之相比的。改编成戏剧、电影和电视的《红楼梦》,即使让最好的演员来演,对于那些熟悉小说的接受者来说,也总会觉得失落了些什么东西,总会觉得许多地方不够理想。其原因就是戏剧、电影和电视把不确定的人物宝玉、黛玉等变成了具有确定性的活人,破坏了文学形象由于不确定性而带来的朦胧性,在一定程度上限制了读者的想象,或者破坏了读者原有的想象。所以,文学形象的不确定性是它的优点。反过来说,不确定性却不能破坏确定性,朦胧性并不是模糊,艺术的辩证法要求通过不确定性的描写来加强文学形象的确定性特质,通过朦胧性的描写使人得到更为鲜明的人物个性特征。《红楼梦》中众女儿神态各异、性格不同,都是通过这种辩证的描写达到的,它给我们提供了文学形象的确定性特征与不确定性特征相统一的很好的范例。

　　以上所谈的是文学形象的一般特征。在艺术发展的过程中,随着创作经验的积累和审美要求的提高,对作品的艺术质量要求也在不断提高。艺术形象作为作品整体的中心层次,对整个作品的艺术价值具有决定性作用。人们在对艺术形象的创作经验不断总结的基础上,形成了更高级形态的形象审美范畴,也就是对优秀的艺术形象所提出的要求。在不同艺术样式、不同审美习惯的文化环境中,对优秀艺术形象的要求当然也不会完全相同。但就艺术发展中形成的可交流、共享的艺术经验而言,共同的形象审美标准还是存在的。这里我们主要以文学形象为中心,介绍艺术形象高级形态的两个重要范畴:一个是叙事性艺术形象的高级形态——典型;一个是抒情性艺术形象的高级形态——意境。

先说典型。典型是西方文艺理论发展中创立的一个概念。这是西方文艺理论对叙事艺术中人物形象创作的认识成果。17世纪以前,西方叙事艺术理论中提出了人物形象应当具有与其年龄、性别、身份等条件相适应的性格特征,强调的是人物性格的类型;18世纪以后,开始了由重视共性的类型到重视个性的转变,形成了个性典型观念;19世纪80年代末,马克思主义典型观趋于成熟。恩格斯在给哈克奈斯的信中提出:"据我看来,现实主义的意思是,除细节的真实外,还要真实地再现典型环境中的典型人物。"[①] 这句话实际上是马克思主义文艺理论中"典型"观念的经典表述。

关于"典型"这个概念的具体涵义,20世纪的文艺理论论争中有过种种不同观点。从形象的审美特征角度来考虑,可以为典型这个概念下一个这样的定义:典型是叙事艺术中人物形象的一种高级形态,是具有特征性而又富于艺术魅力的人物性格。这里主要强调了典型概念的两个美学特征:首先是具有特征性。这里所说的"特征性"具有两种属性,一是形象的具体、生动、独特;二是形象体现出深刻丰富的社会生活本质。其次是具有艺术魅力,就是说要能够以形象生动、新颖和感情的真挚性吸引读者、打动读者。

---

① 《马克思恩格斯选集》第4卷,人民出版社1972年版,第462页。

再说意境。意境是中国古典文论中一个重要的概念,是对抒情艺术形象的最高要求,实际上也是中国传统诗学、画论、书论的一个中心范畴。关于意境的定义,可以概括为:意境是指抒情艺术作品中创造的情景交融、虚实相生的形象系统及其所诱发的审美想象的空间。意境的特征之一是情景交融,就是要求所抒发的感情与描写的客观事物形象自然地融为一体。二是虚实相生,就是要求具体的景物描写要能够诱发读者联想和想象,能够通过有限的实境感受到无穷的"象外之象",领悟到言有尽而意无穷的含蓄蕴藉的神韵。

三、作品的意蕴层面

作品的意蕴层面是指隐藏在作品中形象背后的思想、感情等内容。这是作品整体结构中的纵深层次。在一部作品的整体结构中,语言层面是被读者可直接感知的最外层,也是意义最确定、客观性最强的层面。而形象层面则是由叙述和描绘性的话语所构造的生活图景,因为要依靠读者自己的生活经验和想象力,因而具有了主观性。但这种主观性毕竟还要受到第一层面语言叙述内容的制约,所以还是有较多的客观因素。而意蕴层面的情况就复杂得多了。这里所说的意蕴不是指作品中通过议论阐发的思想或通过直抒胸臆的方式明确表达出来的感情,而是指隐藏在故事的叙述和场景的描绘背后,难以简单地说明的倾向、氛围和意味,有时甚至连作者自己也不能完全解释清楚。对这些深藏不露的意蕴的理解和揭示需要更多地依靠读者自己的理性认识、生活经验和艺术敏感,因而带上了更多的主观色彩。因此,对作品意蕴的解释往往呈现出更多的歧义。这正是艺术意蕴丰富性的表现。对文学作品中意蕴的分析,我们至少可以分出三个不同的层面:

第一,历史内容层面。在作品中所叙述的事件、描写的人物和景物背后,都存在着与之相关的特定的历史文化背景。在有的作品中,历史内容直接进入了叙述的视野,成为作品中形象的有机成分,比如《三国演义》中的故事、人物与历史的关系就十分清楚地展现在叙述和形象描绘中。这种直接表现的历史故事不是这里所说的作为深层意蕴的历史内容层面。作为深层意蕴的历史内容,是指隐藏在叙述话语和形象背后的作者的历史感、对历史的认识和态度倾向等。《三国演义》讲的是从东汉末年到晋灭三国这一历史时期的故事,但《三国演义》小说所蕴藏的历史观念却属于一个更晚也更长久的历史过程,这就是正统观念、民本观念和儒家道德理想等种种观念纠缠在一起而形成的"拥刘反曹"的历史批判态度。再如《红楼梦》,虽然作者有意抹去或模糊了时代标记,但小说蕴含的历史感却并没有被抹去,通过小说中人物命运的变化,读者可以体验到一种无可奈何的衰飒之气,这正是走向末世的中国古代社会历史发展的趋势。

还有更多的作品并不直接涉及历史事件,但这并不等于没有历史蕴涵。就拿王维的一首小诗《鹿柴》来说,这是一首著名的山水小诗,全诗不过二十个字:"空山不见人,但闻人语响。返景入深林,复照青苔上。"诗中无一字提及人事,更不必说历史背景了。然而,这首诗的整体情调所透出的空寂、淡泊到无烟火的极处那种感觉,那种言有尽而意无穷的神韵,却是中国自唐代以后的中古时代士大夫的典型的精神状态和审美趣味的表现。再如李商隐的《乐游原》:"向晚意不适,驱车登古原。夕阳无限好,只是近黄昏。"诗中描写的是乐游原上黄昏时节的夕阳景色,但它却暗示出值得留恋的大唐帝国已日薄西山的历史感。

第二,哲理意味层面。文学艺术作为认识人生和宇宙的一种方式,完全可以蕴含着对世界、人生的深刻见解。文学的哲学意味早已被亚里士多德注意到。他在《诗学》中就指出:"写诗这种活动比写历史更富于哲学意味。"① 而且有不少诗人就是以表现哲理为最高的艺术探求。什么是"哲学意味"呢？我们知道,哲学是人对宇宙人生的普遍本质与规律所进行的最高层次的思考与概括,属于形而上的、抽象的知识层次;"意味"则是一种不可言传只可意会的感悟,是蕴含在形而下的具象之中的认识。二者通过形象引发的联想在深层意蕴中的有机结合,便是我们所说的哲学意味。陶渊明在《饮酒》中写道:"结庐在人境,而无车马喧。问君何能尔？心远地自偏。采菊东篱下,悠然见南山。山气日夕佳,飞鸟相与还。此中有真意,欲辨已忘言。"诗中虽然也有历史内容,然而诗人着重表现的是这种闲适避世生活的情趣与乐趣。其中"欲辨已忘言"的"真意"更富有哲学意味。这种哲学意味可以说是一种难以形诸笔墨的"象外之象"、"味外之味"和"言外之意"。

叙事作品同样可以表现哲理。有的作家喜欢在叙述的过程中插入哲理议论,但这种做法容易使作品带上说教味道或晦涩难懂,因而不大容易在艺术上取得成功。优秀的叙事作品常常是将作者对宇宙人生的认识隐藏在故事的叙述中,使读者在欣赏故事情节、体验人物命运的过程中潜移默化地感受到哲理的熏陶。比如美国作家海明威的小说《老人与海》,这篇小说自始至终没有任何哲理说教,却渗透着作家对人生的思考。小说写一个老渔夫在八十四天没捕到鱼后终于捕到一条大鱼,经过三天的搏斗才把鱼杀死绑在船边,而在归程中又一再遇到鲨鱼袭击,到回港时只剩下了鱼骨头。事情本身是一件真实的事件,但在叙述过程中作者通过老人的回忆、幻想和梦境反复写到了非洲狮子的意象。这个意象的重复出现给故事加上了一种象征的意味,使读者感到在不断发展变化的事件背后有某种恒定的东西存在。再进一步分析便可发现,故事的基本内容包括三大部分:寻找大鱼、同大鱼搏斗、同鲨鱼搏

---

① 亚里士多德:《诗学 诗艺》,人民文学出版社1962年版,第29页。

斗。每一部分都表现为一次又一次的反复：先是无休止地追寻；然后在大鱼上钩后是一遍又一遍地放索、拉紧，直到大鱼筋疲力尽；最后是在归途中一次又一次地搏杀前来袭击的鲨鱼。整个故事就是这样一次次的反复，在反复中又包含着一种大的发展趋势：在拼搏中走向胜利，而后又归于失败。小说中还有一个孩子，他是老人的安慰、见证，更是一个新的希望。于是，老人的行为又被包容进一个更大的永恒的循环与发展过程之中，在不断的追寻与失败中体现出一种伟大的东西，一种永不满足、永不屈服、永远进取的自由意志。这就是作品的叙事过程中蕴含着的哲理意蕴。

第三，审美意蕴层面。有的作品没有表现重大的历史文化意义，也没有什么深刻的哲理内蕴，却同样可能成为脍炙人口的佳作，因为它同样令读者感到在作品的形象背后有回味无穷的韵味，这种意味就是审美意蕴。一件作品可能在历史内容或哲理意蕴方面有所不足，却并不妨碍其成为有价值的作品。比如唐人贺知章的《咏柳》："碧玉妆成一树高，万条垂下绿丝绦。不知细叶谁裁出，二月春风似剪刀。"这首咏物小诗并无多少兴寄之意，写的纯是直观的景色。然而诗人所用的精巧新异的比喻却使人感到，在诗人笔下的新春柳色形象中浸透着一种清新怡人的美感。如果作品没有了这样一层审美意蕴，就会是一件令人觉得索然无味的东西，根本不能算是成功的艺术品。作品的历史内容、哲理内涵，都要与审美意蕴整合在一起才能成为艺术的内蕴。比如杜牧的《泊秦淮》："烟笼寒水月笼沙，夜泊秦淮近酒家。商女不知亡国恨，隔江犹唱《后庭花》。"诗的历史和政治批判意味很明显，但真正使这首诗得以流传千古的是他把这种批判意识化入了伤感、迷茫的审美意蕴之中。

总之，文学作品的整体结构就这样由外而内地一层层构成，最终整合为一个完整、独立的艺术世界。

第三编 文艺创作论

从人类社会生产活动的角度来看,文艺创作不是一种物质生产,而是一种精神生产,一种意识形态的生产。从个体审美创造活动的角度来看,文艺创作的过程大致上可以划分为准备阶段、发生阶段、构思阶段和符号化阶段。这一过程是艰辛、复杂而又有趣的,甚至还带有一层神秘色彩。

本编将撩开文艺创作过程的神秘面纱,揭示文艺创作活动的本质与特征,探讨创作原则及风格和流派的形成等问题。

第七章 文艺创作的本质

马克思和恩格斯将文艺创作活动视为一种生产活动,称之为"艺术生产"或"艺术劳动"。那么,我们应该怎样来理解文艺创作活动的本质和特征呢?本章将通过精神生产与物质生产的关系、文艺创作与其他精神生产的区别、文艺创作的主体与客体等问题的探讨,来对此加以简要阐述。

第一节　文艺创作是一种精神生产

马克思、恩格斯把文艺创作与宗教、道德、科学等活动一并归入"精神生产"的范畴,并认为它们"都不过是生产的一种特殊方式,并且受生产的普遍规律的支配"。所以,要想全面而正确地理解文艺创作活动的本质和特征,就得首先了解精神生产的普遍特征。

一、精神生产与物质生产

(一) 概述

人类的生活可以分为精神生活和物质生活这两大领域。人类为了生存和发展,必然要不断地从事精神的生产和物质的生产。

精神生产是人类为了获取精神生活所必需的资料(如科学知识、文学艺术作品等)而进行的对于自然和社会的观念性活动,是人类通过意识活动对外部世界进行观念性的思考或体验,并在此基础上用符号创造观念世界的一种生产活动。

物质生产则是人类最原始、最基本的生产活动方式,是人类为了获取生存所必需的资料(如食品、衣服等)而进行的对于自然界的物质改造活动,是人类使用劳动工具对物质世界进行实际改造并创造出新的物质世界的一种生产活动。

在原始社会,精神生产尚未取得独立的地位。尽管当时已经出现了原始形态的宗教、神话,出现了图腾、舞蹈、洞穴绘画、彩陶纹样和关于部落起源的传说等文艺作品,然而,这些雏形阶段的精神生产都是与物质生产紧密相连,并附属于物质生产或者直接服务于物质生产的。

伴随着生产力的逐步发展,人类社会出现了第一次真正意义上的社会化分工,即体力劳动和脑力劳动的分工。从此,精神生产才作为一个独立的领域而逐渐发展起来。

然而,精神生产始终与物质生产存在着一定的联系。例如,中世纪的欧洲处于教会的统治之下,教会拥有大片的土地和大量的物质财富,在物质生产领域处于绝对的主宰地位,所以,精神生产也被教会左右着,宗教神学成为一切精神生产的核心。当时的音乐、诗歌和绘画等等,大多是以宗教为题材的。再如,在资本主义社会,资本家把追求经济利益作为物质生产的终极目的,并且要求精神生产也像物质生产一样能够产生出利润来。结果,精神生产领域也盛行拜金主义,变得惟利是图;为了赚钱,资本家不惜在文艺作品中宣扬色情和暴力,一些诲淫诲盗的电影、电视节目和书报泛滥成灾。

现代社会,精神生产与物质生产的分界正在变得日益模糊,这两种生产往往紧密地交织在一起。比如,服装是人类生存的必需品,人们要用它来遮体御寒,所以,服装的生产当然应该属于物质生产。但是随着社会的发展,服装又具有了美化生活的功能,它可以成为艺术品,因此,服装的制造就兼有了物质生产和精神生产的双重特性。尽管如此,精神生产从物质生产中分离出来之后,仍然具有相对的独立性,这主要表现在以下这几个方面:

1. 精神生产的发展与物质生产的发展并不绝对同步

以中国哲学的发展为例,先秦时期的物质生产水平大大落后于唐、宋、元、明、清各代,但以孔子、孟子为代表的儒家学说,以老子、庄子为代表的道家学说,均产生于先秦时期,他们在思想领域的许多方面所达到的高度和深度,绝不逊色于后世的哲学。

我们再以外国文学的发展为例,19世纪下半叶的俄罗斯,刚刚从农奴制度的桎梏下挣脱出来,物质生产的发展水平还十分低下,但在文学创作领域却空前繁荣,屠格涅夫、列夫·托尔斯泰、契诃夫等文学大师都在这一时期创作出了大量的优秀作品。

2. 精神生产的发展能够促进物质生产的发展

例如,文艺创作的繁荣往往能够带动纸张、油墨等行业的发展。《晋书·文苑传》所载左思写了《三都赋》之后,人人争相传抄,终于导致"洛阳纸贵",就是一个生动而典型的例子。

3. 精神生产能够影响物质生产的发展方向

在现代社会,物质生产的功利性越来越强。在西方,资本家奉行"利润第一"的原则,在物质生产领域惟利是图。比如,为了赚钱,军火商不惜大量生产杀人武器。而精神生产以真、善、美为最高原则,不以功利为最高原则,中外的一些优秀文艺作品就一直在弘扬反战的主题,从而对军备竞赛起到了一定的遏制作用。这一类的例子还有许多。由此可见,精神生产可以讴歌纯真、善良而高尚的理想,鞭挞现实生活中的丑恶,从而校正物质生产的发展方向。

(二) 20 世纪精神生产的特征

20 世纪是人类社会飞速发展的世纪,精神生产领域发生了深刻的变化,从其生产过程和传播过程来看,主要表现出如下特征:

1. 生产主体的变化

精神文化是一种符号文化,符号的生产要求生产主体具有一定的文化水平,了解符号生产的特殊规律,掌握符号生产的技巧。20 世纪,尤其是第二次世界大战以后,随着全球范围内教育(特别是高等教育)的迅速普及,有能力从事精神文化生产的人数大幅度增加了;同时,在世界范围内,政治民主化的进程大大加快,加之大众传媒(报纸、杂志、广播、电视等,尤其是电脑网络)日益普及,这一切使得更多的人不仅有能力,而且也有机会参与到精神生产的活动中来,从而使精神生产的主体在人数和构成成分上都发生了显著的变化,精神生产不再是由少数人控制、垄断的专利,社会各阶层的人士几乎都在不同程度上拥有了精神生产领域的话语权。

2. 生产方式的变化

在20世纪之前,欧美等国虽然在物质生产领域内完成了工业革命,实行了机器化的大生产,但在精神生产的各个领域(科学、哲学、宗教、政治、文学、艺术等)内,占主导地位的仍然是个体的、手工作坊式的生产方式。进入20世纪之后,机器化的工业生产方式逐渐扩张到了精神生产领域,其突出的标志就是法兰克福学派所称的"文化工业"的出现,精神生产成为一项新兴的、有利可图的工业,精神生产的产品(如唱片、录音带、录像带、电影胶片、CD、VCD、电脑软件、书籍、报刊等)不仅可以借助于机器被快速地生产出来,而且可以在工业流水线上被低成本地大批量复制。资本主义由此而步入了它的第三个阶段,即西方一些学者所谓"晚期资本主义"或"多国化的资本主义"阶段,资本主义社会也由此而步入了后现代社会,或曰后工业社会、信息社会。

3. 生产观念的变化

在发达的资本主义国家,机器化的工业生产方式扩张到精神生产领域的同时,精神生产的观念也发生了质的变化,精神生产失去了昔日那神圣的光环,成为一种能够为生产者创造利润的商品,成为众多商品中的一种。正如美国当代文化批评家弗·杰姆逊教授所指出的那样:"商品化进入文化,意味着艺术作品正在成为商品,甚至理论也成了商品;当然这并不是说那些理论家用自己的理论来发财,而是说商品化的逻辑已经影响到人们的思维。总之,后现代主义(postmodernism)的文化已经从过去那种特定的'文化圈层'中扩张出来,进入了人们的日常生活,成为了消费品。"[①]

精神生产的原则和生产目的同样发生了本质的变化,生产者最先或者说最主要考虑的已经不再是"文以载道",不再是宣扬某

[①] 弗·杰姆逊著,唐小兵译:《后现代主义与文化理论》,北京大学出版社1997年版,第162页。

种教义、某种思想或某种观念等,而是其产品能否创造出经济效益。换言之,精神生产的主体首先关心的往往并不是"我究竟要表达什么",而是"市场究竟需要什么",或者"我究竟要提供什么样的精神文化产品,才能赢得财富"。

4. 产品功能的变化

在资本主义社会,既然精神生产也要按照商品生产的"游戏规则"来操作,那么,产品的功能理所当然地就要进行相应的调整。作为一种消费品,精神产品的娱乐功能被强化到了首要地位,而其认识功能、审美功能和教育功能则退居到了次要地位。

5. 产品形态的变化

从生产者的角度来看,商品生产必然要奉行利润最大化的原则,生产者必须使自己的产品能够被尽可能多的消费者所接受,才有可能获得最大的利润;从消费者的角度来看,教育的日益普及、生活水平的不断提高、闲暇时间的逐渐增多,使得广大民众对于精神文化的需求日渐增长。这两方面的因素形成一股合力,导致了精神文化产品在形态上的第一个重大变化:昔日占主导地位的是"精英文化",而今日占主导地位的则是"大众文化"(mass culture);或者说,到了后现代主义阶段,文化已经完全大众化了,高雅文化与通俗文化,纯文学与通俗文学的距离正在消失[①]。从积极的方面来说,这体现了精神生产的民主化进程大大加快了;从另一个方面来说,不可否认的是,精神文化的神圣性和崇高性也正在被商品化的逻辑所消解着。在20世纪末的中国,精神文化产品在形态上的变化则主要表现为:过去那种政治伦理型的精神文化不再一统天下,商品消费型的大众文化方兴未艾。

精神文化产品在形态上的第二个重大变化是:从一元化走向

---

① 弗·杰姆逊著,唐小兵译:《后现代主义与文化理论》,北京大学出版社1997年版,第162页。

多元化,具体表现为亚文化(subculture)和反文化(counterculture)的蓬勃发展。

二、文艺创作与其他精神生产的区别

文艺创作既作为一种精神生产而有别于物质生产,也作为一种特殊的精神生产而有别于其他的精神生产。

(一)文艺创作活动与宗教活动和科学研究活动的区别

1. 文艺创作活动与宗教活动的区别

大家也许不难发现,一方面,宗教典籍中有不少的小说、戏剧和诗歌,例如《圣经》;另一方面,不少文学家、艺术家也常常创作宗教题材的文艺作品,例如意大利画家达·芬奇的代表作《最后的晚餐》就取材于《新约全书》。至于古代祭神仪式和岩壁绘画等等,你也很难说它们究竟是艺术还是宗教,抑或是艺术与宗教共同创造的产物。

确实,文艺创作活动与宗教活动在某些方面具有一定的相似性。例如,两者都是人类对于客观世界的主观体验,都具有想象性和形象性等特点,也都能表达人们的理想或梦想。

英国视觉艺术评论家克莱夫·贝尔认为:"艺术和宗教是人们摆脱现实环境达到迷狂境界的两个途径。审美的狂喜和宗教的狂热是联合在一起的两个派别。艺术与宗教都是达到同一类心理状态的手段。……我们不能说艺术表达某一具体宗教信仰。这样做就混淆了宗教精神本身与通向这一精神境界的各种途径之间的区别,好比把瓶子里的酒与瓶子相混淆了。艺术可以与普遍的感情大有关系。……迄今还称得上艺术品的绘画,大多表现的是日常生活的感情和兴趣,而极少有表现教义、说教事实和理论的。"[①]

---

① 克莱夫·贝尔著,周金环、马钟元译:《艺术》,中国文艺联合出版公司1984年版,第62页。

然而,归根结底,宗教活动建立在对客观世界的颠倒的认识的基石上,它竭力歌颂子虚乌有的神和"彼岸世界"(如天堂),使教徒们心甘情愿地把自己降低为神灵的子民,甚至放弃自己独立的思考和判断,丧失自己的理智,盲目迷信或崇拜神灵。

文艺创作活动则是建立在对客观世界、对社会生活的真情实感的基础上,通过对"此岸世界"中真、善、美的歌颂,对假、恶、丑的鞭挞,净化人类的心灵,提升人类的精神境界,充分肯定并弘扬人自身的价值、权力和尊严。文艺作品虽然以情动人,但在文艺创作活动和文艺欣赏活动的过程中,创作者和欣赏者并不因此而丧失自己的理智、判断和思考,优秀的文艺作品倒是兼具认识功能,可以发人深思的。此外,在文艺创作及文艺欣赏的过程中,也不需要创作者或欣赏者对文艺作品和作品中的人物顶礼膜拜。

2. 文艺创作活动与科学研究活动的区别

科学研究活动通过统计、分析、演绎、归纳等方法,力求客观地反映世界,它以"真"为最高原则,满足人类的理性需要。文艺创作活动则通过人对世界的情感体验和审美把握,力求表达主体对于客观世界和现实生活的主观感受,它以"美"为最高原则,满足人类的感性需要。"艺术是个别的而科学是一般的,因为科学是从一般的标志到达准确的抽象,而艺术却是从准确的抽象到达具有生命力的内涵,因此它无须借助于任何概括。"[①] 此外,艺术思维与科研思维也表现出不同的特征。这一点,我们将在后面的章节中加以详细论述。

(二) 文艺创作是一种个性化的符号生产

音乐创作以声音、节奏和旋律为符号,绘画创作以色彩和线条为符号,文学创作以语言文字为符号,作为综合艺术的戏剧、电影

[①] 苏珊·朗格著,滕守尧、朱疆源译:《艺术问题》,中国社会科学出版社1983年版,第172页。

和电视作品则以语言、色彩、声音、节奏等众多元素为符号……因此,文艺创作是一种符号化的生产活动。

其实,宗教、科学等其他精神生产也要借助于符号去创造观念世界,但它们在使用符号的过程中往往要尽量避免掺杂个人的感情色彩,甚至要刻意淡化或消除符号使用中的个人风格。相比之下,文艺创作在使用符号的过程中却十分注重创作者个人的感情色彩和个人风格。所以说,文艺创作是一种个性化的符号生产。这是文艺创作与其他精神生产的重要区别之所在。

第二节 文艺创作的主体和客体

一、文艺创作的主体

文艺创作的主体又被称为艺术生产者,是指处于文艺创作活动中的作家、诗人、画家、音乐家、舞蹈家、雕塑家、电影及电视导演和演员等等。正确地认识文艺创作主体的性质、地位和作用,是把握文艺创作的本质特征的重要前提。

(一) 关于文艺创作主体的几种主要观点

1. 文艺创作的主体是"摹仿者"

古希腊哲学家德谟克利特认为:艺术是对于自然的摹仿,"在许多重要的事情上,我们是摹仿禽兽,作禽兽的小学生的。从蜘蛛我们学会了织布和缝补;从燕子学会了造房子;从天鹅和黄莺等歌唱的鸟学会了唱歌"[1]。另一位古希腊哲学家柏拉图认为,在现实世界之外,还存在着一个理念世界;现实世界是由摹仿理念世界而来,是理念世界的"影子";文学家和艺术家(如悲剧剧作家、画家、

---

[1] 伍蠡甫主编:《西方文论选》上卷,上海译文出版社1983年版,第4~5页。

诗人)只是现实世界的摹仿者,因而在本质上"和真理隔着三层","和真实体隔得很远"。因此,他们只能"制造出一些和真理相隔甚远的影象"①。

柏拉图的弟子亚里士多德认为:"史诗和悲剧、喜剧和酒神颂以及大部分双管箫乐和竖琴乐——这一切实际上是摹仿,只是有三点差别,即摹仿所用的媒介不同,所取的对象不同,所采的方式不同。有一些人(或凭艺术,或靠经验),用颜色和姿态来制造形象,摹仿许多事物,而另一些人则用声音来摹仿;同样,像前面所说的几种艺术,就都用节奏、语言、音调来摹仿。"② 亚里士多德又进一步指出:

> 一般说来,诗的起源仿佛有两个原因,都是出于人的天性。人从孩提的时候起就有摹仿的本能(人和禽兽的分别之一,就在于人最善于摹仿,他们最初的知识就是从摹仿得来的),人对于摹仿的作品总是感到快感。经验证明了这样一点:事物本身看上去尽管引起痛感,但惟妙惟肖的图像看上去却能引起我们的快感……就因为我们一面在看,一面在求知,断定每一事物是某一事物,比方说,"这就是那个事物"。③

总之,文艺创作的主体是摹仿者这一观点在西方可谓源远流长,直到14世纪至16世纪欧洲文艺复兴时期,意大利画家达·芬奇等人仍然将诗人和艺术家视为摹仿者。18世纪末至19世纪初,摹仿说受到浪漫派的否定,他们更重视想象和创造在文艺创作中的作用,充分强调文学家和艺术家作为创造者的能动性。

---

① 柏拉图:《理想国》卷十。见朱光潜译:《柏拉图文艺对话集》,人民文学出版社1959年版。
② 亚里士多德:《诗学》。见《诗学 诗艺》,人民文学出版社1984年版,第3~4页。
③ 亚里士多德:《诗学》。见《诗学 诗艺》,人民文学出版社1984年版,第11页。

2. 文艺创作的主体是"创造者"

法国哲学家、文学家狄德罗认为：画家不应该是"纯粹的摹仿者、普通自然景色的抄袭者"，而应该是"理想的、充满诗意的自然的创造者"①。德国作家歌德认为："艺术家对于自然有着双重关系：他既是自然的主宰，又是自然的奴隶。他是自然的奴隶，因为他必须用人世间的材料来进行工作，才能使人理解；同时他又是自然的主宰，因为他使这种人世间的材料服从他的较高的意旨，并且为这较高的意旨服务。艺术要通过一种完整体向世界说话。但这种完整体不是他在自然中所能找到的，而是他自己的心智的果实，或者说，是一种丰产的神圣的精神灌注生气的结果。"② 德国哲学家、美学家黑格尔也指出：艺术家是创造的主体，"只有通过心灵而且由心灵的创造活动产生出来，艺术作品才成其为艺术作品"③。

我们认为，将文艺创作的主体视为创造者，是符合文艺创作的本质与特征的，它充分肯定了人类在精神生产领域的主观能动性。当然，文艺工作者的创造并不是随心所欲的，不受任何制约的，而必须遵循自然的法则和文艺创作自身的原则与规律。这一点，我们将在后面的章节中加以具体论述。

3. 文艺创作的主体是"白日梦者"

奥地利心理学家弗洛伊德在他 1908 年发表的《创作家与白日梦》一文中提出：在游戏时，每一个孩子的举止都像个创作家，因为在游戏时他创造了一个属于他自己的世界，他用一种新的方法重新安排他那个世界的事物，来使自己得到满足；创作家所做的，就像游戏中的孩子所做的一样，他怀着很大的热情来创造一个幻想

---

① 狄德罗著，张冠尧等译：《狄德罗美学论文选》，人民文学出版社 1984 年版，第 415 页。

② 爱克曼辑录，朱光潜译：《歌德谈话录》，人民文学出版社 1985 年版，第 137 页。

③ 黑格尔著，朱光潜译：《美学》第 1 卷，商务印书馆 1982 年版，第 49 页。

的世界,同时又明显地把它与现实世界分割开来;幻想与现实原本有区别,而给人带来乐趣的则不是真实,而是虚构和想象,取得乐趣的手段则是白日梦;白日梦使人们被压抑的愿望(主要是野心和性欲)通过幻想而得到了一种满足。弗洛伊德又说:"作家通过改变和伪装来减弱他利己主义的白日梦的性质,并且在表达他的幻想时提供我们以纯粹形式的、也就是美的享受或乐趣……实际上一种虚构的作品给予我们的享受,就是由于我们的精神紧张得到解除。甚至于这种效果有不小的一部分是由于作家使我们能从作品中享受我们自己的白日梦,而用不着自我责备或害羞。"[①]

自古以来,文艺创作诚然与梦有着不解之缘,唐代大诗人李白写过《梦游天姥吟留别》,杜甫写过《梦李白》,李贺写过《梦天》,清朝作家曹雪芹写了《红楼梦》,而鲁迅的《野草》一书中有九篇都是写梦的……然而,这些"梦"并不都是凭空虚构、逃避现实的白日梦。因此,以弗洛伊德的学说来解释某些文艺作品或许尚能成立,但如果用来解释古今中外的一切文艺作品,则显然与客观事实相距甚远。不过,弗洛伊德的学说对现代文艺创作依然有着较大的影响。

4. 文艺创作的主体是"集体人"

瑞士心理学家荣格在《探索心灵奥秘的现代人》一书中提出:艺术是某种与生俱来的人类的本能,栖息在人的内部,并利用他来作为表达的工具。因此,艺术家是不自由的,不能随心所欲的,他是一位受艺术的利用而成为实现其目的的媒介。作为一个人,也许他有自己的情绪、意志与个人的目标;可是作为一位艺术家,他却是一位具有较深含义的"人",是一位"集体人",一位引领并塑造全人类的潜意识的心灵生活的人。不是歌德创造了《浮士德》,而是《浮士德》创造了歌德。在《浮士德》这部作品里蕴藏着某种存在

[①] 伍蠡甫主编:《现代西方文论选》,上海译文出版社1983年版,第147~148页。

于每个德国人灵魂中的东西,而歌德则是一位促使它诞生的人。难道《浮士德》或《查拉图斯特拉如是说》① 除了是德国人创造出来的之外,还会是别人创造出来的吗?这两部著作所处理的都是回荡在每一个德国人灵魂中的东西,是一种"原始意象",一位全人类的医师或教师的形象。这种圣贤或救世主的原型意象早就潜伏在人类的潜意识里,一旦时代需要,于是就在梦中或艺术家和先知们的幻象中显现出来,用以促使这个时代或心灵恢复它原来的平衡。②

荣格试图探究文艺作品能够引起全民族乃至全人类产生共鸣的原因,但他几乎把集体潜意识和"原始意象"视为文艺创作的主体,而文艺工作者则简直成了受集体潜意识操纵的傀儡。这就抹杀了文艺工作者在创作活动中的主体性和创造性。

对于文艺创作主体的认识,除了我们上面介绍的这四种观点之外,还有其他的一些观点,比如,认为文艺创作的主体是超越现实功利的游戏者、旁观者或审美移情者等等。在此,我们就不一一介绍了。

(二) 正确认识文艺创作的主体

我们在上面所介绍的对文艺创作主体的几种具有代表性的看法,在不同程度上各有其合理的成分,但又或多或少地带有某些片面性。那么,究竟应该如何全面而深刻地认识文艺创作的主体呢?

1. 文艺创作的主体是美的体验者、评价者和创造者

从本质上说,文艺创作首先是一种审美价值判断活动。作为审美价值判断,文艺活动虽然并不等同于认识活动,但离不开对现实生活(客体)的体验和认识。文艺作品之所以不仅能够给人以美

---

① 德国哲学家尼采的代表作之一。
② 参见蒋广学、赵宪章主编:《20世纪文史哲名著精义》,江苏文艺出版社1992年版,第827页。

的愉悦,而且能够给人以真的启迪和善的熏陶,就是因为审美判断中还包含着创作主体对生活的真知灼见。伟大的文学家、艺术家往往同时也是思想家或理论家。因此,文艺创作的主体是美的体验者、评价者和创造者。

2. 文艺创作的主体是自由自觉地从事艺术生产活动的人

这一观点具有两层含义。第一层含义是:文艺创作的主体必须而且也只能存在于具体的、实际的艺术生产活动之中,并且,他们要确实创作出文艺作品来才行。如果没有了文艺创作实践,那么,哪儿来的文艺创作的主体呢?有些文艺工作者早年曾经从事过创作,后来却不再创作了。应该说,从他们停止创作的时候开始,他们便已经丧失了文艺创作的主体地位。

这一观点的第二层含义是:假如文艺工作者在创作活动中不是自由自觉的,而是被动或被迫的,比方说,完全是由独裁者用强权逼迫的,或者纯粹是由资本家用金钱所操纵、所雇佣的,那么,他所从事的就不再是真正意义上的文艺创作,他就从根本上丧失了主体性,不再是文艺创作的真正主体了。在这种情况下,独裁者、资本家等人才是其"文艺创作"的真正主体。

3. 文艺创作的主体是具体的、个别的社会人

文艺工作者如果想要把自己完全孤立在时代和社会生活之外,丝毫不受特定的时代、特定的社会思潮和特定的审美趣味等因素的影响,那就好像一个人要揪着自己的头发上升到半空中一样,是绝对办不到的。任何文艺作品所表达的思想、情感和趣味等,都在不同程度上折射着特定的时代精神和特定的社会风尚。也正因为这样,文艺工作者的创作才能够引起社会的共鸣,被人民大众所接受。从这个意义上说,文艺创作的主体是社会人。

然而,任何社会、任何时代都不可能存在着一个意识的总头脑,每一位文艺工作者都是一个具体的、个别的人,都具有独一无二的个性,都具有自己的创作风格。世界上没有两片完全相同的

树叶,也没有两个完全相同的文艺工作者。荣格将文艺创作的主体说成是"集体人",显然是抹杀了文艺创作的个性化特征。

我们说文艺创作的主体是"个别的"社会人,并不是说文艺创作的主体是"单个的"社会人。在文艺创作中确实存在着集体创作的情况,比如一首交响乐,从作曲、指挥到演奏,不可能完全由某一个人单独完成;一部电影或电视连续剧,从编剧、导演、表演、舞美、灯光、录音、摄像、道具到后期制作等众多环节,也不太可能完全由某一个人包揽下来。在这种情况下,创作群体当然要齐心合力,但参与创作的每一个人却不可能用同一个大脑(比如,乐队指挥或影视导演的大脑)去从事创作。

综上所述,文艺创作的主体必然是具体的、个别的社会人。

二、文艺创作的客体

文艺创作的客体是指文艺作品所反映或表现的对象。文艺作品究竟应该反映或表现什么呢?对此,古今中外的艺术家和学者们众说纷纭,莫衷一是。

(一)关于文艺创作客体的几种主要观点

1. 文艺创作的客体是人的情感

东汉史学家、文学家班固在《汉书·艺文志》中写道:"哀乐之心感,而歌咏之声发。诵其言谓之诗,咏其声谓之歌。"也就是说,诗和歌是抒发人的喜怒哀乐等情感的。西晋文学家陆机在《文赋》中则提出了"诗缘情"的著名论点。

在西方,主张文艺创作的客体是情感的也大有人在。英国浪漫主义诗人华兹华斯就认为:

> 诗是强烈情感的自然流露。它起源于在平静中回忆起来的情感。诗人沉思这种情感直到一种反应使平静逐渐消失,就有一种与诗人所沉思的情感相似的情感逐渐发生,确实存在于诗人的心中。一篇成功的诗作一般都

从这种情形开始,而且在相似的情形下向前展开。①

英国现代哲学家罗宾·乔治·科林伍德也认为,只有表现情感的艺术才是真正的艺术。他强调:艺术表现的情感乃是能够引起观众共鸣的社会性情感,而非艺术家个人情感的"自我表现"。

美国当代著名美学家苏珊·朗格也认为:"艺术乃是象征着人类情感的形式之创造。"

2. 文艺创作的客体是单纯的事实

法国小说家左拉主张:文学家应该是"单纯的事实记录者"。他说:"自然主义小说不插手于对现实的增、删,也不服从一个先入观念的需要,从一块整布上再制成一件东西。自然就是我们的全部需要——我们就从这个观念开始;必须如实地接受自然,不从任何一点来变化它或削减它……我们只须取材于生活中一个人或一群人的故事,忠实地记载他们的行为。"②

德国当代电影理论家克拉考尔在《电影的本性——物质现实的复原》一书中提出:电影应该再现处于复杂多样的运动状态中的外部现实,记录和揭示物质的现实。电影镜头必须原封不动地保留未经加工的物质现象的多种含义。电影的主题物是可见现象的无尽洪流——不断变化中的物质存在形式。电影所摄取的是事实的表层,一部影片越少直接接触内心生活、意识形态及心灵问题,就越富于电影性。

3. 文艺创作的客体是"意识流"

英国小说家、文艺批评家伍尔芙认为:生活是主观印象和感性活动的总和,应该把创作过程中的主观感受视为生活反映的全部和中心,并以人的意识的流动状态或"意识流"来代替客观现实生

---

① 华兹华斯:《〈抒情歌谣集〉1800 年版序言》,《古典文艺理论译丛》第 1 册,人民文学出版社 1961 年版。

② 伍蠡甫主编:《西方文论选》下卷,上海译文出版社 1979 年版,第 248 页。

活,把文学作品当作人物意识活动的记录;小说家的任务是转述这种变化的、不可知的、难下定义的精神世界。

伍尔芙的观点是意识流小说的理论基础之一。与她持相似观点的还有美国小说家、文艺理论家亨利·詹姆斯,以及法国小说家、长篇小说《追忆逝水年华》的作者普鲁斯特等人。他们的观点在世界范围内深刻地影响了小说、诗歌、绘画及电影、音乐等文艺体裁的创作。20世纪80年代起,中国的一些作家和影视导演也在不同程度上受到过这一观点的影响。

关于文艺创作的客体的观点还有很多,在此,我们就不一一详细介绍了。

(二) 正确认识文艺创作的客体

1. 社会生活是文艺创作的终极客体

社会生活是指人类在大自然和社会现实中所经历的精神生活和物质生活的总和。不论文艺作品所直接表现的是古代的人物和事件,还是当代的人物和事件,抑或是未来的人物或事件;也不论它所反映的是人物的内心世界,还是其外部行为,但归根结底,都是文艺工作者对社会生活的体验、认识和理想的一种折射,尽管这种折射可能采取了变形、隐喻、象征或夸张等艺术手法来加以表现。

即使像中国古典文学名著《西游记》、《聊斋志异》和美国迪斯尼公司的系列动画片《米老鼠和唐老鸭》这样极富幻想色彩的文艺作品,其中的孙悟空、猪八戒、白骨精、女鬼和米老鼠、唐老鸭等艺术形象,也在很大程度上体现着人的特性,表现着人的社会属性和精神特征;而这些作品之所以能够被世界各国的人民群众所理解和喜爱,在很大程度上也正是因为它们从另一个角度展示了人类社会生活的某些特征。所以说,社会生活是文艺创作的终极客体。

2. 文艺创作的客体是具有审美价值的社会生活

社会生活总是良莠并存、美丑混杂的,既有真、善、美的一面,又有假、恶、丑的一面。具有真、善、美属性的社会生活,比如,大自然的良辰美景,人与人之间纯真的亲情、爱情和友情,对祖国、对民族、对人类的深厚感情等,本身就具有较高的审美价值,因此往往可以直接成为文艺作品的素材,成为文艺创作的客体。例如,"两个黄鹂鸣翠柳,一行白鹭上青天"的自然美景就被杜甫写入了诗句;"先天下之忧而忧,后天下之乐而乐"的爱国情怀就被范仲淹写入了《岳阳楼记》;"柔情似水,佳期如梦"的动人爱情就被秦观写入了《鹊桥仙》。

那么,文艺创作是否只能以具有真、善、美属性的社会生活作为自己的唯一客体呢?不是。既然文艺作品是社会生活的反映,而社会生活又具有假、恶、丑的一面,那么,文艺创作就不能回避生活中的假、恶、丑。关键在于,文艺工作者不能仅仅满足于"忠实地记载"或罗列生活中的假、恶、丑现象,更不能以欣赏的态度去展示假、恶、丑,而应该旗帜鲜明地鞭挞它们。只有这样,才能使假、恶、丑现象转化成为具有审美价值的客体。

在中外文艺史上,鞭挞假、恶、丑现象的作品比比皆是。杜甫写过"朱门酒肉臭,路有冻死骨"的名句;闻一多写过"一沟绝望的死水";而法国诗人波德莱尔在其著名诗集《恶之花》中则吟咏死亡、腐尸、蛆虫和病态心理……由此可见,假、恶、丑不是能不能在文艺创作中加以表现的问题,而是如何去表现的问题。有社会责任感的文艺工作者不能仅仅满足于展现社会生活中美好的一面,而且要勇敢地揭露和批判生活中丑恶、虚伪和落后的一面。

此外,我们还应该看到,处于美、丑两极状态的现象在现实社会生活中所占的比例毕竟有限,生活中更多的是处于美、丑两极之间的广阔的中间状态。因此,倘若只以美、丑两极状态的社会生活为客体,那么文艺创作所能涉足的范围就十分有限了。

如何在既不美、也不丑,或者美丑混杂的常态的社会生活中发掘出丰富的创作素材,创造出具有审美价值的文艺作品呢?我们将在下面的章节中讨论这一问题。

第八章　文艺创作的过程

文艺创作的过程是十分复杂而奇妙的。古往今来,不少文学家、艺术家和理论家都试图揭示它的"庐山真面目"。但古今中外的文艺作品数不胜数,每一部作品的创作过程都不尽相同,因此,想要总结出文艺创作过程的普遍规律来,真可谓"路漫漫其修远兮"。

具体说来,这一工作难就难在以下几个方面:首先,文学家、艺术家自己对其创作过程的追忆或记录,未必是绝对真实可靠的,也未必道出了全部的真实;其次,迄今为止,人类对自身行为和自身心灵世界的认识仍然是较为有限的,甚至是较为肤浅的;再者,随着时代的发展和科技的日新月异,新的创作方法和创作模式也在不断出现,所以,并不存在着一个或几个放之四海而皆准的僵化不变的创作模式。

我们在本章中所要探讨的,主要是已经被大多数文艺工作者和专家学者们所认同的关于文艺创作过程的一些基本规律。为了便于阐述并理解,我们将按照逻辑顺序,把文艺创作的全过程划分为准备阶段、发生阶段、构思阶段和符号化阶段。由于创作过程的各个阶段都有可能伴随着丰富多彩而微妙神奇的心理活动,所以,我们专辟一节来探讨文艺创作的心理机制。

了解文艺创作的过程,不仅可以帮助文艺爱好者更有效地从事文艺创作,而且可以帮助大家更深入、更透彻地理解文艺作品。

第一节 文艺创作的准备阶段

文艺创作是一种艰辛、复杂的精神生产活动,如果没有细致而充分的准备,是很难创造出优秀的文艺作品来的。中国演艺界有一句老话,叫做"台上一分钟,台下十年功"。倘若说"台上一分钟"是指文艺创作的最后一个阶段,那么,"台下十年功"就是创作的准备阶段。"一分钟"的台上表演需要"十年"的台下苦练作为基础和后盾,可见文艺创作的准备阶段是多么的重要,又是多么的漫长。换言之,只有厚积薄发的作品,才能在文艺的大舞台上站稳脚跟,经受得住岁月的无情考验;而急功近利、粗制滥造的作品,充其量只能是文艺百花园里昙花一现的匆匆过客。

概括起来说,文艺创作主要需要以下三个方面的准备工作,即丰富、深刻而独特的生活体验;正确的世界观、人生观和创作理念;深厚的艺术修养和娴熟的艺术技巧。

一、丰富、深刻而独特的生活体验

在上一章中,我们已经论证了社会生活是文艺创作的终极客体。毛泽东在《在延安文艺座谈会上的讲话》中也曾经指出:作为观念形态的文艺作品,都是一定的社会生活在人类头脑中的反映的产物;人民生活中本来存在着文学艺术原料的矿藏,这是自然形态的东西,是粗糙的东西,但也是最丰富、最基本的东西,它们是一切文学艺术的取之不尽、用之不竭的唯一的源泉。明代画家董其昌在《画禅室随笔》中主张画家要"读万卷书,行万里路",也是因为文艺创作离不开丰富的生活阅历。鲁迅先生说:"作者写出创作来,对于其中的事情,虽然不必亲历过,最好是经历过。……我所谓经历,是所遇,所见,所闻,并不一定是所作,但所作自然也可以包含在里面。"① 英国浪漫主义诗人雪莱在《伊斯兰的起义·序言》中写道:"我从童年就熟悉山岭、湖泊、海洋和寂静的森林。……我曾经踏过阿尔卑斯山上的冰河,曾经在白朗峰之麓居住。我曾经在遥远的原野里漂泊。我曾经泛舟于波澜壮阔的江上,日以继夜地驶过山间的急湍,看日出、日落,看满天繁星闪现。我见过不少人烟稠密的城市,处处看到群众的情操如何昂扬,磅礴,低沉,递变。我见过暴政和战争的明目张胆、暴戾恣睢的场景;多少城市和乡村变成了零零落落的断壁废墟,赤身裸体的居民们在荒凉的门前坐以待毙。我曾经与当代的天才人物交谈。古希腊、罗马的诗歌,现代意大利诗歌,以及我们本国的诗歌,一如外在的自然风光,对于我始终是一种热爱,一种享受。我就是从这些泉源中吸取了我的诗歌形象的原料。"

由此可见,文艺工作者应该做到"风声、雨声、读书声,声声入耳;家事、国事、天下事,事事关心"。对创作而言,丰富多彩的生活体验就是最宝贵的财富——不论这种体验是愉悦的还是痛苦的。

有人说南唐后主李煜是"误为人主",言下之意,李煜词写得那么好,不去做一位专职词人,却做了一国之君,简直是命运的错误。其实,如果没有当"人主",李煜就不太可能会有国破家亡、当了两年多阶下囚的独特的生活体验,就很难写出"春花秋月何时了,往事知多少? 小楼昨夜又东风,故国不堪回首月明中! 雕阑玉砌应犹在,只是朱颜改。问君能有几多愁? 恰似一江春水向东流"这样的千古绝唱。在国破家亡之前,李煜也写过不少词作,但在艺术成就上却比亡国后所写的作品逊色很多。由此可见,正是国破家亡这一独特的生活体验,造就了一位风格独特的词人。

清人脂砚斋在点评曹雪芹的长篇小说《红楼梦》的时候就说:

---

① 鲁迅:《且介亭杂文二集·叶紫作〈丰收〉序》。

"非经历过,如何写得出?"① 同样,台湾女作家三毛如果没有在西班牙、德国、美国和撒哈拉沙漠等地过流浪生活的经历,那么,《撒哈拉的故事》、《稻草人手记》和《哭泣的骆驼》等书又"如何写得出"?

卓有建树的艺术大师们都十分清楚生活体验对于创作的重要性。达·芬奇在创作油画《最后的晚餐》时,为了塑造那位因为30枚银币而出卖耶稣的叛徒犹大的形象,广泛地深入到市场和罪犯集结地,仔细地观察流氓、赌徒、强盗、骗子等形形色色的人物,不厌其烦地画了几百幅速写和素描,最后才从街头一个骑在马上野蛮地鞭打无辜贫妇的官吏脸上,找到了自己心目中的犹大的嘴脸。

曾经两次获得奥斯卡最佳男演员奖的好莱坞明星达斯汀·霍夫曼在电影《午夜牛郎》中扮演一位流浪汉之前,特地把自己装扮成流浪汉,亲自到街头去体验了两个多月的流浪生活,认真观察流浪汉们的言谈举止……

时至今日,学习美术的人仍然必须经常到大自然中去写生,学习民族音乐或民族舞蹈的人仍然必须经常到民间去采风。这样做的原因之一,就是因为文艺创作离不开丰富的生活体验。

从理论上分析,由于社会生活是文艺创作的唯一源泉,而社会生活本身又是丰富多彩的,因此,文艺工作者要真实地表现生活的全貌,成功地塑造出各行各业、各具特色的人物形象,首先就必须具备丰富的生活体验。

其次,文艺创作十分注重作品内容和风格的独创性,最忌讳雷同和人云亦云,所以,文艺工作者的生活体验又必须是独特的。只有这样,才有可能在创作素材和艺术风格上与众不同,独树一帜。

再者,文艺作品不仅应该具有审美价值,而且应该具有认识价

---

① 北京大学哲学系美学教研室编:《中国美学史资料选编》下册,中华书局1981年版,第351页。

值,能够帮助受众(读者、观众或听众等)领略生活的真谛。所以,文艺工作者的生活体验还必须是深刻的。试想,如果他们对生活一知半解,在认识深度上尚不及平民百姓,那么,他们又有什么资格去充当"人类灵魂的工程师"呢?

当然,即使文艺工作者在主观上尽了最大的努力,但要获得丰富、独特而深刻的生活体验,仍然不是一件轻而易举的事,他会受到时间、空间、机遇等诸多客观条件的限制。比如,要创作古代题材的作品,文艺工作者就不可能穿越时空隧道,与古代人生活在一起。在这种情况下,文艺工作者只能借助于文物、文献资料、历史遗迹等,去获取尽可能详实的间接资料,再根据创作者自己的生活经验加以适当的推测、虚构和想象。

在创作科幻题材的作品时,则要借助于科学知识,加以一定的虚构。法国作家儒勒·凡尔纳一生创作了《神秘岛》等66部科幻小说,其创作素材和有关科学知识大多是从法国国立图书馆的资料中获得的。

最后要说明的一点是,生活体验的积累可能是自觉的,也可能是不自觉的。换言之,有些人是为了从事文艺创作而有意识地去体验生活,有些人则是在积累了一定的生活体验之后才突然萌生了从事文艺创作的意念。

二、正确的世界观、人生观和创作理念

世界观是指人对于世界(包括自然界和人类社会)的根本看法。人生观是指对于人生的根本观点,诸如人究竟为什么而活着,人在生活中到底应该追求什么、反对什么,怎样的人生才是最有价值的人生,等等。创作理念则是指文艺工作者对于为什么要从事创作,作品应该表现什么、如何表现,创作应该承担怎样的社会责任和历史使命等一系列有关创作的根本问题所持的观念。

在拥有了丰富、独特而深刻的生活体验之后,文艺工作者是否

愿意付出艰辛的劳动,将自己的生活体验转化为文艺作品奉献给社会;他们是从自己的生活体验中得出正确的认识,以积极的人生态度和高尚的审美情操去感染别人、鼓舞别人、教育别人,还是从自己的生活体验中得出错误的观点,以消极、颓废、虚无的人生态度和低级、庸俗甚至是下流的审美趣味去误导他人、腐蚀他人、毒害他人……这一切,都会直接或间接地受到创作者的世界观、人生观和创作理念的影响。对于创作者而言,这种影响有时候是自觉的,有时候则是不自觉的,是通过其作品不自觉地流露出来的。

英国诗人雪莱自觉地要"改良世界",他要通过自己的作品使读者们"记住一些高尚美丽的理想"。为此,他对自己作出了这样的要求:

> 我誓必正直、明慧、自由,只要我具有此种力量。我誓不与自私者、权势者为伍共谋祸人之事,而且我必加以抨击。我誓必将我整个生命贡献于美的崇拜。①

我们常说"文如其人"。一位文艺工作者具有怎样的世界观、人生观和创作理念,在很大程度上就决定了他会创作出怎样的作品来。雪莱的世界观和人生观是积极的和健康向上的,他的创作理念是要讴歌人世间的真、善、美,抨击生活中的假、恶、丑,所以,他才写出了"冬天到了,春天还会远吗"这样鼓舞人心的诗句。

同样,如果要概括鲁迅先生的人生观,那么,"横眉冷对千夫指,俯首甘为孺子牛"应该是最好的写照了。正因为抱有这样嫉恶如仇、无私奉献的人生观,他的创作理念才会是"生存的小品文,必须是匕首,是投枪,能和读者一同杀出一条生存的血路的东西"②。

鲁迅先生的胞弟周作人的人生观是个人主义的。抗日战争时

---

① 江枫译:《雪莱诗选》,湖南人民出版社1982年版,第2页。
② 鲁迅:《南腔北调集·小品文的危机》。

期,他曾经担任伪华北政务委员会教育总署督办;他的创作理念是追求"个人的文学",要让文学"浸在自己性情里",要"以自我为中心,以闲适为格调"①。这样的人生观和创作理念,决定了他的作品很难达到鲁迅先生作品的高度和深度。

同样是在抗日战争期间,京剧艺术大师梅兰芳在敌伪统治下却蓄须明志,拒绝为日本侵略者演出,表现出了与周作人截然不同的民族气节,从而受到了人民群众的爱戴。

人们常说"功夫在诗外",这诗外的"功夫"就包含着创作者对自己的世界观、人生观和创作理念所做的不断的锤炼和升华。正确的、进步的世界观、人生观和创作理念不仅能够有助于创作水平"更上一层楼",而且能够使创作者获得广大民众的喜爱——因为民众对创作者的好恶以及对其作品的好恶往往是联系在一起的,如果一个创作者的人生观是自私自利的,那么,即使他的作品在艺术上有一定的造诣,他也很难获得大家的喜爱。元朝书画家赵孟頫的书法作品圆转清丽,人称"赵体";但他身为宋王朝的后裔,却投降了元朝。明清之际的思想家傅山就直言不讳地说:"予极不喜赵子昂,薄其人,遂恶其书。"

世界观、人生观和创作理念对创作的影响,具体表现在创作者对生活素材的选择、提炼、加工和概括上,以及对作品中的人物和事件等的评价上。创作者往往会自觉或不自觉地赞美那些符合自己人生观和美学观的事物,否定那些不符合自己人生观和美学观的事物,从而传达出一定的倾向性。

当然,创作者的世界观、人生观和创作理念并不是一成不变的,而是会随着主客观因素的变化而变化。列宁就曾经指出:乡村俄国一切旧基础的急剧的破坏,加强了列夫·托尔斯泰"对周围事

---

① 参见包忠文主编:《现代文学观念发展史》,江苏教育出版社1992年版,第593页。

物的注意,加深了他对这一切的兴趣,使他的整个世界观发生了变化"①。

当创作者的世界观发生了变化之后,其人生观和创作理念往往也会随之发生变化,并最终波及他的创作。这一点,我们从列夫·托尔斯泰早年作品和晚年作品的不同风貌上就可以得到证实,从其他文学家和艺术家的创作实践上也能够得到验证。这也再一次表明了世界观、人生观和创作理念与创作实践有着紧密的联系。因此,要想使自己的创作有利于人类社会的进步和发展,文艺工作者就必须树立正确的世界观、人生观和创作理念。

三、艺术修养和艺术技巧

拥有了丰富、深刻而独特的生活体验,树立了正确的世界观、人生观和创作理念,是否就一定能够创作出优秀的文艺作品呢?

其实,做好了这两个方面的准备,只是具备了从事创作的必要条件,而非具备了从事创作的充分条件。要想创作出优秀的文艺作品,创作主体还必须具备深厚的艺术修养和娴熟的艺术技巧。

(一) 艺术修养及其重要性

艺术修养是指人们经过长期的学习和实践,在文化知识、艺术理论和审美活动的能力等方面所达到的综合水平。在汉语中,"修"含有学习、研习、修饰、建造及美好等多种含义,"养"则含有培养、涵养、教育、熏陶、积蓄等多种含义。可以说,艺术修养的内涵是十分丰富、博大精深的。艺术修养有时又被称为艺术素养。

中国古人十分重视"修"身"养"性。孟子所说的"苦其心志,劳其筋骨,饿其体肤,空乏其身,行拂乱其所为,所以动心忍性,曾益其所不能",就是一个修身养性的过程。

文艺创作活动具有个体性的特点,但文艺作品一经问世,就会

---

① 《列宁全集》第16卷,第330页。

对社会、对受众产生正面或负面的影响。因此,中国人对文人和艺术家的修养历来就十分重视,并且从人品和人格的高度来阐述文艺工作者自身修养的重要性。

清代书画家松年在《颐年论画》中说:"书画清高,首重人品。品节既优,不但人人重其笔墨,更钦仰其人。"清代江苏籍书画家张式在《画谭》一文中也指出:"言,身之文;画,心之文也。学画当先修身。"鲁迅先生则说:"美术家固然须有精熟的技工,但尤须有进步的思想与高尚的人格。他的创作表面上是一张画或一个雕像,其实是他的思想与人格的表现。"①

需要指出的是,艺术家的修养与艺术修养并不是同一个概念。艺术家的修养是一个比较大的概念,它不仅包括艺术修养,而且包括思想修养、道德修养和文化修养等重要内容。而艺术修养则是一个相对较小的概念,它主要包含以下几个方面的内容:(1)美学和文艺理论的知识;(2)中外文学史和中外艺术史的知识;(3)审美感受能力;(4)审美鉴赏能力;(5)一定的艺术实践经验。

艺术修养对于文艺创作的重要性主要体现在以下几个方面:

首先,具备一定的艺术修养是从事文艺创作的前提条件。

在社会上,许多人都不乏丰富而独特的生活体验,其中有些人也很愿意将自己的生活体验转化为文艺作品,奉献给社会,与他人分享。但是,有这种良好愿望的人并没有个个都成为文艺工作者。这究竟是为什么呢?除了机遇和创作条件等因素的限制之外,缺乏艺术修养是其主要原因之一。

中国当代一位钢琴教育家曾经指出:钢琴表演艺术所体现出的,应该是高层次的文化修养。作为钢琴家,不但要有演奏钢琴的专业技能,而且要有广博的文化知识和丰富的艺术修养。很难想

---

① 《鲁迅全集》第1卷,人民文学出版社1981年版,第404页。

象,假若对欧洲文化、历史一无所知,却能演奏好贝多芬、莫扎特。①

文艺创作是一种独特的符号生产活动,这种符号的使用在很大程度上要遵循一定的方式方法。倘若缺乏文艺理论的指导,不了解审美创造的一般规律,不经过一段时间的文艺实践,那是难以创作出合格的文艺作品的。

当然,我们并不否认有些人具备较高的文艺天赋,甚至还具备一定的艺术天才,但遍观古今中外的文艺创作实践,还没有哪一位文学家、艺术家是生而知之,既不需要借鉴前人的艺术经验,也不需要经过刻苦的自学或艺术锻炼,完全依靠自己的天赋或天才,一出手就能创作出成功的文艺作品的。

其次,艺术修养的高低,是决定创作水平高下和创作生命长短的重要因素之一。

清代画家郑板桥在一则《题画》短文中曾经写过这样一段话:

> 江馆清秋,晨起看竹,烟光、日影、露气,皆浮动于疏枝密叶之间。胸中勃勃,遂有画意。其实胸中之竹,并不是眼中之竹也。因而磨墨展纸,落笔倏作变相,手中之竹又不是胸中之竹也。总之,意在笔先者,定则也;趣在法外者,化机也。独画云乎哉!②

这里,"意"和"趣"就是艺术修养的产物。正是借助于它们,郑板桥才顺利地完成了从"眼中之竹"到"胸中之竹"再到"手中之竹"的创作过程。竹子是自古就有的。面对这同样的竹子,郑板桥能够创作出一幅幅价值连城的国画,而其他画家所画的竹子却相形见绌,原因究竟何在呢?除了艺术技巧的因素之外,艺术修养的差异恐

---

① 参见中央音乐学院主编:《音乐信息》第131期,《教授语录》。
② 北京大学哲学系美学教研室编:《中国美学史资料选编》下册,中华书局1981年版,第340页。

怕是一个相当关键的原因。艺术修养高,创作就可以少走弯路,可以事半功倍,而作品也能具有较高的审美价值;艺术修养低,创作就有可能误入歧途,事倍功半,而作品的审美价值也较低。

此外,艺术修养较高的人,通常能够保持比较长久的艺术青春;而艺术修养较低的人,尽管有可能凭借一时的灵感创作出一些文艺作品来,但往往后劲不足,此后便再也创作不出什么像样的作品来了,其创作生命很快就宣告终结了。比如,德国文学家歌德的艺术修养极高,他的创作生命长达半个多世纪。反观如今的流行歌坛,一些歌手凭一支歌一夜成名,但很快又被艺坛淘汰出局,并被听众遗忘了。这到底是什么原因呢?恐怕主要是因为他们的艺术修养先天不足,后天又不注意努力提高自身的艺术修养,在竞争日益激烈的文艺王国里,他们自然很快就成为过眼云烟了。

再次,良好的艺术修养,能够促使文艺工作者在创作中自觉地担当起应尽的社会职责。

如果文艺工作者的创作纯粹是为了自娱自乐,作品完成之后并不推向社会,而是束之高阁,或珍藏在自己家里孤芳自赏,那么,他们的创作完全不必承担任何的社会责任。然而,只要他们将作品投放到社会上去,他们的创作活动就成为了社会分工的一部分,就应该承担起社会公民应尽的那份职责和义务。这时,他们的创作就是文艺工作者公民职责的具体化和专业化的表现形式了,而不再只是个人的私事了。鲁迅先生说:"文艺是国民精神所发的火光,同时也是引导国民精神的前途的灯火。"① 良好的艺术修养,能够确保文艺工作者具有健康的审美趣味和强烈的社会责任感、使命感,从而正确地履行其应尽的社会职责,引导国民精神向真、善、美的境界不断提升。文艺工作者具备了良好的艺术修养,就不会沉溺于单纯的自我表现,而会更多地关注人民群众的权利和尊

---

① 《鲁迅全集》第1卷,人民文学出版社1981年版,第332页。

严,自觉地充当大众的喉舌和时代的代言人,从而"在艺术上精益求精,力戒粗制滥造,认真严肃地考虑自己作品的社会效果,力求把最好的精神食粮贡献给人民"①。

(二)如何提高艺术修养

提高艺术修养不是一朝一夕的事,而是一个长期的、日积月累的过程。同时,艺术修养的提高也是永无止境的,可谓"山外有山,天外有天"。文艺工作者各自的基础和条件不同,因此,不可能也不必要按照某一种模式来提高各自的艺术修养。但大体上说,提高艺术修养可以从以下几个方面入手:

一是系统地学习书本知识,主要是美学、文艺理论和古今中外文学史及艺术史的知识,提高理论修养水平。

唐朝大诗人杜甫说:"读书破万卷,下笔如有神。"这就言简意赅地说出了一个道理:书本知识的学习对创作水平的提高大有帮助。清代书画家方亨咸认为,画家如果不读书,那么,纵然技巧熟练,也只是一位匠人罢了,而不能成为艺术家。他说:"胸中无几卷书,笔下有一点尘,便穷年累月,刻画镂研,终一匠作耳,何用乎?"②

在《关于作家的修养等问题》一文中,刘少奇同志指出:如果要成为一个好的专业作家,应该具有丰富的知识,应该懂得自然科学,也应该懂得历史知识和世界文学知识,至少应该懂得一种外国文,要能看原文;文化水平决定作家的创作水平。③ 因此,文艺工作者不仅要学习美学、文艺理论和文艺发展史的知识,还应学习哲学、心理学、外语以及自然科学等方面的知识,以武装和充实自己的头脑。艺无止境,艺术修养的提高也是无止境的。

---

① 《邓小平文选(1975–1982年)》,人民出版社1983年版,第183页。
② 见清人周亮工:《读画录》。
③ 《刘少奇选集》下卷,人民出版社1981年版,第185页。

二是广泛地参与文艺活动,不断地积累实践经验,逐步提高审美感受和审美鉴赏能力。

古人云:纸上得来终觉浅。书本知识必须与实践经验相结合,才不会使人停留在"纸上谈兵"的阶段。只有通过大量的文艺实践,才能获得丰富、新鲜而生动的审美感受,加深对文艺本质的理解,提高审美鉴赏能力。古人强调不仅要"读万卷书",而且要"行万里路"。行万里路的过程,就是开阔眼界、丰富审美感受、从事艺术实践的过程,也是增强艺术修养的必不可少的过程。

三是多涉猎不同的文艺门类,融会贯通,使自己的艺术修养更全面、更广博。

不同的文艺门类既有各不相同的特性,又有密切的内在联系,彼此常常相互渗透、相互借鉴。唐朝诗人王维(字摩诘)既擅长作诗,又精通绘画。苏轼在《书摩诘蓝田烟雨图》一文中曾经称赞道:"味摩诘之诗,诗中有画;观摩诘之画,画中有诗。"

建筑和音乐属于不同的艺术门类,而人们也常说:建筑是凝固的音乐。可见这两者是有相通之处的。德国音乐家舒曼指出:"有教养的音乐家能够从拉斐尔的圣母像得到不少启发。同样,美术家也可以从莫扎特的交响曲获益不浅。不仅如此,对于雕塑家来说,每个演员都是静止不动的塑像;而对于演员来说,雕塑家的作品又何尝不是活跃的人物?在一个美术家的心目中,诗歌却变成了图画,而音乐家则善于把图画用声音体现出来。"[1]

在当今的中外文艺舞台上,我们也能见到一些影、视、歌三栖甚至多栖明星。这就表明:不同文艺门类之间的交融不仅是可能的,而且是大有裨益的。因此,文艺工作者不应该把自己作茧自缚于某一个文艺门类的狭小天地之中,而应该尽可能多地涉猎其他的文艺门类,从中汲取养料,使自己的艺术修养更全面、更广博。

---

[1]《舒曼论音乐与艺术家》,人民音乐出版社 1978 年版,第 148 页。

(三) 艺术技巧问题

"技巧"一词在古代汉语中原指作战的技术。《汉书·艺文志》云:"技巧者,习手足,便器械,积机关,以立攻守之胜者也。"而我们这里所探讨的艺术技巧,是指文艺创作过程中所使用的技艺和巧妙的手段。

不过,文艺创作中究竟是否需要凭借一定的技巧呢?对于这个问题,人们的看法并不一致。中国道家的文艺观认为大巧若拙,主张返朴归真。而古希腊哲学家柏拉图认为:"凡是高明的诗人,无论在史诗或抒情诗方面,都不是凭技艺来做成他们的优美的诗歌,而是因为他们得到灵感,有神力凭附着。……诗人制作都是凭神力而不是凭技艺。"① 英国哲学家、文艺理论家罗宾·乔治·科林伍德认为:艺术创作与有计划、有目的的技艺不同,本质上是一种无计划、无目的的创造活动;艺术作品可以而且往往同时也是技艺品,但它本质上却并非技艺品;因此,单凭技巧本身并不会使一个人成为一个艺术家,"因为一个技师可以造就,而一个艺术家却是天生的。伟大的艺术力量甚至在技巧有所欠缺的情况下也能产生出优美的艺术作品;而如果缺乏这种力量,即使最完美的技巧也不能产生出最优秀的作品"。但科林伍德也承认:"没有一定程度的技巧性技能,无论什么样的艺术作品也产生不出来。在其他条件相同的情况下,技巧越高,艺术作品越好。最伟大的艺术力量要得到恰如其分的显示,就需要有与艺术力量相当的第一流的技巧。"② 苏联作家高尔基则认为:"必须知道创作技巧。懂得一件工作的技巧,也就是懂得这一工作本身",作家"可以看到许多,读到许多,也可以想象出一些东西,但是要做,就必须有本领,而本领

---

① 伍蠡甫主编:《西方文论选》上卷,上海译文出版社 1979 年版,第 18~19 页。
② 科林伍德著,王至元、陈华中译:《艺术原理》,中国社会科学出版社 1985 年版,第 26 页。

是只有研究技巧才能获得的"①。

我们认为,文艺创作确实是一种创造性极强的活动,确实存在着灵感和天才的因素;但另一方面,它又确实是有一定的客观规律可循的,是要讲究一定的技巧的。比方说,在叙事性的文艺作品中,人物形象的刻画、情节的组织、环境的营造、悬念的设置、气氛的烘托、节奏的把握等等,就必须依靠高超的艺术技巧。

既然艺术技巧是一种客观存在,又是一种客观需要,而文艺工作者对于艺术技巧不可能生而知之,那么,究竟如何才能掌握必备的艺术技巧呢?掌握艺术技巧没有终南捷径,不可能一蹴而就,只能靠长年累月的学习和实践。具体说来,可以从以下两个方面着手:

(1)多读、多看、多听中外文学名著和艺术精品,仔细分析、认真领会文艺大师们是如何在其作品中使用和驾驭艺术技巧的。对于名著,一定要精读、细读,不能只看一遍就作罢,而要看两遍、三遍……直到看懂为止。试想,曹雪芹"披阅十载,增删五次"才写成的《红楼梦》,我们匆匆地看上一遍,就能完全领会书中的种种妙处、种种技巧了吗?

(2)苦练,也就是俗话所说的"曲不离口,拳不离手"。《庄子·养生主》中讲了一则庖丁解牛的故事,说明了一个简单的道理——熟能生巧。徐悲鸿年轻时在德国游学期间,每天作画十几个小时,从不间断。正因为有这种勤学苦练的精神,他后来才成为了中国现代美术大师。

法国女作家乔治·桑曾经说过:技巧是一种才能,但它离不开广博的知识;必须去体验生活,去寻找真理;必须先有过很多锻炼,有过许多爱,受过许多苦,而同时又要不断地执拗地工作和探索。

总之,在文艺创作中,丰富、独特而深刻的生活体验是基础,正

---

① 高尔基:《论文学》,人民文学出版社1987年版,第42~43页。

确的、先进的世界观、人生观和创作理念是关键,深厚的艺术修养是保障和后盾,而熟练的艺术技巧则是必不可少的基本功。这几个方面缺一不可。只有在这些方面都做好了准备,才有可能创作出优秀的文艺作品。

需要指出的是,对于某些文艺工作者而言,其创作的准备阶段是在自觉的、有意识的状态下完成的。他们或者是听从父母、老师等人的安排,或者是出于自己对文艺的爱好,很早就进入了文艺团体或有关学校,去学习文艺理论,去练习艺术技巧,或者刻苦自学,从而为日后的文艺创作做好了准备。

对于另一些文艺工作者而言,其创作的准备阶段却是在不自觉、不经意的状态下完成的。他们起初只是出于对文艺的爱好而接触了大量的文艺作品,具备了一定的艺术修养,但他们在做这一切的时候,主观上并没有打算今后自己要去创作文艺作品;有些人当初也不是像专业文艺工作者那样为了创作而特意去深入生活、体验生活的,倒是现实生活在不经意间给了他们丰富、深刻而独特的体验。例如,鲁迅和郭沫若早年都没有立志要从事文艺工作,而是先后在日本学医;徐志摩当初在美国和英国留学时,攻读的也不是文艺,而是历史、经济和政治。后来,由于时代风云的变幻以及个人观念的转变,他们才走上了文艺创作之路。

还有一些人甚至是在从事文艺创作之后,才真正开始有意识地逐步提高自己的艺术修养,磨炼自己的艺术技巧,并不断调整自己的世界观、人生观和创作理念的。

第二节 文艺创作的发生阶段

对于自觉地打算从事文艺创作的人来说,做好了创作的准备工作,仅仅相当于在自己的仓库里备好了一堆干柴。那么,最终是在什么特定的情况下,他终于萌生了取出这堆"干柴"的意念,并点燃了文艺创作的烈火的呢?对于在不自觉的状态下做好了文艺创作的准备工作的人来说,他又是在什么特定的情况下突然意识到自己拥有一堆宝贵的"干柴",并决定点燃它们的呢?对于并没有做好创作准备的人而言,又是怎样一些特定的原因,促使他们在文艺创作的漫漫长路上迈出了艰难的第一步的呢?

在本节中,我们就来对文艺创作进行一番发生学的研究,寻找创作行为发生的起点以及促使它发生的内因和外因。

一、创作意念

创作意念也就是从事文艺创作的念头,它有可能在各种各样的情况下萌发,但最常见的情形可概括为以下两种:

一是过去生活的回忆促使人们萌发了强烈的创作意念。

1927年初,巴金离开上海,来到法国巴黎,独自一人住在一家古老旅馆"坟墓一般的房间里"。他回忆说,在这样的环境里,过去的回忆又来折磨我。我想到在上海的生活,我想到那里的朋友和斗争,我想到过去的爱和恨,悲哀和欢乐,受苦和同情,希望和挣扎,我想到过去的一切,我的心就像被小刀割着一样,那股不能扑灭的烈焰又猛烈地燃烧起来。为了安慰这一颗寂寞年轻的心,我开始把我从生活里得到的一点东西写下来。① 显然,正是对过去生活的回忆,促使巴金萌发了创作意念,拿起了纸和笔,开始了文学创作。

二是现实生活中的某种情境或某些事件触发了人们的创作意念。

1851年的某一天,列夫·托尔斯泰在日记中真实地记录了自己萌生创作意念的过程:"现在我躺在营地边上,真妙极了。月亮

---

① 巴金:《写作生活的回顾》,湖南人民出版社1984年版,第10~11页。

刚刚从丘陵后面爬上来,照耀着两片不大的、薄而低矮的云;蟋蟀在我身旁不间断地悲哀地歌唱;远处听见蛙鸣,靠近山村传来鞑靼人的呼唤声和狗吠声;一会儿一切都沉寂了,一会儿只听见一只蟋蟀在叫;轻而薄的云靠着或远或近的星星流驶。我想,动手罢,写下我所见的东西。"① 这里,是眼前大自然的良辰美景拨动了托尔斯泰的心弦,使他产生了创作的念头。

此外,某些偶然事件也能够成为促使创作意念萌发的催化剂。杨绛女士在《记钱锺书与〈围城〉》一文中回忆道:"有一次,我们同看我编写的话剧上演,回家后他说:'我想写一部长篇小说!'"②

当然,最能震动人们的心灵,使他们萌发创作意念的则是现实世界中一些悲惨或痛苦的事件,正所谓"愤怒出诗人"。1928年5月3日,蒋介石的军队撤出济南后,日本帝国主义的军队在济南奸淫掳掠,残酷屠杀中国军民五千余人。国民党政府山东特派交涉员蔡公时出面交涉,竟然被日军割去了耳朵和鼻子,最后与十七名外交人员同遭杀害。这就是当时震惊全国的"济南惨案",又叫"五三惨案"。案发后,画家徐悲鸿义愤填膺,立即产生了强烈的创作意念,很快就创作了大型油画《蔡公时被难图》。③

中国儒家典籍《礼记》在论述音乐的产生时有这样一段话:

> 凡音之起,由人心生也。人心之动,物使之然也。感于物而动,故形于声;声相应,故生变;变成方,谓之音;比音而乐之,及干戚羽旄,谓之乐。乐者,音之所由生也,其本在人心之感于物也。

其实,不仅仅是音乐如此,绝大多数文艺创作都是"人心之感

---

① 转引自尼季伏洛娃著,魏庆安译:《文艺创作心理学》,甘肃人民出版社1984年版,第100页。
② 钱锺书:《围城》,人民文学出版社1991年版,第364页。
③ 参见王震:《徐悲鸿》,江苏古籍出版社1991年版,第53页。

于物"而萌发的。创作主体的心中原本就积淀着某些生活体验和生活感受,这是内因;当他们受到某种客观事物(外因)的强烈刺激之后,创作意念就破土而出了。

萌发了创作意念之后,有些文艺工作者会感到自己对该题材的准备不够充分,于是转而又去搜集创作素材。1936年春天,老舍和一位朋友闲谈,这位朋友提到他在北平时用过的一个车夫,这位车夫自己买了人力车,后来又把它卖了,如此者三起三落,最终还是受穷。听了这个故事,老舍当即就萌发了创作意念,说:"这颇可以写一篇小说。"但老舍不熟悉车夫的生活,于是,从春天到夏天,他"入了迷似的去搜集材料"。

二、艺术发现

萌发了创作意念之后,创作主体接着要面对的就是这样的问题:从什么地方开始着手呢?如何开始创作呢?

1851年的一天,托尔斯泰在决定"写下我所见的东西"之后,紧接着就在日记中自问道:"但又如何写下这些呢?……是否能想法用我的另一种眼光去看大自然的面貌呢?"[1]

确实,某些文艺工作者在萌发了创作意念之后,立即就动手投入创作了。比如,在我们前面所举的例子中,巴金在巴黎那家古老的旅馆中,很快就"写成了《灭亡》的前四章"[2]。而另一些人则不同,在萌发了创作意念之后,很长一段时间内,他们却找不到进入创作殿堂的大门,只好在门外苦苦思索、苦苦徘徊,徒然面对一大堆创作素材,却感到无从下手。他们所缺乏、所渴求的,恰恰就是艺术发现。

---

[1] 尼季伏洛娃著,魏庆安译:《文艺创作心理学》,甘肃人民出版社1984年版,第100~101页。

[2] 巴金:《写作生活的回顾》,湖南人民出版社1984年版,第11页。

所谓艺术发现,是指文艺工作者对创作素材的一种宏观的、独具慧眼的审美感知,它是进入文艺创作实践的突破口。当文艺工作者从人们司空见惯的事物或现象中洞悉了某种新特征、新内涵、新寓意、新意韵,或者从人们习以为常的形式中寻觅到某种新颖别致、独具韵味的排列组合方式的时候,就表明他们已经获得了宝贵的艺术发现。这时,他们通常会有一种豁然开朗、恍然大悟的感觉。

刚刚涉足文艺创作的人,往往在萌发了创作意念之后,就迫不及待地开始创作。但由于缺乏艺术发现,他们的创作比较盲目,常常会走不少弯路,创作出来的作品通常艺术价值也不高。具有一定创作经验的人,在对某一素材萌发了创作意念之后,却不一定急于动手,而是耐心地等待和捕捉艺术发现。

同样是巴金,他的中篇小说《憩园》从萌发创作意念到获得艺术发现,足足经历了三年多的漫长时光。巴金后来回忆说:

> 我有心写杨老三的故事,还是在1941年1月我第一次回到成都的时候。……最初的杨老三的故事并不像我后来写出的那样,而且我那时还想把它编进一本叫做《冬》的中篇小说里面。……可是关于《冬》我一字未写。1944年5月初我由桂林去贵阳,在火车和汽车上我东想西想,偶尔想到那个尚未动笔的中篇小说,忽然激动起来,再也丢不开它。接连几天(当然不是整天)我的思想都在一些情节上转来转去。我五叔这个人物不断地在我的脑子里出现,他把那些情节贯串起来。有头有尾的故事形成了。这就是杨老三的故事,不过"杨梦痴"的名字却是以后想出来的。此外,我还想到了两个人:离家15年归来的小说家"黎先生"和他的旧友"姚老爷"。……我甚至想好了书名:《憩园》。我决定拿我们老家那个小小

的花园作背景。①

大量类似的实例表明,不同的创作主体,或者同一个创作主体在不同的创作时期以及在创作不同的作品时,他们从萌发创作意念到获得艺术发现,其间所经历的时间会大不相同。有些创作者甚至是先获得艺术发现,然后才萌发创作意念的。

艺术发现在刚出现的时候,并不一定是清晰而透彻的理性认识,而可能是模糊的、朦胧的,甚至是不完整的,好在它不是静止的、僵化不变的,而是动态的、不断调整的;在一部文艺作品的创作过程中,艺术发现往往会不断深化、不断拓展,经历一个从模糊、朦胧的审美感知逐步向相对清晰和透彻的审美认知转化的过程。艺术发现对于文艺创作是至关重要的。缺少了艺术发现,作品就难以具有思想深度和独创性,也难以具备独特的内涵和艺术风格。

三、创作冲动

萌发了创作意念,尤其是获得了艺术发现之后,创作主体的心中往往会产生强烈的创作冲动。所谓创作冲动,是指一种迫不及待地要从事审美创造活动的激情,它使创作主体处于一种高度亢奋的情绪状态之中。

长篇小说《青春之歌》的作者、当代女作家杨沫在具有了创作冲动之后,如果不去写作,"就憋得难受"。现代作家、文艺评论家茅盾回忆说,他的第一部小说《幻灭》的创作冲动是在一个大雨滂沱的傍晚时分爆发的,当时,他恨不能立刻就在雨中提笔疾书。现代文艺家、学者郭沫若的《地球,我的母亲!》一诗是他心潮澎湃时打着赤脚、卧伏在路边匆匆写下的。诗写完了,他的心情仍然久久难以平静,竟然又帮助同学扛了两里路的行李!19世纪俄国文学

---

① 巴金:《写作生活的回顾》,湖南人民出版社1984年版,第112~126页。

家果戈理在某一次创作冲动得到宣泄之后,居然得意忘形地在街上手舞足蹈,最后将手中的一把小阳伞挥舞得只剩下了一根伞柄!

从以上这些例子中我们不难看出,创作冲动可以使文学家、艺术家们在心理上保持一股极大的张力,并处于一种如痴如醉、不能自已的状态之中。那么,创作冲动究竟会对文艺创作产生怎样的影响呢?

首先,创作冲动是一种强大而神奇的推动力,它能促使创作主体满怀热情地投入到创作中去;如果缺乏创作冲动,文艺作品就有可能胎死腹中或者中途夭折。

其次,由于在创作冲动中,情感的成分大于理智,所以,创作冲动有时也并不可靠。如果创作主体一味地被创作冲动牵着鼻子走,那么,创作就有可能像一匹横冲直撞的野马而失控。

1887年,法官科尼对列夫·托尔斯泰讲述了一则真人真事:一个贵族青年引诱了他姑母家的婢女,婢女怀孕后被赶出家门,后来成了妓女,因为被指控偷窃钱财而受到审判;这个贵族青年以陪审员的身份出席,见到昔日被他勾引的女子此刻竟然站在被告席上,他深受良心的谴责,便向法官申请准许他同她结婚,以替自己过去的轻薄行为赎罪……听了这则故事后,托尔斯泰立刻产生了抑制不住的创作冲动。他在日记里反复写道:"情节妙极,好得很,我很想写","散步,关于科尼的故事想得很多。一切都很清楚而且妙极了","照它的原样"写下来就行。很快,托尔斯泰就创作出了一部中篇小说,这就是《复活》的初稿。初稿写成后,他自己很不满意,这才意识到自己当初被炽热的创作冲动蒙蔽了双眼。后来,他用了十年时间,六易其稿,这才在1899年完成了不朽的长篇小说《复活》。[①]

钱锺书在《围城》的《重印前记》中指出:"我们常把自己的写作

---

① 参见托尔斯泰著,汝龙译:《复活》,人民文学出版社1982年版,第616页。

冲动误认为自己的写作才能,自以为要写就意味着会写。"确实,文艺工作者不应该被创作冲动冲昏了头脑,而应该学会用理智去妥善地驾驭自己的创作冲动。

四、创作动机

人不会无缘无故地去从事某项工作,文艺创作主体也不会无缘无故地去投身于创作。一些小型的文艺作品,比如短诗、独奏曲、素描和速写等,可以凭一时的创作冲动一气呵成;但一些大型的文艺作品,例如组诗、长篇小说、多场次戏剧、交响乐、电视连续剧等,其创作过程往往是十分艰辛而漫长的,需要投入大量的时间和精力,牺牲掉很多(甚至是全部)的生活享受,不厌其烦地收集素材、构思并反复修改、润色。因此,倘若没有强烈而持久的创作动机支撑和激励着,这些作品是难以圆满完成的。

所谓创作动机,是指促使创作主体投入文艺创作活动的内在动力。它是客观存在的,但有些创作主体能够自觉地、清醒地意识到自己拥有怎样的创作动机;而有些创作主体也许并没有清楚地意识到、或者尚未冷静地分析过自己究竟拥有怎样的创作动机;另外有些创作主体虽然明确自己怀有什么样的创作动机,却不肯或不敢公开承认。

我们前面所探讨过的创作冲动,其背后往往也隐藏着形形色色的创作动机,只是处在创作冲动状态下的文艺工作者通常无暇去仔细分析自己的创作动机而已。我们探讨创作动机这一问题,其实就是探究人们为什么要从事文艺创作的问题。

(一)创作动机的种类

从类型上来看,创作动机可以划分为有意识动机和无意识动机、高尚动机和卑下动机、远景动机和近景动机、积极动机和消极动机、主导动机和非主导动机等几大类。而最常见的创作动机主要有以下这几种:

1. 改良社会,改良人生

进步的文艺工作者往往怀抱改良社会、改良人生这类的动机从事文艺创作。例如,法国剧作家莫里哀要用喜剧去"纠正人的恶习";俄国文学家契诃夫要"唤醒社会,要号召人们采取行动";西班牙画家毕加索认为"绘画决不是为了装饰住宅,它是抵抗和打击敌人的战斗武器"①。

唐朝诗人白居易主张"文章合为时而著,歌诗合为事而作"②;近代思想家、文学家梁启超认为:"今日欲改良群治,必自小说界革命始;欲新民,必自新小说始。"③

鲁迅在谈到自己的创作动机时说:

> 我也并没有要将小说抬进"文苑"里的意思,不过想利用他的力量,来改良社会。……说到"为什么"做小说罢,我仍抱着十多年前的"启蒙主义",以为必须是"为人生",而且要改良这人生。我深恶先前的称小说为"闲书",而且将"为艺术的艺术",看作不过是"消闲"的新式的别号。所以我的取材,多采自病态社会的不幸的人们中,意思是在揭出病苦,引起疗救的注意。④

改良社会、改良人生的创作动机植根于对国家、对民族、对社会乃至于对全人类的热爱和对生活中假、恶、丑现象的痛恨,体现着文艺工作者强烈的社会责任感、历史使命感和高度的爱国主义精神。这种创作动机毫无疑问是一种高尚动机。抱有这种创作动机的人,其文艺作品往往平白晓畅、通俗易懂,以被尽可能多的平

---

① 邵大箴:《传统美术与现代派》,四川人民出版社1983年版,第287页。
② 转引自郭绍虞主编:《中国历代文论选》第2册,上海古籍出版社1979年版,第98页。
③ 梁启超:《饮冰室文集》卷十,《论小说与群治之关系》。
④ 鲁迅:《南腔北调集·我怎么做起小说来》。

民百姓所理解和接受。

2. 对文学艺术的热爱

有些人的创作动机很简单,就是由于他们酷爱文艺。

法国作家巴尔扎克18岁时就立志要做一位小说家。1819年,他刚刚从法科学校毕业不久,便毅然决然地放弃了收入丰厚的律师工作,不顾父母的反对,在巴黎一间冬冷夏热的破屋子里开始了写作。

莫里哀的父亲是宫廷装饰商,但莫里哀自幼就酷爱戏剧,为此,他不惜放弃世袭"国王侍从"的头衔和法律硕士的学位,大学毕业之后就走出家庭,投身戏剧活动。从1645年起,他参加了一个剧团,在法国各地流浪了12年,心甘情愿地当一名"卑下的戏子"。面对父亲的哀求和责骂,甚至一次又一次因为欠债而入狱,他也决不动摇对戏剧艺术的热爱,一生共创作了30部剧本。

文艺创作是寂寞而艰苦的,但对于热爱文艺的人而言,做自己深爱的事,这本身就充满了无穷无尽的乐趣。

3. 与他人沟通和交流,寻求理解、共鸣和友爱

《诗经·小雅·伐木》篇中写道:"嘤其鸣矣,求其友声。相彼鸟矣,犹求友声。矧伊人矣,不求友生?"意思是:鸟嘤嘤地叫着,在寻找着它的同伴。鸟尚且寻求伙伴,何况是人啊,难道不渴求朋友吗?

美国人本主义心理学家马斯洛认为:在生理需要和安全需要得到满足之后,人会产生归属和爱的需要,会渴望成为群体中的一员,会开始追求与他人建立友情,将爱施予他人,并接受他人的爱。

中国早就有"以文会友"的说法。从大量的实例来看,一些文艺工作者的创作动机确实在于与他人沟通、交流并分享生活的体验和艺术的感受,寻求他人的理解、共鸣、友情和敬爱。中国现代作家孙犁就说:作家最大的愉快是当自己的作品得到了读者承认和赞许的时候。

法国作家、音乐家、1915年诺贝尔文学奖得主罗曼·罗兰在《贝多芬传》中描述了德国作曲家贝多芬的作品受到听众欢迎时,他的兴奋与喜悦之状:"1824年5月7日,在维也纳举行《D调弥撒祭乐》和《第九交响乐》的第一次演奏会,获得空前的成功。情况之热烈,几乎含有暴动的性质。当贝多芬出场时,受到群众五次鼓掌的欢迎;在此讲究礼节的国家,对皇族的出场,习惯也只用三次的鼓掌礼。……贝多芬在终场以后感动得晕过去;大家把他抬到兴特勒家,他朦朦胧胧地和衣睡着,不饮不食,直到次日早上。"①

法国存在主义哲学家、文学家萨特认为:"一切文学作品都是一种吁求。写作就是向读者提出吁求,要他把我通过语言所作的启示化为客观存在。……作家在创作自己的作品时,向读者的自由提出吁求,要求进行合作。"②

20世纪末,中国和世界其他一些国家所兴起的网络文学,其作者大多数也是抱有在网上以文会友、寻求知音的创作动机而投身创作的。

4. 抒发内心的痛苦和愤怒,宣泄自己的爱与恨

人们在生活中有了强烈的痛苦或快乐时,往往需要有一种方式来宣泄。鲁迅的短篇小说《祝福》中,祥林嫂痛失爱子后,逢人就诉说自己的悲苦。契诃夫的短篇小说《苦恼》中,孤独的车夫姚纳一肚子话想说,却无人愿意听,最后只好对着自己的小母马倾诉。对另一些人而言,文艺创作就是他们抒发内心喜怒哀乐的方式。

巴金回忆说:年轻的时候,"我的痛苦是很大的。我痛苦地思索了许久,终于下了决心。我从箱子里翻出了那本未完的小说稿,陆续地写了几章","我正是因为不善于讲话,有感情表达不出来,

---

① 傅雷译:《傅译传记五种》,三联书店1983年版,第159页。
② 萨特著,薛诗绮译:《什么是文学?》,《文学理论研究》1980年第2期,江西人民出版社。

才求助于纸笔,用小说的情景发泄自己的爱和恨,从读者变成了作家"①。

需要指出的是,倘若文艺工作者仅仅停留在发泄个人的痛苦和愤怒上,抒发一己的悲欢,那么,这样的创作动机是低级的,甚至是自私的。这样的作品,群众也不会有很大的兴趣去关注。只有把个人的喜怒哀乐与人民大众的喜怒哀乐紧密地联系在一起,其作品才有较高的艺术价值,才能被广大民众所喜爱。

5. 游于艺,自娱自乐

在《论语·述而篇》中,孔子说:"志于道,据于德,依于仁,游于艺。"这里,"游于艺"的本意是:游憩于礼、乐、射、御、书、数这六艺之中。后来,一些以文艺创作来自娱自乐的人往往用"游于艺"这三个字来解释自己的创作动机。

北宋文学家苏轼认为,诗文字画等艺术活动可以体现禅宗的"游戏三昧",文艺创作是游戏人生、自娱自乐的最佳方式。在《六观堂老人草书》中,他写道:"草书非学聊自娱。"事实上,他和黄庭坚、王安石等人均写过一些回文诗、药名诗、集字诗、集句诗等,在一定程度上把创作变成了一种文字游戏。

江西派诗人谢逸亦曾有诗云:"赋诗非不工,聊以助游戏。"②

在我国现代文坛上,周作人、林语堂、梁实秋等人也在不同程度上抱有"游于艺"的创作动机。在我国当代文艺界,也有人宣称要"玩文学"、"玩电影"云云。

在西方,德国诗人、剧作家席勒认为:艺术起源于审美的游戏。弗洛伊德则认为:文艺创作的动机中含有很大的游戏成分。

在我们看来,文艺除了具有认识功能、审美功能和教育功能之外,确实还具有游戏功能和娱乐功能,既可以自娱,又可以娱人。

---

① 巴金:《写作生活的回顾》,湖南人民出版社 1984 年版,第 13 页、第 226 页。
② 谢逸:《溪堂集》卷一,《游西塔寺分韵得异字》。

因此,抱着"游于艺"的动机去从事文艺创作本也无可厚非,只是不能过分强调文艺的娱乐功能而忽略了文艺的其他功能。同时,对于游戏艺术、自娱自乐的创作动机,我们要具体分析其时代背景。有些人是由于自己的政治抱负和人生理想难以实现,只好暂时在文艺创作中寻求精神苦闷的解脱和心灵的放松;有些人则是躲进文艺的象牙塔以逃避现实,把文艺当作精神鸦片来麻醉自己,同时也麻醉别人。对此,1921年成立的文学研究会在发起宣言中就明确反对"将文艺当作高兴时的游戏或失意时的消遣"。

6. 表现自我

文艺复兴时期的法国思想家、文学家蒙田坦陈自己的创作动机是:我要人们在这里看见我的平凡、纯朴和天然的生活,无拘束亦无造作,因为我所描画的就是我自己;我的弱点和我的本来面目,在公共礼法所容许的范围内,都在这里尽情披露。①

朱自清说:写散文时,"我意在表现自己";冰心也说:在作品中要"发挥个性,表现自己"。郁达夫指出:"现代的散文之最大的特征,是每一个作家的每一篇散文里所表现的个性,比以前的任何散文都来得强……现代的散文,却更是带有自叙传的色彩了,我们只消把现代作家的散文集一翻,则这作家的世系、性格、嗜好、思想、信仰,以及生活习惯等等,无不活活泼泼地显现在我们的眼前。"②

表现自我的创作动机本身具有反封建、肯定与弘扬个体生命价值的积极意义。不过,如果一味沉迷于表现自我,而脱离人民大众,就容易陷入极端自恋或个人主义的泥潭。

7. 谋生或追名逐利

成功的文艺创作在客观上能够为创作者带来各种各样的利

---

① 参见包忠文主编:《现代文学观念发展史》,江苏教育出版社1992年版,第582~583页。

② 郁达夫:《新文学大系散文二集·导言》。

益,因此,古今中外都有人把它作为谋生或追名逐利的手段。

清代画家郑板桥晚年在扬州主要是以卖画为生,他还专门写了《板桥润格》贴在家门口,对自己的作品明码标价。——这是通过文艺创作来谋生的例子。

我们再举一个通过文艺创作来追名逐利的例子。中年之后的列夫·托尔斯泰回忆说:年轻的时候,"我出于虚荣、自私和骄傲开始写作。……为了猎取名利(这是我写作的目的)","我们希望获得金钱和称赞,越多越好。为了达到这一目的,我们除了写书和出版报纸以外,其它什么也不会做"。"我已经尝到了创作的甜头,尝到了花微不足道的劳动而换取大量稿酬和赞赏的甜头,于是我全力以赴,把它作为改善自己的物质条件和抹杀内心存在的关于自己的和一般意义上的生活目的的任何问题的手段"[①]。

在现代商业社会中,怀抱追求功利及成名成家的动机而投身文艺创作队伍的人不在少数,为了谋求作品的畅销或卖座,一些人不择手段,丑态百出。

应该看到,文艺工作者对名利的追求有合理与非合理之分;审美创造活动本身具有超功利的特性,如果功利的动机太强,是难以创作出艺术生命力长久的作品来的。

(二)创作动机对创作的影响

创作动机可以有各种各样的交叉和组合方式。在一部文艺作品的创作过程中,创作主体有时不仅仅抱有某一种创作动机,而是被几种不同的创作动机共同支配着。在这种情况下,创作主体内心就可能产生激烈的动机冲突和矛盾,并在其作品中反映出来;而创作动机的形成,归根到底是由创作主体的世界观、人生观和创作理念所决定的。高尚的创作动机能够激励人们创作出优秀的文艺作品,卑劣的创作动机则往往使创作误入歧途。

---

① 斯人编:《名人自白》,江苏文艺出版社1994年版,第144、147、151、152页。

当然,创作动机并不是一成不变的。时代和社会的变化,创作主体个人生活的沉浮等因素,都会使创作主体的世界观、人生观和创作理念发生改变,并使他不断调整自己的创作动机。

第三节　文艺创作的构思阶段

艺术构思是指文艺创作的主体在萌发了创作意念之后,以初步的艺术发现为起点,对即将创作的文艺作品进行酝酿、策划和设计的思维过程。它是文艺创作的中心环节。苏轼说:"画竹必先得成竹于胸中。""胸有成竹"的过程就相当于艺术构思的过程,它对作品的成败起着至关重要的作用。

如果把文艺创作的发生阶段比作一个人产生了建造一座小楼的念头和冲动,那么,文艺创作的构思阶段就相当于这个人要初步勾勒出这座小楼的蓝图,确定该楼的面积、功能、布局和总体建筑风格等关键问题,以便于下一步进行施工(文艺创作的符号化阶段)。

人们说"十月怀胎,一朝分娩"。对于文艺创作而言,构思就是"怀胎"的阶段,作品的胚胎就是在这一阶段孕育成形的。

通常,艺术构思会经历一个从粗糙、模糊和不完善到逐渐清晰、明朗、细致而完善的过程,经历一个反反复复不断调整、不断修改的过程。

从总体上看,艺术构思大致可以分为两种:一种是仅仅能够使创作得以开始的构思,我们称之为初期构思;另一种是可以以之为基础把整个作品加以完成的构思,我们称之为定型构思。

艺术构思的主要任务是:(1) 孕育艺术形象(人物形象、物象、意象等);(2) 明确创作意图,提炼并深化作品的主题;(3) 确定作品的体裁、形式、结构、节奏和风格等;(4) 对于叙事性作品而言,还要设计情节及人物命运等。

下面,我们就先来看一看艺术构思有哪些比较常用的方式。

一、构思的方式

文艺作品的类型很多,有建筑、雕塑、绘画、音乐、舞蹈、小说、散文、电影、电视等等。不同类型的文艺作品,其构思方式各有不同;即使是创作同一类型的作品,由于创作主体的个性、爱好和工作方式及工作习惯不尽相同,所以,其构思方式也各具特色。然而,常见的构思方式不外乎以下几种:

(一) 沉思默想

这种构思方式又被形象地称为"打腹稿"。几乎每一种类型的文艺作品都有可能采用这一构思方式。清代戏曲理论家、作家李渔在谈论创作经验时说:"袖手于前,始能疾书于后。"这里,"袖手于前"就是创作者在沉思默想。南北朝时期的文学理论家刘勰把这种沉思默想称为"神思"。在《文心雕龙》中,他是这样描述"神思"的:

> 文之思也,其神远矣。故寂然凝虑,思接千载;悄焉动容,视通万里;吟咏之间,吐纳珠玉之声;眉睫之前,卷舒风云之色;其思理之致乎。故思理为妙,神与物游。神居胸臆,而志气统其关键;物沿耳目,而辞令管其枢机。①

在上面这段描述中,有两点特别值得我们注意:(1) 构思中要使用想象,而想象应该不受时间和空间的限制(所谓"思接千载"、"视通万里");(2) 构思的时候要宁静,要全神贯注(所谓"寂然凝虑"、"悄焉")。

---

① 郭绍虞主编:《中国历代文论选》第一册,上海古籍出版社 1980 年版,第 233 页。

(二) 编写创作大纲

在沉思默想、深思熟虑之后,小型的文艺作品也许就可以一挥而就了。但是,中型、特别是大型文艺作品往往要涉及众多的人物、场景和事件等,如果仅仅依靠沉思默想,那么动手创作的时候就难免会挂一漏万。为此,一些创作者在构思时常常采用编写大纲的方式。

法国作家左拉就习惯于先编写大纲。在创作一部反映大商店题材的长篇小说《妇女乐园》时,他先编写了这样的大纲:"我要在《太太们的幸福》里写一篇吟咏现代事业的诗歌。因此,哲学上完全改变:首先,一点儿悲观主义也不要;不要做出生活无意义和悲哀的结论,——相反的,要做出生活的经常的劳动力量,生活产生的强烈和快乐的结论。总之,要同着时代一起走,表现这个时代,这是个行动、胜利、各方面努力的时代。……一方面,商业上金融上的动机,怪物的出现,这是两个大商店的斗争,而其中一个最大的商店胜利了,压服了整个的区域;而别方面,——热烈、爱情,女人所参加的阴谋,一个穷苦的小女工,我所叙述的是她的历史,她逐渐地战胜'沃克陶'。这里,差不多就是全部小说。"[①]

这份大纲是该小说的写作计划书草案,它初步确定了作品的主题、风格、主要情节、中心人物等。根据这份大纲,左拉另外还编写了具体创作时所依据的纲领,他称之为"生活文件",包括剪报、书摘、观察笔记和谈话记录等。

为篇幅较大的叙事性文艺作品而编写的创作大纲通常至少要包括以下两大项目:

其一,人物表:列出主要角色的姓名、性别、年龄、职业、个性、语言和行为特征、思想演变简史、人物的相互关系(如情侣、夫妻、

---

① 转引自十四院校编写:《文学理论基础》,上海文艺出版社 1985 年版,第 219~220 页。

父子、仇敌等)及人物在作品中的地位等。创作者此时就应该初步确定主要角色的性格基调,力求不同的角色具有不同的个性,从而使角色的性格之间有鲜明的反差。对于中心人物,最好分别写出其小传。

其二,情节梗概:按照先后顺序列出作品中所要描写的一系列矛盾冲突和事件。如果情节是由多条线索交织而成的,则应该确定不同线索之间如何切割、转换和衔接,并初步确定情节的一系列高潮点。更细致的情节梗概则确定了作品各个章节的内容、作品的节奏,甚至如何设置大大小小的悬念,使众多的悬念环环相扣,此起彼伏。

现代社会的分工日趋精细,一些影视制作机构和出版社采取工业生产领域流水线作业的方式,设立专人,专门负责电影、电视和小说的构思工作(这些人往往被称为"故事策划"或"剧本策划",以区别于影视编剧和小说作者),他们先编写好故事大纲,然后交给"下一道工序"的编剧或小说家去照葫芦画瓢。

实践证明,在创作中、长篇作品时,先编写一份创作大纲,勾勒出情节发展和主要角色性格发展的轮廓,可以使作品结构严谨,整体节奏张弛有度,从而有助于确保作品的艺术质量。当然,在创作过程中,由于主观因素(比如,创作者的艺术发现深化了)或客观因素(比如,在电影、电视片的拍摄过程中,找不到合适的外景地,或者资金出现短缺等)的变化,创作主体也很可能随时调整甚至背离原定的创作大纲。

(三) 绘制草图,做模型或小样

建筑师、雕塑家、画家、舞蹈家、园林设计师、服装设计师、戏剧和影视美工等人士在构思作品时,常常爱绘制草图、制作模型或小样,这是因为:(1) 他们的作品要诉诸欣赏者的视觉,如果创作者仅仅在自己的脑海中凭空想象作品的样子,就难以准确判断出作品在布局、结构、色彩等方面的实际效果;(2) 绘制草图,做小样或模型,所花费的成本并不高,却可以帮助人们直观地审视未来作品的雏形,优化自己的构思,避免更大的损失。

如今,借助于电脑三维动画等先进技术,建筑师、服装设计师等人士在构思作品时就更加方便了。

(四)边创作,边构思

有些文艺工作者在有了初期构思之后,既不编写创作大纲,也不制作草图、小样或模型,而是立即投入创作,然后一边创作,一边逐步深化构思。

巴尔扎克就是这样。他写小说的时候,经常是一边往下写,一边不断有新的构思涌现出来。这时,他就根据新的构思,又从头开始对作品已经完成的部分进行修改和增补。有时,一部作品要从头到尾修改十多遍,才能最后定稿。这样,定稿之前的每一稿,都相当于他下一稿的创作大纲了。

相对于具有了定型构思或较为成熟的创作大纲之后再开始具体创作的方式来说,边创作、边构思的方式通常要花费更多的时间和精力,走不少弯路,但经过这样的反复雕琢之后,作品倒有可能更为精致了。

(五)试演、试奏

作曲家、舞蹈家、表演艺术家等人士在构思作品的时候,常常用试演、试奏的方式。作曲家会不断地在乐器(如钢琴)上试奏某一旋律,以便让自己的听觉去判断优劣,然后再进行修改,并将旋律发展下去。表演艺术家有可能面对一面大镜子,反复练习并琢磨自己的表情和形体动作。

法国雕塑家罗丹就喜欢用类似于试演的方式来构思作品,他会让模特以自然的状态来回走动,或站或坐,他则在一旁静静地观察,捕捉他所需要的动作、姿势和神态;一旦有所发现,罗丹的构思便初具雏形了。

在一定程度上,试演、试奏的构思方式与制作小样、草图和模型的方式有异曲同工之妙。

（六）与人讨论，集思广益

即使创作主体才华横溢，但个人的智慧总是有限的。俗话说：众人拾柴火焰高。因此，在构思时集思广益不失为一种比较好的方式。

茅盾在创作长篇小说《子夜》的时候，就听取了文艺理论家瞿秋白的意见，对构思进行了调整，并修改了部分章节。

武侠小说作家金庸在具有了初期构思之后，通常爱邀请几位好友聚一聚，把自己的构思讲给他们听，然后请他们为小说设计结局。好友们设计了各种各样的结局之后，金庸却一个都不采纳，而是自己另外再设计出一种大家都没有想到的更精彩的结局。他这么做的理由是：如果我的小说的结局是别人轻易能够猜到的，那么，我的小说怎么能够出类拔萃呢？我金庸还是金庸吗？金庸这是巧妙地运用与别人讨论的方式，来使自己的构思与众不同、别具一格；真可谓用心良苦。

集思广益的构思方式通常还出现在以下几种情况中：

其一，原先的创作者因故未能完成某一部作品，后来由其他人（续作者）完成了该作品。在这种情况下，原作者和续作者之间通常没有办法面对面地进行讨论，续作者只有尽可能地揣摩原作者的构思，然后进行创作。例如，曹雪芹因为幼子夭折，感伤成疾，不到50岁就病逝了，他的小说《红楼梦》只完成了前80回，后40回是由高鹗续写的。在此情形下，集思广益的构思方式不是原作者主动选择的，续作者也不可能百分之百地遵循原作者的构思。

其二，把某一体裁的文艺作品改编为另一体裁时，改编出来的作品往往凝聚了原作者和改编者双方的心血。1940年底，剧作家曹禺打算将巴金的长篇小说《家》改编为话剧时，就与巴金面对面地反复商讨，听取巴金对改编的意见和构想。

其三，戏剧、电影、电视等综合艺术，其剧本可以由一个人完成,但将剧本搬上舞台、银幕或荧屏,则存在着一个二度创作的过程。二度创作的各个环节(导演、表演、音乐、舞美等)也需要构思,而最终的作品(舞台演出或电影、电视片)就成了众人集体构思的产物。

其四,在创作面向广大人民群众的通俗作品(比如电视剧、综艺晚会)的时候,由于考虑到受众来自不同的地区,其年龄、性别和文化修养也各不相同,为了兼顾他们参差不齐的审美趣味,通常要组成一个由男、女、老、少及不同文化层次的人士共同参与的创作班子,集体构思作品。

除了我们上面所介绍的这六种构思方式之外,还有其他的一些构思方式。随着时代的进步和科技的发展,新的、效率更高的构思方式也将不断涌现。而且,在一部作品的创作过程中,文艺工作者完全可以综合使用多种不同的艺术构思方式。例如,可以先沉思默想,然后再与别人讨论,听取意见和建议,最后编写创作大纲。

二、构思的方法

摄影、电视纪录片和电影纪录片等艺术样式已经完全可以忠实地反映现实生活的原貌了;站在街头巷尾,我们也完全可以耳闻目睹现实生活的真实面貌了。那么,人们究竟为什么还要去欣赏虚构的文艺作品呢?答案很简单:因为文艺作品既源于生活,又高于生活。

要使文艺作品真正做到源于生活、高于生活,创作主体在构思阶段就必须对生活的原始素材加以提炼、改造和变形——这是审美创造的重要环节。那么,创作主体在构思的时候通常会采用哪些方法呢?主要的方法不外乎合成法、简化法、夸张法、变异法和错位法。

(一) 合成法

合成法主要是创造艺术形象所常用的一种构思方法,它将不同事物的特征糅合在一起,从而创造出一个全新的艺术形象。

合成法的使用由来已久。我国古代人把蛇的身体、鹿的角、鱼的鳞和须等特征合在一起,创造出了龙的形象;《山海经》中补天的女娲是"人面蛇身";《西游记》中的孙悟空和猪八戒既具有人的特征,又分别具有猴子和猪的特征;《聊斋志异》中的女鬼、狐仙则七分像人,三分像鬼。

不独中国人擅长使用合成法,外国人也善此道。世界各国的神话和传说中,半人半神或半人半兽之类的艺术形象举不胜举,埃及金字塔前的狮身人面像就是一个生动的例子。时至今日,好莱坞还在使用合成法,创造出了超人、蝙蝠侠、电视连续剧《侠胆雄狮》男主角文森特之类兼具人、神、兽特征的银幕形象。在古今中外的童话、寓言和动画片中,合成法的运用就更广泛、更普遍了,米老鼠、唐老鸭等艺术形象都是兼具了人和动物的某些特征。

鲁迅先生在构思小说时,"人物的模特儿也一样,没有专用过一个人,往往嘴在浙江,脸在北京,衣服在山西,是一个拼凑起来的脚色"[①]。他还总结说:"作家的取人为模特儿,有两法。一是专用一个人,言谈举动,不必说了,连微细的癖性,衣服的式样,也不加改变。……二是杂取种种人,合成一个……我是一向取后一法的……这方法也和中国人的习惯相合,例如画家的画人物,也是静观默察,烂熟于心,然后凝神结想,一挥而就,向来不用一个单独的模特儿的。"[②]

用合成法来创造艺术形象,至少有两大好处:(1)可以使艺术形象源于生活而又高于生活,更加具有典型性,更加富有审美价值;(2)在现实生活中,人的能力是有限的,人是不完美的,人为此而苦恼,总希望自己能够变得完美,能够具有超凡的力量。用合成

---

① 鲁迅:《南腔北调集·我怎么做起小说来》。
② 鲁迅:《且介亭杂文末编·〈出关〉的"关"》。

法塑造的艺术形象(例如武侠小说中能够在天空飞来飞去的武林高手等),可以使人们的这一愿望得到虚幻的满足。

(二) 简化法

简化法是略去审美对象的无关紧要的特征和行为,只保留其重要特征和行为的一种以少胜多的艺术方法。倘若说合成法相当于加法,那么简化法就相当于减法。

中世纪的英国经院哲学家奥卡姆主张,"若无必要,不应增加实在东西的数目"。他的这一主张被人们形象地称为"奥卡姆剃刀"。文艺工作者应该善于使用"奥卡姆剃刀"来"剃"去不必要的东西。假如要表现某个人物的一生,作者完全没有必要像写流水帐一样,把此人一生中的每一天、每一件事都娓娓道来。

我国现代画家、文学家、艺术教育家丰子恺就很善于使用简化法。在创作漫画时,他经常不画人物的眼睛;有时候,他甚至连人物的五官也不画。他认为:只要意到了,笔不妨不到,有时笔到了倒反而累赘。

鲁迅说:"我力避行文的唠叨,只要觉得够将意思传给别人了,就宁可什么陪衬拖带也没有。""可省的处所,我决不硬添。"①

简化法在文艺创作中的应用十分广泛,大到作品的总体构思,小到作品的局部处理,都可以看到简化法的妙用。譬如,电影、电视和摄影艺术中常用的特写镜头,就是让观众只把视线集中于对象的某一重要部位(比如,演员惊恐万分的眼睛,或一双正在伸进别人衣服口袋中的手),而忽略掉这一对象的其他部位。再譬如,中国画的画面上经常刻意留有飞白,而不像西洋画那样把整个画面全都画满,也是出于同样的道理。

对于文艺创作者来说,在构思阶段就应该清楚:作品的哪些地方要浓墨重彩地加以突出,哪些地方要轻描淡写地加以简化。否

---

① 鲁迅:《南腔北调集·我怎么做起小说来》。

则,本末倒置,喧宾夺主,或者一味地给作品"注水",只会使作品臃肿、冗长,难以做到高度精练、言简意丰。

托尔斯泰说得好,高明的作家之所以高明,"并不在于他知道写什么,而在于他知道不需要写什么"①。正确地使用简化法,可以使文艺作品主次分明、详略得当,并为欣赏者留出广阔的审美再创造的空间。

(三)夸张法

夸张法是对艺术形象的某一个或某一些特征加以放大,从而使该特征和该形象得以突出和强化的艺术方法。如果说合成法、简化法分别相当于加法、减法,那么夸张法则相当于乘法,它能够把事物的某些特征放大若干倍,取得强烈的艺术效果。

我国唐朝大诗人李白就极爱使用夸张法,《秋浦歌》中"白发三千丈,缘愁似个长",《北风行》中"燕山雪花大如席",《蜀道难》中"蜀道之难难于上青天"等著名名句,都是极度夸张之笔。

除了诗歌创作之外,夸张法在漫画、相声、小品、舞蹈、喜剧、讽刺作品等众多艺术领域都被广泛运用。喜剧大师卓别林的电影中,就大量使用了夸张的表演方法。此外,影视作品中的快镜头和慢镜头画面也是一种夸张——夸张了画面中所表现的动作的速度。

在构思中巧妙地运用夸张法,不仅可以突出艺术形象的主要特征,而且还可以使作品产生幽默或滑稽的效果。

(四)变异法

变异法是极富想象力的一种构思方法,它使用求异思维,虚构出一个怪异离奇的世界,或虚构出一些非正常形态的人物形象,从而营造出一种新颖独特、如梦似幻的艺术效果。

---

① 段宝林编:《西方古典作家谈文艺创作》,春风文艺出版社1980年版,第562页。

我国清朝作家李汝珍在长篇小说《镜花缘》中就虚构了一系列怪异的国度：民风淳厚、待人宽大的大人国，嫌贫爱富、欺诈成风的两面国，为富不仁的无肠国，酷好奉承的翼民国……

英国作家斯威夫特在长篇小说《格列佛游记》中也虚构了大人国和小人国。奥地利现代派小说家卡夫卡则在短篇小说《变形记》中，让主人公——推销员格里高尔·萨姆沙——变成了一只大甲虫。而西班牙现代画家毕加索从1907年创作《亚威农的少女》一画开始，便大量使用变异法，描绘了各种奇形怪状、支离破碎的人和物。在美国电影《苍蝇》（又译为《异形》）中，男主人公竟然畸变成了一只硕大的苍蝇……

用变异法构思出来的人物或世界，在本质上是对现实社会的针砭、讽刺和批判，或是对作者理想中的社会的赞美。由于使用了变异法，这种讽刺、批判或赞美没有流于老生常谈，而是让人耳目一新。

不论是运用合成法、简化法，还是运用夸张法、变异法，都会使客观事物发生"变形"，最终创造出来的艺术形象与事物原来的外在形态相比，处在"似与不似之间"。高明的文艺创作主体所追求的，恰恰就是这种效果，是神似而不是形似。

（五）错位法

错位法并不改变人或物本来的形态，而是把人或物放置到原本不属于他（她，它）的时间或空间中去。这样一来，人物与环境之间自然就会产生矛盾、冲突和不协调，从而造成一种荒谬、离奇甚至可笑的艺术效果。

错位法可以细分为时间错位、空间错位、时空双重错位等。文学家、艺术家们很早就开始使用错位法了。在长篇小说《红楼梦》第六回中，曹雪芹便让久居乡野的刘姥姥走进了金碧辉煌的荣国府。这么一错位，有趣的场面就出现了：

> 刘姥姥只听见咯当咯当的响声，大有似乎打箩柜筛

面的一般,不免东瞧西望的。忽见堂屋中柱子上挂着一
个匣子,底下又坠着一个秤砣般一物,却不住的乱晃。刘
姥姥心中想着:"这是什么爱物儿?有甚用呢?"正呆时,
只听得当的一声,又若金钟铜磬一般,不防倒唬的一展
眼。接着又是一连八九下。

这个"匣子"其实只是一只挂钟而已。如果不使用错位法,而只是从长期生活在荣国府中的某个人物的视角去写,那就会显得平淡无奇。使用了错位法,从社会最底层的一位乡下老太太的视角去写,就产生了一种陌生化的艺术效果,令文章增色不少;而且,农村劳动人民的贫穷、无知与荣国府的奢华、富有立刻便形成了鲜明的对比。

在我国传统戏剧中,正在舞台上表演的演员有时会突然"跳出"剧情所规定的时空,直接对台下的观众们说话(比如,演员面向观众自报家门),这也是一种时空错位。德国剧作家布莱希特所倡导的戏剧艺术中的"间离效果",也常常要借助于时空错位法来达成。

20世纪80年代,澳大利亚拍摄过一部故事片《鳄鱼邓肯》,片中的男主角原先悠然地生活在原始而质朴的大自然中,后来与女主角突然置身于现代大都市的钢筋水泥之中,于是,一连串貌似荒唐可笑的故事便发生了……在前后不同的两种生活空间和生活方式的巨大反差与对比之下,西方现代城市文明中那虚伪、自私、冷漠和扭曲人性的一面便强烈地凸显出来,影片因此而具有了震撼人心的艺术效果。

如今,错位法仍然在文艺作品的构思中被广泛使用,尤其是在科幻题材的作品中用得更多。1992年,美国导演斯皮尔伯格执导的电影《侏罗纪公园》,实际上就是让一群现代都市人回到了史前的恐龙时代。

巧妙地运用错位法,可以产生新鲜、别致的艺术效果,引导人

们用一种新的眼光、新的视角来观察司空见惯的生活,并且还可以使文艺作品具有深刻的哲理和思想内涵。

从事任何工作,都要讲究方法。方法不当,事倍功半;方法得当,事半功倍。古人云:工欲善其事,必先利其器。对文艺创作而言,构思方法就是一个重要的"器";运用适宜的构思方法,可以为创作奠定成功的基础。

第四节 文艺创作的符号化阶段

文艺创作的符号化阶段是整个创作过程的最后一个环节,它是指创作主体使用艺术符号,把成熟的构思转化为可供他人欣赏的文艺作品的过程。这是一个将构思明晰化、具体化和完善化的过程,其实质是一种审美表现活动。在这个阶段,创作主体的艺术表现技巧就显得尤其重要了。如何准确、完整地传达出创作主体心中的所思所想,将决定文艺作品的最终形态。如果创作主体"茶壶里面煮饺子——有货倒不出",那么,再美妙绝伦的艺术构思也是徒劳的。

一、将构思符号化

经过创作的准备阶段、发生阶段和构思阶段,如今,文学家、艺术家们终于要进入创作的符号化阶段了,他们将运用符号(语言、文字、色彩、声音等)把自己的构思尽可能完美地表达出来。

(一)构思与符号表现之间的矛盾

巴尔扎克曾经在《古物陈列室》的初版序言中写道:"谁不能叼着一支雪茄,在公园散步的同时,弄出七八个悲剧来呢?⋯⋯在自己那个供想象的后院里,谁没有一些最最精彩的题材呢?不过在这种初步的工作和作品的完成之间,却存在着无止境的劳动和重重障碍,只有少数有真才实学的人,方能克服它们……构思一部作品是很容易的,但是把它写出来却很难。"确实,想到和做到根本就是两回事,两者之间几乎有着天壤之别。即使对于经验丰富的创作者而言,从构思阶段跨入创作的符号化阶段,他们的心理压力也是局外人难以想象的。

十月怀胎,一朝分娩。一部凝聚了无数心血的文艺作品即将呱呱坠地,那么,她的"母亲"究竟会是怎样一种复杂的心态呢?这种心态与构思阶段的心态又有什么不同呢?华文留学生文学的开创者、旅美台湾作家於梨华在回顾其代表作——长篇小说《傅家的儿女们》——的写作过程时说过的一段话,典型地反映了这一阶段的心态:

> 构思期间,也就是酝酿时期,通常是我最快乐的阶段。夜里两三点,对着窗外的黑夜,坐在三十支光的日光灯前,会乐得笑出声来。一些将要被我搬上舞台的人物,拥挤在台边,一手拉幕,急不待缓地等着出场。
>
> 构思期的快乐,往往在开始动笔了之后逐渐消失。好像一个旅者,在计划他的旅程时,是兴奋的,期待的,急不待缓的,等到旅程开始,是要经过不停歇的劳动才能到达一个个目的地的。体力之外,加上精力,加上注意力,再加上想象力。每个作品,对我讲来,都是一个不简易的旅程,而到达了目的地时,有时是满意的,更有时是失望的,与原来想的,不太一样。①

动笔前后的心态截然不同,原因之一是:构思的时候,创作主体其实是在跟自己说话,跟自己交流,因此,他可以天马行空、随心

---

① 哈迎飞、吕若涵编:《人在旅途——於梨华自传》,江苏文艺出版社 2000 年版,第 328~329 页。

所欲,可以用只有自己才能明白的语言在想象的时空里自由自在地遨游,真可谓"天高任鸟飞,海阔凭鱼跃"。可是到了创作的符号化阶段,高飞的小鸟必须从天上降落到地面来,用大家都能理解的语言跟别人说话,跟别人交流。于是,内心的构思与外在的符号表现之间的矛盾就凸现出来了。

具体分析起来,这一矛盾的成因是多方面的:

首先,每一位文学家、艺术家不可能自己制定并颁布一套符号系统,而是不得不在很大程度上借用全社会约定俗成的符号系统。约定俗成的符号系统作为一种大众化的信息交流工具,它与个性化的艺术思维之间必然存在着差异。而有差异就会有矛盾,有冲突,有痛苦。

其次,由于社会是不断变化、不断发展着的,同时,宇宙万物和人类的想象是无限的、无穷无尽的,而再庞大的符号系统毕竟都是有限的,所以,任何符号系统本身都可能存在着缺陷,都不可能天衣无缝、尽善尽美。即使让最杰出的文学家、艺术家自己来创造一套符号系统,也不可能完美无瑕。当初,慧能为禅宗所立的主要教义之一就是"不立文字",而原因之一就在于:他洞察到了作为符号的文字本身所具有的局限性。

我们在日常生活中也常常会说"妙不可言","我难以用语言来表达(形容)","这只能意会,不能言传"……既然任何符号(包括语言在内)都存在着局限性,文学家、艺术家们想要运用符号来百分之百地把自己的构思表达出来,自然就难以得心应手了。

第三,不同符号系统之间的转换也会产生矛盾。翻译界有一句名言:"诗是不可译的。"它确切的意思是:要把某一种语言的诗翻译成另一种语言的诗,同时又完整、准确地保留原诗的意味和韵味,是不可能的。举一个最简单的例子,在"白日依山尽,黄河入海流。欲穷千里目,更上一层楼"这首五言绝句中,"流"与"楼"这两个词是押韵的,但在英文、法文、日文等语言中,这两个词未必押韵。这首诗翻译成外文后,也很难保证每一句仍然是由五个单词组成。翻译一首小诗尚且如此困难,文学家、艺术家想要用符号把自己内心丰富多彩的意象完整而准确地"翻译"出来,其难度自然可想而知。

在文艺创作中,把生活中的口头语言转化为作品里的书面语言,就是一种最常见的不同符号系统之间的转换。而只要是转换,就有可能导致信息的损耗和变形,原来的信息就很难保持"原汁原味"了。比如,话剧、电影和电视的剧本以及小说都使用文字来表现人物的对话,但文字不可能传达出对话的语速、语调和语音的高低,更何况口语与书面语本身还存在着诸多差异。

我国当代作家阿城在谈及根据他的同名小说改编的电影《孩子王》时说:"电影《孩子王》的一大失误就是对话采用原小说中的对话,殊不知小说是将白话改造成文,电影对白应该将文还原为白话,也就是口语才像人说话。北京人见面说'吃了吗您?'写为'您吃饭了?'是入文的结果。……老舍的小说,其实是将北京的白话处理过入文的。"[①]

问题的关键还在于:并非所有的白话都能够"处理"成文字,也并非所有的"处理"都能够保持不走样。

第四,创作主体的构思发生变化,也会加剧符号表现与构思之间的矛盾。例如,19世纪俄国作家陀思妥耶夫斯基创作小说《群魔》的最初意图是想攻击革命民主主义者别林斯基等人,但他在写作过程中却情不自禁地燃起了对俄国旧贵族的仇恨,于是,原本打算赞美的人物反倒塑造成了"一半像魔鬼"的形象。作者为此而"十分痛苦",不知该如何是好。我们不难想象,这部小说符号化的过程一定是充满着矛盾和斗争的。

---

① 阿城:《闲话闲说——中国世俗与中国小说》,作家出版社1998年版,第135页。

综上所述,符号对于文艺创作就具有了双重特性:一方面,它是把构思符号化所必不可少的工具;另一方面,它又是束缚创作主体的一副镣铐,文艺工作者们将不得不戴着这副镣铐跳舞,在不自由的状态下寻找自由,并进行美的创造。

(二) 物质媒介的运用

在文艺创作的符号化阶段,创作主体不仅要运用符号,而且还要运用某些物质媒介。例如,创作中国画或书法作品,要用到"文房四宝"(笔、墨、纸、砚);创作西洋画(素描、油画、水粉画等),要用到纸或画布、笔、颜料等;用电脑写作,要用到电脑、软盘、打印机等;拍摄电影或电视剧,要用到摄影机或录像设备、胶片或录像带乃至数码芯片……与创作有关的这些物质媒介具有以下的特征和功能:

第一,它们是将构思符号化的物质基础,如果离开它们,看不见、摸不着的构思将表现不出来。

第二,工欲善其事,必先利其器。合适的、恰到好处的物质媒介能够帮助文艺工作者更好地进行创作。例如,对于从事表演艺术的人来说,化妆和演出服装(在我国传统戏剧中被称为"行头")是他们进行创作的物质媒介。不少演员都是在化上妆、穿上"行头"之后,才真正找到了角色的感觉。在拍摄电视连续剧《宰相刘罗锅》时,饰演反面人物和珅的男演员王刚就是在被化妆师定好了妆并穿上了戏服之后,看着镜子里那个面目全非的自己,才第一次找到了作为剧中反面人物和珅的感觉的。

有经验的文艺工作者往往善于借助恰当的物质媒介来促进自己的创作。在外国电影《佐罗》中,男主角佐罗在白天和晚上分别扮成软弱无能的公子哥和机智勇敢的侠客,童自荣为他配音时,就特意分别穿上了软底和硬底的不同鞋子,以帮助自己找准角色的感觉。

第三,在文艺作品完成之后,某些物质媒介可能会成为作品不可分割的一部分。比如,当一件雕塑作品完成之后,雕塑过程中所使用的石头就成了该雕塑作品的重要组成部分,成了体现创作者艺术构思的必不可少的载体。

(三) 影响符号化进程的因素

有些文学家、艺术家在把构思转化为符号的时候,速度比较快,而另一些人则比较慢。有些文学家、艺术家在把某一部作品符号化的时候,速度比较快;而在把另一部作品符号化的时候,速度却比较慢。那么,影响符号化进程的因素究竟有哪些呢?从大量的创作实例来看,不外乎以下这两个因素:

1. 构思是否成熟,各方面的准备工作是否充分

老舍写作长篇小说《骆驼祥子》,"因为酝酿的时期相当的长,搜集的材料相当的多,拿起笔来的时候我并没感到多少阻碍。……一落笔便准确,不蔓不枝,没有什么敷衍的地方。……虽然每天落在纸上的不过是一二千字,可是我放下笔的时候,心中并没有休息,依然是在思索;思索的时间长,笔尖上便能滴出血与泪来"[①]。

老舍不仅构思的时间长,收集的资料多,而且放下笔之后,仍然在思考作品。这就难怪他不但写得快,并且写得好,写得感人至深了,正所谓一分耕耘,一分收获。相比之下,某些文艺工作者一味求快、求多而粗制滥造,称得上是高产作家,但他们的笔尖上恐怕是难以"滴出血与泪来"的。

2. 艺术技巧的高低

文艺工作者应该深刻理解艺术创作的规律,熟悉艺术符号和相关的物质媒介的特性,掌握各种艺术表现的手法和技巧,扬长避短,使各种艺术符号、艺术技巧和表现手法能够充分而自如地为我所用。

---

① 老舍:《骆驼祥子》,人民文学出版社1979年版,第218页。

文艺创作最重视创造性,最忌讳摹仿他人、人云亦云,也忌讳重复自己。所以,创作主体要富有创新精神,自觉地不断求新、求变。为此,一方面要不遗余力地探索新技巧、新手法;另一方面要随时关注艺术技巧的发展和更新趋势,使自己时刻立于时代潮流的最前沿。在这方面,西方现代派艺术就有值得我们借鉴的地方。现代派艺术家们敢于标新立异,独树一帜,他们所创造的超现实、意识流、荒谬、怪诞、黑色幽默等艺术表现方式,就是以反传统为特点的,这些艺术表现方式大大地丰富了作品符号化的手段。

当然,我们也不可以走向另一个极端,陷入为技巧而技巧或者一味玩弄技巧、卖弄技巧的境地,更不该在艺术技巧上盲目地追逐时尚,赶潮流,因为技巧终究是为表现作品内容服务的。如果喧宾夺主,舍本求末,效果只会适得其反。

此外,还要考虑到不同文艺作品类型的特殊性。例如,音乐是时间艺术,长于抒情而短于叙事;绘画则是空间艺术,长于造型及表现色彩却短于表现时间。我们应该顺其自然,扬长避短,而不可强其所难。

艺术表现的最高境界是技巧与作品内容的完美结合、水乳交融和合二为一。那时,欣赏者将感觉不到技巧的存在了,因为在他们看来,那样的作品是一个天衣无缝的整体,表现形式与所表现的内容已经难分难解了。倘若把艺术技巧比喻为文艺工作者的翅膀,那么,艺术表现的最高境界就是"天空没有翅膀的影子,而我已经飞过"(泰戈尔语)。

二、作品的修改和定型

对于文学作品而言,文章是"写"出来的,但好文章却是"改"出来的。这个道理对于艺术作品而言,同样也适用。

作品的修改和定型是文艺创作的最后一道工序。在此阶段,创作主体应该扮演严格的质量检验员的角色,为自己的作品把好最后一道关。对于作品中达不到艺术水准的部分,必须毫不留情地打退票,返回到上一道工序去进行修改。只有各项指标全部合格之后,才能够将作品送出"厂门",交到消费者手中。否则,质量低劣的文艺产品流入文化消费市场,不仅将损害消费者的权益,而且将砸了创作者自己的"招牌",毁了自己的声誉,葬送了自己宝贵的创作生命。

文艺创作是一种精神生产,其产品质量的高低优劣,直接关系到国家的精神文明建设,因此绝不可掉以轻心。文艺工作者必须充分认识到自己肩上所担负的历史使命和社会责任,时刻牢记自己是人类灵魂的工程师,对自己的作品高标准、严要求,树立起"品牌意识",把真正的文艺精品奉献给人民大众。

(一) 对作品进行修改的必要性

文艺作品之所以需要修改,是由内外两方面的原因决定的。

1. 内在的原因

创作的过程往往也是认识逐渐深化的过程。在创作过程中,新的艺术发现和灵感有可能不断地涌现,初期的艺术构思常常会不断地被调整。文艺作品是牵一发而动全身的,当某一个或某一些局部进行了调整之后,其他的部分通常也得随之而作出相应的调整。否则,作品在整体上就难以和谐统一,难以首尾呼应,甚至会出现前后矛盾的情况。

2. 外在的原因

如果创作者不把自己的作品推向社会,而只是供个人自娱自乐,那么,只要他自己对作品感到满意了,别人也就不好多说什么。但只要他将作品推向社会,或者打算推向社会,那么,他就不能自以为是,而必须考虑并尊重别人的审美趣味和审美习惯。

对于大多数文艺创作者而言,他们所接收到的有关其作品的反馈意见,最初不是来自普通大众,而是来自出版社、画廊、电影发行公司(或电影院)和电视台等地方。在某些发达国家,为了避免创作者出现无效劳动,书商、影视制片人、画廊经营者等人通常会在文艺创作者正式进行创作之前,先与他们签订意向性合同或正式合同,对作品的题材、风格、篇幅、目标市场定位和交稿时间等重要问题一一作出明确规定。在这种情况下,创作者首先得尊重书商等人的意见,严格履行合同,其次才能考虑如何保持自己的艺术风格和艺术个性。尽管如此,作品完成之后,倘若对方提出修改意见,创作者往往还得听从。

作品问世以后,来自评论家和大众的信息反馈会更多。如果该作品准备再版,创作者通常会根据大家的意见,对作品再次进行修改。

(二)如何修改作品

如果把已经完成的作品全盘否定、推倒重来,那就属于重新创作,而不属于修改的范畴了。因此,我们在这里所探讨的"修改作品",是指作品的整体框架、主题、风格等要素已经定型,只对局部(细节、词句等)进行一些增删和润色。

1. 细节的修改

在巴尔扎克的长篇小说《欧也妮·葛朗台》1833年的版本中,吝啬鬼老葛朗台系的是一条白色的领带;到了1839年的版本里,白领带突然变成了黑领带。这一细节的修改颇具匠心。因为原先的白领带不符合老葛朗台的个性,倒是黑色的领带不显脏,用不着花钱经常清洗,并且能够使用较长的时间而不必换新的,非常符合吝啬鬼能省则省、能少花钱则少花钱的个性。

杰出的文学家、艺术家总是精益求精,连一个小小的细节也不敢马虎,不肯放过,因为他们知道:文艺精品的大厦就是由一砖一瓦建构起来的。

2. 斟词酌句

这主要是对于文学作品的修改而言的。我国古代把"立言"(写作)视为"三不朽"(立功、立德、立言)的伟业之一,所以十分讲究遣词造句,正所谓"语不惊人死不休"。

《苕溪渔隐丛话前集》卷19记载了一则有趣的故事,说中唐诗人贾岛"初赴举京师,一日于驴上得句云:'鸟宿池边树,僧敲月下门。'始欲着'推'字,又欲着'敲'字,练之未定,遂于驴上吟哦,时时引手作推敲之势"。汉语中的"推敲"一词就是因此而来的。只为了一个字("推"或"敲"),贾岛就如此用心"吟哦",其创作态度之严肃认真,确实值得后人学习。

为了推敲《红楼梦》的文字,曹雪芹则花了长达十年的时间,所以他最终感叹道:"字字看来皆是血,十年辛苦不寻常。"这里所说的"血",不仅是指书中人物的血泪,而且是指作者为创作这部传世杰作所付出的无数心血。

(三) 修改作品时应遵循的原则

修改后的文艺作品应该达到什么样的水平才算是大功告成了呢?换言之,对作品进行修改的时候,应该遵循哪些原则呢?

1. 要精练

先秦时期的楚辞作家宋玉在《登徒子好色赋》中形容天下第一美女时说:她"增之一分则太长,减之一分则太短,著粉则太白,施朱则太赤"。优秀的文艺作品也应该非常精练,做到"有话则长,无话则短",真正令欣赏者感到"增之一分则太长,减之一分则太短"。为此,创作者必须具备良好的分寸感,明白孔子所说的"过犹不及"的道理。

鲁迅在回答"创作要怎样才会好"的提问时说:"写完后至少看两遍,竭力将可有可无的字、句、段删去,毫不可惜。"[①]

现代诗人徐志摩的代表作之一《沙扬拉娜》在1925年版《志摩的诗》一书中,是以《沙扬拉娜十八首》为题出现的,长达90行,洋洋洒洒。1928年,《志摩的诗》一书再版的时候,诗人"毫不可惜"

---

① 鲁迅:《二心集·答北斗杂志社问》。

地对这组诗大幅度进行删节,最后只保留了下面这五句:

> 最是那一低头的温柔
> 像一朵水莲花不胜凉风的娇羞,
> 道一声珍重,道一声珍重,
> 那一声珍重里有甜蜜的忧愁——
> 沙扬拉娜!

人们对自己辛辛苦苦创作出来的作品往往敝帚自珍,一句话、一个字、一小段旋律都舍不得删去。然而为了艺术,必要的时候,必须拿起"奥卡姆剃刀",忍痛割爱。尤其是在现代社会,生活节奏越来越快,老太婆裹脚布一般又臭又长的作品肯定是乏人问津的。一些电视连续剧不受欢迎,主要原因之一就是因为拖拖拉拉,唠唠叨叨,慢慢吞吞,不够精练。

2. 作品要有新意

我国古人在总结创作经验时说,文似看山不喜平。也就是说:欣赏文艺作品就像欣赏山峰一样,不喜欢平坦、平淡、平庸的景色。因此,如果我们作品中的"景色"与别人作品中的"景色"大同小异,甚至如出一辙,那么,我们就应该认真地考虑一下:如何进行创新?如何才能与众不同?

古今中外,凡是杰出的文学家、艺术家,都是勇于创新并且善于创新的人。换言之,也只有勇于并善于创新的人,才有可能成为出类拔萃的艺术大师。贝多芬在创作《第九交响曲》时,就第一次大胆地将人声合唱加了进去——这在交响乐的发展史上是前无古人的,破天荒的,在这个方面,贝多芬毫无疑问是"第一个吃螃蟹的人"。

3. "可读"性要强

我们这里的"可读"是说可以朗读,这主要是针对语言文字类的文学作品而言的。

鲁迅就强调过,他写文章,"做完之后,总要看两遍,自己觉得拗口的,就增删几个字,一定要它读得顺口……只有自己懂得或连自己也不懂的生造出来的字句,是不大用的"[①]。

对于电影、电视剧和话剧的文学剧本而言,文字是否具有"可读"性就更加重要了。我国现代杰出的戏剧作家曹禺在创作过程中,常常是一边写,一边念,一边修改,仔细掂量着每一个词的轻重和分寸,认真推敲着每一句话的韵律和节奏。在与梅阡、于是之合作创作历史剧《胆剑篇》时,写出越王勾践的一段独白后,曹禺首先自己念了又念,连语气都考虑到了。

文艺作品在修改过程中所应该遵循的原则当然远不止我们上面所谈到的这三条,但窥一斑而知全豹,只要本着对读者、对听众和观众认真负责的态度去仔细修改自己的作品,文艺创作者就不难在实践中举一反三,渐入佳境。

(四) 作品定型后的修改

经过反复修改之后,文艺作品基本上就算是定型了,可以问世了,但这并不意味着作品的修改就结束了。有些文学家、艺术家仍然会沉浸在作品中,继续琢磨它,一旦有了心得,就找机会(比如,乘作品重新印刷或再版的机会)再次进行修改。我们前面所举的巴尔扎克为小说中人物的领带改变颜色一事就是一个很好的例子。

我国当代旅法抽象派画家赵无极有一次卖了一幅作品出去,后来,他偶然在买主那里见到了这件作品,觉得有瑕疵,便请求买主把作品交给他,他免费为对方修改,改好之后再交还买主。

长篇小说《围城》是1947年初版的,时隔33年之后,在1980年再版时,钱锺书"乘重印的机会,校看一遍,也顺手有节制地修改了一些字句"。1981年,"这本书第二次印刷,我又改正了几个错字"。1982年,书中"有两处多年朦混过去的讹误",被德文本译者

---

① 鲁迅:《南腔北调集·我怎么做起小说来》。

发现了,于是,"我乘第三次印刷的机会,修订了一些文字"①。钱锺书如此不厌其烦,一而再、再而三地修改自己的作品,堪称为文艺创作者的楷模。

三、即兴创作

即兴创作是文艺创作中比较特殊的一种现象,其发生阶段、构思阶段和符号化阶段全都浓缩在极短的时间内一次性完成。

(一)即兴创作发生的背景

即兴创作大体上可以分为主动的即兴创作和被动的即兴创作两种情况。

1. 被动的即兴创作

对于普通百姓而言,被动的即兴创作比较常见。文艺工作者或名人们在庆典、联欢会、聚餐会等场合即席赋诗、清唱、挥毫泼墨、表演文艺节目等等,就属于此类。曹操之子曹植被哥哥所逼,在七步之内创作出一首诗来,也属于此类。

2. 主动的即兴创作

主动的即兴创作大多数发生在文艺创作主体极度兴奋、极度喜悦或极度悲愤等极端情绪状态下。例如,1976年1月8日,周恩来总理病逝,"四人帮"加快了篡党夺权的步伐,并恶毒地诬蔑周总理,激起了全国人民极大的义愤。4月5日清明节这一天,北京、南京、西安、杭州等许多大城市终于爆发了声势浩大的群众示威运动,人们纷纷用诗、词、歌谣等方式深切悼念周总理,愤怒抨击"四人帮"。后来被收录在《天安门诗抄》中的很多作品,就是这次"四五运动"的参与者在现场即兴创作的。

(二)即兴作品的艺术特征

由于其特殊的创作背景,即兴创作的文艺作品也就具有了非

---

① 钱锺书:《围城·重印前记》。

同寻常的艺术特征:

首先,被动的即兴作品通常是在创作主体没有任何思想准备,也没有什么艺术发现和艺术激情的状态下,临时被逼或被迫进行创作的,其中相当一部分为敷衍或应酬之作,内容上不是有感而发,而是没话找话说,所以通常并不能代表创作者的最高水平。

其次,主动的即兴作品,其创作动机比较简单,往往是有强烈的感情要抒发,不吐不快,或者是有突如其来的灵感让创作者兴奋不已;作品通常不假思索,一挥而就,显得情绪饱满、气韵连贯,尤其难能可贵的是情感真挚,较少矫揉造作和无病呻吟。但因为创作时间比较短,创作者又处于激情状态之下,往往情感多于理智,无暇在艺术表现手法和艺术形式上精雕细琢,所以有可能会显得较为粗糙。初唐文学家王勃的《滕王阁序》等极少数作品则属于即兴创作中的佳作。

第五节　文艺创作的心理机制

文艺创作是一种精神生产活动,它要调动创作主体的感觉、知觉、情感、理智、想象、思维乃至潜意识和无意识的活动,因此,其心理机制是十分复杂的。有些学者把人类的心理世界称为"内宇宙",也就是说,它跟浩渺无垠的太空世界("外宇宙")一样神奇而充满奥秘。那么,文艺工作者在创作的时候,他们的"内宇宙"中到底发生了一些什么样的活动呢?

一、灵感和直觉

(一) 灵感

灵感是创造性思维中认识突然发生飞跃的一种心理现象,有点类似于佛教禅宗的所谓顿悟。灵感一词最早来源于古希腊文,原意是指神赐的灵气、神灵的启示。在西方文艺理论发展史上,较早涉及灵感这一概念的是古希腊哲学家德谟克利特,他说:"一位诗人以热情并在神圣的灵感之下所作的一切诗句,当然是美的。"柏拉图认为:诗人"不得到灵感,不失去平常理智而陷入迷狂,就没有能力创造,就不能做诗或代神说话"①。在我国,西晋文学家陆机较早论述了灵感现象,但称之为"应感"而非灵感。"五四"时期,灵感一词传入中国,不过起初被音译为"烟士披里纯"。

灵感是一种客观存在的心理现象,它不仅存在于文艺创作的过程中,而且也存在于科学研究和发明创造的过程中。它具有如下特征:

1. 突发性

陆机在《文赋》中说:灵感"来不可遏,去不可止"。明朝戏曲家汤显祖将灵感称为"自然灵气",他说:"自然灵气,恍惚而来,不思而至,怪怪奇奇,莫可名状,非物寻常得以合之。"② 他们的论述都道出了灵感所具有的突发性的特征。

郭沫若对灵感的这种突发性也深有感受。他在回忆长篇抒情诗《凤凰涅槃》的创作经过时说:"上半天在学校的课堂里听讲的时候,突然有诗意袭来","晚上行将就寝的时候,诗的后半的意趣又袭来了,伏在枕上用着铅笔只是火速的写,全身都有点作寒作冷,连牙关都在打战。……但由精神病理学的立场上看来,那明白地是表现着一种神经性的发作。那种发作大约也就是所谓'灵感'(inspiration)吧?在民八、民九之交,那种发作时时来袭击我。一来袭击,我便和扶着乩笔的人一样,写起诗来"③。

---

① 伍蠡甫主编:《西方文论选》上卷,上海译文出版社1983年版,第4页、第19页。
② 北京大学哲学系美学教研室编:《中国美学史资料选编》下册,中华书局1981年版,第137页。
③ 郭沫若:《我的作诗的经过》,《沫若文集》第11卷,第144页。

由此可见,灵感的发生非常突然,它不期而至,事先难以预测,事后也难以控制,不受人的主观意志的操纵。正如黑格尔指出的那样:"单靠存心要创作的意愿也召唤不出灵感来。谁要是胸中本来还没有什么内容在活跃鼓动,还要东张西望地搜求材料,只是下定决心要得到灵感,好写一首诗,画一幅画或是发明一个乐曲,那么,不管他有多大才能,他也决不能单凭这种意愿就可以抓住一个美好的意思或是产生一部有价值的作品。无论是感官的刺激,还是单纯的意志和决心,都不能引起真正的灵感。"[①]

2. 亢奋性

郭沫若曾说:每当诗的灵感袭来时,就像发疟疾一样时冷时热,激动得手都发抖,有时抖得连字也写不下去。确实,灵感迸发时,创作主体处于一种精神高度亢奋的状态之中,激动不已,甚至像着了魔似的有点紧张,有点迷狂,各种心理能量一时间都活跃起来,才思如泉涌一般喷薄而出,大脑中各种形象和意念纷至沓来。但这种强烈的亢奋状态不可能保持很长时间,所以,灵感又是短暂的,往往稍纵即逝。因此,在灵感到来时,创作主体应该迅速捕捉它,充分利用它。

灵感的亢奋性在外在表现形态上显得有些不可思议,但它与精神病的迷狂却有着本质上的不同:(1)灵感的亢奋是有意识的心理活动,在一定程度上可以受理智的制约;精神病的迷狂则是丧失理智的心理错乱,主体根本无法加以控制。(2)灵感的亢奋有较明确的目的,即从事文艺创作、审美创造等等;精神病的迷狂却是无目的的、非自觉的。

3. 创造性

处于灵感状态下的创作主体会感到自己若有神助,长期苦思不得其解的难题此刻恍然大悟,豁然开朗。显然,这是文艺创作过

[①] 黑格尔著,朱光潜译:《美学》第 1 卷,商务印书馆 1982 年版,第 364 页。

程中最富有创造性、效率最高的时刻。因此,有经验的创作者都十分珍惜来之不易的灵感。

我们已经简要地论述了灵感的主要特征。应该指出的是,灵感的外在表现形态虽然有些神秘和玄妙,但它并不是天外来客,更不是所谓"天才"的专利。究其实质,它只是创作主体大脑中的各种神经联系在特定时刻和特定状态下突然高度连通而导致的大脑兴奋灶的扩大与异常亢奋。

实践业已证明,创作主体的生活体验越丰富,艺术修养越深厚,对创作越痴迷,获得灵感的机率就越大;反之,生活体验贫乏而苍白,艺术修养肤浅,对创作又缺乏敬业的态度和执着的精神,那么,获得灵感的机率就可想而知了。如果美国作家海明威从来都没有体验过海上生活,也从来没有接触过渔民,他是不可能仅仅依靠灵感就创作出《老人与海》这样的小说的。同样,倘若一个人从来也没有接触过电脑和互联网,那么,他也不可能单单凭灵感就创作出反映网络生活的文艺作品来。此外我们还应该看到,灵感是短暂的,可遇而不可求;仅凭灵感,不太可能完成一部作品(尤其是大中型文艺作品)创作的全过程,文艺工作者也不可能仅仅依靠灵感来支撑其一生的创作生涯。

(二) 直觉

"直觉"一词源自拉丁文,原意是凝视。法国哲学家笛卡尔将直觉视为理智的一种活动,通过它就能发现作为推理起点的、无可怀疑而清晰明白的概念。他说:"我所理解的直觉的意思,不是对不可靠的感性证据的信念,不是对混乱的想象的靠不住的判断,而是智慧之明确和细致的概念。"[①] 荷兰哲学家斯宾诺莎把直觉看成是高于推理并完成推理知识的理智能力,人通过它才能认识到无限的实体或自然界的本质。

---

① 转引自章士嵘等编:《认识论辞典》,吉林人民出版社 1984 年版,第 195 页。

法国哲学家、1928年诺贝尔文学奖得主柏格森认为：直觉是这么一种能力，它排除分析，本能地、直接地、整个地把握作为世界本质的"实在"；"它使我们置身于对象的内部，以便与对象中那个独一无二、不可言传的东西相契合"；文学艺术的创造需要通过直觉去认识并体现真正的"实在"；艺术家"凭直觉的努力，打破了空间设置在他和他创作对象之间的界限"①。

意大利美学家克罗齐则宣称：艺术是直觉想象的产物，是直觉形式的知识；直觉不是知觉，而是印象、感觉、感受的对象化，因而就是印象、感觉、感受的表现；艺术的内容必须是转化为直觉形式的内容；应该"把直觉的（即表现的）知识和审美的（即艺术的）事实看成统一，用艺术作品做直觉的知识的实例，把直觉的特性都付与艺术作品，也把艺术作品的特性都付与直觉"②。

我们认为，直觉是省略了逻辑推理过程而对事物某一方面或某些方面的本质特征直接作出洞察、判断的心理活动，这种洞察、判断未必是全面的，但却可能是比较深刻的。在文艺创作中，创作主体在直觉的帮助下，可以对创作素材的审美价值迅速地作出一种直观的判断。对此，巴尔扎克深有体会。他说：有时，对一个词汇或一个细节的洞察，就可能唤起一整套的意念，从这些意念的滋长、发育和酝酿中，又可以诞生出一部喜剧或一部悲剧。③

直觉、灵感和艺术发现这三个概念比较容易被混淆，因为它们具有某些相似性，但三者其实是存在着差别的。直觉往往发生在与创作素材（审美对象）的第一次接触之时，并且是一次性形成的；灵感是对某一问题长期思考而没有能够解决之际，认识突然发生

---

① 伍蠡甫主编：《现代西方文论选》，上海译文出版社1983年版，第81~87页。
② 克罗齐著，朱光潜、韩邦凯、罗芃译：《美学原理 美学纲要》，外国文学出版社1983年版，第19页。
③ 见《巴尔扎克论文学》，中国社会科学出版社1986年版，第6页。

的飞跃,它也是一次性形成的;艺术发现却未必是一次性形成的,它可能要经历一个不断深化的认识过程。此外,直觉和灵感可以是对创作素材的某一个局部或某一个方面的把握,而艺术发现则是对素材的宏观的、整体的把握。

二、想象和联想

(一) 想象

荷兰画家、后期印象画派代表人物之一凡高说:"想象确实是我们必须发展的才能。只有它能够使我们得以创造一种升华了的自然。"[1]《2000年目标:美国教育法》指出:"在整个人类历史中,所有艺术都联系着我们的想象。"

那么,想象究竟是什么呢？想象是人在已经积累的知觉材料的基础上创造出事物的新形态或新形象的心理过程。我们能够进行想象,是由于我们曾经知觉过形形色色的事物,并在大脑中保留着这些事物的形象。大脑两半球就以这些形象作为素材,通过分析、综合等加工过程,创造出我们未曾知觉过的事物的形态或形象。

想象的生理机制是十分复杂的。科学研究表明,人类大脑两半球皮层的主要功能是形成描述以前经验的暂时神经联系,促使想象产生的重要生理机制是大脑两半球皮层上已经形成的暂时神经联系的重新组合。不过,想象的生理机制不但位于大脑两半球的皮层上,而且还位于脑的更深的部位(如下丘脑——边缘系统)内。

想象可以细分为再造性想象和创造性想象。再造性想象是根据语言文字的描述或图形、声音等符号的示意,在大脑中创造出一些相应的形象或意境的心理过程。文艺欣赏活动离不开再造性想

---

[1] 《塞尚、凡高、高更书信选》,四川美术出版社1984年版,第32页。

象。创造性想象则是根据一定的目的或任务,在大脑中创造出事物的新形态或新形象的心理过程。文艺创作活动离不开创造性想象。创造性想象又可以细分为虚构和推想两种。

虚构是无中生有地创造出客观现实中不曾出现过的事物,或者创造出客观事物在现实生活中不曾出现过的形态。一切文艺作品的创作几乎都要在不同程度上借助于虚构。

推想则是根据客观事物的现实形态,推测其在特定条件下的新形态。长篇小说《红楼梦》第27回中,林黛玉见到落了一地的花瓣,马上想象到它们"污淖陷渠沟"的凄惨模样,她的这种心理活动就属于推想。

文艺创作的本质特征不是体现在再造性想象中,而是体现在创造性想象,尤其是虚构之中。原因很简单:如果忠实地记录现实生活中客观事物的本来面貌和形态,那么,产生出来的只能是新闻、纪录片、人物传记和历史文献等等,而不是文艺作品。

当然,文艺工作者在发挥创造性想象的时候,不能违背客观生活的内在规律,而是要更生动、更形象、更传神地展示生活的真实形态。

通过创造性想象,文艺作品不仅可以展示出生活的真实形态,而且可以展现出生活的可能的形态,生动、形象地表现出人和这个世界的另外的种种可能性。这是纪实性的新闻作品所难以做到的,也是文学艺术永恒的、难以被替代的魅力之所在。

科学研究的过程中也要运用想象,但它与文艺创作过程中的想象有所不同。正如高尔基所说的那样:"科学工作者研究公羊时,用不着想象自己也是一头公羊。但是文学家则不然,他虽慷慨,却必须想象自己是个吝啬鬼;他虽毫无私心,却必须觉得自己是个贪婪的守财奴;他虽意志薄弱,但却必须令人信服地描写一个意志坚强的人。"①

为了使虚构的艺术形象栩栩如生,文艺工作者在创作过程中必须把自己想象为作品中的人或物,必须进入"角色"。法国作家福楼拜在回忆自己写长篇小说《包法利夫人》的情形时说:"想象的人物迷我,追我,——或者不如说是,我深入到他们的皮肤里去。我写包法利夫人服毒,我一嘴的砒霜气味,我像自己中了毒一样,一连两回闹不消化,因为我把晚饭全呕出来了。"②

高明的文学家、艺术家大多善于借助于想象来进行创作。达·芬奇曾经面对着一堵污渍斑斑的墙壁构思一幅风景画,想象墙壁上奇形怪状的污渍是山岭、河流、树木等等。

文艺创作离不开形象思维,而想象则是形象思维最重要的手段之一。如果说灵感和直觉是可遇不可求的,那么,想象则是人人都可以做到的。想象力丰富与否,是衡量文艺工作者创作能力高低的重要标尺之一,也是决定文艺作品成败的重要因素之一。《庄子》、《离骚》、《西游记》、《聊斋志异》等作品都以其瑰丽奇妙的想象力而光耀文坛。

(二) 联想

联想是由某一事物想到另一事物的心理活动。

联想一词源自拉丁文 associo,原意是联系、联结。亚里士多德把联想分为接近联想、相似联想、对比联想三大类。俄国生理学家巴甫洛夫指出:"……暂时神经联系是动物界以及人类自己的最普遍的生理现象,同时也是心理现象,就是心理学家称为联想的东西,这种联想把各种各样的活动、印象或字母、词和观念联系了起来。"③

---

① 高尔基:《论文学》,人民文学出版社 1978 年版,第 317 页。
② 福楼拜:《给泰纳》(1866 年 11 月)。
③ 《巴甫洛夫全集》第 3 卷,1951 年俄文版,第 325 页。

中国古代诗歌创作中讲究赋、比、兴的表现手法,其中,"比"(比喻)就是以彼物比此物,而这就要依靠联想。在《红楼梦》第27回中,林黛玉后来又由落花想到正值花季的自己,并发出"侬今葬花人笑痴,他年葬侬知是谁"的感叹。她的这种心理活动就属于联想。联想与想象这两个概念比较容易混淆,它们的主要区别在于:联想并不创造事物的新形象或新形态,而只是在不同的事物之间架起联系的桥梁。因此,联想不属于想象。

然而,联想仍然应该具有创造性。英国唯美主义作家王尔德指出:第一个用花比喻美人的是天才,第二个这么比喻的人是庸才,第三个人再这么比喻就是蠢才了。

三、情感和理智

(一) 情感

情感又称为感情,是指人类的喜、怒、哀、乐等心理反应。它可以分为肯定性情感(如愉悦、欢快)和否定性情感(如悲伤、厌恶),也可以分为积极情感和消极情感。在前面讨论文艺创作的本质特征时,我们已经指出:文艺创作是建立在对现实世界、对社会生活的真情实感的基础上的。印度文学大师、东方第一位诺贝尔文学奖得主泰戈尔也曾经强调:"文学主要是依赖感情,而不是知识。……培植自己的感情,然后使之变作大众的感情,这就是文学,这就是艺术。"[①]

具体说来,情感贯穿于文艺创作的全过程之中。在创作的准备阶段,创作主体要有丰富、深刻而独特的情感体验和情感积累。在创作的发生阶段,情感是启动创作的强大的内在动力之一,创作冲动本身往往就包含着强烈的情感冲动。在创作的构思阶段,情感的作用和影响则主要表现在以下几个方面:(1) 创作主体的情

[①] 《泰戈尔集》,上海远东出版社1997年版,第270页。

感会自觉或不自觉地投射到审美客体上去,产生如德国心理学家、美学家里普斯所说的"移情作用",从而使审美客体由于浸染了创作主体的情感色彩而产生变形。同时,创作主体的情感也左右着他对创作素材的选择和取舍。(2)创作主体的情感决定着他对作品中的人物和事件的褒贬。比如,当作者过分热爱或过分厌恶作品中的某个人物或某些事件时,创作就有可能步入情感的误区。(3)文艺工作者不可能生活在真空世界里,在构思过程中,乃至在整个创作过程中,他们还会受到日常生活中各种各样的杂事的干扰,从而有可能产生一些消极的、负面的情感,阻碍创作的正常进行。

要充分发挥情感对文艺创作的正面作用,并将其负面影响减少到最低程度,创作主体就应该做到:

第一,要表现真情实感;要"为情而造文",不要"为文而造情"①,不要为赋新诗强说愁。因为文艺殿堂拒绝一切的虚情假意,拒绝一切的无病呻吟和强颜欢笑;假冒伪劣的情感在此难以立足,只有真实的情感才能具有长久的生命力,才能具有较高的审美价值。《庄子·外篇·渔父》中指出:

> 真者,精诚之至也。不精不诚,不能动人。故强哭者,虽悲不哀;强怒者,虽严不威;强亲者,虽笑不和。真悲无声而哀,真怒未发而威,真亲未笑而和。真在内者,神动于外,是所以贵真也。……真者,所以受于天也,自然不可易也。故圣人法天贵真,不拘于俗。愚者反此。

明朝思想家、文学家李贽也极力推崇真情实感,抨击虚伪矫饰和假道学。他的文艺思想的核心就是影响深远的童心说:"夫童心者,真心也……绝假纯真,最初一念之本心也。若失却童心,便失

---

① 刘勰:《文心雕龙·情采》。

却真心;失却真心,便失却真人。……童心既障,于是发而为言语,则言语不由衷……著而为文辞,则文辞不能达。……天下之至文,未有不出于童心焉者也。"①

公安派首领袁宏道主张诗文应该"从自己胸臆流出"。近代学者、文艺理论家王国维认为:"能写真景物、真感情者,谓之有境界。否则谓之无境界。"②

总之,创作主体要在作品中表现自己真实的情感。

第二,要讲究情感的品味。换言之,文艺作品中的情感不仅应该是真实的,而且应该是高尚的、美好的。这并不是说作品要回避现实生活中客观存在的那些卑劣、丑陋的情感,而是说作品应该弘扬纯洁、美好和高尚的情感,抨击卑下、低俗和虚伪的情感。

例如,《金瓶梅》是我国第一部由文人独立创作的长篇小说,在文学上有一定的成就,但书中恣意描写西门庆玩弄潘金莲、李瓶儿和婢女春梅等女性的具体细节,流露出作者对荒淫生活所抱的某种欣赏态度,从而大大降低了这部小说的情感品位。《红楼梦》在题材、细节和风格等方面都明显受到《金瓶梅》的影响,但曹雪芹不是视女性为玩物,而是歌颂和赞美她们高洁的人格、美好的心灵;小说中虽然也写到贾琏、贾瑞、薛蟠等公子哥的丑行,但处理得简洁而含蓄,并且是以否定的态度去描写的。因此,《红楼梦》在情感品位上显然要远远高于《金瓶梅》。

第三,要把握情感的分寸。

冷酷无情或心如死灰的人是不可能创作出感人至深的文艺作品的,因为创作者自己心中都没有浓烈的感情,自己都没有被深深地感动,又怎么能够奢望去感动别人(受众)呢?文艺作品既然要

---

① 郭绍虞主编:《中国历代文论选》第三册,上海古籍出版社1980年版,第117~118页。
② 见《蕙风词话 人间词话》,人民文学出版社1960年版,第193页。

对受众"动之以情",那么,创作者当然不能缺乏情感。但是,情感并非多多益善。如果把创作比喻为一叶小舟的话,那么,情感之水既能载舟,也能覆舟。

孔子曾经称赞《诗经》的首篇"乐而不淫,哀而不伤",就是因为诗中所表达的情感恰到好处,不过分("淫"即过分之意)。孔子认为"过犹不及",也就是说,过分和分寸不到位同样都是不好的。以烧饭为例,火候不够,米饭会夹生;火候过了,米饭则会焦糊。要使文艺作品既不"夹生",也不"焦糊",创作者就必须把握情感的分寸;不仅要能充分调动起自己的情感,更要能驾驭住自己的情感;对于情感这座"围城",创作者不仅要能进得去,而且要能出得来。

第四,要训练出良好的情感自控能力,当与创作无关的情感或情绪发生时,要能够控制住它们。如果做不到这一点,宁可暂时停止创作,等这类情感或情绪平息之后,再继续创作。因为在不良的情感或情绪状态下,是难以创作出优秀的作品来的。

此外,我们还应该认识到,文艺创作中的情感表现不同于日常生活中的情绪发作和宣泄,两者的区别首先在于文艺创作中的情感抒发是一种被延宕了的情绪活动,即华兹华斯所谓"在平静中回忆起来的情感",这种情感不是对即时情感的无意识摹写,而是被记忆滤清了的情感的自觉回忆与表现,是过去时态的心理状态。其次,艺术情感不像日常生活中的情感那样由"刺激—反应"的心理模式产生,它不是外界刺激的被动反应,而是有意识地构造成的形式,是一种虚构。最后,从表现方式来看,日常情绪是通过反射活动宣泄出来的,而文艺创作则是将情感转换成了符号。①

总之,文艺创作的主体要善于调控情感的方向和强度,把握情感的品位和分寸,努力成为情感的主宰而不是情感的奴隶——当然,这在很大程度上就要依靠理智的力量了。

---

① 《人与故事——文学文化批判》,东方出版社 1993 年版,第 11 页。

(二) 理智

理智是指人类所具有的有意识的理性的认知能力和思维能力。它在创作中的作用主要体现在以下两个方面：(1) 使创作主体对创作素材的感性认识上升为理性认识，从"知其然"上升到"知其所以然"。(2) 帮助创作主体对作品的题材、结构、节奏、风格等方面加以控制，尤其是对创作过程中的激烈情感加以控制。

古罗马文艺批评家郎加纳斯指出："那些巨大的激烈情感，如果没有理智的控制而任其为自己盲目、轻率的冲动所操纵，那就会像一只没有了压仓石而飘流不定的船那样陷入危险。它们每每需要鞭子，但也需要缰绳。"[①] 美国文艺批评家、意象派诗人庞德也认为："归根到底，诗人之所以是诗人，就在于他具有一种持久的感情，同时还有一种特殊的控制力。"[②]

确实，文艺工作者不仅应该具备丰富的想象力和真挚而热烈的情感，而且应该具备很强的鉴别能力和收放自如的控制能力。鉴别能力和控制能力的高低，取决于理智在创作中的参与程度，标志着创作主体是不是一位成熟的文艺工作者。只有正确处理好情与理的关系，创作出来的文艺作品才能既"合情"又"合理"，才能真正做到对受众"动之以情，晓之以理"。

协调情感与理智的方法很多，因人而异。其中，行之有效的一种方法是：在创作的初期阶段，先充分打开情感的闸门，让它尽情奔涌；接着，不妨把此阶段完成的草稿放置一段时间，等自己"冷却"下来之后，再用理智的眼光对草稿进行增删、修改，取其精华，去其糟粕。这样做的好处是：可以把情感和理智的作用都发挥到最大值。

---

① 伍蠡甫主编：《西方文论选》上卷，上海译文出版社 1979 年版，第 123 页。
② 伍蠡甫主编：《现代西方文论选》，上海译文出版社 1983 年版，第 267 页。

四、意识、潜意识和无意识

（一）意识

意识是人脑的机能和属性之一，是人在清醒状态下对客观现实的一种具有自觉性和能动性的主观反映。恩格斯指出："我们的意识和思维，不论它看起来是多么超感觉的，总是物质的、肉体的器官即人脑的产物。"[①]

意识的能动性主要表现在：(1) 意识是主动的、创造性的心理活动，它不仅可以反映当前的现实，而且可以回顾过去，展望未来；(2) 意识不但能够反映现实，而且能够通过指导人们的实践活动去改造现实。例如，文艺创作就是人们观念性地改造现实世界的一种活动。

意识不论其感性形式还是其理性形式都是主观的，因此，意识对客观现实的反映只能是近似的，有时甚至是变了形的，而不可能是纯粹客观的。此外，对同一客体，不同的主体会有不同的意识反映。比如，在同样的时间、同样的地点，用同样的工具（笔、颜料、宣纸或画布），让两位画家面对同样的黄山风光进行写生，最后，两位画家所创作出来的作品一定不会是一模一样的。这除了因为两位画家在艺术修养、创作风格等方面有所不同之外，意识的主观差异性也是一个重要的原因。

在文艺创作的过程中，意识的作用是主导性的，它决定着文艺工作者的世界观、人生观、创作理念、创作动机和创作态度，决定着他们对题材的选择、对作品主题的界定、对创作规律的认识和把握等等。

（二）无意识与潜意识

无意识（unconsciousness）是指没有被人明确地意识到的、潜在

---

① 《马克思恩格斯选集》第4卷，人民出版社1972年版，第223页。

的、不自觉的心理活动。最早对无意识进行系统研究的是精神分析学派,该学派的创始人弗洛伊德认为:人的心理主要分为意识和无意识两大领域:无意识是人的生物本能和欲望,它不停地在寻求着满足;而意识由于受到"文明"及社会规范的灌输,便竭力压抑无意识的本能冲动,使它只能通过梦境或文艺作品等途径得到象征性的满足。因此,意识和无意识始终处于对立和矛盾冲突的状态;无意识是心理深层的基础,它决定着人的一切有意识的行为。

精神分析学派中有人主张:既然无意识对意识起着决定作用,就不应该再把它称为无意识,而应该用"潜意识"(subconsciousness)这个概念取而代之。

精神分析学派的理论对普通心理学和文艺心理学的发展都作出了开拓性的贡献,但其最大的偏颇在于过分夸大了无意识的作用,而且夸大了欲望和本能在无意识中的地位。

进一步的科学研究表明:无意识是客观存在的,它可以细分为多种类型。其中,与文艺创作关系密切的有下述几种:

1. 集体无意识

集体无意识是相对于个体无意识而言的,它是指整个人类或某一个(某一些)种族、民族、家族、国家、团体由于长期生活在相同或相似的自然条件与社会环境中,并经历了相同或相似的生理演变和文化演变过程,从而在心理上积淀下来的共同的潜在意识。

我们平常所说的国民性或民族性格、民族精神,其形成及其外在表现形态就与该民族的集体无意识有关。集体无意识像接力赛跑中的接力棒一样,在某一个集体中一代一代地流传下来,并在长期的传递过程中不断完善和提高。正如马克思所指出的那样,人的"五官感觉的形成是以往全部世界史的产物"[①]。这在一定程度上就解释了为什么现在的婴儿能够很快地学会人类的语言,而即

[①] 《马克思恩格斯全集》第42卷,人民出版社1979年版,第126页。

使是摹仿力极强的某些动物花很长时间也只能学会极为有限的人类语言;为什么一些艺术世家的子女学起艺术来,会比非艺术世家的孩子更快、更有"天赋"。

在文艺创作中,最能体现集体无意识的影响力的,也许就是所谓民族风格了。通过遗传基因,文艺工作者先天就获得了本民族的集体无意识——当然,后天的学习对其审美观和艺术心理定势的形成也有很大的影响——这样,他在创作中就会自觉或不自觉地表现出本民族所特有的审美理想、审美情趣和艺术韵味,因为这一切早已融化在他的血液中了。中国当代音乐家傅聪曾经说过:"中国文化就像高山大海这么深厚,给了我很多养料,这种精神已经灌注在我身上,也就变成我的一部分。"[1]

2. 梦幻无意识

梦幻是无意识的一种心理表现。梦幻无意识是我们最熟悉、最常见的一种无意识,因为几乎每个人都做过梦。有些梦是日有所思,夜有所梦;有些梦则是日无所思,却夜有所梦,因此显得难以理解。目前,人类对梦的认识还很有限。

在《梦的解析》一书中,弗洛伊德提出:完整的心灵由潜意识(无意识)、前意识、意识这三个系统组成;前意识立于潜意识和意识之间,像一道筛子,阻隔了后两者之间的交通;意识效果不过是潜意识的一个遥远的、次要的精神产物;每一个意识冲动都有一个潜意识的原型冲动,潜意识乃是心灵真正的精神实质;当意识层面的观念被删除、舍弃后,潜意识中有意义的概念就会控制做梦者的整个思想;梦所表现的正是某些特定的潜意识幻想的产物,多为性本能冲动的变相满足;潜意识层次的"原欲"(libido,也音译为"利比多")是梦的愿望的核心和梦形成的根本动因。

自古以来,梦与文艺创作就结下了不解之缘。根据史料记载,

---

[1] 傅雷:《与傅聪谈音乐》,三联书店1984年版,第122页。

唐明皇梦游广寒宫之后创作了著名的《霓裳羽衣曲》。德国歌剧作家瓦格纳在梦中创作了《莱茵河的黄金》和《歌唱大师》的部分乐章。奥地利作曲家海顿、维也纳古典乐派代表人物莫扎特、俄国作曲家斯特拉文斯基等艺术家也都曾经在梦幻中获得过创作的灵感。

尽管如此,我们却不可以过分夸大梦幻无意识对创作的功绩,更不能守株待"梦",指望梦幻女神帮助我们创作出文艺杰作。因为大量的实例表明:在梦中获得灵感的艺术家,事先已经具有了精湛的艺术修养,并且长期痴迷于创作。一个毫无艺术修养和创作实践的人,是不可能在做了一个梦之后就成为艺术大师的。

3. 习惯无意识

习惯无意识是指人经过长时间的反复练习,对某些心理和行为过程已经达到了习惯成自然的高度熟练的程度,因此在重复这些心理和行为的时候,可以脱离意识的指导而自动完成的一种心理状态。例如,学生上学或员工上班,如果每天骑自行车走同样的道路,那么,天长日久之后,用不着留心去辨认道路,甚至一边骑车一边想着其他的事情,通常也不会误入歧途。这就是因为习惯无意识暗中在帮助主人认路。

习惯无意识的本质是意识的直接延伸和熟练化,是意识的熟能生巧和自动化。在体力劳动和脑力劳动(包括文艺创作)的过程中,人类的绝大多数熟练行为都离不开习惯无意识的帮助。

艺术直觉能省略掉常规的认识过程而直接洞察事物的本质特征,这与艺术家在长期的创作实践中所形成的习惯无意识不无关系。某些文学家能即兴创作、出口成章,也与习惯无意识有关。在哥哥的威逼下,曹植在七步之内能够吟出著名的五言绝句:"煮豆燃豆萁,豆在釜中泣;本是同根生,相煎何太急?"这在一定程度上就要归功于他平常酷爱创作,对诗歌的韵律、技巧早已运用自如,不假思索了。

习惯无意识可以细分为不同的层次和类型,如习惯无意识感知、习惯无意识表象识记、习惯无意识行为、习惯无意识语言(包括艺术语言)和职业习惯无意识等等。

(三) 意识、无意识与文艺创作

通过上面的介绍,我们不难得出:意识与无意识并不像弗洛伊德所说的那样只是完全对立的,两者之间即使存在着某些矛盾、冲突,但相互协作、和谐统一才是占主导地位的关系。

至于意识、无意识与文艺创作的关系,国内外学者们的观点莫衷一是。以美国美学家苏珊·朗格为代表的一种看法认为:"艺术作品也可以在意识清醒的状态下诞生;但是,它们在绝大多数情况下却是在无意识的状态下完成的。"①

我们认为,意识与无意识共存于文艺创作的过程之中,它们的关系体现出如下特征:

一是意识引导着无意识活动的方向。

无意识活动的方向如果始终是完全无序的,它就难以产生有价值的结果;如果在某些情况下是有序的,那么,在那些情况下,究竟是什么因素、什么力量在指引着无意识活动的方向呢?心理学研究表明:恰恰是意识在引导着无意识活动的方向。

不少文学家、艺术家在创作中都遇到过才思泉涌、如有神助的阶段,也获得过所谓"天赐"的灵感或直觉,他们受宠若惊,往往把这一切都归功于潜意识或无意识的帮助。其实,这绝大多数是由于他们长期艺术实践所形成的习惯无意识在暗中相助。而我们前面已经论述过:习惯无意识是意识的直接延伸和熟练化,是意识的熟能生巧和自动化。在意识层面上,文学家、艺术家对自己创作行为的目的和发展方向是明确的,由此我们便不难明白:无意识的活

---

① 苏珊·朗格著,滕守尧、朱疆源译:《艺术问题》,中国社会科学出版社1983年版,第118页。

动方向正是从意识那里得到的。

二是无意识所使用的素材主要靠意识来提供。

巧媳妇难为无米之炊,无意识也难为无米之炊。它要"生产"出产品来,总得先有原材料才行。我们前面提到的习惯无意识感知和习惯无意识表象识记,虽然都可以提供一些原材料,但其数量实在太有限了。因此,无意识所使用的素材绝大多数都只有从意识层面获得,此外别无选择。

三是在文艺创作中,意识的作用是主要的、明显的、决定性的,无意识的作用则是次要的、隐蔽的、辅助性的。否定意识的主导作用,就会把文艺创作引向非理性主义;否定无意识的存在及其作用,则会在对文艺创作的认识和理解上走向简单化。

高明的文学家、艺术家往往能够正确认识意识和无意识的相互关系,并以此来指导自己的创作活动。在《演员自我修养》一书中,苏联著名戏剧家斯坦尼斯拉夫斯基就提出:我的演剧体系的主要任务之一,是如何自然地激起演员的有机天性及其下意识的创作;我们整个体系的目的是用有意识的演员技术来引起下意识的创造,使我们的天性发挥它的作用,而天性可以说是最优秀的艺术家。

五、文艺创作过程中的思维活动

(一) 思维的基本特征

文艺创作的过程离不开思维活动。要正确地认识思维的特征,我们不妨先将思维与感知做一个简明扼要的比较。

感知是人类或动物对当前事物直接的、直观的、主观的反映。例如,人们的眼睛看到一朵鲜花插在草地上,通过鼻子又闻到沁人心脾的花香,这就是感知觉。

思维则是人类对客观现实的间接的、概括的、主观的反映。在思维活动中,人们可以认识花这一类东西,概括出花所具有的普遍特征。人们还可以通过思维,间接地认识事物,并总结出事物之间的相互关系。气象谚语说:"月晕而风,础润而雨",可见人们能够从月亮周围有晕而推知将要刮风,从地砖变得潮湿而推知将要下雨。

思维的源泉和起点是感性认识,但感性认识只是关于事物的表面的、片面的和外部联系的认识,思维则是认识活动的高级形式,即间接性和概括性的理性活动形式。思维的形式是概括、判断、推理、假说和理论等;思维的方法是归纳和演绎、分析和综合、从抽象上升到具体、历史和逻辑的统一等;思维的物质基础和表达手段是语言。

对于思维,我们可以有各种不同的分类方法。从个体智力发展水平的不同阶段来看,可以把思维依次分为直观动作思维、直观形象思维、抽象思维。从创造性的角度来看,可以把思维分为再造性思维和创造性思维。还有人把思维分为联想性思维与导向性思维、科学思维与艺术思维、抽象思维与形象思维等等。

那么,文艺创作过程中所使用的究竟是哪一种或哪几种思维呢?文艺创作过程中的思维(我们简称为艺术思维)到底又具有哪些特征呢?

(二)艺术思维及其特征

在过去的几十年里,我国文艺理论界基本上是把艺术思维等同于形象思维的。所以,要探讨艺术思维,我们首先要简单地先回顾一下这段历史。

1. 历史的回顾

形象思维这个词在英文和法文中都是 imagination,在德文中是 einbildung,相应的字根分别是 image 和 bild,意思都是"形象",派生的动名词就是"想象"。西方文艺理论界和美学界一直很少用"形象思维"这个词,而是用"想象"这个词,叫做"艺术想象",指的就是我们所谓的形象思维。在我国,屈原在《远游》里就已经用到了"想象"一词("思故旧以想象兮"),杜甫在《咏怀古迹五首》中也写过"翠华想象空山里"的诗句。汉字本身就基本上是形象思维的产物,东汉文字学家许慎在《说文解字序》中所说的六书之中,"象形"、"谐声"、"指事"、"会意"这四种都与形象思维有关。

18世纪中期,德国美学家弗列德里希·费肖尔提出:"思维方法有两种:一种是用形象,另一种是用概念和文词;解释宇宙的方式也有两种,一种用文词,另一种用形象。"①

在俄国,最早提出形象思维这一概念的是文学评论家别林斯基。在《艺术的观念》一文中,他说:"艺术是寓于形象的思维。"

20世纪30年代初,形象思维这一概念由苏联传入我国。

40年代,文艺评论家胡风指出:"文学创造形象,因而作家底认识作用是形象的思维。并不是先有概念再'化'成形象,而是在可感的形象的状态上去把握人生,把握世界……"②

50年代中后期,我国美学界和文艺理论界曾经就形象思维问题爆发过一场大规模的论争。

1965年7月,毛泽东同志在致陈毅同志的一封信中写道:诗要用形象思维,不能如散文那样直说,所以比、兴两法是不能不用的。宋人多数不懂诗是要用形象思维的,一反唐人规律,所以味同嚼蜡。要作今诗,则要用形象思维方法。③

1977年底,毛主席的这封信在《人民日报》发表,引发了文艺界和学术界关于形象思维问题的第二次大规模论争,与全国关于真理标准问题的大讨论几乎同步进行,1978年因此而成为中国文艺界的"形象思维年"。中国新时期的美学研究,就是从这次形象

---

① 转引自朱光潜:《西方美学史》下卷,人民文学出版社1984年版,第678页。
② 胡风:《今天,我们的中心问题是什么?》,《剑、文艺、人民》,泥土社1950年版,第145页。
③ 参见《毛泽东书信选集》,人民出版社1983年版,第608页。

思维问题的大论争起步的。

形象思维问题在我国引发过两次大规模的论争,当然有其积极的意义,但也暴露出此前人们对这一概念的界定和理解本身不够科学,不够准确,也不够严格。

80年代初,科学家钱学森提出:"研究思维科学不能用'自然哲学'的方法,得用自然科学的方法;即不能光用思辨的方法,要用实验、分析和系统的方法。"他建议创立"形象(直感)思维学",把它作为"思维科学技术"的三门基础学科之一。①

其实,解剖学的研究表明:人的大脑分为两个半球,它们被胼胝体神经束连接起来;大脑前额部分总管计划和调度行动,使两半球的各个功能区相互配合,统一而协调地进行运作。现代神经生理学的进一步研究表明:人的大脑的左半球主管语言、抽象思维等活动,右半球则主管形象思维。

瑞士儿童心理学家皮亚杰通过研究儿童学习和运用语言的过程,也证实了儿童最初只会用形象思维。

我国美学和文艺理论界关于形象思维的两次大讨论,焦点并不仅仅在于形象思维是否客观存在着,而且在于形象思维的特征、艺术思维与科学思维的本质区别等问题。

我们认为,形象思维是以事物的表象(形象)作为直接的和主要的素材,并对表象加以分析、判断、分解、组合(综合)、简化、夸张、变形、概括等处理的一种思维活动;它在文艺创作中使用得最为广泛,但在科学研究和日常思维中也有不同程度的运用。

2. 艺术思维的特征

艺术思维是我们对文艺创作过程中所使用的思维的简称,它以形象思维为主、抽象思维为辅,具有意象性、情感性、创造性和美

---

① 参见包忠文主编:《当代中国文艺理论史》第五章第二节,江苏教育出版社1998年版。

感化、个性化等特征。艺术思维的源泉和起点是感性认识,但艺术思维可以在上升到理性认识之后,仍然保持着感性认识的形态;艺术思维的形式是概括、判断、推理和假说;艺术思维的方法是归纳、分析、综合、分解、简化、夸张、变形等;艺术思维的物质基础和表达手段是形象和符号(如语言、文字、声音、色彩、线条等)。下面,我们就来具体探讨一下艺术思维的主要特征。

(1) 意象性

"意象"这个审美概念是中国人首创的,它的源头可以上溯到《周易·系辞》,其中有这样一段话:"子曰:书不尽言,言不尽意,然则圣人之意,其不可见乎?子曰:圣人立象以尽意。"这段话点出了文艺作品能够以有限之"象"表达无限之"意"的特点,而"立象(形象)以尽意(思想和情感)"一语更是高度概括了文艺创作和艺术思维的本质特征,大大地启迪了后人的思路。此后,中国历代文论中论述比兴、意象、意境等问题的文字不胜枚举,在很大程度上,它们探讨的其实都是艺术思维的意象性特征这一根本问题。

具体而言,艺术思维的过程伴随着活生生的意象。文学家、艺术家在创作的过程中,大脑里活跃着的主要不是抽象的概念(如"太阳"这个单词或"阿Q"这个名字),而是生动、具体的自然景象(如太阳)或人物形象(如阿Q)本身,他们甚至能"听到"风声、雨声、雷声和作品中人物说话的声音,"看到"人物喜怒哀乐的表情;相比之下,科学研究的思维(我们简称之为科研思维)过程则必须借助于抽象的概念,否则就无法完成。

在西方,歌德也曾经说过:"作为一个诗人,努力去体现一些抽象的东西,这不是我的作法。我在内心接受印象,并且是那些感官的、活生生的、媚人的、丰富多采的印象,正如同我的活跃的想象力所提供给我的那样。我作为一个诗人,是把这些景象和印象艺术地加以琢磨与发挥,并且通过一种生动的再现,把它们展露出来,使别人倾听或阅读之后,能得到同样的印象。"①

(2) 情感性

艺术思维与科研思维的第二个不同之处就在于:前者是伴随着强烈的情感而展开的,后者则应该甚至必须在理智的状态下进行。我们在前面说过,思维是对客观现实的主观反映,但这并不是说所有思维都必须带有个人的感情色彩。在科研思维中,思维的主体(人)也难免会带有个人的感情色彩,但他要尽可能把它控制在最低的程度内,以免影响科研成果的客观性和公正性。

艺术思维的意象性特征其实已经涵括了它的情感性特征,因为"意象"的"意"所指的不仅仅是思想,而且还包括情感。换言之,艺术思维中的"象"(形象)是浸染着创作主体思想和情感的"象",正因为这样,它才被称为"意象"。至于情感对文艺创作的重要性,我们在前面谈论"情感与理智"的问题时已经有过阐述,这里就不再重复了。

(3) 创造性

思维可以分为再造性思维和创造性思维,后者是指在科学研究或文艺创作上有创新、发明或新发现的思维过程。想象和灵感是创造性思维的重要表现形式。

科研思维和艺术思维都应该是创造性思维。两者的不同之处在于:科研思维着重于思维内容、思维对象及思维方法的创新,如果重复别人已经研究过的、并且已经有结果的课题,那将是没有意义、没有价值的;艺术思维则既可以着重于思维内容、思维对象及思维方法的创新,也可以着重于思维表达(表述)方式(形式)的创新。例如,对于文艺创作而言,爱情早已不是什么新"课题"了,然而,一部爱情题材的文艺作品即使在内容上缺乏新意,但只要它在表现方式、表现手法上有所创新,它就仍然是有意义的,有审美价

---

① 《西方古典作家谈文艺创作》,春风文艺出版社1980年版,第150页。

值的。这究竟是为什么呢？原因很简单:对于科研思维而言,求真(真理)是其最高价值乃至唯一价值之所在;但对于艺术思维而言,真、善、美(包括文艺作品的形式美)都是具有价值的,当然,真、善、美的统一具有最高价值。

由此可见,艺术思维对创造性的要求更高,但可供思维主体(文艺工作者)发挥创造性的空间也更大。

创造性主要是通过打破常规、标新立异、独树一帜,或者说,是通过求新、求变、求异而得以实现的。例如,林青霞原先一直扮演纯情少女的角色;后来,香港导演徐克在制作电影《东方不败》时,却别出心裁地让她饰演不男不女、心狠手辣的武林高手。这就是徐克的一种大胆创新——用人方面的创新。对于林青霞而言,她这是"改戏路",行话叫做"反串",这意味着她在表演上必须创新,再沿用纯情少女的表演模式就不行了。

文学艺术就是靠一代又一代有识之士的大胆创新而不断进步,不断丰富和不断发展着的。

(4) 美感化

科研思维的终极目的是求真,所以,它所重视的主要是真假或曰真伪的问题。而我们在本编第七章第一节中探讨"文艺创作活动与科学研究活动的区别"这个问题时就已经指出:文艺创作以"美"为最高原则。因此,美感化是艺术思维的重要特征,艺术思维必须遵循美的原则和美的规律;否则,艺术作品的审美功能就无法实现。

(5) 个性化

我们在前面也已阐述过:文艺创作是一种极富个性化的符号生产活动。这里,我们要进一步强调的是:个性化艺术思维的前提是创作主体独特的生活体验、独特的文化—心理结构、独特的创作理念、独特的艺术修养和独特的艺术发现;个性化艺术思维的外在表现形态则是文艺作品的个人风格。此外,个性化的艺术思维还是艺术思维创造性的重要基础和重要保障。艺术思维是否具有个性化的特征,也是衡量一位文艺工作者成熟与否的重要标志之一。

第九章 文艺创作的原则

文艺创作者受自身世界观、人生观和创作理念的影响,在创作过程中会自觉或不自觉、有意识或无意识地奉行某些创作原则。正所谓"无规矩不成方圆",创作原则就是文艺创作活动中的"规矩"。创作原则是客观存在着的。不同的时代、不同的个体会遵循不同的创作原则;在特定的社会和特定的历史时期,某一种创作原则可以成为占主流或主导地位的创作原则(我们简称为主流创作原则),其余的创作原则就成为非主流创作原则。

创作原则的形成及形态与特定的时代背景、社会思潮以及创作主体自身的哲学观、美学观等内因和外因有关。创作原则对于文艺创作起着决定性的影响,作品的思想倾向、风貌、风格等都与创作原则有着直接而密切的关系。当然,创作原则在形成之后,并不是一成不变的,而是会随着社会环境和创作主体个人的变化而不断变化。

第一节 创作原则的界定

创作原则是指文艺工作者在创作过程中所奉行的处理文艺创作与客观现实之间相互关系的基本原则。它所涉及的最基本的问题主要有三个方面:(1)写实、写意或抽象;(2)内容与形式的关系;(3)生活真实与艺术真实的关系。目前,仍然有不少理论工作者把文艺史上某些历史时期或某些创作流派的创作原则混同为创作方法,或者用某些创作流派的名称来为创作原则命名,甚至把政治理念简单地等同于创作原则。这就导致了概念上的混乱、理论上的难以自圆其说及文艺理论与创作实践的严重分离和脱节。

另一方面,自古至今,一直就有人试图把众多文学家、艺术家们所奉行的形形色色的创作原则加以归纳、分类,并由此而出现了各式各样的观点、理论和学说。其中,至今仍然对我国文艺界有较大影响的主要是以下几种界定方法。

一、写境(无我之境)与造境(有我之境)

清末民初的著名学者、文艺理论家王国维认为,文艺创作不妨划分为"写境"与"造境"两大类,前者产生的是无我之境,后者产生的则是有我之境。他说:

> 有造境,有写境,此理想与写实二派之所由分。然二者颇难分别。因大诗人所造之境,必合乎自然,所写之境,亦必邻于理想故也。
>
> 有有我之境,有无我之境。"泪眼问花花不语,乱红飞过秋千去。"……有我之境也。"采菊东篱下,悠然见南山。""寒波淡淡起,白鸟悠悠下。"无我之境也。有我之境,以我观物,故物皆著我之色彩。无我之境,以物观物,故不知何者为我,何者为物。古人为词,写有我之境者为多,然未始不能写无我之境,此在豪杰之士能自树立耳。
>
> 无我之境,人惟于静中得之。有我之境,于由动之静时得之。故一优美,一宏壮也。①

---

① 王国维:《人间词话》第二、第三、第四则。见《蕙风词话 人间词话》,人民文学出版社 1962 年版,第 191~192 页。

值得我们注意的是,王国维认为造境与写境的分别也就是"理想与写实"两派的分水岭之所在。此外,他还把创作原则与文艺作品的风格(如"优美"与"宏壮")联系在了一起。

二、模写自然(师天)与润饰自然(师心)

钱锺书认为,创作原则可以分为"两大宗":

> 一则师法造化,以模写自然为主。其说在西方,创于柏拉图,发扬于亚里士多德,重申于西塞罗(Cicero),而大行于十六、十七、十八世纪。其焰至今不衰。莎士比亚所谓持镜照自然者是。……二则主润饰自然,功夺造化。此说在西方,萌芽于克利索斯当(Dio Chrysostom)……此派论者不特以为艺术中造境之美,非天然境界所及;至谓自然界无现成之美,只有资料,经艺术驱遣陶熔,方得佳观。此所以"天无功"而有待于"补"也。窃以为二说若反而实相成,貌异而心相同。……盖艺之至者,从心所欲,而不逾矩:师天写实,而犁然有当于心;师心造境,而秩然勿倍于理。①

有趣的是,钱锺书把师天(模写自然)基本上等同于"写实",而把师心(润饰自然)等同于王国维所说的"造境"。

三、现实主义与浪漫主义

这是我国从20世纪30年代至今,尤其是建国以来占主导地位的一种界定方法。根据一般的定义,现实主义是指文艺工作者按照现实生活的本来面貌真实地再现典型环境中的典型人物的一种创作方法,其基本特征是艺术描绘的客观性和艺术形象的典型

---

① 钱锺书:《谈艺录》(补定本),中华书局1984年版,第60~61页。

性。浪漫主义则是指文艺工作者按照自己理想的面貌去表现生活,用热情奔放的语言、瑰丽的想象和夸张的手法来塑造艺术形象的一种创作方法,其基本特征是强烈的主观抒情色彩和奇幻的艺术形象。

但问题在于:(1)如果"按照生活的本来面貌真实地再现"环境和人物,那么,产生出来的将是新闻报道、历史文献之类的东西,而绝不是文艺作品;(2)艺术思维与其他思维一样,都具有主观性(请参见本编第八章第五节的有关论述),因此,现实主义所谓"艺术描绘的客观性"实际上是难以做到的;(3)典型化以及想象和夸张的手法几乎是一切文艺创作都在使用的方法和原则,并非现实主义或浪漫主义的专利;(4)现实主义和浪漫主义只是创作原则,而不是创作方法,因为它们并没有各自独立、互不相同的一套创作方法,套用王国维的话来说,"二者颇难分别"。

现实主义又被细分为世态现实主义、批判现实主义、社会主义现实主义、新现实主义、超现实主义、结构现实主义、魔幻现实主义等。现实主义简直成了百宝箱,什么东西都往里装。法国作家加罗蒂称之为"无边的现实主义"。

浪漫主义则被分为消极浪漫主义和积极浪漫主义。"大跃进"时期,我国还有人曾经提出过革命现实主义与革命浪漫主义相结合的创作方法,简称为"两结合"的创作方法。

此外,英国哲学家、文艺理论家科林伍德等人则把艺术界定为表现和再现这两大类型,并推崇表现情感的艺术,贬低再现的艺术。

我们上面所介绍的这几种界定方法,都在不同程度上具有两分法的色彩,其中的一些界定方法还被打上了鲜明的时代烙印。应该承认,与多姿多彩的文艺创作实践相比,理论上的任何界定都是具有局限性的,都不可能尽善尽美。我们下面将要提出的界定也不例外。

第二节 写实、写意与抽象

倘若仔细思考一下便不难发现,王国维所谓写境与造境(或曰无我之境与有我之境)、钱锺书所谓模写自然与润饰自然(或曰师天与师心)、科林伍德所谓再现与表现、现实主义和浪漫主义所谓客观性与主观性,表面的用词虽然不同,但实质性的内容其实大同小异——写境、模写自然、师天、再现、客观性,以及我们在本编第七章第二节中介绍过的左拉的自然主义,表述的基本上都是"写实"之意;而造境、润饰自然、师心、表现、主观性,表达的则基本上均为"写意"之意。

一、写实

写实的本意就是指文艺创作的主体尽最大的努力去如实地描绘现实生活,在作品中尽量保持中立和客观,淡化创作者个人的主观色彩,隐藏个人的情感和倾向性。在我国,"现实主义"一词过去就曾经被译为"写实主义"。写实作为一种创作原则,其哲学思想的根源在于理性主义和科学实证主义。

写实在我国文艺发展史上具有悠久的传统。青年时代的丰子恺就曾经把忠实地模写自然作为绘画的第一要义,他认为不忠实于写实是中国画最大的缺点;自然中有无穷无尽的美,只有那些能够忠实于自然模写的人,才能发现大自然的美。因此,他极力主张"忠实写生"的绘画原则。

徐悲鸿也是写实原则的大力倡导者。他讽刺清朝的"四王"(王时敏、王鉴、王原祁等人)所画的山水是"人造山水";他教导学生不要以他为师,而要以大自然为师,并且说:"在艺术上要走写实的道路。"

20世纪80年代末,我国文坛兴起了一股"新写实主义"浪潮,涌现了一大批"新写实"小说。当代女作家池莉也被一些评论家归入了"新写实派"。纪实性的文艺作品至今仍然深受人民大众喜爱,充分表明"写实"的创作原则具有强大的生命力。

二、写意

写意一词最初多用于中国画中,是指与"工笔"不同的一种绘画创作原则。它注重表现物象的神韵和形态,传达创作主体的情感和精神世界。在形似与神似之间,它更着重的是后者而不是前者。它重视的是王国维所谓"以我观物,故物皆著我之色彩"。它的思想根源则是中国古代哲学中的"天人合一"观。

对于奉行写意这一创作原则的画家而言,既然重点已不在客观对象(无论是整体或细部)的忠实再现,而在精炼深永的笔墨意趣,画面也就不必去追求自然景物的多样(北宋)或精巧(南宋),而只在如何通过或借助某些自然景物、形象以笔墨趣味来传达出艺术家主观的心绪观念就够了。[①]

奉行写意的创作原则,虽然不必再拘泥于准确而忠实地再现事物的客观形态,但这并不意味着创作主体可以因此而放弃艺术技巧和基本功的训练。郑板桥说得好:"必极工而后能写意,非不工而遂能写意也。"

实际上,写意不仅是中国文人画所奉行的创作原则,而且也是中外不少文学家、艺术家们所奉行的创作原则,在众多的文艺创作领域中都被广泛采用。例如,中国传统戏剧(京剧、越剧、黄梅戏等)的舞台表演就在不少方面遵循了写意的创作原则,它们不是忠实地再现生活的原貌,而是用寥寥几个兵卒代表千军万马,用高度程式化(而非生活化)的哭腔来表示悲伤……

---

① 参见李泽厚:《美的历程》,中国社会科学出版社1984年版,第228页。

在西方,不少现代派和后现代主义艺术家对写意的创作原则也情有独钟,他们大胆地使用变形、拼贴、反讽、象征、荒诞、隐喻、暗示、寓言、悖谬、梦幻、意识流、无意识和嘲弄化摹仿等艺术表现手法,抒发内心的主观感受。正如一些评论者所指出的那样:现代主义的总体特征,从思想内容上看是超验的、形而上学的;从审美特征上看是非写实的,重主观的,重内心的,它属于"表现论"美学范畴。[1]

当然,写实与写意并不是泾渭分明、水火不相容的,而是完全可以相辅相成的。文艺工作者完全可以,甚至是应该根据艺术作品内容的需要,奉行写实与写意相结合的创作原则。例如,1984年,陈凯歌执导、张艺谋摄影的故事片《黄土地》就在细节处理上高度写实,而在"迎亲"、"腰鼓"、"求雨"这三个仪式化的场面处理上却是高度写意的。

三、抽象

从总体上来看,写实与写意的创作原则仍然使用具象的表现手法,虽然偶尔也使用象征等手段,但其象征物依然是形象化的,而非抽象化的。我们在前面的章节中也阐述过,艺术思维的主要特征之一就是意象性。

然而,某些文学家、艺术家却超越了具象的束缚,尝试着用抽象的表现方法来传达某种审美感受和美学意韵。这在音乐、绘画、舞蹈等艺术样式中体现得最为充分和突出。以音乐为例,虽然有一些叙事性的音乐作品,以及某些抒情性音乐作品的某些旋律也不乏形象性,但大多数音乐旋律、音乐元素都很难与现实生活中具体的事物形象直接画上等号。而在西方现代派绘画艺术中,抽象

---

[1] 叶廷芳:《现代审美意识的觉醒》,华夏出版社、安徽文艺出版社1995年版,第8页。

艺术就更加司空见惯了。

其实,早在人类历史的初期,抽象的艺术就已经开始萌芽了。我国仰韶、马家窑等地所出土的大量文物,其中的某些几何纹样已比较清晰地表明:它们是由动物形象的写实而逐渐抽象化、符号化为装饰纹样的,是完成了一个从具象到抽象的转化过程的——这也是美作为"有意味的形式"的原始形成过程。

我们再以汉字为例,它是一套以象形为本源的符号系统,象形来自于对对象概括性很大的模拟写实。然而,象形文字从一开始就已经包含有超越被模拟对象的符号意义——一个象形文字所指代的不仅是某一个或某一种对象,而且也可以是一类事物或事件,并蕴涵着文字创造者主观的愿望和情感。正是这一特征,使汉字的象形具有了符号所特有的抽象意义。以汉字为载体的中国书法艺术也因此而具有了鲜明的抽象特征。

在西方,从1910年到第一次世界大战期间,欧洲各地都兴起了抽象艺术。以立体主义为例,"立体主义把绘画从熟悉的事物现象解除出来(因这些现象只被感觉为假象),它只保留下构造性的元素"。"画家现在是从抽象的各种元素出发,来达到一个物象了"。"在发展了的立体派的画面中,物体体积完全被消除了,只剩下彩色的面和线"。"运用色彩的方式不是装饰性的,也不是表现性的,而是停留在构造性的节奏里,并且有时是纯抽象性的"。毕加索也认为,"绘画有自身的价值,不在于对事物的如实的描写。……可以把现实的一切痕迹去掉"[1]。

然而,文艺创作中的抽象与科学研究中的抽象是不是一回事呢?苏珊·朗格认为:

> 我们从一件艺术品中见到的抽象却与科学、数学或

---

[1] 瓦尔特·赫斯编著,宗白华译:《欧洲现代画派画论选》,人民美术出版社1983年版,第70~77页。

逻辑学中的抽象不同……艺术中抽象出来的形式不是那种帮助我们把握一般事实的理性推理形式,而是那种能够表现动态的主观经验、生命的模式、感知、情绪、情感的复杂形式,这样的形式不能通过逻辑中使用的渐进式概括手法得到……

在艺术抽象中,通常要作的第一件事就是设法使得将要加以抽象处理的事物的外观表象突出出来。要想作到这一点,就要设法使这些被处理的事物看上去虚幻,使它具有艺术品所应具有的一切非现实成份。换言之,就是要断绝它与现实的一切关系,使它的外观表象达到高度自我完满,以便使人们见到它时,其兴趣不再超越作品本身。①

这里要说明一下的是:作为一种创作原则,抽象也可以归入广义的写意的范畴,因为无论使用了怎样的表现手法,抽象艺术的重心仍然是在于表达创作主体的主观意念。我们只是为了区别具象与抽象这两大不同的创作原则,并为了帮助大家更好地认识和理解现代派艺术,才把抽象作为一种创作原则单独列出来的。

第三节 内容与形式

内容与形式的关系是创作原则中另一个重要的问题。很多文学家、艺术家和理论家都曾经对此发表过自己的看法。英国唯美主义作家王尔德在《批评家就是艺术家》中宣称:"形式是一切。它是生命的秘奥。""首先就得拜倒在形式的脚下。这样,艺术的任何

---

① 苏珊·朗格著,滕守尧等译:《艺术问题》,中国社会科学出版社1983年版,第156~170页。

微妙才不会对你保持秘密了。"

那么,究竟是内容决定形式,还是如王尔德所说的那样形式决定一切,抑或是内容与形式各有其独立的审美价值呢?这是长期以来一直困扰着不少文艺创作者的一个难题,也是至今尚未得到彻底解决的一个难题。

一、"有意味的形式"(significant form)

1914年,英国视觉艺术评论家克莱夫·贝尔出版了一本名为《艺术》的书,书中结合后印象派等现代艺术实践,提出并论证了"艺术是有意味的形式"这一观点,很快就产生了广泛的影响。从此以后,"有意味的形式"成为美学界和文艺界最流行的口头禅之一,贝尔的理论也被誉为"现代艺术中最令人满意的理论"。贝尔"有意味的形式"这一理论主要包含以下论点:

(1) 艺术是人的精神的表现形式。

(2) 艺术品中必定存在着某种特性,离开它,艺术品就不能作为艺术品而存在;有了它,任何作品至少不会一点价值也没有。这是一种什么性质呢?什么性质存在于一切能唤起我们审美感情的客体之中呢?可做解释的回答只有一个,那就是"有意味的形式"。在各个不同的作品中,线条、色彩以某种特殊方式组成某种形式或形式间的关系,激起我们的审美感情。这种线、色的关系和组合,贝尔称之为"有意味的形式"。"有意味的形式"就是一切视觉艺术的共同性质。

(3) "有意味的形式"是对某种特殊的现实之感情的表现,这种现实感情会使人们更看重宇宙的精神意义而不是它的物质意义,它让人们把事物当作目的去感受,而不仅仅把它们当作手段。

(4) 不论何时,只要艺术家受到其他不相关的兴趣引诱,脱离了他的本职工作——形式创造,那么整个社会也就从精神上腐败了。①

我国有学者指出:"有意味的形式"作为一种审美趣味与美学理想,与希腊—文艺复兴传统(或体系)距离较远;与我国的传统艺术则距离更近;以"有意味的形式"形容或说明非再现的艺术(抽象艺术)比较应节合拍,以之形容或说明再现的艺术(具象艺术),则往往感到问题比较复杂;以之形容或说明那些"半抽象的"艺术("介于似与不似之间"的艺术,例如那些"原始艺术")比较适情顺理,而以之形容或说明那些极度写实逼真的绘画则往往说不通。②

二、内容与形式的关系

要正确认识文艺作品内容与形式的相互关系,首先应该避免走入两种极端。第一种极端是:受儒家思想中"文以载道"这一传统观念的影响,将文艺作品仅仅视为宣扬道德教条、哲学理念、政治思想、人文主张或人生观、世界观等"内容"的工具,因此而一味强调"内容"的主导性地位和决定性作用,忽略甚至否定艺术形式在审美创造和审美欣赏活动中的价值。20世纪上半叶,苏联文艺界就犯过这种错误,我国也曾经受过它的影响。

第二种极端是:像王尔德这样的唯美主义者一样,只看到或只强调文艺作品与现实生活存在着差异性这一点,因此而主张"断绝它与现实的一切关系"(苏珊·朗格语),把现实生活对文艺作品内容的影响排斥在艺术的大门之外,认为形式就是一切,形式高于一切,从而走向形式主义的道路。20世纪初,俄国形式主义文学理

---

① 克莱夫·贝尔著,周金环、马钟元译:《艺术》,中国文艺联合出版公司1984年版,第4页,第64~67页。
② 吴甲丰:《试释"有意味的形式"——读贝尔〈艺术论〉笔记》,《外国美学》第一辑,商务印书馆1985年版,第228页。

论学派和其后的欧美新批评派的某些学说就走向了这种极端。

就以我们前述所谓"有意味的形式"这一学说为例,文学艺术之所以能够创造出"有意味的形式",而不是一般的形式,正是因为文艺作品本身包含着社会生活和创作主体个人的情感生活等丰富的"内容";如果离开了这些"内容",那么,即使形式能够独立存在,它也不可能成为"有意味的形式",而只能是苍白的形式、无意味的形式。别林斯基说得好:"如果形式是内容的表现,它必和内容紧密地联系着,你要想把它从内容分出来,那就意味着消灭了内容;反过来也一样,你要想把内容从形式分出来,那就等于消灭了形式。"

文艺作品是一个有机的整体,其内容与形式是相互依存、相互支撑、相互包容、相互渗透和相互转化的,彼此都无法脱离对方而单独存在——既不存在徒有内容而无形式的文艺作品,也不存在仅有形式而无内容的文艺作品;至于所谓内容很好而形式较差或内容较差而形式很好的作品,都不能算是优秀的文艺作品。从这个意义上说,纠缠于内容与形式哪一个更重要,或者纠缠于到底是内容决定形式还是形式决定内容之类的纯理论问题,完全是形而上学的、毫无意义的。正确的做法应该是并且只能是:在文艺创作中自觉地追求内容与形式的完美统一。

第四节 生活真实与艺术真实

一、"真实"的双重标准

我们在前面论述过,文艺创作应该追求真、善、美的和谐统一。不言而喻,"真"对于文艺创作是至关重要的;"失真"的文艺作品必然是失败的作品,难以具有真正的审美价值。徐悲鸿曾经说过:艺术以"真"为贵,"真"即是美;求"真"难,不"真"易。但是,艺术创作中的"真"究竟应该以什么作为标准呢？生活真实是否就等于艺术真实呢？如果是这样,那么一部电影在讲述三年后接着发生的故事时,观众岂不是要呆在漆黑的电影院中苦苦地等上三年吗？如果电影中的某个角色不幸遇难,扮演该角色的演员岂不是就得一命呜呼、"为艺术而献身"了吗？对此,鲁迅先生曾经幽默地指出：倘若按照这个逻辑,那么,"没有和地球一样大小的纸张,地球便无法绘画"①。

显然,艺术真实不能照搬生活真实的标准。文艺创作离不开虚构,文艺作品本身具有假定性,即便是严格奉行写实原则的文艺作品,也是"源于生活而又高于生活"的,也要使用综合、简化、夸张、变形及典型化等艺术手法,而不太可能完全按照现实生活的本来面貌去再现生活。因此,艺术真实并不能等同于生活真实。换言之,艺术真实与生活真实所遵循的是不同的标准。这里,我们就涉及文艺创作原则中另一个重要的问题了,那就是：如何正确理解并处理好生活真实与艺术真实之间的辩证关系？

二、艺术真实与生活真实的辩证关系

（一）艺术真实以生活真实为基础

在文艺创作中,虚构、夸张、变形等手法是允许的,也是必须的、必要的,但这一切应有一个前提：必须以生活真实为基础,不能脱离现实生活的内在规律去胡编乱造。我们就以漫画中常用的夸张手法为例,画家完全可以把人物的眼睛画得比生活中一般人的眼睛大一些,但如果大到一双眼睛占据了整个脸部面积的90%,而眉毛、鼻子和嘴巴只能挤在脸部10%的一小块地方,那么,画出来的将不是一位大眼睛的美人,而是一头怪物了。

---

① 鲁迅：《且介亭杂文·连环图画琐谈》。

(二)局部的生活真实可以增强文艺作品总体的艺术真实

在长篇小说《红楼梦》的第五回中,"太虚幻境"的大门口有一副对联,上面写着:"假作真时真亦假,无为有处有还无。"其实,文艺创作本质上就是真真假假、虚虚实实。但为了使虚构的文艺作品"以假乱真",创作主体往往会借助于局部的生活真实来为自己的作品营造出一种逼真的艺术效果。

例如,在彩色影片早已十分普及的1993年,有"电影神童"之称的美国导演斯皮尔伯格在拍摄根据同名纪实小说改编的故事片《辛德勒的名单》时,为了保持原作的纪实风格,并在银幕上营造出二战时期特定的历史氛围,制造出一种"仿真"的、接近于文献纪录片的效果,于是,长达193分钟的影片几乎全部运用了黑白片的摄影手法进行拍摄。结果,影片的真实感大大增强,震撼了无数观众的心灵,影片荣获1994年美国奥斯卡七项大奖。

1998年,我国导演张艺谋在执导故事片《一个都不能少》的时候,借鉴了国外某些电影的做法,起用非职业演员担任主要角色,并把演员和拍摄地点的真实名字分别作为影片中角色和故事发生地的名字,部分镜头还采取了在大街上偷拍的做法,刻意"假戏真做",结果极大地增强了该片的真实感,取得了很好的艺术效果。

(三)艺术真实重在神似,而不在形似

有人说:艺术贵在"似与不似之间"。换言之,艺术作品不能完全脱离现实生活,不能一点儿都不像现实生活,但是也不必太像。艺术真实重在神似,不在形似。重在神似,才能使艺术真实高于生活真实,比表面的生活真实更能展示生活的深刻本质。郑板桥在绝句《黄慎》中写得好:"画到情神飘没处,更无真相有真魂。"换言之,文艺创作所追求的不是"真相",而是"真魂"。

(四)艺术真实是一种主观真实,而不是客观真实

科学研究追求的是客观真实(或者称为物理真实),而文艺创作追求的是一种主观真实(或者称为心理真实),即创作主体把他

主观世界中所感受到的真实通过作品传达给受众,让受众在主观上感到真实可信。

第十章　文艺创作的风格和流派

风格和流派是文艺创作中一个非常有趣而值得探讨的现象。风格通常是指某一位文学家、艺术家的作品而言,流派则是指一群文艺工作者而言。

美国美学学会创始人托马斯·门罗曾经呼吁：需要对风格进行客观的、描述性的研究。除了从理论上分析风格的因果关系外,还要描述风格表达的深层的精神含义和基本的心理与情感态度——"时代的精神"。风格的概念不应局限于艺术表面的式样或狭义的形式的方面。风格可以包括表达的思想、信仰和态度,也包括表达它们的方式。[①]

现在,我们就先探讨风格的问题。

第一节　风　　格

一、概念的由来

在我国,"风格"一词最迟在魏晋时期就已经出现了,当时主要是用来品评人的风度和品格。南朝时,文学批评中已经开始用"风

[①] 门罗著,石天曙等译:《走向科学的美学》,中国文联出版公司1985年版,第290~291页。

格"这个词来指文章的独特风范和格局;刘勰的《文心雕龙》第二十七篇《体性》就是专门讨论风格的,他对风格的解释是:"夫情动而言形,理发而文见,盖沿隐以至显,因内而符外者也。"

在西方,"风格"一词源于希腊文,本意是柱子、棍子,后来人们将写字的棍子叫作"风格"。到了古罗马雄辩家、哲学家西塞罗的著作中,风格一词演化成书体、文体之意,即用文字表达思想的独特方式。英语、法语里的"风格"(style)一词就由此而来。再后来,"风格"一词渐渐走出了语言文字学的范畴,被文学艺术的众多领域所采用,终于演变成为美学和文艺理论的一个常用概念。

如今,风格是指文学家、艺术家艺术思维的独特性及其外在表现形式,也就是指通过文艺作品所反映出来的文艺创作主体与众不同的精神风貌及其外部特征。

二、人格与风格

法国作家布封曾说过一句名言:"风格才是人。"这句话又被译成"风格即人"。我国也有一种类似的说法,叫做"文如其人"。这两种不同的说法讲的基本上都是同一个意思:文艺作品的风格与创作主体的人格及个性息息相关。

对此,意大利美学家克罗齐认为:许多艺术家传记中的传说都起于风格即人格这个错误的等式,好像一个人在作品中表现了高尚的情感,在实践生活中就不可能不是一个高尚的人,或是一个戏剧家在剧本中写的全是杀人行凶,自己在实践生活中就不可能没有做一点杀人行凶的事。艺术家们抗议道:"我的书虽淫,我的生活却正经。"不但没有人相信,反而惹到欺骗和虚伪的罪名。可怜的梵罗那城的妇女们,你们谨慎得多了,你们看到但丁的黝黑的面孔,就以为他真正下过地狱!你们的猜测至少还是一种历史的猜测。①

我国学者余秋雨在《笔墨祭》一文中也指出:"'文如其人'有大量的例外……许多性格柔弱的文人却有一副奇崛的笔墨,而沙场猛将留下的字迹倒未必有杀伐之气。有时,人品低下、节操不济的文士也能写出一笔矫健温良的好字来。例如就我亲眼所见,秦桧和蔡京的书法实在不差。"

确实,文艺作品的风格既可能与创作主体的个性有关,也可能并无直接的因果关系,我们不可以想当然地在这两者之间划上一个等号。

三、创作个性与风格

我们在上面探讨了创作者的个性与其作品风格之间的关系。需要澄清的是:创作者的个性与"创作个性"并非同一个概念,后者是指文学家、艺术家在创作活动和其作品中所表现出来的审美心理定势、独特的创作习惯以及他(她)使用艺术语言(符号)的特殊方式等,而这一切与风格密切相关——创作个性主要是内在的精神特质,风格则是它的外在表现形态。换言之,创作个性是内因,风格则是其外化的果实。

虽然每一位文艺工作者必然都具有创作个性,但并非每一位文艺工作者及其每一部作品都能具有独特的艺术风格。风格是创作主体成熟的主要标志之一。只有真正成熟了的文学家、艺术家,才有可能形成自己特有的艺术风格。

我们在前面谈到艺术思维的特征时就曾经指出:创造性和个性化是艺术思维的两个重要特征。现在我们首先要进一步指出的是:风格的基础和前提恰恰是富有创造性的、个性化的艺术思维。

---

① 克罗齐著,朱光潜等译:《美学原理 美学纲要》,外国文学出版社 1983 年版,第 62~63 页。

其次,创作个性只是形成艺术风格的内因之一,却并不是风格形成的全部原因,也不是风格形成的唯一的逻辑源头。风格的形成还受到创作主体所处的时代(时间)、地域(空间)及其所属的民族等客观因素的影响。法国史学家兼文艺批评家丹纳在《艺术哲学》一书中就探讨了时代、地域、环境、种族、宗教、制度等因素对艺术风格的产生和形成所起的作用,并且指出:"风格把内容包裹起来,只有风格浮在面上。……倘若拉辛(法国剧作家——引者按)用了莎士比亚的文体,莎士比亚用了拉辛的文体,他们的作品就变得可笑,或者根本不会产生。"① 例如,21世纪是网络时代,生活节奏加快,网络文学因此而形成了短小、简洁、明快的风格。

四、风格的表现形态

每一个时代、每一个地区、每一个民族乃至每一位文学家、艺术家都具有不同于其他时代、其他地区、其他民族以及其他创作主体的精神特质,这就决定了风格的表现形态是丰富多彩的。不少学者都曾经对风格的表现形态加以分类,有的列出了二三十种之多。我国现代学者陈望道把风格分为四对八体:(1)简约与繁丰;(2)刚健与柔婉;(3)平淡与绚烂;(4)谨严与疏放。

不过,在我国,最有影响的分类法还是把风格分为豪放与婉约这两大类。根据晚唐文学家司空图在《诗品》(又名《二十四诗品》)中的说法,"豪放"是"观花匪禁,吞吐大荒。由道返气,处得以狂。天风浪浪,海山苍苍。真力弥满,万象在旁……"例如,南宋爱国词人辛弃疾的这首"永遇乐"就典型地体现出了一种豪放的风格:

千古江山,英雄无觅、孙仲谋处。舞榭歌台,风流总被、雨打风吹去。斜阳草树,寻常巷陌,人道寄奴曾住。

---

① 丹纳著,傅雷译:《艺术哲学》,人民文学出版社1983年版,第398~399页。

想当年金戈铁马,气吞万里如虎。　　元嘉草草,封狼居胥,赢得仓皇北顾。四十三年,望中犹记、烽火扬州路。可堪回首、佛狸祠下,一片神鸦社鼓。凭谁问,廉颇老矣,尚能饭否?

婉约的风格则温柔、缠绵、委婉、细腻。南宋女词人李清照的大部分作品都具有这种风格,比如下面的这首《醉花阴》:

薄雾浓云愁永昼,瑞脑消金兽。佳节又重阳,玉枕纱厨,半夜凉初透。　　东篱把酒黄昏后,有暗香盈袖。莫道不消魂,帘卷西风,人比黄花瘦。

从创作的角度来说,风格的表现形态是丰富多彩的;从欣赏的角度来说,不同时代、不同国家或地区、不同的民族以及不同的个人,其审美爱好和审美情趣也必然是各式各样的。因此,不同的艺术风格都有其存在的价值。文艺创作应该鼓励百花齐放,而不能一枝独秀,或者厚此薄彼。

第二节　流　　派

从本质上看,文艺创作活动通常都具有较强的个体化特征。因此,艺术流派的出现未免就显得有些匪夷所思了。那么,到底什么是艺术流派呢?为什么会产生艺术流派呢?艺术流派形成之后,又将对文艺创作产生哪些影响呢?我们在本节中就来探讨这些问题。

一、艺术流派的形成

艺术流派是指在特定的历史时期,由一些在人生观、美学观、创作理念、创作原则及艺术风格等方面相同或相似的文学家、艺术家们自发组成的群体;也可以用来指那些虽然并无一定的组织形式,却被别人视为一类的文艺家们。

(一) 自发组成的艺术流派

自发组成的艺术流派往往具有共同的艺术主张和创作纲领,拥有共同的创作阵地。他们以艺术团体、学术团体、沙龙或社团等形式生存、发展,并有可能编辑、出版某些报刊来宣传自己的文艺理念,甚至还开办学堂或学校,广招学生或弟子,有计划地培养和壮大自己的创作队伍,扩大自己的社会影响。

以意大利新现实主义电影这一流派的形成为例。第二次世界大战期间,墨索里尼让自己的儿子主管电影制作,专门拍摄为法西斯歌功颂德的影片,也拍摄一些黄色的"爱情"故事片以麻痹人民群众。当时的《电影》和《黑与白》这两份杂志经常发表文章,批判这类电影。渐渐地,一些进步的电影工作者们自发地团结在这两份杂志周围,他们提出:要反对弄虚作假,为建立真实、自由、民主的新现实主义电影而奋斗。《黑与白》杂志上还发表了《新现实主义宣言》,提出了四点纲领性的主张,号召意大利电影必须表现本民族的生活、文化、情感和人民的才能,反对一切矫揉造作及虚情假意,并把"还我普通人"作为新现实主义电影的战斗口号。意大利新现实主义电影流派就这样逐渐形成了。

另一种自发组成的艺术流派情况就要复杂一些,它是一群文学家或艺术家直接或间接地汇集在某一位文艺大师的门下或旗下,扛着大师的招牌,以大师的弟子自诩,甚至还父传子、子传孙,一代一代地传承下去,最后能发展到某某大师的第多少多少代传人(再传弟子)的地步;有时又根据不同的传承体系区分出不同的支派,偶尔还彼此攻击,各自标榜为正统或主流。这种情况在重视传统、忽视个人创造性的国家或地区比较常见。我国封建社会中就不乏这种现象。

(二) 非自发组成的艺术流派

这一类艺术流派通常并没有固定的组织形式,也没有共同的纲领或艺术主张,其中不少成员也许根本就不是生活在同一个时代、同一个国家或地区的,彼此连面都没有见过;个别成员甚至是在去世很多年之后才被别人强行拉入某一流派的,他本人当然也就没有办法表示异议了。正是由于这方面的原因,我们才称之为"非自发组成的艺术流派"。

有人之所以热衷于把一些文学家、艺术家划归为某一个艺术流派,可能是因为发现了这些文学家、艺术家具有某些相同或相似的艺术追求,也有可能是出于商业包装、商业推销等其他方面的动机。

以黑色幽默这一著名的小说流派为例。20世纪60年代中期,美国作家弗里德曼编印了一本小说选集,其中的作品怪诞离奇、风格诡异,具有一种辛酸甚至病态的幽默意味。为了标明它们的共同之处,弗里德曼把这本选集命名为《黑色幽默》。从此,Black Humour被美国文坛和社会所接受、所熟悉,一个全新的文学流派就这样诞生了。其实,这个流派并无问世的宣言,也没有什么共同的纲领,作家们的哲学态度与艺术风格亦不尽相同;有些被舆论公认的"黑色幽默"作家不承认自己属于这个流派,有些不甚相干的作家又被出版商和评论家拉入"黑色幽默"的行列。[①] 可以说,黑色幽默这一流派的形成过程本身,就颇有几分黑色幽默的色彩。

(三) 艺术流派的命名

古人云:名不正,则言不顺。因此,艺术流派当然得有自己的名字。艺术流派的名称有些是自己确定的,有些则是别人加在它们头上的。具体说来,主要有以下这几种情况:

---

① 参见何永康:《小说艺术论稿》,河海大学出版社1990年版,第162页。

一是以创作理念、创作原则、美学观、艺术风格等来命名。如我国古代诗词中的豪放派、婉约派(我们前面提到的辛弃疾、李清照就分别属于豪放派和婉约派),现代文学中的鸳鸯蝴蝶派,外国文艺史上的古典派、荒诞派(戏剧)等。

二是以该流派的主要活动地点,或者该地点内有特色的事物、景色,或者该流派的作品中所使用的地方方言,或者所表现的地方文化等来命名。如我国书画界中清朝的扬州八怪(郑板桥等)、当代的岭南画派,现当代文学史上的山药蛋派(赵树理等)、京派文学(老舍、刘心武、邓友梅、王朔等)与津派文学(冯骥才等)、海派文学;意大利的佛罗伦萨画派,法国的左岸派电影等。

三是以该流派的创始人、领袖人物或代表人物的籍贯、姓氏、姓名、字、号等来命名。例如,明朝后期的袁宏道兄弟是湖北公安人,因此他们被称为"公安派"。而民国时期的五大书法流派吴派、康派、郑派、李派和于派则分别是以其创始人吴昌硕、康有为、郑孝胥、李瑞清和于右任的姓氏来命名的。再如,我国京剧表演艺术中的梅派也是以其创始人梅兰芳的姓氏来命名的。

四是以该流派所成立的社团来命名。比如,宋朝文学家黄庭坚创办了"江西诗社",其流派就被世人称为"江西诗派"。

二、艺术流派对文艺创作的影响

艺术流派的形成不是一件一厢情愿的事,不是几个人关起门来,自己起草一份纲领,振臂高呼几句口号,宣布成立一个什么什么流派,然后就大功告成了的;而是首先必须踏踏实实地创作出一批高质量的作品来,得到文艺界乃至全社会的认可,并且能够经受得住时间的考验才行。因此,一群文艺工作者倘若最终能够形成一个艺术流派,这一现象本身往往就表明了他们具有旺盛的生命力、创造力和独特的艺术个性,足以在文艺的百花园中占据一席之地。

具体说来,艺术流派可以对文艺创作产生这样一些影响:

其一,使某一群体的文艺工作者把对某种艺术风格的探索和追求转变成创作中的一种自觉的行为,从而使该艺术风格得到最大限度的发展。

其二,众人拾柴火焰高,团结起来力量大。个人的能量毕竟是有限的,而艺术流派一旦形成,却可以汇集众人之力,为繁荣文艺创作而从事一些靠个人的绵薄之力所难以完成的事。

其三,在全国或地区性的文艺创作陷入低潮的时候,艺术流派的存在可以鼓舞同仁的士气,维持并激发彼此的创作热情。

其四,在相同的历史时期内,艺术流派越多,艺术风格就越能得到多元化的发展;同时,文艺创作领域内的竞争也就越激烈。而激烈的竞争往往能够激发文学家、艺术家们的创作激情,促进文艺事业整体的繁荣。(艺术流派的多少,通常也标志着文艺事业繁荣的程度。)

其五,艺术流派通常只是某一文艺门类中的派别,因此,其影响力往往只局限于该文艺门类之内。但某些艺术流派可以对文艺思潮的产生和发展起到推波助澜的作用,从而影响到整个文艺界乃至全社会思想观念的更新。

三、艺术流派与文艺思潮

文艺思潮是指在一定的哲学、心理学、文化学思想或学说等的影响下,在文艺领域内蔚然成风的新的文艺观念和创作理念。

在全社会各个阶层中,文艺工作者是思想最活跃、最敏感、最具有创造性和超前意识的群体之一。每当社会面临转型或大变革之际,往往是他们最先预感到时代风云的变幻,并通过创作来表达自己的思考,唤起广大民众的关注。因此,文艺工作者经常充当文艺思潮乃至社会思潮的始作俑者。即使因故没能成为始作俑者,他们往往也是文艺思潮和社会思潮的热烈响应者和推波助澜者。

以现代主义文艺思潮为例。19世纪下半叶,德国哲学家、诗人尼采宣称"上帝死了",主张"重新评估一切价值",否定受基督教和理性主义影响的西方文明;弗洛伊德的精神分析学说也认为:决定人类行为的不是意识,而是潜意识(无意识),所谓"文明"只是压抑人们的无意识,使人性变得扭曲;德国哲学家叔本华则宣扬一种悲观的虚无主义的思想;量子力学和相对论更是强化了人们对于传统与理性的怀疑;加上世界大战引发的精神崩溃,20世纪初苏联等社会主义国家的建立又动摇了人们的旧观念……这一切,终于导致了一股汹涌澎湃的现代主义文艺思潮的出现,其突出的特征就是在文艺创作中反理性、反传统,强调直觉、无意识和非理性、非逻辑,重视个人生存的价值,重视在作品中描绘人物内心世界的主观感受,揭露资本主义社会的荒诞及其对人性的异化;某些作品则流露出颓废、绝望和玩世不恭、游戏人生的态度。直到20世纪中后期,这股现代主义文艺思潮才渐渐被后现代主义文艺思潮所取代。

从现代主义文艺思潮的产生过程及其特征中,我们不难看出:文艺思潮的产生有着特定的社会背景和历史的必然性;文艺思潮不仅会影响文艺创作的内容,而且会对文艺作品的形式产生革命性的影响,甚至会催生出崭新的文艺体裁和文艺样式。

艺术流派与文艺思潮有着密切的关系:一方面,文艺思潮的形成和蔓延,往往要借助于一个或多个艺术流派的大力参与;另一方面,文艺思潮一旦形成,常常会在文艺界催生出众多的艺术流派,真可谓"风助火势,火借风威",两者共同影响着文艺创作的发展方向,影响着文艺作品的精神风貌及表现形态。

第四编　文艺接受论

文艺活动是从社会到作家创作,从作家创作的作品到读者的接受,再回到社会、影响社会生活这样一个完整的过程,文艺接受活动是这个过程中不可缺少的一个环节。从直接的意义上讲,接受指的就是艺术接受者的阅读欣赏活动。在这个接受活动中,接受者并不是被动地接受已完成的作品,而是积极地参与着作品的创作过程,因而只有在接受者参与的情况下,作品才能最后完成。从广义上讲,接受包括了作品的传播、消费、欣赏乃至批评的全部过程,这个意义上的接受就不仅仅是单纯的美学问题,而且是一个更深广的文化问题。在本编中,我们将从直接意义上的接受即阅读欣赏,到广义的接受活动即文艺的传播、消费和批评等方面,探讨文艺接受活动中的各种理论问题。

第十一章　文艺接受概说

文艺接受作为文艺活动全部过程的环节之一,是其不可分割的重要内容。因此,我们不仅要明确了解文艺接受的前提和意义,更要认清这一环节的重要性,不同的接受态度将直接影响到对文艺作品的完整认识。在这一章,我们还要弄清楚文艺接受具有商品性和精神性这一带有本体意义的双重性特征,重点理解文艺接受的主体性特征,即意识形态性和审美文化性。

第一节 何谓"文艺接受"

一、文艺接受的前提

在作为人类高级精神活动的文艺活动中,某一文艺作品的接受者,即成为该文艺作品的价值、意义生成的揭示者,也成为其潜在意义乃至原创性意义的再创造者,这一活动即是文艺接受活动。文艺接受的前提主要有三个方面:其一,必须具备可供接受的客体——文艺作品;其二,必须具有能够感受文艺作品意义、价值的主体——接受者;其三,主、客体之间必须具有一定程度上的适应性,进而建立起具有一定联系的活动方式。

(一) 必须具备可供接受的客体——文艺作品

文艺的接受活动,就其现实性来说,是主客体之间所建立的能动性接受活动。其间,审美的想象性满足、意义的显现和价值的发现与提升是重要内容。虽然文艺和科学、哲学、道德、法律、宗教、政治等一样,皆为意识的本性所规定,都是社会意识形态,然而,文艺无论是从其本质还是从其反映并创造世界的方式来看,均不同于其他各类方式。

在分析和辨别文艺与科学等的区别之前,我们还应该从它们的某些联系来说明。如果说,科学掌握世界的方式是抽象思维,那么,文艺掌握世界的方式则是形象思维。马克思在谈到科学思维时曾经指出:"思维着的头脑……用它所专有的方式掌握世界,而这种方式是不同于对世界的艺术的、宗教的、实践—精神的掌握的。"① 科学运用概念、判断、推理、分析和综合等手段,以抽象的理论的形式来掌握世界,而文学艺术则通过形象、意象、意境和情感,总之,是以审美的方式来掌握世界。虽然二者不同,但作为一种"思维"方式,二者却有某种一致性。

　　从文艺与科学等的本质区别来看,二者的界限也十分清楚。科学等理性的认识活动,其主要任务是求"真",即使同样是以激情的投入为表征,但整个认知行为的过程都是理性的运作,不以情感判断的移易为尺度,而以理论推理的结论为唯一依据,原则上不允许出现多义性的结论。否则,真理也不成其为准绳。而文艺活动却不如此,正如法国著名的小说家罗曼·罗兰所说的那样:"要有光!太阳的光明是不够的。人,必须有心灵的光明。"文艺作品正是洞烛幽暗,给人带来心灵光明的灿然火炬。

　　从本质上来说,文艺以审美的方式(即以艺术的方式)掌握世界即是以"美"的宣导为宗旨,这一点可以从两个方面得到说明。

　　其一,就文艺的性质而言,它是人类对现实的审美关系的反映,是一种具有审美特质的社会意识形态。这一点我们可以从马克思关于人的本质的理解得到进一步说明。他说:"人的本质并不是单个人所固有的抽象物。在其现实性上,它是一切社会关系的总和。"② 亦即是说,人是丰富的个体,通过他(她)的各种具体而丰富的现实活动以及与其他人的各种具体的社会关系,呈现出丰富、独特的不同行为方式,借以表现并潜滋暗长地形成其独特的心理结构和生活习惯,由此构成一幅幅完整的形象化世界。正是在这一世界中,每个人是一个单独的完整的"小世界",一个充满生机与活力的自足的生命活动空间。在这一有机联系的小世界中,展

---

① 《马克思恩格斯选集》第2卷,人民出版社1972年版,第104页。
② 《马克思恩格斯选集》第1卷,人民出版社1972年版,第18页。

现着个人生命的情感,同时也反映着社会的众生相,刻画出围绕着个体而呈现的大千世界,表现丰满的个性特征,也暗示出社会的本质意义。例如,鲁迅先生笔下的小人物阿Q的出场即是一个"令人扼腕"的典型形象,阿Q那可怜兮兮的衣饰打扮,可笑可气的言谈举止,可悲可叹的变态心理,可憎可恨的媚俗细节等,一下子将活脱脱的"这一个"呼将出来,在咀嚼"这一个"的同时也促使我们思考自身。这一灵与肉的丰满结合的人物一时间可能又弥散在我们各个具体受众之间,我们也似乎发现了自身的"阿Q病毒",中国国民性的痼疾原来如此地根深蒂固,也植根于我们身上某处不引人注目的地方,挥之不去。据说《阿Q正传》刚一发表,就有许多人觉得鲁迅的矛头直指自身,禁不住也敏感、禁忌起来。法国作家罗曼·罗兰说,在法国大革命时,巴黎的大街小巷都走着"阿Q"。甚至于印度也有人说:我们这里也有许多阿Q。可见,阿Q的命运是独特的,同时又是共同的,它能触及接受者的每一根具有良知的神经,从人类的某种共同心态来说,阿Q这一人物的意义绝不止于对中国那一特定时期特定人群普遍心态的宣示,它已经具有了国际性,已经超越了自身,跨越了时空,我们因此称之为典型性格。典型总是表现为一种以充分明确的个性特征为主导的多样统一的性格。

其实,关于文学的特定对象是人,而不是抽象或笼统的社会生活的认识历来有之。早在公元前4世纪,亚里士多德已经指出,诗所"摹仿的对象……是在行动中的人";车尔尼雪夫斯基也说过:"就是柏拉图和亚里士多德也认为艺术的真正内容,特别是诗,根本不是自然,而是人类生活";又如巴尔扎克把文学叫作"人心的历史";高尔基则强调"人是艺术性的文学的材料",作家"依赖活的材料,依赖人"而工作着,他还提议把文学称为"人学"。

其二,文艺虽然以审美的方式掌握世界,人和人类生活成为它的特殊对象,因之也成为审美对象,但这并不意味着文艺的对象都必定是美的,其表现对象不一定都是美的,它们既可能是美的,也可能是丑的,或者是美丑混杂、良莠不齐的。一方面,艺术家善于用发现美的眼睛去仔细观察和体验生活,用审美理想去烛照和评判生活,凡是符合审美理想(真、善、美)的,就予以肯定性的反映和评价;反之,则予以否定性的反映或评价。因此,艺术家尽管有时并非直接以人性美和人类生活中的美为对象,甚至间或以极端的丑为对象,但经过他那化腐朽为神奇的审美理想之笔去表达,即可"点石成金",无论其对象如何,文艺作品总能塑造出具有美的价值的产品来。可见,描写美的事物,可以是美的艺术,也可能出现丑的艺术;描写丑恶的事物,可以是丑的艺术,同样也可以闪烁出美的艺术之光。问题的关键不在于文学艺术表现了什么,而在于如何去表现,以什么样的审美原则去表现。法国著名作家雨果认为,现实生活中"丑就在美的旁边,畸形靠近优美,丑怪藏在崇高的背后,美与恶并存,光明与黑暗相共"①。因此,戏剧再现生活也就应该"把滑稽丑怪结合崇高优美而又不使它们相混"。在具体的艺术创作实践中,雨果视美丑对照为生活和戏剧的普遍法则,他说:"生活难道不是一出奇异的戏剧,里面混杂着善与恶、美与丑、高尚与卑劣?这一法则作用难道不是遍及一切事物?"雨果将这一审美法则贯彻到他的文艺创作实践中,创作出了剧本《克伦威尔》和长篇小说《巴黎圣母院》。

另一方面,用审美的方式掌握世界,不仅赋予文艺作品的内容以美的性质,同时也使得文艺作品的形式具有美的价值。你看那"丑得如此精美"的罗丹创造的《老妓》形象,你看那曹禺笔下《雷雨》剧作中的人物形象,你再倾听贝多芬的《月光奏鸣曲》所传达的音乐形象……人们经常津津乐道的是"说不完的红楼梦","道不尽的莎士比亚",其深层根由不仅是后文要专门提到的"读者效应",

---

① 转引自胡经之:《文艺美学》,北京大学出版社 1989 年版,第 185 页。

也直接与文艺作品文本自身的艺术整体性所架构起来的虚拟化空间所传达出的艺术魅力相关。美国诗人兼小说家康纳德·艾肯在赞扬福克纳的长篇小说《喧哗与骚动》时指出:"这本小说有坚实的四个乐章的交响乐结构,也许要算福克纳全部作品中制作得最精美的一本,是一本詹姆士喜欢称为'创作艺术'的毋庸置疑的杰作。错综复杂的结构衔接得天衣无缝,这是小说家奉为圭臬的小说——它本身就是一部完整的创作技巧的教科书。"① 所谓"交响乐结构",正是艺术作品中艺术辩证法的规律体现,是艺术家创造性才能的具体展示,通过艺术形式的完整统一,不仅透射出外在形式的美(如色彩美、形体美、声音美等),也折射出内在形式的美(如比例、节奏、和谐等)。前者是艺术家在审美创造活动中对艺术所使用的物质材料进行创造性的应用,通过外在的直观形式体现出来的,它直接诉诸我们的感知(尤其是视听觉),从而引起审美的愉悦;后者则是艺术家在审美的艺术创造活动中对艺术品各个部分进行有机的组合在内在形式上体现出来的,是需要接受者用敏锐的心灵去洞悉其中的艺术之谜的,虽然对它们的认识也同样离不开感知,但是更为隐秘,更需要调动全部身心去体味。

　　艺术作品的内容与形式是有机联系的,完满自足的艺术品本身即是艺术家按照美的规律进行创造的结果。按照马克思的理解,人不仅按照物质必然性的规律,而且按照美的规律来创造一切产品,他说:"动物只是按照它所属的那个物种的尺度和需要来进行塑造,而人则懂得按照任何尺度来进行生产,并且随时地都能用内在固有的尺度来衡量对象;所以,人也按照美的规律来塑造物体。"② 这里所谓"任何尺度"是对"物种的尺度"的规律性发现和自由运用,而"内在尺度"恰恰又是人类创造性活动的技术性的高

---

① 《福克纳评论集》,中国社会科学出版社1980年版,第78页。
② 马克思:《1844年经济学哲学手稿》,人民出版社1979年版,第50~51页。

度转化,经过这一转换,机械的、物质必然性的规律即被人类加以认识和利用。这样,客体对象的规律和艺术材料(如绘画的语言——色彩等、雕塑的语言——石材等、音乐的语言——声音等)的物质必然性就为主体固有的尺度所掌握,认识必然性规律之后的人类就体现出高度的智慧和自由本质,表现了人类自身的理想和目的,将这种"善"的要求结合进"真"的理解之中,运用到对象上去,创造出"美"的物体出来。在这种"真、善、美"统一的活动中,在"内在尺度"对象化的结晶上,形成了比例、节奏、对称、和谐等形式美,从而使人(创作主体和接受主体)在这一美的对象物上直观和确证自身,进而感到悦耳悦目—悦心悦意—悦志悦神的审美满足,直至充实人生,改造人心,创造美丽的新世界。

艺术家们的任务不在总结客观规律,以真理的代言人角色传达给他的受众,而是在为生活所感动的基础上创造出一个意象系列,虽然其中不乏令人思考的道理,但始终是以饱含思想性的情感意象系列去感动生活中的他者。他(她)要反映人的复杂境遇,表现人的丰富情感,创造人的心灵空间,因此,便一面具体地进行个性化创造,塑造出一个个不可代替的"熟悉的陌生人"(别林斯基语);一面又高度地概括化,演绎出生活的普遍性规律,从而使他创作的产品成为感性与理性、情感与理智、特殊与一般、可能与现实相融合的统一体。例如,曹雪芹笔下的"大观园",都是由具体的日常生活所缀成,穿针引线、如影随形般地描绘了贾府如何由盛而衰,如何由"繁花似锦"走到"树倒猢狲散"的结局,由大红大绿的"怡红快绿"走到"千红一窟(哭)"、"万艳同杯(悲)"的场面。作品并未直接说出什么道理出来,我们却"悲从中来",从字里行间读解出"忽喇喇似大厦倾,昏惨惨兮灯将尽"的悲凉世界。悲凉之余,我们不禁生出"人生如梦"的感慨,却又并不特别震惊,我们还油然而生出一种哲理般的"悟"性出来,作者通过这一个贾府的命运传达出多少"钟鸣鼎食"之家不可避免地会遭受风雨飘摇之苦的信息来,人生的历史感、沧桑感却又跨越了个体的命运哀思,从而得到了超越。《红楼梦》第二十三回中有一段十分精彩的描写,我们不妨作一番欣赏:

> (黛玉)正欲回房,刚走到梨香院墙角处,只听见墙内笛韵悠扬,歌声婉转。黛玉便知是那十二个女孩子演习戏文。虽未留心去听,偶然两句吹到耳朵内,明明白白一字不落道:"原来是姹紫嫣红开遍,似这般,都付与断井颓垣……"黛玉听了,倒也十分感慨缠绵,便止步侧耳细听,又唱道是:"良辰美景奈何天,赏心乐事谁家院……"听了这两句,不觉点头自叹,心下自思:"原来戏上也有好文章,可惜世人只知看戏,未必能领略其中的趣味。"想毕,又后悔不该胡想,耽误了听曲子。再听时,恰唱到:"只为你如花美眷,似水流年……"黛玉听了这两句,不觉心动神摇。又听道:"你在幽闺自怜……"等句,越发如醉如痴,站立不住,便一蹲身坐在一块山子石上,细嚼"如花美眷,似水流年"八个字的滋味。忽又想起前日见古人诗中,有"水流花谢两无情"之句;再词中又有"流水落花春去也,天上人间"之句;又兼方才听见《西厢记》中"花落水流红,闲愁万种"之句:都一时想起来,凑聚在一处。仔细忖度,不觉心痛神驰,眼中落泪。

这一系列的形象描写,借助于语词之中的情感积淀唤醒了生活中类似感受的阵痛,"客观愈是激起我们的欲望,使我们回想起自己的个人经验,我们就愈会把思想集中在自己身上,想到自己的悲欢、自己的希望与忧患,而不是去凝视观照客体本身"[①]。生物学挂图上的马绝然不同于徐悲鸿笔下的马,生理学解剖图上的人

---

① 朱光潜:《悲剧心理学》,人民文学出版社1983年版,第26页。

体也绝然不同于人体美的油画作品所传达的信息,作为"楼兰美女"的木乃伊自有一番不同于《米洛的维纳斯》雕像的味道。不独如此,中国古代绘画中几大常见主题亦是经过了"人化的自然"处理的。我们从中不仅欣赏到物象本身的线条美,而且更加清晰地体悟出某种人格化的力量。

(二)必须具有能感受文艺作品意义价值的主体——接受者

有了可供挖掘其审美内涵的接受客体(艺术品),只能说提供了接受活动的条件之一,并不能说就自然产生了接受活动,主体条件的具备是不可少的。

首先,必须具有一定的文艺修养和思想水平。正如鲁迅所言:"读者应该有相当的程度。首先是识字,其次是有普通的大体的知识。而思想和情感,也须达到相当的水平线。否则,和文艺即不能发生关系。"①

其次,必须具备感知、想象、体验艺术美的修养和能力,有一定的审美智慧、悟性,能够理解较深层次的象征意蕴。马克思说,"如果你想得到艺术的享受,你本身就必须是一个有艺术修养的人";"只有音乐才能激起人的音乐感,对于不辨音律的耳朵说来,最美的音乐,也毫无意义,音乐对它说来不是对象,因为我的对象只能是我的本质力量之一的确证"②。艺术作品的接受活动本身是艺术符号再度转换成审美意象的过程,因此,接受主体既要具备相当的文化和审美修养,又得以艺术的眼光去看,不能囿于某种外在的客观尺度,以功利的世俗的眼光去看,否则就会出现以非艺术的方式把握艺术,因而得不到审美的享受,甚至出现美丑颠倒,乃至出现"焚琴煮鹤"一类大煞风景的现象。北宋大科学家沈括在《梦溪

---

① 《鲁迅全集》第7卷,人民文学出版社1981年版,第579页。
② 马克思:《1844年经济学哲学手稿》,人民出版社1979年版,第108~109页、第79页。

笔谈》中对李成的山水画颇有微词,讥其"掀屋角"。以此言之,文学作品中诸多具有美妙意境的绝妙诗句都似不可解。如此,则李白的"瑶台雪花数千点,片片吹落春风香",宋祁的"红杏枝头春意闹",许浑的"晨钟云外湿",贾岛的"促织声尖尖似针",顾城的"早晨的篱笆上,有一枚甜甜的红太阳"等等皆不可理喻,其他艺术则更是如此了。

不单单是一般读者,作为诗人的欧阳修,在《六一诗话》里对张继《夜泊枫桥》用语所提出的批评,是诗人也不太理解诗的一种表现。他认为"三更不是撞钟时",所以"夜半钟声到客船"是"诗人贪求好句而理有不通"的结果。

(三) 主客体之间须有一定的适应性,并建起一定的联系通道

首先,主体的趣味与客体之间有某种一致性,两者之间才有可能建立起感情的通道,审美的接受活动也才可能发生。这是形成"共鸣"的前提条件。鲁迅先生说过:"是弹琴人么,别人心上也须有弦素,才会出声,是发生器么?别人也须是发生器,才会共鸣。"① 这都说明,主、客体之间的遇合与际会,继而发生审美的接受活动,绝不是"各弹各的弦,各唱各的调",更不是"对牛弹琴",彼此之间有着相似的情感焦点,心理需求的凝聚,才会导致二者的合拍与共振。这样,具有审美内涵的客体才有可能敞亮起来,主体的审美能力也才能全部调动起来,进行审美再创造。

其次,文艺接受活动的主体还必须在一定的适宜于接受活动的条件下进行接受。不仅必须具备良好的空间、时间和虚静的心态,还必须有相对而言恰好符合审美客体的气氛才行。没有恰当的时空条件固然会影响审美情感的调动和激发,而没有适时的心境和气氛,更会抑制审美的情感,从而阻碍了文艺接受的发生。马克思说过,忧心忡忡的穷人甚至对最美丽的景色都无动于衷。

---

① 转引自:《艺术的意蕴》,中国人民大学出版社 2000 年版,第 170 页。

二、文艺接受的态度

对于文艺接受的态度问题,我们主要从以下几方面来说明。

(一)文艺接受的重要性

美国当代文艺学家 M.H.艾布拉姆斯在他的理论专著《镜与灯——浪漫主义文论及批评传统》中指出:每一件艺术品总要涉及四个要点,几乎所有力求周密的理论总会在大体上对这四个要素加以区辨,使人一目了然。这"四个要素"即"作为艺术品"的作品,作为与作品相关的宇宙或世界,"作为生产者"的艺术家,以及作为接受者的欣赏者。

传统的文艺理论往往以作品为中心,或者以作家—作品为中心,极少将文学艺术作品视为一个动态的完整过程来考察,没有将文艺接受这一重要而不可或缺的环节明确列出。它们忽视了一点,欣赏者(受众)的反应和批评同样是一种能动的再创造,它一方面揭示了艺术品的内在价值:实现其社会作用,影响主体自身,继而影响并改观生活;另一方面,又形成一种较广泛的社会文化氛围,造成一种"期待视野",反馈并作用于文艺创作。如此循环往复,将生活—作家—作品—受众有机地联系起来,推动了整个文艺创作和文艺理论的发展。艾布拉姆斯这一观点的提出,将能动反映说的文艺主张明确化和具体化了。可以说,这是一种历史的进步。当然,仔细分析起来,该理论亦有需进一步完善之处。

当代著名的美籍华人文论家刘若愚在艾布拉姆斯"四要素说"的基础上作了改造,他侧重于展示"四个要素之间的相互关系是怎样构成了整个艺术过程(artistic process)的四个阶段的",并将艺术的四个要素作一重新排列。刘若愚对此加以解释道:在艺术过程中的第一阶段,宇宙影响、感发作家,作家对之作出反应。由于这种反应,作家创作出作品,这就是艺术过程的第二阶段。作品与读者见面,立即对他产生影响,这是艺术过程的第三阶段。在艺术过程的最后阶段,读者因阅读作品的经验而对宇宙的反应有所调整和改变。这样,整个艺术过程就构成一个完整的圆圈。①

实际上,"世界"、"作者"、"作品"和"读者"四要素之间的关系也并不只是双向对应的影响问题,更有着内在的各要素之间潜在交叉影响的情况。这里仍然暴露出两个方面的问题:其一,"世界"与"作品"之间乍看起来,似乎都是属于静态的存在,实则却是一种极富动态的"液化冷凝气"的情况,一旦有"读者"因素的介入,将之释放出来,就有一股冲天之气,横空出世。所以,"世界"与"作品"之间也有一种内在交往的潜流。其二,"作者"和"读者"之间也存在着十分复杂的交往关系,我们熟知的"共鸣"现象且暂时存而不论(后文相关章节将专门讨论),单就创作过程来看,"读者"因素的存在即是一个不争的事实。作家在创作伊始,心中就会有"隐含的读者"存在;作品一旦完成,作家本人即首先以第一读者的身份审视、揣摩,且有意无意之中设想多个读者从不同层次、不同角度对作品加以挑剔。此时的作家(艺术家)俨然是"旁观者",站在"他者"的立场去审视当下的创作对象,以便适时地作出批评,提出反应性的意见。在我们看来,"作者死了"固然不对,而"走近作者"也存在理论上的偏颇。很显然,当"作者"以"读者"的身份出现去面对出自"作者"笔下的作品时,可能会因为角色的换移或时空条件的变化而出现不同的理解。而且,真正的"读者"也绝不会因为出现同"作者"的某种程度上的"共鸣"而真正"走向作者",甚至以"作者"的意见为意见,以"作者"的评判为标尺。

在我们想来,实际情况可能是这样一种情形:"作者"与"读者"犹如火车道上的双轨,二者之间始终是平行、并列的,虽然在视差感觉上二者在前方交汇在一起,实际上永远处于"平等"交流的境地。由此看来,前述刘若愚先生改造过的"四要素图"忽略了"艺术

---

① 刘若愚:《中国的文学理论》,四川人民出版社1987年版,第14~17页。

作品"作为一个完整活动进程而贯通其间的内在张力。

据此,我们可以在艾布拉姆斯和刘若愚的"四要素"观点的基础上再行修正,以更加符合艺术内在规律的要求,进一步揭示与文艺作品相关的四要素之间的关系既是双向对应、相互制约的,同时也存在显形或隐形的呼应关系。

(二)文艺接受的层次策略

接受美学(aesthetics of reception)特别重视对文艺接受的研究,认为文艺作品的意义只有在阅读过程中才能产生,它是读者与作品和作家相互作用的产物,而并非静默地潜藏在作品之中,静待人们去发现。接受美学的代表人物——汉斯·罗伯特·尧斯说:"文学作品并非对于每个时代的每个观察者都以同一种面貌出现的自在的客体,它不是一座自言自语地宣告其超时代性质的纪念碑,而像一部乐队总谱,时刻等待着阅读活动中产生的、不断变化的反响。只有阅读活动才能将作品从死的语言材料中拯救出来并赋予它现实的生命。"[①] 没有"读者"因素的参与,文艺活动是不完整的;而没有"读者"参与的再创造活动,文艺作品则是死寂的,没有鲜活的生命的。

那么,为什么说文艺接受是读者与作者的共同合作,是一种再创造活动呢?

第一,从文艺活动的整体来考察,接受活动是艺术家创造性实践活动的继续和完成,没有作者,谈不上接受,更谈不上再创造;而没有读者,没有接受者的介入,文艺作品则谈不上发挥其审美教育等社会作用,其内在生命的展示亦缺乏动因,因此,文艺作品就会既缺乏目的和方向性,亦呈现意义的匮乏。质言之,接受者的能动性接受,不仅呈现作品的现实世界,赋予其生命力,而且架构起丰

---

① 转引自童庆炳主编:《文学概论》(修订本),武汉大学出版社 1996 年版,第 469 页。

富的虚拟性想象世界,大大拓宽艺术形式本身的形象性画面,叠加和填充进更多的形象、意象和意蕴等。因为读者在接受过程中,总是要调动起自己全部的接受系统,此时情感更饱满,想象力更丰富,感知更敏锐,理解力更具直觉和悟性的穿透力,加之结合其独有的生活阅历和体验方式,其结果是创造出"既是且非"的形象出来,作者笔下"熟悉的陌生人"经过再度转换,又成为接受者想象世界中的"熟悉的陌生人"。如此,不仅理解了作品和作家的世界,同时又满足了自己的独特感受,于无意之中满足了蛰伏在内心的"既有图示"。不仅如此,即使不同读者对同一形象的理解和同一读者在不同条件下对同一形象的理解也会有变化,鲁迅说:"文学虽然有普遍性,但因读者的体验的不同而有变化,读者倘没有类似的体验,它也就失去了效力。譬如我们看《红楼梦》,从文学上推见了林黛玉这一个人,但须排除了梅博士的'黛玉葬花'照相的先入之见,另外想一个,那么,恐怕会想到剪头发,穿印度绸衫,清瘦,寂寞的摩登女郎;或者别的什么模样,我不能断定。但试去和三四十年前出版的《红楼梦图咏》之类里面的图像比一比罢,一定是截然两样的,那上面画的,是那时的读者的心目中的林黛玉。"[①]

第二,从接受活动的本身来观察,接受行为的主客体之间是相互作用的有机、能动的过程。一般而言,当接受主体受到客体的相向刺激时,并非毫无保留地一概予以信息保留,而是予以有选择地接受,加以"同化"。接受主体只能吸收那些适宜于其原有审美图式的相关因素,从而将其重新组合为一个新的整体,形成一定的潜反射的审美态势。正是这种预设的审美态势会对客体发散的信息作出选择。

在审美的接受活动中,主体与客体这种由我及物的情感流向和由物及我的情感旨归,"它不仅把我的性格和情感注于物,同时

[①] 《鲁迅全集》第5卷,人民文学出版社1981年版,第430页。

也把物的姿态吸收于我……它其实不过是在聚精会神中,我的情趣和物的情趣往复回流而已"①。格式塔心理学称这种情形为"异质同构"。亦即是说,在审美过程中,接受者习惯于以自己的情绪色彩为基点,在对象世界中找到与自己情感结构相一致的客体,从而使得主体的内心情感流向所形成的力场,与对象的力场达到同形同构。任何一种文艺接受都存在这种积极、能动的反应现象,都是一种再创造,而绝不会是消极、被动的刺激反弹。

接受主体的心理机能大致上对应于文艺作品的不同层次,调动起各自的接受功能,呈现出一定的层次接受效应。大致说来,主要有以下层次:

第一层:物质媒介层。对应于这一最外层的物质层面,我们首先调动起感知的器官(主要是视觉和听觉)。众所周知,绘画是平面二维艺术,其造型的艺术语言是色彩、线条、形状和明暗等透视学原理,需要的是精细的视觉能力,尤其是对于色差的辨别;雕塑是立体三维艺术,其造型的艺术语言是利用木、石、泥、金属等材料来造成空间上的体积感和材质上的量感与质感,同样需要调动视觉感官来感受,需要时还可借助触觉来作感觉的补充和完善。从某种角度而言,建筑也是如此。音乐是用组织的乐音构成声音形象,诉诸人的听觉,唤起人的丰富想象,以"传志意于君子,报款曲于人间"的,虽然它并不如实反映其所欲表现的对象,其形象的含义具有意会性和不确定性,但我们也首先是通过直接感知其具体的表现手段,如旋律、和声、节奏、配器等来获取声音形象的。相比较而言,与音乐紧密相连的舞蹈则是以人体动作,包括动律、手势、舞姿、造型、表情等展示其艺术魅力,使受众在视觉感官的满足中把握其形象的虚拟性和概括性,体味和把握情感的律动。戏剧艺术则以其融合文学、音乐、舞蹈、美术等多种艺术语言的综合性

---

① 朱光潜:《谈美》,转引自《文艺美学》,北京大学出版社1989年版,第40~41页。

来塑造舞台人物形象,调动起受众多种感受器官,从而把握戏剧的尖锐冲突,那语言的震撼力、场面的冲击力造成的气氛足以使受众返观内心,进行深度思考。至于影视艺术,它以其银幕或荧屏上呈现出来的作为"物质现实的复原"之效果的一个个真实感极强的奔突、运动的画面和"蒙太奇",让人在目不暇接的场景中去体悟与剖析其底蕴……总之,各门艺术样式,首先得利用其物质媒介的外观造成感觉的直观效应,继而展示其各自的艺术规律和特性,进一步激发和调动感受者的深层心理机能,譬如直觉、想象和顿悟等。直觉是一种能动的心理机能,它与感觉相似而本质上有所不同。感觉更多的是一种生理反应导致的心理振动,不趋向理性;直觉则是一种以原有感觉为基础而挣脱了理性分析能力,又本能地直观对象内在意蕴的能力,它的存在一方面得益于直观的感受,另一方面以理性的积聚为前提,此时此刻的感官刺激触动了某一根敏感的神经,业已聚存、积淀在大脑中的情绪记忆迅即在大脑中进行检索,作出某种非理性又似理性的判断。这种直觉的能力更多地趋向于审美判断。

  文学是语言艺术,其造型的手段即是语言—文字符号,它是以语言为媒介构成艺术形象的艺术,同其他艺术相比,它受物质条件的限制最少,因而是一种较为自由而又普遍的艺术。然而,唯其自由,感官才不太容易把握;也唯其不太好把握,留给他人的想象余地才大。由此可见,文学艺术的"短处"亦是其"长处"。但这并不影响文学艺术本身的感受性,因为语言的形式功能和音响功能决定了这一点。清末民初的学者梁启超曾举过例子,他说:"这些诗(中国古典诗词——引者注),讲的什么事,我理会不着,拆开一句一句的叫我解释,我连文义也解不出来。但我觉得他美,读起来令我精神上得到一种新鲜的愉快。"[①]

---

① 转引自:《艺术的意蕴》,中国人民大学出版社 2000 年版,第 183～184 页。

第二层：形式图像层。不同样式的文艺作品都要由最外层的媒介手段来传达一种意味，其构成的形式外观正是过渡的津梁。以形象的完满与充盈来表达意义，传达情感，涵孕思想，可谓文艺最基本的特征。在由艺术语言架构起来的形式图像中，接受者调动自己的知觉、想象（包括联想、通感）和领悟等心理功能，共同完成对作家的整合感受，在前一阶段基础上，丰富和强化审美感受，推动新的审美感受的提升，进一步揭示文艺作品的丰厚底蕴。我们试对柳宗元的《江雪》一诗作一解读，略窥其奥蕴。这首诗只有20个字，诗曰："千山鸟飞绝，万径人踪灭。孤舟蓑笠翁，独钓寒江雪。"仔细品味这首诗，你会发现其间有八个虚实相间而对比鲜明的意象，即山—鸟；径—人；舟—翁；雪—（鱼）。这四组意象体现出多种对比关系：其一，动与静的对比；其二，多与少的对比；其三，大与小的对比；其四，实与虚的对比；其五，有生命与无生命的对比；其六，色彩的明暗对比；其七，内心与外界的对比；其八，稳定感与不稳定感的对比……如果细分下去，还可以发现更多的内在呼应关系。而这一系列的对比又恰恰都被置放在一个"笼盖四野"的"天苍苍，野茫茫"似的冰雪世界之中。冰清玉洁的雪又同时对应着"独钓"寒江之下的富有生命感的游动的"鱼"（恰恰又是繁殖力旺盛的生命力象征）。"鱼儿"不见，"独钓"翁心知肚明，"独钓"不独，"独钓"不钓，心中朗彻，心如明镜，寓动于静的明彻心境与晶莹剔透的水晶世界又构成呼应。

第三层：形象理解层。形象是传达意味的，克莱夫·贝尔所谓的"有意味的形式"实即这一层次。虽然有人说"形象大于思想"，实则"形象"与"思想"是不可分的，因为形象本身在传达着某种思想，假如人为地将形象归为"形式"，将"思想"归于"内容"，不仅不符合辩证法，更不符合艺术作品的创造规律。在这一层，我们理解形象，并不单单为形象而形象，感知、想象、理解形象，正是为了超越"形象"，所谓"得意而忘象"者焉，如滞于形而忘其意，正好悖离了"形象"创设之本义。只不过在这一层次上,我们可能会调动生活中的经验,加以引申,致使其形象内涵扩大,这也是符合文艺作品的鉴赏规律的。如《红楼梦》第四十八回中"香菱读诗"一节,就较典型地说明了这个问题。

第四层:哲理意蕴层。这是文艺作品最深层、最独特,也最显示接受者再创造能力的境界。它需要接受主体一步步地由审美感知、情感想象、理性冥思、悟性通达,直指对象的深层底蕴,超越语言—文本层面,跨越社会—历史层面,浸润其言外之意、味外之旨,去涵泳其超时空的永恒价值和人生的宇宙情调。这是文学艺术之至真、至善、至美的无上境界。"这是艺术心灵所能达到的最高境界!由能空、能舍,而后能深、能实,然后宇宙生命中一切理一切事无不把它的最深意义灿然呈露于前。'真力弥满',则'万象在旁','群籁虽参差,适我无非新'(王羲之)。"①

在这一层,我们通过了感知层,脱开了情感层,进入一种浩接天际的宇宙苍茫感和生命的终极追问状态之中,此时两耳不闻身外事,唯有茫茫天际捎带来的天籁直透心底。此际才会怦然发出一声长啸,呼出思接千载的"绝唱",此刻的心鸣不需要解读和解释。正如"大乐与天地同和"的至高境界不需要解释一样,王羲之的《兰亭集序》中"固知一死生为虚诞,齐彭殇为妄作。后之视今,亦犹今之视昔",还需要解释吗?这种已越过"小我",通达"宇宙"的情怀又能用语言加以言说么?陈子昂的《登幽州台歌》那"前不见古人,后不见来者,念天地之悠悠,独怆然而涕下"的沉甸甸情感不是已说明了一切?即使用生花的妙笔来解说也都显得无力和矫情。《红楼梦》中"一朝春尽红颜老,花落人亡两不知"的"冷月葬花魂"谱就的"千红一窟(哭)"、"万艳同杯(悲)"生命交响曲,岂不"恰便似遮不住的青山隐隐,流不断的绿水悠悠"?此中传达出的真

---

① 宗白华:《艺境》,北京大学出版社1987年版,第180页。

意,正是庄子在《知北游》中所谓"人生天地之间,若白驹之过隙,忽然而已。注然勃然,莫不出焉;油然漻然,莫不入焉。已化而生,又化而死,生物哀之,人类悲之"的人文情怀。

三、文艺接受的意义

文艺接受的意义主要表现在以下几个方面:

(一) 文艺接受活动的开始意味着艺术活动的整体环节的圆满完成

没有无接受者的艺术,也没有无艺术(面对空无)的接受者,二者之间是互为依存的关系,缺少任何一方,另一方就不成立。正是在这一意义上,创作伊始就决定了"读者"因素的存在。而作为接受活动的显形存在,更是确立了艺术作品之内容意义有待显豁的前提。法国哲学家萨特说:"既然作者和读者都在寻找自由,从一个世界上经过时都感到痛苦不安,那么我仍同样可以说,作者是通过对世界的某个方面的选择来确定他的读者;反过来,作家正是通过对读者的选择来决定他的主题的。"① 没有读者的存在,没有纳入接受者公众视野的艺术品,文学艺术只是一种死寂的存在,而严格说来,"私人写作"的艺术品根本就不可能存在。艺术接受活动预示着又一个新的艺术再创造的发端。

(二) 文艺接受是实现文艺作品人文价值、审美教育和社会作用的中介环节

文艺作品是真、善、美的集中融铸,其审美作用、教育作用和认识作用并不能靠自身自发地实现,其自身的意义和价值尚处于一种"潜能"状态,需要有人去点击、去激活,从而释放出应有的能量,只有这种激活状态的文艺作品才会通过接受者的认识,达到一种

---

① 《为谁写作》,载《文艺理论译丛》第 2 辑,中国文联出版公司 1984 年版,第 378 页。

"随风潜入夜,润物细无声"的潜移默化的效果,其丰富人生、创造人生的价值才有所实现,而这些很明显是艺术接受的功用之一。接受者常常在艺术接受的世界中获得一种心灵的净化和洗礼。伟大的科学家爱因斯坦挚爱音乐,他曾说过这样一句话:"艺术作品给我最大的幸福感受。我从中汲取的精神力量是任何其他领域所不及的。"经受过艺术洗礼,从而丰富甚至改变自己人生道路的事例,古今中外大有人在。

(三)文艺接受活动是推动文艺繁荣的巨大力量

马克思指出:"艺术对象创造出懂得艺术和能够欣赏美的大众,——任何其他产品也都是这样。因此,生产不仅为主体生产对象,而且也为对象生产主体。"① 可以说,读者的存在和消费欲望在某种程度上给创作者提出了要求,这种要求不仅体现在量的多层次和广度上,同时也体现在审美水平的质量上。读者的"期待"构成了作家创作的动机和方向之一,创作者心中"潜在的读者"的消费水准和方向也构成了其创作的目的,而读者在接受适合其审美水平和趣味的作品以后,无形中提高了认识,增强了文化和审美修养,势必对作品提出更高的要求。这一信息反馈给作者,作者又进一步提高理论和创作水平,以便创作出更多、质量更高的作品来更进一步满足读者的审美需求。如此循环往复,作者和读者之间相互交流,彼此砥砺,共同推动整个文学艺术事业的繁荣。

(四)文艺接受是文艺批评的基础,推动文艺理论进一步发展

文艺批评是文艺理论中的一个主要问题,同时又是文艺活动大系统中的一个重要环节,它在接受系统中处于较高的位置。其基本任务是对文艺作品作出符合实际的辩证批判,主要着眼于从思想性和艺术性上进行建设性的批判。批判本身不是简单的臧否,当然也不能净唱高调,"捧杀"或"棒杀"都会阻滞文学艺术创作

---

① 《马克思恩格斯选集》第2卷,人民出版社1972年版,第95页。

活动,从而带来一定的负面作用。因此,好的批评家首先必须是一位能理解艺术家的,具有丰富的生活经验和深广的知识,具有高度的理论修养和艺术修养,有着高度的社会责任感和理论勇气,有着创新精神和进取意识的鉴赏家,他(她)必须实事求是地在认真分析和鉴赏作品文本的基础上去作出科学的评判。接受水平的高低直接关系到文艺批评质量的高低,也直接关系到整个文艺事业的发展。

第二节　文艺接受的基本特征

一、本体性特征

(一)问题的提出

所谓文艺接受活动的本体性特征,主要是指文学艺术作品自身所引发的商品消费与精神消费的二重性。只有当一部作品由作家、艺术家写(画、谱等)出来的时候,艺术品才有其雏形。其后经编辑、出版、发行等渠道,作家、艺术家构思中的观念形态化为具体而现实的批量的书籍、音像等产品进入文化市场时,受众方才可以通过某种经济行为进行现实的消费。相对而言,文学作品的消费行为比其他艺术作品的消费要自由、简单和普遍一些。虽然不同类型的艺术产品其具体的显化和操作途径存在着不太一致的现象(如绘画须入画廊、博物馆、陈列馆和美术馆等,音乐要进音乐厅、剧场,戏剧要进入剧院,影视艺术必须有电影院场等),各有其一定的规范和复杂性,然而,贯穿其中的商品消费这一基本要素却是一致的。人类文化的传播方式经由口传文化、印刷文化,发展到当今印刷文化与电子文化并行的信息时代。如果说,口传媒介时代的文化以其原始性、亲和性和非商品性为特征传达出某种盎然诗意的话,那么近代以来,随着机器大工业的发展,"机械复制时代"的文学和艺术品却挟带进诸多与文化相关或不相关的特性。商品经济和技术社会导致人们的生活方式、社会文化观念和对艺术的审美需求发生了深刻而又显著的变化,一些重大而亟待人们思考的理论和文化生活实践问题露出其"冰山"一角。面对现实提出的一些理论难题,我们不能回避。例如:文艺接受是否具有消费行为?其特征如何?文艺消费与一般商品消费有何异同?文艺消费的实质是什么?文艺消费如何处理与意识形态之间的关系?现代商品经济和高科技社会条件下,人们的精神需求有哪些变化?它对传统的文艺接受活动产生哪些方面的影响?文艺消费与文艺创作的关系怎样?如何理解当代大众文化的自娱性特征?诸如此类的问题都逼使我们去思考和尽量作出合理的解答。我们认为,文学艺术的完整过程之中包含消费接受的问题并非是今天才出现的,只是目前这一问题显得愈加突出而已。因此,文艺活动的一般规律和某些不平衡现象的特殊规律也适合我们用来审视现阶段条件下的文学艺术生产和消费的问题。

一般而言,特定的文学艺术产品对其消费者提出了特殊的规定性;而文学艺术产品又会反过来刺激和影响文学艺术生产活动。文艺消费作为一种文化产品消费,既有一般产品消费的普遍性,又有其作为精神产品消费的特殊性,即文艺消费具有二重性及其延伸的主体性特征。研究文艺消费与接受中的诸般复杂情况,有利于我们更深刻地理解文艺接受活动乃至文艺创作活动的全部过程。

(二)马克思关于社会化大生产的原理

早在一个多世纪前,马克思就对社会化大生产有过科学的预见。他说:"生产直接是消费,消费直接是生产。每一方直接是它的对方。可是同时在两者之间存在着一种媒介运动。生产媒介着消费,它创造出消费的材料,没有生产,消费就没有对象。但是消费也媒介着生产,因为正是消费替产品创造了主体,产品对这个主体才是产品。产品在消费中才得到最后完成。"① 虽然马克思这里讲的主要是一般生产与消费,但同样适用于文艺生产与消费。一方面,文艺生产规定着文艺消费;另一方面,文艺消费也同时制约着文艺生产。

所谓"文艺生产规定着文艺消费",主要表现为以下几点:

(1) 文艺生产为文艺消费者提供消费的文艺作品。文艺消费首先得有供其消费的文艺对象,没有消费对象的"消费"是不存在的。既然如此,文艺生产也就为文艺消费提供了前提和基础,同时也为文艺消费活动的存在提供了条件。不仅如此,文艺消费者所面对的消费对象的类型也决定其以何种态度去调动相应的消费机制和惯性。例如,是现实主义作品还是浪漫主义作品抑或是表现主义之作?是传统的精英文学还是当代大众的艺术?是手抄本、印刷品、还是网络文学?这些都无一例外地受到文艺生产因素的规定和制约。欧洲著名文艺社会学家阿诺德·豪泽尔从艺术社会学和艺术心理学方面考察了艺术生产和消费之间的关系,他指出:"观众在看完一场戏之后,或者听众在一场音乐会幕落之时,他们已经不再是看戏之前,听音乐会之前的人了。"②

(2) 文艺生产规定着文艺消费的方式。随着传播媒介的进步,传统的印刷文化带来的消费方式迥异于原始的口头文化的时代,自然也不同于当代的电子文化。麦克鲁汉文化理论的命题之一即是:新型传播媒介是人的神经系统的延伸。这导致了人们消费方式的适时调整。这种调整,不仅意味着接受者的感官功能的移易和变化,而且也带来了消费者之间关系的变化。生产说唱故事的口头文化时代是群体围聚在一起共同消费的时代,生产书籍

---

① 《马克思恩格斯选集》第2卷,人民出版社1972年版,第93~94页。
② 阿诺德·豪泽尔:《艺术社会学》,学林出版社1987年第1版,第134页。

文学的印刷时代则是个人阅读的时代,它造成了"具体的意识内容的抽象化和自发的人际交往的分散化,它使独立的读者获得了自律的思想范畴和表达方式"。而电子时代的到来,却使文艺的消费者趋向一种消费方式的多元化,消费者既可以聚集在电影剧场,也可以瑟缩在"家庭影院",或在网络上点击现代"灰姑娘"等神话故事。

(3) 文艺生产规定着文艺消费的需要,不断"生产"着有新要求的消费者。文艺消费的主体一方面不断增添新的人员,另一方面原有的消费者经由文艺的接受活动的训练,变得愈加具有审美的艺术修养了,而这两条都离不开作为文艺生产的形式本身所造成的效应。一般而言,正是文艺作品文本自身所具有的综合特性(思想性、艺术性等)造成和培养了消费者的爱好(乃至癖好)和需求,他们于不经意之中形成的这种接受需求又逐渐趋向有意识追求某种味道的"纯真"(例如音乐发烧友等),于是就导致了共同趋进的现象。一方面,文艺作品的文本造就了该作品对象的顺向心理需求;另一方面,业已形成的读者等的顺向心理需求又要求新的类似文本的出现,以满足其对该文本的渴念。例如,正是言情小说的生产,造就了众多"琼瑶迷";也正是新武侠小说的问世,才涌现出众多的"金庸迷"、"梁羽生迷"和"古龙迷"们。如是,生产刺激了需要,需要又刺激和拉动了消费与生产。

所谓"文艺消费也同时制约着文艺生产",主要表现在以下几点:

(1) 文艺产品只有在文艺消费中才能得到最后实现。我们曾说,文艺产品有赖于创作者与接受者共同完成,一为创造,从无到有;一为再创造,通过消费,使文艺作品成为具有现实意味的作品,从隐到显。完整意义上的文艺作品既不以艺术家构思中的观念形态为依归,亦不仅仅以作家(艺术家)的物化结晶为标志。最优秀的文艺作品,倘若没有通过生产的环节,即没有出版,或出版了却未被接受者以经济行为取得某种权利,继而消费之,则该文艺作品的真、善、美诸价值功能均无法得以实现。

(2)文艺消费制约着文艺生产的方式和规模。一般而言,虽然作家艺术家不一定时时处处要以接受群体的眼光来创作(事实上也不太可能),但要创造真正的、有质量的、有艺术恒远价值的艺术作品,总是要依靠不同范围内的社会阶层的支持。文艺复兴时期某些作家、艺术家的创作说明了这一点。艺术家总是于有意无意之中谋求公众的喝彩和首肯,特别要博取仍未采取明确取舍态度的、立场尚游移不定的、以第三者身份出现的"自由受者"的垂青,且正是这种独立的"自由受者"可以进行自由的选择,作出较公正的判断。我们甚至可以说,不同档次的文艺产品的生产规模与不同档次的接受者在数量上呈相互对应的比例关系。

(3)文艺消费制约着文艺生产的目的和动力。文艺生产不仅以其对象来确定自身,文艺消费活动呼唤文艺生产者为满足广大人民群众日益增长的精神文化生活的需要,而提供多层次多形式的文艺作品;而且,文艺消费在伴同文艺生产发展的同时,不断地创造出新的需求,在观念上提出新的生产对象。这样,文艺消费不仅成为文艺生产的目的和意义,更成为刺激和制约文艺生产的常新的动力。

(三)文艺接受的二重性

从远古那富有诗意的口头文化承传走来的人们肯定会莫名惊诧于当今时代的文艺消费性。自近代机器化大生产出现以来,随着物质生产方式的巨大变化,文化产品的生产方式也随之发生剧烈变化,其明显标志就是文化传媒工业的出现和文化流通市场的形成,其结果是艺术消费被置于艺术生产之上,艺术成了"用以消费的艺术"。文艺作品正如同日常消费品一样,必须经由商品流通这一中介环节才能到达文艺消费者手里,文艺生产和文艺消费均由此而打上了商品化印记,文艺生产不再以艺术本身等非功利的因素为整体考量,文艺消费亦首先必须通过"消费者"以支付一般商品等价物(货币)的方式来实现。艺术也俨然成了一种生产力,印象派大师的遗世之作被炒作而卖上了天价,人们在惊愕之余,投资于文化艺术市场的行为便愈益畅行。而前几年《十五的月亮》十六圆"的传闻也引起了国人的喟叹与思索。"十六圆"体现了商品性,而人们的反思正着眼于其商品价值与其实际意义之间的巨大反差。

文艺消费的二重性即指文艺消费活动过程中所出现的文化商品性和商品文化性现象。所谓文化商品性,是指具有精神性文化消费特点的产品在文化市场流通中的商品等价物因素。而商品的文化性是指商品消费中具有的精神性文化消费因素。后者我们暂且不论,前者即典型地表现了两个方面的性质:

其一,文艺产品具有商品消费的特点。譬如说,我们去听一场音乐会,除了出于审美的动机与消费的愿望之外,还得考虑一下自己的经济承受能力如何。如若希望满足自己细腻的视听感受,就得掏大把的钞票去购买高保真的HiFi音响系统。从文学市场上来说,也呈现出多种消费心理导致书籍的升值与贬值,乃至降价打折出售。文艺消费随着商品社会的愈益精致、深入人心,更像一般商品了。当人们的消费心理处于追赶浪潮时,图书排行榜便吸引着消费人群的视线,并时时预测,进行某种商品市场行情调查那样的"国际流行"标牌追踪活动,炒作卖点或隐形卖点,它不仅追随且有意引导人们的文化消费欲望。当社会上一般消费心理崇尚地位、声望时,某种艺术品就会成为"卖点",风潮之后便身价大跌。影视文化更是一种高投入、高产出的"商品"。近年来的好莱坞大片动辄以数亿美金投入制作,所换取的回报正如前几年秦池酒厂以中央电视台标王拔得头筹从而"开进去一辆夏利,开出来一辆奔驰"那样,巨大的利润使电视观众们的眼睛不知疲惫地随着"大腕们""南征北战"。

其二,文艺消费是一种特殊的商品消费,具有精神享受和情感愉悦的性质。很明显,一般商品消费通过等价交换获取了对该商品实际意义上的充分占有权,而文艺消费这种特殊的商品消费仅仅是实现某种形式意义上的占有,并未进入该产品的实质消耗。如果说,一般意义上的商品要"物尽其用"的话,文艺消费不仅可以"物不尽其用",反而有可能是"取之不尽,用之不竭"的聚宝盆。具体表现在:首先,一般商品主要满足于人们的物质生活需要,而文艺作品则作为一种特殊的精神产品,满足人们的精神生活需要。一种着眼于"快感"的填充,一种着眼于"美感"的需要。因此,消费主体条件的不同,对文艺产品的标准不一,其满足程度也各异。而对于一般商品消费而言,其使用价值并不因主体条件的不同而有差异。其次,一般商品消费的交换严格依据等价交换原则,而文艺产品的消费却难以等同,前面提到的"《十五的月亮》十六圆"即是明证。至于迫于生计,某些杰出的艺术家以难以等价的条件出卖了自己不朽的篇章更说明其中的交换价格是以中介的掠夺为等价条件的,这一外在价格的形式与其作品内涵的无限性没有必然的联系。再次,一般商品因其使用价值随着消费中的不断损耗(有形的与无形的)而不可避免地趋于被淘汰,这种代替既表现为现有的产品因其使用价值消耗殆尽而归于无用,从而为同一类型的其他产品所代替;又表现为科学技术的进步促进了新产品的开发,先进的产品不断代替直至最终淘汰落后的陈旧的产品。而文艺产品则不同,且不说同一种"产品"(如同一部小说)不必代替,且有常读常新的因素,即使时过境迁,即使各个时代有其优秀作品和代表作,但不同时代的优秀的文艺作品不仅不能互相替代,而且有着永久魅力而为历代(不同时空条件下)的消费者们所共享。中国先秦散文、汉赋、唐诗、宋词、元曲、明清小说能够相互替代吗?同理,古希腊罗马的神话与史诗绝不会因为后现代主义(post-modernism)文化阶段的到来而显得落后。恰恰相反,它们以其具有鲜明时代特征的艺术符号,记载了那个时代的历史,至今还向我们散发出不可企及的艺术魅力,具有某种"虽不能至,心向往之"的诗意。优秀的文艺作品正是因为有这种巨大的超时空性才不可能像一般商品那样,退出人们的消费视野。最后,也是最为重要的一点,一般商品消费是名副其实的消费,而文艺产品的消费却是一种寓真、善、美于一体的文化信息传播,因其具有再创造性的潜能,因而要求消费主体调动主观能动性,创造出与商品消费的功利性绝然不同的"无目的的目的性",创造出一种非功利性的"无用之大用"(鲁迅语)来。结合现阶段我国建设有中国特色的社会主义,物质文明与精神文明两手齐抓、两手都硬的时代特征,我们要发挥文艺消费中以精神性因素为主导这一作用,积极抓住文艺接受中的正面价值导向和主旋律,推动整个文艺事业朝着健康和繁荣的方向发展。

二、主体性特征

(一) 意识形态性

艺术是一种意识形态。作为文艺活动的环节之一的文艺接受活动是一种积极的再创造活动,其意识形态性即成为文艺接受活动中主体特征的首要特征。

关于文学艺术创作及其接受活动的意识形态性特征,无论是从历史、理论还是现实而言,都是一个不争的事实。例如,我国历史上的历代统治者均奉行"乐教"与"诗教"。以中国最早的一部诗歌总集《诗经》为例,它因被官方所推广而得到广泛传播,这不仅因其具有审美的怡情功能,更主要的还在于借助《诗经》去传输"温柔敦厚,诗教也"的封建主义的意识形态观念,通过作品中"怨而不怒,哀而不伤"去阐扬和维护封建统治秩序。孔子认为"诗三百,一言以蔽之,曰:思无邪",因而肯定其"迩之事父,远之事君"的教化和意识形态功能。古希腊哲学家柏拉图也十分重视文艺消费的意识形态功能,因此他在"理想国"中是不允许那些摹仿现实的文艺如史诗、悲剧、喜剧等存在的,因为它们把神写得像俗人一样坏,而这引起的结果必然有悖于城邦保卫者们所受过的规范教育,不利于统治者。

不可否认的是,文艺消费中存在的意识形态性特征也正如其文艺作品创作一样,其表现形式不是那么十分具体而明确的,或隐或显、或轻或重,总体上看都是十分复杂而较为隐晦的,因为文艺作品作为审美——艺术地掌握世界的方式,总得通过形象、画面本身来说话,与受众交流,因而同样要达到一种"随风潜入夜,润物细无声"的效应。然而,没有意识形态性的文艺作品是没有的,没有意识形态性的文艺接受活动也是不存在的。即使某些专事审美或娱乐的文学艺术作品的消费,其间也渗进了(自觉或不自觉地)意识形态观念。某些作家(艺术家)声称自己的创作与意识形态无关,因而强调其文艺消费也无意识形态性,这本身即是一种意识形态性的曲折反映。当然,在不同时代条件下,文艺消费的意识形态性表现是不同的。一般而言,在社会阶级矛盾和民族矛盾日益激化的时期,表现鲜明,需要分成阵营;而在社会阶级矛盾和民族矛盾较缓和的情况下,文艺消费的意识形态性则表现得较为间接而隐蔽。

但无论如何,文艺消费因其具有意识形态性而历来起着维护或破坏特定的社会结构的巨大作用,这一点是应当予以承认的。文艺消费的意识形态性表现在社会结构的关系上面一般有如下几种形式:一种是文艺消费直接为现时的统治阶级和社会结构服务,广为传输和再生产统治阶级所需的意识形态观念;一种是为破坏和瓦解现行统治阶级政权进行舆论宣传,为被统治阶级传播于现行政治制度等不利的意识形态观念;还有一种声称文艺消费是纯审美的,鼓吹超阶段、超党派、超政治的非意识形态化。这三种形式塑造了文学艺术自身在社会化运作中的地位和作用,尤其是第三者往往具有一定的复杂性,需要我们加以分析和甄别。

现在,由于经济的快速发展,商品消费意识的日渐渗透,文艺消费的意识形态性似乎为人们有意无意地淡化了,文艺的消费活动(尤其是受当代大众文化影响的某些娱乐行为)似乎愈加远离意识形态,以为文艺消费纯粹是一种个人化的感官享乐行为,追求"感觉"的瞬间满足,将之视为纯粹的个人消遣。殊不知,这种生活方式本身也正是一种意识形态性的反映,对此我们要认真对待。换个角度看,某些文艺消费的意识形态性确乎为审美、超越现实诸特征所遮蔽,但"象牙之塔"中也绝非全是"净土"。对此,我们同样要加以认真分析和鉴别。

(二) 审美文化性

所谓审美文化性,即是文艺接受活动中所感知和体悟到的认识性、审美性和文化性,正是它们不仅构建了我们认识世界的社会文化心理结构,而且促使我们在这一世界中诗意地栖居,因为阅读经验能够将人们从一种生活实践的适应、偏见和困境中解脱出来。

所谓认识性,是指文艺作品通过形象生动的画面去反映生活的方方面面,"在更高得多的程度上用最朴素的形式把最现代的思想表现出来"①。孔子早就说过,"诗,可以兴,可以观,可以群,可以怨",可"观风俗之盛衰"以及"多识于鸟兽草木之名"的认识价值。歌德曾经描述过他阅读莎士比亚作品时,好像一个生来盲目的人,由于神手一指而突然获见天光。西方现代派文学在表现西方现代社会的人与世界、社会、他人的关系上抓住了"异化"这一主题,将人与社会的分离等作为人的异己的、陌生的、对立的环境作了淋漓尽致的描写。如法国剧作家尤奈斯库的《椅子》、《秃头歌女》等作品将人与人之间的冷漠、人与环境之间的疏离、人与真实自我之间的隔阂刻画得入木三分。俄国的车尔尼雪夫斯基认为文学是"人的生活的教科书",恰到好处地点明了文艺的认识作用。

---

① 《马克思恩格斯选集》第4卷,人民出版社1972年版,第340页。

所谓审美性,即是说接受者在接受文艺作品过程中,其感知、情感、想象等诸多心理因素可能被极大地调动起来,通过揭示和敞开艺术作品的审美空间,主、客体在回旋往复的交流过程中处于无障碍的自由状态,从而使主体获得某种精神上的自由、愉悦和超脱,由此获得审美情感上的愉悦和满足。

所谓文化性,亦即文学艺术作品中所包含的融认识性与审美性于一炉的文化价值,这是一个包容性较大的概念,不同于狭义的审美文化。由于文化概念本身词义丰富,而文学艺术又是审美的意识形态,所以我们这里所谈的文化性基本上是基于审美素质之上的文化价值,是广义上的审美文化性。如果我们站在文化价值的背景上去思考其审美特点,那么我们就应当把握其中丰富的社会学、历史学、政治学、民族学、民俗学、宗教学和哲学等内涵。因此,文艺接受的主体即可在文艺消费过程中站在自己的文化视野上,去与作品中所蕴含的文化意向进行交流与对话,从而同时成为一位文化内涵、文化意义、文化意向的理解者、阐释者、评价者和对话者。如同样面对一部《红楼梦》,道学家看见的是"淫",革命家看见的是"排满",才子佳人看见的是"缠绵",流言家却取其"宫闱秘事"以津津乐道等等。而作家刘鹗却从中国人儒、道、释等内倾性的文化所造就的道德史观出发,将《红楼梦》中"悲金悼玉"归纳上升为代表中华文化的"挽歌"。他认为哭泣有不同的境界,而《红楼梦》没有局限于儿女情长的个人情感之中,而是发自中华文化的深处,深刻揭示了人生诸相及其归宿,表达了那种沧海桑田、世事变幻、人生莫测的悲观体验和对盛衰更替、周而复始之天道观的大彻大悟,才得以成为中国文学史上的响遏行云的"其行乃弥远"的大哭泣。刘鹗继而在《老残游记·自序》中居然把伟大的文学艺术作品全部归结为挽歌式的哭泣,这就突破了局限,将其提升到文化哲学的角度来考察了。

第十二章 文艺接受主体

对文艺接受的具体过程探讨源于对主体的认识。本章专门介绍、分析几种对人类心理探索有一定合理价值的观点,继而详细介绍和描述文艺接受中主体心理的几种要素。即感知、情感、想象和理解。可以说,对这一章的理解直接关系到其后接受过程中的意义揭示。

第一节 对接受主体心理探索的几种理论

一、达尔文的困惑

关于美以及人类审美的问题困扰人们已经很久了。达尔文在科学实践中通过对大量飞禽走兽的仔细观察,发现有的禽兽以至昆虫也有某种类似人类审美活动的行为,他在《物种起源》、《人类的由来及性选择》等著作中作了记载,认为美(以及审美)是可以外在于人类而存在的,美的意识也非人类所独有。他说:"如果我们看到一只雄鸟在雌鸟之前尽心竭力地炫耀它的漂亮羽衣或华丽颜色,同时没有这种装饰的其他鸟类都不进行这样炫耀,那就不可能怀疑雌鸟对其雄性配偶的美是赞赏的。因为到处的妇女都用鸟类的羽毛来打扮自己,所以这等装饰品的美是无庸置疑的。……如果雌鸟不能够欣赏其雄性配偶的美丽艳色、装饰品和鸣声,那末雄鸟在雌鸟面前为了炫耀它们的美所做出的努力和所表示的热望，岂不是白白浪费掉了；这一点是不可能不予以承认的。"① 从达尔文的实证材料及其看似合乎逻辑的推论来说，他的结论有相当大的说服力。然而我们加以仔细分析，便会发现其中有诸多不甚科学（且当今科学尚难解决）的问题。因为，审美活动只有对人类来说才有意义，所谓"审美活动"和"美"、"丑"等观念亦是人类社会所特有的文化创造，是人类赋予其种种社会观念的，没有人类社会就谈不上人类的"审美"观念，这一点应是毫无疑问的。

唐代文学家柳宗元在《邕州柳中丞作马退山茅亭记》一文中说得好："夫美不自美，因人而彰。兰亭也，不遭右军，则清湍修竹，芜没于空山矣。"审美活动是人类特有的精神创造活动。从心理学角度看，它是一种感情活动。从哲学角度言，它又是人类的一种体验活动，是人与宇宙的沟通。客观景物之存在是自然而然的，不以人类意志为转移的，不经过人类审美之心去感知、际会与触碰，它将自始至终是一种自在体的自然物。若有人以审美之心去"彰"，去发现、照亮与唤醒，它即以一种"不自美"之态而打上人类意识的烙印，嫣然与人发生关系，产生出审美的意味来。萨特在《为谁写作》中说道：

> 我们的每一种感觉都伴随着意识活动，即意识到人的存在是"起揭示作用的"，就是说由于人的存在，才"有"〔万物的〕存在，或者说人是万物借以显示自己的手段。由于我们存在于世界之上，于是便产生了繁复的关系。……这个风景，如果我们弃之不顾，它就失去见证者，停滞在永恒的默默无闻状态之中。至少它将停滞在那里，没有那么疯狂的人会相信它将要消失。将要消失的是我

---

① 达尔文：《人类的由来及性选择》，科学出版社1982年版，第112页。

们自己,而大地将停留在麻痹状态中直到有另一个意识来唤醒它。①

总之,动物是自然界的一部分,其活动是消极的、被动的和盲目的,它们的行为往往是在本能的支配下进行的,不具备人类自由自觉的创造性力量所驱动的审美属性。人类不仅有意识并化为具体的实践活动,而且能够超越个体的现实需要,创造出美仑美奂的艺术境界。对于达尔文的困惑,我们回答了两个问题:在人类社会出现以前,不存在审美活动;在人类社会以外的自然界也不存在审美活动,这主要取决于其自然属性同人及其社会生活的关系——适应人类社会生活需要的程度与性质。

二、皮亚杰的发生认识论原理

瑞士著名的心理学家让·皮亚杰认为,人的先天性的心理结构只是提供了交流和"发生认识"的"功能的可能性","并没有什么现成结构的遗传(同本能的情况正好相反,它有很大一部分是被遗传编码的)"②。在他看来,在人的认识发生的过程中,"一个刺激要引起某一特定的反应,主体及其机体就必需有反应刺激的能力"。他反对天赋论和先验论,也反对某种经验性的东西,他说:"认识既不是起因于一个有自我意识的主体,也不是起因于业已形成的(从主体的角度来看)、会把自己烙印在主体之上的客体;认识起因于主客体之间的相互作用,这种作用发生在主体和客体之间的中途。因而同时既包含着主体又包含着客体",在主客体之间起中介作用的"是可塑性要大得多的活动本身"③。因此,正是以活动为中介,主客体之间相互作用,使二者融合在一起,一方面主体需要客体的

---

① 转引自《柳宗元的三个美学命题》,见《民主与科学》1992年第4期。
② 皮亚杰:《人文科学认识论》,中央编译出版社1999年版,第1~2页。
③ 皮亚杰:《发生认识论原理》,商务印书馆1985年版,第21~22页。

信息来明确自己的行为,另一方面主体方面的主观因素也积极化入客体之中。如此这般,认识就不仅仅是对知觉活动的机械复制,而成为一种不断生发、激活新信息的建构。

皮亚杰这一发生认识论原理告诉我们,人类的认识是经由"同化"和"顺化"而建构起来的。所谓"同化",亦即主体吸收外界的信息,加以理解、消化、吸收,融进主体既有的认识结构之中。这样,在"同化"中,外来的信息会被整合,起一定变化;与此同时,整合的过程也使既有的认识结构产生异变。所谓"顺化",即是指主体在吸收、消化外界因素而同化之时,为适应外界条件的新的变化而不得不改组既有的认识结构,重新进行"优化组合",其实质是使主体认识结构产生了飞跃。可见,人类认识是在同化与顺化两者自动调节的基础上不断地整合、生成而建构起来的。

皮亚杰对人类个体认识活动的发生所作的研究,为我们探索和研讨审美主体心理活动有相当大的启示。首先,我们应该把人类个体审美能力的形成和审美心理活动的发生置放在一定的与其周围环境的实际接触中,审美心理和审美能力不是现成的、既有的,而是产生于具体的审美活动中。其次,大量的历史文化遗存使人类在不断的认识建构和审美创造与接受中形成了原始积淀、艺术积淀和生活积淀,由此而形成了人类的文化心理结构。用李泽厚的话来说,"审美对象的历史正是审美心理结构的历史,是人类自己建立起来的心理——情感本体而世代相承的文化历史"[①]。再次,文艺接受活动中出现的"一百个读者就有一百部《红楼梦》"现象也可以从这一角度加以说明。审美主体在对客体的认识活动中,随着认识的不断同化、顺化、更新与整合,不断创造、生发出新的认识,层出不穷的意象就创造出来了。这种饱含审美主体情感因素的审美意象呈现出千姿百态的形貌,使人如"从山阴道上行,

---

[①] 李泽厚:《美学四讲》,三联书店1989年版,第188页。

山川自相映发,使人应接不暇"。

三、格式塔心理学美学

格式塔心理学美学是在格式塔心理学的基础上建立起来的。格式塔心理学又译成"完形心理学"("格式塔"是德文 gestalt 的音译,意即"形"、"完形"),该学派着重于知觉完形的研究。而"知觉完形"即表述为"异质同构"论。格式塔心理学美学用异质同构论来解释人类审美经验的形成。按照该理论,外部事物、艺术式样、人的知觉(尤其是视知觉)、组织活动(主要在大脑皮层中进行)以及内在情感之间,存在着根本性的统一,它们都是力的作用模式。而一旦这几个领域的力的作用模式达到结构上的一致时(异质同形),就有可能激起审美经验。而审美快感是由于艺术作品(或其他审美对象)的力的结构与审美主体情感结构的一致而产生的,这就是格式塔心理美学所谓精神现象和物质现象异质同构(亦称"同形同构")的关系。格式塔心理学的代表人物主要有考夫卡和阿恩海姆。

阿恩海姆主要以视觉艺术作为分析对象,其主要观点后来成为该学派的中心论点。在他看来,物理世界、生理活动和心理活动本质上都是力的作用。他说:

> ……我们必须认识到,那推动我们自己的情感活动的力,与那些作用于整个宇宙的普遍的力,实际上是同一种力。只有这样去看问题,我们才可能意识到自身在整个宇宙中的地位,以及这个整体的内在统一。[①]

阿恩海姆认为,这种"力"的作用普遍反映在文艺创作上和文艺欣赏活动中。在他看来,表面上不同的自然事物各有其形状和色彩,

[①] 阿恩海姆:《艺术与视知觉》,中国社会科学出版社 1984 年版,第 625 页。

不同的艺术品各有其形式,实际上,"这些自然物的形状,往往是物理力作用之后留下的痕迹;正是物理力的运动、扩张、收缩或成长等活动,才把自然物的形状创造出来。大海波浪所具有的那种富有运动感的曲线,是由于海水的上涨力受到海水本身的重力的反作用之后才弯曲过来的;……凸状的云朵和起伏的山峦……树干、树枝、树叶和花朵的那些弯曲的、盘旋的或隆起的形状,同样也保持和复现了一种生长力的运动"[①]。艺术家的创造同样如此。当画家们试图描画(写)出那些犬牙交错的绝壁悬崖和盘根错节的虬曲树根等充满力量的对象时,他(她)在运笔之前即先要唤起一种力量感受,在真正运笔作画时,就将这股力量带入全身、化入笔端。文艺作品的创作如此,文艺接受亦然。既然世间一切事物均可以归结为"力的图式",那么对它们的观看就不仅仅是视觉中的形状、色彩、空间或点与线的运动,一个有审美知觉能力的人很有可能透过这些表象的东西,感受到其中那活生生的力的作用,感受到某种"活力"、"生命"、"运动"和"动态平衡"等性质,这些性质不是联想的作用,也并非来自想象和推理,而是一种通过"异质同构"而直接感知的传导造成的。而这特定的"活力"或"生命"、"运动"等又会进一步同人类社会生活中的某类事件或人类心灵深处的某些思想感情联系起来,产生某种情感上的反应。因为从本质上来说,人的"内在情感"也是一种"力"的表现形态,只不过不发于外,而蓄积于内罢了。中国古代画论中也有过类似的论述,如"喜气写兰,怒气画竹"等。因此,我们不仅能够在舞蹈演员的动作中见到悲哀,同样可以在迎风摇曳的杨柳枝条上看到悲哀,还可以在书法家的书法线条中见到悲哀。总之,不管我们认识如何,任何事物只要其"力的图式"在结构上与人类情感中力的作用达到一致,就可认为它是这一主体情感的表现,不管是色彩、文字还是音响。

[①] 阿恩海姆:《艺术与视知觉》,中国社会科学出版社1984年版,第596页。

格式塔心理美学从普通的感知中找到了审美感知的根源,从静态的形象中找到了运动的生命感,对审美经验中某些要害作了科学而符合实际的揭示,触及到了艺术创作和艺术接受的实质。但由于它更多地注意到物的结构问题,而没能从审美主体这一角度出发,更缺乏专门分析人类审美心理的要素,因而缺乏辩证的观点。殊不知,在人类的审美知觉中,社会性的因素也同样要起作用,它是融和了理性、历史和文化精神在内的更高、更复杂、更集中的感性直观活动,这就是审美经验。构成这一审美经验的主要基石是感知、情感、想象和理解。

第二节 接受主体的心理要素

一、感知

从心理学角度看,审美的门户是感知;从生理学角度看,审美的门户便是主体的各个感觉分析器。感知包括简单的感觉和较复杂的知觉。美国美学家帕克说得好:"感觉是我们进入审美经验的门户;而且,它又是整个结构所依靠的基础。"① 人生活在这一世界上,必然同其发生感性的、自然的和直接的关系,他(她)通过不同的感觉分析器(如视觉、听觉、味觉、嗅觉、触觉和动觉与前庭器官等)去获取不同的感觉,形成对这一世界的认识,并成为他(她)想象、情感、理解活动的基础。这诸多不同的感觉,在个人的审美过程中所起的作用各不相同,其中最为突出的是听觉和视觉,因此,视听两大感觉分析器官被视为人类两个主要的审美感官。古希腊的柏拉图就在《大希庇阿斯篇》中专门讨论了视觉和听觉产生

---

① 帕克:《美学原理》,商务印书馆1965年版,第50页。

的快感高于饮食色欲之类的快感问题。德国的黑格尔则认为"艺术的感性事物只涉及视听两个认识性的感觉,至于嗅觉、味觉和触觉则完全与艺术欣赏无关"①。实际上,嗅觉、味觉、触觉和动觉等在人的审美感受中同样也可以发挥其不容忽视的辅助性作用。心理学实验表明:如果只有嗅觉、味觉、触觉而失去视觉、听觉,对象会在感受中成为一片混茫而不可理解的东西;然而,如果仅有视觉、听觉,失去其他感觉(来确证),对象则会在感受中显得似乎可以理解却又模糊、虚幻而难以确定其是否客观存在。很显然,某些艺术品的创作与欣赏是需要多种感觉分析器来协调合作的,如建筑和雕塑因其自身材料的质感因素,就要求我们把视觉、触觉、动觉等多种感觉分析器调动起来,才能得到巴甫洛夫称之为"筋肉的愉快"那种兴味盎然的情绪状态。

视觉、听觉成为两大主要审美感官的原因何在? 视觉和听觉不仅以其巨大的感知领域来认识世界,更关键的在于它是与人类的社会化进程同步的。也就是说,它们是伴随着"自然的人化"进程而使自身愈益具有远离生物自然性的社会化感觉。这种逐渐社会化了的器官又能借助于语言而取得愈益深广的意象性、模糊性、间接性、概括性和理解性。正如马克思所说:"只是由于属人的本质的客观地展开的丰富性,主体的、属人的感性的丰富性,即感受音乐的耳朵、感受形式美的眼睛,简言之,那些能感受人的快乐和确证自己是属人的本质力量的感觉,才或者发展起来,或者产生出来。"② 人的感觉的丰富性,使人类的审美经验有了基础和出发点。例如,白色在西方文化中象征着纯洁,而在中国传统文化中却用来作为丧葬的服色,为何同一种色彩却具有迥然不同的意义呢?这里就必须摆正生理感受与联想引起的某些象征意义的先后关

---

① 黑格尔:《美学》第1卷,商务印书馆1979年版,第48页。
② 马克思:《1844年经济学哲学手稿》,人民出版社1979年版,第79页。

系。心理学家们的试验证明,那些强光照射下的色彩、高饱和度的色彩以及磁波较长的色彩都能引起高度的兴奋和造成强烈的刺激。一般来说,许多色彩给人造成的冷、暖、动、静等感受似乎是由那些比联想更为直接的生理活动和心理活动引起的。就白色而言,从物理学性质上说,它是有双重性的:一方面,它是光谱上的所有色彩加在一起之后而形成的一种最完满的统一体;另一方面,它又是因缺乏色彩和多样的丰富性而造成的一种(似乎感性缺失)的色彩。正因为白色有这两种不同感受的生理基础和因之而起的不同心理效应,所以不同文化和历史背景的民族方可以根据这种不同的心理感受而赋予其不同的象征意义。红色之奔放、热烈首先不在于使人联想到鲜血、火光、太阳和革命,而在于其他因素。它首先具有对感官的刺激性,引起血脉扩张,使人产生其他类似的自然与生活联想,而导致红色这种色彩具有种种表情性和象征意义。这正是建立于审美对象及其人类生理感官的科学性(同)之上的再度心理演绎(不同)。可见,审美感觉是物理化学结构、生理感受结构和社会心理情感结构三者之间的有机契合。

　　心理学和哲学一般将知觉定义为"对事物的整体的反映形式"。美国的利伯特给知觉下的定义是:"知觉是指选取和使用通过感官获得的信息去组织世界的过程。"① 从心理学上看,知觉与感觉的不同之处在于,感觉是对事物个别特征的反映,而知觉却是对于事物各个不同的特征,如形状、色彩、声音、空间、光线、张力等多种要素组成的完整形象的整体性把握,甚至包括对其中的特定内含和情感表现性的把握。心理学家们通过实验反复证明了这一点,即人类的知觉活动不是被动地将各种感觉要素简单相加,而是以主动的态度去理解和解释它,即使是眼前的刺激物相同,具有不同期望的人也不会从中看到相同的物象。这种在人心中的"图示"

---

① 利伯特:《发展心理学》,人民教育出版社 1983 年版,第 175 页。

所造成的"期望"在知觉中发挥了重要作用,它在对中国传统艺术的欣赏中就表现得非常明显。如京剧舞台上经常出现的道具"马鞭",放在演员手上就化成了战马,放在其他地方,不过仍然是马鞭而已;传统中国画中的水墨只不过是黑色的颜料而已,而一旦表现在松树、荷花、日出、溪流、高山、翠竹的抒写上,就以其黑色的形貌体现自然界一派盎然的画面。因此,人的知觉并非机械的复制、拷贝,而是积极能动的反映,在心中积淀成种种因过去经验形成的"图示"和"期望",加以分析、取舍和升华。

审美知觉不同于一般知觉。审美知觉不是依据事物的实用性功能去分类,而是依照它们在形式中揭示的情感表现性去进行归类,它所作出的判断不是知识的判断和科学的严谨分类,而是透过事物的形式达到对它们的情感表现性的把握。例如,元代马致远《天净沙·秋思》这首曲,"枯藤老树昏鸦,小桥流水人家,古道西风瘦马。夕阳西下,断肠人在天涯",就予人以完整的形象画面,其间的分类绝非客观的摆列,而取决于诗人的情感意向,将几个互不相关甚至风马牛不相及的九个意象放在一个单位系列中,造成两种审美经验:其一,"藤"、"树"、"鸦"之"枯"、"老"、"昏"(变相的"老")与"道"、"风"、"马"之"古"、"西"(风的苍劲以喻历史久远)、"瘦"形成呼应,以其中渗透的情感意绪为归依,最后点明"文眼"——断肠人,继而"在天涯"正是由前面几个意象组成的系列网点编织成为一幅时空混茫的未定坐标,安顿下"断肠人",以统一全文;其二,九个意象之间分成三类,各类的划分依据也绝非科学,但因依据情感的表现特征,各自成一系列,且三类形成一种起伏与节奏感,让心灵漂泊无所依傍的同时也有一种优美的意境存在,相映成趣,让接受者心中得到一种抚慰。这种以心理情感为导线的整体性正是审美知觉的表现性特征,看起来这种知觉好像是迅即而直觉地完成的,实际上其背后隐藏着观察者全部的生活经验,包括其信仰、偏见、记忆和爱好,从而又与他(她)的想象、情感与理解结合起来,共同感知而得出某种审美判断。一般而言,人的审美知觉的选择性具有某种"拒同排异"性。现代心理学中揭示的"差异原理"证明,人们对于某些似是而非的物象,即处于似与不似之间的物象才会唤起审美的敏感。一种全然陌生的乐曲或图画在实践意义上同非常熟悉的作品具有同样意义,都不会引起人们关注和观照的兴趣,只有那些在我们较为熟识的文化背景中又经过推陈出新的艺术作品才会引起人们审美知觉的敏锐感受,从而进入审美的创造和发现过程。

审美感知的上述特性,使它与日常感知有了质的分野,其区别主要表现在以下几点:

首先,审美感知带有浓厚的感情色彩,而日常感知则局限于对象自身而受逻辑概念的支配。刘勰所谓的"物色之动,心亦摇焉",正是审美感知与主体情感趋于和谐一致的生动写照。这种审美感知的直接产物是产生审美意象,触发人的想象和理解活动,使人们的审美心理进一步展开,正所谓"登山则情满于山,观海则意溢于海"(刘勰),"一片自然风景是一个心灵的境界"(瑞士学者阿米尔)。

其次,审美感知伴随着敏锐的选择力。

再次,审美感知还具有整体性的特点,这一点突出地表现为"统觉"的作用。所谓统觉,指的是知觉内容和倾向包孕着人们已有的经验、兴趣、知识和态度,因而不再局限于对事物的个别属性的感知,也正是前面述及的"图示",主体才能将已有的知识、经验、情感、兴趣、意志的目的指向性融入对象的知觉之中,使知觉的内容具有特定的观念和情绪意义。

在谈到审美感知时,我们不能不谈一下审美的联觉作用。联觉,通常称作"通感",它是联想的一种特殊形式,是指不同感觉器官在具体的感受中互相挪移,交相为用,互换该官能的感受领域,如马融《长笛赋》中的"尔乃听声类形,状似流水,又像飞鸿"。我们在吴文英的《八声甘州》的"箭径酸风射眼,腻水染花腥"中感觉到味觉、嗅觉和触觉的感觉挪位,也可以在宗祁的"红杏枝头春意闹"中感受到由视觉通向听觉的巧妙转移。实际上,这是一种"本联想而生通感"的正常心理现象。由于同一事物的多种属性可以同时诉诸人的不同感官,这种感觉的"叠合"经过多次反复,便会形成相对稳定的条件反射,会很容易由此一感觉自然推及另一感觉。这一现象在审美活动(尤其是艺术欣赏)中是常见的现象,它可以丰富我们的审美感受,强化我们的审美敏感力,在情感和想象的帮助下,进入奇妙的审美意境,达到某种领悟。我们在欣赏《多瑙河之波》时就会因为其连续的上滑音而唤起某种鲜明的视觉感觉和筋肉的运动感。中国传统古琴曲《阳关三叠》中一唱三叹、一波三折的韵味同样可以唤起丰富得多的情感色调来,它以其独特的简洁、沉郁、低回的曲调传达出某种戏剧般的综合感觉效应,从而在音乐之外有了较充分的展开,对诗与画的情境也在音乐上作了更多的铺展。

二、情感

情感是主体审美心理中最为活跃的因素,它不仅广泛地渗入其他心理因素之中,使得整个审美过程浸润着情感色彩,而且同时又是触发其他心理因素的诱因,成为充当感知和想象的动力。情感不同于认识,它不是人对客观事物的属性及其相互关系的反映,而是人对自己与周围世界所结成的某种关系的反映与评价。情感不仅表现为个体的情感体验,也表现为对自己与他人的态度与评价。总之,它同人的要求、愿望、理想等紧密结合在一起,带有强烈的主观倾向性。从生理学上看,情感是由皮层神经系统和植物神经的兴奋引起的某种刺激反应,一方面它受到大脑皮层的指导和调节,另一方面又直接影响到内脏器官的活动和腺体的内分泌功能。因此,情感体验一般伴随内部生理因素的某些变化,并表现为相应的表情和形体动作,高兴时手舞足蹈,悲哀时落泪鼻酸等。我们说审美情感是全身心的感动,正是就此而言的。

由于这种特点,情感不仅常常成为文艺创作的动力,而且成为文艺鉴赏的审美动力。苏姗·朗格认为,审美情感"不是作品表达的情感,而是观众自己的情感,是观众艺术活动产生的心理效果"①。这一观点只重视接受者的情感因素,而忽略了创作者的审美情感,是不公允的。当曹雪芹在撰写《红楼梦》时呼出的"满纸荒唐言,一把辛酸泪!都云作者痴,谁解其中味",不正是在期待读者能体验到"其中味"时也能品评作者的"辛酸泪"吗?

情感沟通了主客体的内在世界,以脑力场为中介,使主体内在心理结构与外部事物结构上同构而契合,架通了人与审美对象之间的鸿沟,"……欢快愉悦的心情与宽厚柔和的兰叶;激愤强劲的情绪与直硬折角的树节;树木葱茏一片生意的春山与你欢快的情绪;木叶飘零的秋山与你萧瑟的心境;你站在一泻千丈的瀑布前的那种痛快感,你停在潺潺小溪旁的闲适温情;你观赏暴风雨时获得的气势,你在柳条迎风时感到的轻盈……这里边不都有对象与情感相对应的形式感么?梵高火似的热情不正是通过那炽热的色彩、笔触传达出来?八大山人的枯枝秃笔,使你感染的不也正是那满腔的悲痛激愤?你看那画面上纵横交错的色彩、线条,你听那激荡或轻柔的音响、旋律。它们之所以使你愉快,使你得到审美享受,不正是由于它们恰好与你的情感结构一致"②。

前面我们在论及达尔文的困惑时提到动物是否也有美感的观点,此处可以结合并改进格式塔的"异质同构"说加以再次论证:动物只有出自生理本能的性感,而没有美感。据说,播放愉快的华尔兹舞曲时,水中的海豚也会随其愉快的旋律而起舞;在播放贝多芬

---

① 苏姗·朗格:《情感与形式》,中国社会科学出版社1986年版,第458页。
② 李泽厚:《审美与形式感》,载《文艺报》1981年第6期,第42页。

的《月光奏鸣曲》时,奶牛的产量激增;当我们播放平静、安详的摇篮曲时,鲨鱼能进入某种似睡非睡的状态,等等。我们能称动物的这种反应为美感吗?答案是否定的,因为动物的这种反应仅仅是外部事物的结构、秩序、节奏给它的神经官能造成的一种谐调,犹如按摩能使人的神经活动趋于平静和流畅一样,动物的反应亦只是一种纯生理性的反应。而人则不同,除开"物理—生理"之间的某种同构以外,人类的社会历史实践所造成的"情感"反应也使自然事物(或艺术品)与人的内在心理结构之间有一种"生理—精神"之间的同构,因此才形成彼此的呼应,在情感基础上达到某种谐和一致。

审美情感也不同于日常情感。首先,审美情感是一种包含有主体对审美对象理性的、社会性的评价,是一种精神愉悦,不同于日常情感那种单纯的心理快感。正如恩斯特·卡西尔所说,欣赏艺术使"我们不再生活在事物的直接的实在之中,而是生活在纯粹的感性形式的世界中。在这个世界,我们所有的情感在其本质和特征上都经历了某种质变过程。情感本身解除了它们的物质重负"①。其次,由于审美情感具有丰富而深刻的社会历史内容,所以不像日常情感那样由于狭隘的个人功利,执著于现实。再次,审美情感不同于日常情感中的真实事件那样反应迅捷,而有着寓热于冷的情感再体验特点,不锋芒毕露,既忌无情,又忌煽情。正如鲁迅所说,感情正浓烈时,不宜做诗,否则就会将"诗美"抹杀掉。艺术创作如此,日常生活中的审美活动也是如此。感情过于强烈,总会影响审美活动的进行,不利于进入适当的审美心境。

三、想象

想象,被马克思称为"人类的高级属性"之一。从心理学角度

---

① 恩斯特·卡西尔:《人论》,上海译文出版社1985年版,第189页。

说,想象是在人的头脑中对记忆的表象进行改造、重组的过程,是一种"特殊形式的思维活动",即使不存在直接作用于人的事物时,人也"能够根据别人口头或文字的描述在头脑中产生没有感知过的事物的形象"①。人的这一心理功能正是一切创造活动的前提。

想象是一个有着广阔内容的心理范畴。它的初级形式是简单联想,其中包括接近联想、类似联想、对比联想、关系联想等多种形态。想象的高一级形式,则是再造性想象和创造性想象。例如著名画家李克瑜在看了傣族舞蹈《水》之后写道:"舞台上并没有'水',却让观众感觉想象到满台都是清澈的'水',少女在汲水,洗发,嬉游。……像一首小诗在你耳边轻轻朗诵;像潺潺流水流到你的心田;像一幅风景画,将你带到遥远的边寨……"②

再造性想象和创造性想象的生理机制,都是在人的大脑皮层已经形成的暂时联系系统基础上实现的新的综合。再造性想象一般需要借助于语言或其他类似的手段所作的形象描述在人的意识中构成新的形象,从而扩大审美视野。而创造性想象却要高级和复杂得多。一般而言,无需借助他人的描述,而是将记忆中储存的表象作创造性的综合,独立创造出新颖、独特的形象的心理活动,是为创造性想象。创造性想象不囿于有限形象,而是捕捉和追寻"象外之象"和"弦外之音",这在文艺创造和文艺接受中都起着特别重要的作用。

在创造性想象中,眼前的刺激物只是起到一种触发作用,一定的丰富的记忆固然重要,但却只是其基础,而构成不了创造性想象的动力,因为其动力并非某种极力想把记忆深处的表象复现出来的欲望,而是他(她)所不可遏止的情感表现的冲动。没有这种情感表现作为中介和动力,想象便成了无源之水;离开情感去谈想

---

① 曹日昌主编:《普通心理学》上册,人民教育出版社,第307页。
② 李克瑜:《〈水〉的梦》,见1980年9月27日《北京晚报》。

象,也无异于缘木求鱼。虽然情感构成创造性想象的动力,但这种情感却非那种日常生活中只对个人有意义的即时性和偶然性情感,而是一种经过了深刻体验,反复沉思之后熔铸出来的思想性情感,其思想性愈深刻,洞察力愈敏锐,则情感愈纯粹,愈远离浅表性和个别的偶发性。这种思想性的情感一经酝酿成熟,就会想方设法以某种方式表达出来。然而以哪种方式表达,并不以记忆中的表象为依据,而是由情感本身的结构模式来决定的。如果内在的情感力量趋于平和、柔婉,记忆机制挖掘出来的表象必然是类似的清风、明月、白云、彩霞、霓虹、烟雾、细雨、垂柳、幽谷、小溪、曲涧、湖畔、花香、鸟语等形似"阴柔之美"的景象;倘使内在情感比较激越、昂扬,则复现出来的表象必定是骏马、秋风、大漠、狂风、海啸、苍松、雄狮、猛虎等类似"阳刚之气"的景象。当然,这种种景象(无论是阴柔之美,还是阳刚之美)都不一定是现实生活中的实有之物,全部是经过人类大脑中想象的熔炉中锻造过的结晶。诗人艾青说过:"想象是经验向未知之出发;想象是由此岸向彼岸的张帆远举,是经验的重新组织。"

具体来说,想象在文艺接受中的主要作用表现在两个方面:

首先,想象使接受主体结合其感知与情感,提高审美感受的敏锐力,增强主体感知审美对象的完整性,并进而把握、领悟文艺作品内在构成所表达的言外之意。

其次,想象能够在情感的推动下,加深对作品意义深广度的把握,拓宽艺术的审美空间。一般而言,艺术家寓丰富的情思于简洁的画面、文字之中,有的借形象、构图、情景关系加以暗示,造成某种间接性、多义性、模糊性、不明确性。那么,文艺接受的去蔽与敞开正需要借想象力之功去完成意义的宣示,从这一点上说,优秀的文艺作品都需要这一揭示,为的是给接受者的想象力留下广阔的天空。关于此,中国古代诗文中有很多作品和典故可作说明,如"嫩绿枝头红一点,动人春色不须多"、"踏花归去马蹄香"、"深山藏古寺"、"野渡无人舟自横"、"蛙声十里出山泉"等等,都给我们的审美活动以浓浓诗意。我们在欣赏文艺作品过程中,既要依循艺术文本去想象艺术家及其作品中的空白点,又可以在作品文本的基础上,结合自己的独特感受,超越作者和艺术作品自身,在想象力翅膀的升腾中,高蹈远迎,创造出独特的艺术想象的结晶。例如,唐诗人李贺在《李凭箜篌引》一诗中记载了他欣赏音乐时所作的想象:"吴丝蜀桐张高秋,空山凝云颓不流。江娥啼竹素女愁,李凭中国弹箜篌。昆山玉碎凤凰叫,芙蓉泣露香兰笑。十二门前融冷光,二十三丝动紫皇。女娲炼石补天处,石破天惊逗秋雨。梦入神山教神妪,老鱼跳波瘦蛟舞。吴质不眠倚桂树,露脚斜飞湿寒兔。"这种想象力造成的审美感受才真正是"思接千载","视通万里","吟咏之间,吐纳珠玉之声;眉睫之前,卷舒风云之色"(刘勰)。具象性较强的艺术品可以给人以想象的空间,而某些非描绘性、非情节性的作品更给接受者留下了自由想象的天地。

四、理解

我们认为,文艺创作中(乃至一切审美活动中)都存在理解的问题,只不过这种理解不同于一般认识活动中的理解,它的存在有类于钱锺书先生在《谈艺录》中所谓"理之在诗,如水中盐、蜜中花,体匿性存,无痕有味,现相无相,立说无说"[①]。有人认为钱说有一定道理,但是要分为四个层次:第一个层次是实用与非实用的二重性(类似于生活真实与艺术真实的区分);第二个层次是对对象内容的认识,特别在再现艺术部门,对题材、人物、故事、情节以及技法、技巧的理智认识,这经常构成文艺欣赏的前提条件;第三个层次是从理智上认识对象的情感性质、技术特征,这是艺术行家们经常所持的态度;第四个层次是更为内在和深层的,它指的是渗透

---

① 钱锺书:《谈艺录》,中华书局1984年版,第231页。

在感知、情感、想象诸因素中并与它们融为一体的某种非确定性的认识,正如"可以意会而不可言传"、"羚羊挂角,无迹可寻"等朦胧多义而不可以概念语言去限定、规范或解释一样。① 这一看法有一定道理,作者总是从文艺创作和欣赏中的不同角度来把握其中隐含的理解的因素。我们认为,文艺接受的审美心理中这种理解的因素正是其独特之处,说得太明白不成其为艺术。因此,我们有必要从其性质出发,探讨其"可以意会而难以言传"的特点。

　　黑格尔将审美鉴赏的心理过程称作"充满敏感的观照"。他认为,"'敏感'一方面涉及存在的直接的外在的方面,另一方面也涉及存在的内在本质。充满敏感的观照并不很把这两方面分别开来,而是把对立的方面包括在一个方面里,在感性直接观照里同时了解到本质和概念"②。他在这里将理解因素归因于不脱离感性的直接观照。首先必须明确,黑格尔这里所说的"感性直接观照"实即感性直觉,而这种感性直觉既然能够了解到本质和概念,那么它必定不同于动物式的单纯感官生理反应,同样也不同于初生婴儿所面对的"无分真伪"的世界那种感觉。因为在这两种情况下,都只是一种本能的直接反应,而不包含任何人类社会历史文化的理性成分。从心理学上看,它类似于灵感。从形成机制上看,直觉既和人的感性经验的积聚有关,又和两个信号系统的交互作用相关。我们听一首乐曲,读一首绝妙好诗,也许还没弄清乐曲的主题和领略那诗的妙处何在,我们可能已经自觉不自觉地被那悦耳的旋律和节奏所打动,获取了美的享受,其间被吸引而感动也自有某种理性因素存在。

　　那么,这种审美的直觉性从何而来呢?我们认为,它主要得益于三个方面的因素:

---

① 参阅李泽厚:《美学四讲》,三联书店 1989 年版,第 136～138 页。
② 黑格尔:《美学》第 1 卷,商务印书馆 1982 年版,第 167 页。

其一，人类的感知不同于动物，社会的人"具有丰富的、全面而深刻的感觉"①。首先，这种"丰富的、全面而深刻的感觉"既包括人的五官感觉，又包括精神感觉和实践感觉。所谓精神感觉，指的是人的精神需要满足与否所产生的非功利的感觉，如面对他人的痛苦而一洒同情之泪时的轻松感和净化感，乐于助人的满足感，看到亲朋好友家庭美满而得到的幸福感，事业和爱情成功而得到的成就感等。所谓实践感觉，即心理学所谓"实践感"，指的是人因自己在文学的实践领域的各种活动而引起的情绪反应。人的实践活动是有意识、有目的的行为，它具有方向性和倾向性，这种活动会激起人的内在动机愿望以及爱恨等情感态度。人类实践活动的这种感觉会导致人的行为在现实中、在直接的对象上实现自己，"激情、热情是人强烈追求自己的对象的本质力量"②。而这些属人的感觉的丰富性本身的满足都会成为一种享受。其次，这种全面的丰富的感觉具有理性把握的深度，它在直观形式中就已经包含着理解。正如马克思所说：人的感觉，感觉的人性，都只是由于它的对象化的存在，由于人化的自然界，才产生出来的。五官感觉的形成是以往全部世界历史的产物。感觉通过自己的实践变成了理论家。③ 正因为此，我们的感觉才能既直观地欣赏其外观形式，又能深入领会其背后的本质意义，使我们的直觉中饱含着丰富而深刻的社会理性内容和情感色彩。

其二，人类长期的审美实践，使得历代文明成果融汇在某种相当稳定的形式之中（"有意味的形式"），当人们以丰富、全面而深刻的感官去直观这些（美的）形式时，便自然而然地领悟到其中潜含的观念情感意义，形成了形式感，尤其是某些似乎已经约定俗成的

---

① 《马克思恩格斯全集》第42卷，人民出版社1960年，第126页。
② 《马克思恩格斯全集》第42卷，人民出版社1960年，第169页。
③ 《马克思恩格斯全集》第42卷，人民出版社1960年，第125、124页。

美的形式或形式美一出现,审美主体无需调动自己的思维机器,即可立刻敏锐地感受其审美的情感。

其三,人类后天的教育和审美训练,可以将人类审美的历史成果转化为审美能力,其间包括普遍的社会经验、审美趣味和审美观念、审美理想以及个人独特的经验,一俟遇上与其审美期待中的"心理图式"相仿佛的审美对象,就会立即感受其美来。这种全身心的贯通唤起某种领悟,油然而生一种豁然开朗之情,恰如阿·托尔斯泰所说的那样,"我用我全部心理的和生理的动作,用我的整个存在去对形象的综合运动作出反应"。

下面我们再看一下审美的直觉与两个信号系统之间的关系。对这一关系的把握,我们可以从两个方面来分析。一方面,"直觉"所把握的对象和现象毕竟总处在世界的普遍联系之中,而不能孤立存在。它们一旦在人的多次经验中反复呈现,便与人建立起稳固的暂时联系。在这一暂时联系系统中,某一对象的出现势必成为与之相联系的另一现象出现的信号,从而引起主体的条件反射。这尚处于人的直觉能力较低的阶段,因为它更多地属于生理性刺激反应,正如不懂事的婴孩亦能通过脚步的声响知道妈妈来到身边而脱口叫"妈妈"等情形一样。自然界也存在这一现象,正所谓"落一叶而知天下秋"。但是若说"遵四时以叹逝,瞻万物而思纷;悲落叶于劲秋,喜柔条于芳春"、"昔我往矣,杨柳依依,今我来思,雨雪霏霏",则分明是丰富的实践经验再加上深刻的理性认识能力,把低级的条件反射发展到远较它更复杂更高级的形态,使人们能凭借对某一现象的直观感受而略过中间推理环节,从而对更复杂的现象作出情感判断。另一方面,主体的直觉能力也是两个信号系统交互作用的结果。直觉作为不脱离表象的直接感受,第一信号系统虽然占据优势,但第二信号系统也无形中起着指导和调节作用。心理学实验表明,作为感知直接成果的表象便是两个信号系统交互作用的结果。

第十三章 文艺接受过程

本章是该篇的重点,我们从发生、发展和高潮全过程的考察可以理解文艺作品意义的多重性是如何形成的,借此加深对作品更深层次的探究,由此可以了解文艺作品的审美教育作用的奥秘所在。

第一节 文艺接受的发生

所谓文艺接受的发生,就是探讨文艺接受活动是如何开始的。一般而言,文艺接受活动的开始往往与接受主体既有的经验所形成的期待视野、独特的接受动机和心境有关,同时也与接受者身份的迁移有关。

一、期待视野

一般认为"期待视野"(horizon of expectation)这一术语是接受美学主要代表之一尧斯提出来的,他用这一概念来说明读者的文学阅读经验构成的思维定向或先在结构所形成的心理图式在具体阅读过程中所起的作用。

就文学——语言艺术的接受而言,接受主体的期待视野主要呈现为文体期待、意象期待与意蕴期待这样三个层次。

(一)文体期待

文体期待即读者业已形成的文体接受经验引领他(她)面对该

文学作品的类型样式或所引发的期待指向,也即意味着读者希望看到某种文体所具有的惯常的艺术魅力。小说、诗歌、散文、戏剧各有其特征,大凡有一定阅读经验的人,都会以一定的文体范式来欣赏该作品的思想意义及其艺术的审美特征,而不会轻易僭越。在此基础上,接受者可以展开丰富的想象和敏锐的感知能力,打通各不同文体之间的通道,进行某种形式意义上的嫁接,创造出新的艺术样式来,丰富审美的感受和体验。

(二)意象期待

意象期待即读者通过文艺作品中某些独特意象而引发的期待指向,进而促使读者从中希望看到某种符合人物性格特征或某种特定情绪的氛围。如陆游的《临安春雨初霁》中"小楼一夜听春雨,深巷明朝卖杏花"所传达的"春之声"与明杨慎的《临江仙》"滚滚长江东逝水,浪花淘尽英雄。是非成败转头空。青山依旧在,几度夕阳红。白发渔樵江渚上,惯看秋风春风。一壶浊酒喜相逢。古今多少事,都付笑谈中"传达出来的旷达自适所带给人的期待明显有别。

(三)意蕴期待

意蕴期待即读者惯常的审美经验与作品文本吁发的某种一致而引发读者的期待指向,主要包括作品的审美意味、情感境界、人生态度和思想倾向等。据谢榛《四溟诗话》载,有三个诗人就同一题旨写了三个诗句:一是"窗里人将老,门前树已秋";一是"树初黄叶日,人欲白头时";一是"雨中黄叶树,灯下白头人"。谢榛评曰:"三诗同一机杼,司空(第三首诗作者)为优。"其评判诗之优劣的标准可见一斑。第三首诗好就好在意象的鲜明,传达出人事更迭的自然规律,且不直接用实词的时空转换来连接两个含情之景,这不正是魏晋士人"木犹如此,人何以堪"的悲悯情怀之流露么?

除上述期待视野以外,尚有程式期待、惯例期待等等。一般来说,期待视野的形成,主要有以下几方面的因素:其一,一定的社会生活基础和文化素养以及在此基础上形成的情感倾向、价值导向、审美趣味和政治观念等;其二,一定的文学艺术专业素养等;其三,与接受者相联系的特定生理机制,如性别、年龄、气质类型等。人的发展与艺术教育对于一个人的期待视野的形成有着至关重要的关系。美国艺术教育家加登纳作过仔细研究,他认为儿童的艺术启蒙应该分阶段进行。第一阶段(0岁~1岁)是前符号时期,主要处在感觉运动之中;第二阶段(2岁~7岁)是运用符号时期,儿童开始掌握绘画的再现性、与文学意义相关的形式化,并孕育具文化意味的审美形式感,甚至开始体验和发展感性生活等;第三阶段(8岁以后)才得以进入艺术性发展阶段,开始迈出审美成熟化的关键一步。这就从另一角度印证了皮亚杰的基本思想,即主体同化的对象越多,其顺应的能力亦越强。

二、接受动机

我们的文学艺术是要满足广大人民群众日益增长的精神文化需要的,所以,文学艺术还可以因应读者(观众、听众等)的要求,具有其他功能,以满足不同接受者以及同一接受者的不同接受动机。一般而言,接受主体的动机主要有四种,即求美、求真、求善、求乐。

(一) 求美的动机

有人以为,所谓"求美的动机",事实上即是人们寻常所说的怡情悦性的娱乐动机。我们认为,"美"与"乐"既有联系,但也有区别,二者不是同一的概念。我们说文学艺术的本质是予人以情感满足的审美享受,这主要着眼于人的精神境界的充盈与提升,以审美的满足作为人类的精神家园。马克思、恩格斯在《德意志意识形态》中指出,在现实世界中,个人有许多需求,"他们的需要即他们的本性"。人生活在现实世界中,有诸多烦闷与杂冗的事件让人烦心,需要协调与平衡,这构成了娱乐动机的源泉。优秀的文艺作品中潜含着无尽的想象空间、无比深挚的情感世界、令人"高山仰止"

而"心向往之"的宏阔理想,这恰好符合人们自设一"虚拟的理想国",在其中去领略"一花一世界",让人们在其中流连忘返,"以宇宙人生的具体为对象,赏玩它的色相、秩序、节奏、和谐,借以窥见自我的最深心灵的反映;化实景而为虚境,创形象以为象征,使人类最高的心灵具体化、肉身化,这就是'艺术境界'。艺术境界主于美"①,文艺接受的主体于"采菊东篱下,悠然见南山。山气日夕佳,飞鸟相与还。此中有真意,欲辨已忘言"中"俯仰终宇宙,不乐复何如"(陶潜),由此而获得"大乐",使自己的心灵净化,使自己的人格得以提升,使自己的人生价值得以真正实现。其他艺术类型的审美也是如此。例如,戏剧家王实甫之《西厢记》中《崔莺莺夜听琴》一折里,也很好地描绘了张生琴音的曼妙,唤起了莺莺小姐心中无尽的遐思。

(二)求真的动机

文学艺术以其生动、丰富的艺术形象,给人们以自然、社会、人生、历史等多方面知识,丰富人们的人生阅历,加深其对社会和人生的认识与理解,从中学习到许多教科书上都学不到的知识,这就生发了接受者求真(知)的接受欲望和消费动机。我们常说《红楼梦》像一部百科全书,人生悲喜、风俗习惯、伦理观念、宗教信仰、衣食住行、婚丧嫁娶、市井百态、方言礼俗、烹饪技艺、造园法则、寻医问药、斗牛走马等等无所不有、无所不包,我们可以在作品中尽情徜徉、留连忘返而不知"老之将至"。恩格斯指出,巴尔扎克"在《人间喜剧》里给我们提供了一部法国'社会'特别是巴黎'上流社会'的卓越的现实主义历史,他用编年史的方式几乎逐年地把上升的资产阶级在1816至1848年这一时期对贵族社会日甚一日的冲击描写出来",并说他从《人间喜剧》中所学到的东西,甚至"比从当时所有职业的历史学家、经济学家和统计学家那里学到的全部东西

---

① 宗白华:《艺境》,北京大学出版社,1987年版,第151页。

还要多"①。虽然人们从文学艺术作品中获取了大量的知识信息，但这种动机很明显是文艺接受活动中不期然而然得到的收获；即使人们出于求真的动机来阅读和观赏艺术，但人们对艺术品的接受不限于此，肯定还要由此而上升到较高的境界。

（三）求善的动机

文学艺术不仅能给人以审美和认识上的满足，文艺接受主体还可以在认识作品中所反映的自然、社会和人生信息的同时，通过对作品中所表现的思想感情、生与死、真与假、美与丑、善与恶、爱与恨的二难选择中借鉴、吸取有关经验教训，受到某种心灵上的震撼，从中得到启迪和受到教益，增强人生理想信念和力量，以至重铸人生。

现实生活中确实存在这样一种现象，有些人不仅在自己的人生道路上不断摸索人生的道理，而且极力从古今中外留传下来的优秀作品中探寻人生道路的轨迹，寻找人生的航标以确立自己的坐标，这种于有意无意间形成的追求人生真谛从而使自己树立健康的人生观的态度正是一种求善的动机。正是《钢铁是怎样炼成的》使保尔·柯察金的故事家喻户晓，他那艰苦卓绝、顽强奋进的革命意志激励了一代又一代人。

（四）求乐的动机

娱乐，应该说是文艺接受活动中最普遍也最为人所称道的一种消费动机。人，作为社会性的人，是具有丰富的精神世界的，他（她）具有理性，有着超现实的形而上的追求。但是，人同时也是具有全面的、具体的感性的人。作为感性存在的人而言，他（她）要感受和体验这一世界。在人的感性生活中，娱乐起到了很大的作用，关于这一点，艺术发生学上的游戏说可以给我们一些启示。

德国古典美学家康德认为，艺术是自由的，它是一种不带任何

---

① 《马克思恩格斯选集》第4卷，人民出版社1972年版，第463页。

功利目的的纯粹的审美活动。同一时期的美学家席勒在这一观点的基础上提出了游戏说。他认为,游戏不仅是人类区别于动物界的重要标志,而且还是提升人的价值与境界的水准;人们生活在现实世界,受到物质和精神两个方面的双重挤压,往往得不到舒展和自由,只有在艺术中才能找到真正的人。因为自近代以来,大工业生产的发展造成了科技的精确分工,劳动对人摧残得更加厉害,人性受到了极大的压抑,个体的人性不复像以前那样是和谐的存在,在物质—精神、感性—理性、现实—理想、客观—主观等方面都产生了严重割裂。他所开出的药方是要致力于对"美育"的重视,而艺术教育是其首要内容。"游戏冲动"是艺术的中心,通过它可以消除人的理性冲动与感性冲动二者之间的断裂。因此,他说:"只有当人在充分意义上是人的时候,他才游戏;只有当人游戏的时候,他才是完整的人。"①

18世纪英国经验主义美学家博克认为:"美是使整个坚实的身体松弛舒畅而起作用的。"现代艺术的某些探索正是不用理性地去追问其艺术品意义和价值何在,其意义不言自明:感觉好就行!这样,人们为减轻压力而放松神经,不仅使其机体的高度紧张得到某种程度上的缓解,从而增强其健硕的生命力,而且同时赢得了精神上的舒放与自由,进入了真正放松的适宜感受人生理想境界的审美状态。乔治·桑塔耶纳说得好:"我们娱乐时的自由自在,正是娱乐的最根本因素。"②

三、接受心境

人们日常生活中较为稳定而持续的情绪状态与自设调整的独特情绪环境会随着接受者主体进入文艺接受的过程而逐渐起作

---

① 席勒:《美育书简》,中国文联出版公司1984年版,第90页。
② 乔治·桑塔耶纳:《美感》,中国社会科学出版社1982年版,第17页。

用,影响其接受效果。这一情境,我们称之为接受心境。

中国古代贤人哲士历来重视创设文艺接受的心境问题,如《淮南子·诠言训》里所描述的"心有忧者……琴瑟鸣竽弗能乐也",就说明了音乐接受者的接受心境问题的重要性。马克思在谈到人的感觉的丰富性时说的话,其实也点明了这一问题的重要性,甚至直接关系到我们能否进入审美的活动之中。他说:"忧心忡忡的穷人甚至对最美丽的景色都没有什么感觉;贩卖矿物的商人只看到矿物的商业价值,而看不到矿物的美和特征……"[①] 接受者个体要进入对美的欣赏,必须首先自觉或不自觉地摆脱日常情感状态,转入特定的审美心境,要有宁静的、适宜接纳美的事物的心胸,采取一种超功利而含功利的审美态度。杜甫在《望岳》诗中所说的"荡胸生曾云,决眦入归鸟",正是我们进入文艺接受之前所需要的。

从形式特征上看,文艺接受心境主要有欣悦、抑郁与虚静这三种情况。欣悦心境是指接受主体进入接受活动时所特有的精神振奋、欢快乐观的情绪状态,此时欣赏文艺作品可以极大地调动接受者的积极能动作用。即使一部平庸之作,亦可引发浓厚的兴趣,得到一定的审美享受。值得注意的是,接受者由于易于被日常激动的情绪所感染,在积极调动多方面心理机能去深入领会艺术品之时,亦可能受到某些非审美的实用情感的负面影响,从而使审美的享受大打折扣,出现某种程度上既"失真"又"失美"的现象。创作如此,接受亦然。抑郁心境是指接受主体进入接受活动时所特有的伤感失意、压抑郁闷、情绪自闭的状态,此时即使面对优秀的文艺作品,也有可能因接受者的心绪繁乱而不易进入艺术之境,从而难以真正领略艺术的独到之美,获得审美享受。虚静心境则超脱于欣悦与抑郁二态,既不高扬也不低沉,情绪达到某种冲淡平和、清静自然的平衡态,既不受现实功利之掣肘,又能轻松愉快地调

---

① 《马克思恩格斯全集》第42卷,人民出版社1972年版,第126页。

动、激发跃动的心灵,面对一部艺术作品,接受主体才能"用志不分,乃凝于神",达到注意力集中,既能从形式方面充分感知对象,产生强烈的"第一印象",又能更为顺利地诱发联想和想象,从而使主体的整个审美心理活跃起来,进入一种设身处地、心醉神迷的艺术之境,获得审美享受。

相比较而言,"虚静"的接受心境更适合于艺术接受。我国古典美学标举"虚静"二字,以描述进入审美状态时的心理,讲"湛怀息机"即"虚","馨澄心以凝思"即"静"。同西方美学理论相比,"虚静"似乎具有强调开拓主体心理空间,增强主体感受能力的积极意义,远比叔本华更具正面色彩。"虚静"一说最早见于《老子》第十六章"致虚极,守静笃",意思是说,只有内心保持虚静的状态,才能观照宇宙万物的变化及其本原。《管子》四篇提出"虚一而静",强调要排除主观的成见和欲念("虚"),要一意专心("一"),从而保持心的平静与安宁("静");做到了这一点,客观事物的本来面目即会呈现出来:"美恶乃自见"。庄子更是把"虚静"一说推演至极端,发展出"心斋"、"坐忘"的境界,认为只有完全从人的生理欲望和各种现实的利害得失的比较中摆脱出来,才可能达到"得至美而游乎至乐"的境界。南朝画家宗炳在其《画山水序》一文中提出"澄怀味象"、"澄怀观道",将虚静进一步引入绘画艺术的创作和鉴赏领域,认为"澄怀"是实现审美观照的必要条件,是"味象"、"观道"的前提,只有具备这样一个审美的心胸,才能达到"以玄对山水"的境界。南朝文论家刘勰在《文心雕龙·神思》篇中说,"是以陶钧文思,贵在虚静;疏瀹五藏,澡雪精神",强调"虚静"对于文学构思和实现审美观照的必要性。他在《文心雕龙·养气》篇中说"水停以鉴,火静而朗",则借自然景象来强调主体内心平和、宁静的必要性。至于陆机在《文赋》开篇即说"伫中区以玄鉴,颐情志于典坟",刘禹锡在《秋日过鸿举法师寺院便送归江陵》中"能离欲,则方寸他虚,虚而万景入",如冠九《都转心庵词序》中"澄观一心而腾踔万象"和郭熙在《林泉高致》中所称的"林泉之心"所达"万虑消沉"、"胸中宽快,意思悦适"之境,均强调以"虚静"的心境建立审美心胸从而获致审美享受的必要性。当然,具体情况须具体分析,在不同条件下,个人情绪的变化是丰富多样的,要让接受主体彻底摆脱俗务的烦扰,完全地超功利,禀持"虚静"也不太可能。接受主体心境的产生要受多方面的影响,大至国际国内社会政治文化环境,小至个人事业、情感、身体状况等,均对心境的调适与稳定有一定作用,或隐或显,或正面或负面。甚至与一个人所处的时间、空间等自然因素也有关系,"月上柳梢头,人约黄昏后"的清风朗月所带来的惬意心绪就适合;反之,"黑云压城城欲摧"就不适合。从某种意义上看,古人津津乐道的"雪夜闭门读禁书"的乐趣亦不妨视为一种专门创设的阅读环境。

这里有两种情况需要注意:其一,即使面对同一部作品,由于主体情绪状态的改观和迁移,会导致不同的接受效果和感受不同的艺术境界;其二,接受者有时以逆反心理或不吻合的心绪去进行艺术接受活动,完全有可能受到作品本身的艺术魅力的感染,进而随着接受进程的展开而逐渐改变,理顺情绪,不自觉地同文艺作品构成呼应关系,进入恰当的接受时空之中。这一点正体现了文学艺术作品的感染和熏陶作用。

四、受者位移

简要说来,受者位移主要表现为三种形式:

(一) 真实型受者

这是我们日常俗称的现实的"读者"(广泛意义上的接受者),正是在现实的文艺作品接受活动中,实现了作家价值、作品意义和受者生命的充盈和朗现。可以说,一些文学艺术在现实的受者这里都呈现由隐而显的生命状态;只有经过这一道关口,文学艺术的活动才算圆满完成。其他两种"受者"形式也只有化为真实的"受者",才算得上是文学艺术作品的真正享有者。

(二) 隐含的读者

依据接受美学的理论,一部作品完成"以后",真实型读者接受"之先",其间已有"读者"的介入,是为"隐含的读者"。这种"隐含的读者"相对于"真实型受者"而言,他(她)能够按照创作者的动机和意图,以文本为中心,挖掘其中提供的内容,将其加以复现,借以走近和理解作者。亦即作家创作期间联想中的可能和应该出现的"知音",成为"解其中味"的众多之"谁"。在伊瑟尔看来,真实的读者固然重要,但不足以认为他们能倾其全部心力;重要的是"隐含的读者",因为他们的反应不是已有定论,而是未知数,文本各种可能的实现都集于他一身,理想的读者必须实现虚构文本的全部潜在意义。因此,"隐含的读者"作为一种概念,深深地植根于文本的结构中;暗隐的读者是一种结构,"而绝不与任何真实的读者相同"[1]。这一点,我们可以在文学创作过程中找到根据。

首先,作者的创作动机会决定文艺作品中"隐含的读者"的存在。唐代著名诗人白居易从诗歌"补察时政"、"泄导人情"这一基本思想出发,在《新乐府序》中说道:

> 首句标其目,卒章显其志,《诗》三百之义也。其辞质而径,欲见之者易谕也;其言直而切,欲闻之者深诫也;其事核而实,使采之者传信也;其体顺而肆,可以播于乐章歌曲也。总而言之,为君、为臣、为民、为物、为事而作,不为文而作也。

可见,"为何而作"成为诗人心中的块垒,甚而成为诗人诗歌批评的一项准则。白居易深为自豪的就是他的诗为能解其中味的平民百姓广为传诵,不管作者心目中的读者是阳春白雪之属,还是下里巴

---

[1] 沃尔夫冈·伊瑟尔:《阅读活动》,中国社会科学出版社1991年版,第43页。

人之流,总归少不了"隐含的读者"。

其次,作者赋予作品的思想内涵会决定"隐含的读者"的存在。法国作家罗曼·罗兰曾宣称:"我的《约翰·克里斯朵夫》并不是写给文人们看的","但愿他直接接触到那些生活在文学之外的孤寂的灵魂和真诚的心"。因为他所要表现的是"快要消灭的一代的悲剧。我毫无隐蔽的暴露了它的缺陷和德性,它的沉重的悲哀,它的浑浑沌沌的骄傲,它的英勇的努力,和为了重新缔造一个世界、一种道德、一种美学、一种信仰、一种新的人类而感到的沮丧。"[1] 可见,作家内心涌动的思想激情会迫使他选择具有共振效应的读者,否则无异于深受不被理解的痛苦和折磨。

再次,作者的选材和文体特点也同样会决定作品中"隐含的读者"的存在。中国当代作家刘绍棠,近年力倡"乡土文学",他说:"中国好比一座金字塔,八亿农民是塔基;不了解农民的心情,不考虑农民的需要,金鸡独立在塔尖上异想天开,舞文弄墨,还口口声声自称是代表人民利益,为人民而写作,岂非自欺欺人,咄咄怪事!"[2] 因此,他的新作往往取材于京东平原十八里运河滩上的农民生活。类似情况不胜枚举。

(三) 组合型受者

所谓组合型受者,是指创作主体与接受主体在文学艺术作品中的合一,作者以读者的视角来规范作品,读者以非实存性身份进入作品,代作家立言,构成的作品是双重主体,你中有我,我中有你,密不可分。这种组合型受者更为内在地编织就一幅具有召唤反应的结构之网,于读者解谜之时揭开又一层待解之谜,层层相叠,彼此粘连,造成一种似明确却晦暗的朦胧效果,促使现实中真

---

[1] 参见罗大冈:《罗曼·曼兰在创作〈约翰·克里斯多夫〉时期的思想情况》,《文学评论》1963年第1期。

[2] 刘绍棠:《乡土与创作》,《人民文学》1981年第7期。

实的读者去窥察机窍,而不受文本扑朔迷离的困惑,渐次达至真正的理悟。这一现象在创作中常常见到,接受活动中却较难以把握,值得我们作进一步的研究和思考。魏纳·布特曾说过:"作者创造出一个他自身的形象和一个他的读者的形象;他创造出读者,犹如创造出自我,是作者与读者二者完全融合为一,毫无差别。"[①] 有时候,作者的视点往往为他人(接受者)所代替。甚至可以说,不是作者创造了作品,造就了读者;而是相反,是读者决定了作者,继而决定了作品的主题,从而造就了作者。作者和读者是同一的关系。同为生活的施动者和观众,看似位置不同,实则是二而一、一而二的关系。当我们说,文学艺术美化生活、丰富生活和创造生活时,不正是点明了双重主体在生活中的同质性吗?从这一思路出发,我们同样可以得出一个结论:作者经由生活选择具有同声相应、同气相求的读者,同理,读者也可以经由生活选择具有共鸣效应的作者,二者殊途而同归,在宇宙(世界)的基点上二者走到了一起。

我们简要分析了三类读者存在的可能,其间存在着由组合型受者向隐含的读者再向真实的读者转化的趋向,这种渐次由隐而显的过程一方面揭示了读者因素的复杂性,另一方面也说明了文艺创作与文艺接受之间的有机联系。事实上,任何一种文艺作品的解读都是落实在具体的现实读解之中,愈是能够理解作品中"组合型受者"和"隐含的读者"的读者,愈能深刻体悟作品的意义,也愈是一个现实的真实的读者。从这一意义上说,对读者层次的领悟程度与读者的真实性是成正比的,同时也与作品存在的意义成正比。

---

① 魏纳·迈特:《小说修辞学》,芝加哥1963年版,第137页。

第二节 文艺接受的发展

一、空白与填充

中国古代文论将文学作品分为"言"、"象"、"意"、"道"四个层次,说明了文艺作品中意义的空白与填充等类似问题。例如,孔子的"诗,可以兴",南宋朱熹的解释为"感发志意",孔安国的解释是"引譬连类",即是读诗可以激发情志,唤起联想和想象,感悟诗中意蕴。南朝梁时刘勰在《文心雕龙》中也感叹文与意的矛盾,他说:"恒患意不称物,文不逮意,盖非知之难,能之难也。文不尽意,圣人所难。"南北朝时的钟嵘在《诗品序》中提出"滋味说",也道出"夫四言文约意广,取效风骚,便可多得,每苦文繁而意少,故世罕习焉。……故诗有三义焉;一曰兴,二曰比,三曰赋。文已尽而意有余,兴也;因物喻志,比也;直书其事,寓言写物,赋也。宏斯三义,酌而用之,干之以风力,润之以丹彩,使味之者无极,闻之者动心,是诗之至也。"既然要"味之者无极",就不能直言而尽言之,事实上也不可能。

波兰现象学美学家罗曼·英伽登将文学作品的结构分为六个层次,依次是:(1)语言现象层;(2)语义单位层;(3)表现的客体层;(4)图示化层;(5)思想观念层;(6)形而上性质层。他认为,文学作品正是由这六个层次构成的有机整体,这种复合结构本身充满了意义的张力场,需要读者去仔细品味,深刻体验,进行"完形填空",弥补语言之不足,在读者的接受世界里"再创造"一个完美的意义整体。在此基础上,接受美学认为文学文本只是一个不确定的"召唤结构",它召唤读者在其可能的范围内充分发挥"解谜"的功能,完成读者与"本文"的"对话",生成接受者个人独特的艺术审美空间。每一次的"完形填空"和意义生成都具有鲜明的个性,意义的不断生成得益于不同的"对话"延展和"空白"填空的拓展。欣赏文学作品如此,欣赏绘画和音乐同样如此。唐诗人杜甫的《画鹰》诗,描绘了他欣赏鹰画的感受,充分调动了想象力,恰到好处地以诗歌语言形式弥补了画面的再现性效果,同时又给人以新的暗示和想象空间。无独有偶,唐诗人李贺的欣赏音乐之诗《李凭箜篌引》亦同出机杼。中国传统绘画、书法、戏曲等十分注意"留白"和虚拟的手段,以见蕴藉的效果。

文学艺术作品经过艺术接受,由"第一文本"上升为"第二文本",也即是使"第一世界"(宇宙)和"第二世界"(作品)走向创造性的"第三世界"(接受),于丰富的审美意蕴中创造出新的生命体验,使人生充满了诗性。

二、还原与异变

解释学美学的代表人物之一赫施认为,对历史题材的艺术作品的接受理解中,主体有可能还原作者的意图和作品自身的原意。这可以从两个层面上来进行:一是理解作品的"含义"。在这里,作者的意图和作品本身的含义是一致的,它凝结在作品之中,不可能随历史的变化而改变,因此,其文本的含义可再度复制,还原理解的可能性正存在于文本含义之中,对它的还原构成了解释和理解的客观性和有效性。一是理解作品的"意义"。他认为,含义与意义不同,含义存在于作者用一系列符号所要表达的事物中,"而意义则是指含义与某个人、某个系统、某个情境或与某个完全任意的事物之间的关系"[①]。对二者的错位,即会导致误解。在这里我们需要注意辨别的有两点:一是所谓理解,是指对整个作品的解释和把握,绝非"盲人摸象",抓其一点,不计其余;一是对艺术品整体的

---

① 转引自《美术概论》,高等教育出版社 1994 年版,第 281 页。

理解确与其复杂的层次结构有关,同时也与接受者自身复原能力水平的高下相关。我们认为,赫施所谓"作品的含义"约略与英伽登"语言现象层"相仿佛,对它们的认知可以复观画面和形象场景,也可以得到"真"的知识,它构成了文艺鉴赏的客观性方面。我们说文艺接受活动是一种能动的再创造,并不意味着可以信马由缰,无所羁勒,而是要受到客体和主体的双重制约。所谓受客体的制约,是指接受者在文艺接受过程中,其接受的范围和层次、其情感倾向等大体上为客体所规定,正如鲁迅所言,鉴赏者头脑中再现出来的"那性格、言动,一定有些类似,大致不差"[1]。虽然经过了接受者一定的加工和改造,但既然是对同一作品中客观表达的艺术形象的加工和改造,那么,其基本点还是一致的。尽管要正确理解作品的原意不容易,"一千个读者就有一千个哈姆雷特"、"一百个读者就有一百个王熙凤",但接受主体头脑中映现出来的人物毕竟是哈姆雷特和王熙凤,而不会是其他。事实上,没有"作品的含义"的客观性复现和理解,也无从构成对"作品的意义"的理解,而后者才决定了对完整作品的意义阐释,这恰好与主体的制约因素相关。相对而言,对艺术作品客观因素的认知构成了对文艺作品意义链接的一环,而主体因素的介入所导致对文艺作品意义的理解出现的变异却具有决定性的作用。

英美新批评派强烈反对以作者的原意为标准来理解文艺作品。他们认为,文艺作品是自足的存在,作者的个人意图无足轻重。因此,接受者既不能以作者的意图或声明来解读作品,也不能依据作品是否符合作者的原意来衡量其作品艺术价值的高低。我们认为,除此而外,判定一部作品艺术价值的高低还应依据作品中所存在的供人再创造的空间大小来决定。换言之,文艺作品再现性愈弱,其预留的空白愈多;留给接受者再创造的空间愈大,信息

---

[1] 《鲁迅全集》第 5 卷,第 430 页。

量愈丰富;其不可言传的魅力愈强,该作品的艺术价值愈高。我们在此并不是贬低再现性文艺作品,而是为了说明,由于接受主体的介入,文艺作品的接受过程是不可能彻底还原的,因为经由读者接受而产生的"第二文本"不复是原初"第一文本"的面貌了,其间既有复现后的"第一文本"的还原内容,又有更多的再创造结晶,它必定是包含多种变异之后的具有某种新质的产物,文化的发展正是如此进行的。

具体而言,文艺作品的异变主要有以下几个方面:

首先,作品形象的异变。在文学艺术作品的接受过程中,接受者并非按图索骥地根据特定文本还原作品中所描述的人物形象,一方面,作为艺术符号出现的艺术手段本身不可能达到如此准确的表达力和穿透力;另一方面,接受主体的"期待视野"会自觉或不自觉地引领他(她)将自己心理图式中预存的形象与作品中的形象进行贴附。一般而言,人们总是根据自己的兴趣好尚和思想观念来对文本潜含的形象进行个性化的情感加工,使之接近自己心中似曾相识的"心理图示",产生一种呼应。这样,必然导致作品中形象的变异。

其次,情感的异变。作者的情感凝结在某一特定文体之中,是相对稳定不变的;然而在具有不同审美经验和期待视野的接受者那里,却会呈现多姿多彩的面貌,唤起不同程度乃至不同性质的情感体验。即使同一个接受主体在不同的时空条件下面对的是同一部作品,所唤起的情感体验也绝不雷同。英伽登曾经说过:"每一次新的阅读都会产生一部全新的作品。"这句话用在这种情况下,并不是夸饰之词。

再次,思想观念的异变。艺术家在创作时总是具有一定思想性的,其特定时期的思想观念可能渗透在作品的字里行间,有时甚至作者本人的思想观念过于奇特且处于形成之中,因此接受者就不太可能把握其真正命意。作为接受者,他(她)不仅需要具备相应的适应水准和敏锐的感受力,还得结合作者的背景,"知人论世",方可接近对本义的阐释;加之受到其他变异因素的干扰,所以要想真正做到"还原"几乎是不可能的。

文艺接受过程中的种种异变,除了艺术语言本身具有不确定性(或有意为之)而导致的张力之外,更主要的还是由于接受者主体个性化的"期待视野"所致。"视界融合"仅具有相对的意义,导致理解的差异却是必然的,也是文艺鉴赏所需要的。因为接受者个体处于具体的时空当中,大到社会政治文化风潮,小到个人经验和欣赏能力的变化(甚至情感的瞬间转移),都会导致对原作的恰当解释的改变,即使某些不乏精深鉴赏修养的艺术家也会出现变异乃至误差。例如,唐代诗人杜牧《赤壁》诗云:"折戟沉沙铁未消,自将磨洗认前朝。东风不与周郎便,铜雀春深锁二乔。"宋人却讥讽杜牧道:"社稷存亡,生灵涂炭却不问,只恐捉了二乔,可见措大不识好恶。"引得方家一哂。又如杜甫《古柏行》一词,以艺术的夸张手法描写诸葛亮庙里的古柏,"霜皮溜雨四十围,黛色参天二千尺",却被北宋大科学家沈括在《梦溪笔谈》中责怪为"无乃太细长乎"。凡此种种,不是从生活真实出发忽略了艺术真实,即是从细节出发,苛求并误解作者,这种意义上的异变已经改变了味道,对于文艺作品的接受非但无益,且十分有害。对此,我们要细心加以甄别。

三、正解与误解

宋人罗大经在《鹤林玉露》中曾说,"绘雪者不能绘其清,绘月者不能绘其明,绘画者不能绘其馨,绘泉者不能绘其声,绘人者不能绘其情",而通其"道"之"妙"者乃是接受主体。由于艺术自身是以审美的方式掌握世界的,艺术总是企图传播某些不可名状的"灵氛",我们对它的理解不同于对科学的认知,而完全受制于人对艺术作品的独特理解,这一点又与历史因素和情感相关。因此,我们在沿作品线索"披文入情"之时,既可能发生与作品意义相顺应的理解,也有可能发生相悖的阐释。我们称前者为"正解",后者为"误解"。

误解又可以分为"正误"与"反误"两种形式。所谓正误,是指接受者的理解虽与创作者的本义不尽相同,由于作品的含义毕竟具有客观性,所以接受者仍然可循其思维轨迹作出某种大于或小于但不离其主导思路的"误解"。这种"误解"因为比较符合作品实际,所作结论有一定依据,也真实可信,故称"正误"。例如,小说《红楼梦》创作时代的曹雪芹固然不大可能有阶级斗争意识,但我们从《红楼梦》中释读出一种"排满"的气息,甚至进而闻嗅出封建社会走向没落崩溃的味道来也情有可原。这种现象虽与作品原意相悖(其实作品完成以后,艺术家本人对自己作品的解释也并不比任何其他人的解释更为明确可靠),但毕竟是文艺接受中的常见事实,也是文艺接受的规律之一。我国古代文论中早已认识到这一状况,如"无寄托则指事类情,仁者见仁,知者见知"①;"作者之用心未必然,而读者之用心何必不然"②。这种状况构成了文艺作品意义的丰富性展示,对于文艺作品的审美教育和认识作用大有裨益,无形中推动了文学艺术的繁荣。

所谓反误,是指接受者自觉或不自觉地对文艺作品作出的穿凿附会的认知与评价,以及对艺术作品作非艺术视角的歪曲等。这两种情况都有悖于文艺接受的认识规律,不利于文艺接受。前者如元人赵章泉将唐人韦应物"独怜幽草涧边生,上有黄鹂深树鸣"的诗句说成是"君子在下小人在上之象";后者如沈括指责杜甫笔下的古柏"无乃太细长乎"和明代学者杨慎指责杜牧的《江南春》均属此例。反误不仅影响文学艺术的审美接受和社会作用的传

---

① 周济:《介存斋论词杂著》。
② 谭献:《复堂词录序》。

播,在某一特定历史时期还可能被用作"杀人不见血"的利器,酿成"文字狱",造成"万马齐喑"的局面。

这种正解和误解是如何出现的呢？原因很多,这里我们着重谈以下三点。

(一)"前理解"

文艺接受者作为一个主体,他(她)是一个"历史的存在物",能够将文艺作品的符号进行转换的人,在启动该艺术接受行为之前已经具有了一定的文化积淀,他(她)不可能大脑一片空白。这种积存的文化素养将在接受过程中激活主体的灵动性,唤起储藏的情感记忆,形成期待视野,填充艺术作品中的暗示空间,以主体禀有的眼光去理解眼前的物什。正如布尔特曼所说:"没有前理解,任何人都不能领会文学中的爱和友谊、生与死……一句话,根本无法领会一般的人。唯一的差别在于:要么一个人是天真和非批判地牢牢紧握自己的前理解和自己的特殊表达——在这种情况下,解释成了纯粹的主观性;要么,公开地或是隐蔽地怀疑自己的前理解。在这种情况下,无论他是出于本能还是出于清晰的认识,人对自身的理解都绝不会封闭,反而会使新的东西不断展示出来。只有在这种情况下,解释才会获得客观性。"[①]

在文艺接受中,前理解是常见的现象,它包括三层含义,即先有、先见、先把握。先有,指接受者在理解作品之前已拥有的方式方法,它使得人们可以对其欲读解的作品加以研究和破译,从而展开一个新的世界。先有愈健全,理解起来愈得心应手。先见,指理解某一具体作品之前,接受者已经具有的一种比较明确的观点,这一观点可以使之近乎直觉地立刻把握住作品的基本主题,循此加深理解。先把握,即接受预先就有的某种文化假定,它带有背景提示的意义,人们接受具体作品之前,即会自觉或不自觉地调动起预

---

① 转引自:《西方二十世纪文论史》,中国社会科学出版社1988年版,第252页。

存的假定来规范对象。如中国文化向来重视"意境",因此,在分析文学、戏剧、音乐、美术和影视艺术,乃至建筑园林等不同的艺术类型时,都情不自禁地假定"意境"的存在,甚至以其"意境"之有无来判定艺术水准之高下。这说明"意境"这一概念业已成为中国艺术领域的一个前假定而深入人心。前假定的不同,常常导致不同文化是否可以交流对话,也常常导致不同鉴赏者对同一作品的不同理解。虽然人们通常将前理解归因于文化传统和个人差异等方面的因素,但关涉到文学艺术的理解问题,更主要的则在于文本自身的"文本间性"特征。一件艺术品在整个艺术史的传统中不是孤立的,一旦进入创作、流通与消费的整个活动中,纳入到艺术史的系统中,该艺术品的意义就必须在与其他艺术作品的关系中得到确定和揭示。

(二)"程式化期待"

所谓"程式化期待",就是读者由于前理解中遗存的艺术的程式化的影响,靠近程式化的就自然将其归因于同类艺术范围,不同的将其拒于门外。例如,美国文论家乔纳森·卡勒在其《结构主义诗学》中从法国结构主义者耶奈特的著作里引用了一个有趣的例子来说明诗歌的阅读接受问题。我们首先来看下面一段文字:

  昨天,在七号公路上,一辆汽车时速为一百公里时猛
撞在一棵法国梧桐上。车上四人全部死亡。

如果我们以一般的语气和节奏来读,它无疑是一则新闻报道,充其量也只是一般的信息而已,没有任何可塑性,纯粹是客观叙述。但如换一种读法,意义也许会有变化,且看:

  昨天
  在七号公路上
  一辆汽车
  时速为一百公里时猛撞

>   在一棵法国梧桐上
>   车上四人全部
>   死亡。

我们会有何感受呢？我们仅仅是改动了语言分行的形式，在读者看来，会一下子认为这是"诗"，因为它具有诗的明显分行，分行的结果也自然会带来某种诗的程式所内含的节奏。读者也许无形中会按诗的程式化要求来"诵"读，其结果，有人或许从中读出"诗味"，即使从这则新闻似的"诗"中读不出诗味，也肯定会给人带来一些失望、遗憾、好奇等情绪，而这种人文色彩在新闻报道的阅读中是不可能产生的。

下面一例是类似而又略加变化的情形。有人从《人民日报》上随便抄下一句标题，并略加分行排列，其间增加了重复，加强了节奏感，文末又将标点"。"换成了"！"，其结果更像一首诗，并无形中转化了原文的情感色调，警告似乎已变为同情，严峻感似乎转化为惋惜声。原文是：

>   企业破产法生效日近，国家不再提供避风港，三十万家亏损企业将被淘汰。

改动后的情形：

>   （中国的）
>   企业破产法
>   （悄悄地）
>   （悄悄地）
>   逼近了
>   生效期，
>   国家
>   不再提供
>   （不再提供）

> 避风港。
>
> 三十万家
> 　　(三十万家啊)
> 亏损企业
> 　　将被淘汰,(将被淘汰!)

在耶奈特和卡勒看来,新闻语言和日常生活语言均可入诗,只要它们符合诗的"程式化期待"。一般来说,诗的"程式化期待"有以下几方面内容:其一,语言是否排列成诗行的形式,这会自然引导人们选取一种读诗的"阅读态度";其二,是否具有诗的非个人性(impersonality),作为人类艺术活动的创作形式之一的诗既要普遍传达出人可共享的共通性,又必须能融入交流与接受的活动之中;其三,是否具有诗的整体性(totality),诗句无论长短,必须是完整、自足的整体;其四,诗必有意义(significance)。读者读诗总是认定诗有言外之意,愈简练的诗,愈不像诗(指诗的容量,如有一首题曰《生活》的诗,正文只有一字"网",曾获某诗歌大奖)的诗,愈是能唤起读者极力去追寻言外之意。

如果说,日常话语靠近诗的程式可"化腐朽为神奇",当代流行歌坛也同样如此。前几年流行甚广、颇受男女老少青睐的《一封家书》和《愚公移山》、《团支部书记》等着实给人耳目一新的感觉,在乐坛上(主要限于通俗歌曲)掀起过一阵波澜。

程式化的期待问题与中国传统艺术的欣赏关系尤为密切。例如京剧,有一套完整的程式,唱、念、做、打、手、眼、身、法、步等,且各有多种组合,变化无穷,又韵味十足。不懂京剧的程式,嗓子再好也不是"国剧";不了解程式,任你怎么看也不会理解《三岔口》中明亮之下的"黑夜感"、短兵相接中的"雕塑感"、四目相对下的"盲目感"以及丑俊相对的幽默感等等。如果不懂程式,即使连京剧中上下场的两扇门(旧时称"出将"、"入相"),也难以领略个中三昧。

诚然,程式化的期待固然重要,但程式化作为艺术传统的结晶,其自身亦有一个逐渐萌芽、形成、成熟与进步的过程。所以,对这一问题的理解也不可固守传统,任何一种艺术形式的成熟都经过了推陈出新的过程,这样才能保持艺术长盛不衰的不朽魅力。1998年江苏省京剧院改编上演了老舍的《骆驼祥子》(根据同名小说改编),其影响较大,一些京剧票友们由怀疑逐渐趋于认同,原因即是某些程式化的改变。如传统京剧惯于一虚一实,虚者实之,实者虚之。譬如表现跑马,真马不能上台,马鞭是实的,而以鞭喻马则是虚的;可《骆驼祥子》一剧竟堂而皇之地将诸种道具,如黄包车等推上舞台。另外,京剧的念白也受到白话小说和现代戏剧的影响,所以当剧中出现"这世上什么都是假的,只是车子是真的"、"只有票子是真的"、"只有大胖儿子是真的"和"只有死是真的"作为主线一步步将剧情推向高潮时,全场爆发出雷鸣般的掌声,由此获得了观众的首肯。

(三)"惯例论"

什么是"惯例"?美国分析美学家乔治·迪基认为,各门艺术均有自身的惯例,它是"由戏剧、绘画、雕塑、文学、音乐等等各种艺术门类系统所构成,而每一个艺术门类都具备那种能授予客体以鉴赏资格的惯例的背景",这些不同的艺术门类都具有一个共同特征,"惯例"即是"每一个门类系统为了使该门类所属的艺术作品能够作为艺术作品来呈现的一种框架结构"。因此,在艺术家、艺术品和接受者共同参与的活动中,一切都是"惯例化"的。惯例不仅无所不在,而且包容着为人们所不经意却又足以影响艺术效果的各种细节。作为接受主体而言,他们的惯例经验往往是不言而喻的,它是具有约定性的、有关艺术接受活动所涉及的接受环境、接受对象和接受方式等的综合性心理反应机制。不难想象,一个具有戏剧观赏经验的观众不会因为舞台缺少第四堵墙而诧异,没有人会以一种不受惯例经验影响的态度接受艺术,接受主体对艺术惯例的了解、熟知程度和译解水平构成了接受的一种心理基础。当代心理学的发展愈来愈具体地证实了人对外来信息的掌握必定要以以往的经验为背景。人们对于一部艺术作品的接受,总是不期然地以艺术作品的惯例来期待一种可预测的心理反应,韦恩·布斯曾说:"对有经验的读者来讲,一首十四行诗的开始就要求十四行诗式的结尾;以自由体开始的哀歌就应该以自由体结束。即使小说这种未定型的文学类型,尽管几乎没有什么固定的惯例,但它也利用惯例……我认为它是一部小说,就期望它从头到尾都是一部小说。"① 惯例经验并非只限于接受主体与特定样式艺术品的对应关系,"惯例化"的中心角色包括艺术家、艺术环境(如舞台、剧场、画廊、博物馆等)、艺术受众(观众按惯例或艺术家的提示把该对象当艺术看)等。从接受主体的惯例化看,其期待经验如何往往决定作品如何存在及其存在的价值显现。例如,贝多芬、勃拉姆斯的音乐对于西方人来说是比较悦适而易于接受的,然而让他们毫无准备去聆听与自身惯例经验相距甚远的东方音乐却常常产生不悦感、疏离感和陌生感。读者在阅读不同的文学作品时,往往会尽情打开自己固有的惯例经验和期待视野去加以预计、期待和印证。

这一"惯例化"经验具有两个方面的作用:一方面,它可以使接受主体在与其相适应的艺术客体的选择和体验中加强感受效应。例如,对于一个京剧或越剧迷来说,惟有京剧或越剧才可能成为他(她)所接受的最佳接受对象,其他艺术类型则由于对他们来讲无关宏旨而难以进入其接受领地。于是,他们就在以别的惯例作为"牺牲品"的同时,最大限度地获得了酣畅淋漓的审美愉悦。这种高峰体验(peak experience)在缺乏相应惯例经验的"零度接受者"来说,几乎难以想象,因为任何一个接受主体各有其个性化惯例经验,而且任何一种惯例都无不具有特殊的历史性质,在漫长的历史

---

① W.C.布斯:《小说修辞学》,广西人民出版社 1987 年版,第 122 页。

流变中,各种惯例都无不凝聚有一种内在的张力,从而能够制约和概括相应的接受反应,诱发、烘托特定的接受氛围。另一方面,接受主体的惯例经验背后也可能潜伏着导向非"具体化"或非审美化的因素,也就是出现文艺接受的"误解",某种意外的偶发事件有可能形成"反误"的尴尬场面。据艺术史所载,1837年曾有一场音乐会演出两位音乐家的作品,一个是贝多芬的三重奏,另一个是名叫毕克西的作品。从成就和声望来说,贝多芬无疑远在毕克西之上,不言而喻会更受听众们的欢迎。突然,一件令人意想不到的事情发生了(当然是在不知晓的情况下),工作人员因疏忽大意把节目单上的两位作曲家的名字弄颠倒了而没能觉察出来,结果出现如下一幕令人啼笑皆非的、既出乎意料却又似乎在情理之中的情景:当乐队在演奏贝多芬的三重奏时,听众对这一被掉包的"毕克西"的作品反应极其冷淡;而当乐队演奏起被听众误以为是"乐圣"贝多芬而实际却是毕克西的作品时,全场一阵欢腾,掌声经久不息。在这种情况下,是听众们自己惯例的经验期待由于意外的干扰而欺骗了自己。这说明,当艺术接受者过分依赖或顺从于自己对某一艺术作品(特别是大师之作)的惯例经验期待时,其主观的、个人的真实理解和特殊反应有可能无意中被抑制,即使发现了疑点,也有可能对先拥有的经验深信不疑而对自己此刻的真实感受所获取的审美判断进行否决。这种现象在其他各种艺术接受活动中并不鲜见。

四、遇合与遇挫

苏轼曾有一首《琴诗》用来说明审美活动的主、客体交响的过程。诗曰:

若言琴上有琴声,
放在匣中何不鸣?
若言声在指头上,

何不于君指上听。

如果说,该诗巧妙地以"琴"和"指"来喻指艺术创造的话,那么,我们同样可以认为它同时也揭示了文艺接受的审美之谜。质言之,文艺创作与文艺接受都是一种创造,是一种对生命本质的开掘与揭示,是一种不断进行对话与潜对话的生命交响曲。从文艺接受的角度而言,艺术的创造至少包纳以下几个方面的遇合,从而唤醒他者也唤醒自己,敞开生命的诗意。

(一)对话——与作者的遇合

由于接受者"前理解"的存在,形成了一定的"期待视野",因此也就可能"以意逆志"去试图理解作者的真实创作意图,甚至"知人论世"去深层了解作者及其作品。在这种"双重主体"之间多次发生的对话与潜对话中,有可能因为彼此具有某些普遍意义上的共通性,从而达到作者创作与读者阅读之间的"视界融合"。因为,对话与潜对话往往关注相同主旨,而且只"关心自己的对象;正如某人努力与其谈话对方达成有关某对象的一致意见一样,解释者也努力理解文本谈话的对象……双方都受对象的真理的影响而进入一次成功的谈话,彼此于是结合入一个新的共同体中"[1]。正是在这种彼此开放式的敞开交流之中,作者的创作与读者的"期待视野"达到统一,这种"视界融合"的再创造性使此作品的意义、价值和作用得以实现。

(二)同构——与世界的遇合

作为个体的人是一定社会和历史时代的产物,生存在这个世界上,必然以其丰富、具体而现实的人而存在,具有全面的丰富的人性。人离不开生养自己的土壤或环境,换句话说,人这种"万物之灵长"也是环境的产物。这种先天的亲合力决定了人与自然内

---

[1] 转引自《艺术的意蕴》,中国人民大学出版社2000年版,第173页。

在的和谐关系。中国传统文化向来重视人与自然的亲合关系,可以说,"天人同构"、"天人合一"、"天人相通"、"天人感应"是华夏美学和艺术创作中广泛而长期流行的观念,甚至成为几千年来中国历代艺术家在艺术创作和鉴赏时所遵循的美学原则。这一原则在中国诗论、文论、画论和其他论艺的文字中俯拾即是。

应该说,真正优秀的文艺作品,其艺术世界必然与宇宙的世界同构对应,在最高的层次上交感契合、相融无间。同样,真正优秀的受众必然以其审美的心胸去拥抱艺术世界中所表现的宇宙世界,并与其共感同呼,难分轩轾。正如余秋雨所言:凛然的客观世界不再造成主体心灵的被动和疲弱,自由的主体心灵也不再造成客观世界的破碎和消遁。两相保全而又契然融合,既不是萍水相逢,也不是侵凌式的占据,而是你中有我,我中有你,不分彼此。①

(三) 去蔽——与作品的遇合

"艺术必有意义"的惯例经验逼使我们去发现作品文本以外的意蕴,直至追问艺术存在本身的意义和艺术与真理等艺术本体性问题。对艺术意义的玩味与追索往往导引人们回归到赤子之心,从"此在"的边际中重温伟大母亲子宫中的温暖,而对大地的亲近与回返正预示了去蔽之后的真理显现,这一寓真理于存在的显现就是"美",这种真和美的统一,通过去蔽和澄明而敞开了为世俗生活的利禄所遮蔽的本质"存在",我们通过对它的释读,渐次获取了对真理的启悟。在此意义层面上,存在主义美学家海德格尔说,"艺术本质是真理在作品中的自行置入"。

文艺接受者对文艺作品的读解就是一种开放性的能动交流,它不是简单的认识,而是对"去蔽"的艺术真理之光的再度袒陈,对人存在的意义加以诗意的显现。换言之,人诗意地栖居于大地,艺术品正是其真理的显化,对它的感受正是艺术存在的意义,也正是

---

① 余秋雨:《艺术创造工程》,上海文艺出版社1987年版,第8页。

人类需要艺术的奥秘。

那么,我们如何来洞悉艺术作品中的美和真理呢?我们或许可以从海德格尔对凡·高的一幅绘画《农鞋》的释读中得到某些启迪,他说:

> 从鞋具磨损的内部那黑洞洞的敞口中,凝聚着劳动步履的艰辛。这硬邦邦、沉甸甸的破旧的农鞋里,积聚着寒风料峭中迈动在一望无际的永远单调的田垄上的步履的坚韧和滞缓。鞋皮上粘着湿润而肥沃的泥土。暮色降临,这双鞋底在田野小径上踽踽而行。在这鞋具里,回响着大地无声的召唤,显示着大地对成熟的谷物的宁静的馈赠,表征着大地在冬闲的荒芜田野里朦胧的冬冥。这器具渗透着对面包的稳靠性的无怨无艾的焦虑,以及那战胜了贫困的无言的喜悦,隐含着分娩阵痛时的哆嗦,死亡逼近时的战栗。"①

(四)共振——与其他读者的遇合

文艺接受活动中出现不同接受者之间(不管是在同一时空条件下,还是在不同的时空条件下)发生对某一特定艺术品的大致相同或相近的接受效应是一个常见的事实。为什么马克思、恩格斯同时为莎士比亚和巴尔扎克的作品所倾倒?为什么自《红楼梦》诞生以来,不同时代、不同阶级阶层、不同民族的人们如此地喜爱?为什么唐诗、宋词、元曲等一直作为时代文学的杰出代表为人们所赞叹?……即使小说《红楼梦》中亦有黛玉和宝玉同读《西厢》而产生的激赏之情,不同时空条件下的读者往往因文本意义的超越性因素以及主体自身的大体相似经历而对某一作品产生大体相似的看法和情感反应,颇有隔世知音之叹。

---

① 转引自 M.李普曼:《当代美学》,光明日报出版社1989年版,第395页。

由于艺术接受活动中伴有强烈的情感色彩,接受主体之间与接受对象在情感上的遇合达到某种一致就会发生相类的情感反应。据文学史料记载,有因情志感发、殉"情"而亡之事,如《牡丹亭》杜丽娘死于梦,《疗妒美》小青死于妒等。其间传达出的一个信息却是不可不注意的,那就是:文学艺术作品确实具有使不同读者有相似感念的神奇魅力。

上述几种不同的遇合说明,文艺接受活动中接受主体与对象之间的能动效应,一般表现为主体的"期待视野"与文本之间的顺向关系。对待这一现象,我们应当正确看待。因为虽然顺向关系能够顺利引向文艺接受活动的再创造,但是,如果二者之间缺乏必要的张力,文本所提供的"空白"没有超出读者的"期待视野",或超出甚少,留给想象力发挥的空间有限,则可能会导致接受活动的某种缺憾。在这种接受活动中,接受主体固然会有一种预见的快感刺激,但很可能会由于接受的无碍和缺乏必要的心理阻滞而感到失望,下续的接受行为则因兴味索然而中断。很显然,这种情况是不利于文艺鉴赏的。

在这种情况之下,"遇合"的畅通无阻并非好事。相反,在文艺接受活动中,既要顺应接受者的部分期待,同时又设置部分障碍,使之带有陌生化效果,在作品的技法上、人物性格命运的发展上、情节的突变上、主题的呈现上给人一种期待指向的挫败感,打破其潜意识中的心理预设和俗常惯性,使人常常在"自作聪明"时遭遇挫败,这时反而可能激发接受者的好奇心,使之在起伏动荡的心理接受节奏中获取"山重水复疑无路,柳暗花明又一村"的乐趣。这样,既验证了经验的"期待视野",又打破了僵死的程式,而对其有了进一步的丰富和深化,接受者最终会在满意自适的心情中进入下一阶段的审美感受。

当然,期待遇挫也不能太滥,以免造成读者审美经验的完全失灵。某些玩弄文字游戏的机巧之作和那些过于卖弄知识和诘屈聱牙之作是难以找到市场的。

第三节 文艺接受的高潮

一、共鸣

"共鸣"源于物理学中声学的一个术语,是指因甲物振动发声而引起乙物也振动发声的物理现象。文艺接受中的"共鸣"现象的基本意义是指接受主体与客体产生感应关系,实现了感情的交流。这在文艺接受活动中是一个普遍的心理现象,它构成了文艺接受进入实质性阶段的环节之一。没有"共鸣",文艺接受很难成立,也谈不上实现文艺作品的审美教育功能。

一般而言,"共鸣"在文艺接受中的表现主要是指四种"遇合"中的两种情况:一种是指接受者在具体释读文本时,为其中的思想感情、人物性格、理想愿望等所感动,唤起某种强烈的心灵感应,为作品中人物的喜悦而欢呼,为人物的悲哀而哭泣。此时,作品与作者融合为一,读者与客体(作者的作品或作品中的作者)之间达到了某种"物我同一"似的亲合状态。如清人贾臻《读放翁诗》谓:"我读放翁诗,时时作状语。……奇想结梦寐,快意写肺腑。……不独示儿诗,感人啼如雨。……岂于诗律间,乖合较铢黍,'根源在诗外',五字足千古。掩卷发长叹,悲风荡庭户。"说明诗内与"诗外"(人与物)之情交相感通,达到心灵的撞击与和鸣。近人林纾在《韩文研究法》一文中说:"昌黎《祭十二郎文》,故语语从至情中发出……正所谓言有尽而情不终,真字句血泪点滴成斑,令人抱至痛于千古矣。"另一种"共鸣"是指不同时空条件下的接受者在欣赏同一部作品时,可能跨越其各自所属的时代、民族、阶级(或阶层)的差异,产生相类似的情绪感受和审美趣味。此时,接受者与"世界"的遇合和不同接受者之间的遇合无形中融合为一,总体上表现为接受主体之间的共同感受。当然,同一时空条件下的接受者更可能因客观条件和普遍心理因素的相通而发生共鸣。清人王韬《读离骚书后》的一段感受颇具代表性,他说:"千古之善读《离骚》者,为司马子长,《三闾大夫传》感叹悲凉,几于欲哭,岂其身世之感,所遇有所同耶?"近人胡蕴玉在《周烈士实丹先生诗集序》中说:"昔屈子沈湘,《离骚》以赋;文山下狱,正气作歌。美人香草,感物易深;斩镬刀锯,试志不屈。其为气也,至大至刚;其为文也,有声有色。人文并重,古今同然。"正是这"古今同然"的某些共通性,构成了共鸣的基础。由此可知,文艺接受活动中"共鸣"现象产生的原因较为复杂,主要原因有两个方面:其一,文艺作品本身具有丰富的思想感情和艺术感染力;其二,接受者的经验"期待视野"中必须具有同文艺作品产生"遇合"的因素,如相同或相似的情感体验和思想见解等。

文艺接受中的共鸣,是接受者调动多种心理因素(尤其是情感和想象)而产生的一种"高峰"体验。没有它,文艺作品自身的审美教育认识等功能无法实现。我们可以说,"共鸣"存在之有无或强烈与否是判定一部作品价值高低的重要尺度,二者呈现一种正向比例关系。这是就一般情况而言的。但也有例外的情况,如"阳春白雪"之属,"和"者寥寥,不能说其"低";"下里巴人"者则可能会使"万人空巷"和"一时洛阳纸贵",也不一定说明该作品价值很高。这都与接受主体的"期待视野"密切相关,同时与客观的社会时代风潮也有着千丝万缕的联系,对此我们要作认真分析,具体辨别。

二、净化

"净化"一词源于希腊文"katharsis"(音译"卡塔西斯"),原意是医学上的"净洗"和"宣泄",有求得平衡之意。用作宗教术语作"净化"或"净罪",在文艺学和美学中一般作"净化"或"陶冶"等。"净化"一语,最早见于亚里士多德的《政治学》一书,他在论述音乐的作用时指出:"某些人特别容易受某种情绪的影响,他们也可以在不同程度上受到音乐的激动,受到净化,因而心里感到一种轻松舒畅的快感。因此,具有净化作用的歌曲可以产生一种无害的快感。"在《诗学》中,亚里士多德进一步用它来指称这种作用,他认为悲剧就是"激起哀怜和恐惧,从而导致这些情绪的净化"。在我国,关于文学艺术作品具有"净化"作用的论述较多,孔子的"兴、观、群、怨"说即包含这种含义。

由此可见,净化是文艺作品认识、教育和审美、娱乐等多种价值得以实现的另一重要标志,也是文学接受进入高潮的又一表现。我们认为,文艺接受中的净化即是指:接受者在文艺作品接受过程中,经由对文本的理解,不由自主地进入某种艺术的灵动空间,潜移默化地感受到情感的悦适和知性的满足,使自己的身心得以调适,情绪得以排遣,人格得以提升。其实,这种"净化"即是接受者通过对作品的解读所达到的一种"杂念去除,趋向崇高"的自我"澡雪精神"的效果。

具体而言,这种净化作用表现为以下两个方面:

第一,接受者可以进入艺术的"象牙塔",暂时斩断现实之中的是非功利欲念,将其搁置起来,在艺术的世界中自由地飞升,"游文章之林府,嘉丽藻之彬彬"和"收百世之阙文,采千载之遗韵,谢朝华于已披,启夕秀于未振,观古今于须臾,抚四海于一瞬"[①]。在艺术的境界中,"小我"的一己之私面对大千世界的气象所蒸腾而冰释,个体的郁闷受作品景象所熏染而得以化解,心中的不适可以消融,内心的情绪震荡可以平衡。诸多事例均说明,文艺作品具有情感净化的效用。春秋时期的管子认为,"止怒莫若诗,去忧莫若乐",亦点明了同一主旨。

---

① 陆机:《文赋》。

第二,接受者由于作品中某种真情的流露和正义事业的感召,抑压的心态得以缓释,畸变的心态得以矫正,扭曲的人格得以纠正,甚至由此而走上崇高和圣洁之路。清代学者陈廷焯在《词坛丛话》中"读板桥词,使人龌龊消尽。读心馀词,使人气骨顿高。皆能动人之性情者",也说明了这一现象。

三、领悟

领悟是文艺接受进入更深层次的表现,其表现形式为接受者经由文本进行解码行为,形成审美意象,通达艺术意境,从而得到对生活本质的认识,并提升精神境界。同前面两种情形相比,领悟的主要特征有:

第一,领悟主要以"悟"为目的,可以调动多方面因素,如感知的、情感的、想象的和直觉的,以达到某种理智的直观,直抵本心。这一点与中国禅宗对于文艺作品的"悟"的性理有某些相似。禅宗认为,真如佛性"犹如水中月"、"在声色又不在声色",强为之描述,则为"玄妙难测,无形无相……(如)水中盐味,色里胶青,决定是有,不见其形",因此只有通过"顿悟"来"令自性顿悟","于自性顿现真如佛性"。

禅宗所标榜的"顿悟"说常常被我们用到文艺作品的理解上,即缘于它本质上并非属于认识论(哲学)范畴,而基本上是一个心理学(尤其是审美心理学)概念,因此它包含感性、知性和理性;但又不限于此,它实是由感知、情感、联想、理解诸种心理因素(机制)积极参与的,带有某种模糊色彩的直觉感受。

具体来说,这种"顿悟"包含感知,但又不等同于感知,如禅师说"本心(真如佛性)不属见、闻、觉、知,亦不离见、闻、觉、知"。悟道之际,个体生命不切断同世间万物的感性联系,而是通过这生生不息的物质世界(色)来参悟那永恒(超生死)、绝对(超时空)的心灵(真如佛性)的。因此,禅宗公案中,志勤禅师"见桃花而悟道",

这种"顿悟",包含有理解,但并不等同于理解,于转瞬之际,它已返归于感性,从而通达本心,达到对真如佛性的直接体验。如药山惟俨禅师参禅,"坐次,僧问:'兀兀地思量什么?'师曰:'思量个不思量底。'曰:'不思量底如何思量?'师曰:'非思量。'"这种"顿悟",包含有情感,但不等同于日常之"凡情"。禅师云:"今言无情者,无凡情,非无圣情也。""若起二性,即是凡情;二性空故,即是圣情。"可见,禅师"顿悟"之际的这种"圣情"乃是那种"见色不乱"、"无所住心"、摆脱世间人生利害得失和是非好恶诸种烦扰的超尘出世之情。这一点与我们曾经辨别过的审美感情(而非日常感情和生理快感)有暗合之处。这种"顿悟",包含着联想、想象,但并不等同联想和想象,它常常在形式上带有偶然的突发性和个体直觉性特征。如,禅师在悟道之际,常受某一"机缘"的触发,借助联想等将两个以上看似不相关的事物对接、撞击,从而迸发出心灵的火花,倏忽之间体悟到平时即使绞尽脑汁也不得其解的人生之"谜"。其悟道之机凡多种,既有某一事物或现象、某一动作,又可因某一语言形象所触引。这种"悟"常常"豁然晓悟","恍则刹那间","即时豁然还得本心","其解脱在于一瞬",借用某尼诗比况之,即是"尽日寻春不见春,芒鞋跳破陇头云。归来笑拈梅花嗅,春在枝头已十分"。

禅宗的这种"直指人心"、"见性成佛"的顿悟,与艺术和审美活动中的形象思维极为相似。中国文论史上也很早就有关于文艺审美活动的基本特征在于"妙悟"("悟")的说法,最有代表性的是宋代严羽的《沧浪诗话》。他说:"大抵禅道惟在妙语,诗道亦在妙悟。""夫诗有别材,非关书也;诗有别趣,非关理也。然非多读书,多穷理,则不能极其至。所谓不涉理路、不落言筌者,上也。诗者,吟咏情性也。盛唐诸人惟在兴趣,羚羊挂角,无迹可求。故其妙处透彻玲珑,不可凑泊,如空中之音,相中之色,水中之月,镜中之象,言有尽而意无穷。"可见,"悟"不但是诗歌艺术创作的心理特征,而且也是欣赏的一大法门。诗歌的欣赏如此,其他艺术类型和样式的创作与接受也大率不过如此。

第二,领悟与共鸣和净化不同。共鸣一般只是建立在接受者对作者或作品中人物思想感情认同的基础上,走向那心理的愉悦和精神的提升;而领悟则以多种心理机能的综合运作为基础,以"悟"为手段,以领其要旨为鹄的,其结果,必然会更为有效地拓展和丰富接受者的精神空间和"期待视野",并在领略人生万相、领会人生真意的基础上油然而生发出一种积极向上的人生态度。此时,我们即可由表象上达一种形而上的境界,抓住那永恒的一瞬,正如阅读歌德的《浮士德》而体悟到的一种"天行健,君子以自强不息"的抗争精神一般。

我们认为,领悟是文艺接受活动中的最高境界,它使人从某一角度读懂了作者和作品,读懂了人生,于诗意地丰富自身以后毅然超载自己,而进入那饱含诗意的哲理之境。

四、延留

这是文艺接受高潮的最后阶段,同时也是整个文艺接受的最后阶段;然而从文艺作品的社会作用看,却可能只是开端。

所谓延留,是指文艺作品引发了接受者的共鸣,导致了情感的净化、精神的提升,进而在领悟了作品意义之后,文艺接受过程和高潮中的种种形象、意象和意境尚未隐退而以表象的形式驻留于脑际,不断重现并反复回味的境况。这种延留自觉不自觉地在我们头脑中反复出现,并或显或隐地影响我们的言谈举止、道德追求和审美理想,这种现象在文艺接受活动中是常见的。一般而言,因记忆机制的作用,这种现象在日常生活中也会出现,但只有优秀的文艺作品给人留下的延留才值得珍视,它不仅使人类文化的宝贵财富以积淀的形式得以保存,更重要的是,这种精神财富不只改变了我们的人生,而且构成了我们的历史,形成了人类不同的文化传统,这是就总体状况而言。就个体而言,接受者主体的心理—文化结构也是这样一点一滴地累积而成的。无数个体形成了社会,文艺作品的社会作用由此可见一斑。

孔子当年适齐,闻《韶》乐竟"三月不知肉味",感慨系之地说"不图为乐之至于斯也"!一个向来注重生活质量("食不厌精,脍不厌细")的人也因精神上的美感抑制了生理的快感而陶然,并由此奠定了中国艺术的美学原则之一:"尽善尽美"。从"入人也深,其化人也速"这一特征出发,荀子继承了孔子的美学思想,他在《乐论》中说:"故乐行而志清,礼修而行成,耳目聪明,血气和平,移风易俗,天下皆宁,美善相乐。"

文艺接受活动的实践证明,这种"余音绕梁,三日不绝"的"满口余香"、"余味无穷"的效应,体现在对接受者的审美情趣、精神气质和人格规范的自然塑形上,同时也构成了人们潜意识中推动艺术活动的内在动力。

第十四章 文艺接受价值

文艺接受具有"无目的的目的性",其宗旨在于传达审美价值,感化个体身心,带来人性的全面发展和重建,由此,我们要考察文艺传播的效应对人的作用。最后,我们要搜检文艺的理论归宿——文艺批评,将文艺接受引上科学的批评。我们不仅要把握好文艺批评的原则,更应该在具体的文艺接受活动中掌握好文艺批评的标准,这样,才能使文艺接受有一个合乎逻辑的结论。

第一节 文艺接受与传播

一、传播历史简述

传播是人类借助符号和媒介交流信息、沟通彼此的思想感情,以期引发相应的文化活动的行为。

从人类历史上看,迄今为止共发生过五次传播革命。其每一次变革,都产生了巨大的影响,不仅改变了历史,也影响了人类的未来。

(一)第一次传播革命:语言传播

巴甫洛夫说:"没有东西可以比语言更能使我们成为人类。"语言的产生,是人类第一次传播革命的直接推动力,也是"人猿相揖别"的分水岭。根据考古学家和人类学家的最新研究,人类的语言产生在10万年前的某一时刻。其产生原因众说纷纭,一般以为恩格斯的"语言起源于共同劳动"的假说最为可信。语言的出现,极大地推动了人类社会的进化,因为"不能使用说话及语言传播方式进行人际交流的人,亦不能贮存和追求进行内向传播所需的各种理念,从具体归纳出一般,由前提推导出结论"[①];当然也不能进行各种精致的思维,传达各种具体入微的精神活动。

(二)第二次传播革命:书写传播

据考古学史料,最早的文字发现于距今7000多年的尼罗河三角洲地区的埃及墓葬。在中国、美索不达米亚和埃及都发现了象形文字。文字的诞生具有划时代的意义,它一方面引导人类由"野蛮时代"进入"文明时代",另一方面从时间的久远和空间的辽阔上实现了对语言传播的真正跨越,一举矫正了口头传播的变形与失传。正如许慎所言:"文字者,经艺之本,王政之始,前人所以垂古,后人所以识古。"文字的出现使人类创造和保存物质文明与精神文明更加成为可能。

(三)第三次传播革命:印刷传播

东汉蔡伦造纸术的发明以及隋末唐初雕版印刷术的问世带来了传播的新一轮革命。北宋庆历年间毕昇发明了泥活字印刷术。1315年中国铸出铜活字。元朝后期,我国的印刷术连同其他发明随蒙古军队西征,德国人在此基础上发明了铅活字和手压印刷设备,于1456年首次印成42行本的《圣经》。20世纪80年代,被誉为"当代毕昇"的"北大方正激光照排系统"创始人王选将古老的印刷术带入了"光与电"的世界,从而告别了"铅与火"的时代。印刷术和造纸术的两大发明,为人类文明进步立下了不朽功勋,它们不仅使人解脱了沉重的记忆负担,能够有效地保证社会共同意义的遵制与约定,而且便于携带,扩大了传播空间;更为重要的是,它打

---

① M.德弗勒等:《大众传播学绪论》,新华出版社1990年版,第15页。

破了文字与思想的垄断,可以进行信息快捷而大量的复制与传播,成为西方伟大的文艺复兴思想得以广泛传播的重要媒介,为哲学家、学者、科学家、艺术家和探险家们提供了神奇的手段。大量新的信息、思想和艺术观得以交流和传布,知识真正成为推动社会进步的杠杆,而不再像以前那样为教会和贵族所禁锢与垄断。印刷术发明后的整个15世纪,西欧各国共有约3万种书籍被印行,内容由宗教文献扩大到世俗各种学科。可以说,印刷时代的到来,使得新思想的传播与普及在速度和广度上都远甚于历史上任何时代,它改变了宗教、教育、艺术、商业以及通俗文化的性质,带来人类历史的变革和人性的完整。

(四)第四次传播革命:电讯传播

现代电讯技术的高速发展不仅带来了电报(莫尔斯,1844年)、电话(贝尔,1876年)、留声机(爱迪生,1877年)、摄影机(马瑞,1882年),还带来了广播(萨诺夫,1916年)、电影(1895年,卢米埃尔兄弟)和电视。在这以电视和广播为主体的电讯传播时代里,人类文化传播实现了新的飞跃,它不仅彻底突破了时空限制,而且也挣脱了印刷传播中的物质(书、报、刊等)的直接载体,缩减了传播过程中的有形耗损,为信息传播打开了一条更多、更快、更好、更省的时空通道。它似乎比纳米(亚微)技术将《大不列颠百科全书》以分子大小的字体全部刻在一枚针头上还要神奇,因为它是"在没有识字需要的情况下,为人类提供了超越识字障碍、跳入大众传播的一个方法"[①]。电视集声、光、电和音、字、形于一身,更具有无与伦比的优越性,自问世以来,已一跃而成为影响最巨的世界性大众传播媒介。曾有某位著名作家说过,一般文学作品至多印刷几万册,其中有一成的人读懂就不错了;而一部《三国演义》电视连续剧

---

① 罗杰斯语,转引自邵培仁著:《传播学导论》,浙江大学出版社1997年版,第77页。

的公映却使得"万人空巷",其间差别(至少在接受者人数上)是有目共睹的。

(五)第五次传播革命:互动传播

电子计算机的问世和飞速发展,使互动传播成为可能。所谓互动传播是以电脑为主体,以多媒体为辅助的能提供以交谈方式来处理包括捕捉、操作、编辑、存贮、交换、放映、打印等多种功能的信息传播活动。由于它把各种数据和文字、图示、动画、音乐、语言、图像电影和视频信息组合在电脑上,并以此互动,所以人们把1946年埃克特等人研制成功的世界第一台电脑主机"埃尼阿克"的诞生视为开创了人类第五次传播革命的新纪元。嗣后,1957年苏联发射了第一颗人造地球卫星,1969年美国实现电脑对接,1980年又结成互联网络,1994年以美国为首的世界各发达国家提出"信息高速公路计划",我国也随之宣布跟进,启动类似计划。所谓"信息高速公路",是一个相较于日常电话网络的信息传递而言的形象比喻,它将电话、电视和电脑三者融合在一起,以现代通信和计算机技术为基础,以光缆为干线,形成覆盖一个国家或全球的"巨无霸"型智能通信网。其中,光纤通信技术的利用,使我们可以每秒传递1万亿比特,也即是说,一根如头发丝般细的光纤可在不到1秒钟的时间内发送100万个频道的电视节目。用目前计算机网络传输33卷的《大不列颠百科全书》需要13小时,而利用信息高速公路仅需4.7秒。由于互动传播具有主动性、参与性、对谈性和操作性的特点,因此,它可以"将每个人都连在一起,并能提供你能想象得出的任何电子通信……提供远距离的银行业务、教学、购物、纳税、聊天、玩游戏、电子会议、点播电影、医疗诊断……"[1] 其结果,必将在各个方面、多个层面改变我们的生存状态和精神文化

---

[1] 引自迈克尔·安托诺夫等:《信息高速公路指南》,美国《大众科学》1994年5月号。

结构。对于人类而言,1968年是一个值得记忆的日子。在这一年,英国的一次画展宣示了计算机美术作品的诞生。随后,"电脑音乐"、"电脑诗歌"等纷纷问世。90年代某一天,国际象棋特级大师卡斯帕罗夫与美国IBM公司推出的机器人"深蓝"对弈,终以认输而告终,引起人们激烈的争论和思考。凡此种种都说明,传播手段不仅改变了我们对世界的认识,甚至从根本上动摇了人类的自信。有一点我们不能不警醒:从某一个角度看,谁处于传播的前沿,谁就代表文明的进步,也就在竞争中处于优势地位。

二、传播的文化功能

传播就是意义的共享,是人类生命底蕴的开拓与对话。被誉为"电子世纪的先知"的加拿大传播学家马歇尔·麦克鲁汉有一句名言:"媒介即信息。"而信息只有在传播中才有价值,才能激发起不同生命空间的共鸣和交响。因此,传播不仅本身即是一种文化行为,其媒介传达的意义内容更是一种文化的聚合体。关于传播功能,国际传播学界有多种看法。我们认为,其最主要的功能即是文化意义的传送与反馈,它不仅是一种充当文化"二传手"的"文化工具",而且所传播的文化内容对整个人类社会影响巨大。1954年,著名传播学家提出一个著名的传播模式,用来说明人们如何通过对符号的编码来传播信息,并经过解码(或译码)以实现彼此意义的沟通。编码是一种创造,译码也是一种创造。有人发现,歌德的"天鹅之歌"《浮士德》这部巨著的文字每个字如拼成字母,即成为一部可奏可唱的词典,发现者宣称这是歌德有意将"谷粒留给后人来研磨"。20世纪以来的各种文艺理论也纷纷有新的发现,如结构主义和解构主义就发现了神话和传说中的新义。

对于传播的功用,中国先贤们早有认识。如《春秋谷梁传》中"人之所以为人者,言也。人而不能言,何以为人",就启发了两千余年后施拉姆关于"研究传播学其实就是研究人"的精彩论断。在孟子那里,"仁言不如仁声之入人深也,善政不如善教之得民",即可以看出其中有多种功能存在。杜甫的诗"阅书百纸尽,落笔四座惊"和"笔落惊风雨,诗成泣鬼神"更含有对文艺传播功能的夸张。曹丕一句"盖文章,经国之大业,不朽之盛事",则将文学提到了前所未有的高度。

传播的文化功能主要表现为:(1)承继和传播文化。在千百年的人类历史发展中,物质文化可能被毁灭,语言也可能演变,但只要记载人们的精神文化的典籍留存下来了,人们就有一笔由知识意志和审美精神所构成的文化世界的财富。人们在一起时候,尤其在遭遇战争、外族入侵和自然灾害的危机时,是依靠这样一笔财富来维系个体以至整个民族的生存的。(2)积淀和享用文化。文化的传播使文化在历史长河中得以沉积并形成文化传统,它既使人们形成了文化观念并享用文化,而且适时修正着文化传统。(3)选择和涵化文化。不同的文化传播与积累形成了不同的文化传统,它形成了一定的自主性和选择性,依据一定的标准加以取舍,并结合本土文化予以创造性发展。各种不同的功能意义相互联系、相互渗透、相互作用、相互转化,形成一个有机的文化整合系统,在人类文化结构中起到涵化的最终目标。

结合文艺作品的传播来看,艺术传播可以说是更具内涵的文化传播。从作品的传播品质而言,不同艺术样式通过相应的物质媒介,诉诸人们的理解和情感,并以其独特的传达手段所造成的象征、隐喻、暗示等蕴含了无限的解读弹性,这就造成了"多义"性。这种作品意义的广延性导致传播过程中的不确定性,由是丰富了文本的内蕴,因为这毕竟还要通过传播者和传播接受者的经验过滤。

由于文艺作品的接受本质上是一种社会交往行为,"作品"便是一个传播行为,是一个在历史和现实中流动的话题。这种艺术传播是通过艺术作品为人类精神世界提供审美价值,借助美的意象,传达审美理想和审美观念,创造美的自由空间,从而将人从惰性状态中解放出来,给"人类黑暗的心灵带来光明"(舒曼语)的。

第二节　文艺接受的效应

一、审美教育

审美教育,通常亦称美育。

艺术,是人类所独有的,是人的本质力量对象化的存在,是人类审美地掌握世界并从中确认自身的方式。我们对艺术的接受,究其实也是从中观照人类自身并进而感悟创造性本质以提高自身的过程。从艺术的这一宗旨来看,文艺接受主体的情感塑造不仅构成了属人性的世界的合力,同时亦充分实现了艺术存在的目的。中国先秦时期的孔子认为,艺术是造就人才的条件和归宿,他说:"兴于诗,立于礼,成于乐。"为何"乐"有如此重大的作用呢?因为"乐以治性,故能成性,成性亦修身也"。荀子也说:"夫声乐入人也深,其化人也速。"古时的"乐"尚不是独立的音乐,而是包含诗、乐、舞在内的广义的艺术。古希腊时期的柏拉图也注意到艺术对人性的影响效果,他说:"我们的教育制度应该怎样呢?我们一向对于身体用体育,对于心灵用音乐"。因为"节奏与乐调有最强烈的力量浸入人心灵的深处,如果教育的方式适合,它们就会拿美来浸润心灵,使它也就因而美化,如果没有这种适合的教育,心灵也就因而丑化……受过这种良好的音乐教育的人可以很敏捷地看出一切艺术品和自然界事物的丑陋,很正确地加以厌恶;但是一看到美的东西,他就会赞赏它们,很快乐地把它们吸收到心灵里,作为滋养,因此自己性格也变成高尚优美"①。很显然,艺术作品给人以极大的情感满足进而改善人生态度是普遍存在的事实。问题不在于描述现象,关键在于说明其何以如此。我们要找出造成这种现象的症结,才能更进一步地弄清文艺接受与审美教育之间的内在关系。

(一)艺术的情感反应模式

在心理学家看来,情绪的活动模式产生于对知觉的或想象的客体的积极或消极的评价;而情感活动的模式则产生于某些事物对我们发生的作用是有益的还是有害的评价。简言之,所谓情感反应模式,实际上是由情感表现形式(喜、怒、哀、乐、爱、恶、惧等)和评价内容(有益或有害)两部分组成的一个系统。这成为我们揭开文艺接受效果之谜的钥匙。

情感反应模式的形式贯穿于某个个体的整个成长期,而婴幼儿期是其初步形成的关键,因为这一阶段婴幼儿的生理和心理特点决定了他们所受到的是情感教育。所谓情感教育,也就是婴幼儿从最亲近的人那儿获得基本的情感反应模式的过程,也就是初步形成其"心灵"的过程。实际上,由于婴幼儿尚不具备(或不完全具备)理性思维能力,其获得某些情感表现的同时,也就自发地在内心构建了一个潜在的、尚待发展的隐评价结构。日积月累,这一结构一方面因吁求发展完善而积极吸纳与其情感表现形式相一致的评价,以使原初朦胧的意象渐渐变成清晰的观念,使隐评价结构里的内容与可以意识到的理性趋于一致,而保持人格的平衡与完整;另一方面,婴幼儿期初步形成的隐评价结构又在意识深层潜在而有力地左右其表现形式,体现为某种"天性"的流露。例如,日常生活中某个个体往往从情感上喜欢或厌恶某人某物,继而理智会渐次找出其情感倾向的理由,这种理智会尽可能抵御来自深层的压力,由此造成了个体内心世界的丰富复杂性。调查结果表明,较

---

① 柏拉图:《文艺对话集》,人民文学出版社1959年版,第19页,第56页。

量的结局往往以得到深层结构支持的情感取胜。在文艺作品创作过程中,所谓"以情感人"而不"以理服人"的春风化雨般的策略正呼应了人性中的情感反应模式。情感反应模式一方面不断积聚、深化、加固,具有开放性的一面;一方面又具有自成体系、排拒非对应性因素而固着的一面。这样,艺术作品也就可以借助情感因素参与人性的重建,也就是在个体进行文艺接受过程中改变或深化其已有的固定的情感反应模式,从而达到塑造具有真、善、美心灵结构的目的。

(二) 审美的情感陶冶

从艺术的情感反应模式可知,个体的隐评价结构至关重要,所谓人性的重建,实际上即是借助艺术的情感手段来变异个体的隐评价结构,以建构新的情感反应模式的过程。

文艺接受的经验告诉我们,对艺术作品的鉴赏并非是单方面的,接受主体不是一开始就立即进入"物我一体"的境地,而是在逐渐忘却理智的提醒的状况下慢慢地形成的。一方面,理智的世界将他(她)竭力拉回到现实中来;另一方面,难以抵御的艺术魅力又在逐渐将其从现实经验的束缚下超拔出来,此时的欣赏主体以情感为中介,自觉不自觉地激活被压抑的无意识层,达到某种"忘我"的状态,原初十分有力的隐评价结构的活力逐渐减弱,而被激活的因素不断浸入并自然而然地代替其原有的评价内容,且与情感表现形式相结合,生成新的情感反应模式,从而以与原来全然不同的方式支配着表层的情感表现形式活动。如前所述,受过良好的音乐教育的人可以很敏捷地看出艺术作品和自然界事物的丑陋,很正确地加以厌恶;而他一看到美的东西,就会赞赏它们,很快乐地把它们吸收到心灵里,使自己也变得高尚优美。这种艺术接受中"情感陶冶"的过程是两种情感反应模式互动的结果,是艺术中的与真、善、美相联系的评价系统逐渐组织起来,并瓦解世俗经验世界的评价系统的过程,其聚焦点便是重建人类心灵结构。

诚然,经受情感洗礼的主体心灵也有一个逐渐演化的过程,不可能出现一蹴而就的事情。因为"艺术世界"和"现实世界"两种情感反应模式在面临冲击时都有各自的阻抗理由,后者以现实的功利满足为借口,可一旦上升到艺术的无功利境界时,也只好揖让;而前者以对美的追求为理由,在从潜意识层进入隐评价结构时并未为现实的功利所完全消解(而且美的无功利境界也为人类所必需),就在不同条件的接受者的头脑中盘踞下来,无形中使隐评价结构内的构成因素发生微妙变化,自然而然地改变了原初的情感反应模式,也水到渠成地改变了人的心灵世界。由此可见,审美的情感陶冶实质上是一种潜移默化的过程,需要多次进行艺术的情感教育,使人性于不知不觉中得到改变和重建。

二、其他作用举隅

(一)化解焦虑

情感的畅达是人之为人的自然状态,是人类生命的正常存在形式,异化带来的压抑后果必将给人们造成失根的恐惧和危机四伏的焦虑。这种焦虑是一种深沉的痛苦体验,它类似于恐惧但又远甚于恐惧,因为恐惧虽然可怕,但毕竟来自外部,且因看得见它来自何方而可以规避。而焦虑却来自内、外双重压力,而且看不清目标,无力回避,它就像可怕的梦魇缠着人不放,它所带给人的焦虑是潜在的、持久的,它源于人对自我失落和将人变成非人的强大无形力量的恐惧。这种由人的异化带来的焦虑情绪无形中剥夺了个体享受生活的权利,使人的本质属性遭到损害。

面对着焦虑的威胁和压迫,代代相续的人们并没有被彻底压垮,除了因人类不断成熟而诉诸多种社会行为以外,还有一种无形而巨大的力量在不断对抗和消解这种焦虑,这就是艺术。艺术以其始终乐观、积极的情感将现实中被剥夺的属人的情感还给人类自己,将人们从焦虑的痛苦中解放出来,恢复并肯定人的本质属性。一般而言,艺术作品总是带有积极的情感,能够使人获得情感的愉悦和认知的满足,清代焦循在《花部农谭》中描述人们看《赛琵琶》时的内心感觉就如"久病顿苏,奇痒得搔,心融意畅,莫可名言"。这种趋向快乐的积极情感的最大功能,即是能驱散郁积在人们心头的阴霾,使其在黑暗中感知光明的未来,从而振作起来。

艺术作品所寓含的积极情感之所以有如此巨大的作用,可以在科学上作一说明。从生理上看,它能增加血液中的肾上腺素,使心跳和血压正常,同时还能增加天然麻醉药内啡呔,从而使个体生命有机体获得轻松感。从心理学上看,它可以使人们消除紧张感,增强活力。同积极情感相反,消极情感是紊乱的,它削弱人的活力,久而久之就会使人的心理负担加重,甚至畸形发展,直至导致悲观厌世。积极情感则对人体机能具有保护作用,并能从心理上暗示、强调人性的活力,使其不断增强机体的免疫力,维持正常运转。可见,艺术作为寓有积极情感的良性行为,具有将人们从深层或显在的焦虑状态中解脱出来,使人性得以重建的巨大力量。

(二) 审美治疗

一百多年前,美国心理学家威廉·詹姆斯从内省出发,描述了艺术接受和心理治疗之间的关系。他说:"当美激动我们的瞬间,我们可以感到胸部的一种灼热,一种剧痛,呼吸的一种悸动,一种饱满,心脏的一种翼动,全身的一种摇撼,眼睛的一种湿润,小腹的一种骚动,以及除此以外的千百种无以名状的征兆。"[1] 这一描述远非临床学意义上的科学说明。20世纪40年代,美国组织了第一个音乐治疗学会,《美国艺术治疗杂志》相继问世。美国医生加里·赖特证实了原始巫术仪式与艺术相似的心理治疗功能,以为巫术的全部本质就是心理学和心理治疗的基本原理。当然,巫术与艺术之间有千丝万缕的联系,情况复杂,需要我们作认真分析。但

---

[1] W.詹姆斯:《心理学原理》第2卷,纽约1889年版,第470~471页。

不可否认的是:艺术具有治疗的功能。

美国学者 E.厄尔曼指出,艺术治疗的目的就在于"引起人格或生命的使人愉悦的变化"。当代心理学也表明,人的情感大体包含三个部分:(1) 内省体验;(2) 行为的习性反应;(3) 内部器官的生理变化。这里,情感又是通过血液中化学成分的变化、呼吸和脉搏频率的变化、汗腺和消化器官运动的变化而实现的。由此看来,艺术包含了人的情感世界的全部,对它的接受可说是最佳的心理治疗手段。首先,艺术吁发和释放的是积极情感,对其接受的心理过程也是在偏离有碍情感自然流淌而予以愉悦的心理波动中发生的。其次,当接受者投入艺术之中时,两种情感反应模式的相互作用,激活了人的潜在情感世界,势必引起多种生理和心理的变化、调适,最终"臣服"于对"美"的顺应。再次,由于接受者审美体验的形成和提升,所有外源性的负性干扰被阻断,从而进入一种身心趋于平衡的"内环境"。正是这种平和的"安宁"无形中化解了心理的诸种压抑和负担。以文学的接受为例,心理学家指出,在文学阅读过程中,读者在沉迷于特定文本的同时,可能产生一种"二级信赖",从而对开始时与自己不同的观点和价值倾向表现出接受倾向。文学正是以角色呈现的精神世界通过内摄使接受者发生情感转向,并使其在具有参照性的支持中无形中矫正自我的不良倾向,逐渐逼近健康的人格塑造的。一部《钢铁是怎样炼成的》所起的作用是众所周知的。戏剧同心理治疗有紧密的联系,古希腊雅典城邦将戏剧列为公民修身的必修课之一。实践表明,心理剧的发展与后来的"卡塔西斯"观、弗洛伊德的精神分析学和斯坦尼斯拉夫斯基的"情绪记忆"有密切关系。至于舞蹈艺术,更是通过有节奏的运动消耗体力,进行心理转移,从而成为排除心理障碍的有效手段之一。

现代的实验心理学家们不仅注意到人的思想感情变化与其脑电波变化之间的关系,还发现人对于特定艺术所产生的审美愉悦同大脑中一种特殊物质——内啡呔有关,在音乐接受过程中尤其如此。有科学家指出,当音乐信号被转换成中低频电流刺激后,音乐的声能更加突出地体现出治疗意义。一般而言,相对低中频电流来说,音乐电流的频率、波形和幅度等则是随音乐的演奏而不断变化的,这就使机体组织产生了亲和反应,实际的治疗效果也随之而上升。众所周知的"黄金分割"恰好也说明它与人脑的电振荡有直接的对应关系。音乐理论家们注意到,在音乐世界里,黄金律比比皆是。大量现象表明,黄金分割点往往是乐曲出现高潮和转折的最佳点。

我们探索文艺接受中的审美治疗作用,旨在说明文艺接受效应的多面性,国内外对这一问题的研究正方兴未艾,很多问题尚需作仔细深入研究,也有艺术心理治疗失败,或因不了解及操作失当而引起负面作用等现象发生。文学的自发阅读有时可能对精神创伤经验有负面作用,成为激发疾病和分裂而不是引起健康和整合感的一种破坏性过程。但是我们坚信,艺术总是能够担负起有益人的身心,进行人性重建的历史使命的。

第三节 文艺接受与批评

一、文艺批评方法

历史上出现过形形色色的文艺理论,其文艺批评的方法亦多种多样,我们认为足资借鉴的以下几种文艺批评方法,对当时及后世的文艺创作产生了重要影响,对于马克思主义文艺批评也能够提供某些有益的借鉴,为马克思主义文艺批评有分析、有选择地吸收和发展。

(一) 伦理批评

不论中外,伦理批评都是兴起最早而又影响深远的一种文艺批评形态。伦理批评又称为道德批评,它是以一定的道德意识和规范来评价作品的得与失,从而以善与恶为基本范畴来作为对批评对象的判断标准。这种批评方法着眼于作品的伦理价值和道德教化作用的实现和传播。例如,我国先秦时期即有"美善相乐"说。孔子在《论语·为政》中评《诗经》说:"诗三百,一言以蔽之,曰:思无邪。"汉代的《毛诗序》也说,诗应用来"经夫妇,成孝敬,厚人伦,美教化,移风俗"……古希腊的柏拉图在《理想国》中曾明确提出:"作品(必)须对我们有益;须只摹仿好人的言语,并且遵守我们原来替保卫者们设计教育时所定的规范。"这一批评方法总体而言是一以贯之的,只是随着时代的不同,其内容多少有些变化,但"寓教于乐"的观点却是一贯的,并渗透在各种艺术批评形态中。

(二) 社会历史批评

这也是一种与"寓教于乐"有关的产生较早、影响也较大的批评形态。它强调文艺与社会生活的关系,认为文艺源于生活,并为一定的社会历史环境所决定,因而文艺作品的价值在于社会认识功用和历史意义。这种批评方法强调联系文艺作品生成的时代背景、历史条件和作家的生平遭际等因素,作总体思考。我国先秦时期的孟子较早提出了"知人论世"说,他既要求"颂其诗,读其书,不知其人可乎?是以论其世也",又强调要"故说诗者不以文害辞,不以辞害志,以意逆之,是为得之"。这一观点影响颇大,直至现代的鲁迅、瞿秋白等人的批评观也主要受此影响。西方持类似观点的代表有柏拉图、亚里士多德、贺拉斯,但真正的代表主要有维柯、狄德罗、斯达尔夫人、圣·佩韦和丹纳等。这一批评形态给当代的文艺批评以很多有益的启示和影响,但由于偏于作品之外作客观条件的分析,故而更多地带有社会学的观点,文本分析较弱。

(三) 审美批评

审美批评的历史也由来已久,它主要着眼于文艺作品的美的构成及其审美价值,强调艺术的"畅神"、"移情"效果和娱乐、愉悦作用,视美的超功利性为艺术的本质。这种批评类型产生较晚,我国魏晋以来的钟嵘、宗炳、司空图、严羽、王夫之、叶燮、金圣叹、梁启超和王国维等,大都要求作品满足人们的审美兴昧而提出和实践着这种主张,由此推动了文艺审美的发展。西方的审美批评五花八门,主要代表人物及观点有亚里士多德的"和谐"、黑格尔的"美是理念的感性显现"、康德的"无目的的目的性"和克莱夫·贝尔的"有意味的形式"等,大抵不脱"和谐"、"情感"、"表现"等基本因素。

(四) 心理批评

心理批评主要以现代心理学的研究成果来研究作家、作品,从而探索作者的真实意图而获取其真实价值。这一方法不同于古代心理分析,一般主要指精神分析学、实验心理学和格式塔心理学三大类型。心理批评虽然以现代心理学的研究成果为基础,但这一方法在古代早已有之,如柏拉图的关于"迷狂"和"灵感"现象的探索,就包含了这一类型的雏形。在我国,较早的"诗言志"说以及"虚静说"、"性灵说"和"神韵说"等都含有一定的心理批评思想。可以说,心理批评说是文艺批评的重要方面,这一学科的成熟和发展对文艺创作内在规律的探索将起到举足轻重的作用。

(五) 语言批评

这是晚近兴起的一种批评形态,它是对于诸多批评流派如象征主义、形式主义、新批评以及结构主义等文艺批评中涉及语言分析的大致归纳和概括。由于这是一种总称,所以上述各批评流派相互之间有着千丝万缕的联系,我们要加以注意。另外,语言批评是与语言学的研究和发展分不开的。例如,俄国形式主义代表人物雅各布森本人即是语言学家;瑞士语言学家索绪尔的语言学研究对语言批评产生了重大影响。我国传统的文艺批评也不乏语言批评的文字,如魏晋之际的"言意之辩"、注重字句的"推敲"等。我国诗歌创作中的赋、比、兴的原则即是某种对语言形式的探索,而孔子的"辞,达而已矣"其实早已开了中国语言批评的先河。对于艺术语言的研究,必将带来文艺研究的繁荣。

二、文艺批评原则

(一)马克思主义文艺批评的总原则

马克思主义文艺批评的总原则和方法论是恩格斯首先在《诗歌和散文中的德国社会主义》一文中提出来的"美学和历史的观点",它带有高屋建瓴的宏观视野,既指导着各种具体批评方法的应用,又包含了各种批评形态的合理因素。

恩格斯在 1859 年 5 月 18 日致斐·拉萨尔的信中把这种观点称为文学批评的最高标准,他说:"我是从美学观点和历史观点,以非常高的、即最高的标准来衡量您的作品的。"① 那么,我们为什么说"美学和历史的观点"是文艺批评的最高标准和总原则呢?其具体内涵如何?我们应该怎样把握二者之间的关系呢?

从根本上说,"美学和历史的观点"反映了文艺作为特殊的意识形态的总的规律——"美的规律",因而我们应当从美学的观点来研究它,看它是否符合美的规律,是否具有美的形态,能否充分地显示美的本质、特征和魅力。同时,一切文艺作品又都是一定历史条件下的产物,它是社会历史文化的结晶,是建立在一定的经济基础之上的特殊(即"审美的")意识形态,因此,我们要看它是否有相应的思想深度和意识到的历史内容,以此来衡量其作品的历史作用和价值,就必须要有历史的观点。此外,"美学和历史的观点"作为马克思主义文艺批评的总原则和方法论,又不是分别起作用

---

① 《马克思恩格斯选集》第 4 卷,人民出版社 1972 年版,第 347 页。

的,我们应该结合起来理解,综合起来运用,二者是相互联系、相互作用的。任何一种美学观点都具有历史性,是一定历史过程中和特定历史条件下的观点和产物。而所谓历史的观点,尽管与不同历史条件下的社会史、经济史、政治史、思想史、文化史有着紧密的联系,但都不能脱离开具体的批评对象——文艺作品,毕竟是对审美对象予以历史的审视和评价。因此,美学的和历史的观点是辩证统一的,不能把它们相互割裂甚至对立起来。

(二)文艺批评的具体原则

1. 文艺批评应建立在文艺鉴赏的基础之上

好的文艺批评家,首先必须是一个好的文艺鉴赏家;好的文艺批评文章,必须建立在对文艺作品充分认识、理解和欣赏之后的实事求是的分析和评价基础之上。否则,无的放矢,对文艺批评和创作都没有好处。

2. 文艺批评应坚持实事求是的原则

文艺批评是一种科学活动,科学性是其生存的灵魂。而要保持文艺批评的科学性,必须首先坚持其实事求是的原则,即从生活实际和文艺创作的客观实际出发,具体作品具体分析,既不"因人废言",也不盲目地"捧杀"或"棒杀"。

3. 文艺批评应坚持全面的、整体的观点

文艺作品是一个完整的有机体,它与作者又是生命相通的。因此,我们应把握以下几点:(1)应当依据美学观点和历史观点,予以总体上的完整理解。(2)应当做到顾及全人全篇。所谓全人,即评论某一作品的时候,不能孤立地就作品本身来谈作品,而应该"顾及作者的全人,以及他所处的社会状态"。所谓全篇,即评论某一作品的时候,不能断章取义、望文生义、以偏概全、肢解作品,而应将其视作一个有机整体,从全篇考虑。(3)应当察看作品的总倾向和整体价值。一部作品不可能十全十美,应该看其主流,考察其总的倾向和整体价值。如果该作品总的倾向是好的,整体价值较高,那么就应该在客观指出其不足之处的同时对它加以肯定;如果该作品某些局部有一定优点和长处,而总体倾向和整个价值较低,那么也应该在肯定其优点和长处的同时,从整体上否定它。我们既不能因整体而抹煞局部,也不能以局部代替整体,这是由文艺批评的科学性所决定的。

4. 文艺批评既要坚持"二为"方向,又要贯彻"双百"方针

"百花齐放,百家争鸣"的方针应该落到实处。文艺批评是一种科学活动,科学研究是没有禁区的。如果缺乏一种平等、自由、宽松的学术研究环境,那么,所谓"实事求是"不过是一句空话,文艺批评的假话、套话势必倾巢而出,既毁了文学批评自身,又毁了整个文艺事业。我们提倡一种多元的文化视点,凡是有利于文艺批评事业的,就应该赞成;凡是有利于提高人民大众文化水平的,就应该推广;凡是有利于中华民族"两个文明"建设的,就应该予以支持和鼓励。

三、文艺批评标准

我们的文艺批评标准,也是在马克思主义"美学和历史的观点"总的指导原则之下而形成的思想标准和艺术标准,二者是并重的。

思想标准是衡量文艺作品思想性程度的尺度,具体来说是指文艺作品的主题、题材及其意义显现出来的社会、政治、道德、哲学、宗教等意识形态观念和所产生的思想力量。一般来说,我们应该把握四个基本点:(1)从文艺作品与社会生活的关系出发,考察其是否有真实性,即作品是否寓含了历史发展的必然性;(2)从作品与艺术家之间的关系出发,考察其是否具有先进的世界观等进步的倾向性;(3)从作品与民族文化传统的关系出发,考察其是否有民族精神和人道主义情怀;(4)从作品和受众的关系出发,考察其是否具有积极健康的情感陶染力量。这四个方面不仅在文艺

批评实践中相互联系,同时也与文艺批评的艺术标准密切相关。

艺术标准是衡量文艺作品艺术性水准的尺度,具体来说是指艺术家的气质、才性、修养和艺术创造能力等多种要素在作品中显现出来的艺术魅力及其所达到的艺术水准。一般来说,我们也应该把握四个基本点:(1)文体构成的完美性。这是指一部作品是否完美地表现了文体的外在形态和内部结构,是否体现了艺术作品的形式美法则,它构成了艺术表现力的形式化意义,从而成为衡量作品艺术性高低的标志。(2)艺术形象的典型性。(3)艺术意蕴的深刻性。在这里,思想性与情感性是融为一体的,"思想化的情感"和"情感化的思想"共同推进了文学艺术的感染性和深刻性。(4)艺术手法的创新性和民族性。只有创新才能不断给人以新的感受,也才能不断推陈出新,推动整个文艺事业的发展。"愈是民族的,愈是世界的",文学艺术的民族性应和着时代前进的节拍,为人类精神文明的创造起到应有的不容忽视的作用。